LA TABLE DU ROI SALOMON

DU MÊME AUTEUR

LA TABLE DU ROI SALOMON, Actes Sud, 2017 ; Babel nº 1608.
L'OASIS ÉTERNELLE, Actes Sud, 2018.
LA CITÉ DES HOMMES SAINTS, Actes Sud, 2019.

Titre original :
La Mesa del rey Salomon
© Penguin Random House Grupo Editorial S.A.U., Barcelone
© Luis Montero Manglano, 2015

© ACTES SUD, 2017
pour la traduction française
ISBN 978-2-330-11998-0

LUIS MONTERO MANGLANO

LA TABLE
DU ROI SALOMON

Corps royal des quêteurs

I

roman traduit de l'espagnol
par Claude Bleton

BABEL

Je n'ai rien d'autre à dire ; si ce n'est, peut-être, d'avouer (ce qui est sans doute déplacé) ma conviction que personne, en lisant cette histoire, ne pourra la trouver plus réelle que ce qu'elle m'a paru être quand je l'ai écrite.

CHARLES DICKENS,
David Copperfield.

Cherchez, et vous trouverez.

Évangile selon saint Matthieu.

À mes parents, Carol et Luis.
À mon frère et à mes sœurs, Carla, Almudena
et Íñigo.

Schem-hamephorash. Le Nom des Noms.

Vous voulez savoir comment tout a commencé ? Je pourrais vous le dire, bien sûr, mais je connais une bien meilleure histoire.

Quand j'étais petit, mon père m'emmenait au musée. D'autres enfants étaient emmenés au parc d'attractions, ou au zoo, ou plus simplement au cinéma. Mes camarades arrivaient à l'école le lundi et racontaient comme ils étaient contents d'avoir vu *Les Tortues Ninja* ou combien de fois ils avaient vomi sur la *chenille* à la fête foraine. Moi, je ne disais rien. J'avais honte d'avouer que j'avais passé le week-end à regarder des tableaux de gens bizarrement habillés.

Je crois que mon père avait un sentiment du même genre. J'ai l'impression que lui aussi aurait préféré me laisser pendant quatre-vingt-dix minutes devant un écran géant, ayant ainsi une excuse idéale pour ne pas avoir à me faire la conversation ; et pourtant, il me traînait toujours dans les musées. Je ne comprenais pas pourquoi.

Je ne le voyais pas souvent. Que je sache, ma mère et lui n'avaient jamais pu vivre ensemble. Il était pilote. Et ma mère, archéologue. D'après une curieuse histoire, ils se sont connus un soir, ils l'ont fait sans préservatif, et je suis né neuf mois plus tard. Je pourrais aussi vous raconter cette histoire, mais j'en connais une bien meilleure.

Schem-hamephorash, vous savez.

Entre mes parents, il n'y a jamais eu ni curé, ni mairie, ni paperasses, uniquement des accords de vive voix, le propre d'un couple moderne et civilisé. Ma mère voulait m'élever seule, mais elle ne revendiquait aucun droit d'exclusivité. Parfois, cet homme qui gagnait sa vie en pilotant des avions et que j'appelais papa (et que j'aurais aussi bien pu appeler Fernando, Manuel ou même Salomon) débarquait à la maison et m'emmenait. Visiter des musées.

Toujours visiter des musées.

Moi je m'ennuyais, pardi ! Je n'étais qu'un gamin, et pas assez en confiance avec ce brave homme pour lui avouer mon manque de motivation pour cette activité. "Sois gentil quand tu es avec ton père", me disait-on. Ce que je faisais : j'étais un enfant gentil. Obéissant.

On déambulait tous les deux dans les salles interminables du musée du Prado, mon père avec l'air de vouloir dire quelque chose sans trop savoir quoi, pendant que je regardais ces immenses tableaux avec des yeux d'enfant, qui ont toujours l'air plus grands que leur tête.

Il y en avait un qui m'impressionnait tout particulièrement. Aussi haut qu'un mur, il y avait un cheval terrifiant et un enfant dessus. Des années plus tard, j'ai appris que c'était le portrait équestre du prince Baltasar Carlos, de Vélasquez, mais à l'époque je ne voyais qu'un gamin qui avait l'air de s'amuser beaucoup plus que moi.

Je me rappelle avoir montré ce tableau à mon père et lui avoir demandé qui était cet enfant.

— C'est un prince…

— Comment s'appelle-t-il ?

Alors, mon père s'agenouilla devant moi, me regarda dans les yeux et me répondit :

— Tu veux connaître l'histoire ? D'accord, je pourrais te la raconter, mais j'en connais une bien meilleure.

C'est ce jour-là que j'entendis parler de la table de Salomon pour la première fois.

Schem-hamephorash.

Vous êtes sûrement comme cet enfant qui de sa vie n'avait jamais entendu parler d'un roi appelé Salomon. Fils de David, de la maison d'Isaïe, de la tribu de Juda, et troisième roi d'Israël. Le monarque le plus sage et le plus puissant de son époque. C'est du moins ce que disait mon père.

Presque mille ans avant J.-C., Salomon hérita du trône d'Israël. Il voulait être le plus grand de son lignage, ce qui n'était pas un trop grand défi, dans la mesure où la plupart de ses ancêtres n'avaient gouverné que sur une poignée de chèvres.

Jérusalem était une petite ville, squelettique. Salomon décida que la capitale de son royaume serait la ville la plus splendide du monde. Il érigea un temple, sur les fondations duquel on prie et se lamente encore. Il construisit un palais immense à l'intérieur duquel il dressa un trône auquel on accédait par neuf marches, soutenu par un couple de lions en or. Face au trône, Salomon disposa un sol en argent aussi patiné que la surface d'un lac.

Ainsi commençait l'histoire. Et là, j'avais complètement oublié le gamin idiot perché sur son cheval.

La renommée de Salomon traversa les frontières et atteignit des royaumes lointains. Un jour, Salomon reçut la visite d'une reine dont les lèvres étaient comme un fil cramoisi, les joues comme une moitié de grenade derrière son voile, et les seins comme les jumeaux d'une gazelle. C'est ce que dit le Cantique des cantiques.

Cette reine si belle venait d'une terre lointaine appelée Saba. Elle s'appelait Lilith.

Cependant, Salomon avait entendu dire que cette femme nourrissait de noirs desseins à son endroit : elle n'était pas ce qu'elle prétendait être, il s'agissait d'une sorcière, ni plus

13

ni moins, descendante des derniers *nephilim*, les titans dont Yahvé avait peuplé la terre avant de créer l'homme. Les *nephilim* étaient si cruels, si brutaux et si lascifs que Dieu prit en horreur cette première création et ordonna à ses anges de les exterminer jusqu'au dernier, lors d'une guerre qui dura des milliers d'années.

À ce point de l'histoire, cet enfant aux yeux immenses était entièrement absorbé par le récit. On ne parlait pas de cela dans ses cours de religion au collège.

Pour vérifier si la reine de Saba était une *nephilim*, Salomon imagina un piège. Il l'attendit, assis sur son trône, au bout de ce sol en argent. Quand la reine Lilith se présenta devant Salomon, elle trouva ce pavement si limpide et brillant qu'elle le prit pour un étang, aussi souleva-t-elle le bas de sa robe pour toucher le sol du pied et s'assurer que c'était une illusion. À ce moment-là, Salomon vit que la reine n'avait pas des pieds humains, mais d'horribles pattes de palmipède, comme celles d'un canard.

Ainsi, comme c'est souvent le cas dans les histoires, la belle dame n'était qu'une sorcière menteuse.

Et Salomon fit ce que tout homme aurait fait à sa place : il ignora l'horrible patte de canard et se concentra sur ce qu'il y avait au-dessus de la cheville. Sorcière ou pas, l'enveloppe était plus qu'appétissante. Par ailleurs, maintenant qu'il avait découvert que la reine avait des pouvoirs secrets, le roi décida d'en profiter.

Il l'enjôla par de douces paroles ("Tes lèvres distillent le miel, il y a sous ta langue du miel et du lait…") et lui soutira tous les secrets de son savoir ésotérique. La reine tomba éperdument amoureuse de Salomon.

Finalement, Salomon obtint de la sorcière *nephilim* sa formule la plus précieuse. L'instrument cabalistique qui donnerait au monarque un pouvoir comme jamais personne n'en avait eu depuis que Dieu avait créé l'homme avec une poignée d'argile. Un pouvoir que les anges, les archanges et autres puissances célestes ne possédaient même pas.

Schem-hamephorash…

Lilith dessina pour Salomon une table sur laquelle elle grava le secret du *Schem-hamephorash*. En possession de cet objet fabuleux, le monarque d'Israël put contrôler des forces qu'il n'aurait jamais imaginées : il obtint gloire, sagesse et richesse ; et domina le divin secret de la création.

Schem-hamephorash.

Cependant, la reine ne tarda pas à se rendre compte que Salomon l'avait trompée, car ce n'était pas elle qu'il aimait, mais sa magie.

Grâce à cette histoire, j'obtins le seul conseil que me donna mon père sur les femmes : ne les mets jamais en colère.

À la faveur de la nuit, la sorcière *nephilim* exerça sa vengeance ; elle pénétra dans le sanctuaire du temple de Salomon et déroba le trésor le plus précieux du peuple d'Israël : l'Arche d'Alliance. Non contente de cela, elle lança une malédiction sur la descendance du roi et sur toute personne qui ferait usage de la table.

Le malheur et la mort, c'était tout ce qui attendait celui qui prétendrait au secret du *Schem-hamephorash*.

En possession de l'Arche d'Alliance, la malédiction sur les lèvres, la Reine abandonna Salomon et on n'entendit plus jamais parler d'elle.

Bien entendu, la malédiction s'accomplit. Salomon vit son royaume se déchirer en luttes intestines, et il finit ses jours, rongé par l'amertume et le remords ("Vanité des vanités…", dit l'Ecclésiaste). À sa mort, son fils Roboam se vit disputer le trône par Jéroboam, et le royaume autrefois prospère fut divisé en deux.

Comme on le sait, les Juifs ne s'en sortirent pas mieux après tout cela.

— Et qu'est devenue la Table ? demanda l'enfant aux grands yeux, plus du tout intéressé par le portrait équestre.

Alors mon père, cette fine mouche, regarda sa montre, posa la main sur ma tête et dit qu'il finirait l'histoire une autre fois.

À compter de ce jour, j'eus de plus en plus envie de voir mon père. Il revenait, après des mois d'absence, parfois plus d'une année, et il m'emmenait au musée. Je montrais un objet exposé, n'importe lequel, et je posais la première question qui me passait par la tête. Sa réponse était toujours la même.

— Tu veux connaître l'histoire ? D'accord, je pourrais te la raconter, mais j'en connais une bien meilleure.

C'était comme un jeu.

Plusieurs siècles après la mort de Salomon (des siècles après que mon père m'eut emmené dans un musée), la ville de Jérusalem fut conquise par l'Empire romain. Les Romains pillèrent le Temple et emportèrent toutes ses richesses : candélabres en or à plusieurs branches, tissus de soie, plastrons en argent sertis de joyaux… et une table. Une table qui, disait-on, possédait un secret *(Schem-hamephorash)* capable de donner des pouvoirs extraordinaires.

La Table fut emportée à Rome comme précieux butin de guerre. Les plus savants étaient conscients de son importance, mais hélas plus personne au monde ne savait la faire fonctionner.

Plus tard, l'ombre d'une menace assombrit les frontières orientales de l'Empire : des armées d'hommes vêtus de peaux, qui se paraient du crâne de leurs ennemis morts au combat. Ils parlaient une langue incompréhensible qui résonnait aux oreilles latines raffinées comme un gargouillis grotesque. Les Romains les appelèrent les "Barbares".

Les Barbares saccagèrent Rome. Pour la première fois depuis des centaines d'années, la ville était victime d'une armée d'envahisseurs. Leur roi Alaric, un homme brutal, s'empara des trésors de cette ville fabuleuse. Mais un seul l'intéressait : il avait entendu son histoire dans les steppes lointaines d'où il venait, murmurée autour des grandes flambées, sous le souffle de la nuit, à l'écart des chevaux écumant.

Schem-hamephorash.

Alaric s'empara de la Table. À la suite de cette invasion, l'Empire romain ne tarda pas à disparaître.

— Et après ? demanda l'enfant, qui avait déjà un peu grandi.

Après, c'était l'heure de rentrer à la maison.

Le jeu se prolongea quelque temps. Mon père débarquait à l'improviste, sans prévenir, et il m'emmenait dans un musée, n'importe lequel. Aucune importance, car où qu'on aille, mon père finirait par me raconter la seule histoire qui semblait nous plaire à tous les deux.

Il la répétait. Il racontait la même chose plusieurs fois de suite ; souvent, il devait recommencer, car ses visites étaient de plus en plus espacées et on oubliait tous les deux où il en était resté. Cependant, le protocole restait le même. Le jeu avait ses règles.

— Tu sais ce que représente ce tableau ?

Je me rappelle parfaitement que celui-là, précisément, c'était *Saturne dévorant un de ses fils*, de Goya. Je ne sais toujours pas si c'était une sorte d'ironie cosmique.

Cette fois, mon père ne se mit pas à genoux, car il pouvait maintenant me regarder dans les yeux sans se baisser.

— Tu veux connaître l'histoire ? D'accord, je pourrais te la raconter, mais j'en connais une bien meilleure.

Des décennies après la chute de l'Empire romain, les descendants d'Alaric, qu'on appelait désormais les Wisigoths, s'étaient établis avec bonheur en France.

La paix wisigothe était constamment menacée par les voisins, les Mérovingiens. Des gens bizarres, ces Mérovingiens, ils prétendaient descendre d'un monstre marin. Eux aussi avaient entendu parler du secret du *Schem-hamephorash* et leurs rois, qui avaient une réputation de sorciers voulaient, depuis quelque temps déjà, s'emparer de la table de Salomon.

Les Wisigoths perdirent une grande bataille, mais juste avant la défaite, un groupe de fidèles nobles parvint à soustraire la Table à la convoitise des mains mérovingiennes, en lui faisant secrètement traverser les Pyrénées pour la mettre à l'abri.

Là, loin de leurs ennemis, les Wisigoths refondèrent leur royaume et érigèrent une nouvelle capitale, qu'ils baptisèrent Tolède.

Les Wisigoths savaient que tôt ou tard d'autres ennemis arriveraient, par mer ou par terre, attirés par le secret de la table de Salomon, et avides de contrôler son pouvoir. Ils décidèrent de la cacher à jamais. Plus personne ne pourrait l'utiliser, ainsi la vengeance de la reine de Saba ne pourrait s'accomplir.

Les rois de Tolède chargèrent saint Isidore, évêque de Séville, un homme qui connaissait très bien l'histoire de la Table, et beaucoup d'autres légendes et secrets, de cacher celle-ci.

Le saint évêque se rappela une vieille légende hispanique : Hercule, fils de Zeus, avait construit un palais souterrain, fait de jade et de marbre, sous la ville de Tolède. C'est là qu'il enfouit le cadeau empoisonné que la reine de Saba avait offert à Salomon.

La Table resterait cachée au plus profond des grottes d'Hercule, à l'extrémité d'un labyrinthe de salles et de passages. La porte d'accès du souterrain serait soigneusement fermée, et chaque roi wisigoth aurait l'obligation d'ajouter un cadenas à ce portail.

"Et si quelqu'un, écrivait Isidore, par ignorance, soif de pouvoir ou sottise, osait violer le secret si hermétiquement gardé, il ne trouverait au tréfonds de la grotte ni savoir ni richesse, mais la ruine de l'Hispanie et la Terreur des Terreurs : *lapidem unguibus.*"

Mon père ne sut me dire ce qu'était cette "Terreur des Terreurs", ni me donner le sens de *lapidem unguibus*, que je connais aujourd'hui. Comment j'ai fini par le découvrir ? Voilà une assez bonne histoire.

Mais j'en connais une bien meilleure.

En dépit des mises en garde d'Isidore, un monarque fut suffisamment ambitieux ou maladroit pour les ignorer. Il s'appelait don Rodrigue.

Rodrigue, dernier roi des Wisigoths, brisa les cadenas que ses prédécesseurs avaient posés avec tant de zèle à l'entrée des Grottes, et il s'enfonça dans les profondeurs de la terre, en quête des secrets de Salomon. Il ne redoutait ni la ruine de l'Hispanie ni la Terreur des Terreurs, ou bien il était trop désespéré pour s'en soucier : son royaume était déjà en plein naufrage.

Après avoir déambulé seul dans une infinité de corridors obscurs, Rodrigue arriva dans une salle circulaire éclairée par des torches. D'après Isidore, c'était la première des trois salles qui précédaient le lieu où se trouvait la Table. C'était aussi la salle qui abritait la ruine de l'Hispanie.

Impressionné mais résolu, Rodrigue pénétra dans ce lieu, discernant des silhouettes dans les ombres. Il approcha sa propre torche de la paroi et découvrit une immense fresque qui représentait une bataille. On y voyait une armée de Wisigoths, massacrée par d'étranges ennemis au visage voilé.

Rodrigue recula et découvrit un piédestal au milieu de la salle : une vieille colonne romaine coupée en deux, si grosse qu'un homme ne pouvait la tenir dans ses bras. Il y avait un objet en haut de la colonne.

Rodrigue éleva lentement sa torche.

C'était une épée. Une vieille épée rouillée sans doute perchée sur cette colonne depuis que la Terre flottait dans l'univers. Couverte de poussière et de toiles d'araignées. La lame de l'épée était courbée en forme de demi-lune.

Rodrigue s'empara de l'épée et il fut soudain submergé par une sensation étouffante de terreur absolue. Il cria et laissa tomber l'épée, se prit la tête entre les mains et s'enfuit de ce lieu, poursuivi par des hallucinations effrayantes, où il se voyait vaincu par une armée d'hommes aux yeux noirs et au visage dissimulé, et coupé en deux par une épée à la lame recourbée. En tombant à la renverse, sa dernière vision, avant que ses yeux ne se ferment pour toujours, fut une demi-lune qui brillait dans le ciel.

D'après les ouvrages d'histoire, don Rodrigue disparut après l'écrasante défaite de ses troupes face aux musulmans, lors de la bataille de Guadalete. Qu'importe ce que disent les livres, je sais ce qui était arrivé : mon père me l'a raconté, dans un musée, devant un tableau grotesque de Goya.

Arrivé à ce tournant de l'histoire, je demandai, comme toujours :

— Mais qu'est-il advenu de la Table ?

Et mon père, comme toujours aussi :

— Il est un peu tard, tu ne crois pas ? Il vaudrait mieux que je te ramène à la maison.

Si j'avais su que je ne le reverrais jamais, j'aurais insisté pour qu'il me raconte la fin.

Quelques mois plus tard, l'avion de mon père s'écrasait au sol.

J'ai peu de souvenirs de lui, et j'avoue à ma grande honte qu'en réalité je n'ai pas beaucoup pleuré sa disparition. J'ai davantage regretté de ne pas savoir la fin d'une bonne histoire que de perdre un père qui ne fut jamais qu'une présence occasionnelle.

Mais aujourd'hui, je suis désolé pour lui. Il aurait été ravi de connaître le dénouement de la légende de la table de Salomon, et j'aurais aimé être pour une fois celui qui la raconte, car maintenant je la connais.

C'est une bonne histoire. Vraiment. Vous avez envie de l'entendre ?

Je vous assure que je n'en connais pas de meilleure.

I

LA PATÈNE DE CANTERBURY

1

BOURREAU

Canterbury. Ciel plombé, rues étroites. L'ombre d'une cathédrale. Des étudiants, des pubs et des bicyclettes. Beaucoup de bicyclettes. Vivre à Canterbury sans bicyclette, c'est comme vivre dans l'Arctique sans traîneau.

J'en avais une, formidable. Une Firestone de 1937, toute rouge. Le cadre était incurvé, et le guidon en forme de cornes. Je l'avais dénichée au fond d'une boutique de brocanteur, dans Guildhall Street, peu après avoir emménagé. Le type de la boutique m'en demanda presque cent livres. Il croyait avoir fait une bonne affaire. Il n'avait aucune idée du trésor qu'il venait de me vendre.

En toute logique, on pouvait supposer qu'une telle beauté sur roues deviendrait sans tarder un bien plus que convoité. Canterbury est une des villes les plus sûres du Royaume-Uni (c'est en tout cas ce que disent les dépliants des résidences universitaires), mais dans un endroit où un habitant sur deux est un étudiant, avoir un vélo de collection garé dans la rue est une grossière invitation au vol.

Pour mon malheur, je vivais avec le plus sordide voleur de bicyclettes de toute la ville : Jacob, mon colocataire.

Il possédait un de ces engins pliants qu'on vend dans les grandes surfaces de sport. Laid comme une prothèse, si maltraité et abîmé qu'il faisait des bruits effrayants quand il passait sur les pavés des rues piétonnières. On entendait

25

Jacob à des kilomètres : on aurait cru qu'il était sur le point de vous déverser une avalanche de seaux d'ordures.

Jacob et moi, nous travaillions au même endroit, nous avions donc le même horaire, et pourtant il était le plus matinal des deux. Anglais jusqu'à la moelle, Jacob ne manquait jamais un bon petit-déjeuner, alors que je me contentais de me laver les tripes avec un jus de fruits, et de tenir jusqu'au milieu de la matinée. Voilà pourquoi Jacob se levait plus tôt et partait travailler avant moi.

Jacob semblait considérer que la Firestone 1937 n'appartenait pas à son propriétaire légitime, mais au premier qui sortait de la maison. En définitive, et en dépit des cent livres religieusement versées au brocanteur de Guildhall Street, c'était moi qui partais avec l'engin pliant et poussif de Jacob, tandis qu'il se pavanait en ville avec mon vélo de collection.

— Désolé, j'étais si mal réveillé quand je suis sorti que je ne savais même pas quel vélo j'enfourchais…

C'était l'excuse favorite de ce fier descendant spirituel du comte d'Elgin. Le comte d'Elgin était cet Anglais qui était parti d'Athènes en emportant les frises du Parthénon. Mais il ne les avait quand même pas piquées à son colocataire.

Si bien que ce matin-là, une fois de plus, en sortant de l'immeuble de Tower Way où je vivais avec la version cycliste d'Arsène Lupin, je m'aperçus que je devrais encore aller travailler avec cette monstruosité pliante, enchaînée à un réverbère.

Je maudis Jacob tout bas et décidai de me venger. Je remontai quatre à quatre, entrai dans sa chambre et, sans aucun remords, m'emparai de son iPad. La moindre des choses que me devait ce culotté était un peu de musique pour me tenir compagnie pendant le trajet.

Malheureusement, ses goûts musicaux étaient à l'opposé des miens. Tandis que je descendais à grand fracas la côte de Tower Way, essayant d'empêcher le vélo de Jacob de se décomposer entre mes jambes, la voix joyeuse de Cyndi Lauper m'assurait que les filles ne pensent qu'à s'amuser.

Il était huit heures moins le quart, et je devais être au musée à huit heures. Le ciel était d'un élégant gris très britannique. J'avais à peine parcouru quelques mètres qu'il se mit à pleuvioter.

Quand on a déjà vécu neuf mois à Canterbury, on a bien compris que la pluie est aussi caractéristique de la ville que sa cathédrale ou les hordes de touristes du week-end, en sorte que j'étais à peine conscient de ce crachin en descendant High Street.

J'allais vite. Je ne voulais pas arriver en retard, car ce jour-là j'avais une visite à la première heure, et je zigzaguais entre les passants presque sans freiner, ignorant les feux de circulation. Canterbury est un endroit plutôt charmant. Les ruelles de la vieille ville entourée de remparts sont bordées de maisons basses aux façades en briques et en bois. Très anglais. Il était facile d'imaginer derrière toutes ces façades une petite vieille spongieuse prenant son thé matinal en essayant de deviner qui avait tiré sur le vicaire dans la bibliothèque du colonel.

Canterbury accueille des visiteurs tout au long de l'année, et la ville profite de son sanglant passé médiéval pour exploiter le tourisme. Les hôtels proposent des parcours thématiques, la cathédrale ou les ruines du château. Des dizaines de boutiques de souvenirs vous offrent, pour une bonne poignée de livres, une réplique horrible des vitraux de la cathédrale, qui illustrent l'assassinat de Thomas Becket, une édition brochée des *Contes* de Chaucer (que tout le monde achète, parce que c'est un classique, mais que personne ne lit) ou une affiche avec le portrait des rois d'Angleterre depuis Guillaume le Conquérant jusqu'à Élisabeth II. Les gens adorent ça.

La dernière trouvaille de l'office du tourisme était d'organiser ce qu'il appelait le "Festival de Chaucer". Depuis plusieurs jours, les rues se remplissaient d'affiches annonçant le programme des festivités et promettant une expérience aussi réaliste qu'un voyage dans le temps jusqu'aux époques obscures du Moyen Âge.

À Butter Square, on avait monté des échoppes protégées par des bâches aux franges colorées. On y vendait les mêmes bêtises que dans les boutiques habituelles, mais là vous étiez servi par un type déguisé en troubadour ou par une femme qui jouait les tavernières. Il y avait aussi des spectacles de rue : des bouffons, des équilibristes et même un bonimenteur qui se mettait à beugler chaque fois que je tentais une sieste.

Les élèves de toutes les troupes de théâtre de la ville (et il y en a beaucoup à Canterbury, croyez-moi : il y a trois universités) s'étaient lancés dans le "Festival de Chaucer" avec enthousiasme. Ils improvisaient souvent des spectacles qui n'étaient pas au programme des festivités. Depuis peu, quand on se promenait tranquillement dans le centre, on tombait souvent sur un autodafé où les moines inquisiteurs portaient des chaussures de sport sous la soutane, sur de nobles combattants qui couraient les joutes avec leur montre-bracelet, ou sur un modeste groupe de trois ou quatre jeunes gens, à peine déguisés, qui déclamaient des récits de Chaucer. Parfois ils demandaient une obole après le spectacle, mais en général ils faisaient cela pour s'amuser.

Je les voyais souvent, quand je partais travailler à vélo. Ce jour-là ne fut pas une exception. En traversant la ville, je dépassai un homme déguisé en bourreau, qui portait même une hache en carton à l'épaule. Il sortait d'une boulangerie et dévorait à belles dents un donut bien gras.

Le bourreau était tellement concentré sur son petit-déjeuner qu'il ne me vit pas arriver. Il ne m'entendit pas, ce qui est beaucoup plus difficile à croire, car le vélo de Jacob faisait un boucan de tous les diables.

Je lui criai de s'écarter, mais trop tard. Je renversai le bourreau médiéval avec toute la force du XXIe siècle, et on roula par terre tous les deux. Je me rappelle le cliquetis du vélo de Jacob, mêlé à la voix de Cyndi Lauper et à une exclamation du bourreau.

— Ah, merde… !

Tout expatrié est ému d'entendre des jurons dans sa propre langue, d'autant plus s'ils sortent des lèvres d'un bourreau du XIVe siècle.

— Je suis désolé ! Ça va ? demandai-je en espagnol.

Le bourreau se releva et découvrit son visage. Il était jeune, et pourtant il semblait trop âgé pour appartenir à une troupe universitaire. J'espérais ne pas avoir renversé un acteur engagé pour le festival, on aurait pu considérer que je commettais une agression contre un fonctionnaire.

— Oui… Oui, ça va bien, merci, répondit-il.

Mais cette fois il s'exprima en anglais. Puis il regarda par terre un tas de miettes écrasées dans une flaque d'eau :

— Ah, merde, mon donut…

Il était retourné à l'espagnol.

Je le fixai quelques secondes, un peu déconcerté. Et j'entendis une horloge sonner huit heures. Le Mystère du Bourreau Bilingue devrait attendre. Je lançai une excuse et remontai sur le vélo.

À tout hasard, je lui jetai un dernier coup d'œil avant de m'éloigner en pédalant. Je voulais retenir son visage.

Peut-être avais-je le pressentiment que ce n'était pas la dernière fois que nos routes se croisaient.

La maison-musée de sir Aldous Weinright-Swinbourne était hors les murs. Elle était ce que dans ce pays on appelle un *manor*, une nuance qui semble avoir son importance, bien qu'un Madrilène de naissance comme moi soit incapable de distinguer un *manor* d'un *hall* ou d'un *court*, même si sa vie en dépend. Pour un Anglais, le mot "demeure" est insupportablement flou.

Je travaillais dans cette maison-musée depuis mon arrivée à Canterbury, mais j'étais toujours aussi incapable de prononcer correctement le nom d'Aldous Weinright-Swinbourne. Comme d'ailleurs la plupart de mes collègues anglais, aussi l'appelions-nous simplement le "musée Aldy".

Dans mon travail, entre autres obligations, je devais connaître tous les détails de la vie de sir Aldous, ses pompes et ses œuvres, comme si je l'avais connu personnellement. Sir Aldy était un fier colonel britannique qui avait combattu sous les ordres du duc de Wellington. À Waterloo, sir Aldy avait gagné une bataille, mais perdu une jambe (ou un bras, ou je ne sais quoi d'autre, aujourd'hui je ne m'en souviens plus), après quoi il se retira dans sa ville natale de Canterbury, y construisit son *manor* et consacra le reste de ses longs jours à collectionner des œuvres d'art de seconde zone. Un siècle plus tard, un descendant quelconque en eut assez de payer des impôts royaux exorbitants, et il conclut un accord avec le gouvernement pour transformer la demeure en musée.

Pour les quinze livres que coûtait l'entrée, un touriste égaré pouvait voir de ses propres yeux comment vivait un authentique hobereau anglais. On aurait cru visiter le décor d'un roman de Jane Austen.

À part l'abondance impressionnante de mobilier de l'époque du roi George, on y présentait quelques-uns des bibelots que sir Aldy avait engrangés au cours de son existence. Ce n'était pas une collection très spectaculaire, mais elle était assez bien assortie aux meubles. Quelques tables, que sir Aldy s'était procurées après s'être battu en Espagne contre Napoléon, avaient une réelle valeur, et certaines antiquités étaient vraiment intéressantes.

Une de ces antiquités était la cause de ma venue à Canterbury.

Quand j'eus terminé ma licence en histoire de l'art, je traversai une longue période de chômage. Après avoir envoyé mon curriculum aux meilleurs revendeurs de hamburgers et dans les grands magasins, et constaté que même eux n'étaient pas très impressionnés par ma licence, je décidai de suivre le conseil de ma mère et d'entreprendre un doctorat.

Je savais que je n'en avais pas l'étoffe. Les bibliothèques m'ennuient, et je ne sais toujours pas comment on rédige une référence. Cependant, comme mes choix étaient limités, je tombai dans le piège.

Un doctorant qui ne sait pas très bien choisir le sujet de sa thèse est de la chair à canon pour les universitaires. Les assistants et professeurs que je consultai m'évitaient comme si j'étais porteur d'une maladie contagieuse. Seul l'un d'eux fut assez honnête pour me lorgner par-dessus ses lunettes et me lancer :

— Monsieur Alfaro, il est évident que vous n'avez aucune envie de décrocher un doctorat. Vous manquez de discipline. Vous n'avez pas l'étoffe d'un chercheur.

Il avait entièrement raison.

Dans mon université, le département d'art médiéval a la réputation d'être un havre pour les causes perdues. C'est là que j'aboutis, après avoir été repoussé par presque tout le corps enseignant.

Ma mère avait beaucoup de collègues de sa promotion dans ce département. Une enseignante accro au tabac brun, qui avait partagé un appartement avec ma mère quand elles faisaient toutes les deux leurs études à Rome, me prit sous son aile comme si je représentais une sorte de défi personnel.

— Sur quoi aimerais-tu faire des recherches, mon garçon ?

Je me demande pourquoi elle m'appelait toujours "mon garçon".

— Je ne sais pas… Un truc sur les cathédrales ?

Cette brave femme aspira une bouffée de sa Ducados, comme si elle voulait atteindre le bout filtre d'une seule aspiration. Je pouvais presque lire dans ses yeux combien elle regrettait d'avoir partagé un logement avec la mère d'un élève si peu coopératif.

— Je te propose mieux, dit-elle finalement. C'est un très beau projet, et il y a longtemps que je cherche un étudiant assez intéressé pour le mener à bien. Écoute : céramique vitrifiée de l'époque califale à Cordoue. Qu'en penses-tu ?

— Ah oui, passionnant !

— Magnifique ! Je te dirai par où tu peux commencer…

La raison pour laquelle je me lançai si hardiment dans des recherches que je détestais de tout mon cœur a sans doute un rapport avec un désir de dépassement, ou l'envie de prouver quelque chose à quelqu'un. Je crois tout simplement que je n'avais pas le choix. Et j'en avais assez de passer d'un département à l'autre comme un mendiant.

Peu après, cette professeure accro au tabac brun me convoqua dans son bureau enfumé.

— Mon garçon, que sais-tu sur la patène de Canterbury ?

À l'époque, j'en savais plus que je ne l'aurais voulu. C'était une pièce mentionnée dans la plupart des livres que j'avais eu l'occasion de consulter. Presque tous les spécialistes s'accordaient à dire que la patène de Canterbury était un exemple accompli de l'art des maîtres cordouans dans le domaine de la céramique vitrifiée.

Il s'agissait d'un plat de grandes dimensions, presque un plateau, entièrement recouvert d'une seule couche d'émail de verre dans un état de conservation parfait : sans fissures ni écailles. On disait qu'il n'y avait aucune autre pièce comparable dans le monde.

Les tentatives de datation de la pièce n'avaient pas été concluantes. D'après certains experts, elle avait été fabriquée vers le Xe siècle, d'autres, moins nombreux, s'aventuraient à supposer qu'il pouvait s'agir d'une pièce très antérieure. J'avais lu un article d'un certain Warren Bailey, qui assurait que la pièce remontait au VIIIe siècle et provenait d'un atelier de Damas, pas de Cordoue. Quand j'en parlai à la professeure, elle lâcha un soupir enrobé de fumée :

— Sottises ! Bailey était un dilettante, il n'avait pas la moindre idée de ce qu'il disait… Néanmoins, le problème de la datation de la pièce n'est toujours pas résolu. Il serait bon que tu émettes une hypothèse là-dessus dans ton travail.

— J'en suis sûr, mais pour cela, il faudrait que je puisse examiner la pièce elle-même, pas à travers des photos en noir et blanc.

La pièce en question, sans qu'on sache trop comment, était apparue dans le trésor de la cathédrale de Séville, où elle servait de patène. D'après les experts, elle aurait pu faire partie d'un trésor récupéré par le roi Ferdinand III le Saint, quand il avait repris Séville aux musulmans en 1248.

Ce que l'on savait sans l'ombre d'un doute, c'était qu'au XIXe siècle le roi Ferdinand VII avait offert la patène au duc de Wellington, en remerciement de son aide pendant la guerre d'indépendance. En réalité, le terme "cadeau" était un brin équivoque : Wellington s'empara de la patène de Séville, ainsi que d'autres pièces, sans demander la permission à personne. Ferdinand VII se borna à en prendre acte.

Mais le duc de Wellington n'était pas très intéressé par cette poignée de souvenirs rapportés d'Espagne de façon unilatérale. De retour en Angleterre, il donna la patène et d'autres pièces de moindre valeur à un de ses aides de camp, au nom imprononçable.

Tout juste : sir Aldy en personne.

Et si mes renseignements étaient bons, la patène croupissait encore dans un musée inconnu de Canterbury.

— J'ai une bonne nouvelle pour toi, me dit la professeure. Le département a signé une convention avec la Fondation Sir Aldus Wain… Worren… bref, avec le musée où est exposée la patène. Je peux t'obtenir un stage là-bas et l'autorisation d'étudier et de photographier la patène. Pour toi, ce serait une chance formidable, sous beaucoup d'aspects.

— J'aurai une sorte de bourse ?

— On n'est pas à Harvard, mon garçon, c'est une université publique.

— Je comprends, mais quand je vivrai à Canterbury, il faudra bien que je mange trois fois par jour.

— Le stage sera rémunéré… Par ailleurs, si tu prétends gagner ta vie en tant qu'historien de l'art, je te conseille de réduire au minimum le nombre de tes repas quotidiens.

J'acceptai. Qu'aurais-je pu faire d'autre ? La professeure s'occupa des démarches avec une célérité qui montrait à quel point elle voulait m'éloigner d'elle le plus longtemps possible. Ce stage durerait un an, et à mon retour à Madrid, j'aurais rassemblé tous les éléments nécessaires pour achever ma thèse.

Je pense qu'un jour il faudra que je prenne rendez-vous avec la professeure pour lui expliquer calmement ce qui a mal tourné à Canterbury, et pourquoi ma thèse de doctorat sur la céramique vitrifiée de l'époque califale à Cordoue est toujours en hibernation sur le disque dur de mon ordinateur.

2

DANNY

J'attachai le vélo de Jacob à la grille du musée Aldy, sous
une pluie battante.

Je traversai le hall d'entrée en courant, écartant sans
égards les quelques visiteurs qui attendaient au guichet.
Jacob était à la porte, avec l'air de l'innocent du village.
Nos regards se croisèrent. Je vocalisai lentement le mot
"connard" et poursuivis mon chemin. Il haussa les épaules
et les sourcils.

Je ne m'étais jamais fait beaucoup d'illusions sur la nature
de mon stage rémunéré. Je savais que c'était le genre de
contrat où on vous donne une blouse blanche et où vous
côtoyez de gros bonnets, en manipulant des pièces d'une
valeur incalculable dans un atelier de restauration.

Mon travail dans le musée dépendait de ce qu'on appelait le "département du protocole", ce qui était une façon
prétentieuse de désigner le service relation visiteurs.

À peine avais-je signé mon contrat qu'on me remit une
horrible tenue avec une veste noire où était brodé le mono-
gramme du musée : un uniforme aussi accueillant que celui
d'un employé des pompes funèbres. Après avoir été utilisés
par des dizaines d'employés, la veste et le pantalon étaient
aussi lustrés aux coudes et aux genoux qu'un cuir verni.

Les premières semaines, mon travail consistait à me tenir
à l'entrée, à dire bonjour et à indiquer le cas échéant l'accès

au premier étage ou l'emplacement des toilettes. Une affichette bien rédigée aurait pu le faire aussi bien, et pour beaucoup moins cher que ce que je touchais.

Nos chefs utilisaient continuellement le terme "proactivité" qui, traduit en langage courant, signifiait "harcelez le visiteur pour justifier votre salaire". Moi, comme la plupart de mes collègues, je me contentais de rester debout et de tourner en rond d'un air morne. Certains même écoutaient de la musique en cachette en passant le fil des écouteurs sous le col de la veste.

Quand la direction du musée demanda des volontaires pour montrer quelques salles sous forme de visite guidée, je me proposai sans hésiter, même si ce n'était assorti d'aucune compensation salariale. Tout, plutôt que de rester figé dans un couloir pendant des heures.

Les groupes étaient pour la plupart des scolaires peu intéressés, des associations de mères au foyer ou des retraités. Ces derniers étaient les meilleurs, car s'ils vous trouvaient bien inspiré (ou si vous leur rappeliez un de leurs petits-enfants), ils vous laissaient un pourboire à la fin de la visite. La direction du musée l'interdisait formellement, mais n'exerçait pas vraiment de contrôle.

Ce matin-là, j'avais une visite prévue avec l'Association des vétérans de Canterbury. Montrer le musée à un tas d'anciens combattants de Dunkerque était une manière assez émouvante de commencer la journée.

Je passai dans la salle du personnel, une pièce mal aérée, mal éclairée, les casiers ne fermaient pas et la fontaine à eau était toujours vide. Je mis ma veste et ma cravate, et retournai au guichet de l'entrée pour prendre en charge mon groupe.

Au guichet du musée Aldy, il n'y avait que des femmes, et que des hommes au service relation visiteurs ; je n'ai jamais su si c'était dû au hasard ou à une politique surannée de l'entreprise. Les uns comme les autres étaient très jeunes et avaient le mot "temporaire" tatoué sur le front. Presque tous étaient étudiants dans les centres universitaires de la ville, et ce travail payait le loyer de leur résidence. Très peu avaient plus de vingt ans, ce qui me donnait l'impression, avec mes presque trois décennies d'existence, d'être un vieux.

Je connaissais toutes les guichetières qui travaillaient le matin, comme moi. Cependant, ce matin-là, je trouvai une fille qui ne m'évoquait rien.

Elle avait dû être engagée récemment, car je me serais souvenu d'elle si je l'avais déjà vue.

J'éprouvai un choc, une attirance physique. Ce qu'il y avait en elle, je ne saurais l'expliquer, je sais seulement qu'on la remarquait comme une tache de vin sur une nappe blanche. Peut-être parce que, à la différence des Britanniques laiteuses et évanescentes qui pullulaient autour de moi, elle avait un aspect sauvagement méditerranéen : sa peau était brune, et ses cheveux d'un noir sans fond.

Elle me regarda. Le monde ne s'arrêta pas, mon cœur non plus, mais je me rappelle parfaitement que je pensai :

"*Ça alors…*"

Je m'approchai et souris :

— Salut, tu es nouvelle ?

Elle me regarda avec un manque d'intérêt total, absolu, radical et définitif. Elle avait de grands yeux entourés de sourcils épais et obscurs, comme une vedette du cinéma muet, et ses pupilles étaient couleur terre.

— C'est toi, le guide pour l'Association des vétérans ?

— Sais-tu qu'il n'est pas très poli de répondre à une question par une question ? dis-je sans cesser de sourire.

Je ne sais pourquoi, je trouvais cette réplique ingénieuse et charmante.

— Ça aussi, c'est une question, dit-elle – *imbécile*, aurait-elle pu ajouter. Bon, oui ou non, es-tu le guide pour l'Association des vétérans ? Ils poireautent à la porte.

Ma stratégie de conquête éclair s'était écroulée devant cette hostilité passive. Mon sourire s'effaça et j'essayai de reprendre pied.

— Oui, c'est moi... Je m'appelle Tirso.

Je n'aime pas dire mon nom à la légère. Peu de gens peuvent comprendre que ma mère soit une passionnée de la littérature du Siècle d'or espagnol (elle aurait quand même pu se contenter de Francisco, comme Quevedo, ou de Luis, comme Góngora... Je me demande ce qui lui a pris de choisir Tirso, comme Tirso de Molina). Mon seul désir était de prolonger le plus possible cette première prise de contact.

Une étincelle d'intérêt brilla une seconde dans ses yeux. Sur ses lèvres se dessina un demi-sourire moqueur.

— Tirso... ? – elle avait prononcé correctement, en marquant le *r*, pas comme le faisaient tous les Anglais, qui l'avalaient sans pitié. "Il n'est de délai qui ne vienne à son terme, ni de dette qui reste impayée."

— Quoi ?

— Je citais *L'Abuseur de Séville*.

— Ah oui, bien sûr..., dis-je avec un sourire intimidé – la conversation prenait un tour étrange. En réalité, ce n'est pas moi qui ai écrit cette pièce, tu sais ? C'est un autre Tirso.

— Sans blague... – elle soupira avec patience et reprit son attitude indifférente, comme si je faisais partie du mobilier. Ton groupe est devant la porte.

Elle regarda je ne sais quoi derrière le comptoir, considérant que la conversation était finie. Je revins dans le monde réel et partis à la recherche de mes vétérans. En chemin, je passai devant Jacob, qui validait les billets à l'entrée. Je considérai que si les vétérans avaient survécu à une guerre, ça ne les tuerait pas d'attendre deux minutes de plus.

— Qui est la fille au guichet, la nouvelle ?

— Hein… ? Ah, elle… Aucune idée. Elle était là à la première heure. Pourquoi cette question ?

— Elle est très jolie.

— Tu crois ? – Jacob se tourna vers elle, sans enthousiasme. Je ne sais pas, c'est possible… Elle a l'air plutôt étrangère.

Il utilisa le même ton de voix que s'il avait dit "aveugle" ou "boiteuse de naissance". Seul un Anglais est capable de prononcer le mot "étrangère" en laissant entendre que c'est un défaut.

— Comme moi, tu veux dire ?

— Non, pas comme toi, pas à ce point, répondit-il, effrayé. Enfin, je ne voulais pas dire que…

— Laisse tomber. Vraiment, tu ne l'avais pas encore vue ? Elle était peut-être de service l'après-midi et elle remplace quelqu'un.

— Je ne crois pas. Je connais toutes les guichetières de l'après-midi. Et elle, je ne l'avais jamais vue. Elle parlait avec un mec en arrivant.

— Un mec ? Quelle sorte de mec ?

— Aucune idée. Je crois que c'est un de ces *freaks* du Festival de Chaucer. Ce crétin était habillé comme un bourreau du Moyen Âge. Avec une capuche noire sur la tête et tout le tremblement. Dès qu'ils m'ont vu arriver, ils se sont tus et chacun est reparti de son côté. Si ça se trouve, c'était son petit ami.

Cette dernière phrase m'agaça. Comme je ne savais pas quoi répondre, je résolus de passer à l'offensive.

— Tu as encore pris mon vélo.

— C'est pour ça que tu m'as traité de "connard" en arrivant ?

— Oui. Alors, j'ai pris ton iPad. Au fait, ta musique est infecte.

— Tu es bien mal luné, ce matin !

Jacob se tourna vers un groupe de vieux qui avaient l'air furieux et attendaient de l'autre côté de la porte d'entrée. Il me sourit de façon rusée :

— Profite bien de tes vétérans de guerre.

— Connard.

Il rit joyeusement et continua son travail. Je lui tournai le dos et allai rejoindre mon groupe.

Je traversai les salles de la demeure de sir Aldy, énumérant machinalement des dates et des faits, suivi par un peloton poussif d'anciens combattants. Je sentais que la plupart d'entre eux étaient présents de corps, mais pas d'esprit.

En général, ce manque d'intérêt ne m'affectait pas, après tout, c'était courant. Mais ce jour-là, on m'avait volé mon vélo, j'avais renversé un bourreau du XIVe siècle et une fille fascinante m'avait accordé autant d'intérêt qu'à une vermine dans une armoire. J'étais de mauvais poil.

Dans la galerie Nord, où étaient exposés la plupart des tableaux importants du musée, je m'arrêtai pour débiter mon discours habituel.

— Ici, nous avons la collection de peintures espagnoles. On trouve des œuvres de Murillo, de Carreño de Miranda, de Claudio Coello et une nature morte de Sánchez Cotán. La plupart de ces tableaux furent volés pendant la guerre d'indépendance espagnole, vers 1808…

Un des vétérans, un type raide comme un fusil qui portait un trench Barbour et une casquette à carreaux, émit une petite toux agacée.

— Excusez-moi, dit-il sur le ton condescendant des personnes du troisième âge, vous voulez sans doute dire "obtenus".

— Non, monsieur. J'ai dit "volés". Je crois que c'est le terme exact quand les propriétaires légitimes n'ont pas remis leurs œuvres de façon volontaire.

— Vous êtes sans aucun doute très mal informé, jeune homme – super, j'étais tombé sur un petit malin, il y en a toujours un dans les groupes. Que je sache, l'État espagnol a ratifié la vente de toutes ces œuvres vers 1860. C'est en tout cas ce qui est dit ici.

Le vétéran brandit un prospectus gratuit qui était disponible à l'entrée, comme preuve irréfutable.

C'était le moment de se taire et de continuer la visite, mais j'étais dans un mauvais jour.

— Permettez que j'apporte une nuance : en 1808, ces tableaux provenaient du pillage de couvents et de monastères espagnols. Pour qu'ils ne tombent pas aux mains des Français, disait-on, mais à la fin de la guerre, personne n'a pensé à renvoyer ces œuvres à leur endroit d'origine – le vieil homme dans son Barbour voulut intervenir, mais j'étais lancé. Soixante ans plus tard, la plupart de ces couvents n'existaient plus, car ils avaient été mis en vente à la suite de la loi de Mendizábal, de 1837, et donc plus personne ne pouvait revendiquer ces tableaux, car il n'y avait plus de propriétaire légitime.

— Vous me donnez donc raison.

— Non. J'ai dit que personne ne pouvait réclamer officiellement ces tableaux, non qu'il n'y a pas eu de réclamations. En 1860, l'État espagnol présenta une demande formelle aux héritiers de sir Aldous pour que les tableaux soient restitués au patrimoine des musées nationaux. Mais les dés étaient pipés à la base, car les héritiers de sir Aldous n'avaient jamais eu l'intention de se défaire de ces œuvres. Après un procès interminable, une sentence décréta que les héritiers de sir Aldous paieraient pour l'ensemble des œuvres un total de… sept mille cinq cents pesetas, ce qui équivalait à trois cents livres sterling.

— De 1860, interrompit le vieil homme, furieux. Une valeur qui aujourd'hui serait bien supérieure.

— Exact. Vos trois cents livres sterling en valent aujour-
d'hui douze mille. En résumé, cette collection de tableaux
a coûté le même prix qu'une Chevrolet d'occasion aujour-
d'hui. Mais selon vous, on ne parle toujours pas de spoliation.

Le type était rouge d'indignation.

— Bien sûr que non ! Comme vous venez de le dire,
la vente était parfaitement légale. Le prix payé pour les
tableaux, aussi bas soit-il, n'en fait pas une spoliation – je
voulus répliquer, mais le vieil homme ne m'en laissa pas le
temps. Si l'État espagnol fut incapable pendant des siècles
de protéger son patrimoine, il méritait bien de tomber entre
les mains de ceux qui en prenaient vraiment soin.

Quelques-uns de ses compagnons émirent des exclamations d'approbation ("Très juste, bien dit, ça, c'est parler…"). Mon groupe apathique de vétérans se transformait
peu à peu en peloton de patriotes exaltés. Deux d'entre eux
proférèrent à voix un peu trop haute qu'ils préféraient un
guide plus rigoureux. J'essayai de continuer la visite, mais
le groupe m'ignora complètement et se dispersa.

Et je me retrouvai seul devant un tas de tableaux. J'entendis alors une voix glacée dans mon dos.

— Pouvez-vous venir un instant dans mon bureau, monsieur Alfaro ?

Je compris que la journée ne pouvait qu'empirer.

M. Lewis Ron Hubbard était mon supérieur immé-
diat dans le musée. Un homme qui frisait la quarantaine,
froid et borné. Le genre de petit bureaucrate persuadé que
s'il ne faisait pas son travail, le monde basculerait dans un
chaos inimaginable. Il ne m'était pas sympathique, et je
suis sûr que c'était réciproque. Le fait que, pour une raison qui m'échappait, je sois incapable de me rappeler son

nom (je l'appelais toujours "M. Howard") n'encourageait pas une estime mutuelle.

M. Hubbard avait la détestable manie de glisser en silence dans les salles du musée pour contrôler ses employés. Comme une sale bête à l'affût d'une proie dans les fourrés. Si M. Hubbard vous convoquait dans son bureau, cela n'annonçait jamais de bonnes nouvelles.

— Asseyez-vous, je vous prie, monsieur Alfaro, me dit-il en fixant sur moi ses yeux gris exorbités. Je viens de voir quelque chose qui ne m'a pas plu du tout.

— J'en suis désolé, monsieur Howard – *merde* – Hubbard.

Il feignit de n'avoir rien entendu.

— J'espère que vous avez conscience que les membres de la Fondation Sir Aldous Weinright-Swinbourne – le misérable prononça le nom d'une traite et sans se tromper – n'aimeraient pas que les guides qu'ils ont engagés utilisent le mot "spoliation" à propos de leur inventaire muséologique.

— Je le sais, monsieur, j'en prends bonne note. Je vous prie de m'excuser.

— Je crois savoir que ce n'est pas la première fois que cela arrive.

— Je vous assure que c'était un lapsus.

— Vous avez défendu votre lapsus avec beaucoup d'ardeur, monsieur Alfaro. J'espère, dans votre intérêt, que le groupe ne déposera pas de réclamation – M. Hubbard, les doigts entrelacés sur son bureau, poursuivit sur un ton monocorde : Pour le moment, je m'en tiendrai à un simple rappel à l'ordre, mais je vous conseille de prendre garde, il n'y en aura pas d'autre. Je me permets de vous signaler que votre contrat n'est pas inattaquable.

— Bien entendu, monsieur. Merci beaucoup. Puis-je retourner à mon travail ?

— Pas encore. En réalité, je ne vous ai pas demandé de venir pour cette raison. J'ai reçu ce matin une réponse de la direction à votre demande de photographier la patène de Canterbury. Les membres du directoire vous ont donné leur autorisation.

Magnifique. Ils n'avaient mis que neuf mois pour ça. J'avais presque oublié la raison pour laquelle j'étais à Canterbury.

— Merci, c'est une excellente nouvelle. Quand pourrai-je faire ces photographies ?

— Pas pendant votre travail, comme c'est logique. Je prendrai des dispositions pour que vous puissiez entrer au musée après la fermeture. Un membre de notre personnel de sécurité vous accompagnera en permanence – Hubbard sortit un papier d'un tiroir de son bureau et me le remit. Voici les conditions dans lesquelles les photographies seront prises, ainsi que la liste du matériel que vous pouvez et ne pouvez pas utiliser. Si vous violez une de ces conditions, le musée pourra de plein droit révoquer l'autorisation et interdire toute publication de n'importe quel type d'image que vous auriez pu réaliser, sous peine de poursuites légales.

— Je vous assure que je ferai très attention.

— Monsieur Alfaro, la patène de Canterbury est une des pièces les plus précieuses de nos fonds. J'espère que vous appréciez à sa juste valeur cette insigne marque de confiance que représente l'octroi de cette autorisation.

Il était difficile de savoir si M. Hubbard partageait lesdites marques de confiance. Comme d'habitude, il n'exprimait aucune émotion. Je promis une fois de plus d'être très soigneux et me hâtai de partir. On avait de plus en plus froid, dans ce bureau.

— Qu'as-tu fait aux vétérans ? On aurait dit qu'on venait de leur faucher leur retraite.

Jacob venait de me sauter dessus quand j'avais pointé le nez dans le hall.

— Apparemment, ici on n'aime pas du tout les improvisations sur le scénario.

— Tu devrais te méfier. L'un d'eux est allé déposer une réclamation au guichet – je levai les yeux au ciel. Rassure-toi, la nouvelle l'a remis à sa place… Je vais prendre ma première pause, tu viens fumer une cigarette ?

— Bien sûr. Vas-y, je te rejoins dans un instant… Je veux la remercier.

Pendant que Jacob s'en allait, je m'approchai du guichet. La nouvelle lisait derrière le comptoir. Je me raclai la gorge pour attirer son attention.

Elle me regarda et esquissa un demi-sourire.

— Tiens ! Voilà l'étranger insidieux.

— Pardon ?

— Excuse-moi, mais c'est ainsi que t'a qualifié un membre du groupe des vétérans. Il était très en colère. J'ai eu du mal à le calmer.

— J'aurais été dans de beaux draps s'il avait porté plainte. Je te remercie.

— C'était un plaisir. J'avais affaire à un vieil imperti-nent – elle me regarda dans les yeux, son attitude était plus aimable que la première fois où nous nous étions parlé. Il m'a rapporté tes propos. Ça t'arrive souvent de provoquer les visiteurs de cette façon ?

Je haussai les épaules.

— Bah ! Au fond, ce vieillard stupide avait raison. À l'époque, ces tableaux étaient à peu près estimés au prix qu'on les avait payés. La plupart de ces peintres n'ont pris de la valeur que des décennies plus tard.

— Je le sais. Alors, pourquoi ce terme de "spoliation" ?

— Peu importe si quelqu'un paie pour ces tableaux : ils ont été volés, n'est-ce pas ? Si notre sir Aldy ne les avait pas emportés, ils seraient maintenant dans un musée espagnol.

— Tu crois que c'est là qu'ils devraient être ?

— Je ne sais pas, soupirai-je, un peu lassé du sujet. Ce vieil homme était sans doute dans le vrai : si les Espagnols ne se donnent pas la peine de conserver leurs œuvres, peut-être ne les méritent-ils pas. Je n'ai pas non plus l'impression qu'on tienne à les récupérer.

La fille sourit intérieurement, comme si je venais de faire une plaisanterie qu'elle seule pouvait comprendre.

— En réalité, tu ne peux pas en être sûr.

— Mais toi, si ?

— Tu m'as l'air d'un garçon intelligent, mais tu devrais être un peu plus convaincu par ce que tu dis.

— À quel propos ?

— Laisse tomber, je pensais à haute voix… Je peux quelque chose pour toi ?

— Puisque tu en parles, j'aimerais savoir ton prénom.

Elle allait répondre, mais à cet instant un groupe scolaire se présenta au guichet et elle se détourna de moi.

Je fis demi-tour pour aller retrouver Jacob. À peine avais-je fait deux pas que j'entendis qu'on tapait sur la vitre du guichet, derrière moi.

Les élèves étaient toujours là, chahuteurs, mais elle me regardait. Sa main, qui avait frappé la vitre pour attirer mon attention, désignait la plaque d'identité sur sa poitrine.

BIENVENUE, MON NOM EST :
DANNY

J'acquiesçai et levai la main, pouce en l'air.

3

JONGLERIES

Je terminai mon service à midi et rentrai chez moi pour déjeuner et m'accorder une petite sieste. Un peu avant cinq heures, je pris mon vélo et retournai au musée.

Il faisait presque nuit et les rues étaient calmes. Canterbury n'est pas vraiment la ville qui ne dort jamais.

En chemin, je croisai deux groupes du Festival de Chaucer, qui donnaient un spectacle devant un public clairsemé. C'était en semaine, hors saison, et ils semblaient répéter pour être prêts quand arriveraient les touristes du samedi et que la ville s'animerait un peu.

Au musée, les derniers visiteurs s'en allaient à un rythme paresseux. L'un des vigiles chargés de la sécurité était en train de fermer. Je le connaissais de vue. Il s'appelait Roger. Chauve, ventripotent, épaules tombantes. Il toussait beaucoup, comme si sa gorge allait se déchirer en deux.

— Que veux-tu ? me demanda-t-il d'un air rogue en me voyant. Le musée est fermé.

Je sortis l'autorisation de ma poche et la lui donnai.

— Je suis Tirso Alfaro. J'ai la permission de prendre la Patène en photo. M. Hubbard m'a dit de venir à cette heure-ci.

Roger rapprocha le document de ses yeux pour mieux l'examiner.

— Attends un moment – il prit le talkie-walkie qu'il portait à la ceinture et le colla à ses lèvres. Victor 1 à Victor 2. Ici Victor 1, tu me reçois ? À toi… – il entendit un craquement désaccordé pour toute réponse. Roger soupira. Victor 2, tu me reçois ? À toi… Victor 2 ? Terminé… Ah merde, Sean, tu vas répondre, putain de merde… !

L'appareil crépita :

— Ici Victor 2. Je te reçois. À toi.

— Il était temps, le type pour les photos de la Patène est arrivé. Je l'accompagne. Toi, tu t'occupes de la console. Terminé, je coupe.

— OK. Bien reçu, Roger. Terminé, je coupe.

Devant un tel jargon, on aurait pu penser que ce fameux Roger était à la tête d'un groupe sophistiqué de vigiles qui étaient autant de rouages parfaitement huilés d'une même horloge. Mais l'abus de ce langage radio international ne m'abusa pas : tous les employés savaient que le musée Aldy rognait sur les mesures de sécurité. Le soir, après la fermeture, seuls deux vigiles surveillaient le bâtiment : juste assez pour faire un tour dans les salles de temps en temps et empêcher les adolescents du coin de siffler des bouteilles de bière sur le perron.

Roger verrouilla l'entrée derrière moi et me conduisit à un comptoir, près des guichets, où il me remit un imprimé.

— Mets ici ton nom, la date et le numéro de ta carte d'identité. D'ailleurs, je dois la garder… Mais ton visage me dit quelque chose, tu travailles au protocole le matin, n'est-ce pas ?

Sa mémoire m'ayant identifié, Roger devint plus aimable. Je signai le registre et le suivis dans les sous-sols du musée.

L'ancienne cave de sir Aldy avait été transformée en salle d'exposition : on avait rajouté des cloisons en plâtre, quelques projecteurs et deux ou trois vitrines insipides. Dans l'une d'elles, qui trônait au fond de la salle, était exposée la patène de Canterbury. Les autres pièces étaient un bric-à-brac d'objets de valeur inégale : cela allait d'une collection de boîtes à tabac du XVIIIe siècle à un ensemble de statuettes chinoises en jade, de l'époque mandchoue, pas plus anciennes que la demeure où elles étaient exposées.

D'après l'autorisation que m'avait remise Hubbard, je pouvais photographier la Patène et la toucher (à condition d'utiliser des gants de coton), mais je ne pouvais en aucun cas la sortir de sa vitrine.

Avant de monter le trépied, je l'observai de près.

J'étais déjà familiarisé avec toutes sortes de céramiques vitrifiées, mais je devais reconnaître que j'étais en présence d'une pièce exceptionnelle. Il s'agissait d'une conception d'une simplicité désarmante : un simple plat rond entièrement recouvert d'une couche d'émail vert émeraude qui lançait des éclats rougeâtres quand on l'éclairait.

Certains détails retenaient l'attention : en premier lieu, l'absence totale de dessins décoratifs. La plupart des pièces que j'avais étudiées étaient ornées de motifs floraux, géométriques ou épigraphiques. Celle-ci n'avait qu'une surface lisse et parfaite, sans la moindre égratignure. La Patène était entourée d'un filigrane d'argent doré, avec des pierres semi-précieuses enchâssées selon la technique du cabochon. Mes lectures m'avaient appris que ce filigrane était un ajout postérieur, du XVIe ou XVIIe siècle.

Un autre détail était la perfection de l'effet du vitrifié. La technique de la céramique vitrifiée est très ancienne : les Babyloniens l'utilisaient déjà pour fabriquer les briques de leurs temples et de leurs palais.

Ce n'est pas une technique compliquée : quand la base en terre cuite de la céramique est chauffée à la bonne température, elle prend la consistance d'un émail, lequel peut être coloré en ajoutant des oxydes à la céramique. Le vert intense de la Patène, par exemple, est obtenu à partir de l'oxyde de cuivre.

La plupart des pièces en céramique vitrifiée sont d'un brillant très vif, mais celui de la Patène était supérieur à tout ce que j'avais pu voir jusqu'alors, et aucune photo ne pouvait lui rendre justice. J'aurais beau essayer, je ne saurais jamais créer cet éclat rougeâtre qui étincelait sur le vert intense de la pièce. C'était comme si, outre l'oxyde de cuivre, les artisans avaient utilisé un autre élément secret.

Je pris mon temps pour mesurer la Patène, prendre des notes et la comparer avec des photos d'autres pièces similaires que j'avais apportées avec moi. Je voulais en tirer un maximum de profit, car je ne savais pas si on m'autoriserait encore à l'étudier de si près.

Derrière moi, j'entendis les soupirs d'impatience de Roger :

— Tu en as pour longtemps ?

— Je dois encore prendre les photos.

Roger se mit à râler. Il se balançait d'un pied sur l'autre et ne cessait de regarder sa montre.

— Écoute, j'ai mes rondes à assurer, figure-toi ! Je pense que je peux te laisser seul sans problème, n'est-ce pas ? Je veux dire que tu ne vas rien abîmer, autour de toi. Tu travailles ici : si je te laisse seul et qu'il arrive quelque chose, on est dans la merde tous les deux.

— Je te promets de faire attention. Si on me le demande, je dirai que tu es resté avec moi tout le temps.

C'était exactement ce que Roger voulait entendre.

— Formidable. Ne tarde pas trop. Quand tu auras fini, tu laisses tout en plan et tu passes me chercher dans la salle de contrôle pour signer le registre de sortie. C'est au même étage, au bout du couloir, à côté de l'escalier. Tu ne peux pas te perdre.

— Entendu. Merci, Roger. Ne t'inquiète pas : tu peux voir par la vidéosurveillance tout ce que je fais.

— Cette salle n'est pas équipée.

— Ah, pourquoi ?

— Qu'est-ce que j'en sais ! Tu n'as qu'à le demander à ceux d'en haut. Si ça se trouve, ils ont investi l'argent que ça coûte dans ces jolis uniformes que vous portez, au protocole.

Il partit d'un grand éclat de rire plein de morve et s'en alla, me laissant tout seul.

Je notai encore quelques détails et préparai l'appareil photo. Je pris une série de clichés, jusqu'à ce que j'obtienne un résultat satisfaisant.

Alors, je rangeai l'appareil, pliai bagage et laissai tout en l'état.

Je retrouvai Roger dans la salle des moniteurs, en compagnie de l'autre vigile de service : un jeune homme appelé Sean, qui avait des traits typiquement indiens. Roger était assis devant un vieux bureau métallique, et il lisait un supplément sportif, pendant que Sean surveillait les moniteurs des caméras vidéo.

— J'ai fini, annonçai-je.

— Parfait. Signe le registre de sortie.

Il me passa une liste et sortit ma carte d'identité d'un tiroir. Nous entendions Sean rire tout bas devant un des écrans. Roger me tendit ma carte et je lui rendis le registre. Sean éclata de rire.

— On peut savoir ce qui t'arrive ? demanda Roger.

— Roger, mon vieux, il faut que tu voies ça : c'est génial… Regarde, maintenant il le fait d'une seule main !

— Mais putain, de quoi tu parles ?

— Là, dehors, devant l'entrée. Ce mec est un génie.

Roger s'approcha de l'écran. Je me faufilai discrètement derrière lui pour voir par-dessus son épaule.

Sur l'image captée par une caméra extérieure, on voyait un homme jongler. Il lançait des balles en l'air d'une main et les rattrapait de l'autre, dans son dos.

L'homme était habillé comme un bourreau du Moyen Âge. J'étais presque sûr que c'était lui que j'avais renversé à vélo le matin même.

— Incroyable, non ? Il fait ce genre de trucs depuis dix minutes au moins, dit Sean, amusé. C'est sûrement un des comédiens engagés pour le festival.

Je n'ai toujours pas compris pourquoi aucun des deux vigiles ne s'étonnait de voir ce type jongler tout seul devant la porte du musée, à la tombée de la nuit.

Roger éclata de rire.

— Ça me rappelle les numéros du Cirque du Soleil !

Les deux compères regardaient béatement le bourreau sur l'écran.

Ce dernier cessa ses jeux d'adresse et s'immobilisa, face à la caméra.

Il fit une révérence.

— Regarde : il sait qu'il a un public de fans, dit Roger en souriant.

À ce moment-là, le bourreau prit son élan et lança sa balle droit sur la caméra.

L'image devint un écran de neige.

— Mais, mais… ? s'exclama Roger – Sean se leva d'un bond. Qu'est-ce qui lui prend, à ce connard ?

À l'entrée du musée, il y avait deux caméras. Les deux vigiles se tournèrent vers le moniteur branché à celle qui fonctionnait encore. Le bourreau était toujours là. Il fit une nouvelle révérence, s'approcha de la vidéo et brandit le majeur de sa main droite.

Sean lâcha un juron et quitta la salle des moniteurs comme une fusée. Il était furieux.

— Je vais lui apprendre à jouer au con avec les caméras de surveillance !

— Attends, je viens avec toi… – Roger me regarda avant de suivre Sean. Toi, tu ne bouges pas d'ici, compris ? Et tu ne touches à rien !

Après le départ des vigiles, je m'empressai de regarder l'écran de la caméra encore en fonction. Le bourreau était là, tranquille, les mains croisées sur la poitrine.

Comme s'il attendait.

Les deux surveillants apparurent. Sean se précipita sur le bourreau, qui s'écarta dans un mouvement si rapide que je pus à peine le voir. Il passa derrière Sean et lui envoya un coup de pied dans les fesses qui le projeta par terre. Roger criait et gesticulait. Sean voulut se relever, mais le bourreau, avec des mouvements félins, lui sauta dessus, le pied sur son dos. On aurait dit une scène comique du cinéma muet. Puis il rebondit devant Roger, fit un geste dans sa direction, comme un serpent prêt à mordre, recula soudain et leva le bras.

Il avait subtilisé le pistolet de Roger.

Roger, hors de lui, se mit à crier d'un air menaçant. Sean s'était relevé. Il sauta sur le bourreau, mais ce dernier semblait avoir un corps en caoutchouc. Il évita Sean facilement, et avant que le vigile ne réagisse, il passa derrière lui et colla le pistolet contre sa nuque.

Je retins mon souffle.

Dans ma tête, je prévisualisai l'image de la cervelle du pauvre Sean éparpillée sur le perron du musée.

Le bourreau releva le pistolet et s'enfuit à toutes jambes.

Sean était toujours agenouillé, la tête intacte. Je poussai un ouf de soulagement.

Roger courait en tous sens et criait. Il aida Sean à se relever et tous deux s'élancèrent sur les traces du bourreau. Ils disparurent du champ de vision de la caméra et la scène resta vide.

Je reculai de quelques pas, sans pouvoir quitter l'écran des yeux. Je n'étais pas sûr du sens exact de ce que je venais de voir.

Soudain, j'entendis des pas à l'extérieur de la salle de contrôle. Quelqu'un descendait au sous-sol.

J'espérais qu'il s'agissait des vigiles. Mieux même, je souhaitais de toutes mes forces que ce soit eux, mais je savais pertinemment que ces pas étaient trop furtifs.

Il s'agissait d'une personne qui ne voulait pas être vue. Ni entendue.

La porte de la salle était entrouverte. Je m'approchai prudemment, pour épier le couloir. De ma place, je voyais les dernières marches de l'escalier. Je sursautai en voyant deux pieds qui descendaient.

Apparut alors une petite silhouette, tout en noir, la tête recouverte d'un passe-montagne qui ne laissait voir que deux yeux brillants. La silhouette ne me vit pas. Elle s'avançait dans le couloir à pas lents, en essayant de faire le moins de bruit possible. Mon esprit eut un blanc. Je ne pouvais détourner les yeux de ce fantôme noir et silencieux, et ma tête refusait d'élaborer la moindre pensée, aussi élémentaire soit-elle. J'avais l'impression d'être un animal surpris par une voiture au moment de traverser la route.

La silhouette disparut. Je ne pouvais toujours pas bouger. Ni penser. Je crus entendre quelque chose, mais je ne savais si c'était un bruit du couloir, ou les battements de mon cœur qui résonnaient dans mes oreilles. Au bout d'un temps qui dura une éternité, la silhouette noire se matérialisa de nouveau dans mon champ de vision.

Mais cette fois elle tenait un objet dans les mains, un objet rond qui, en dépit de la pénombre, lançait des éclats verts et rouges.

Ma cervelle se remit enfin en marche.

La Patène. On était en train de voler la Patène.

Je passai à l'action sans réfléchir : j'ouvris la porte et me retrouvai face à face avec cette silhouette noire.

— Eh ! Que fais-tu avec ça ?

Son regard jaillit du fond de son passe-montagne et me transperça. Je ne sus s'il exprimait de la colère ou une immense surprise. Pendant une seconde, on resta figés, les yeux dans les yeux.

À part imposer ma présence, je n'avais aucune idée de ce qu'on est censé faire dans une telle situation.

C'était beaucoup plus clair pour le voleur : il fit demi-tour et monta l'escalier quatre à quatre, pressant la Patène contre sa poitrine.

Je m'élançai à sa poursuite, poussé par une impulsion téméraire. Après tout, ce voleur ne semblait pas dangereux, mais diablement rapide.

Je le suivis jusqu'au hall d'entrée et dans les couloirs du rez-de-chaussée. Il était en meilleure forme que moi, mais le poids de la Patène ralentissait sa course.

Il entra dans une salle de la partie arrière du musée et se dirigea vers une grande baie qui donnait sur le jardin. Un des pans était par terre, démonté. Je compris que le voleur était entré par là pendant que le bourreau détournait l'attention des vigiles.

Le voleur traversa le jardin en courant.

Je le poursuivis jusqu'à la rue. Il n'y avait pas âme qui vive et l'écho de nos pas rebondissait sur les façades. Je criai, espérant attirer l'attention, mais dans cette zone dépeuplée, personne ne pouvait ou ne voulait m'entendre.

Je sentis un point de côté. Mon corps n'était pas habitué à ces débordements d'activité ; le voleur s'engagea dans une ruelle sombre et je le suivis, néanmoins persuadé que je ne pourrais jamais le rattraper.

En tournant le coin, je faillis lui rentrer dedans.

C'était une impasse. Le voleur était dos au mur, la Patène serrée contre sa poitrine, le souffle court.

Je m'arrêtai. Je pris appui sur les genoux, à demi nauséeux, et aspirai une bouffée d'air.

— Écoute, dis-je à bout de souffle. Écoute, s'il te plaît… Tout ce que je veux… moi…

Le voleur me sauta dessus. Il me donna un coup de tête dans les côtes et je tombai à la renverse. Je voulus me redresser, mais mes poumons étaient sur le point de se déchirer comme un vieux sac. Par chance, le voleur n'avait pas l'intention de me rouer de coups, ce qu'il aurait pu faire sans rencontrer la moindre résistance, vu mon épuisement. Encore par terre, je le vis s'échapper vers la rue. Je me relevai et voulus reprendre la poursuite, mais quelqu'un m'attrapa par le cou et m'obligea à me retourner. C'était le bourreau.

Son visage était dissimulé sous cette stupide capuche noire. D'où il avait surgi, je n'en avais pas la moindre idée. Peut-être nous suivait-il depuis le début.

Le bourreau me poussa violemment et je tombai sur le derrière. Il croisa les bras et fit deux pas vers moi.

Alors, il me parla.

— Je suis vraiment désolé, mon ami, mais ce ne sont pas tes oignons.

Je me rappelle son poing qui vint s'écraser sur ma figure ; et je me rappelle un douloureux voyage dans le monde de l'inconscience.

Ma tête retrouva un fonctionnement normal au bout d'un certain temps, trois secondes ou trois heures, je ne sais.

Il n'y avait plus trace du voleur ni du bourreau. Juste un chat peureux qui, quand je me relevai, courut se cacher derrière un conteneur de recyclage.

J'avais très mal au nez. Je le tâtai et constatai qu'au moins il ne saignait pas.

Mon heure d'héroïsme était écoulée, avec plus de misère que de grandeur. Il était temps de remettre l'affaire entre les mains de professionnels.

Il y a plusieurs commissariats à Canterbury (ce qui explique sans doute pourquoi la ville se vante d'être la plus sûre de toute l'Angleterre). J'en trouvai un à quelques centaines de mètres de là, et je racontai mon histoire à un homme en uniforme qui ne semblait guère plus âgé que moi.

Le policier me laissa seul et revint un peu plus tard avec un collègue. Ils me demandèrent de les accompagner au musée pour vérifier ma déclaration. On monta dans une voiture de patrouille et quelques minutes plus tard on arriva devant la demeure de sir Aldy.

Le lieu répandait un calme insultant, comme si c'était le dernier endroit de la terre où on pouvait envisager l'idée de commettre un crime. On sortit de la voiture et on sonna à la porte du musée.

— Regardez, dis-je en montrant le dessus de la porte. C'est là que se trouve la caméra vidéo que les voleurs ont mise hors d'état.

L'un des deux policiers lança un coup d'œil, sans trop s'y intéresser.

— Elle n'a pas l'air cassée…

Je ne sus que répondre.

La porte s'ouvrit et Roger, le vigile, apparut sur le seuil.

— Ah, c'est toi. Tu viens récupérer ton appareil photo ? me dit-il – c'est alors qu'il remarqua la présence des policiers. Que se passe-t-il ?

— Cet homme vient de dénoncer un vol au musée, répondit un des deux agents. Nous voulions juste vérifier.

Le visage de Roger exprima l'étonnement.

— Un vol ? Désolé, messieurs, je ne sais quoi dire…
Nous avons eu une petite altercation avec un voyou déguisé
en fantoche, mais on s'en est débarrassés. Que je sache, personne n'a rien volé – Roger me regarda. Tu as dû prendre
peur, mon gars.

— Pas du tout. Je l'ai vu de mes propres yeux… J'ai
même poursuivi le voleur pendant un bon moment !

Roger regarda les policiers, puis moi. Puis il secoua la
tête.

— Non. Je t'assure qu'on n'a rien volé.

Alors, j'imaginai de noires conspirations où le personnel
de sécurité du musée jouait un rôle sinistre. Un des policiers demanda à Roger des précisions sur l'altercation dont
il venait de parler.

— Il y avait un type qui faisait des âneries à la porte.
Il a lancé une sorte de bille en bois contre la caméra et le
coup l'a déconnectée. Avec mon collègue, on l'a poursuivi, mais il s'est enfui. Rien d'important. Sans doute un
ivrogne, mais je vous assure qu'à aucun moment il n'est
entré dans le musée.

— Bien sûr que non, répliquai-je. Ce n'est pas lui qui a
emporté la Patène, mais un autre, sûrement un complice.
Il est passé par une baie vitrée de la galerie.

— Pouvons-nous jeter un coup d'œil, demanda un
policier.

Roger tordit le nez, contrarié.

— Si vous voulez. Mais je dois prévenir M. Hubbard, le
responsable. Et je ne crois pas qu'il appréciera la présence
de la police à cause d'une bêtise.

Les agents me demandèrent de leur montrer par où
le voleur était entré. Je les guidai à l'intérieur du musée
jusqu'aux fenêtres qui donnaient sur le jardin. Roger, qui
nous accompagnait, alluma les lumières.

La baie était intacte.

— Vous soutenez que c'est cette fenêtre que les voleurs ont démontée ? demandèrent les policiers.

L'un d'eux s'approcha et essaya de l'ouvrir.

— C'est inutile, dit Roger. On ne peut pas l'ouvrir. La poignée est scellée au silicone. Depuis des années.

— On l'a… On l'a démontée, balbutiai-je. Ce sont eux qui l'ont démontée. Je vous assure : je suis passé par là quand j'ai poursuivi le voleur.

— Mais elle est en place, observa le policier.

— Oui, on dirait, murmurai-je.

— Je comprends.

Un des policiers parcourut la salle d'un regard distrait. Son collègue me demanda :

— Tu as dit qu'ils avaient emporté quoi ?

— Une patène. Une patène en émail et en argent doré.

Le policier se tourna vers Roger.

— Vous voyez de quoi il parle ?

— Oui. C'est une des pièces de l'exposition.

— Pourriez-vous nous montrer l'endroit où elle est exposée en temps normal ?

Roger prit la tête en direction du sous-sol. À mesure qu'on se rapprochait, je devenais de plus en plus nerveux. J'avais un mauvais pressentiment. Le vigile brancha l'éclairage et les projecteurs déversèrent des flots de lumière sur les pièces exposées dans les vitrines. Dans la plus grande d'entre elles, au fond de la salle, la patène de Canterbury brillait, immense, comme si elle était là depuis la nuit des temps.

Un des policiers s'approcha de la Patène, l'examina et se tourna vers moi.

— C'est le plat qu'on a volé ?

Je me sentis devenir le plus bête de tous les êtres humains. Dans mon esprit défilèrent des dizaines d'explications sur ce qui se passait, dont certaines totalement absurdes.

Je m'approchai de la Patène, prudemment, comme si elle pouvait me mordre. Je sentais sur moi le regard aigu des policiers.

J'ouvris la bouche, je voulais dire quelque chose.

Mes yeux étaient fixés sur la Patène. Je la regardai calmement, à la lueur du projecteur, et me tournai à droite et à gauche, comme si j'avais perdu quelque chose.

— Alors ? demanda le policier.

Je le regardai et répondis, le plus sérieusement du monde :

— C'est un faux.

Je crois que ce jour-là j'établis un nouveau record parmi les employés du musée Aldy : deux convocations dans le bureau de M. Hubbard en moins de vingt-quatre heures.

On l'avait sorti de chez lui en pleine nuit. Il était peut-être assis devant son poste de télévision en caleçon, un bol de soupe en sachet sur les genoux ; mais ce crétin avait rappliqué au musée moins d'un quart d'heure plus tard, comme si on l'avait rangé proprement dans une armoire pleine de camphre le matin même, la dernière fois que je l'avais vu.

Cette fois, il avait l'air très en colère.

Les policiers étaient partis quand ils avaient constaté qu'il n'y avait aucun délit nulle part. Je serais sûrement gratifié d'une sanction pour avoir gaspillé le temps des forces de l'ordre avec mon histoire tordue de voleurs en gants blancs. Je ne pensais pas à ça. En réalité, je ne cessais de répéter que cette patène était fausse.

Et elle l'était. Aucun doute là-dessus.

Les vigiles avaient rejoint leur poste, et M. Hubbard m'avait emmené dans son bureau. Il s'assit en face de moi et me lança un regard qui aurait pu couper le verre.

— Que s'est-il passé ici ?

— On vous l'a déjà expliqué : ce soir, quelqu'un a emporté la patène de Canterbury.

M. Hubbard ne broncha pas.

— Monsieur Alfaro, je viens de voir la Patène de mes propres yeux. Les vigiles ont vu la Patène. Deux agents de police ont vu la Patène. *Vous* venez de voir la Patène, cela ne vous dit rien ?

— Ce qui est au sous-sol n'est pas la Patène, c'est une copie.

— Je viens d'examiner la pièce, avec la police, et je peux vous assurer qu'elle est identique à celle que nous exposons habituellement. Pourriez-vous justifier vos propos d'une façon ou d'une autre, monsieur Alfaro ?

L'émail vert de la Patène authentique frémissait comme un rubis. Ce qui avait pris sa place était un simple plat d'un vert poli. J'en étais si sûr que je ne pouvais concevoir qu'on n'ait pas remarqué la différence.

Je tentai de l'expliquer à Hubbard, mais je m'aperçus que mes impressions ne l'intéressaient absolument pas.

— C'est bon, monsieur Alfaro. J'imagine que cette soirée vous a beaucoup secoué. Je vous suggère de rentrer chez vous et de prendre un peu de repos. J'espère que demain…

— Demain, cette patène sera toujours aussi fausse. Et tôt ou tard quelqu'un s'en rendra compte, et ce sera vous le responsable, pas moi.

Je n'aurais pas dû lui couper la parole. Si j'avais été en uniforme, je me serais tu, comme d'habitude. Mais là, je ne me sentais pas dans la peau d'un employé, j'avais même l'impression d'avoir plus de sang dans les veines que lui, et je ne supportais plus d'être pris pour un imbécile.

Hubbard garda son calme, et respira lentement par le nez.

— Je vais vous décrire la situation clairement, monsieur Alfaro : personne n'a rien volé au musée. Personne n'a emporté la Patène. La pièce qui est au sous-sol n'est pas une falsification.

— Ce n'est pas vrai : j'ai assisté au vol. La pièce est un faux.

Hubbard serra les lèvres.

— Je vois – Hubbard soupira. Vous êtes affligé d'un sérieux problème de comportement. C'est un défaut que j'observe depuis le jour où vous avez commencé de travailler ici. Vous n'êtes pas proactif, vous négligez vos obligations, vous provoquez nos visiteurs et maintenant… Franchement, je ne vous comprends pas, pourquoi inventer cette histoire absurde ? – je voulus répondre, mais il enchaîna : Peu importe votre réponse, elle ne m'intéresse pas. Ce n'est pas l'attitude que nous attendons d'un employé responsable. Je regrette.

— Que voulez-vous dire ?

— Je veux dire que vous n'avez pas à vous donner la peine de revenir demain. Votre contrat est rompu, en raison de vos incessantes fautes de comportement – il se renversa contre le dossier de la chaise et me regarda dans les yeux. Pour la première fois, je vis quelque chose qui ressemblait à une expression au fond de ses pupilles : une certaine jubilation. Vous êtes renvoyé, monsieur Alfaro.

4

MOT DE PASSE

Renvoyé. À peine deux mois avant la fin de mon stage. Je pensais pourtant ne pas m'être trop mal débrouillé.

Ma première réaction fut d'imaginer une obscure histoire de conspiration dans laquelle M. Hubbard orchestrait l'attaque de son propre musée et, se voyant découvert, se débarrassait du seul homme courageux et intelligent capable de le démasquer.

Moi, en gros.

Après une nuit de sommeil, je me rendis compte que cette idée était ridicule. En premier lieu, L. R. Hubbard n'avait pas la mentalité tordue d'un voleur d'œuvres d'art. Par ailleurs, je devais admettre que mon engagement comme employé du service du protocole aurait pu être meilleur.

En résumé : je l'avais bien cherché.

Je restais convaincu que la Patène était fausse, et que le vrai voleur se félicitait d'avoir bien fait son travail. Mais ma capacité d'action était plus que limitée : personne ne croyait à ma version de l'histoire, et je n'avais pas envie de rejouer la scène de don Quichotte et ses moulins à vent.

J'envisageai de chercher un autre travail dans la ville, mais je me rendis compte que je n'avais aucune envie de vivre à Canterbury. Ce que je voulais, c'était retourner à Madrid.

J'achetai un billet d'avion et m'accordai deux jours de battement pour sélectionner les affaires qui tiendraient dans une valise et dire à Jacob qu'il se cherche un autre colocataire. Jacob se montra plutôt mécontent. Sa mauvaise humeur s'envola quand je lui dis qu'il pouvait garder la Firestone.

La veille de mon départ, je passai l'après-midi seul dans l'appartement de Tower Way, à boucler mes bagages. C'était vendredi, et Jacob était allé à Londres passer le week-end dans sa famille. Mes adieux seraient solitaires, mais je m'en moquais.

On sonna. Je crus que c'était Jacob qui, pris d'une étrange poussée de sentimentalisme, avait modifié ses plans pour me dire au revoir à l'aéroport en agitant un mouchoir blanc.

Ce n'était pas Jacob, mais Danny, la nouvelle guichetière du musée. J'ignorais comment elle avait obtenu mon adresse.

— Salut, Tirso – elle était sur le seuil et semblait un peu gênée. Je passe au mauvais moment ?

Sans aucun doute. Mon allure donnait une nouvelle dimension à l'expression "en tenue d'intérieur", car presque toutes mes affaires étaient déjà dans la valise.

— Pas du tout. Entre, je t'en prie… – je m'écartai, priant pour qu'elle ne voie pas la pile de vaisselle sale dans l'évier. Assieds-toi… Tu veux boire quelque chose ? Il doit rester de la bière dans le frigo…

Elle resta debout, les mains dans les poches de son blouson en cuir noir.

— Non, merci. En réalité, je suis juste venue te dire au revoir. Jacob m'a raconté, ce matin. Je suis vraiment désolée.

— Merci… Mais ce n'est pas la fin du monde. C'était un travail merdique.

— Quand même. C'est très injuste. Tu ne méritais pas ça.

J'appréciais qu'elle soit aimable avec moi. Mais je trouvais cela bizarre, après tout, nous n'avions échangé que quelques mots.

— Que comptes-tu faire, maintenant ? Tu as des projets ?

— Je n'y ai pas encore réfléchi. Je vais rentrer à la maison, finir ma thèse de doctorat… À vrai dire, je ne suis pas du genre à réfléchir longuement, je préfère improviser.

— Je n'en doute pas une seconde.

Un petit silence s'instaura, au cours duquel j'essayai désespérément de trouver un truc intelligent à dire. Elle était venue me dire au revoir : cela prouvait que je comptais un peu pour elle… juste un peu, en tout cas. Je ne pouvais pas laisser passer cette chance.

— Tu es espagnole, n'est-ce pas ? Comme moi.

— Très bien observé. Comment le sais-tu ?

— Aucun Anglais ne prononce mon nom sans manger au moins une lettre, contrairement à toi. D'où es-tu ? De Madrid ? Je dis cela parce qu'on pourrait s'y revoir, un jour… prendre un verre, je ne sais pas.

Je sentis que mes joues s'empourpraient. Pour ce genre de situation, je n'étais pas aussi bon que je le croyais : ma voix manquait horriblement d'aplomb. Elle sourit sans me regarder.

— Tentateur… Mais je ne crois pas que ce soit une bonne idée.

— Je comprends. Ce n'est pas grave.

— Ne te méprends pas, Tirso. J'aimerais beaucoup qu'on se revoie, mais… – elle haussa les épaules, sans savoir comment finir sa phrase. Elle sortit un papier de la poche de sa veste et me le tendit : Tiens. Je t'ai apporté ça. C'est une proposition de boulot que j'ai repérée il n'y a pas longtemps. J'ai pensé que cela pourrait t'intéresser. J'espère que cela ne te dérange pas.

Je la remerciai de s'être donné cette peine, un peu déconcerté. C'était très gentil. Bizarre, mais délicat.

— Il vaut mieux que je m'en aille. Tu as sûrement beaucoup de bagages à faire.

Je faillis insister pour qu'elle reste, mais j'avais l'impression qu'on ne pourrait rien se dire d'autre. Elle avait été assez claire. Elle serait pour toujours la Fille du Musée Qui M'Avait Envoyé Promener.

— Je te souhaite un bon voyage, Tirso. Et bonne chance.

Elle fit demi-tour et s'en alla. Je restai quelques secondes à la porte sans savoir quoi penser de cette brève visite.

Je m'assis sur le canapé. Je tenais encore le papier que Danny m'avait donné. On aurait dit une coupure de journal. C'était en espagnol.

OFFRE D'EMPLOI

Si vous avez entre 25 et 45 ans, une licence ou un doctorat ès lettres, si vous connaissez des langues étrangères et êtes prêt à voyager, nous offrons : un travail bien rémunéré pour occuper un poste dans le secteur public. Consultez la page Web www.CNQ.gouv.es pour plus de précisions.

"Un poste dans le secteur public", autrement dit un contrat de fonctionnaire. Ma mère serait fière de moi. La coupure de journal ne contenait aucun autre détail sur cette proposition.

J'allai dans ma chambre, allumai mon ordinateur portable et me connectai à Internet. Je tapai l'adresse Web citée sur l'annonce.

Un écran totalement noir apparut, sans emblème ni logo d'aucune sorte. La seule chose visible, c'était un message insipide écrit en lettres blanches.

Dans l'angle inférieur gauche de l'écran, en petits caractères, on pouvait lire : "Adr. Webmaster : 1, rue de los Hermanos Bécquer. Madrid."

C'était tout.

Je cliquai plusieurs fois, mais il n'y eut aucun changement sur l'écran. Je tapai quelques mots au hasard, sans résultat. Intrigué, je relus plusieurs fois la coupure que Danny m'avait donnée, cherchant quelque chose qui ressemble à un code d'accès, mais en vain.

Côté information, ça laissait à désirer ; côté plaisanterie, c'était absurde. Cette annonce stupide ressemblait au canular d'un esprit désœuvré.

Frustré, j'éteignis l'ordinateur et m'occupai de ma valise.

Le vol EasyJet Londres-Madrid atterrit à l'heure prévue à l'aéroport de Barajas. Il avait décollé de Gatwick à six heures et demie du matin, aussi étais-je encore un peu abruti quand on toucha le sol. De plus, j'avais les oreilles bouchées.

Je n'étais pas encore très réveillé quand je quittai la zone de débarquement à l'aéroport. J'entendis soudain une voix : j'aurais préféré qu'elle sorte tout droit de mon imagination.

— Tirso ! Mon fils, je suis là !

Faire demi-tour n'était pas une solution, retourner dans la zone de réception des bagages non plus, donc je respirai un grand coup et me préparai à rencontrer ma mère.

Le Dr Alicia Jordán avait belle allure pour une femme qui avait dépassé le demi-siècle d'existence. J'avais encore en mémoire les jours où, en nous voyant ensemble, on nous prenait pour frère et sœur.

Quand elle donnait ses cours à l'université, son amphi était toujours plein à craquer, avec même une forte participation d'auditeurs qui venaient uniquement pour le plaisir de l'écouter ; elle était citée dans les remerciements de dizaines d'essais et de publications sur l'archéologie, toujours en termes excessivement flatteurs. Il y avait des années qu'elle ne donnait plus de cours, mais elle était toujours en contact avec la plupart de ses étudiants, qui l'adoraient. De fait, elle avait passé plus de temps avec eux qu'avec moi.

Avant tout, je dois préciser que j'aime ma mère, et je suis sûr qu'elle ne me trouve pas du tout antipathique. Le principal problème du Dr Jordán, c'est que l'instinct maternel n'est pas son fort.

Disons que je suis apparu dans sa vie sans y avoir été invité. J'exagérerais si je disais que j'avais été ce qu'on appelle un "fils non désiré", mais j'étais plutôt imprévu.

Quand ma mère rencontra mon père, elle aspirait à devenir professeure, promise à un bel avenir. À l'époque, elle avait déjà publié plusieurs ouvrages, qui aujourd'hui encore figurent dans toutes les bibliographies de base, et elle avait gagné à la force du poignet la haine de ses collègues misogynes de vocation (signe indubitable qu'elle valait beaucoup mieux qu'eux). C'était une jeune femme indépendante qui se vouait corps et âme à sa carrière.

Je n'étais pas prévu dans ses projets.

Compte tenu de tous ces éléments, je serai toujours reconnaissant à ma mère, parce qu'elle m'a donné une chance de vivre. Il est probable qu'une autre, dans la même situation, m'aurait renvoyé à l'endroit d'où j'étais venu. Pas elle.

Elle considère sans doute qu'ayant pris cette décision elle a rempli toutes les obligations que la nature exigeait d'elle. Sa césarienne à peine cicatrisée, commença mon pèlerinage chez toute une ribambelle d'oncles éloignés et postiches qui prirent soin de moi jusqu'à ce que j'aie l'âge de défiler dans divers internats, tandis qu'elle voyageait de côté et d'autre en choyant le développement de sa carrière dont elle avait accouché avec tant d'efforts. Je compris très tôt que son travail était le fils préféré qui accaparait la plus grande partie de son affection.

Parfois, par ennui, ou parce qu'un film vu au cinéma avait touché la corde sensible, elle oubliait son travail et passait un certain temps avec moi, jouant à être une maman. Un jeu dont elle se lassait assez vite. L'alternance entre l'indifférence absolue et les effusions débordantes ne cessait de me déconcerter.

J'ignorais ce qu'elle faisait à l'aéroport ce matin-là. Je ne lui avais pas demandé de venir et elle ne m'avait pas dit qu'elle viendrait m'attendre.

Elle affichait un sourire éteint. Elle était très hâlée, à peine maquillée, avait une simple queue de cheval et portait un jeans usé. Je me préparai mentalement.

— Je suis ravie de te voir, Tirso. Tu as bonne mine.

— Merci, toi aussi, répondis-je sobrement.

— C'est tout ce que tu as comme bagages ? Bien… Allons-y. Ma voiture est au parking – je la suivis avec résignation dans le terminal sans dire un mot. En revanche, elle parlait sans s'arrêter. Je suppose que tu dois être fatigué du voyage. Un bon petit-déjeuner te fera du bien. Il y a ce qu'il faut à la maison. Je t'ai préparé ta chambre pour que tu sois à l'aise pour t'installer.

— Ma chambre ? Quelle chambre ?

Nous ne vivions plus ensemble depuis mon entrée à l'université. Autant que je sache, ma mère logeait dans un appartement du centre qui n'avait qu'une seule chambre.

— C'est un peu long à expliquer… Et si tu commençais par me raconter comment ça s'est passé en Angleterre ?

— Pas très bien, dans la mesure où je suis revenu parce que j'ai été licencié.

— Ah oui, c'est vrai. Mon fils, je veux que tu saches que je ne te rends pas responsable de ce qui t'est arrivé. J'ai vécu pendant de longues périodes à Londres, comme tu le sais, et je sais combien ces Anglais peuvent être coincés.

Je me moquais bien qu'elle me croie responsable ou pas, mais je compris avec soulagement que j'échapperais à un sermon sur la responsabilité, la serviabilité et autres vertus de ce genre.

On monta dans la voiture. Ma mère a de la fortune, non seulement parce qu'elle a de gros revenus, mais parce qu'elle est une bonne épargnante qui n'a jamais eu de goût de luxe. Elle avait sa vieille Seat Ibiza depuis des années.

Sur le chemin du retour, j'égrenai peu à peu les détails de mon séjour à Canterbury. J'expédiai mon renvoi du musée en quelques mots, car je n'avais pas envie de lui parler du vol auquel j'avais assisté, ou auquel j'avais cru assister.

On arriva enfin dans le centre, où se trouvait le domicile de ma mère. C'était un appartement moderne, dans la rue Fuencarral, en face d'un cinéma multiplexe et au-dessus d'un Taco Bell.

Ma mère gara la voiture au sous-sol, et on monta directement dans un joli appartement donnant sur la rue. Il régnait une forte odeur de désinfectant parfumé. La maison avait une décoration soignée, mais impersonnelle, comme si on avait recopié les photographies du catalogue d'une boutique de meubles. Je cherchai une photo de moi accrochée au mur ou sur un meuble, mais en vain.

— Ça te plaît ? dit ma mère. Une femme de ménage passe toutes les semaines. Suis-moi, je vais te montrer ta chambre.

Comme le reste de la maison, on aurait dit qu'elle n'avait jamais servi. Les meubles étaient en bois clair, et il y avait des maquettes de bateaux encadrées et de grandes photographies de vues nocturnes de villes accrochées aux murs. C'était aussi accueillant qu'une chambre d'hôtel.

— Toutes ces armoires sont vides, dit ma mère. Si tu as du linge sale, tu peux le laisser dans le panier de la salle de bains, la bonne se chargera de le laver. Et dans ce placard, il y a des serviettes propres, si tu veux prendre une douche. La salle de bains est là, derrière cette porte.

J'avais envie de lui donner un pourboire et d'accrocher à la poignée de porte l'affichette NE PAS DÉRANGER. Au lieu de cela, je lui demandai :

— Et ta chambre, où est-elle ?

Elle évita mon regard.

— Heu… Moi je ne reste pas… Tu sais, il est arrivé quelque chose d'inattendu. Je reviens juste de Barcelone où je donnais un séminaire. J'ai loué cet appartement en arrivant. J'ai payé une année d'avance.

— Une année entière ? C'est beaucoup…

— Je voulais me consacrer à l'écriture d'un nouveau livre. Mais on vient de me proposer de diriger des fouilles près de Tolède. C'est un projet magnifique, et je ne sais combien de temps je devrai rester là-bas… Il faudra que je m'installe à Tolède pendant un certain temps. Hélas, je ne peux pas récupérer l'argent de cet appartement, alors je me suis dit que tu pourrais l'occuper. Je serais bien embêtée que tout cet argent se perde.

N'importe quel fils considérait comme un privilège que sa mère lui offre une année gratuite de location. Mais je savais que s'il n'y avait pas eu ce danger de gaspillage (un mot que ma mère abhorrait), nous n'aurions pas eu ce genre de conversation. Et elle ne serait même pas venue me chercher à l'aéroport. Il n'y avait pas de tendresse dans son geste, juste la crainte d'une dépense inutile.

— Merci. Je serai très bien ici.

— Magnifique. Je suis ravie que tu acceptes que je t'aide un peu dans cette mauvaise passe. C'est mon rôle.

Dans sa bouche, on aurait dit un mantra qu'elle voulait intégrer. Très bien, c'était son droit. Il faut reconnaître qu'elle croyait à ce qu'elle disait, même si ses mobiles n'étaient pas très sentimentaux.

— Oui, très bien… Enfin… Ça me plaît beaucoup… La maison, tout ça…

Elle jeta un coup d'œil à sa montre.

— Écoute, j'ai encore le temps de prendre un petit-déjeuner avec toi avant de retourner à Tolède.

On s'installa à la cuisine américaine, au bout du séjour. Elle se mit à fouiller pour trouver un grille-pain, un jus de fruits quelconque et du café.

— Un jour, tu auras peut-être envie de venir voir les fouilles, ajouta-t-elle. C'est un très beau projet.

Son visage s'illuminait quand elle parlait de son travail. Elle rajeunissait presque. Je comprenais pourquoi ses élèves la vénéraient. Elle transmettait tellement d'enthousiasme que, dans ce genre de circonstances, j'étais prêt à oublier les années de sa maternité plus que douteuse. Quel dommage : si j'avais connu ma mère dans un autre contexte, nous aurions sûrement été de bons amis.

— Que vas-tu fouiller ?

— Un gisement dans le château de Montalbán. Tu connais ?

— La forteresse templière qui est près de Melque ?

— Tout juste. En réalité, la présence templière est très tardive, elle date du début du XIIIᵉ siècle. On a toujours eu la conviction que la forteresse existait déjà au temps de la domination arabe, mais aucun document ne le confirmait. Il n'y a pas longtemps, on a découvert par hasard ce qui semble être le début d'un tunnel qui passe sous les fondations du château, et qui pourrait remonter à une époque plus ancienne… Tu veux du thé ?

— Non, merci.

Je suis allergique au thé mais, naturellement, elle est incapable de s'en souvenir.

— Juste un jus de fruits, ajoutai-je.

— Prends, sers-toi. Donc, après une première analyse du terrain, on a découvert qu'en réalité il n'y a pas un seul tunnel, mais tout un réseau. Nous procédons à des sondages pour tenter de voir jusqu'où ils vont et combien il y en a au total.

— Ça m'a l'air intéressant.

— N'est-ce pas ? Pense à toutes les possibilités : non seulement on peut avoir la date de construction précise du château, mais aussi la confirmation d'une thèse que je défends depuis longtemps ; tu te souviens du livre que j'ai écrit il y a des années sur le sujet ?

Étude sur l'ensemble médiéval de la Puebla de Montalbán : église Santa María de Melque et château de San Martín. Oui, je m'en souvenais. Le jour où ma mère présentait cet ouvrage en public, on m'opérait de l'appendicite. J'avais dix ans. Elle vint me voir à l'hôpital deux jours plus tard et m'apporta des photos de cette présentation.

— Ça me dit quelque chose, répondis-je. Tu disais que l'église de Melque et le château communiquaient par des tunnels ?

— Exact – elle laissa échapper un éclat de rire. La moitié du département d'art médiéval m'est tombé dessus comme une meute de hyènes. Pour un peu ils auraient soutenu que j'avais des visions ! Si ces fouilles confirment mes soupçons, plus d'un de ces vieux fossiles va s'étrangler dans sa bouillie, je te le dis.

— J'en suis ravi pour toi. Je te souhaite bonne chance.

— Merci, mon fils. C'est très important pour moi. Tu verras comme tu seras fier de ta mère.

À vrai dire, je l'étais déjà. Je ne pouvais pas m'en empêcher. En tant que mère, c'était une catastrophe, mais il fallait être mesquin pour ne pas reconnaître qu'elle était une femme remarquable.

— Allons, assez parlé de moi ! C'est toi le nouvel arrivant et je ne cesse de te ravir la vedette.

— Tout ce que je pourrais raconter est beaucoup moins intéressant.

— Sans vouloir te mettre la pression, as-tu pensé à ce que tu vas faire maintenant que tu n'as plus de travail ?

— J'aimerais continuer ma thèse de doctorat, répondis-je sans enthousiasme – l'idée de me plonger dans le monde de la céramique califale avait tendance à me déprimer. En attendant, peut-être que quelque chose de nouveau va se présenter.

— Bien sûr, ta thèse est très importante, et je suis heureuse que tu la prennes au sérieux. Mais je comprends que tu aies besoin de toucher un salaire dès que possible. Je pourrais peut-être te donner un coup de pouce pour trouver un travail.

Je pris peur.

— Je t'en remercie, mais je ne suis pas sûr d'être à ma place dans tes fouilles…

— Bien sûr que non : comme je suis ta mère, on pourrait m'accuser de népotisme. Je pensais à autre chose.

Elle sortit un papier de son sac, un message mail qu'elle me tendit.

— Il y a deux jours, quelqu'un de l'université a diffusé ça sur l'Intranet. Cela pourrait t'intéresser.

Je lus le message, d'abord sans grand intérêt. Mais je fus frappé par une coïncidence étrange : c'était la proposition de travail que Danny m'avait transmise avant que je quitte Canterbury. Rédigée en termes identiques et aussi avare d'informations.

— Je ne crois pas que ça me serve à grand-chose. Je connaissais déjà cette annonce et j'ai l'impression que c'est une sorte de spam.

— Tu en es sûr ? La plupart des propositions qui nous parviennent par Intranet sont plutôt intéressantes, il n'y a presque jamais de message-poubelle.

— Quand tu as reçu cette annonce, tu te rappelles s'il y avait aussi un code de sécurité ou un truc de ce genre ?

— Un code… ? Non, pas du tout. Pourquoi cette question ?

Je sortis mon ordinateur de ma valise et l'apportai à la cuisine. Ma mère et moi regardions l'écran pendant que je l'allumais et pianotais sur Google l'adresse Internet de l'annonce.

Elle claqua la langue d'un air réprobateur. Je savais que c'était le prélude à une critique. La bande-son de ma mère. Je détestais cette manie.

— Qu'y a-t-il ?

— Rien. Je me demandais juste… Tu utilises encore Google ?

— Un problème ?

— Aucun, si tu cultives la nostalgie du passé. Pourquoi diable n'utilises-tu pas Voynich, comme tous ceux qui vivent au XXIe siècle ? Et tu as encore Windows comme système ? Tu devrais acheter un ordinateur équipé de Zipf.

— Tu as des actions chez Voynich, maintenant ?

Elle dut sentir que je n'étais pas content. D'un geste, elle me signifia qu'elle gardait la bouche close, et elle me laissa manipuler Google à ma guise. Bientôt apparut l'écran noir qui demandait un code d'accès pour pouvoir continuer.

— C'est bizarre, dit ma mère en mordillant une mèche de cheveux qui s'était détachée de sa queue de cheval. Vraiment bizarre… Attends… Laisse-moi essayer avec…

Elle pianota sur le clavier, mais l'écran ne changea pas.

— Qu'as-tu mis ?

— Notre code de sécurité d'Intranet. On ne sait jamais. C'est curieux, pourquoi quelqu'un ferait-il circuler dans le département une proposition de travail à laquelle on ne peut accéder qu'avec un code restrictif ? Ça n'a pas de sens.

— Je te l'ai dit : c'est sans doute un spam.

Ma mère n'était pas très convaincue.

— Tu as vu ça ? – elle indiquait la partie inférieure de l'écran. "Adr. Webmaster : 1, rue de los Hermanos Bécquer. Madrid." Voilà qui me paraît vraiment étrange : cette adresse est le siège central de la Banque nationale de Paris. C'est une sorte de petit palais qui occupe presque tout un pâté de maisons.

— Tu en es sûre ?

— Absolument. J'ai une amie qui vit à côté, dans la rue Serrano. Je suis passé très souvent devant : ce n'est pas loin d'ici.

— Banque nationale de Paris. BNP. Ça ressemble vaguement à CNQ, la proposition de travail vient peut-être de là.

— Je ne crois pas. Le nom de domaine "gouv" est un domaine de l'État : l'adresse Web d'une banque privée ne pourrait pas finir de cette façon.

— Tu as une idée du sens du sigle CNQ ?

Ma mère secoua la tête.

— Aucune, en tout cas rien qui puisse nous parvenir par l'Intranet de l'université… Je ne sais pas, Centre national des quotas ?… Mais c'est idiot. Ça n'existe même pas… C'est vraiment très intrigant, tu ne trouves pas ?

Le côté chercheuse de ma mère, hypertrophié depuis des décennies à force de fréquenter les bibliothèques et les gisements archéologiques, semblait voir une sorte de défi personnel dans cette annonce.

— Hermanos Bécquer… Rue des Frères-Bécquer…, répéta-t-elle pour elle-même, sans quitter l'écran des yeux.

En l'entendant, j'eus une idée.

— Sem.

— Pardon ?

— Une bêtise dont je viens de me rappeler. Les deux frères Bécquer, le poète Gustavo Adolfo et son frère Valeriano, le peintre ; ils publiaient des vers satiriques brillants qui dénonçaient la corruption du gouvernement d'Isabelle II. Ils signaient sous le pseudonyme de "Sem".

— C'est vrai. Sem… 1, rue des Frères-Bécquer… Numéro un… Au fait ! Le nom du premier fils de Noé, du premier, du numéro un, c'était Sem… !

— Je sais : Sem, Cham et Japhet. Et alors ?

— Trop de hasards.

Ses doigts coururent sur le clavier.

"Veuillez composer le code d'accès."

Ma mère écrivit trois lettres.

SEM

L'écran changea et une nouvelle page apparut, sur laquelle se détachait un titre :

CNQ. PROCESSUS DE SÉLECTION DU PERSONNEL
Veuillez lire attentivement les conditions exposées ci-dessous

Ma mère frappa dans ses mains victorieusement.

— Ah, on le tient ! – elle me regarda, le doigt pointé sur moi. Première règle du chercheur, Tirso : ce que tu cherches est souvent sous ton nez.

Je l'écoutais à peine. Je me rappelle que je regardais l'écran avec une pointe de méfiance.

Je me demandais à quoi pouvait ressembler un travail dont on ne pouvait lire la proposition qu'après avoir résolu une énigme.

Ma mère s'en alla, en promettant vaguement qu'on se reverrait bientôt. J'abondai dans son sens, tout en sachant que cette éventualité était hautement improbable. Après des adieux hâtifs, je me retrouvai enfin seul.

Je pris une douche et m'habillai plus à l'aise. Plus détendu, je retournai voir ce que nous avions découvert, ma mère et moi.

Cette nouvelle page n'était guère plus élaborée que la précédente : sur un fond blanc, on voyait l'en-tête et, en dessous, une série de précisions.

Pour ce poste, on demandait quelqu'un de dynamique, ayant de profondes connaissances dans le domaine des humanités, si possible licencié ou docteur en histoire, histoire de l'art ou beaux-arts ; il était précisé que toute autre licence serait la bienvenue. On exigeait du candidat qu'il soit citoyen espagnol, entre vingt-cinq et quarante-cinq ans, qu'il n'ait pas de maladie ou de handicap grave, qu'il soit bilingue en anglais, français ou allemand ; qu'il n'ait pas de casier judiciaire et ne soit pas inapte à exercer dans la fonction publique. Ensuite, il y avait une clause rédigée en petits caractères : *Il est hautement souhaitable que le/la candidat/e soit célibataire et n'ait aucune famille à charge.* Bizarre.

Enfin, les personnes intéressées étaient priées de se mettre en contact avec un numéro de téléphone, avec préfixe de Madrid. Rien n'était spécifié sur le genre de travail proposé, ni sur la nature de l'organisme demandeur.

La seule piste, c'étaient les lettres CNQ, écrites en bleu sur un étrange dessin qui représentait une colonne classique coupée en deux au-dessus de laquelle flottait une main ouverte, en flammes, avec, à l'intérieur de la main, un œil ouvert. La colonne était entourée d'une couronne végétale et cet ensemble était coiffé d'une seconde couronne, comme celle qui décorait les en-têtes du gouvernement.

J'hésitai à composer le numéro qu'on donnait. Je persistais à penser qu'il y avait quelque chose d'étrange dans cette annonce.

Finalement, j'appelai.

Presque aussitôt, j'entendis une voix à l'autre bout du fil. Une voix de femme.

— Musée archéologique national, bonjour.

Les choses se précisaient. J'étais rassuré de savoir qu'il y avait au moins un organisme identifiable et apparemment sérieux derrière tout cela.

— Bonjour. J'appelle pour l'offre d'emploi.

— Désolée, en ce moment le musée n'a entamé aucune procédure de recrutement de personnel.

— Excusez-moi, il doit y avoir une erreur. J'ai la proposition sous les yeux…

— Le musée est fermé pour travaux. Il ne reprendra pas ses activités avant la fin de cette année ou le début de l'an prochain.

— Écoutez, je parle de la proposition qu'on trouve sur la page du CNQ.

La voix ne répondit pas immédiatement.

— Ne quittez pas, je vous prie.

Je perçus un déclic. La ligne resta silencieuse un moment qui me parut trop long. Puis j'entendis une autre voix, masculine, cette fois.

— Bonjour.

— Bonjour. J'appelle pour…

— Je sais. Pouvez-vous me donner le code d'accès ?

— C'est… Sem ?

— Comment l'avez-vous trouvé ?

La conversation prenait un tour irréel, comme un dialogue entre deux personnages de John le Carré.

— Heu… Il y avait une allusion aux frères Bécquer, et "Sem" était le pseudonyme qu'ils utilisaient… – j'hésitai. Sem était aussi le fils aîné de Noé…

— D'accord, interrompit la voix. La sélection proprement dite aura lieu le 4 à huit heures du matin et se

terminera dans l'après-midi. Prenez l'adresse : 51, rue Príncipe de Vergara. C'est noté ?

— Oui, le 51, entendu.

— Quel est votre nom ?

— Tirso Alfaro.

— Vous confirmez votre participation à l'épreuve de
sélection, monsieur Alfaro ?

— Oui, bien sûr, je la confirme.

— En ce cas, vous devrez apporter une photocopie de
votre carte d'identité, de votre carte d'assuré social, de votre
curriculum, de votre dernière déclaration d'impôts, et de
vos relevés de comptes de ces trois derniers mois. Vous pouvez avoir tout cela pour le 4 ?

— Oui, oui… Je crois, mais…

— Quand vous arriverez, donnez simplement votre nom
et vos papiers à l'entrée. C'est tout.

— Je pourrais savoir en quoi consistera, plus ou moins,
cette épreuve de sélection ? C'est une sorte d'entretien personnel, ou… ?

— Pour le moment, je ne peux pas vous donner cette
information.

— Et sur le genre de travail que vous proposez ? L'annonce n'était pas claire.

— Je ne peux pas non plus vous donner cette information. Désolé.

La personne qui était à l'autre bout du fil raccrocha.

5

VOYNICH

Le numéro 51 de la rue Príncipe de Vergara était un bâtiment sur deux niveaux d'aspect éclectique. Il y en a beaucoup de ce genre à Madrid, presque tous datent du début du siècle dernier et se trouvent le plus souvent dans des quartiers où les soucis de fin de mois n'empêchent pas les habitants de dormir.

Devant la porte d'entrée, je vis un panneau : Collège San Antonio María de Ligorio. Il n'y avait pas d'élèves : on était dimanche matin. Un jour plutôt étrange pour une séance de travail.

Je sonnai à l'interphone et la porte s'ouvrit. Je me retrouvai dans un hall, genre entrée de collège, avec des affiches placardées sur les activités extrascolaires et d'autres avec le menu de la cantine, à côté d'une série de maximes édifiantes écrites sur des cartons de toutes les couleurs : FORCE DE LA VERTU QUI OUVRE LA VOIE... et autres phrases du même genre.

Le portique détecteur de métaux et l'agent de sécurité n'étaient sûrement pas des éléments courants dans ce collège.

Je donnai mon nom au gardien, ainsi que les documents qui m'avaient été demandés. Il me prit aussi mon téléphone portable, que je pourrais récupérer en repartant, précisat-il. Enfin, il m'indiqua comment trouver la salle où aurait lieu la sélection.

C'était une assez grande salle, presque un amphi. Il y avait plusieurs rangées de pupitres face à une estrade équipée d'un bureau et d'un tableau vert, un vieux modèle. Je ne vis personne sur l'estrade.

Les pupitres, en revanche, étaient presque tous occupés par des femmes et des hommes de tous âges. Il y avait trente ou quarante personnes, toutes silencieuses, le regard tourné vers différents endroits de l'amphi, et se jaugeant discrètement les unes les autres.

Je me dirigeai vers un pupitre vide, en bout de rangée, à côté d'un jeune homme qui portait un tee-shirt à manches longues et un jeans. Je me dis qu'à côté de lui ma tenue, non moins décontractée, n'attirerait pas l'attention.

— Cette place est libre ? demandai-je.

— Elle est à toi.

— Merci.

Sur le pupitre, il y avait des feuilles vierges et un stylobille. J'attendis en silence.

— Tu as l'heure ? me demanda l'homme en jeans.

— Désolé, je n'ai pas de montre, et mon portable est resté à l'entrée.

— Pas grave – il me sourit d'un air aimable et me tendit la main. Je m'appelle Marc.

En répondant à son salut et en me présentant, je le regardai plus attentivement. Il semblait avoir mon âge. Des cheveux très courts, presque à ras, et un air souriant et détendu. Ses grands yeux bleus me regardaient sans la moindre trace de réserve ou de méfiance, réaction inhabituelle quand deux candidats au même poste se retrouvent au moment de la sélection.

Il avait un cou épais et des épaules larges, et ses muscles étaient visibles sous son tee-shirt. Le genre de type dont on aurait pu voir le portrait sur un sac d'Abercrombie & Fitch, avec des yeux de toutou et des abdos saillants. Il était littéralement encastré dans le petit espace du pupitre, comme si bras et jambes débordaient de partout.

— Tu es de Madrid, Tirso ? – je répondis par l'affirmative et il poursuivit : Moi j'arrive de Barcelone. J'espère avoir un peu de chance, je n'aimerais pas avoir fait le voyage pour rien.

— Toi aussi, tu as vu l'annonce sur Internet ?

— Non. Quelqu'un l'avait mise sur le tableau d'affichage de la bibliothèque où je travaille… Tu as mis longtemps à résoudre l'énigme ?

— Pas trop, mais vraiment par hasard.

— Pour moi, ça a été presque instantané, dit-il – il ne me donna pas l'impression de se vanter. J'ai trouvé que c'était une idée très maligne, je veux dire de dissimuler un code d'accès… En quelque sorte, c'est un premier tri, tu ne crois pas ? Je suis sûr qu'il s'agit d'un boulot formidable. Il y a des mois que j'attends ce jour.

— Des mois ?

— Oui, j'ai vu l'offre en mai. Depuis que j'ai fini mes études, je n'ai pas encore trouvé de boulot stable.

— Quel genre d'études ?

— Une double licence en anthropologie et biologie humaine.

— Ah oui ! dis-je, impressionné.

À côté de cela, ma modeste licence en histoire de l'art avait l'air aussi déterminante qu'un cours de coupe et confection par correspondance.

— Je ne savais pas qu'à Barcelone il y avait une telle variété de matières, ajoutai-je.

— Non, pas à Barcelone. C'est une section interdisciplinaire qu'on ne trouve qu'à l'université Stanford. C'est là-bas que j'ai fait mes études, mais je suis de Barcelone.

Je haussai les sourcils et acquiesçai poliment. Voilà un candidat à prendre en considération, me dis-je. J'espérais que le cursus universitaire n'aurait pas trop de poids dans ces épreuves, sinon je ne pourrais rien contre ce bûcheur aux allures d'idole adolescente.

À ce moment-là, quelqu'un entra dans la salle et se posta devant l'estrade pour attirer l'attention de l'assistance.

C'était un homme plutôt jeune, très grand. Son torse était comme un triangle inversé, et ses traits étaient secs, tranchants, un assemblage d'angles, à l'exception de sa petite bouche cernée de lèvres épaisses. Il était brun et avait les paupières un peu tombantes, comme les gens qu'on vient d'arracher à un sommeil lourd.

Il portait un costume noir, une chemise blanche, une cravate longue et étroite, de la couleur du costume. Il monta sur l'estrade, déboutonna sa veste et s'assit au bord du bureau, dans une attitude détendue.

— Bonjour. Je suis M. Burgos. Je vais vous accompagner tout au long du processus de sélection et je vous expliquerai tout ce que vous aurez besoin de savoir pour réussir. Avant de commencer, je vous prierai de retourner la feuille qui est sur votre table – on entendit le chuchotis de dizaines de feuilles qu'on retournait. Il s'agit d'un engagement de confidentialité. Il y est stipulé que vous ne pouvez divulguer aucune étape du processus une fois achevée la sélection. Vous êtes obligés de le signer si vous voulez continuer. Dans le cas contraire, vous devrez quitter les lieux.

Une fille qui était assise devant moi leva la main.

— Désolé, il ne sera répondu à aucune question, sauf décision contraire de ma part, dit M. Burgos – la fille baissa le bras timidement. Vous avez cinq minutes pour lire le document et le signer.

J'y jetai un coup d'œil. C'était un document peu disert qui allait droit au fait. En résumé, il s'agissait d'un pacte de silence rédigé dans un jargon juridique. Je le signai, comme tous les autres candidats.

M. Burgos reprit la parole :

— Veuillez le passer à la personne qui est devant vous pour que je puisse les collecter.

Ensuite, ajouta-t-il, il allait nous distribuer un test psychotechnique. Nous aurions cinquante minutes pour le remplir.

Le test était une liasse de plusieurs pages et comportait des questions en tout genre : des séries de chiffres, de lettres, combinées, des questions sur les synonymes, les antonymes, les analogies, l'orthographe, le calcul, le raisonnement spatial, le raisonnement déductif… Certaines étaient très simples et d'autres absurdement compliquées. Je ne sais pas exactement à combien de questions je pus répondre en cinquante minutes.

Ensuite, sans presque nous laisser le temps de souffler, un questionnaire de langues : une partie pour évaluer notre niveau en anglais, une autre en français et une autre en allemand. Nous pouvions répondre à toutes ou à une seule. Je me contentai de remplir la partie en anglais. Elle était pleine de textes rédigés dans les jargons techniques les plus compliqués, et beaucoup de questions concernaient la connaissance du parler familier.

Une heure plus tard, M. Burgos annonça une troisième épreuve : culture générale. Nous avions quatre-vingt-dix minutes pour y répondre. La plupart des questions portaient sur l'histoire et l'art. Là, j'étais beaucoup plus à l'aise : dans ces domaines, il est difficile de poser au fils d'Alicia Jordán une question à laquelle il ne sache répondre.

Après cette épreuve, il y en eut une autre. Beaucoup d'entre nous s'agitaient sur leur siège, mal à l'aise, et certains semblaient avoir un besoin urgent d'aller prendre l'air. Je me demandais combien de temps encore on comptait nous garder enfermés.

La quatrième épreuve était simple en apparence. Il fallait d'abord remplir une série de données personnelles.

Quelques renseignements d'ordre familial : nom du père et de la mère, et leur situation professionnelle. Nom et nombre des frères et sœurs, s'il y en avait, grands-parents... Puis centres d'intérêt et goûts personnels, depuis les livres favoris jusqu'aux films préférés ; les pays où on était allés, si c'était pour le plaisir ou pour le travail, si on préférait voyager seuls ou en compagnie d'amis ou de parents...

Vers la fin du questionnaire, les questions étaient de plus en plus tordues :

Qualifiez et expliquez votre degré d'approbation des énoncés suivants :

"La fin justifie les moyens"

"L'art n'a pas de patrie"

"Le droit de propriété est équivalent à celui de possession"

Et d'autres phrases du même genre.

Un test personnel bien particulier. J'étais incapable d'imaginer le genre de travail qui correspondait à ces questions.

Au bout d'une heure et demie, M. Burgos récupéra les questionnaires, nous annonça que l'épreuve était terminée et que nous pouvions partir. La plupart accueillirent la nouvelle avec un véritable soulagement. Moi entre autres. J'avais vraiment envie de fumer une cigarette et de me vider la tête un bon moment.

Mon voisin de pupitre sortit en même temps que moi. Marc voulait savoir comment je m'en étais sorti. Je dis des banalités et je lui retournai la question.

— Je crois m'être assez bien défendu, répondit-il. J'ai quelques doutes sur les questions de langues. Je suis plus rouillé que je ne le pensais.

— Sûrement pas : après tout, tu as fait tes études aux États-Unis.

— Oh, ce n'est pas à cause de l'anglais… Quant au français, je n'ai pas de problème non plus. C'est l'allemand qui m'inquiète : il y a longtemps que je ne l'ai pas pratiqué.

Alors, je compris que mon seul rôle dans ce recrutement était celui de figurant. La seule personne avec qui j'avais parlé avait une double licence à Stanford et dominait trois langues. Je préférais ne pas imaginer le genre de génies qui avaient occupé les autres pupitres.

— C'était une drôle d'expérience, tu ne trouves pas ? me dit Marc.

— Plutôt intense.

Marc éclata de rire.

— Je ne te dirai pas le contraire… Bon, on se revoit un de ces jours, dit-il en me serrant la main. À plus, Tirso. Et bonne chance.

— Merci. Pareil pour toi.

Chacun repartit de son côté. Je ne regrettai pas de le perdre de vue. C'était un garçon gentil, mais je ne le trouvais pas sympathique, sans savoir pourquoi.

Simplement, il ne me plaisait pas.

Quelques jours plus tard, je reçus deux appels. Le premier, le matin. L'écran de mon portable affichait un numéro de téléphone plus long que la normale.

— Tirso Alfaro ?

— C'est moi.

— Je vous appelle pour vous informer que vous êtes admis à l'étape suivante du processus de sélection pour le poste au CNQ. Elle aura lieu lundi prochain à onze heures du matin. Vous devez vous présenter à cette adresse. Prenez note – je pris un crayon dans l'entrée et griffonnai l'adresse sur le menu d'une pub d'un restaurant chinois. C'est bon ?

— Oui : 13, rue Serrano.

— Parfait. Donnez simplement votre nom en entrant et on vous indiquera ce que vous devez faire. Vous avez compris ?

— Très bien. Merci.

— Monsieur Alfaro.

— Oui ?

— Je vous conseille de mettre des vêtements et des chaussures dans lesquels vous vous sentirez à l'aise.

Fin de la communication.

Un tas de questions me restèrent en travers de la gorge.

Je retournais cette adresse dans ma tête. 13, rue Serrano. Elle me disait quelque chose. Je vérifiai dans l'annuaire et découvris que c'était l'adresse du Musée archéologique national.

Je reçus un autre appel dans l'après-midi. Un camarade de fac qui maintenant vivait à Valence. Il était venu passer deux jours à Madrid pour son travail et il avait envie de retrouver quelques vieux camarades.

Depuis mon retour de Canterbury, j'avais beaucoup négligé ma vie sociale, aussi lui dis-je que je serais ravi d'aller à ce rendez-vous.

Je n'avais plus beaucoup de contacts avec mes anciens camarades d'études : les mariages et les destins professionnels avaient fait des ravages dans nos relations, attribuant à chacun des routines impossibles à coordonner.

Mon ancien camarade mentionna le nom de ceux qui viendraient à cette soirée. Entre autres noms cités, il y avait celui de Silvia.

Silvia. Un vieux souvenir. Pas très agréable.

Le premier amour ne s'oublie jamais. Et s'il est le seul, l'empreinte qu'il laisse équivaut à une brûlure en pleine poitrine.

Elle était jolie, Silvia. Elle avait les cheveux châtains, presque roux, et les yeux verts, très beaux. Le visage ovale et doux, avec juste assez de taches de rousseur sur le nez et les pommettes. Une fois, un peu éméché, je lui avais dit que ce n'étaient pas des taches de rousseur, mais des brins de cannelle qu'on avait saupoudrés sur elle quand elle était petite, voilà pourquoi elle était si douce. Elle éclata de rire et dit que j'étais un peu bébête.

Cependant, je me rappelle que la première fois que je l'ai embrassée sur les lèvres, j'aurais juré qu'elles avaient un goût de cannelle.

On resta ensemble quatre ans. Les deux premières années furent fantastiques : il y avait de longues conversations jusqu'à tard dans la nuit, une complicité et du sexe dans des endroits originaux. La troisième année, les longues conversations disparurent et le sexe cessa de nous surprendre. La quatrième année, tout empira.

J'avais l'impression que cette fille joyeuse et extravertie était devenue silencieuse et apathique. Il y eut une période, très noire, où je fus obsédé par l'idée qu'elle était sur le point de me quitter. Je crois qu'elle non plus ne se sentait pas heureuse. L'un de nous deux trancha dans le vif. Peu importe qui.

Il y avait longtemps que je n'avais plus pensé à Silvia, et je ne savais pas très bien comment j'allais réagir en la revoyant.

Elle n'était pas là quand j'arrivai. Mes amis occupaient une table dans un petit bar typique, sur la place Olavide. Silvia était en chemin, me dit-on.

Je m'assis et on échangea des nouvelles. Tous semblaient avoir beaucoup de choses à raconter et je me vis bientôt relégué dans la position confortable de l'auditeur.

Silvia arriva. Seule. Je constatai qu'elle était toujours aussi jolie, mais que sa tenue vestimentaire était un peu assagie.

On s'embrassa. Ravie de me voir, elle s'assit à côté de moi et commanda une bière. On échangea quelques plaisanteries. Elle n'avait pas l'air gênée ni ennuyée de me trouver là, ce qui me soulagea d'un gros poids.

Je me détendis et commençai de profiter de la soirée. Je ris des histoires de mes camarades, évoquai quelques anecdotes et pris de l'entrain avec les bières. Et j'en bus assez pour me sentir plus bavard.

Le temps passait sans que je m'en rende compte. Après minuit, beaucoup de mes amis s'en allèrent. À l'évidence, il ne restait plus grand-chose des fêtards du temps de l'université.

Presque à notre insu, nous nous retrouvions seuls, Silvia et moi.

On se regarda en souriant, attendant le moment où l'autre s'excuserait, partirait et mettrait fin officiellement à ces retrouvailles.

Sans doute pensions-nous, l'un et l'autre, que c'était la première fois qu'on se retrouvait tous les deux depuis que nous nous étions quittés.

C'est moi qui fis le pas décisif.

— On dirait qu'il est tard, non ?

— Oui. Tu te lèves tôt, demain ?

Je secouai la tête.

— Vacances du chômeur. J'ai encore quelques annonces à voir sur une boutique Internet avant d'aller au lit.

Elle rit.

— Ça m'a l'air passionnant.

— Et toi ?

— Jour de congé.

— Vraiment ? Tu avais mis tant d'espoir dans cette soirée ?

— Non. C'est un hasard : il me restait quelques jours de vacances et j'ai dû les prendre tout de suite pour ne pas les perdre.

— Les hasards n'existent pas : cela signifie que je te propose une dernière bière avant de rentrer.

Pourquoi avais-je dit cela ? Peut-être à cause de l'alcool. Je n'étais pas ivre, mais plutôt en forme, et je me sentais à l'aise.

Silvia me lança un regard coquin.

— Je risquerais bien un dernier verre, qu'en dis-tu ?

— Internet peut attendre. Ces derniers temps, les couteaux japonais m'impressionnent beaucoup moins qu'avant. Un Havana Club ?

— Et un Johnnie Walker pour toi.

Je levai mon pichet vide.

— Aux vieilles habitudes.

— Qui est vieille, ici ?

Elle alla commander les boissons au comptoir, les ramena et s'assit à côté de moi.

— Tu veux que je te dise une chose ?

— Vas-y.

— Il y a des siècles que je ne suis pas sortie prendre un verre un lundi soir.

— C'est difficile à croire. Tu le faisais souvent. Tu prétendais toujours que prendre une cuite le week-end était digne des gamins.

— Ce que nous étions. Et je le pense encore, même si je ne bois plus le week-end.

— Tu commences à m'effrayer. Qui êtes-vous ? Qu'avez-vous fait de Silvia ?

— Je l'ai mise au travail dans une foutue multinationale de huit à quinze heures, cinq jours sur sept. Je crois que c'est pour ça qu'elle me déteste.

— Je peux te demander quelle est cette foutue multinationale ?

— Voynich. Tu sais, un business avec Internet.

Je fis une grimace contrariée. Je venais de me rappeler ma mère.

— Ces derniers temps, je n'entends que ce nom.

— Et ce n'est pas fini, crois-moi. Oublie Google, Microsoft, Mac et tout le bataclan. En quelques années, Voynich révolutionnera le monde du Web tel que nous le connaissons

– elle eut alors une grimace de dégoût et but une longue gorgée, comme si elle voulait se noyer le palais. Mon Dieu, tu m'as entendue : je parle comme cette maudite chef de marketing… Tu vois ce qu'ils ont fait de moi ?

J'éclatai de rire.

— Ça alors, comment une fille qui rêvait de voyager à travers le monde en restaurant et en évaluant des œuvres d'art a-t-elle pu devenir la prophétesse de Voynich ?

— Un seul mot : l'argent. Tu sais quoi ? J'aime avoir de l'argent. Si j'avais en plus le temps de le dépenser, ce serait formidable.

— Si tu en as trop, tu peux toujours envisager une donation. Ce n'est pas aussi beau que de parrainer un enfant africain, mais mes dessins sont plus jolis.

Elle se remit à rire. Je me rappelai que j'aimais la voir rire. Les taches de rousseur de ses joues scintillaient comme de la purpurine.

— C'est tentant, mais je ne pourrais pas. Tout l'argent que je gagne va directement sur un compte courant destiné à financer un joli appartement, un joli mariage et un joli voyage de noces.

Je faillis avaler de travers.

— Tu vas te marier ?

— Un jour, oui. J'ai déjà le fiancé. Il me manque tout le reste.

— Mais pourquoi ?

— Parce que je le veux, répondit-elle. Les gens se marient, Tirso. À la longue, tu finis par avoir besoin de quelqu'un avec qui discuter tous les jours, sinon la vie devient vite ennuyeuse.

— Ah, bon…, dis-je, un peu déconcerté. Alors… Je suis ravi pour toi. Félicitations.

— Attends avant de déboucher le champagne, je n'ai pas encore de date. C'est juste un projet à long terme.

On se tut un moment, qui menaçait de déboucher sur un silence gêné. Elle s'empressa de le rompre en changeant de sujet.

— Et quelles sont tes perspectives de boulot ? Tu as passé des entretiens, déposé des demandes ?

— Oui. Je suis engagé dans une sorte de processus de sélection. Je crois que c'est en rapport avec le Musée archéologique – à ce moment-là, un souvenir me revint. Tu as travaillé là-bas un bout de temps, à la fin de tes études, il me semble ?

— Si on peut appeler cela un travail… C'était un stage de six mois au département de la conservation. J'y suis restée jusqu'à la fermeture du musée pour sa rénovation. Quand je suis partie, ils ne savaient toujours pas mon nom.

— Tu te rappelles avoir entendu parler d'un truc appelé CNQ ?

— CNQ ? – Silvia fronça les sourcils en essayant de se rappeler. CNQ… Comme c'est curieux, maintenant que tu le dis…

— Oui ?

— Je l'avais complètement oublié. C'est un truc dont une conservatrice du musée m'a parlé un jour – elle but une gorgée. Je ne me rappelle pas son nom, mais c'était une femme très agréable. Parfois, nous prenions un café ensemble après le travail. Le jour où mon contrat se terminait, le musée allait fermer ses portes et les travaux de restauration allaient commencer, et on en a parlé. Elle était indignée.

— Pour quelle raison ?

— Elle avait pu consulter la partie budgétaire consacrée au département de la conservation. Elle disait que quelqu'un avait gonflé les chiffres de façon scandaleuse.

— Dans quel sens ?

— J'ai oublié les détails… Elle disait qu'en réunion on avait approuvé une tranche de plusieurs milliers d'euros, mais qu'en accédant au détail des dépenses, elle avait découvert que seule une petite partie de cet argent était justifiée par des acquisitions et des améliorations concrètes ; le reste était reversé à un truc appelé CNQ. Elle m'a dit que des collègues d'autres départements s'étaient plaints de la même chose.

— Tu n'as jamais pensé à demander ce qu'était le CNQ ?

Elle haussa les épaules.

— À quoi bon ? C'était un musée national, plein de départements, et beaucoup d'entre eux étaient désignés par leur sigle.

— Et cette conservatrice n'avait pas l'intention de dénoncer ces irrégularités ?

— Non. La pauvre prenait cette affaire avec une résignation pathétique… Dans l'administration publique, ils sont habitués à ce genre de choses et personne ne lève le lièvre, par une sorte de laisser-aller. En réalité, je crois qu'elle était plus intriguée que mécontente – Silvia soupira. Un peu triste, hein ? Ma foutue multinationale a tous les défauts qu'on voudra, mais personne ne dépense un centime sans qu'on sache sa destination.

Je levai mon verre, un peu ironique.

— Je bois à Voynich et à son honnêteté.

— Moi aussi – Silvia regarda le fond de son verre –, mais pour trinquer il faut autre chose que du vide. Tu devrais retourner au comptoir et commander les deux derniers verres.

Ce ne furent pas les derniers, mais les premiers d'une nouvelle série… Les minutes fondaient comme des glaçons dans un whisky-Coca. À chaque gorgée, la pendule reculait fortement et à force de remonter le temps nous redevenions ces deux jeunes fringants de vingt ans qui faisaient connaissance. Après avoir vidé le dernier verre, je me demandai si ses lèvres avaient toujours un goût de cannelle, comme la première fois que je l'avais embrassée.

Le bar ferma. Il ne restait plus que nous. Dehors, la rue ressemblait à toutes les rues en pleine nuit : déserte et silencieuse. On n'entendait que nos voix et nos rires. Il faisait peut-être froid, mais je ne sentais rien : l'alcool me réchauffait le corps.

On partit sans direction précise. Je pris une cigarette et l'allumai.

— Je croyais que tu ne fumais plus.

— Je suis un faible. J'ai rechuté.

— Oh non, Tirso…, dit-elle sur un léger ton de reproche. Comment est-ce possible ?

J'hésitai à répondre. Je me serais abstenu si j'avais moins bu : on allait aborder le sujet de conversation épineux que nous avions évité toute la soirée.

— J'ai recommencé à fumer quand on s'est quittés.

Elle s'immobilisa, me regarda dans les yeux et ramena une de mes mèches de cheveux derrière l'oreille.

— Je suis désolée.

— Pas grave. Ce n'était pas ta faute.

Parlions-nous toujours du tabac ?

Le silence redouté s'abattit sur nous. On se remit à marcher. Ce n'était pas une façon d'éviter des mots gênants, mais une trêve pour mesurer ce que nous allions dire.

Je me rendis compte que nous nous dirigions chez moi.

— Tu sors avec quelqu'un, Tirso ?

— Non, pas en ce moment.

Elle hocha la tête, comme si elle s'attendait à cette réponse.

— J'ai beaucoup pensé à toi, dis-je.

C'était une niaiserie, mais j'éprouvais le besoin de dire quelque chose de gentil.

— Je ne te crois pas, mais merci quand même, répondit-elle en souriant. En revanche, moi j'ai pensé à toi. Quelquefois.

— Quelquefois ?

— Je me demandais si tu trouverais ce que tu cherchais.

Je me sentais incapable d'interpréter ses paroles. Trop de whisky. On arriva devant mon immeuble et je m'arrêtai.

— Tu habites ici ?

— Provisoirement.

— Bien. C'est le moment des adieux.

Elle resta immobile devant le porche, sans cesser de me regarder. Je ne pouvais me détourner de ses yeux verts ni de ses taches de rousseur couleur cannelle, qui semblaient danser autour d'elle.

Je fermai les yeux et l'embrassai.

Ce fut un long et agréable baiser. Nos lèvres étaient de vieilles amies qui s'étreignaient, depuis le temps qu'elles ne s'étaient pas vues.

Puis on se regarda, indécis.

— Tu veux monter ? demandai-je.

— Je croyais que tu devais consulter une boutique en ligne…

— Au diable Internet. J'ai déjà trop d'appareils ménagers.

Elle rit et je ne pus m'empêcher de l'embrasser à nouveau. Cette fois le baiser fut plus sérieux.

J'ouvris la porte et on entra. Pas un mot échangé. Des baisers dans l'ascenseur, des baisers sur le seuil de l'appartement et encore plus pendant que nous avancions vers la chambre en nous dépouillant de nos vêtements.

Puis je cessai d'embrasser sa bouche, et mes lèvres cherchèrent les taches de rousseur de ses joues. J'embrassai son nez, son cou, son dos. J'embrassai son corps, suivant ses courbes avec l'assurance de celui qui a déjà parcouru ces lieux. Des lieux confortables et accueillants.

C'est ainsi que je me rappelai qu'en réalité tout en elle sentait la cannelle.

Un bruit dans la chambre me réveilla. En ouvrant les yeux, un rayon de soleil me transperça la tête. J'avais le corps lourd et la bouche sèche, et l'impression d'avoir le crâne plein de sable.

Une gueule de bois exemplaire.

Pourtant, il y en a qu'on accueille presque avec plaisir. Ce matin-là, je me sentais trop bien pour qu'un simple mal de tête gâche ma bonne humeur. À l'inverse de ce que dit le mythe, je me rappelais parfaitement chaque détail de la nuit. Ou du moins les plus importants.

Je me tournai vers l'autre moitié du lit. Vide. Je me redressai. Silvia était debout, près de la porte, habillée, et elle sifflotait *Come on Eileen*, des Dexys Midnight Runners. C'était toujours une de ses chansons favorites.

Voyant que je me réveillais, elle sourit et s'assit sur le lit, à côté de moi. C'était bon signe.

— Bonjour – elle me caressa les cheveux, un contact agréable. Tu ronfles toujours horriblement, tu le savais ?

— Ah oui ? Toi aussi.

— Ce n'est pas vrai, dit-elle en me jetant un oreiller à la figure.

— Hé, attention… Moi mal au crâne. Moi gueule de bois.

— Comme c'est chou ! – elle se pencha et m'embrassa sur le bout du nez. Puis elle se mit à fureter dans la chambre. Tu sais où j'ai posé mon sac, hier ?

— Non… Peut-être dans l'entrée…

— Tu pourrais m'aider à le chercher, dit-elle en quittant la pièce.

Je sautai du lit et enfilai la première chose que je trouvai dans l'armoire. Je la rejoignis dans l'entrée, en train de passer son sac à l'épaule.

— Il était là. Je pense que j'ai tout à l'intérieur… Si j'ai oublié un truc, tu peux me prévenir ? Et je passerai le prendre à la première occasion.

— Tu t'en vas ? Même pas de petit-déjeuner… quelque chose ?

— Je crois qu'il vaut mieux que je parte.

— Oui. Je comprends – j'essayai de ne pas prendre un ton hostile, je ne voulais pas avoir l'air de lui reprocher quoi que ce soit. Nous avons trop bu et ça nous a échappé, n'est-ce pas ?

Elle rit. Ce qui me surprit.

— Allons, viens ici – elle me prit par la main et m'entraîna vers le canapé. Elle s'assit à côté de moi et de nouveau me ramena une mèche derrière l'oreille. Avant, tu n'avais pas les cheveux aussi longs. Ça me plaît. Ça te va bien – elle voulut encore me caresser les cheveux, mais je m'écartai. Tu es fâché contre moi.

— Non.

— Si, tu l'es. Tu es fâché parce que tu penses que je me sauve. Mais laisse-moi te dire que tu te trompes. Dès l'instant où je t'ai vu en entrant dans le bar, j'ai su que je me retrouverais au lit avec toi, et tu sais pourquoi ? Parce que tu me plais, Tirso. Tu me plais toujours autant – elle haussa les épaules et tendit les mains. J'en pince pour toi, tu vois. Voilà pourquoi je m'en vais. Je ne veux pas que tu me fasses du mal encore une fois.

— Moi ? Quand t'ai-je fait du mal ?

— Vivre avec toi me faisait du mal. Pas au début, je le reconnais. Mais très vite tu as commencé à t'ennuyer. Tu ne t'en rendais pas compte, mais c'était comme ça – elle se tut. Elle réfléchissait, choisissait chaque mot. Tu comprends, Tirso, je suis une fille ordinaire. Regarde, je travaille dans un bureau et j'ai des projets de mariage. Tout ce que je demande, c'est un fiancé qui me traite bien et une vie à peu près stable.

— Ce n'est pas la fille dont je me souviens, quand nous étions ensemble.

— Tu sortais avec une universitaire qui avait la tête pleine de courants d'air. Mais c'était une version post-adolescente de moi. Cette fille a toujours rêvé d'un fiancé normal et d'une vie pas compliquée. Au fond, tu le savais mieux que moi : c'est pourquoi tu en as eu assez de moi. Et cela me tuait.

— Tu n'as jamais pensé que je pourrais aussi aimer la fille qui ne voulait qu'un fiancé normal et une vie pas compliquée ?

— J'aurais bien aimé ! Tu ne peux être un fiancé normal pour personne, Tirso. Tu trimballes trop de solitude pour savoir ce que c'est.

Cette phrase était trop énorme pour qu'elle l'ait prononcée à la légère. Elle ne se rendait peut-être pas compte de la charge de profondeur qu'elle lançait contre mon cœur.

— Alors, comme ça, c'est moi qui ai un problème.

— Bien sûr que non ! dit-elle en me caressant la joue. Je n'appelle pas cela avoir un problème : il y a beaucoup de gens comme toi, Tirso. Et beaucoup de femmes qui veulent être avec des hommes comme toi. Le monde est plein de femmes solitaires qui cherchent des hommes solitaires. C'est tout. Au fond, c'est très simple, il s'agit d'une quête. Et, si je ne me trompe, tu profiteras autant de la quête que de la rencontre. C'est ce que tu es, Tirso, un quêteur.

Elle quitta le canapé et m'embrassa sur les lèvres. Puis elle recula et me lança un regard plein de tendresse. Ce n'était pas le regard d'une ex : c'était celui d'une vieille amie.

— Je n'ai pas l'étoffe d'un chercheur. Je préfère me contenter de ce que j'ai.

Je sentis peu à peu se dissiper la chaleur de ses lèvres sur les miennes. Je la regardai.

— Et que suis-je censé chercher ?

— Quelqu'un comme toi, mon chéri, dit-elle en souriant. Quelqu'un comme toi.

Silvia sortit une carte de visite de son sac et me la donna. Je la pris sans la regarder : mes yeux étaient soudés aux siens.

— Appelle-moi si tu te sens trop seul. Bavarder avec toi est toujours un plaisir : ça me rappelle le bon vieux temps.

Elle ouvrit la porte, s'immobilisa une seconde sur le seuil, me regardant dans les yeux comme si elle voulait se rappeler mon visage.

Puis elle leva la main en signe d'au revoir et s'en alla.

Je laissai tomber le regard sur la carte que je tenais entre mes doigts. Je vis son nom. Silvia Cano. Elle avait écrit son numéro de portable au crayon. Je retournai la carte et vis un logo démesuré dont la forme rappelait une étoile aplatie, composée de douze branches rouges et bleues. En dessous, il y avait une légende.

VOYNICH INC.
Secrets du futur

Découragé, je laissai tomber la carte par terre. J'étais convaincu que je ne reverrais plus jamais Silvia.

6

ARCHIVISME

Au milieu du XIXᵉ siècle, le patrimoine archéologique hispanique était dispersé dans des collections qui n'avaient aucun lien entre elles : le Cabinet royal d'histoire naturelle, l'École supérieure de diplomatie, l'Académie royale d'histoire… et autres institutions similaires dont les intitulés étaient interminables et les fonctions incertaines.

En Espagne, le progrès suivait le plus souvent un calendrier différent du reste de l'Europe : alors que la plupart de nos voisins du continent disposaient de musées immenses et modernes qui exposaient toute leur quincaillerie patrimoniale (qu'elle ait été obtenue, achetée, déterrée ou plus simplement volée), notre pays restait une catastrophe. Par ailleurs, les archéologues espagnols participaient à peine aux balbutiements de l'archéologie moderne : nous n'avons pas déterré la Vallée des Rois, nous n'étions pas là quand Schliemann a découvert la ville de Troie, ni quand Edward Herbert Thompson a acheté le domaine de Chichén Itzá et rempli le British Museum de trésors. Des trésors forgés par les Aztèques et tirés de nombreux siècles d'oubli par les conquistadors espagnols.

Nous n'étions pas là non plus quand un groupe de pionniers assoiffés d'aventures découvrait en Mésopotamie les ruines d'Ur de Chaldée, ce qui constituait un tournant radical de l'histoire de l'archéologie : dans notre pays, nous étions occupés à écrire des zarzuelas.

Au milieu du XIXe siècle, les choses commencèrent à changer. En 1867, la reine Isabelle II signa un décret royal en vertu duquel tous les trésors historiques de la nation devaient être inventoriés, classés et exposés dans un musée semblable à ceux qu'on trouvait en Europe. Il était temps que l'Espagne ait son propre Musée archéologique national.

La conception de ce nouveau musée fut confiée à un architecte obscur appelé Francisco Jareño, ni meilleur ni pire que beaucoup d'autres qui, à cette époque, remplissaient Madrid de pastiches arrogants. L'ouvrage, baptisé du nom prétentieux de Palacio de Bibliotecas y Museos, ne fut pas achevé avant 1895. Ses contemporains dirent pieusement qu'il était néoclassique ; en réalité, il vampirise tant de styles architecturaux qu'il ressemble à une sorte de cauchemar conceptuel. Pour sa défense, on peut dire qu'il reflétait la mode de l'époque.

Très vite, les salles du Musée archéologique national se remplirent de trésors brillants : couronnes votives en or, statues romaines, tombes millénaires… Les Espagnols faisaient leurs premiers pas en archéologie et se rendaient compte qu'il était plus satisfaisant d'étiqueter et de montrer une découverte que de la vendre au plus offrant. Il fallut des années d'efforts, mais finalement le Musée archéologique national rassembla un fonds assez étoffé pour atteindre le niveau des grands musées européens.

Hélas, à un moment de l'Histoire récente, ce dynamisme se perdit. Le budget du musée, déjà maigre, se réduisit encore et atteignit même un point où il avait peine à rester en vie, un état proche de la léthargie.

Il était triste de constater que dans d'autres grands musées du monde les installations se modernisaient à pas de géant, tandis que le vieux et attendrissant Musée archéologique avait encore des étiquettes écrites avec une machine à écrire qui datait de l'époque où c'était le dernier cri de la technologie. Je me rappelle que ma mère était toujours de mauvaise humeur quand, pour une raison ou pour une autre, elle devait s'y rendre.

— C'est décadent ! disait-elle, indignée. Mon Dieu, ils n'ont pas touché à une seule vitrine depuis la mort de Franco !

Elle exagérait certainement, mais il fallait bien reconnaître un certain laisser-aller et une certaine torpeur quand on circulait dans ces salles. Ce musée ressemblait de plus en plus à un entrepôt.

Une personne dotée d'un certain pouvoir et d'une large capacité d'action avait sans doute les mêmes idées que ma mère car, presque du jour au lendemain, le Musée archéologique ferma ses portes et se lança dans un projet de rénovation ambitieux : il s'agissait de le transformer de fond en comble. L'idée fut accueillie avec enthousiasme. Hélas, une œuvre publique est comme l'amour : elle a une fin, même si on ne sait pas quel jour, et même si certaines amours durent éternellement.

Quand j'étais allé à Canterbury, le musée était déjà fermé depuis des années. À mon retour, la situation n'avait pas changé. Aussi, en allant passer la seconde épreuve de ce mystérieux processus de sélection, j'étais plutôt excité à l'idée d'entrer dans le Musée archéologique et de voir de mes propres yeux où en étaient ces fameux travaux de rénovation.

À onze heures moins le quart, je me présentai devant la grille qui fermait l'accès au musée. Une grande quantité d'affiches annonçait sa réouverture prochaine, une date dépassée depuis des mois. La grille était fermée et on ne voyait rien derrière.

Un vigile surgit, en pantalon noir et veste bleue. Je lui expliquai la raison de ma présence, et, sans piper mot, il me laissa entrer.

Je traversai le petit espace vert derrière la grille et arrivai devant les énormes portes du musée. Je fus reçu par une femme entre deux âges qui portait des lunettes, une blouse blanche et une plaque d'identification plastifiée autour du cou.

— Bonjour, dit-elle d'un air aimable. En quoi puis-je t'aider ?

— Je viens pour un processus de sélection…

— Ah oui, bien sûr, les gens du CNQ. Donne-moi ton nom, je te prie – je le lui donnai et elle consulta une liste. Parfait, Tirso… Quel joli prénom ! On ne le rencontre plus beaucoup, n'est-ce pas ? On te l'a donné à cause d'un parent ?

— Non, c'était une idée spontanée.

— Je vois… Bon, je suis la professeure Julia Vela, enchantée. Tu veux bien m'accompagner ?

Je suivis la professeure Vela dans les vieilles salles du musée. L'intérieur, encore en chantier, avait une blancheur rayonnante et sentait la peinture fraîche. Partout, il y avait des formes recouvertes de film plastique et des vitrines vides.

On arriva dans un immense espace de distribution, haut de plusieurs étages. Un escalier moderne au centre et des murs recouverts de bois ciré. Je fus très impressionné : ça ne ressemblait absolument pas au vieux musée caverneux dont je me souvenais, et la réfection n'était pas terminée.

La professeure Vela apprécia mon étonnement.

— Ça te plaît ? Ce sera la nouvelle entrée du musée. Le sol est en marbre de travertin, et le bois vient du Sud-Est asiatique. On a voulu créer un espace complètement différent : propre, diaphane, gai…

— En effet, c'est nettement mieux.

— Et ce n'est pas tout. Avec ces travaux, on a retrouvé les couvertures d'origine en fer et en verre des patios du musée… Bon, ce ne sont pas vraiment les originaux : ceux-ci ont été enlevés dans les années 1940, mais c'est une reproduction presque à l'identique. Cela nous permettra de récupérer beaucoup d'espace d'exposition.

La professeure m'accompagna à travers salles et couloirs, sans cesse de me commenter les travaux. Elle parlait avec enthousiasme, comme si elle se vantait devant un visiteur de la réfection de sa nouvelle cuisine de luxe.

— Quand pensez-vous que ce sera ouvert au public ?

— Ah, mon jeune ami, si je le savais… ! Je ne suis qu'une modeste fonctionnaire. Chaque jour on nous dit quelque chose de différent.

La professeure Vela, comme beaucoup de fonctionnaires, avait tendance à médire de l'administration. Et elle se mit à critiquer les retards dans les travaux, et au passage à lancer des commentaires insidieux sur leur coût exorbitant.

— Je ne dis pas que l'argent dépensé ne vaut pas le coup, dit-elle, emballée par son propre discours. Mais c'est une somme énorme ! Il paraît que le budget est le double de celui qu'on a alloué à la réfection du musée du Prado et, franchement, je ne comprends pas pourquoi ; ici, il ne s'agissait pas de construire un nouveau bâtiment, mais de renforcer l'ancien. Mais les politiciens… on sait ce que ça donne… Ils gonflent toujours les budgets. J'espère que personne n'aura une mauvaise surprise quand on mettra le nez dans les factures…

La professeure Vela cessa de se plaindre des budgets et se remit à chanter les merveilles de la rénovation du musée.

— Son aspect est merveilleux, dis-je. J'aimerais beaucoup travailler ici.

— Ici ? Non, vous, les gens du CNQ, vous ne travaillez pas dans les salles du musée.

C'était l'occasion de soutirer des informations à l'intarissable professeure.

— Alors, où nous situons-nous, exactement ?

— Aucune idée. Je sais seulement qu'on m'a téléphoné pour vous recevoir, tous. Franchement, je suis un peu intriguée. C'est quoi, ce diable de CNQ ? Une sorte de sous-traitance ?

— Vous ne le savez pas ?

— Non, ni moi ni personne avec qui j'ai pu en parler. On voit passer de drôles de gens, qui vont et viennent à pas feutrés, comme si le musée leur appartenait, et tous les chefs de département vous disent qu'il faut s'occuper de ceux qui vous en parlent, sans poser de questions… C'est très curieux. J'espérais que l'un d'entre vous pourrait m'apporter quelques réponses…

— Désolé, répondis-je, mais on nous a fait signer un contrat de confidentialité.

— Ah oui, ils ont tous dit ça, soupira-t-elle, résignée.

On prit un ascenseur. La professeure Vela sortit une clé de sa poche et l'utilisa pour actionner un bouton, sous le dernier niveau du sous-sol. L'ascenseur descendit et s'immobilisa après une brève secousse. Quand les portes s'ouvrirent automatiquement, je me trouvai devant un long couloir qui tournait sur la droite.

— C'est ici, dit la professeure. Tu vas jusqu'au bout du couloir et quand tu trouves une porte, tu frappes. Je ne dois pas t'accompagner. Bonne chance.

J'avançai au milieu d'un silence éclairé par des tubes au néon, tournai à droite et vis, au bout d'un long corridor, une simple porte sans signes distinctifs. Je m'en approchai. La porte s'ouvrit brutalement et apparut une jeune fille en jupe et en veste. Je me rappelai vaguement qu'elle était à la première séance de sélection. Elle était ébouriffée et pleurait de façon hystérique.

— Vous ne pouvez pas faire une chose pareille ! cria-t-elle en se retournant. Je vais vous dénoncer ! Vous m'entendez ? Je vais vous dénoncer à la police !

Elle claqua la porte et s'éloigna en courant dans le couloir. Elle se cogna à mon épaule en me croisant.

— Écoute-moi, fiche le camp d'ici, pleurnicha-t-elle. Ce sont des psychopathes ! Une épreuve d'archiviste, qu'ils disent… Une belle merde !

Elle sécha ses larmes et poursuivit son chemin sans cesser de gémir. Je cessai d'entendre ses sanglots peu après qu'elle eut tourné l'angle du couloir.

Intéressant. J'espérais ne pas participer à un événement qui ferait la une des faits divers au journal télévisé. Je voulus la rattraper pour la consoler, ou du moins savoir de quoi il retournait, mais en arrivant à l'angle du couloir, je ne la vis plus. Elle avait dû prendre l'ascenseur.

Un peu angoissé, je fis demi-tour. Je frappai et la porte s'ouvrit presque aussitôt.

M. Burgos me salua. En la circonstance, il ne portait pas ses vêtements austères, mais un pull noir à col roulé et un pantalon gris.

— J'ai vu une fille qui…, dis-je en pointant le pouce derrière moi.

— Je sais. Entrez.

Je me retrouvai dans une sorte de salle d'attente avec des chaises en plastique fixées au mur. Il y avait quatre personnes, toutes candidates à la dernière épreuve. Dont Marc, ce qui ne m'étonna pas.

Il sourit et me salua d'un petit geste de la main. Je répondis à son salut et allai m'asseoir. M. Burgos passa derrière une table pliante qui était dans un angle de la pièce, à côté d'une porte métallique.

— Il reste encore quelques minutes avant onze heures, dit-il, mais étant donné que tous ceux qui ont été convoqués sont là, nous pouvons commencer. Cette étape est la dernière, donc un seul d'entre vous sera retenu. Je veux que vous ayez bien conscience de tout ce qui est en jeu aujourd'hui – curieux, il semblait vouloir exercer une pression sur nous de façon consciente. L'étape d'aujourd'hui, nous l'intitulons "épreuve d'archivisme". C'est un exercice très simple qui ne devrait comporter aucun risque, mais vous devrez quand même signer ce document par lequel vous assumez toute la responsabilité de ce qui pourrait vous arriver à compter de cet instant.

Les candidats échangèrent des regards interrogateurs. L'un d'eux, celui qui paraissait le plus âgé, prit la parole.

— Excusez-moi, mais vous pourriez nous expliquer en quoi consiste cette "épreuve d'archivisme" avant de signer quoi que ce soit ?

— Non, je ne peux pas.

— Mais… Vous n'espérez pas sérieusement que nous allons signer un engagement d'exemption de responsabilité sans en connaître la raison.

— Telle est pourtant la situation.

— C'est ridicule. Je crois même que ce n'est pas légal. Il n'y a pas un responsable à qui je pourrais demander des explications ?

— Je suis le responsable.

Le candidat regarda M. Burgos avec colère. Il se dirigea vers la porte et quitta la pièce sans un regard en arrière. Un autre candidat se leva en silence et s'en alla aussi. M. Burgos attendit quelques instants et se tourna vers ceux qui restaient.

— Personne d'autre ?

Une petite voix en moi disait (ou plutôt criait) qu'il serait sage d'imiter ces deux camarades et de vider les lieux.

Mais l'envie de savoir ce qui m'attendait derrière cette manie du secret étouffa mon bon sens et me cloua à ma chaise.

— Continuons donc, dit M. Burgos.

Il distribua une feuille écrite d'un seul côté, avec une ligne de pointillés à la fin, et un stylo-bille que nous devions nous passer.

M. Burgos récupéra les documents et se rassit derrière sa table pliante.

— Tirso Alfaro, appela-t-il – je me levai, essayant de ne pas avoir l'air effrayé. Vous êtes le premier. Suivez-moi.

Il ouvrit la porte métallique et me laissa passer. Ma dernière vision, ce fut Marc levant le pouce dans ma direction pour me donner du courage.

Je me trouvais dans une immense salle éclairée par des ampoules pendues au plafond. Aussi loin que je pouvais voir, cette salle était remplie d'objets de toutes sortes. Un vrai bric-à-brac : de vieilles chaises, des bureaux, des cartons d'emballage, des rouleaux en plastique… Mais il y avait aussi des pièces anciennes dont je ne pouvais estimer la valeur d'un simple coup d'œil.

Le plafond était très haut et contre les murs il y avait des étagères en métal bourrées de ferraille et d'épaves de matériel de bureau.

La salle était rectangulaire. Je ne pouvais préciser ses dimensions exactes, mais à coup sûr mon appartement de la rue Fuencarral aurait pu largement tenir à l'intérieur, il y aurait eu de la place de reste.

La porte par laquelle j'étais entré était blindée. Il n'y avait pas de poignée, mais un petit haut-parleur avec un bouton sur le mur.

— Quel est cet endroit ? demandai-je.

M. Burgos me remit un dossier qu'il tenait sous le bras.

— C'est un vieil entrepôt du musée. Il y a des années, on l'utilisait comme réserve, mais aujourd'hui ce n'est plus qu'un débarras.

— Et que suis-je supposé faire, maintenant ?

— L'épreuve d'archivisme mesure votre capacité et votre rapidité à cataloguer des pièces de valeur. Regardez autour de vous, Tirso. Que voyez-vous ?

Je me concentrai. Je croyais que cette question était le début de l'épreuve.

— Bon, je vois une table métallique devant moi, des caisses en bois, sur lesquelles il y a un écran d'ordinateur, on dirait un vieux modèle 386…

M. Burgos émit un léger soupir d'impatience.

— Détendez-vous, Tirso. Ce n'était qu'une question.

— Pardon. Je suppose que la réponse la plus simple est : une salle pleine de vieilleries.

— Vous n'êtes pas loin du compte. Maintenant, regardez les murs. Vous voyez ces portes ?

— Oui.

J'en voyais trois, sans compter celle qui était derrière moi.

— Chacune d'elles permet d'accéder à un petit réduit, sauf celle qui est la plus proche de nous, sur le mur gauche, qui conduit à une réserve de livres. Votre mission est très simple : dans le dossier que je viens de vous remettre, il y a une liste avec deux pièces de valeur et trois livres. Quand vous aurez tout ce qui figure sur la liste, vous reviendrez dans la salle d'attente. Je calculerai le temps que vous aurez mis et vérifierai que vous avez bien récupéré les pièces et les livres. Voilà en quoi consiste l'épreuve d'archivisme.

Je le regardai avec méfiance. L'apparente simplicité de l'épreuve ne cadrait ni avec la signature d'un document d'exemption de responsabilité, ni avec une candidate ou bord de la crise de nerfs.

— C'est tout ? Vraiment ?

— Vraiment. Je vous en prie, ouvrez le dossier et assurez-vous que vous comprenez bien la liste que je vous ai remise.

Je m'exécutai. Dans ce dossier, il y avait une simple feuille de papier dactylographiée.

LIVRES :

Le Messager des étoiles, Galileï, Galileo.
Le Marteau des sorcières, Kramer, Heinrich & Sprenger, Jacob.
L'Incrédulité conquise, Glanvill, Joseph.

PIÈCES :

1. *Éros bandant son arc*. Acquisti, Luigi. XVIIIᵉ siècle. Albâtre. 25 cm.
2. *Martyre de san Quirico et d'Epifanía*. Devant d'autel. École catalane. Bois. XIIᵉ siècle. 65 × 95 cm.

— Tout est clair ? me demanda M. Burgos.

— Je crois… *Éros bandant son arc* est une statuette, n'est-ce pas ?

— Ça, je ne peux pas vous le dire. C'est à vous de le découvrir : cela fait partie de l'épreuve.

— Quand j'aurai tout… je n'ai qu'à sortir et c'est tout ?

— Exactement. Il y a un interphone près de la porte. Quand vous voudrez sortir, appuyez sur ce bouton et dites-le-moi. Je serai de l'autre côté et je vous ouvrirai. De même, si à un moment quelconque vous renoncez à l'épreuve, vous n'avez qu'à m'avertir par l'interphone et je vous laisserai sortir.

— Je crois que c'est clair.

— Alors je vais vous laisser seul. D'ailleurs, je vous conseille de commencer par les livres de la réserve. Bonne chance, Tirso.

Et M. Burgos quitta l'entrepôt.

Refuser un conseil de M. Burgos n'était sûrement pas une bonne idée, aussi, conformément à ses indications, je me dirigeai vers la porte qui était sur le mur de gauche. C'était une simple porte en bois qui avait une poignée très ancienne et un très gros trou de serrure.

J'actionnai la poignée par deux fois, sans résultat. La porte était fermée à clé. Je fis le tour de la salle jusqu'au mur du fond, où se trouvait l'autre porte. Celle-ci était plus moderne. J'essayai de l'ouvrir. Fermée. J'allai à la troisième et dernière, mais je pressentais ce qui m'attendait.

Fermée aussi, bien entendu.

J'allai à l'interphone près de la porte métallique et je pressai le bouton.

— Un problème, Tirso.

— Excusez-moi, mais les trois portes sont fermées…

— Je le sais.

J'attendis quelques secondes, mais il ne dit rien d'autre.

— Ah, bon… Vous pourriez me donner une clé ou un truc de ce genre ?

— Les clés sont à l'intérieur de la réserve de livres.

— Merci. L'ennui, c'est que la porte de la réserve est fermée, elle aussi.

— Voulez-vous renoncer à l'épreuve, Tirso ?

— Non. Je n'ai pas dit ça.

— Alors je vous suggère d'entrer dans la réserve et de commencer à chercher les objets de la liste.

— Mais je vous ai dit que la porte est fermée.

— Je répète : voulez-vous renoncer à l'épreuve ? Vous êtes libre de le faire si vous le désirez.

Je respirai à fond. Je commençais à y voir plus clair.

— Je comprends. Non. Je ne veux pas renoncer pour le moment, merci.

La communication fut coupée.

Je luttai contre le découragement et tentai de raisonner : il y avait une porte fermée et on s'attendait à ce que je l'ouvre, d'une façon ou d'une autre.

Après avoir tripoté la poignée dans tous les sens, je poussai violemment. La porte tremblait légèrement, mais elle ne s'ouvrait pas. Je finis par donner des coups d'épaule plutôt furieux, mais cette vieille porte était solide. Je m'arrêtai quand je pris conscience qu'on ne pouvait pas s'attendre à ce que je défonce la porte.

C'était du moins ce que je croyais.

Je soupirai devant cette sacrée porte, les mains sur les hanches. Je me dis que la clé était sans doute cachée quelque part dans ce tas de vieilleries.

J'examinai la serrure pour avoir une idée du genre de clé que je cherchais : c'était une serrure ancienne, qui ressemblait à celles qu'on voit sur la couverture des romans de mystère. La clé de cette porte devait être très grosse.

Je me baissai pour regarder par le trou de la serrure. Je ne vis rien.

Et je compris : si j'étais incapable de voir quoi que ce soit, c'est que quelque chose bouchait mon champ de vision : à coup sûr, la clé était dans la serrure… mais de l'autre côté de la porte.

J'avais progressé : je savais maintenant où était la clé, l'ennui, c'était que mes chances d'y accéder étaient aussi réduites qu'auparavant celles de la localiser.

J'eus une idée. En regardant attentivement, je constatai que l'espace sous la porte était d'une bonne hauteur. Je furetai dans la salle pleine de bazar et trouvai un pointeur en métal extensible, qui ressemblait à l'antenne d'une vieille radio : le grand-père des actuels pointeurs au laser.

Il pourrait m'être utile.

Je m'agenouillai devant le trou de serrure. Puis je pris la liste d'objets que je devais trouver et glissai la moitié de la feuille sous la porte. Je déployai le pointeur en métal et, prudemment, l'introduisis dans le trou de serrure.

Sans me demander si ce que je faisais était très malin ou d'une stupidité majeure.

Avec l'extrémité du pointeur, je poussai doucement la clé, qui se mit à reculer. Quand je ne sentis plus aucune résistance, j'entendis la clé tomber derrière la porte.

C'était le moment de vérifier si mon idée était bonne.

J'attirai vers moi la feuille de papier posée par terre. Elle glissa facilement sous la porte et je vis apparaître la clé, tranquillement posée sur la feuille que j'avais placée à l'endroit précis de sa chute, sous l'effet du pointeur.

Incroyable, mon système avait fonctionné. Je me sentais l'homme le plus astucieux de la terre, même si ce stratagème ne datait pas d'aujourd'hui.

Je pris la clé et ouvris sans difficulté.

La réserve de livres n'était guère plus grande qu'une dépense. Un petit réduit entre quatre murs tapissés d'étagères en métal qui fléchissaient sous le poids des volumes.

D'un coup d'œil, je remarquai qu'aucun d'eux n'était référencé. Sur ma liste, à côté du titre du livre ne figurait que le nom de l'auteur, sans autre référence.

Il me faudrait donc examiner chaque livre un par un pour trouver celui que je cherchais.

Ce n'était pas compliqué, je devais m'armer de patience et ne pas m'égarer : les livres ne semblaient pas être classés selon un ordre précis. Ils avaient été placés au petit bonheur.

Je me mis à lire les titres au dos : *Appendix Probi, Assertio Septem Sacramentorum, De Serpentes et Reptilia, Monetae Cudendae Ratio*… Sur aucun d'eux n'apparaissait le nom de l'auteur.

Ils étaient tous en latin, et pourtant dans ma liste les titres étaient tous en castillan.

Je souris à demi. C'était une simple épreuve de langue. Niaise, mais efficace.

Je n'avais pas fait mes études à Stanford, je n'avais pas deux licences et je n'étais pas trilingue ; mais le latin était loin d'être mon point faible. Je l'avais commencé au collège, avec des résultats catastrophiques : j'étais incapable de réussir un seul examen du premier coup. Le latin me sortait par les yeux, comme d'autres sont allergiques aux mathématiques ou à la chimie.

Mais la chimie et les mathématiques n'étaient pas mon fort non plus.

En tout cas, ma mère se moquait éperdument d'avoir un fils incapable de comprendre le concept des dérivées ou des valences, mais elle trouvait humiliant que je sois nul quand je baragouinais le latin ou balbutiais les vocatifs, datifs et accusatifs. Lasse de mes échecs en latin, ma mère m'imposa des cours particuliers. Des cours intensifs. Cinq jours par semaine. Ce fut l'été le plus long de ma vie.

Je finis par détester le latin de tout mon cœur, mais en toute justice je dois dire qu'à force je l'ai dominé, et plutôt bien. Après cet été de cauchemar, j'étais capable de lire des passages entiers des *Catilinaires* ou de la *Guerre des Gaules* presque d'affilée, en m'embrouillant parfois dans les passages difficiles, mais avec un bon dictionnaire, je m'en sortais assez facilement.

Conclusion : traduire trois simples titres ne me poserait aucun problème.

Je commençai par le plus simple : *Le Marteau des sorcières*, de Kramer et Spranger. Je n'eus aucun mal à le traduire, car c'était un livre relativement connu. Le *Malleus Maleficarum*, écrit au XIVe siècle par deux inquisiteurs paranoïaques allemands, qui voyaient la main du diable partout.

Je le trouvai dans un rayon du bas. Je le pris et le mis de côté.

Le Messager des étoiles était le titre du suivant. Latin de premier niveau. Je fouillai dans les étagères et localisai le volume avec les mots *Siderius Nuncius* écrits au dos. Je le mis à côté du *Malleus Maleficarum* et me concentrai sur le dernier de la liste. *L'Incrédulité conquise*, de Joseph Glanvill. Là, je calai. Mon latin était trop rouillé pour que je sache comment traduire correctement ce titre. Savoir qui était l'auteur n'allait pas m'aider, car dans les livres de la réserve ne figurait que le titre, que ce soit sur la couverture ou dans les pages intérieures.

Une traduction littérale du titre donnait *Vicit discredere*, mais je ne trouvai aucun livre qui s'intitule de la sorte, même de façon lointaine.

Le nom de l'auteur ne m'était pas entièrement inconnu. À Canterbury, j'avais lu quelques ouvrages ésotériques, conseillés par Jacob, le genre de personne qui aurait été ravie que les pyramides mayas aient été construites par les Martiens, ou qu'on puisse photographier des fantômes avec son téléphone portable. Je suis beaucoup plus sceptique, mais je reconnais que ces livres étaient une bonne lecture pour s'endormir le soir.

L'un d'eux citait sir Joseph Glanvill comme un des pionniers du spiritisme. Glanvill croyait que les esprits vivaient dans une sorte de quatrième dimension, d'où ils pouvaient communiquer avec leurs êtres chéris. Beaucoup de ses contemporains pensaient qu'il était complètement cinglé.

Glanvill inventa le terme *sadducéisme* pour désigner l'attitude de ceux qui ridiculisaient ses croyances. Ce mot lui avait été inspiré par un personnage biblique : Sadoq, le prêtre qui avait sacré Salomon roi. Les descendants de Sadoq, les sadducéens, ne croyaient pas en l'existence d'un au-delà après la mort.

C'était tout ce que je savais sur l'auteur. Nécessaire, mais pas suffisant. Je cherchai un livre, dans tous ceux qui étaient sur les étagères, dont le titre puisse rappeler vaguement celui que je cherchais. Je désespérais de le trouver quand, soudain, mes yeux repérèrent un vieux et gros volume relié en peau synthétique. Sur la couverture, on lisait *Saducismus Trium-phatus*. Je l'aurais écarté sans hésitation si je ne m'étais rappelé le terme que Glanvill avait inventé : "sadducéisme". Il ressemblait à un des mots du titre de ce livre. Si je traduisais *triumphatus* de façon littérale, j'obtenais ceci : "Le saddu-céisme triomphé". On pouvait considérer "triomphé" comme un synonyme de "vaincu"… Or Glanvill n'accusait-il pas les suppôts du sadducéisme de ne pas croire en l'immortalité de l'âme ? Autrement dit, d'être des incrédules ?

En forçant un peu, *Saducismus Triumphatus* pourrait parfaitement passer pour la formule latine du titre *L'In-crédulité conquise*. Comme je n'avais rien de mieux, je me persuadai que mon raisonnement était correct. Je pris le livre et l'ouvris pour le feuilleter, espérant trouver dans le texte la confirmation qu'il était bien celui que je cherchais.

En l'ouvrant, je m'aperçus que le livre était creux. On avait découpé un espace rectangulaire dans les pages, qui contenait deux simples clés métalliques.

Les clés des autres portes, pensai-je.

Je ne pouvais trouver meilleure preuve que c'était bien le livre que je cherchais. Avec un large sourire, je pris les trois volumes et les rayai mentalement de ma liste.

Je traversai l'entrepôt et me dirigeai vers la porte à l'op-posé de la réserve de livres. Je l'ouvris avec une des clés trou-vées dans le livre de Glanvill.

J'étais sur le seuil d'une salle dont les murs étaient recou-verts de rayonnages. Sur toutes les étagères, il y avait des dizaines de planches peintes. De toutes les tailles et de toutes les épaisseurs : de la taille qu'un paquet de cigarettes ou assez grandes pour fabriquer un dessus de table. Les bois peints représentaient des motifs en tout genre : icônes russes, images de vies de saints, représentations du Christ en majesté entouré d'apôtres au visage grave… La variété des styles indiquait que ces objets provenaient d'époques très différentes.

Pas besoin d'être une lumière pour comprendre que c'était parmi eux que je trouverais le devant d'autel mentionné sur ma liste.

Le plus frappant, dans cette pièce, ce n'étaient pas les bois peints, mais l'espace sillonné de fils de fer tendus d'un mur à un autre, à différentes hauteurs et selon des inclinaisons variables ; du sol au plafond, parfois en ligne droite ou franchissant la pièce en diagonale. Ils s'entremêlaient sans se toucher, formant un réseau de lignes imbriquées.

Un de ces fils était près de la porte. Je l'effleurai du doigt.

Je reçus une forte décharge, pas violente, mais assez douloureuse pour que je retire vivement la main.

Je soufflai entre les dents, pressant les doigts contre mes côtes, en regardant le fil comme si c'était un chien innocent qui venait de me mordre.

Pour entrer dans cette pièce, il valait mieux ne plus toucher ce fil. Je passai par en dessous, avec prudence. Je calculai mal le mouvement de ma jambe droite et ma cheville heurta un autre fil. Je sursautai et poussai un gémissement. En reculant, j'entrai en contact avec le fil que j'avais essayé d'éviter en me baissant. Je fus propulsé en avant et crus qu'on m'avait enfoncé une aiguille dans le front : ma tête avait touché un autre fil.

Je paniquai. Je me débattis frénétiquement pour échapper à cet enchevêtrement électrifié, mais je m'empêtrais dans ces maudits fils et recevais décharge sur décharge, je ne sais combien : une, c'était supportable ; deux ou trois, c'était plus douloureux… Au-delà de cinq, un supplice. Mon corps était secoué de spasmes involontaires et j'avais l'impression qu'un million d'épines se trémoussaient sous ma peau, outre une douleur intense derrière les yeux.

Je finis par me retrouver à l'extérieur de la pièce, recroquevillé par terre, saisi de crampes sur tout le corps. J'avais les mâchoires crispées et j'étais incapable d'ouvrir les yeux, qui larmoyaient sous mes paupières.

La sensation ne dura pas plus de deux minutes, qui me parurent être des siècles d'angoisse. Les crampes disparurent et la douleur devint une démangeaison simplement gênante. Je me relevai et regardai cet enchevêtrement de fils, les yeux enflammés.

Des fils électrifiés, me dis-je… Quel esprit malade a pu avoir une idée pareille ?

Me revint alors le souvenir de la fille en larmes dans le couloir. Les choses commençaient à se mettre en place.

Je faillis appuyer sur l'interphone et insulter M. Burgos jusqu'à en perdre la voix. Ce qui me retint fut de l'imaginer me demandant sur un ton apathique : "Voulez-vous renoncer à l'épreuve, Tirso ?"

Pour quelle sorte de travail a-t-on besoin d'évaluer votre capacité à recevoir des décharges électriques ? Était-ce réellement un travail ou m'étais-je laissé abuser par un groupe de plaisantins sadiques et sophistiqués ? Le bon sens me dictait de vider les lieux sur-le-champ, avant que la vidéo intitulée "Un imbécile est frit comme une sardine lors d'un prétendu test de recrutement" n'ait atteint le million de visiteurs sur YouTube.

Cependant, un autre moi, celui qui avait poursuivi un voleur d'œuvres d'art à Canterbury, celui qui s'obstinait à affirmer que la patène exposée dans le musée Aldy était un faux, ce moi disait que tout cela devait avoir un sens.

J'analysai la situation : le devant d'autel qui me manquait était quelque part dans cette pièce pleine de fils électrifiés. Celui qui avait conçu cette épreuve avait vu trop de films de voleurs. Peut-être attendait-on de moi que je me glisse entre les fils telle une ombre jusqu'à ce que j'aie trouvé cet objet. Agile comme une gazelle, silencieux comme un chat, et tout le bataclan.

Ce n'était pas mon genre. Je m'éloignai de la pièce aux fils électrifiés. J'étais sûr d'avoir vu un rouleau de plastique d'emballage. Je le trouvai et vérifiai son état : épais et costaud, exactement ce qu'il me fallait.

Un héros aurait contourné les fils en dansant au milieu d'eux avec élégance, mais je ne suis pas un héros : j'ai le sens pratique et ne suis pas trop préoccupé par mon image. Je m'enveloppai littéralement dans le plastique.

J'emballai tout mon corps, les bras et les mains, et je m'enveloppai aussi la tête. Je devais ressembler à un extraterrestre dans un film de série B.

Avec des mouvements maladroits, je retournai dans la pièce pleine de fils électriques. Je touchai celui qui était le plus proche de la porte avec ma main enveloppée de plastique. Je ne sentis rien.

Je souris. L'idée était bonne. Je m'assurai que les fils n'étaient pas plus gros que ceux d'un téléphone.

Il était important qu'ils ne soient pas trop solides, étant donné que mon plan n'était pas de les éviter.

Il s'agissait de passer au travers.

Je respirai un grand coup et me lançai la tête la première à l'intérieur de la pièce.

Le premier fil se cassa sans difficulté, les suivants exigèrent un peu plus d'efforts, mais ils cédèrent aussi ; les plus éloignés de la porte étaient les plus gros. Je me retrouvai soudain entouré de fils tendus qui se fichaient dans mon enveloppe en plastique en même temps que je poussais de toutes mes forces vers le mur du fond de la salle.

Tous les fils se brisèrent en même temps. Comme plus rien ne me retenait, je fus précipité contre le mur, emportant l'étagère qui était sur mon passage.

Ce fut le chaos. L'étagère, une structure légère en métal, s'effondra avec tout son contenu ; en tombant, elle entraîna la plus proche, qui à son tour tomba sur sa voisine… Les étagères s'abattirent sur ma tête et m'enterrèrent sous un déluge de planches.

Je me protégeai comme je pus en avançant les bras, mais cela ne m'empêcha pas de recevoir de rudes coups sur les jambes et le torse. Un de ces bois peints me heurta au-dessus d'un sourcil. En portant la main à mon front, je sentis que j'étais blessé.

Je me relevai, au milieu d'un univers de planches. Quelques-unes s'étaient brisées en tombant. J'espérais qu'aucune n'était trop précieuse. Ensuite, je me débarrassai de mon costume improvisé en plastique. Les fils pendaient de façon pathétique, du plafond et des murs, et ne constituaient plus un danger, si je ne m'en approchais pas.

J'avais les cheveux en bataille, les vêtements couverts de poussière et une sale blessure au front ; mais je souriais avec ravissement : j'avais réussi. À ma façon.

Les minutes suivantes, je les consacrai à chercher le devant d'autel dont j'avais besoin, au milieu de tout ce désordre.

Après avoir écarté quelques œuvres, qui ne correspondaient pas au style que je cherchais, ou parce que l'image représentée ne coïncidait pas avec celle qui était évoquée sur ma liste, je finis par choisir celle qui me semblait le plus conforme à la description que j'en avais.

Je laissai échapper un soupir de satisfaction en contemplant le devant d'autel qui avait été un casse-tête (au sens propre) à localiser. Par chance, l'effondrement des étagères ne l'avait pas abîmé.

Je pris l'objet sous le bras et quittai cette pièce. Je le déposai à côté des livres que j'avais sortis de la réserve et me dirigeai vers la dernière porte.

Celle-ci ressemblait à la précédente. Je me demandais quelle sorte d'obstacle tordu m'attendait de l'autre côté : il n'y avait qu'une seule façon de le savoir.

J'ouvris et entrai.

La pièce était complètement vide, à part une simple table en bois qu'on avait placée au centre. Sur la table, il y avait un carton qui ressemblait à une boîte à chaussures. Je m'approchai avec un grand luxe de précautions, m'attendant peut-être à ce que le sol se dérobe sous mes pieds ou que le plafond de la pièce commence à descendre.

J'examinai la boîte. Une étiquette y était collée, avec cette inscription :

ÉROS BANDANT SON ARC. ACQUISTI, LUIGI. XVIIIᵉ SIÈCLE. ALBÂTRE. 25 CM.

Exactement la pièce qui me manquait, telle qu'elle était référencée sur ma liste.

C'était tout ? Je n'avais qu'à ouvrir la boîte ? J'aurais dû commencer par cette pièce au lieu de commencer par celle des fils électrifiés. Méfiant, je pris mon temps. Je scrutai la boîte sous tous les angles, cherchant des ressorts ou des trucs de ce genre : je l'effleurai du bout du doigt… La boîte ne bronchait pas, elle semblait clouée à la surface de la table.

Je l'ouvris.

Je hurlai, jetai le couvercle et m'enfuis en courant.

Je pressai frénétiquement le bouton de l'interphone, plusieurs fois, et entendis enfin la voix de M. Burgos.

— Oui. Je vous écoute.

— Mais vous êtes tous des malades mentaux !! criai-je.

— Voulez-vous renoncer à l'épreuve, Tirso ?

— Non ! Je veux que vous enleviez ce que vous avez mis dans cette boîte !

— Je regrette, c'est impossible.

— Quoi ?

— Si vous voulez ce qu'il y a dans la boîte, c'est à vous de le prendre tout seul. Je ne peux pas vous aider.

— Quoi ? répétai-je Mais quelle… ? Quoi ?

— Si vous préférez, je peux ouvrir la porte et vous laisser sortir. En ce cas, l'épreuve sera finie pour vous.

— Allez en enfer, monsieur Burgos !

Je donnai un grand coup de poing sur l'interphone et tournai en rond dans l'entrepôt, donnant des coups de pied partout, ne cessant de mettre les mains dans les poches et de les ressortir. De temps en temps, je regardais du coin de l'œil la pièce où était la boîte sans pouvoir retenir un frisson.

Je recouvrai mon calme peu à peu. Je me comportais comme un gamin, me dis-je. Je revins dans la pièce en tremblant et m'approchai lentement de la boîte. Un pas. Inspirer. Un autre pas. Expirer. Cette sacrée boîte était toujours ouverte, à l'endroit où je l'avais laissée.

Quand j'en fus le plus près possible, je me penchai.

La statuette d'*Éros bandant son arc* était à l'intérieur. Ce n'était pas le problème. Le problème, c'était le serpent corail qui se tortillait perfidement autour de la statuette.

Je hais les serpents. Je les hais. Je suis fâché avec Dieu parce qu'il a créé les serpents. Il me suffit de penser à leur petite tête triangulaire, à leur corps luisant et humide, pour avoir des frissons dans la nuque, comme si l'un d'eux allait tomber du ciel, s'enrouler autour de mon cou et me lécher

123

les oreilles avec sa petite langue bifide. J'ai des cauchemars répétés où un énorme serpent se précipite sur mes yeux pour les arracher à pleines dents, en sifflant comme s'il avait une fuite de gaz.

Je ne pus soutenir la vue de cet animal répugnant plus de deux secondes. Je reculai, tandis qu'un frisson me secouait le corps.

Le reptile qui sifflait dans la boîte était d'un rouge brillant, comme s'il était couvert de sang, et son corps était orné d'anneaux noirs et blancs. Quand on a la phobie irrationnelle d'une créature quelconque, on apprend à bien connaître l'ennemi : je savais que ces couleurs correspondaient à celles du serpent corail. Et en effet, il est venimeux. Très venimeux.

Par comparaison, remplir une pièce de fils qui provoquent des décharges électriques me semblait être une farce ingénieuse : après tout, les fils pouvaient déclencher des douleurs, mais une seule morsure de cet animal pouvait causer la mort.

Ce n'était pas une plaisanterie.

Cette épreuve ressemblait de plus en plus à un défi au suicide. Je pensai sérieusement que le moment était venu de retirer mon épingle du jeu.

La perspective de l'échec me mit en rage. J'avais déployé de gros efforts pour arriver jusque-là : j'avais dû retrouver dans ma mémoire mes détestables cours de latin et mes connaissances sur un obscur philosophe spiritiste, j'avais reçu des dizaines de décharges électriques, je m'étais recouvert de plastique d'emballage, je m'étais blessé à la tête quand quatre étagères pleines de planches peintes m'étaient tombées dessus… Et tout cela pour rien ?

Je sentis que j'étais un perdant. Et un lâche. Et cette sensation, pendant quelques instants, fut plus forte que ma phobie des serpents.

Je retournai le problème dans ma tête, cherchant un moyen de prendre la statuette sans toucher le serpent. Je ne pouvais pas renverser la boîte, car elle était fixée à la table ; et les pieds de celle-ci étaient rivés au sol par des fixations métalliques.

J'eus une idée. Je retournai dans la salle des fils et pris un morceau d'emballage en plastique dans lequel je m'enveloppai la main. Il n'y avait pas moyen de maintenir le plastique contre ma peau, mais j'avais juste besoin qu'il me protège quelques secondes : le temps de glisser la main dans la boîte, de ravaler mes nausées, de saisir la statue et de prendre mes jambes à mon cou.

J'espérais que les couches de plastique qui m'enveloppaient seraient assez épaisses pour me protéger, au cas où le serpent me mordrait. À tout hasard, je rajoutai du plastique, jusqu'à ce que mes doigts puissent à peine bouger.

Le cœur serré, je revins vers la boîte. Mentalement, je fredonnais une chanson pour me vider la tête de toute velléité de pensée rationnelle et pour juguler la panique.

Ma main avança au-dessus de la boîte. En tremblant.

Mes yeux fixaient le vide, comme l'aurait sans doute fait un soldat à moitié fou avant de se lancer sur un bataillon, armé d'une simple machette. Je comptai jusqu'à trois, fermai les paupières et glissai la main dans la boîte.

Mes doigts se crispèrent sur la statuette et je me rendis compte que j'avais fait quelque chose de travers. Peut-être à cause de ma main qui transpirait, ou de mes nerfs qui n'avaient pas su maintenir l'emballage plastique comme il le fallait ; toujours est-il que ma protection rudimentaire contre les morsures glissa et soudain je sentis le contact froid et visqueux de la peau du serpent.

Je sentis deux piqûres sur le dos de la main.

Je hurlai comme je ne me rappelle pas l'avoir jamais fait, et retirai la main, qui avait fermement saisi la statuette.

J'ouvris les yeux et contemplai une chose horrible : le serpent avait planté ses dents dans la partie charnue du pouce, et y restait suspendu, telle une guirlande repoussante.

Comme pris d'hystérie, je secouai le bras, mais le serpent n'avait pas l'intention de lâcher prise. Je crus que la panique et la répulsion allaient me disloquer la cervelle ; malgré la terreur, j'eus soudain une étincelle de lucidité.

De ma main libre, j'attrapai le serpent par la queue et le secouai de toutes mes forces. Le serpent ondula comme un ruban de gymnastique, sa gueule s'ouvrit et me libéra. Je le jetai par terre et, sans réfléchir, le piétinai frénétiquement.

Au premier coup, je lui écrasai la tête ; les dix ou douze suivants le réduisirent pour ainsi dire en bouillie.

Après cette crise de panique, je contemplai les restes du serpent, les yeux vitreux, tel un coureur de fond. Puis je me penchai de côté et vomis le contenu de mon estomac, jusqu'aux ultimes nausées bilieuses.

Je sortis de cette pièce en zigzaguant, tel un ivrogne. Mes mains tremblaient. Ma poitrine tremblait. J'avais les joues glacées, comme si ma tête n'avait plus une goutte de sang.

Je regardai ma main : un filet de sang s'écoulait par deux orifices.

"Merde. Je vais mourir."

Défaillant, je m'approchai de l'interphone et pressai le bouton.

— Monsieur Burgos, dis-je, et ma voix était étonnamment calme. Je veux sortir. Ouvrez-moi la porte, je vous prie.

— Vous en êtes certain ?

Je regardai les deux petites blessures sur ma main. Elles saignaient encore. Je me demandais quand le venin du serpent produirait son effet.

— Oui, je crois que oui, répondis-je en souriant.

Je suis sûr que mon sourire devait faire froid dans le dos, il ressemblait à celui d'une personne qui va s'introduire le canon d'un fusil dans la bouche.

— D'accord.

On entendit un bourdonnement, puis le claquement d'un verrou qu'on ouvre. Je poussai doucement la porte et quittai l'entrepôt.

7

DONUT

Je me retrouvai dans la salle d'attente, tenant ma main blessée contre mon ventre, traînant des pieds. Il n'y avait que M. Burgos, qui m'attendait, debout, les bras croisés.

— Tout va bien, Tirso ?

Je sursautai. Logique : j'étais dans un tel état que j'aurais pu me précipiter contre un mur en entendant le simple vrombissement d'une mouche. Je regardai M. Burgos, comme s'il était à des mètres de moi, et secouai lentement la tête.

— Non. Franchement non… – je soulevai ma main, tremblante. Il m'a mordu.

— Que dites-vous ?

— Le serpent m'a mordu.

M. Burgos examina la blessure d'un air grave.

— Je vois. Ne vous inquiétez pas. Asseyez-vous. Je vais prendre des mesures immédiatement.

J'obéis docilement. J'aurais sans doute pu crier, l'insulter et menacer de déposer plainte contre lui, comme la fille dans le couloir, mais je n'avais qu'une idée, compter les minutes qui me restaient à vivre.

M. Burgos rapporta une trousse à pharmacie, l'ouvrit et en sortit du coton, du sparadrap et un flacon d'alcool.

— Laissez-moi voir votre main, dit-il.

Je la tendis. Il imbiba le coton d'alcool et nettoya ma blessure, puis il appliqua un autre coton sur les deux petits trous et mit un sparadrap.

— Et voilà, conclut-il.

— Quoi ?

— Si vous voulez, je peux aussi m'occuper de l'entaille que vous avez sur le front.

— Alcool et coton ? C'est tout ? demandai-je en haussant le ton. Je ne peux pas le croire… C'est… c'est… incroyable ! – je me pris la tête entre les mains, essayant de trouver les bons mots. Je suis en danger de mort ! Je dois aller à l'hôpital immédiatement.

— Pour une simple morsure… ? Vous n'avez pas de chien ?

— C'était un serpent venimeux ! – je donnai un coup de pied dans une chaise. Un serpent corail ! Mon Dieu… ! Je risque de tomber raide mort à tout moment !

— Calmez-vous, Tirso. Si vous parlez du serpent qui est dans la boîte, il n'est pas plus dangereux qu'un lézard ordinaire.

— Je sais reconnaître un serpent corail quand j'en vois un !

— En ce cas, vous auriez dû remarquer que ce n'est qu'un simple serpent-roi, aussi connu sous le nom de faux-corail. Parfois il prend peur et peut mordre, mais je vous assure qu'il n'est pas venimeux.

Je le fusillai d'un regard plein de méfiance.

— C'est vrai ?

— Absolument. L'ordre des anneaux sur le serpent corail est rouge, jaune, noir ; sur le faux-corail, il est rouge, noir, blanc. Vous voulez vérifier ?

— Ça sera difficile.

— Pour quelle raison ?

— Je crois que je l'ai… légèrement piétiné.

— Mon Dieu, vous ne l'avez quand même pas tué ? – j'évitai son regard, de façon très éloquente. Bon Dieu…, soupira-t-il. Pourquoi avez-vous fait cela ?

— Je croyais que c'était un serpent venimeux.

— De grâce, réfléchissez un peu. Croyez-vous que nous allions vous enfermer dans cette remise avec un animal mortel ?

— Je ne sais pas, c'est à vous de me le dire, répondis-je, furieux. J'ai failli m'électrocuter dans une de vos pièces.

— N'exagérez pas, ce n'étaient que de petites décharges. Ces fils n'auraient pas tué un oiseau.

— Mais pourquoi ? Pourquoi ? De quel genre de travail s'agit-il ?

— D'un travail qui exige beaucoup de maîtrise de soi, de sang-froid et d'une bonne dose d'habileté ; justement les qualités qu'il s'agissait d'évaluer dans cette épreuve. C'était seulement cela, Tirso, une évaluation. Personne ne voulait vous tuer.

— Ah, merde, et à quoi servait le test psychotechnique, alors ? soupirai-je, très irrité. N'y a-t-il pas des façons plus simples d'évaluer tout cela sans avoir à faire croire aux gens qu'il leur reste quelques minutes à vivre ?

— Ce n'est pas vous qui préparez les épreuves, Tirso, c'est nous.

— Et ce "nous", qui est-ce ?

— Ça suffit, coupa M. Burgos. Je ne peux pas vous donner plus d'explications qu'aux autres candidats. Je n'y suis pas autorisé.

À ce moment-là, je remarquai l'absence de Marc et de l'autre candidat, qui étaient dans la salle au moment où j'allais commencer mon épreuve.

— Où sont les autres, demandai-je.

— Ils ont fini. M. Vilanova a fini depuis assez longtemps, et il est parti. Quant à l'autre… – M. Burgos tordit le nez. Apparemment, il n'aime pas les araignées.

— Je crois que vous êtes tous bons à enfermer, qui que vous soyez…

M. Burgos ne réagit pas. Il se retrancha derrière la table pliante et reprit son attitude froide d'examinateur.

— Avez-vous pu trouver quelques-uns des objets qui figuraient sur votre liste ?

— Oui, tous, répondis-je sur un ton de défi.

— Bien. Cela compensera peut-être votre réaction finale. Je peux les voir ?

Je restai sans voix. J'avais laissé les livres et le devant d'autel dans l'entrepôt. À cause de la morsure du serpent, je n'avais pensé qu'à filer dare-dare à l'hôpital et j'avais oublié le reste.

Je posai la statuette d'Éros sur la table de M. Burgos. Par chance, je la tenais toujours quand j'étais sorti de l'entrepôt.

— C'est tout ? demanda-t-il.

— J'ai aussi trouvé les autres objets. Ils sont à l'intérieur. Si vous me rouvrez la porte…

— Non. Impossible. Si vous ne les avez pas sur vous, je ne peux les valider.

— Mais je les ai trouvés !

— Oui, et vous les avez oubliés. Alors à quoi ça sert ?

— Ce n'est pas juste ! protestai-je. J'ai localisé tous les livres… J'ai reçu sur la tête une centaine de planches de bois peint pour récupérer ce stupide devant d'autel. J'aurais pu me fendre le crâne !

M. Burgos poussa un long soupir. Il joignit les mains sur la table et me regarda dans les yeux.

— Je suis désolé, Tirso, mais les règles de l'épreuve étaient claires.

— Alors, je suis disqualifié ?

— Je n'ai pas dit cela. Mais je reconnais que vos chances d'être retenu sont plutôt minces.

— Je comprends… Et maintenant, je fais quoi ?

— Maintenant, rentrez chez vous, mettez-vous un sparadrap sur le front et essayez d'oublier tout cela. Nous vous appellerons pour vous dire si vous avez obtenu le poste – M. Burgos pinça un peu les lèvres. Je ne devrais rien vous dire maintenant, mais… enfin… un de vos compagnons a vraiment bien réussi…

— D'accord, dis-je. Merci. Je suppose que je peux repartir par où je suis venu.

Je fis demi-tour et m'apprêtai à quitter la salle d'attente. Quand j'atteignis la porte, M. Burgos me rappela. Je me retournai.

— Vous vous êtes très bien débrouillé. Il vous a juste manqué un peu de… délicatesse.

Je crois que je le remerciai, mais je ne me souciais guère de ses éloges.

Je passai les jours suivants dans un état d'apathie lamentable. J'essayais d'oublier mon épreuve de recrutement ratée, mon avenir sans objectifs, ma maison vide, ma thèse de doctorat à demi rédigée…

Je ne dépensais pas beaucoup d'argent, mais je n'en touchais pas non plus et les économies que j'avais pu faire à Canterbury ne cessaient de fondre. Je me sentais coincé et je ne rêvais que d'une chose : laisser filer le temps.

Quand je me couchais, juste avant de fermer les yeux, je me promettais de mettre fin à cette dynamique de relâchement et de planifier mon avenir dès le lendemain : "Demain, quand je me lèverai…" C'était tous les soirs pareil. Et la même réponse tous les jours, comme l'avait dit un sage dans ce fameux poème : "Demain, dès que je me lèverai…"

Par un de ces matins aux promesses non tenues, la sonnerie du téléphone me réveilla bien avant mon heure. Il n'était pas tôt, neuf heures et demie, mais depuis des jours je ne me levais plus avant midi.

Je laissai sonner assez longtemps avant de décrocher.

— Allô ? dis-je d'une voix pâteuse.

— Tirso Alfaro ?

— C'est moi.

— M. Burgos à l'appareil – je me raidis. Je peux vous donner le résultat de votre épreuve de recrutement. Présentez-vous à onze heures et demie au numéro 13 de la rue Serrano.

— Au Musée archéologique ?

— Exact. Comme la dernière fois, donnez votre nom à l'entrée et on vous indiquera où aller.

— Bon. C'est compris – j'hésitai : Pourriez-vous déjà me dire si… ?

— Non, je ne peux pas. Il faut que vous veniez ici récupérer les documents personnels que vous nous avez remis lors de la première épreuve de sélection. On vous informera du résultat à ce moment-là.

M. Burgos raccrocha sans dire au revoir.

Je jetai le téléphone sur le lit et me frottai les yeux pour mieux me réveiller. Je me dis que s'ils voulaient que je récupère mes documents personnels, cela ne signifiait qu'une chose : qu'ils n'en avaient plus besoin.

Cela m'ennuyait de devoir aller jusqu'au musée pour qu'on me donne la mauvaise nouvelle en face. Si M. Burgos n'avait pas raccroché, je lui aurais dit qu'ils pouvaient transformer mes documents en papier recyclé et me laisser dormir tranquille.

Je sortis de la maison assez tôt pour me rendre à pied au musée. Il avait plu toute la nuit, mais la journée s'annonçait dégagée, avec une brise fraîche et bienfaisante de mi-février.

J'arrivai au musée quelques minutes avant l'heure prévue. La grille était ouverte, car un camion déchargeait du matériel pour les travaux. Je me faufilai discrètement et me dirigeai vers l'entrée principale. Un vigile m'arrêta.

— Désolé, le musée est fermé pour travaux. On ne peut entrer.

— Je suis Tirso Alfaro. Pour le CNQ, répondis-je machinalement.

J'avais bien appris la leçon.

En entendant le mot magique (CNQ, abracadabra), le vigile me barra sur une liste et me pria de le suivre.

Il y avait beaucoup plus d'activité que la fois précédente. Des gens en blouse blanche déambulaient dans les futures salles d'exposition, et certains plaçaient avec soin des pièces dans les vitrines. Il régnait une saine ambiance de travail.

Je soupirai en silence. J'aurais aimé appartenir à cet univers.

On prit l'ascenseur jusqu'à un étage avec beaucoup de couloirs et de portes fermées. On n'entendait aucun bruit.

Je suivis le vigile. Il y avait de vieux meubles de bureau empilés contre le mur et des distributeurs automatiques débranchés. Le garde s'arrêta devant une porte et frappa, une voix à l'intérieur invita à entrer.

Je me retrouvai dans un bureau minuscule. Quatre murs blancs et une fenêtre sans rideaux. Pour mobilier, une simple table métallique et deux chaises. M. Burgos en occupait une, le dos à la fenêtre. Ni classeurs ni armoires. Pas même une corbeille à papiers. On avait l'impression que ce bureau n'était pas souvent utilisé.

— Bonjour, Tirso. Asseyez-vous, je vous prie.

Le vigile se retira et ferma la porte. Je m'installai sur la chaise libre, devant la table, face à M. Burgos. Sur la table, il n'y avait qu'une chemise en plastique pleine de paperasses et une boîte de Dunkin'Donuts ouverte, qui ne contenait plus qu'un beignet, de ceux qui sont recouverts d'un glaçage rose brillant.

M. Burgos poussa la chemise vers moi.

— Voici vos papiers : déclaration d'impôts, relevés de banque, copie de la carte d'identité… Bref, tout ce que nous vous avons demandé en son temps. S'il vous plaît, vérifiez qu'il ne manque rien.

J'ouvris la chemise et jetai un coup d'œil sans voir. Je me moquais bien qu'il manque quoi que ce soit.

— Tout est là.

— Bien. Avant tout, je tiens à vous rappeler que le contrat de confidentialité que vous avez signé lors de la première épreuve de sélection reste valable. Vous ne pouvez, ne devez rien raconter à personne sur le processus qui vient de s'achever. C'est clair ?

— Très clair.

— Parfait – M. Burgos reprit son souffle et posa les bras sur la table ; en faisant ce geste, il donna sans le vouloir un coup de coude dans la boîte de donuts. Je suis vraiment désolé d'avoir à vous dire ça, Tirso. Je suis conscient que vous avez fait tout ce que vous avez pu, et certaines de vos épreuves ont une très haute valeur, mais je crains que vous n'ayez pas atteint le niveau que nous attendions pour ce travail.

Je hochai la tête.

— D'accord. J'en suis conscient. Je peux partir ?

— Oui, bien sûr. J'espère que tout ira pour le mieux pour vous à l'avenir.

Il se leva et me tendit la main. Ce faisant, son genou heurta le pied de son bureau et la boîte de Dunkin'Donuts, qui était au bord de la table, tomba par terre. Le donut rose glacé roula jusqu'au mur et se couvrit de poussière et de peluches.

— Ah, merde… ! Mon donut…, s'exclama M. Burgos entre ses dents.

J'eus l'impression qu'on me frappait au front.

Paralysé, les yeux écarquillés, je regardai M. Burgos s'accroupir, ramasser le donut et essayer d'enlever la poussière collée à sa surface glacée.

"Ah, merde. Mon donut."

C'était presque une expérience extrasensorielle. Soudain, je me revis à Canterbury, descendant la rue comme une fusée sur le vélo poussif de Jacob. Un piéton renversé. Un tas de miettes mouillées sur le sol.

"Ah, merde."

"Mon donut."

Il l'avait dit en espagnol. La même voix.

"Merde."

"Mon donut."

Le même visage.

— C'était vous, dis-je. Le bourreau. Le bourreau de Canterbury.

Maintenant, je ne comprends pas comment j'avais pu ne pas le reconnaître. C'était le visage de l'homme que j'avais renversé avec le vélo de Jacob, celui de l'homme qui jonglait avec des boules en bois devant la porte du musée Aldy. Celui du type qui m'avait donné un coup de poing quand je poursuivais le voleur de la Patène.

Mais il était logique que je n'aie pas fait le lien entre M. Burgos et ce bourreau. À Canterbury, je n'avais vu son visage qu'un instant, juste avant de repartir à vélo. J'étais loin d'imaginer que je le reverrais dans un autre pays, sous les apparences d'un homme austère en costume. Mais dès que ma mémoire déterra ce souvenir fugace, je n'eus plus aucun doute : c'était la même personne.

M. Burgos, ou prétendu tel, était resté impassible en m'écoutant. Il tenait encore son donut empoussiéré dans la main.

— Que dites-vous ? demanda-t-il.

— Vous étiez à Canterbury, répondis-je. Je vous ai vu. Je vous ai renversé avec mon vélo. Ensuite, vous étiez au musée Aldy le soir, vous vous êtes battu avec les vigiles… Vous m'avez frappé au visage ! Je suis sûr que c'était vous !

M. Burgos resta silencieux. Il s'approcha du bureau et y posa le donut. Puis il me jaugea du regard.

— Au visage, dites-vous ?

Je me rendis compte que lui aussi venait de me reconnaître. Son attitude le trahit : s'il s'était contenté de rire et de me dire que je confondais sûrement avec quelqu'un d'autre, j'aurais douté, mais il prenait mon histoire au sérieux. Très au sérieux.

— Ici. Précisément ici, dis-je en montrant ma pommette gauche. Mon Dieu… Vous et cette autre personne, le type tout en noir. Vous deux, vous avez volé la patène de Canterbury !

— Je crains fort que vous ne soyez dans l'erreur, dit-il trop tard, je ne le croyais pas.

— Non. Pas du tout. Je vous ai vu.

— J'en doute. La patène de Canterbury n'a pas été volée. Elle est toujours à sa place.

Autre erreur de sa part. la patène de Canterbury n'était pas une pièce célèbre, le musée Aldy était un tout petit musée local. Quelqu'un qui n'avait rien à voir avec le vol ni avec le musée n'aurait même pas su de quoi je parlais.

— La patène qui est à Canterbury est fausse – les pièces se mettaient en place dans ma tête. Vous l'avez mise à la place de l'authentique. Je ne sais comment… mais vous l'avez fait.

— Comment êtes-vous si sûr qu'elle est fausse ?

Une erreur de plus. Il aurait dû prétendre dès le début qu'il n'avait jamais entendu parler de cette patène et qu'il n'était jamais allé à Canterbury, au lieu d'essayer de vérifier ce que je savais vraiment. Ce pseudo-M. Burgos s'accusait à chaque mot.

— J'ai examiné la Patène authentique de près. Elle a un éclat spécial : bien que recouverte d'émail vert, elle émet des reflets rougeâtres. Ce n'est pas habituel. La patène qui est maintenant à Canterbury n'a pas cette propriété.

Celui qui disait s'appeler M. Burgos expira par le nez, très lentement. Il me regarda pendant de longues secondes en silence. Soudain, il contourna le bureau et s'approcha.

Je fis un pas en arrière.

Il passa devant moi, se dirigea vers la porte et l'ouvrit.

— Ne bougez pas d'ici, ordonna-t-il.

Il sortit de la pièce et referma derrière lui. J'entendis nettement une clé tourner dans la serrure, de l'autre côté de la porte. Je me précipitai sur la poignée et essayai d'ouvrir. Fermé. Je collai l'oreille à la porte et entendis ses pas s'éloigner rapidement.

On m'avait enfermé dans ce bureau.

Enfermé. Prisonnier, plutôt. D'un étrange M. Burgos qui passait ses loisirs à se déguiser en bourreau médiéval et à voler des œuvres d'art dans de petits musées ruraux.

Dans ma tête défilèrent pêle-mêle des images de films d'espionnage et policiers. J'en vins à penser qu'on retrouverait mon corps dans la tranchée d'un chantier. Je voyais déjà le faire-part : "Tirso Alfaro. Mort pour avoir trop parlé à la fleur de l'âge." J'espérais au moins que ma mère aurait la décence d'assister à mon enterrement.

Je ne sais combien de temps je restai enfermé dans ce bureau. Je n'avais pas de montre et j'avais laissé mon portable à l'entrée du musée. Ayant renoncé à sauter par la fenêtre ou à foncer tête baissée contre la porte, je m'assis sur la chaise et attendis.

Au bout d'un temps qui me parut interminable, j'entendis de nouveau le bruit d'une clé dans la serrure. Je me levai d'un bond et me retranchai derrière la table, le plus près possible de la fenêtre.

M. le bourreau Burgos entra, mais cette fois, il n'était plus seul.

L'homme qui l'accompagnait était très grand. Pas plus que le faux M. Burgos, mais il donnait cette impression, car sa présence était imposante.

Ses rides montraient que c'était un homme âgé. Sa chevelure était abondante, argentée, elle brillait presque, ce qui attirait les regards sur sa personne. Et sur ses yeux, d'un bleu si transparent que ses pupilles semblaient être des perles de glace ; bien que protégés par le verre de ses lunettes sans monture, ils distillaient un tel froid qu'ils auraient pu rafraîchir un verre de whisky en plein été.

Ces yeux, combinés avec ses cheveux soigneusement coiffés, et une fine moustache blanche qui surmontait sa lèvre supérieure comme un ourlet de neige sur une toiture conféraient au nouveau venu une stature solennelle.

Il portait un costume trois-pièces bleu marine. Sur sa tenue, il y avait deux éclats de couleur inattendus : son gilet et un nœud papillon tout raide (si raide qu'on aurait dit du métal) étaient du même tissu à carreaux écossais.

Le nouveau venu portait un paquet rond et plat sous le bras, enveloppé dans un tissu blanc. Le prétendu M. Burgos referma la porte et se posta à côté de celle-ci, dos au mur. Le moustachu posa le paquet sur la table. Puis il me regarda. J'eus l'impression qu'on venait de brancher l'air conditionné.

— Tirso, c'est bien ça ? dit-il d'une voix grave et profonde. Enchanté de te connaître. Assieds-toi. Nous allons bavarder.

On sentait qu'il avait l'habitude d'être obéi.

— Détends-toi, poursuivit le moustachu, ce qui eut sur moi un effet contraire. Ne t'énerve pas. Je veux juste que nous échangions quelques impressions.

— Je ne sais pas qui vous êtes.

— Plus tard, les noms. J'aimerais d'abord que tu jettes un coup d'œil sur ceci – il enleva le tissu blanc qui recouvrait l'objet qu'il avait apporté. Tu sais ce que c'est ? – je le regardai avec une immense méfiance et, au bout d'un moment, je hochai la tête. Alors ? Vas-y, tu peux me le dire. N'aie pas peur.

— C'est la patène de Canterbury.

— Tu en es sûr ? – de nouveau, je hochai la tête. Tu dirais que c'est l'authentique Patène ou une falsification ?

— C'est l'authentique.

— Comment le sais-tu ?

— L'éclat. L'émail est vert, mais si on la déplace, elle émet des reflets rouges.

Le moustachu resta impassible. Puis il prit la Patène avec précaution, la déplaça sous plusieurs angles, observant le résultat, la reposa sur la table et se tourna vers le bourreau.

— Il a raison. C'est presque imperceptible, mais c'est vrai, et aucun de nous ne l'avait remarqué.

— Tu comprendras qu'un éclat rouge sur une surface verte n'est pas un effet que je puisse remarquer, dit le bourreau d'un air revêche.

— Je le sais. Mais les bijoutiers auraient dû le voir. Ne l'ont-ils pas comparée avec la pièce originale ?

— Ils l'ont fait. D'après eux, ils avaient des dizaines de photos.

— Voilà l'erreur : on ne peut pas se fier aux photos. Il y a des détails que la meilleure des photographies est incapable de capter – le bourreau ouvrit la bouche, mais le moustachu lui imposa silence d'un geste. Non, il n'y a pas d'excuse qui vaille, Labulle. Et s'il y en a, je ne veux pas les écouter maintenant.

Labulle ? Drôle de nom, d'où sortait-il ?

Le moustachu se tourna vers moi.

— Bien, Tirso… Je suppose que tu dois te poser beaucoup de questions. Tu peux en poser quelques-unes.

J'étais dans un état de confusion absolu. Je décidai d'aller au plus simple.

— Qui êtes-vous ?

— Tu peux m'appeler *Narváez.*

— D'accord, monsieur Narváez.

— Non, pas de "monsieur". Narváez tout court. Il est entendu qu'ici nous sommes tous des messieurs. Nous évitons de le répéter, pour que ça ne monte à la tête de personne.

— Et M. Burgos ?

La personne concernée me répondit, d'un ton coupant.

— Labulle.

— Quoi ?

— C'est ainsi qu'on m'appelle. Un problème ?

— Pas du tout, m'empressai-je de répondre. Je trouve que c'est des plus… original.

— Tu as déjà essayé d'attraper une bulle avec les mains ? me demanda-t-il, agressif.

— D'accord. Labulle. Très bien. Pas de problème. J'en tiendrai compte.

Narváez intervint.

— Comme tu l'as sans doute deviné, il n'y a pas de M. Burgos, c'est une couverture – Narváez s'assit devant moi et me regarda dans les yeux. Tu as fourré le nez dans une affaire sérieuse, Tirso. Il n'est pas facile de démasquer Labulle. Beaucoup d'hommes mieux préparés que toi en ont été incapables – Narváez se tourna vers Labulle. Comment se sont passées ses épreuves ?

— Passable, mais rien de brillant. Bon niveau en anglais et en connaissances universitaires. Le psychotechnique était plutôt normal, tendant vers le médiocre.

— Si nous écoutions le psychotechnicien, beaucoup d'entre nous ne seraient pas là… Et en archivisme ?

— Un désastre : il a localisé les livres et le devant d'hôtel, mais il les a laissés à l'intérieur de l'entrepôt. De plus, il a démoli le câblage électrique et a tué Bridgitte à coups de pied.

— Bridgitte ?

— C'était le serpent de Tesla.

— Quelle idée idiote de mettre cette bête là-dedans… Et les fils électrifiés… Qu'est-ce que ça prétendait être, tout ça ? On dirait un de ces jeux idiots de boy-scout. Ça ne me semble pas très sérieux… Bon, Tirso, qu'allons-nous faire de toi ?

Narváez se caressa le menton en me regardant attentivement, comme si j'étais un spécimen observé au microscope. Le silence devint lourd, et je craignis que les battements frénétiques de mon cœur ne s'entendent comme un roulement de tambour.

Narváez reprit la parole.

— Écoute, Tirso, nous sommes face à une situation… disons… irrégulière. Le processus de sélection est terminé et nous avons déjà retenu un candidat qui a remporté avec succès toutes les épreuves… Quel est son nom ?

— Marc Vilanova, répondit Labulle.

— D'un autre côté, les résultats des épreuves d'admission montrent que tu n'étais pas le plus indiqué pour entrer dans notre groupe.

— Cela signifie que je peux rentrer chez moi ? demandai-je plein d'espoir.

— Loin de là. Je viens de te montrer une pièce qui, bien entendu, est en ce moment exposée à des kilomètres d'ici, et tu as reconnu Labulle comme un des participants de notre dernière opération. Te laisser partir serait pour le moins un impardonnable manque de rigueur de notre part.

Ses lèvres se plissèrent de façon inquiétante. Il laissa tomber un de ces silences qu'il savait si bien manier. Puis, très lentement, il introduisit la main à l'intérieur de sa veste.

Si quelqu'un croit que je suis parano parce que j'étais convaincu que cet homme allait sortir un pistolet et me vider son chargeur en pleine tête, je dirai simplement pour ma défense que Narváez avait l'air d'être capable de ce genre de méfait.

Ce n'est pas un pistolet qu'il sortit de sa veste, mais un paquet de cigarettes, et je mentirais si je disais qu'en le voyant je n'éprouvai aucun soulagement.

J'eus l'impression que Narváez réprimait un sourire.

— Tu fumes ? me demanda-t-il.

Je hochai la tête. Il glissa une cigarette entre ses lèvres et l'alluma. Puis il m'en donna une. Je lui en sus gré de toute mon âme.

— Alfaro… Oui. Je suppose que certaines choses sont écrites, dit-il après avoir expulsé une épaisse bouffée de fumée blanche. Les examens d'aptitude indiquent que tu parles très bien l'anglais et que tu domines assez bien ton domaine universitaire… Tu as démontré de l'initiative et des dons d'observation… D'autre part, en te lançant aux trousses de Labulle à Canterbury, et plus tard en l'accusant de vol droit dans les yeux, tu as prouvé une chose : que tu as du sang-froid, du courage ou une absence de bon sens, je ne sais ; en tout cas le bon sens n'est pas ce qui abonde le plus chez certains d'entre nous. Je ne vais pas te mentir : si tu n'avais pas reconnu Labulle, nous n'aurions pas cette conversation en ce moment. Mais voilà, nous sommes ici, face à face, et qu'on me pende si je n'ai pas passé assez de temps dans cette boutique pour ne pas reconnaître un quêteur quand j'en croise un. En résumé : bienvenue, Tirso Alfaro, le travail est à toi, si tu le veux encore.

Je dus digérer ces paroles en gardant la tête froide ; et me les répéter mentalement deux ou trois fois pour me convaincre que je les avais bien comprises.

La main de Narváez tendue vers moi était comme la poignée d'une porte derrière laquelle se trouvait quelque chose de nouveau, d'excitant et de tentant. Je n'avais qu'à l'actionner, et la porte s'ouvrirait. C'était simple.

Je lui serrai la main avec force en le regardant dans les yeux. Soudain, ils ne me parurent plus aussi glacés.

— Oui, bien sûr que je le veux… – mes lèvres dessinèrent un sourire. Bien sûr que oui.

Narváez hocha la tête.

— Parfait. Je suis ravi de l'entendre.

— Un moment…, dit Labulle. Que va-t-il se passer avec Marc Vilanova ?

— Rien. Nous aurons deux nouveaux quêteurs.

— Trop novices. Je ne crois pas que ce soit une bonne idée.

— Fantastique. Je m'en souviendrai le jour où les subalternes prendront le pouvoir et que le chaos régnera dans mon organisation. Jusque-là, je suggère que chacun garde ses impressions pour soi, si on ne lui demande rien – Narváez me regarda. Bienvenue au CNQ, Tirso Alfaro. Et maintenant, tu as des questions ?

— Oui, deux ou trois…

— Vas-y, je t'écoute.

— Quelqu'un pourrait-il me dire ce qu'est ce foutu CNQ ?

RUKSGEVANGENIS (I)

Le prisonnier de l'aile psychiatrique de la prison de Termonde fut sorti de sa cellule à une heure étrange.

Il était plus de dix heures du soir, ce qui, dans le microcosme carcéral, équivaut au petit matin. d'autant plus dans une prison située en plein cœur de la Belgique, dans un pays où beaucoup d'honorables citoyens dorment du sommeil des innocents à pareille heure.

Le prisonnier ne dormait pas quand on alla le chercher. Il était étendu sur le lit même pas défait. Les prisonniers ne défaisaient jamais leur lit, sauf s'ils y étaient obligés : de cette façon, ils pouvaient s'épargner la tâche ingrate de le refaire tous les jours. C'était une habitude carcérale propre aux détenus les plus anciens.

Ce prisonnier en était un.

Étendu sur le lit, il lisait un volume très écorné, La Renaissance et ses avant-courriers dans l'art d'Occident. *Un ouvrage de référence d'Erwin Panofsky. Le prisonnier pouvait presque le réciter par cœur tant il l'avait lu et relu : il le considérait comme fondamental. Il était convaincu qu'il fallait l'inscrire en lecture obligatoire dans toutes les écoles du pays, ou même du monde. Une connaissance profonde de la culture et de l'art occidentaux ferait merveille sur les jeunes générations. Le prisonnier était sûr que davantage de Panofsky et moins de jeux vidéo réduiraient radicalement le taux de criminalité des générations futures ; ainsi, les prisons seraient moins saturées et il ne serait peut-être pas obligé de partager sa cellule avec un type comme Rupert, délinquant sexuel et onaniste compulsif. Le prisonnier en avait marre que ce porc le réveille en pleine nuit en haletant comme un chien en se la martyrisant jusqu'au sang.*

Davantage de Panofsky et moins de jeux vidéo. Oui. Telle était la solution.

Profitant d'un des rares moments où Rupert ne se tripotait pas l'entrejambe, le prisonnier savourait les dissertations de Panofsky. Magnifique Panofsky. Le père de l'iconographie moderne. Un des érudits préférés du prisonnier. Peut-être moins lyrique que Gombrich, et sans doute moins audacieux que Robert Venturi ; mais quand même un de ses favoris.

Alors qu'il était plongé dans sa lecture, un gardien entra. Le prisonnier pensa qu'on voulait l'obliger à éteindre sa lumière, et à coup sûr il obéirait. Ce soir-là, il n'avait pas envie de discuter.

— Gelderohde, appela le gardien. Debout, et suis-moi. Tu as de la visite.

Le prisonnier crut avoir mal entendu.

— À cette heure ? Qui est-ce ?

— Si tu veux le savoir, bouge ton cul et amène-toi.

Le prisonnier ne chercha pas à discuter. Il le faisait rarement. D'ordinaire, il respectait l'autorité des gardiens, à condition que ceux-ci n'abusent pas de sa patience.

Il abandonna son lit et suivit le gardien. C'était bizarre. On était samedi, et le samedi les visites des parents et des proches se terminaient à cinq heures du soir. Seuls les avocats avaient le privilège de rendre visite aux prisonniers après, mais en tout cas jamais au-delà de vingt heures trente.

Il se demanda si ce n'était pas un piège. Il avait déjà connu des combines de ce genre : des gardiens rancuniers, dont la santé mentale ne valait guère plus que celle des prisonniers qu'ils encadraient, prenaient un détenu en grippe et le passaient à tabac en pleine nuit. Une fausse visite était un très bon prétexte pour sortir un prisonnier de sa cellule, l'emmener à l'écart et lui faire passer un sale quart d'heure. Certains gardiens savaient très bien où vous frapper pour que vous crachiez le sang pendant plusieurs jours, sans laisser une trace sur le corps.

Le prisonnier repoussa cette idée en voyant qu'en effet le gardien se dirigeait vers la salle des visites.

Il n'y avait qu'une seule personne, assise devant une table, et le gardien qui l'avait accompagné. Ce qui lui parut encore plus étrange. Son étonnement monta d'un cran quand, soudain, le gardien le laissa seul avec son visiteur.

— Ne fais rien de tordu, d'accord ? dit-il avant de partir. Je reviens dans une demi-heure. Pas une minute plus tard.

Sans menottes, sans surveillant et hors des créneaux horaires. Il était clair que ce visiteur n'était ni un membre de la famille ni un avocat.

Méfiant, le prisonnier vint s'asseoir devant cette personne. Un visage qui ne lui disait rien.

Le visiteur sourit amicalement.

— Ruksgevangenis, prononça-t-il en guise de salut – le prisonnier interloqué ne répondit pas. C'est ce qui est écrit au-dessus de la porte d'entrée de ce bâtiment… Ruksgevangenis. Je me demandais ce que cela signifie.

— "Prison du royaume", répondit le prisonnier, distant. C'est du flamand.

Le visiteur claqua des doigts.

— Ah oui, bien sûr ! Du flamand… prison du royaume, comme Rijksgevangenis… sauf que ça, c'est du hollandais, même si c'est une façon un peu archaïque de l'exprimer, vous ne trouvez pas ?

— Nous sommes dans une vieille prison.

— J'ai cru le comprendre… construite en 1860 ?

— 1863.

— Je vois – le visiteur lança un coup d'œil à la ronde. Je suis ravi de constater que les conditions semblent meilleures

qu'à cette époque. D'un autre côté, c'est dommage : j'aime beau-
coup les vieilles prisons, comme simple attraction touristique,
bien sûr... Vous êtes allé en Écosse ? Il y en a une très jolie à
Inveraray... Mais ma préférée est celle de Melbourne. Vous
devriez aller la voir un jour, si vous ne la connaissez pas déjà...

— *L'Australie n'est pas ma destination préférée.*

Le visiteur prit un air désolé.

— *Mais bien sûr, quel manque de tact de ma part, c'est*
bien en Australie que vous avez été interpellé ?

— *À Sydney, répondit le prisonnier avec un sourire crispé.*

— *C'est cela : Sydney. Il y a quatre ans. Vous avez atta-*
qué la Galerie d'art de Nouvelle-Galles du Sud... Un beau
butin, si j'ai bien compris : Une leçon d'anatomie *de Fran-*
çois Sallé... Fantastique ! Vous ne faites pas les choses à moi-
tié, hein ? Ce que je n'arrive pas à comprendre, c'est le coup
des gardiens : pourquoi les tuer tous les deux ?

Le prisonnier haussa les épaules.

— *C'est plus facile que d'essayer de les berner.*

— *Oui, d'accord... Admettons. Mais s'acharner sur leur*
corps de cette façon... Je peux vous demander à quoi répond
une telle boucherie ?

— *Tout est dans le rapport de police, vous pouvez vous y*
référer.

— *Naturellement. Mais je voulais connaître l'histoire de*
la bouche de Joos Gelderohde lui-même – le visiteur le regarda
avec un air de méfiance forcée : Car vous êtes bien Joos Gelde-
rohde ? Je ne me suis pas trompé de prisonnier ?

— *Mon nom d'artiste est Joos "le Wallon", vous le savez*
très bien – Gelderohde eut un sourire sans joie qui décou-
vrit ses dents.

Le visiteur dévisagea son interlocuteur : un homme sans âge,
des traits anodins... Même la couleur des yeux était indéfi-
nie : ses pupilles étaient une tache pâle qui variait en fonction
de la lumière. Il n'avait pas un seul cheveu sur le crâne, sauf

ses sourcils, si blonds qu'ils étaient invisibles en toutes circonstances. L'ensemble n'était pas agréable à regarder. La figure de Gelderohde était blafarde et charnue, comme si elle avait été modelée dans une boule de cire, sans os. Il avait de gros yeux saillants, des paupières épaisses, un nez camus, et sa bouche était une longue ligne presque sans lèvres.

Le visiteur se rappela le nom par lequel le prisonnier était connu en néerlandais ; Joos de Worm. Joos "le Lombric". Très adapté. Gelderohde rappelait vaguement un lombric, c'était un homme insaisissable.

— Puisque nous en sommes aux présentations, dit Joos le Lombric, ce serait bien que vous me disiez avec qui je parle exactement.

Le visiteur laissa fuser un ricanement entre ses dents.

— "Mon nom est Légion, car nous sommes nombreux…" Vous connaissez ce passage de la Bible ? Les démons de Gerasa, condamnés à posséder un troupeau de porcs – tout en parlant, il sortit une carte de visite de sa poche et la posa sur la table, devant lui. Gelderohde la prit et l'examina. Il n'y avait qu'un nom écrit, à la main.

LILITH

— Qui est Lilith ?
— "Tes lèvres distillent le miel, il y a sous ta langue du miel et du lait…" Retournez la carte. Regardez au dos.

Gelderohde obéit. Au revers il y avait un symbole, plutôt un logo : une étoile aplatie à douze branches rouges et bleues. Et un commentaire écrit en caractères d'imprimerie.

VOYNICH INC.
Secrets du futur

Rien d'autre. Gelderohde regarda son visiteur dans les yeux.

— Comment dois-je interpréter cela ?

— Disons que vous avez maintenant un ami très important, monsieur Gelderohde. Qui souhaite que vous lui rendiez un petit service conforme à ses intérêts. Je sais ce que vous pensez… "Sera-t-il rétribué ?" Croyez-moi, la réponse est oui. Comme vous l'aurez compris, cette réunion a coûté très cher, et pourtant nous sommes là, vous et moi, face à face, à l'abri des caméras, des gardiens, des oreilles indiscrètes… – le visiteur afficha un sourire pleinement satisfait. Ah oui : votre nouvel ami peut acheter n'importe quoi. Même vous.

— En ce cas, j'espère que vous pouvez aussi acheter la façon de me sortir d'ici.

— Certes, mais nous espérons que vous miserez aussi quelque chose de votre côté – Gelderohde médita en silence, scrutant la personne qui était devant lui. Vous ne dites rien ? Auriez-vous la bouche un peu sèche…

Le visiteur plongea de nouveau la main dans sa poche et en sortit un chewing-gum, qu'il donna à Gelderohde, lequel fit mine de défaire son emballage argenté. Le visiteur le retint d'un geste.

— Faites-moi confiance : gardez-le pour une meilleure occasion.

Gelderohde glissa le chewing-gum dans sa poche sans mot dire, toujours sous le regard attentif de son interlocuteur.

— Qu'attendez-vous de moi ?

— D'abord, vérifier si votre réputation vous rend justice. On raconte que le travail à Sydney n'était que la partie émergée de l'iceberg. La National Gallery de Londres, le Centre Pompidou de Paris, le musée de Capodimonte de Naples, la galerie des Offices, le Met de New York… Qu'y a-t-il de vrai dans tout cela ?

Gelderohde se renversa en arrière, méfiant.

— Ni plus ni moins que ce que vous voudrez bien croire.

— Ouais. Seul ou accompagné ?

— J'aime ma liberté. Toujours.

— On dit que vous avez été formé dans une grande université. Qu'avant de collectionner l'art, disons, librement, vous étiez un professeur respecté.

— Et personne ne vous a raconté que je mange de la chair humaine et que l'eau bénite me terrorise ?

Le visiteur laissa échapper un demi-sourire.

— Simple curiosité : tous ces gens que vous avez tués, dit-on… C'était par plaisir ou par nécessité ?

— C'est ce que les psychologues de la prison essaient de déterminer, vous devriez le leur demander.

— Nous l'avons déjà fait : ils répondent qu'à part être un voleur, vous êtes un sociopathe avec des tendances homicides. Que vous êtes un danger pour vos semblables.

Gelderohde découvrit ses dents, petites et émoussées, juste un liseré de pointes blanches qui émergeaient de gencives épaisses et décolorées.

— Qui n'a pas de problèmes aujourd'hui, dans cette société déshumanisée et tyrannique ? Pendant que des millions de personnes meurent de faim, d'autres font un régime pour maigrir. En réalité, ne sommes-nous pas tous un danger pour nos semblables ?

— Je ne me risquerai pas à émettre une opinion. Vos nouveaux amis pensent que la fin justifie les moyens… Mais il y a une chose que j'aimerais clarifier : ils aiment le travail propre. Le sang a une couleur très criarde. Êtes-vous capable de travailler dans ces conditions ?

— Auparavant, j'aimerais savoir de quel genre de travail nous parlons.

— Un genre qui vous convient très bien et que vous avez déjà exercé à la Tate Gallery, aux Offices, à Capodimonte, etc. Entrer sans être vu et prendre un objet qui ne vous appartient pas. Je répète : vous pouvez le faire ?

— Dites-moi où il faut entrer et je trouverai la solution.

Le visiteur eut un sourire ravi.

— Magnifique. Cependant, avant d'entrer dans les détails, j'aimerais vous prévenir que vous ne serez pas le seul à chercher ce que nous voulons. Pour ce travail, vous aurez de la concurrence.

— S'il s'agit d'Interpol, ce n'est pas une concurrence sérieuse : à Sydney, ils ont eu plus de chance qu'ils n'en méritaient. Quant aux mafias du marché noir, ce ne sont que des amateurs. Je connais tous leurs trucs.

— Non. Je parle de personnes moins scrupuleuses qu'Interpol et plus imaginatives que les mafias qui trafiquent avec les œuvres d'art – le visiteur croisa les mains sur la table et se pencha vers Gelderohde. Avez-vous entendu parler du Corps national des quêteurs ?

Gelderohde ne répondit pas immédiatement. Il eut un rictus et secoua lentement la tête.

— J'espère que c'est un travail bien payé…, déclara-t-il.

Les yeux du visiteur brillèrent de convoitise.

— Il l'est. Je peux vous l'assurer : il l'est.

II

LE MASQUE DE MUZA

1

CHEVALIERS

En ce monde, il y a des récits véridiques et des récits impossibles. Les impossibles sont les seuls qui vaillent la peine.

Au milieu du XIXᵉ siècle, l'Espagne était un paradis pour les spoliateurs. Français et Britanniques avaient pillé le pays de ses œuvres d'art pendant la guerre d'indépendance. Les armées napoléoniennes furent particulièrement néfastes, car elles détruisirent tout ce qu'elles ne purent emporter. ("Si cela ne peut être à nous, ça ne sera à personne. Sacrebleu.")

Après la guerre, aucune amélioration de la situation. De France, de Grande-Bretagne, d'Allemagne, des États-Unis… de toutes les puissances du monde venaient dans notre pays des voyageurs dont les arrière-petits-fils feraient de Majorque une colonie internationale. Ils ne cherchaient ni sangria ni paella (ou alors, c'est passé inaperçu), mais un frisson proche de l'aventure, à partager avec leurs collègues du Royal Club de *gentlemen* en agitant un verre de brandy. Pour eux, l'Espagne était pire que le sauvage Far West, peuplée de bandits aux épais favoris et de gardes civils qui jouaient aux cow-boys et aux Indiens.

Dans un étalage fabuleux de condescendance, ils se permettaient même le luxe de réécrire notre propre folklore – comme Prosper Mérimée ou Washington Irving –, plein de Maures perfides et de Gitanes qui avaient glissé un poignard dans leur jarretelle.

Quand ils retournaient à leur patrie plus civilisée, tous ces voyageurs avides de frissons rapportaient un sac rempli de stéréotypes… et d'œuvres d'art. Très simple : il suffisait de repérer l'acheteur approprié car, dans cette Espagne-là, le passé était à vendre. Il n'y avait pas de cloître médiéval, de trésor wisigothique, de peinture baroque ni même de château ou de cathédrale qui ne puissent être achetés à bas prix. On ne posait pas de questions. On ne protestait pas. On acceptait l'argent, on emballait le produit, et quand venait l'heure des regrets, il y avait belle lurette que le trésor en question moisissait dans une vitrine, à Londres, Paris ou New York.

Pour essayer de mettre un terme à cette saignée, le gouvernement d'Isabelle II lança une timide politique de protection et de sauvegarde du patrimoine historique et artistique de la nation. On signa des décrets, on construisit des musées, on finança des fouilles… Pour gérer les actions légales nécessaires pour récupérer ce patrimoine perdu, on créa la Commission des antiquités de l'Académie royale d'histoire.

Il y eut un cas d'école : le trésor wisigothique de Guarrazar. Découvert en 1859 et bradé à un collectionneur français ; la Commission des antiquités sua sang et eau, et argent, pour récupérer au moins une partie du trésor. Il en existe encore des traces aujourd'hui, conservées à Paris, et je crains fort qu'elles n'y restent jusqu'à ce que la tour Eiffel ne soit plus qu'un amas de ferraille rouillée.

Tel est le récit véritable.

Le récit impossible dit qu'il y eut des obstacles que la Commission des antiquités ne put franchir, par manque d'argent, par méconnaissance ou parce que le spoliateur du moment refusait de rendre la pièce. La reine Isabelle, excédée, décida de se mêler de cette affaire.

Elle était pleine de bonnes intentions, mais pas très maligne ; elle confia le problème à l'homme le plus dépourvu de scrupules de toute la nation : le général Ramón Narváez, duc de Valence et président du Conseil des ministres.

Le général n'était pas arrivé si haut grâce à son honnêteté et à ses bonnes manières, qualités dont on peut le créditer, mais qui ne sont pas celles qui l'ont rendu célèbre. Narváez était un guerrier, un homme d'action ; il s'était forgé en étouffant des révoltes et en décapitant intrigues et intrigants. Il troqua son épée pour une plume qui signa moult décrets, mais l'une et l'autre furent toujours bien affûtées et prêtes à défendre le trône d'Isabelle.

En 1860, le général Narváez signa le décret le plus étrange de sa carrière : la création d'un groupe spécial d'agents au service du gouvernement de l'Espagne. Il l'appela le "Corps royal des quêteurs".

Peu d'historiens ont parlé de ce décret royal, et ceux qui l'ont fait ont toujours prétendu que c'était un faux. Légende urbaine, disent-ils. Mythe historique. Sornettes. Récit impossible.

Le décret existe. Je l'ai eu entre les mains. Daté du 13 août 1860, il porte le sceau du ministère de l'Intérieur et la signature du président du Conseil des ministres. La signature de Narváez a la forme d'un coup de couteau.

L'objectif du Corps royal des quêteurs se réduisait à une seule mission : trouver et récupérer toutes les pièces du patrimoine espagnol qui avaient été pillées et les rapporter à la maison.

La devise du Corps est "Reviens".

Peu importe s'il est loin, peu importe sous combien de clés il est gardé : aucun trésor dans aucun recoin du monde ne peut échapper au Corps royal des quêteurs.

Personne ne connut en son temps l'existence du Corps des quêteurs, à part la reine et son général. C'est Narváez en personne qui sélectionna et commanda le premier groupe. Le gouvernement fournit la couverture nécessaire pour ses activités et pour les fonds qui en découlaient, toujours dans le plus strict des secrets. Il y avait une chose que le Corps des quêteurs ne pouvait oublier : son activité était illégale. Ils volaient. Ils volaient des voleurs, certes, mais dans la plupart des tribunaux du monde ce n'est pas primé par cent ans de sollicitude. Si un quêteur était surpris la main dans le sac, le gouvernement d'Espagne n'en assumerait sûrement pas la responsabilité. Ce quêteur serait seul, comme n'importe quel criminel.

Vol d'État dans les règles. Le Corps royal des quêteurs vit dans les égouts du gouvernement pour récupérer les œuvres d'art… qu'il accroche ensuite dans un musée pour que tous puissent les voir. Les premières activités du Corps furent rares, mais fructueuses. Beaucoup des pièces exposées aujourd'hui furent en leur temps reprises par ces pionniers anonymes.

Narváez mourut en 1868. Quand le plus ferme soutien de reine Isabelle disparut, le trône s'effondra. La reine fut proprement invitée à quitter le pays et l'Espagne devint encore une fois un écheveau d'intrigues.

Les intrépides quêteurs connurent alors le temps des vaches maigres. Leur existence était si secrète et la situation politique si instable qu'ils faillirent disparaître. Après la mort de Narváez, on ne trouve pas grand-chose dans les archives du Corps, et on pense que pendant un certain temps celui-ci agit sans être couvert par le gouvernement.

Cependant, par l'effet d'un étrange miracle, le Corps subsista, administré par ses propres membres, tous rageusement fidèles à l'objectif qu'en son temps on leur avait confié. Ils ne furent jamais plus de cinq ou six, souvent même moins, tous des idéalistes, des fous ou des aventuriers. Des voleurs dans un bel emballage.

Aujourd'hui, on a perdu leurs noms, et donc ils ont perdu toute chance d'être des héros, mais je suis sûr que c'était sans importance pour eux.

C'est le roi Alphonse XIII qui, d'une certaine façon, "ressuscita" le Corps. On dit que sa grand-mère la reine Isabelle lui parlait d'eux quand il n'était qu'un enfant, et que le futur monarque s'accrocha à cette romantique histoire digne d'un feuilleton. Quoi qu'il en soit, un décret royal du 2 septembre 1918 (non moins secret, bien sûr) établit un nouveau statut pour le Corps, et lui donna une plus grande ampleur.

Avec l'avènement de la IIᵉ République et la guerre civile qui suivit, l'activité du Corps royal des quêteurs s'interrompit brusquement. Le premier gouvernement républicain d'Alcalá Zamora voulut dissoudre le Corps, sans doute de façon provisoire, pendant qu'on rédigeait une nouvelle Constitution pour la République, mais plus personne ne pensa à le reprendre en main après 1931.

En 1939, le premier gouvernement de la dictature de Franco décida de remettre le Corps en service. On ne sait pas très bien sur l'initiative de qui. La légende du Corps dit que derrière cette idée il y avait le ministre Pedro Sáinz Rodríguez, un personnage extravagant, monarchique furibond et conspirateur de vocation, lequel, dit-on, avait eu vent de l'existence du Corps de la bouche même d'Alphonse XIII, devant un verre de martini au bar du Grand Hôtel de Rome, où le monarque menait un exil languissant.

Le décret royal de 1918 fut réactivé presque sans aucun changement, sauf en ce qui concernait le nom de l'organisation, désormais intitulée "Corps national des quêteurs"… ou CNQ. Depuis lors, c'est ce décret royal, auquel furent ajoutés quelques articles au fil du temps, qui régit les normes du Corps.

Pedro Sáinz Rodríguez tomba bientôt en disgrâce auprès du général Franco, étant donné son irrésistible penchant pour l'intrigue (ou pour les femmes publiques, selon d'autres versions), et cette même année 1939 il disparut discrètement du gouvernement et partit pour le Portugal. Ses successeurs ne savaient pas très bien quoi faire de ce Corps national des quêteurs… Certains pensaient même que c'était un nid de conspirateurs contre le régime et que le mieux serait de l'éliminer. Le général Franco tergiversa, en bon Galicien qu'il était, chaque fois qu'on lui parla de la possibilité de dissoudre le Corps. Il ne disait ni oui ni non, mais tout le contraire. Ou bien il n'avait aucune idée de ce qu'on lui racontait… ou il ne le savait que trop bien.

En tout cas, peu à peu, le Corps reçut de plus en plus de moyens et une meilleure couverture. En théorie, il ne rendait des comptes qu'au chef de l'État, au président du Conseil et au ministre en charge des Affaires culturelles. Et à eux seuls. Dans la pratique, il n'était pas facile de savoir qui était réellement au courant de son existence.

Ce halo de secret sauva sans doute le Corps à la fin de la dictature. Étant donné que presque personne ne savait clairement qui ou quoi se trouvait derrière cette institution, il était difficile de l'affubler d'une filiation politique précise. Comme il semblait que, quelle que soit son activité, le Corps s'en sortait bien, ne gênait pas trop et ne coûtait pas beaucoup d'argent, les politiciens de la démocratie décidèrent de le laisser où il était ; après tout, ils avaient déjà assez de problèmes par ailleurs.

On lui attribua un siège central au Musée archéologique national et on le laissa agir dans une indépendance presque totale, comme si personne ne voulait être au courant de la nature de ses activités. Loin des yeux…

Son organigramme fut simplifié au maximum : le directeur était le seul responsable de ses actions et il assurait la liaison avec de vagues instances gouvernementales, qui allaient aussi haut que l'imagination pouvait les porter. Peu de gens savaient d'où venait ce directeur, et parmi eux la majorité était convaincue qu'il était issu des rangs de l'armée, un soupçon sans fondement.

L'argent pour son fonctionnement provenait de lignes budgétaires obscures sur lesquelles aucun parti politique ne demandait d'explications. Le secret était sa principale arme de défense, et les quêteurs, après une longue existence, avaient appris à le manier avec une maîtrise impressionnante. Ils étaient des survivants-nés.

Espions. Criminels. Agents secrets. Voleurs. Corps d'élite. Aventuriers. Lunatiques. Marginaux. Conspirateurs… On les avait traités de tout. Et tous se trompaient : ils n'étaient rien de tout cela.

Ils étaient des Quêteurs. Et fiers de l'être.

Et maintenant, j'allais devenir l'un d'eux.

Je mis du temps à apprendre tous les détails sur l'origine et l'histoire du Corps national des quêteurs, et aujourd'hui encore j'ignore beaucoup de choses, que je ne découvrirai peut-être jamais.

Je crois que Narváez a eu raison de ne pas tout me raconter d'un coup. Je ne l'aurais sans doute pas cru.

Peu à peu, il me dessina la vraie nature du Corps. Il l'appelait toujours le Corps, mais souvent lui échappait l'appellation complète, Corps royal des quêteurs, comme si d'une certaine façon le CNQ ne le concernait pas. Cependant, son expression la plus pittoresque fut les "chevaliers quêteurs". Parfois, il désignait ainsi les membres du Corps. C'était une façon de parler plutôt militaire, aussi me demandai-je si Narváez n'avait pas porté l'uniforme. Je n'osais pas le lui demander. Narváez n'était pas du genre à apprécier une indiscrétion.

Mais je posai beaucoup d'autres questions. Ses réponses étaient tantôt directes, tantôt évasives, mais je n'eus jamais l'impression qu'il ne disait pas la vérité.

Il m'expliqua longuement ce qu'il attendait de moi. Quand il estima que j'étais suffisamment informé, il me regarda dans les yeux et dit :

— Comprends-tu sans ambiguïté le genre de travail du Corps ?

— Je crois que oui, répondis-je – et j'eus l'audace d'ajouter : Nous récupérons ce qui nous appartient.

— Un résumé très juste, approuva Narváez. Écoute-moi bien, Tirso, pour être un chevalier quêteur, tu dois comprendre que nos activités oscillent entre légalité et illégalité. Nous sommes un corps officiel, entretenu par l'État, mais si nous commettons la moindre erreur, personne ne prendra notre défense… n'est-ce pas, Labulle ?

— Je préfère ne pas me rappeler ce qui s'est passé au Maroc…

— Tu as bien entendu, reprit Narváez. Nous sommes responsables de nos actes. Personne ne nous demande des comptes, parce que personne ne veut savoir ce que nous faisons. Nous nous défendons, nous soutenons et nous protégeons, car nous ne dépendons que de nous-mêmes. C'est un peu plus que de la camaraderie ou qu'un simple travail d'équipe, tu comprends, Tirso ? – j'acquiesçai avec véhémence. Bien, parce que si tu ne comprends pas cela ou si tu n'es pas prêt à l'assumer, tu ne peux pas être l'un des nôtres. Ici, il y a des risques. De vrais risques. Nous allons t'entraîner à fond pour que tu puisses les affronter, mais il y a une part importante que nous ne pouvons pas t'enseigner : une chose qui doit venir de toi.

— Je vais m'appliquer, assurai-je. Mais pour être franc, je ne suis pas sûr d'être du bois dont on fait les agents secrets.

— En premier lieu, ici nous nous tutoyons tous. En second lieu, personne ne te demande d'être James Bond. Les espions, on n'en manque pas : les services secrets sont là pour ça. Regarde autour de toi, Tirso : tu n'es pas dans un bunker secret et il n'y a pas de vidéosurveillance. Tu es dans un musée, tu comprends la différence ?

— Oui… Je pense que oui.

— Alors ne l'oublie pas. Ne te laisse pas abuser par les faux noms ou autres breloques : notre travail est fondé sur des critères très différents.

— En réalité, nous sommes des sortes d'universitaires, dit Labulle.

— Des universitaires ? m'étonnai-je.

Labulle pointa le pouce contre sa poitrine.

— Deux licences et un doctorat. Pose-moi n'importe quelle question sur l'art, je pourrai te répondre dans cinq langues différentes, et l'une d'elles est une langue morte.

— Attendez un moment. Je n'ai pas deux licences… Je n'ai même pas fini ma thèse de doctorat…

— Vraiment ? Moi non plus, dit Narváez. Et maintenant, Tirso, nous allons chercher ce que tu peux nous apporter. Dès que nous le saurons, nous ferons de toi le meilleur des quêteurs.

— Le deuxième meilleur, corrigea Labulle.

J'avais envie de croire Narváez, mais je ne me sentais pas très sûr de moi. Je voulais le remercier pour son vote de confiance avec toute la conviction dont j'étais capable.

— Je consacrerai tous mes efforts à être utile.

— Les efforts ne suffisent pas, dit Labulle.

Narváez se leva. Derrière lui, Labulle me fit signe discrètement de me lever aussi. Puis Narváez posa la main sur mon épaule et me dit d'un ton solennel :

— Chevalier quêteur Tirso Alfaro, jures-tu ou promets-tu de mener à bien toute tâche que te sera confiée par notre Corps national des quêteurs, en vertu du décret royal du 2 septembre 1918, signé par Sa Majesté le roi Alphonse XIII, dans la mesure où elle ne contrevient pas au règlement stipulé dans ledit décret royal ni aux dispositions définies par le cadre légal et constitutionnel en vigueur ?

Il avait dit tout cela d'une traite. Je n'en compris pas un mot. Narváez se tut, la main sur mon épaule, toujours ferme, attendant une réponse. Labulle vint à mon aide.

— Contente-toi de jurer ou de promettre.

— Je… je le jure.

Narváez laissa échapper un sourire sec et bref, comme un coup de feu. Il hocha la tête et me donna une puissante accolade.

— Magnifique. Quelque chose à ajouter, chevalier quêteur Tirso Alfaro ?

— Je suis impatient de commencer.

C'était vrai. Je voulais intégrer un groupe secret qui avait presque deux siècles d'existence, je voulais accomplir cette noble tâche de récupérer le patrimoine volé, d'imposer la justice à l'endroit où la loi ne pouvait accéder. Et je voulais un nom de code. Meilleur que Labulle.

Narváez me regarda avec satisfaction.

— Bien. Mais modère ton enthousiasme. Nous en aurons besoin plus tard – il consulta sa montre. Je regrette l'aspect informel de cette cérémonie : habituellement, c'est plus solennel, mais vu les circonstances, il vaut mieux en finir au plus vite et se mettre au travail. Labulle, charge-toi du nouveau quêteur. Je veux qu'il soit prêt à commencer demain – il nous regarda, Labulle et moi, et nous dédia un hochement de tête à chacun. Bonsoir, messieurs.

Il reprit la Patène et s'en alla d'un pas décidé. La pièce se retrouva étrangement nue quand il eut refermé la porte.

Quand on se retrouva seuls, Labulle ne dit rien. Il resta debout, adossé au mur, les bras croisés, me regardant fixement. Son expression n'avait rien d'amical.

Au bout de quelques secondes, il poussa un long soupir et claqua la langue.

— Suis-moi.

Et il sortit sans m'attendre.

Je commençais à croire qu'il ne me trouvait pas très sympathique.

Labulle ne m'adressa pas la parole une seule fois pendant notre trajet vers l'ascenseur (moi derrière lui), ni pendant que nous descendions au rez-de-chaussée du musée. De temps en temps, il me lançait un regard hostile pour s'assurer que je le suivais, puis il secouait lentement la tête, comme s'il était profondément déçu que je ne me sois pas dissous dans l'atmosphère.

Dans le musée, on croisa des ouvriers et des employés de toutes sortes.

En sortant de l'ascenseur, Labulle avait fixé au revers de sa veste une identification sans nom ni photographie. C'était un simple rectangle en plastique bleu sur lequel étaient écrites les lettres CNQ. Je remarquai que des membres du personnel du musée, en voyant la plaque d'identification, trouvaient soudain quelque chose de beaucoup plus intéressant à regarder, en général vers l'endroit le plus éloigné de nous. Personne ne nous salua ni ne nous adressa la parole. On avait l'impression d'être invisibles.

On traversa un patio couvert, où avait été reconstitué l'imposant monument funéraire de Pozo Moro. Par là, on accéda à une salle tapissée de boiseries. Les vitrines étaient si grandes qu'un homme aurait pu tenir facilement à l'intérieur. Certaines étaient vides, et d'autres recouvertes d'un tissu noir.

Dans un endroit choisi, je vis une grande vitrine solitaire, également recouverte d'un tissu. Labulle écarta celui-ci avec précaution, et regarda ce qu'il dissimulait avec un air proche de l'extase.

— Bonjour, mon cœur, murmura-t-il. Je t'ai manqué ?

Ce n'était pas à moi qu'il parlait, évidemment. Labulle dévoila la fabuleuse statue de cette vitrine, le sourire aux lèvres. Puis, d'un geste élégant, il lui lança un baiser du bout des doigts. J'avais l'impression que ce simple geste ressemblait à un rituel.

Ensuite, il croisa les bras et s'adressa à moi.

— Sais-tu ce qu'est cette pièce, bizuth ? me demanda-t-il sur un ton beaucoup moins affectueux que celui qu'il avait en s'adressant à la statue.

Heureusement, je connaissais la réponse. C'était un des trésors les plus emblématiques du musée. J'observai pendant quelques secondes ce visage indolent, encadré par deux majestueuses roues en pierre, qui nous contemplait avec un air millénaire de femme fatale.

— C'est la Dame d'Elche.

— La Dame. La Dame tout court, corrigea-t-il. Tu connais sans doute son histoire : en 1897, elle fut découverte par des ouvriers qui défrichaient les terrains d'une propriété privée. Quelques mois plus tard, le musée du Louvre l'acheta pour quatre mille francs – Labulle tordit la bouche dans une expression de rage. Vendue comme une prostituée. Un vol consenti pour quatre mille misérables francs.

— Mais il a fini par la restituer, non ? Sinon, elle ne serait pas là.

Labulle ne répondit pas tout de suite.

— Quand la Seconde Guerre mondiale éclata, elle fut transférée au château de Montauban, près de Toulouse. En 1941, le gouvernement espagnol demanda au gouvernement de Vichy qu'on lui rende la Dame. Comme Franco et le maréchal Pétain entretenaient des relations cordiales, le gouvernement espagnol pensa qu'il pouvait jouer cette carte. En pure perte. Les Français refusèrent de la rendre. C'est alors que nous sommes intervenus – une lueur réjouie

illumina les grands yeux de Labulle. Quatre quêteurs…
pas un de plus. Ils s'infiltrèrent dans la France de Vichy
sous de fausses identités et sans aucune aide… Tu te rends
compte de ce qu'ils risquaient, bizuth ? Des collabos et des
nazis partout : si ces quatre quêteurs avaient été pris, on les
aurait accusés d'espionnage. Pense au pire châtiment que tu
puisses imaginer et multiplie-le par deux : c'était l'Europe
d'Hitler. Ça ne rigolait pas… Mais ils ont réussi.

— Ils l'ont sauvée, soulignai-je.

Labulle eut un demi-sourire.

— Très juste, bizuth. En effet, ce fut un sauvetage. La
Dame captive dans le château, libérée par quatre princes
bleus… Dans la même opération, les quatre quêteurs récu-
pérèrent aussi un des sphinx ibères d'El Salobral, plusieurs
pièces des trésors d'Osuna et de Guarrazar, et l'*Immacu-
lée Conception des Vénérables*, que le maréchal Soult avait
pris à Séville en 1813… Et ils n'étaient que quatre ! Quatre hommes comme toi et moi, n'ayant que leur intelligence et leurs ressources ! Mon Dieu, comme j'aurais aimé
être l'un d'eux !

C'était la première fois de ma vie que j'entendais une
version aussi polémique sur les avatars de la Dame d'Elche.
Comme s'il avait pu lire dans mes pensées, Labulle ajouta :

— Tu ne trouveras cette prouesse dans aucun livre. On
te dira que le gouvernement espagnol conclut un accord
avec les Français, qu'ils échangèrent la Dame contre un
portrait de Marie d'Autriche attribué à Vélasquez et un
tableau du Greco, identique à un autre qui se trouve à
Tolède. C'est un mensonge. Le gouvernement français
n'aurait jamais accepté un accord aussi peu avantageux : la
Dame vaut bien plus que cela. Ces deux peintures furent
rendues plus tard, quand la Dame était déjà en Espagne,
et uniquement pour éviter un incident diplomatique qui
aurait eu de graves conséquences. Les Français se fâchèrent

tout rouge quand ils se rendirent compte qu'on avait subtilisé la Dame à leur nez et à leur barbe – la mine réjouie, il ajouta : Leur orgueil en avait pris un coup. Rien n'offense plus un voleur que d'être détroussé à son insu.

Labulle regardait les yeux de la Dame, comme s'ils partageaient tous les deux un secret ; ce qui était vrai, en un sens.

— Voilà notre travail, bizuth, dit-il un moment plus tard. Nous, les chevaliers quêteurs, comme Narváez nous appelle. Tu te sens capable d'en faire autant, toi ? Jouerais-tu le tout pour le tout en sachant que ta seule récompense sera l'oubli et le secret ? Personne ne te remerciera jamais, personne ne saura jamais ton nom, et si tu racontes la vérité, tu seras traité de menteur. Ni argent, ni gloire, ni même la satisfaction de remporter un prix. Ton seul stimulant, ce sera l'émotion de la quête… Tu t'en sens vraiment capable ?

Il y avait un réel défi dans ses propos. J'avais peut-être prononcé le serment de Narváez, mais pas le sien. J'eus la nette impression que Labulle désirait que je trébuche au premier pas. Il voulait m'effrayer.

Mais je n'avais pas peur, j'étais juste impatient.

— J'en suis aussi capable que tous ceux qui m'ont précédé.

— Nous verrons. À partir de demain, tu devras le prouver – il dégrafa cette identification bleue qui était accrochée à son revers et me la donna. Présente-toi au musée à huit heures tapantes. Montre ça en entrant et on te dira où tu dois aller.

Il me tourna le dos et s'éloigna, faisant résonner ses talons sur le plancher.

Je regardai l'identification. J'étais perplexe.

— Ça suffit ? lui dis-je pendant qu'il s'éloignait. C'est tout ?

Sans s'arrêter, Labulle se retourna et me répondit.

— Tout, non. Il te reste le plus difficile – et il pointa sur moi son index. Tu vas devoir affronter Enigma.

Il eut un étrange sourire, me tourna le dos une dernière fois et disparut de ma vue.

2

ENIGMA

Le garde retourna ma carte d'accès dans tous les sens ; à ce moment-là, un groupe d'électriciens qui portaient de gros rouleaux de fil franchit la porte du musée.

— Tu es du CNQ ? me demanda-t-il.

— C'est ce que dit ma carte.

— Oui, bien sûr. On n'en voit pas beaucoup de ce genre. Un badge bleu, dit-il impressionné en me la rendant. Tu permets que je te prenne en photo ?

— Ah, c'est un grand moment pour vous.

— Très drôle. C'est pour les archives du service sécurité. Nous avons la fiche de ceux qui ont le badge du CNQ, et nous les laissons entrer et sortir du musée quand ils veulent et par où ils veulent, sans poser de questions ; mais nous avons besoin de connaître leur tête.

Le garde me photographia de face et de profil avec son téléphone portable. Puis il me pria de le suivre. À aucun moment il ne chercha à savoir mon nom, ce qui me frappa.

Il me conduisit à un ascenseur tellement à l'écart qu'il était difficile de tomber dessus par hasard. Il n'y avait pas de boutons à côté de la porte, juste une rainure pour lire les cartes. Le garde me la montra.

— La prochaine fois que tu viendras, pas besoin de passer par la sécurité, me dit-il. Tu viens ici, tu mets ta carte et c'est tout. L'ascenseur descend directement à votre *Bat-refuge*.

Je sentis une légère nuance péjorative dans son allusion au repaire de Batman. Il était sans doute content de lui, car il ricana entre ses dents.

Le garde retourna à son poste. J'entrai dans l'ascenseur. Il n'y avait pas de groom dans la cabine. Les portes se refermèrent et il descendit tout seul. Peu après, elles se rouvrirent et je me retrouvai devant une sorte de vaste dégagement.

Les murs étaient d'un gris métallique et brillant, et les néons du plafond leur donnaient un éclat semblable à l'argent qu'on vient de polir. Il y avait de grandes dalles noires au sol, qui me renvoyaient un reflet de moi-même à base d'inquiétants tons obscurs.

Je vis un grand écusson en métal, fixé dans le mur. Il représentait une colonne classique coupée en deux, au-dessus de laquelle brûlait une flamme, et une couronne royale flottait sur cet ensemble. Les mots CORPS NATIONAL DES QUÊTEURS formaient un cercle qui entourait l'écusson. Je remarquai aussi les lettres grecques ΠΙΔΩ, que je fus incapable d'interpréter.

Dans cette ambiance moderne d'opulence contenue, le plafond était la seule note discordante : au-dessus de ma tête, il y avait un enchevêtrement de fils et de gros tubes en aluminium entre lesquels pendaient les tubes de néon qui éclairaient l'espace. À part ce détail, tout semblait neuf, telle une construction récente, sans un grain de poussière pour perturber la propreté irréprochable du lieu.

Sous l'écusson du mur, il y avait un vaste comptoir semi-circulaire dont la surface était en verre. Une femme était assise derrière.

Elle était jeune, peut-être de mon âge. Elle avait une peau très blanche, et ses cheveux en forme de douces ombres cuivrées retombaient en cascade sur ses épaules. Je m'approchai timidement, mais elle ne semblait pas avoir remarqué ma présence. Elle était très concentrée sur l'écran d'un ordinateur. Elle avait les yeux verts, très grands et légèrement fendus. Son regard me faisait vaguement penser à un elfe. Ou à un lutin.

Je m'appuyai sur la plaque en verre du comptoir. Elle ne me remarquait toujours pas.

— Heu…, dis-je sur un ton hésitant. Bonjour.

La jeune fille me montra la paume de sa main, sans quitter des yeux son ordinateur.

— Un moment, dit-elle – puis, prenant un ton plus rauque, elle ajouta : *En meget dejllig ven.*

— Pardon ?

— *Jeg vil aldrig ryge…* Oui, bien sûr, c'est facile à dire.

Je fus pris d'une sensation profonde d'irréalité. La femme me regarda et ses sourcils se joignirent, traduisant une expression d'étonnement.

— Qui es-tu ? – et avant que j'aie pu répondre, elle ajouta : *Hvad hedder du ?*

— Cela aussi fait partie de la question ?

La femme pencha la tête, comme un petit oiseau qui vient de voir quelque chose d'intéressant.

— Laisse-moi deviner. Tu ne parles pas le danois, c'est ça ?

— Heu… Je crains que non. Désolé.

— Quel dommage ! Alors, tu ne me sers à rien – elle souffla, ce qui eut pour effet de soulever sa frange. C'est vraiment difficile de trouver quelqu'un qui parle danois par ici : anglais, français, allemand, italien, russe… Et même grec classique, mais danois, pas question. Je me demande pourquoi. Je trouve que c'est une langue très musicale… *Godaften !* s'exclama-t-elle soudain, me faisant sursauter. Tu vois, il a une résonance très puissante.

— Tu es danoise ?

— Moi ? Sûrement pas, je suis de Santander.

— Je comprends.

— Ça m'étonnerait, peu de gens me comprennent au premier abord – elle soupira et fit tourner sa chaise pour se mettre face à moi. Enfin, la leçon de langue est finie pour le moment… En quoi puis-je t'aider, mon cœur ? Tu m'as l'air un peu perdu.

Je m'abstins de signaler que notre conversation avait largement contribué à me mettre dans cet état. Au lieu de cela, je lui montrai mon badge bleu et répondis :

— Je m'appelle Tirso Alfaro. Je suis… le nouveau, je suppose.

— Bon Dieu. Tu n'aurais pas dû dire ça…

— Ça quoi ? Que je suis le nouveau ?

— Non. Ton nom. On ne dit pas les noms, ici. D'ailleurs, moi je m'appelle Marian – elle détecta sans doute un léger désarroi dans mon regard, car elle s'empressa d'ajouter : Non, Marian n'est pas mon prénom réel, mais celui d'un mathématicien polonais, Marian Rejewski, cryptologue et inventeur du "code ultra", qui permit de gagner la Seconde Guerre mondiale… Tu peux m'appeler Marian si tu veux ; ou bien *Atbash*, une méthode de chiffrement d'origine hébraïque, sans doute la plus ancienne au monde ; d'autres fois, je préfère qu'on m'appelle DES : ce sont les initiales de *Data Encryption Standard*, un algorithme de chiffrement symétrique utilisé par les États-Unis depuis 1976… Bon, j'aurais sans doute encore d'autres noms à t'offrir ; mais il est vrai que ces derniers temps on m'appelle le plus souvent *Enigma*, à cause de la machine à clavier utilisée par les Allemands pendant la Seconde Guerre mondiale, dont le code, d'ailleurs, fut déchiffré par Marian Rejewski. Et ainsi nous revenons à Marian et la boucle est bouclée.

Elle avait un débit rapide et heurté, comme si les mots lui brûlaient le palais. À la fin, elle fit un gracieux mouvement de la tête et m'offrit un joli sourire.

— Attends un instant… C'est toi, Enigma ?

— Je peux l'être, si tu veux.

— Labulle m'a parlé d'Enigma, hier ; je ne m'attendais pas à ce que ce soit… quelqu'un comme toi.

— Personne ne s'attend à quelqu'un comme moi. C'est pourquoi je suis si fascinante – Enigma respira un grand coup, se renversa sur le dossier de sa chaise et me regarda de haut en bas. Bon, c'est donc toi, l'autre bizuth… Tu m'as l'air d'un pas grand-chose. Enfin, voyons ce que la cigogne nous a laissé.

Elle se leva et sortit de derrière le comptoir. C'est alors que je vis qu'elle portait une robe d'une seule pièce, bleu électrique ; ni trop courte pour être obscène, ni trop longue pour empêcher de savourer l'interminable ligne ondulante de ses jambes.

Enigma m'observa un bon moment, les bras croisés. Je crus me retrouver chez le médecin, nu comme un ver, juste avant de subir des examens humiliants.

— Tu es un peu maigre. Hydrates de carbone. Tu en as besoin, des hydrates de carbone… Quant à cette chemise, je ne vois guère de solution, à part le feu et l'essence… – elle rapprocha son visage du mien : Tu as de très jolis yeux.

— Heu… merci.

— Voyons si tu sais les utiliser – elle sortit un petit carnet de dessous le comptoir, le laissa tomber sur la surface en verre et lui donna un petit coup d'ongle. Que penses-tu de ça ?

C'était un passeport espagnol. Je le pris et le feuilletai pendant quelques minutes.

— Je dirais que c'est un faux.

— Pas mal. Pourquoi crois-tu qu'il est faux ?

— Sur les passeports espagnols, il y a trois caravelles dessinées à l'intérieur de la couverture, celui-ci n'en a que deux. En outre, il a trente-six pages, alors qu'il devrait n'en avoir que trente-deux, et enfin la couverture est bleue, et non bordeaux.

— Un point pour l'équipe des garçons – elle me reprit le passeport des mains. Mais tu aurais pu m'impressionner si, en plus, tu avais mentionné le fait que l'ordre des renseignements sur le propriétaire est incorrect. Si en plus tu avais dit que le numéro de série a quarante-deux chiffres au lieu de quarante et un, qu'il y a une erreur dans le nombre de fleurs de lys qu'on voit sur l'écusson de la première page, et si tu avais remarqué que la date d'émission est antérieure à celle de péremption : alors non seulement j'aurais été impressionnée, mais j'aurais *lévité* d'émotion. C'est un mensonge. Personne ne peut léviter, en tout cas pas sur ce continent. Mais ce qui n'est pas une plaisanterie, c'est que ce faux passeport est un travail de cochon, et tu n'as trouvé que trois erreurs. Cependant, je viens de prendre mon *café latte* et je suis de bonne humeur, je vais donc te donner une autre chance. Jette un coup d'œil là-dessus.

Cette fois, elle me remit une carte d'identité. Je l'examinai sous tous les angles jusqu'à en avoir mal aux yeux.

— C'est une vraie.

— On dirait que ce n'est pas ton jour, hein, mon chéri ? Mauvaise réponse : fausse. Un point pour l'équipe des filles.

— Mais il n'y a aucune erreur !

— Bien sûr qu'il n'y en a pas, puisque c'est moi qui l'ai falsifiée. Elle est parfaite jusque dans les moindres détails – elle me regarda et émit un soupir lassé. Ah, mon Dieu… Qu'allons-nous faire de toi ? Tu ne parles pas le danois, tu me dévoiles ton nom, tu ne parviens pas à m'impressionner… et en plus il y a cette chemise – Enigma montra les dents, l'air dégoûté. Je devrais te renvoyer dans l'ascenseur pour que tu retournes à l'endroit d'où tu es venu.

Je faillis croire qu'elle mettrait sa menace à exécution.

— Mais heureusement pour toi, tu as de jolis yeux. Suis-moi. Je vais te montrer ton nouveau lieu de travail.

Peu de gens savent que sous le Musée archéologique national existe tout un réseau de tunnels de plus d'un siècle d'existence.

Ce sous-monde n'est pas seulement sous les fondations du musée. En réalité, il occupe tout le pâté de maisons délimité par les rues de Serrano, Jorge Juan, Villanueva et le Paseo de Recoletos. Avant le XVIIIe siècle, cet espace était un jardin appartenant aux pères de l'Oratoire de saint Philippe Néri. On l'appelait "La Solana".

On bâtit la première école vétérinaire de Madrid sur les choux, les pommes de terre et les navets de ce potager ; cette école fut à son tour détruite en 1866 pour construire l'édifice qui accueillerait le Musée archéologique et la Bibliothèque nationale.

La plupart de ces salles souterraines appartenaient à l'école vétérinaire primitive. Parfois, quand des travaux de rénovation sont réalisés, on retrouve encore des ossements de chiens, de vaches ou d'autres animaux, à la grande frayeur des ouvriers qui croient avoir déterré les reliquats sinistres de fosses communes ou de cimetières oubliés de l'époque de l'Inquisition. Comme c'est souvent le cas, la réalité est beaucoup moins intéressante.

Cet ensemble de galeries et de dépôts sert de quartier général au Corps national des quêteurs. C'est pourquoi ces installations sont connues sous le nom officieux de "Caveau".

Pendant longtemps, le Caveau, fidèle à son nom, fut une cavité obscure et lugubre où les quêteurs travaillaient dans des conditions précaires. Vers 1920, un projet fut élaboré dans le plus grand secret pour aménager les installations et doter le Corps des quêteurs d'un quartier général où ils puissent partager l'espace avec les rats et les cafards.

Les travaux ne furent pas réalisés du jour au lendemain, ils s'étalèrent sur plusieurs décennies : le projet était trop ambitieux pour ceux qui devaient le mener à bien.

Enfin, grâce à la période de renouveau économique que le pays traversa à l'époque antérieure à la crise des hypothèques, à Lehman Brothers et autres catastrophes financières, le gouvernement approuva un énorme budget pour transformer le Caveau en centre d'opérations digne du XXIe siècle.

La rénovation devant être secrète (comme tout ce qui entoure le CNQ), il fut décidé qu'en même temps on rénoverait le Musée archéologique. Ainsi, les travaux réalisés dans le Caveau passeraient inaperçus et l'argent consacré à cette rénovation pourrait être dissimulé dans le budget global de la restauration du Musée archéologique.

D'après les explications d'Enigma, la vraie raison pour laquelle la réhabilitation du musée avait traîné plus que prévu était le retard pris par les travaux du Caveau. Il fallait attendre que le quartier général du CNQ soit prêt pour entamer la rénovation du musée.

Le résultat ne pouvait être plus satisfaisant. Le Caveau que je découvris en compagnie d'Enigma était un lieu moderne où les murs gris argenté, les impeccables cloisons vitrées qui, telles des membranes transparentes, séparaient les différents bureaux, et les sols brillants comme des miroirs faisaient oublier que la lumière du soleil était très loin de nous.

Partout, je vis des images de l'emblème du Centre : la colonne, la flamme avec la main ouverte et la couronne. Je demandai à Enigma sa signification, mais sa réponse, bien que détaillée, aborda tant de sujets qu'en définitive je ne pus rien tirer au clair.

L'axe du Caveau est un vaste dégagement où un gigantesque écusson du Centre est gravé sur les dalles du sol. Enigma m'indiqua quelques-unes des portes en bois et en verre qui nous entouraient.

— Voici la salle de réunion. Très jolie, tu adoreras. C'est moi qui ai choisi le mobilier… Rien à voir avec les bagatelles genre Ikea : design italien de première qualité. J'adore l'Italie ! Pas toi ? Tiens, voici le bureau de Labulle. Si en passant tu vois de la fumée sortir sous la porte et que tu perçois un certain arôme genre lycée, contente-toi de passer ton chemin, mine de rien… Tu vois ce que je veux dire – elle joignit le pouce et l'index et les porta à ses lèvres –, mais je ne t'ai rien dit. J'adore Labulle. Comme les costumes lui vont bien ! Ah, oui : par ici, c'est le Fourbi ; ou plus exactement nous l'appelons le Fourbi ; pour Tesla, c'est l'Atelier. Ne l'appelle jamais Fourbi en sa présence. Ça ne lui plaît pas – je voulus lui demander qui était Tesla, mais se faufiler dans son torrent de paroles est plus difficile qu'arrêter un bulldozer avec les mains. Cette porte, c'est le Sanctuaire. Tu m'écoutes ?

— Oui : le Sanctuaire. OK.

— Le Sanctuaire est le bureau de Narváez – elle s'arrêta net et pointa son doigt sur mon visage. Personne n'entre dans le Sanctuaire, compris ? Personne. Interdit. C'est là que le vieux garde le cercueil dans lequel il dort pendant la journée. Je plaisante. Il ne dort pas dans un cercueil. Mais sérieusement, n'entre pas dans son bureau. Et ne l'appelle pas "le vieux". Il déteste. Tu as tout noté ?

— Bien sûr. Ne pas appeler Narváez "le vieux". Je n'oublierai pas.

— Tu as intérêt. En général, le vieux est très raisonnable, mais quand il se fâche, il y a du sang sur les murs. Voyons, quoi d'autre… Ah oui : par là, on va au stand de tir. Si tu te comportes bien, je t'apprendrai peut-être à tirer. Je suis très bonne au Baïkal calibre.22. En général les pistolets de compétition ne me disent pas grand-chose, sauf le Desert Eagle calibre.50… celui qui a un canon de six pouces : les autres ne tiennent pas dans mon sac. Tu aimes tirer ?

— Non… Je ne sais pas, je ne l'ai jamais fait… Les quêteurs ont le droit d'avoir une arme ?

— Bonne question. Je me renseignerai. Si tu veux t'exercer, parles-en à Labulle. C'est lui qui a les clés du stand de tir et de l'armurerie. Il n'y a qu'un seul jeu : pour la sécurité, tu vois le genre… Voyons, ce couloir mène à la salle de repos. Nous avons une cafetière qui produit un liquide que je ne saurais te décrire, je te recommande donc le Starbucks du coin de la rue. Les toilettes, au bout du couloir – Enigma s'arrêta devant une nouvelle porte. Nous sommes arrivés.

— Où ?

— C'est ta cabine, marin – Enigma ouvrit la porte et s'effaça pour me laisser entrer. Salut, Danny ; je ne savais pas que tu étais ici : regarde le joli paquet qui vient de nous arriver par l'ascenseur. Je te laisse le déballer.

Je m'immobilisai sur le pas de la porte. La fille qui était dans le bureau me regarda et esquissa un demi-sourire.

— Tirso Alfaro ! Comme le monde est petit…

Danny, la séduisante guichetière de Canterbury. La fille du musée qui m'avait envoyé promener. Un des rares bons souvenirs que je gardais de mon séjour en Angleterre.

Je pensais que je ne la reverrais jamais, sauf si un improbable hasard daignait que nos routes se recroisent un jour (en traversant une rue, en attendant le feu vert…). Dans le meilleur des cas, elle m'aurait regardé une seconde, songeant que cette tête lui disait quelque chose, avant de poursuivre son chemin sans m'adresser la parole.

Et pourtant, elle était là : au cœur du Caveau. Me souriant avec l'air d'avoir raconté une bonne plaisanterie.

Elle n'était pas le seul visage connu dans ce bureau. Appuyé sur une table, il y avait Marc, mon compagnon du processus de sélection, que j'étais beaucoup moins ravi de revoir.

Enigma repartit. Danny m'indiqua une chaise.

— Assieds-toi, s'il te plaît.

J'obéis en la dévorant des yeux, essayant désespérément de trouver un truc à dire qui ne soit pas une banalité. Elle informa Marc :

— Voici l'autre nouveau quêteur.

Celui-ci me sourit amicalement.

— Nous nous connaissons. Je me rappelle t'avoir vu aux épreuves d'aptitude. Comment vas-tu, Tirso ? – il me serra la main. Je suis ravi qu'on ait été choisis tous les deux.

— Formidable, dit Danny, n'est-ce pas une chance que nous nous connaissions tous ? On dirait de belles retrouvailles entre vieilles connaissances.

— Vous vous connaissiez déjà ? demanda Marc.

— On s'est croisés une fois à Canterbury. Une histoire sans intérêt. Mais c'est un plaisir de voir de nouvelles têtes ici… ou presque nouvelles. Il y avait un bout de temps que nous n'avions pas élargi le cercle de notre petite grande famille ; et deux membres d'un coup, c'est un événement. Je vous souhaite bonne chance à tous les deux, vous en aurez besoin.

Danny nous expliqua que ce bureau serait notre habitacle (oui : elle utilisa le terme "habitacle"). Le lieu de travail que Marc et moi allions partager était une pièce austère, sans autre mobilier que deux bureaux et deux chaises. Sur chaque bureau, un ordinateur portable, fermé, avec l'emblème du Corps sur le couvercle.

— Si vous avez besoin de quelque chose, adressez-vous à Enigma. Elle est chargée des problèmes matériels, dit Danny. Vous pouvez personnaliser l'habitacle à votre gré, mais je ne vous conseille pas d'y mettre des plantes : ici, elles ne durent pas longtemps… Bref, si vous avez une question…

— En réalité, j'en ai plusieurs, dis-je.

— Désolée, Tirso, c'était une façon de parler, répondit-elle – puis elle fit un geste en guise d'au revoir : Je vous souhaite une bonne journée – elle nous toisa du regard et, avec une ironie presque agressive dans sa voix, elle ajouta : *chevaliers quêteurs.*

Elle sortit du bureau et on se retrouva seuls, Marc et moi.

On échangea un regard. Il sourit et laissa échapper un petit sifflement d'admiration.

— Sacrée fille…, commenta-t-il. Avec de tels collègues, ça ne me gênerait pas de travailler aussi le week-end. Tu as vu *Slumdog Millionaire* ? Elle me rappelle l'actrice qui y jouait… Comment s'appelait-elle ?

— Freida Pinto.

— Tu crois qu'elle a quelqu'un ?

— Aucune idée : tu vas devoir consulter le *Hollywood Reporter* sur Internet.

— Très drôle. Je parlais de Danny. Tu crois qu'elle a un petit ami ?

— Oh, sûrement… Une fille comme elle, tu sais… Je parie qu'elle a une relation sérieuse avec quelqu'un, peut-être même avec une femme.

— Non… Je ne crois pas… Elle ne m'a pas donné cette impression… Tu sais quoi ? Je pourrais me lancer et… – il glissa ses paumes l'une contre l'autre en imitant le sifflement d'une balle de pistolet ; je crus comprendre ce qu'il voulait dire.

— Ce n'est peut-être pas une bonne idée : tu sais ce qu'on dit sur les liaisons entre collègues de boulot.

— Ah oui. Mais le boulot, ici, n'est pas comme les autres. Et cette fille… cette fille… Ce serait un crime de ne pas tenter sa chance.

Il avait entièrement raison. L'ennui, c'était que sur ce point nous avions l'air d'accord. Et cela ne contribuait pas à me rendre Marc plus sympathique.

Je n'avais pas envie de poursuivre la discussion sur ce sujet : en réalité, je n'avais envie d'aborder aucun sujet avec lui. Malgré tout, j'essayai d'être aimable : nous allions partager ces quatre murs pendant longtemps, il était donc plus intelligent d'essayer d'établir des relations cordiales.

— Une idée sur ce que nous sommes censés faire, maintenant ? demandai-je.

Il haussa les épaules.

— Personne ne m'a rien dit. J'espérais que tu en saurais davantage – il marqua une pause. Quand j'étais boursier au département d'anthropologie de Stanford, on avait une devise : si vous ne savez pas quoi faire, feignez au moins d'être occupé.

Cela dit, il ouvrit son ordinateur portable. Le conseil me parut bon, et j'imitai son exemple.

J'allumai le mien. Quelqu'un s'était donné la peine de créer un utilisateur à mon nom. Mais en essayant d'entrer dans le système, je tombai sur un galimatias incompréhensible.

— Diable ! m'exclamai-je. Je crois qu'il se passe des choses bizarres sur mon ordinateur.

Marc vint jeter un coup d'œil sur mon écran. Il sourit.

— Rien de bizarre : c'est le Zipf.

— Le quoi ?

— Le Zipf. C'est le système d'exploitation de Voynich. Tu es sans doute plus habitué à Windows ou à Mac ; en Europe, le Zipf n'est pas encore très utilisé. Au début, c'est un peu aride, mais on s'habitue vite, et il est bien meilleur que les autres. Je vais te montrer comment configurer ta session d'utilisateur.

— Merci, murmurai-je, de mauvaise humeur.

Je lui cédai mon siège et il se mit à pianoter sur l'ordinateur, tout en discutant avec moi :

— Ton deuxième nom de famille est Jordán, n'est-ce pas ? Je l'ai remarqué le jour où on a passé les épreuves pour le poste… Il y a un rapport avec Alicia Jordán, l'archéologue ?

— C'est ma mère, répondis-je laconiquement.

Il me lança un regard admiratif.

— Vraiment ? Mais c'est incroyable.

Je faillis lui répondre : "Oui, c'est aussi ce qu'elle pense." Mais je n'avais pas l'intention d'étaler mes petites misères familiales devant Marc.

— J'ai suivi un séminaire qu'elle a donné sur le campus, poursuivit-il. C'est une femme admirable. Tous les jours, après les cours, elle invitait quelques élèves au bar de l'université… On passait des heures à discuter ! Mes camarades et moi l'aimions beaucoup. Quand tu la verras, salue-la de ma part. peut-être se rappelle-t-elle encore de moi… On avait même échangé nos e-mails.

Je lançai discrètement un regard de haine au dos de Marc. Je reconnais que ce n'était pas très malin d'éprouver soudain une jalousie de fils rejeté, mais c'était plus fort que moi. De toute ma vie, ma mère ne m'avait jamais invité à prendre le moindre verre dans un bar ni à bavarder ne serait-ce que quelques minutes ; alors qu'avec Marc et une bande d'inconnus elle faisait la fermeture des bistrots universitaires.

Il était évident que toute possibilité d'entente entre Marc et moi s'éloignait de plus en plus. Je me demandai si je n'allais pas demander à ma nouvelle entreprise un habitacle pour moi seul.

— Voilà, c'est prêt, dit-il. Tu veux que je te donne quelques notions sur la façon de le manier ?

Je faillis lui dire où il pouvait se les mettre, ses notions, quand on frappa à la porte. Sans attendre notre permission, Enigma entra. En nous voyant, elle plissa les lèvres avec coquetterie.

— Regardez-moi ça : les bizuths sont déjà au travail. Désolée de vous interrompre, les garçons, mais le vieux vient d'arriver. Tous les lundis, quand Narváez arrive, on se réunit pour discuter du travail de la semaine. Alors faites-vous une beauté et suivez-moi, si vous pouvez.

La salle de réunion du Caveau était une vaste pièce ovale dont les murs étaient tapissés de panneaux de bois clair. Par endroits étaient accrochées des reproductions de plans de monuments médiévaux et de plans de coupe de bâtiments historiques.

L'espace était en grande partie occupé par une table en forme d'ellipse, dont la surface était en verre fumé d'une pièce. Autour, des chaises d'un design contemporain sophistiqué. Sans doute les chaises italiennes dont Enigma était si fière. Sur un mur, un écran plasma de plus de quarante pouces. On y voyait l'emblème du CNQ sur fond bleu.

Labulle et Danny étaient déjà là, chacun sur une chaise. Labulle nous lança un regard indolent, dépourvu de tout intérêt. Comme si on venait de le tirer d'un profond sommeil.

Marc et moi, on s'installa. Enigma resta debout, près de la porte. Labulle s'adressa à elle :

— Où est le vieux ? Je croyais qu'il était arrivé.

Soudain, Narváez fit irruption dans la salle d'un pas martial.

— Le vieux est là, lança-t-il.

Labulle réagit comme s'il venait de recevoir une décharge électrique. Il boutonna sa veste et se raidit sur sa chaise. Pendant ce temps, Narváez prit place au haut bout de la table. Comme la veille, il portait un costume trois-pièces, avec le gilet et le nœud papillon à carreaux écossais. Il posa sur la table la mallette qu'il avait apportée et balaya la salle du regard.

— Bonjour à tous… Un moment, il en manque un. Où est Tesla ?

— Ici, dit une voix. Ici, pardon, pardon… J'arrive. Salut à tous, bonjour. Désolé, je suis désolé de mon retard, je suis désolé. Vraiment, pardon…

Le nouveau venu s'excusa plusieurs fois en lançant de timides sourires de part et d'autre et s'assit à son tour. Il semblait avoir le don de heurter tout ce qui faisait trop de bruit, que ce soit avec ses pieds ou avec l'épais sac à dos suspendu à son épaule.

Il était grand et mince. Un cou long et fin émergeait de ses épaules, qu'il rentrait, comme une tortue timide. Il devait avoir la quarantaine, peut-être moins. Sa barbe clairsemée couleur sable et la calvitie naissante lui donnaient l'air plus vieux qu'il n'était en réalité.

Cette impression était compensée par ses yeux, d'un ton bleuté juvénile. Il portait des lunettes d'écailles rouges, avec des verres épais de myope ; et une chemise de bûcheron déboutonnée, qui laissait apparaître un tee-shirt noir avec ces mots imprimés : CALL OF DUTY : GHOSTS. Le tee-shirt et la chemise réclamaient un bon repassage à tout prix.

Narváez lui adressa un regard sévère.

— Maintenant que tu as décidé de te joindre à nous, nous avons ta permission de commencer ?

Les oreilles du nouveau venu prirent la couleur de la monture de ses lunettes.

— Bien sûr. Désolé. Je suis vraiment désolé.

Narváez tordit le nez. Il sortit un ordinateur de sa mallette et le brancha à un fil qui sortait de l'écran plasma.

On vit apparaître la photographie d'un objet. Je le regardai attentivement. Il s'agissait d'un masque en métal brillant, sans doute de l'or, du genre domino : il couvrait la partie supérieure de la tête, laissant la bouche et le menton à découvert. La surface était décorée de signes tracés au burin, où je crus reconnaître la calligraphie arabe. Dans le creux des yeux, il y avait deux plaques transparentes vertes, de je ne sais quelle matière, mais sûrement plus précieuse qu'un simple verre.

Narváez nous regarda.

— L'un de vous sait-il ce que c'est ? – comme personne ne répondait, il poursuivit : Il s'agit d'un masque cérémoniel du Vᵉ siècle avant J.-C. environ. La facture et le style rappellent les masques trouvés dans le trésor de Kalmakareh, c'est pourquoi les experts pensent qu'il peut être d'origine iranienne. Après la réunion, Enigma vous remettra d'autres documents sur cette pièce.

— J'ai une question, dit Labulle : si le masque est du Vᵉ siècle avant J.-C., pourquoi a-t-il une calligraphie arabe ?

— Bonne remarque. En effet, les caractères sont des passages du Coran. Nous en avons conclu que la pièce a été altérée à l'époque de l'islam, mais on ne sait pas quand exactement… Des idées là-dessus ?

— La calligraphie est très primitive : coufique fleuri, répondit Labulle. Le masque a dû être retouché entre les VIIIᵉ et Xᵉ siècles après J.-C.

— C'est l'avis de la plupart des experts, dit Narváez. À cette époque, non seulement on a dû ajouter la calligraphie, mais aussi les deux plaques qui recouvrent l'emplacement des yeux. Il s'agit, à l'évidence, de deux émeraudes taillées. Cette pièce est couramment appelée le "masque de Muza", car on pense qu'il a appartenu au chef musulman Mūsā ibn Noçaïr.

Il ne fut pas utile de donner de plus amples précisions sur le personnage, car son histoire nous était largement familière : en 711, un chef appelé Tariq traversa le détroit de Gibraltar avec une poignée de Berbères, en théorie parce qu'il était l'allié du roi wisigoth don Rodrigue dans la guerre civile qui l'opposait à d'autres aspirants au trône. Quand Tariq débarqua dans la péninsule Ibérique, il trouva une telle absence de gouvernement dans le royaume de Tolède qu'il y vit une chance magnifique de passer d'allié à conqué-rant. Les troupes berbères de Tariq traversèrent la pénin-sule Ibérique, et le royaume wisigoth s'effondra comme le château de cartes qu'il avait toujours été.

Les supérieurs de Tariq à Damas furent surpris de cette conquête inopinée, qui était loin d'entrer dans leurs plans. À l'époque, les califes omeyades étaient obsédés par l'idée de pénétrer en Europe par Byzance, ce qui leur semblait alors beaucoup plus concevable. Le calife décida d'envoyer un Arabe de pure souche appelé Mūsā ibn Noçaïr pour contrô-ler les activités des Berbères en Espagne. C'est cet Arabe que les chroniques hispaniques ultérieures appelèrent Muza.

On ignore ce qui se passa, mais il semble que Tariq et Muza eurent de sérieux accrochages à cause de la répartition des richesses confisquées à la couronne de Tolède. Appre-nant les rapines incontrôlées qui sévissaient en Espagne, le calife de Damas, inquiet, convoqua les deux chefs. Il pen-sait que tous deux détournaient à leur profit une grande partie du butin.

À Damas, Muza fut condamné à mort, accusé de mal-versation. La peine fut finalement ramenée à une grosse amende et à l'interdiction au chef de retourner en Espagne, dénommée Al-Andalus par les nouveaux conquérants. Peu après la sentence, Muza fut assassiné pendant qu'il priait dans une mosquée. Une histoire assez obscure.

— On ne sait pas avec certitude où Muza dénicha ce masque, expliqua Narváez. La première mention qu'on a de lui, c'est qu'à sa mort il le légua à son fils Abdallah et que ce dernier le perdit en Espagne.

Un cartulaire castillan du XIIᵉ siècle mentionne que lorsque Alphonse VI récupéra Tolède en 1086, il trouva dans le trésor de la mosquée un masque dont la descrip-tion coïncide avec celui que vous voyez sur cette image. La référence suivante apparaît dans un inventaire du trésor de l'Alcazar de Madrid, rédigé au XVIIe siècle. Ensuite, la pièce disparaît. Les experts pensaient qu'elle avait été perdue lors de l'incendie qui détruisit l'Alcazar en 1734.

— Je vois, intervint Danny. Et avant qu'il ne soit brûlé, on a eu le temps de le prendre en photo.

— Il est évident que les experts se sont trompés, dit Narváez.

— D'où provient cette photo ? demanda Danny.

— Je l'ai dénichée, répondit Tesla, en explorant le Deepnet avec le programme Hercule. Une source anonyme a placé cette image sur un Deepsite appelé "Vanguardia". Je n'ai pas encore pu retrouver à qui il appartient, mais quelques links i2P sont partagés avec le système informatique d'Interpol. Je vais continuer de chercher avec Hercule, je trouverai peut-être quelque chose.

— Tu pourrais réexpliquer ça comme si aucun de nous ne parlait ton jargon de jeu vidéo, s'il te plaît ? dit Labulle.

Tesla soupira.

— C'est un mouchardage – il regarda Labulle d'un air hostile. C'est mieux ainsi, ou tu veux que j'épelle ?

— Un mouchardage ?

— Oui : quelqu'un a mis Interpol au parfum par le biais de cette chose magique qui est sur les ordinateurs et qu'on appelle Internet.

— Crétin…, murmura Labulle.

Je crois avoir été le seul à l'entendre, car j'étais à côté de lui.

— D'après le mouchard, le Masque figure au catalogue d'une vente aux enchères privée, intervint Narváez. Nous ne savons pas encore où et quand.

Je vis avec étonnement que Marc levait la main pour poser une question.

— Pardon, ma question est peut-être idiote, mais que veut dire "vente aux enchères privée" ?

— Bien. Je me réjouis de voir qu'un de nos nouveaux se décide à prendre une attitude plus active, commenta Narváez avec mordant.

Je me tortillai sur ma chaise, mal à l'aise.

— Quelqu'un peut-il répondre à cette question ?

Danny expliqua qu'une vente aux enchères privée est un événement auquel on ne peut participer que sur invitation, et où, en général, les prix finaux sont beaucoup plus élevés. La plupart du temps, elles sont organisées par des anonymes, avec l'appui des grandes maisons de vente : il n'y a rien d'illégal en soi, mais c'est assez trouble, car l'intention est d'éviter que les institutions publiques ne puissent surenchérir, ainsi les lots tombent entre les mains de collectionneurs. Beaucoup de délinquants se servent des ventes privées pour blanchir de l'argent. D'un autre côté, la plupart des objets mis en vente proviennent du vol et de la spoliation, même si les participants n'y trouvent rien à redire.

— Si le Masque provient de l'Alcazar de Madrid, il appartient au patrimoine espagnol, peu importe son ancienneté, décréta Narváez. Nous ne pouvons permettre qu'il tombe entre les mains d'un caïd quelconque du trafic de drogue pour décorer sa maison. Je veux que vous consacriez tous vos efforts à récupérer cette pièce – Narváez se pencha sur la table, les mains posées sur la surface en verre. Danny, je compte sur toi pour découvrir quand et où ce masque sera mis en vente.

— Donne-moi deux jours, répondit-elle.

— Je préférerais un seul – il referma son ordinateur d'un coup sec et les quêteurs s'apprêtèrent à quitter la salle de réunion. Encore une chose… Le Masque est une des pièces mentionnées sur la liste de Bailey.

Je décidai de saisir cette occasion pour mettre mon grain de sel. Je ne voulais pas que Marc soit le seul bizuth à donner une bonne impression.

— Qu'est-ce que la liste de Bailey ?

Au lieu de me répondre, Narváez se tourna vers Tesla.

— Tesla, je te présente Tirso. Marc et lui sont les nouveaux quêteurs. Mets-le au courant. Danny, je veux que Marc t'accompagne pendant que tu cherches des informations sur le Masque. Montre-lui comment tu opères. Pas d'autre question ? – personne n'intervint. En ce cas, assez bavardé et au travail. Nous avons une pièce à ramener à la maison.

3

LEZION

Tandis que Narváez et les quêteurs sortaient de la salle de réunion, Tesla s'approcha avec un léger sourire et me serra la main.

— Tu es donc un des nouveaux. Enchanté… Tu peux m'appeler Tesla. Tu dois être un peu désorienté… Ne t'inquiète pas, c'est normal. Nous avons tous connu un premier jour.

Tesla ne vous regardait jamais dans les yeux quand il parlait ; il fixait un point, par exemple le bouton de votre col de chemise, ou une oreille. En outre, il tripotait toujours quelque chose : le plus souvent, un stylo-bille dont le capuchon était archi-mâché, ou un porte-clés qui avait la forme de l'*Étoile de la mort*, comme dans les films *Star Wars*.

Il était timide et un peu nerveux, mais je le trouvai sympathique. Plus touchant que Labulle et moins troublant qu'Enigma. D'un autre côté, je me dis qu'un homme de l'âge de Tesla, qui portait fièrement des tee-shirts arborant des noms de jeux vidéo, et qui avait des porte-clés de *Star Wars*, ne pouvait avoir un mauvais fond.

Il me raconta sa frayeur, le jour où il avait pris ses fonctions de quêteur. Il ouvrit sa porte avec une clé accrochée à son *Étoile de la mort*, et s'effaça pour me laisser entrer dans son antre.

Ce n'était pas l'idée que je me faisais d'un bureau. Cet endroit rappelait plutôt un atelier après un tremblement de terre. Partout des appareils électriques étripés, des ustensiles que je n'avais jamais vus et, au milieu, un plan de travail débordant de ferraille. Dispersés dans cet espace, je dénombrai au moins quatre ordinateurs d'où sortaient plus de fils que ne pouvait en supporter une machine sans disjoncter ; ils étaient tous branchés à des appareils étranges. Partout je vis des boîtes vides de Coca-Cola Zéro et des paquets de chips entamés. Il y avait aussi des éléments décoratifs surprenants, par exemple un pantin en forme de lapin, ou de petites cornes de cerf. Très inquiétant.

— Bienvenue dans mon bureau, me dit-il en entrant. Les autres l'appellent le Fourbi, quel manque de tact ! Je préfère le terme "laboratoire"… Assieds-toi, il doit y avoir une chaise quelque part… si je ne l'ai pas démontée pour je ne sais quelle raison.

Je trouvai un tabouret sous une pile de bouts de polystyrène. Je repérai des moniteurs sur une table, contre un mur. Sur les écrans, on voyait des images en noir et blanc des différentes salles. Je vis même Labulle qui bavardait avec Enigma dans le hall d'entrée.

— Et tous ces écrans ? demandai-je.

— Des vidéos de surveillance. Que je sache, personne ne s'est jamais introduit ici, mais mieux vaut prévenir… Ces caméras couvrent l'ensemble du Caveau, sauf le bureau de Narváez. De plus, grâce à de petits réglages, on peut aussi activer le son. Regarde – il appuya sur un bouton du moniteur où on voyait Labulle et Enigma, et leurs voix en conserve s'entendirent nettement.

— … *tu penses des bizuths ?*

— *Je ne sais pas : Marc semble plus dégourdi ; l'autre, en revanche…*

Tesla s'empressa de couper le son, interrompant l'appréciation de Labulle.

— Il vaut mieux le laisser muet, dit-il en rougissant jusqu'aux oreilles, et il s'empressa de détourner mon attention sur un autre sujet. On t'a déjà donné ton ordinateur ? J'espère que tu vas bien t'entendre avec lui. C'est le dernier modèle, et j'ai fait quelques réglages sur le disque dur pour qu'il soit plus rapide.

— Il est parfait, merci. Mais il faut que je me familiarise avec le système.

— Ah oui, le Zipf... On a un peu de mal au début, mais dès que tu auras pigé, tu te demanderas comment tu as pu vivre sans lui. Ici, tous nos programmes viennent de Voynich : Zipf, Icon, Vmail, Voynich Voices, Ágora ; mais ce dernier est réservé aux dispositifs mobiles... Ce serait bien que tu commences par apprendre à utiliser le moteur de recherche Voynich. Quand tu le maîtriseras, je t'initierai à Vouter.

— Vouter ?

— Oui, Vouter – il prit un paquet de frites entamé et en croqua quelques-unes. C'est un software pour naviguer sur le Deepnet.

— Le Deepnet... À la réunion, tu as dit que c'était là que tu avais trouvé la photo du masque de Muza. Qu'est-ce que c'est ? Une sorte de page Web ?

— Non. C'est... Comment dire ? Imagine la Toile comme une ville gigantesque. Les pages Web sont comme des boutiques. Beaucoup d'entre elles donnent sur la grand-rue, une sorte de Ve Avenue virtuelle. Tu peux y accéder en recourant aux opérateurs habituels : Google, Yahoo, Bing... Cependant, la plupart de ces boutiques ne sont pas sur l'axe principal : certaines sont dans des ruelles perdues auxquelles il est impossible d'accéder si on ne connaît pas leur adresse précise, d'autres sont fermées ou mettent en vente des produits peu recommandables, et quelques-unes n'ouvrent qu'à ceux qui connaissent le code… Cet inframonde est ce que nous appelons le Deepnet, et il est deux ou trois fois plus grand que l'Internet que tu connais. Les opérateurs comme Google ou Voynich ne peuvent pas naviguer sur le Deepnet, pour cela il faut des moteurs de recherche spéciaux : par exemple Vouter. Il faudra que tu apprennes à l'utiliser car, comme tu viens de le constater, pour nous le Deepnet est une source d'informations précieuse.

— J'espère que ce n'est pas trop compliqué… Je ne me débrouille pas très bien avec les ordinateurs. Tu as aussi parlé d'un truc appelé "Hercule", c'est un moteur de recherche ?

— Pas exactement. Hercule est une amélioration du programme Vouter. C'est moi qui l'ai créé, dit-il avec une pointe de fierté. C'est une sorte de limier qui repère les liens, ce serait trop long de t'expliquer son fonctionnement. Il est surtout utile pour s'infiltrer dans des domaines qui ont des protocoles d'exclusion.

— Ça alors ! m'exclamai-je, impressionné. Tu veux parler de la Nasa, de la CIA et de ce genre de sites ? – Tesla confirma et j'ajoutai : Tu veux dire qu'avec ce truc je pourrais m'introduire par exemple sur le site d'une banque et transférer des millions d'euros sur mon compte courant.

Tesla éclata de rire.

— Ça serait chouette, hein ? Hélas non : Hercule n'est qu'un limier, il ne peut ni altérer ni créer de codes sources. Il fonctionne plutôt comme un détective sur le Net… C'est pourquoi je l'appelle Hercule : comme Hercule Poirot.

Je commençais d'éprouver un véritable respect pour ce quêteur. À mon sens, Tesla avait du génie.

Je lui demandai plus de détails sur ce mystérieux Deepnet et les avantages de son Hercule. Il m'encouragea à lui soumettre tous mes doutes, que ce soit sur ses talents de programmateur ou sur tout autre sujet concernant le CNQ en général. J'en profitai pour lui soutirer des informations sur mes nouveaux collègues.

Il avait une bonne opinion de presque tous, mais sur Labulle il n'eut que des appréciations neutres et vagues. J'eus l'impression qu'il ne l'aimait pas beaucoup. En revanche, il parlait de Narváez avec enthousiasme.

— Le vieux est un type incroyable. Je sais qu'il peut paraître sec, mais ne t'y trompe pas : il se mettrait en quatre pour chacun de nous. Pour lui, ce lieu est sa vie.

— Il le dirige depuis combien de temps ?

— Je ne sais pas. Il est là depuis toujours… Mais on raconte sur lui des histoires surprenantes. Par exemple, on dit qu'il n'est pas espagnol de naissance, qu'il a passé plusieurs années de sa jeunesse en prison et qu'avant d'être quêteur il a travaillé pour Interpol.

— Vraiment ? Tu crois que c'est vrai ?

— Non, je pense qu'il y a beaucoup de légendes – Tesla mâchouilla une chips d'un air songeur. Mais une chose est sûre : le vieux a plus de ressources que tous ceux que j'ai connus. Difficile de le prendre au dépourvu… Le vieux sait un tas de choses.

Je lui demandai quel genre de choses, mais au lieu de répondre, Tesla se frotta le nez d'un air mystérieux.

Je changeai de sujet :

— À la fin de la réunion, Narváez a dit que le masque de Muza figure sur un truc appelé "la liste de Bailey". Tu sais ce que c'est ?

— Bien sûr. C'est très important, mais c'est long à expliquer, tu dois savoir d'autres choses avant – Tesla se frotta les mains pour éliminer les miettes de chips. Apporte-moi ce portable, tu veux bien ?… Non, pas celui-ci, l'autre à côté, celui qui a le collant du Greendale Community College… Voilà. Merci.

Je lui donnai l'ordinateur. Il l'ouvrit et le posa sur ses genoux.

— Je vais te faire un peu d'histoire, Tirso. Écoute-moi bien, parce que si tu veux travailler ici, tu dois connaître nos échecs aussi bien que nos succès.

Tesla ouvrit un dossier et agrandit une image. Sur l'écran, je vis la photographie en noir et blanc d'un tas de caisses dans un entrepôt. Tesla tourna l'ordinateur vers moi pour que je puisse mieux voir.

— Tu sais ce que c'est ?

— On dirait des caisses d'emballage.

— Oui, en effet, mais c'est aussi un des échecs les plus sanglants du Corps national des quêteurs – Tesla posa l'index sur l'écran. À l'intérieur de ces caisses, il y a le cloître du monastère cistercien de Sacramenia. XIIIe siècle. Démonté en puzzle de centaines de pièces et déposé dans un entrepôt du Bronx, à New York. William Randolph Hearst l'a acheté en 1925.

— Il a acheté un cloître vieux de huit siècles… En entier ? Dans quel but ?

— Il aimait l'art et pouvait se le permettre. Hearst avait l'intention de créer un grand musée en Californie. Quand les pièces sont arrivées aux États-Unis, Hearst était ruiné, son projet de musée tomba à l'eau et les pièces du cloître furent oubliées pendant des années. Dans les années 1950, le CNQ faillit les récupérer, mais deux hommes, Raymond Moss et William Edgemon, les achetèrent et les emportèrent à Miami. Maintenant, c'est une jolie attraction touristique pour les retraités yankees qui vont se bronzer le cul en Floride. Comme tu le vois, pour nous c'est un échec sans appel. Hélas, ce n'est pas le seul.

Il pressa une touche de l'ordinateur et me présenta une série de vieilles photographies et de gravures qui montraient différents édifices et œuvres d'art.

— Voici la liste de la honte : le couvent San Francisco de Cuéllar, acheté et démonté entre 1907 et 1927, aujourd'hui certaines parties sont exposées à New York et d'autres servent à boucher les trous du cloître de Sacramenia à Miami. Irrécupérable… Le château de Benavente : acheté par Hearst en 1930. On ignore où il est aujourd'hui. Irrécupérable… Le monastère d'Óvila : acheté en 1931. Les pièces sont quelque part dans le Golden Gate Park de San Francisco, dans des caisses. Irrécupérable… La grille Renaissance de la cathédrale de Valladolid : vendue en 1922. Actuellement exposée au Metropolitan Museum de New York, mais pour qu'elle tienne dans la salle, il a fallu la mutiler. Irrécupérable… La collection d'art du comte de las Almenas : un connard appelé Byne l'a emportée aux États-Unis sous prétexte de l'exposer. Quand les pièces ont traversé la Grande Bleue, Byne les a vendues une par une et a démantelé la collection tout entière.

— C'est terrible. Je ne me doutais pas…

— Ni toi ni personne, ou presque.

Il pressa une touche. Sur l'écran apparut la photo en noir et blanc d'un homme distingué. Il avait les cheveux blancs et un visage dégagé où se détachait un gros nez crochu. Un cigare était coincé entre ses lèvres épaisses.

— Qui est-ce ?

— Le plus grand de tous les pirates : Ben LeZion. Il a amassé une fortune en vendant des armes pendant la Première Guerre mondiale, et l'a utilisée pour piller en Espagne tout ce qu'il a pu dans les années 1930 et 1940. On n'a pas encore pu évaluer tout le mal qu'il a fait. Et lui… – il pressa de nouveau une touche –, lui, c'était son bras droit : Warren Bailey.

Sur l'écran, on voyait maintenant la photographie à mi-corps d'un homme d'une trentaine d'années, mais sa petite moustache élégante, comme un trait marqué au crayon, lui donnait un air plus âgé. Il avait la tête haute, le dos raide et un regard fuyant. Il ne regardait pas l'objectif.

— Ce nom me dit quelque chose…

— Bien sûr. N'importe quelle encyclopédie te dira que Warren Bailey était un célèbre architecte californien qui écrivit des dizaines d'articles et de livres sur l'art espagnol. Il est mort en 1936, renversé par une voiture. Le faire-part de décès a paru dans tous les journaux de l'époque : "Sa mort a été un véritable malheur, et une perte irréparable pour l'art espagnol"… Ce qui n'était pas dit, c'est que Bailey avait sillonné le pays, pillant tout ce qu'il trouvait sur son passage. Au moyen d'achats frauduleux et de pots-de-vin, il s'est emparé de tableaux, de trésors, de collections privées et même d'édifices entiers. Le tout sur ordre de son patron, Ben LeZion, qui finançait les achats sans quitter sa demeure à Chicago. Bailey faisait les repérages. Personne ne sait encore avec certitude l'ampleur de ses rapines… Le plus drôle, c'est qu'il est enterré ici, à Madrid. Je t'emmènerai sur sa tombe quand tu voudras aller cracher dessus.

— La liste de Bailey a quelque chose à voir avec lui ?

— Tout juste. LeZion était un collectionneur compulsif, il s'intéressait à tout ce qui sentait l'ancien. Comme il n'était qu'un amateur, il avait donné carte blanche à Bailey pour sélectionner les pièces les plus précieuses. Bailey avait de bonnes relations en Espagne et se servait de sa couverture de célèbre hispanisant pour se déplacer à son aise.

— Je comprends. Bailey était l'expert et il suggérait à LeZion ce qu'il devait acheter.

— Exactement. Sauf pour la Liste.

Tesla me confia l'ordinateur portable pendant qu'il se plongeait dans une pile de paperasses en équilibre instable sur des cartons. Il en tira un document sous plastique qu'il me tendit.

— Qu'est-ce que c'est ? demandai-je.

— La liste de Bailey. Tu peux y jeter un coup d'œil.

Je sortis la feuille de sa pochette en plastique et je la lus. C'était la copie scannée d'un document manuscrit. En haut, une date : 3 septembre 1929. Le texte était en anglais.

PRIORITÉ ABSOLUE

– *Akhbar Madjmu'a de La Rábida* (bibliothèque du monastère de La Rábida, Palos de la Frontera, Huelva).

– *Chorographie tolédane de Pedro Juan de Lastanosa* (bibliothèque privée du comte de Talayuela).

– *Chronicae Visigotorum de saint Isidore de Séville* (bibliothèque du monastère de Hoces, Guadalajara).

– *Table d'Al Makkara* (palais des marquis de Miraflores. Malpartida, Cáceres).

– *Pierre tombale d'Arjona* (crypte de l'église San Juan Bautista de Arjona, Jaén).

– *Clé-reliquaire de saint André* (Cámara Santa de la cathédrale d'Oviedo).

– ~~*Patène de Canterbury*~~ (fausse piste).

– *Masque de Muza* (localisation inconnue).

Je fus très surpris d'y trouver la patène de Canterbury. Je demandai pourquoi elle était sur cette liste et pourquoi elle était barrée avec ce commentaire "fausse piste" griffonné à côté.

— Nous aimerions bien le savoir, répondit Tesla. Cette liste est un casse-tête depuis qu'on l'a découverte. Elle n'a pas été rédigée par Bailey, mais par LeZion en personne. Pourquoi LeZion voulait-il précisément ces pièces ? Pourquoi les considérait-il comme une "priorité absolue" ? Pourquoi l'une d'elles est barrée, et que signifie cette mention, "fausse piste" ? Nous n'en avons aucune idée.

Je continuais de penser à la Patène. Après tout, elle me touchait personnellement.

— C'est la raison pour laquelle vous avez volé la patène de Canterbury, parce qu'elle était sur la Liste…

— Nous ne l'avons pas volée, nous l'avons récupérée, précisa Tesla. Mais en effet, c'est pour cette raison. Ces objets intriguent Narváez. Il veut savoir pourquoi ils étaient si importants pour LeZion, qu'il a déployé d'innombrables efforts pour les récupérer tous.

— D'après ce document, beaucoup de pièces ont été localisées.

— En réalité, il n'en est rien. La localisation qui figure est celle de 1929, quand LeZion a constitué cette liste. Bailey a eu l'occasion de s'emparer d'une grande partie de ces pièces et de les envoyer à son patron à Chicago.

— Combien de ces pièces avez-vous réussi à récupérer jusqu'à présent ?

— Une seule : la Patène – je regardai Tesla avec étonnement. Oui, je sais : c'est un échec. On a l'impression que cette sacrée liste porte la poisse. Chaque fois que nous avons tenté de récupérer un de ces objets, quelqu'un nous a devancés.

— Qu'est-ce que ça veut dire ?

— Tu as très bien entendu. Apparemment, nous ne sommes pas les seuls intéressés par les pièces de la Liste, quelqu'un d'autre est sur leurs traces.

— C'est bizarre…

— Je le sais, et c'est une situation à laquelle nous ne sommes pas habitués. Normalement, nous n'avons pas de concurrent, mais cette fois, il s'agit de quelqu'un qui semble toujours avoir un temps d'avance sur nous ; et le plus étrange, c'est qu'il se trouve sur notre route uniquement quand il s'agit de cette maudite Liste.

— De qui s'agit-il ?

— Aucune idée. En tout cas, il a les moyens – Tesla lança des regards nerveux autour de lui, comme s'il craignait d'être écouté. Cependant, je crois que le vieux sait des choses qu'il ne veut pas nous dire... Ne me demande pas comment je le sais : c'est plutôt une intuition.

Je me penchai de nouveau sur la Liste. J'avais l'impression qu'il y avait un petit air de famille dans ces objets hétéroclites ; un point commun auquel je n'arrivais pas à donner forme, comme un mot qu'on a sur le bout de la langue.

J'allais demander à Tesla comment cette Liste était arrivée entre les mains des quêteurs, quand on ouvrit la porte du Fourbi. C'était Danny, qui renversa une pile d'accessoires informatiques. Ceux-ci s'éparpillèrent au milieu des canettes vides et des paquets de chips.

— Ah, de grâce, frappez avant d'entrer ! s'exclama Tesla consterné, en essayant de tout remettre en place. Je n'ai même pas encore utilisé tous ces trucs !

— Pardon, dit Danny. Je peux te voler le bizuth quelques minutes ?

— Regarde-moi ça ! Je les ai reçus il y a deux jours ! J'ai dû les commander sur eBay à une boutique de Singapour, le choc les a sûrement abîmés ! se lamenta Tesla.

Danny leva les yeux au ciel et me fit signe de le suivre. Je dus enjamber Tesla, à genoux, qui essayait de récupérer ses pièces d'ordinateur.

— Cet endroit me donne la chair de poule, me dit Danny en sortant du Fourbi. C'est comme l'intérieur de *Matrix*, mais avec un tas de cochonneries par terre... Tu t'entends bien avec Tes ?

— Oui. Il est très sympa.

— Super, mais ne te fais pas bouffer la tête. S'il te prend en affection, il finira par te convaincre d'être son partenaire à *World of Warcraft*.

Je ne pus déterminer si elle parlait sérieusement ou si elle plaisantait. Elle maniait le sarcasme avec un tel sérieux qu'il était souvent difficile de savoir à quoi s'en tenir.

Danny me donna un *pen drive* à l'emblème du Corps.

— Qu'est-ce que c'est ? Un cadeau de bienvenue ?

— Du travail, répondit-elle. Narváez veut que les nouveaux fassent un peu de pratique pendant que les grands s'occupent de choses sérieuses.

— Comme de chercher des masques de carnaval ?

Danny eut un demi-sourire.

— Sur ce *pen drive*, il y a un dossier qui contient toutes les informations personnelles que Marc a données lors de son épreuve d'admission. Je viens de lui en remettre un qui contient les tiennes – elle me regarda d'un air moqueur. C'est vrai que *L'Île au trésor* est un de tes livres favoris ?

— Je croyais que les réponses à ce test étaient confidentielles. Ne frôlons-nous pas l'illégalité ?

— Si tu as envie de rester longtemps avec nous, il vaudrait mieux que tu révises ta frontière mentale entre ce qui est légal et ce qui ne l'est pas. Tu dormiras mieux.

— Qu'est-ce que je suis supposé faire avec ça ?

— Enquêter. Narváez veut que tu trouves une discordance entre ce qu'a dit Marc et la réalité. Il appelle cela une "dissonance". Et Marc va en faire autant avec toi.

— Comment vais-je m'y prendre.

— Je ne sais pas. C'est votre affaire. Prouvez-nous que vous êtes des garçons pleins de ressources.

— Il me semble que c'est un peu malsain. Je ne veux pas espionner Marc.

— Il ne s'agit pas d'espionner, mais de mettre à l'épreuve tes capacités d'enquêteur. Vraisemblablement, ni lui ni toi n'avez dissimulé quoi que ce soit lors de cette épreuve – elle me regarda, interrogatrice : Ou je me trompe ?

— Bien sûr que non, répondis-je en soutenant son regard. Et quand bien même ?

— Alors, ce sera à Marc de le découvrir – Danny soupira : Ne le prends pas comme un affront, Tirso, c'est juste un entraînement. Nous sommes tous passés par là quand nous sommes entrés dans le Corps.

— Ça m'est égal. Je persiste à penser que c'est… tordu. Je refuse.

— Je suis au regret de te dire que tu n'as pas le choix : c'est un ordre de Narváez. Le vieux ne veut pas de secrets entre les quêteurs.

Elle me tourna le dos, mais je la rattrapai par le bras.

— En ce cas, dis-moi ce que tu faisais à Canterbury, et pourquoi j'ai l'impression que tu te moques de moi depuis ce moment-là.

— Pourquoi dis-tu cela ?

— Tu es venue chez moi uniquement pour me montrer cette petite annonce. Je veux savoir pourquoi.

Danny me regarda d'un air grave.

— Tu m'offenses si tu crois que je me suis moquée de toi.

— Tu t'es moquée de moi, tu t'es jouée de moi… Appelle ça comme tu voudras.

Ses traits se durcirent. Je crus qu'elle allait faire demi-tour et s'en aller. Elle l'envisagea sans doute.

— Je n'ai pas à te donner d'explications, mais puisque tu veux le savoir, je me sentais coupable.

— Coupable ! Pourquoi ?

— Parce que tu as été licencié.

— Mais ce n'était pas ta faute, c'était… – soudain, je compris. Ah, tout s'éclaire maintenant : c'était toi. La personne qui a dérobé la Patène au musée ce soir-là, et que j'ai poursuivie, c'était toi.

— Je n'ai pas l'habitude de ce genre de travail. C'est plutôt une spécialité de Labulle. J'ai toujours eu le pressentiment que ça ne marcherait pas comme prévu – et elle tordit le nez. Tu étais un impondérable.

— Bien. On m'a traité de bien pire. Ainsi donc, je suis ici uniquement parce que tu voulais apaiser ta conscience.

— Tu es ici parce que tu as impressionné Narváez, et ce n'est pas à la portée de n'importe qui, répliqua-t-elle. De plus, pourquoi poses-tu des questions, si tu n'es pas prêt à accepter les réponses ? Tu voulais savoir pourquoi je t'ai donné l'annonce, et je te l'ai dit – elle tendit les mains dans une attitude faussement candide. Il n'y a plus de secrets entre nous.

— Ah non, il y en a encore un : ton prénom. Tu ne me l'as toujours pas dit. Ça ne me semble pas juste : tu sais le mien, mais je ne connais pas le tien.

— Tu sais très bien comment je m'appelle.

— Ici, oui ; mais je ne sais pas ce qu'il y a derrière ce nom.

Elle rit, comme si j'avais dit une grosse bêtise.

— Il n'y a rien derrière. Danny est le diminutif de Daniela. C'est mon nom de code et mon vrai prénom. Certaines personnes ont besoin d'un alias pour dissimuler une part d'elles, comme un masque. Moi, en revanche, j'utilise mon vrai prénom comme masque et comme leurre.

— Ce qui veut dire ?

— Ce qui veut dire que si tu ne connais que mon prénom, en réalité tu ne sais rien de moi.

Elle sourit. À demi. Toujours à demi.

Puis elle me tourna le dos et s'éloigna.

Je ne savais quoi penser. J'avais l'impression d'être une souris qu'un serpent vient d'hypnotiser. Mais je haussai la voix pour lui poser une dernière question avant qu'elle ne disparaisse au bout du couloir.

— C'est mal d'aimer *L'Île au trésor* ?

— Pas du tout, je trouverais même cela séduisant, répondit-elle sans se retourner ni ralentir… si j'étais une fillette de onze ans.

Elle tourna le coin et disparut de ma vue.

4

DISSONANCES

Danny avait promis à Narváez de localiser le Masque en deux jours. Mais un seul lui suffit.

Au début de ma deuxième journée comme quêteur, Narváez nous convoqua de nouveau dans la salle de réunion pour que Danny nous expose ses découvertes. À cette occasion, c'est elle qui présida, avec Marc.

— Alors ? demanda Narváez. Qu'as-tu trouvé ?

— Des détails sur les mésaventures du Masque depuis la dernière mention documentée jusqu'au jour d'aujourd'hui, répondit Danny. Il n'a pas disparu dans l'incendie de l'Alcazar, comme on le pensait, mais beaucoup plus tard. Le Masque était dans le butin du roi Joseph.

Comme je n'osais pas demander ce qu'était le butin du roi Joseph (j'avais encore la timidité des nouveaux), je dus m'informer par la suite par mes propres moyens.

Il s'agissait de Joseph Bonaparte, frère de Napoléon, un monarque fantoche que l'empereur avait imposé à l'Espagne. Après la victoire espagnole contre les Français en 1813, le roi Joseph dut repasser la frontière sans tambour ni trompette. Avant de quitter son royaume en perdition, il emballa tous les bijoux et objets de valeur qu'il put voler au trésor espagnol et les emporta en France. Peut-être considérait-il que c'était le juste salaire de ses services. C'est ce que les quêteurs appelaient le butin du roi Joseph, lequel, deux siècles plus tard, restait une source inépuisable de travail pour le Corps.

— Donc le Masque est en France, commenta Labulle.

— Ce n'est pas si simple, dit Danny. Après la chute de Napoléon, son frère a emporté le Masque dans son exil à Philadelphie, où il l'a vendu à un grand propriétaire. Les héritiers l'ont conservé jusqu'à ce que le dernier d'entre eux meure sans descendance à Beyrouth, en 1975. Il a légué toute sa collection d'antiquités au Musée national du Liban, dans laquelle figurait le masque de Muza.

— Si le Masque était au musée de Beyrouth, pourquoi les experts pensaient-ils qu'il avait disparu à Madrid au XVIIIe siècle ? demanda Narváez.

— Parce qu'il n'a jamais été exposé ni catalogué. En 1975, la guerre civile a éclaté au Liban, et le Musée national a été pillé lors des affrontements entre chrétiens et musulmans. Depuis lors, le Masque a circulé sur le marché noir des antiquités…

Danny fit une description détaillée des vicissitudes du Masque après sa disparition de Beyrouth. Tellement farcie de références que je perdis le fil de son discours. En conclusion, elle nous annonça que le Masque serait mis aux enchères au Portugal dans quelques jours.

Narváez se caressa la moustache avec l'index. La nouvelle semblait le contrarier.

— Cela ne nous laisse pas beaucoup de marge… Tu es sûre de cette information ?

— Marc en est sûr. C'est lui qui l'a dénichée.

Narváez le regarda en haussant les sourcils.

— Puis-je savoir de quelle façon ?

Marc se racla la gorge avant de répondre. À côté de lui, Danny lui adressa un léger hochement de tête pour l'encourager.

J'éprouvai une première et très légère pointe de jalousie.

— J'ai utilisé Hercule pour explorer le link i2P de la photographie que Tesla a trouvée sur le Deepnet. C'est… Bon, c'est compliqué de détailler comment j'ai suivi sa trace… Il y avait plusieurs liens brisés et certains étaient circulaires, mais j'ai fini par remonter à l'origine ; il s'agit d'un donateur anonyme qui se trouve à Moscou.

— Attends un instant, interrompit Tesla. Tu as utilisé Hercule… tout seul ?

— Désolé, je ne savais pas que cela ne m'était pas permis.

— Tout le monde peut utiliser Hercule, dit Labulle, mais nous nous en abstenons, car aucun d'entre nous ne sait comment manier ce truc.

— Ce moteur de recherche, s'il te plaît, corrigea Tesla sèchement – et il se tourna vers Marc : Qui t'a appris à l'utiliser ?

— Personne… Moi tout seul… Je me suis familiarisé avec son fonctionnement. Ce n'est pas très compliqué, quand on se débrouille déjà avec Vouter.

— Tu veux dire que tu t'y es mis et… c'est tout ? demanda Tesla. Tu as pisté les links i2P du Deepnet, tu as contourné les liens brisés et tiré des informations des liens circulaires sans que personne t'explique la marche à suivre ? *Et tu n'as pas trouvé ça compliqué ?*

— Il est clair que Tesla est très impressionné par tes talents, coupa Narváez. Mais poursuivons, Marc : as-tu tiré autre chose de tes recherches ?

— J'ai découvert que la vente sera organisée par la Fondation Gulbenkian et qu'elle aura lieu à Lisbonne. Danny et moi, nous vous avons préparé un rapport où figure la date exacte. Comme vous pouvez le constater, c'est dans quelques jours. En attendant, le Masque est conservé dans un coffre-fort au siège de la banque Espírito Santo. C'est tout.

— C'est tout ? s'étonna Tesla.

À l'évidence, il trouvait que c'était déjà beaucoup. J'éprouvai une deuxième pointe de jalousie.

— Ce que nous ne savons toujours pas, c'est à quel endroit de Lisbonne aura lieu la vente, ajouta Danny. Je ne crois pas qu'elle aura lieu au siège de la Fondation Gulbenkian : trop voyant pour une vente de ce genre. Je pense que la Fondation Gulbenkian souhaite la plus grande discrétion.

Labulle se tourna vers Narváez.

— Que fait-on ? Faut-il envisager d'aller au Portugal ?

Narváez se leva et reboutonna sa veste. Le vieux signifiait que la réunion était terminée.

— Non, pas encore. Je veux d'abord envisager d'autres solutions. Continuez d'explorer la piste de Lisbonne, Marc a fait un travail magnifique, profitons donc au maximum de ses résultats.

Labulle fut le suivant à se lever et à sortir de la salle, mais il prit le temps de lâcher une phrase qui se voulait une remarque en l'air.

— Nous allons voir combien de temps vont mettre les autres bizuths à servir à quelque chose…

Je me tassai sur ma chaise, humilié.

La troisième pointe de jalousie me transperça comme une aiguille brûlante.

À la fin de la réunion, je me sentais trop secoué pour retourner dans l'habitacle et y retrouver Marc, aussi décidai-je d'aller prendre un café dehors.

Cette petite promenade à l'air libre me donna la force d'affronter la fin de la matinée. J'étais encore de mauvaise humeur, mais au moins je me sentais moins humilié, et ma jalousie s'était calmée.

Je descendis dans le Caveau et profitai qu'Enigma était plongée dans la lecture d'un livre (je crus reconnaître une édition de *La Métamorphose* en français) pour passer discrètement. Je n'étais pas d'humeur à supporter ses particularités.

— Halte-là, entendis-je dans mon dos, alors que je croyais avoir dépassé la zone dangereuse. Il me semble reconnaître l'odeur de *latte macchiato* ? lança Enigma, accusatrice.

Je m'arrêtai net, l'air coupable ; elle me fit signe d'approcher, me prit des mains le gobelet de café et souleva le couvercle. Elle y jeta un coup d'œil et se mordilla la lèvre inférieure :

— Oh, il y a même des pépites de chocolat par-dessus ! Vilain garçon… – elle but une gorgée et poussa un gémissement de plaisir ; une jolie tache de mousse persista sur ses lèvres, qu'elle lécha du bout de la langue. Ah, toi, tu connais mes goûts ! Tu ne peux pas savoir comme je t'en suis reconnaissante ! – elle me fit un geste indolent de la main, celui d'une impératrice qui met fin à l'audience. Tu peux partir.

Et elle se replongea dans sa lecture.

J'attendis en vain qu'elle me rende mon café.

— Tu es toujours là ? Serais-je donc la seule à travailler dans cet endroit ?

— Ce café… Je l'avais acheté pour moi…

— Oui, je le sais, répondit-elle sans lever les yeux de son livre.

Et elle ne dit rien de plus.

— Pourrais-je… Enfin, tu comprends… Pourrais-je le reprendre ?

— Non, tu ne peux pas – elle referma son livre et me regarda. Si tu veux ton café, il faut d'abord que tu me dises pourquoi tu es de mauvaise humeur.

— Qu'est-ce qui te fait penser que je suis de mauvaise humeur ?

— Ton langage corporel est pour moi comme un livre ouvert. Je suis une experte en kinesthésie, on ne peut pas tricher avec moi. Tes mains dans les poches, tes lèvres pincées, ce regard sombre. Qu'est-ce qu'on t'a fait, mon chou ? Tu peux tout me raconter : je suis très douée pour remonter le moral.

J'aurais pu faire la sourde oreille et la laisser seule avec ses extravagances, mais je ne pouvais rien refuser aux yeux verts d'une elfe, abusivement candides.

— La réunion de ce matin ne s'est pas très bien passée pour moi.

— Je comprends… On tapote l'épaule de Marc, et rien pour le brave Tirso. C'est bien ça ?

— Comment le sais-tu ? Tu n'y étais même pas.

— Tu me vois peut-être dans un seul lieu, mais mes yeux et mes oreilles ont le don d'ubiquité – Enigma me regarda avec pitié. Ne perds pas courage, mon beau, c'est encore un peu tôt : tu es là depuis même pas deux jours. Oui : je sais que Marc est plus dégourdi que toi, il a plus d'initiatives et il présente mieux…

— Je crois que tu n'es pas si bonne que tu le crois quand tu veux encourager les gens.

— Mais laisse-moi te dire un secret, poursuivit-elle sans m'écouter – elle se pencha par-dessus le comptoir, approcha les lèvres de mon oreille jusqu'à l'effleurer, et murmura : Toi, tu me plais davantage.

Ce fut une sensation si agréable que je fermai les yeux une seconde. Elle s'écarta et sourit. Et moi je me sentis beaucoup mieux.

Après tout, oui, elle se débrouillait bien pour encourager les gens.

— Vraiment ?

— Bien sûr que oui. Et maintenant, retournes-y et fais en sorte qu'on soit fier de toi.

— Je vais essayer, mais il va être difficile de dépasser Marc après la réunion de ce matin.

— Naturellement, avec cette attitude. Voyons, laisse-moi réfléchir… Ça y est. Le vieux vous a chargés de passer au crible vos épreuves d'admission pour trouver une dissonance, n'est-ce pas ? Bon, vas-y à fond. Sors son linge sale.

— Cet exercice idiot…, soupirai-je. Il me tourmente depuis hier… Je me demande par où commencer !

— Je sais que c'est un peu absurde, mais le vieux est convaincu que c'est un bon exercice pratique. Il vaudrait mieux que tu trouves quelque chose, sinon Narváez pensera que tu n'as pas pris ce travail au sérieux.

— Et s'il n'y a aucune dissonance dans les épreuves de Marc ? Cela n'a aucun sens qu'il ait menti dans ses réponses : moi je n'ai pas menti, et donc lui non plus ne trouvera rien dans les miennes.

— Oh si, sûrement. Nous mentons tous. Toujours. Parfois exprès, parfois par ignorance, mais tout le monde laisse échapper des mensonges. En outre, tu te trompes. Je sais que Marc a déjà trouvé une dissonance dans tes épreuves.

— Quoi ? Ce n'est pas possible ! Je n'ai menti nulle part.

— C'est ce que tu dis, mais il semble que tu l'aies fait. Marc a trouvé quelque chose sur toi en utilisant Hercule pour retrouver le Masque. Et avant que tu me poses la question, je te préviens, je ne sais pas de quoi il s'agit.

C'était ridicule. Marc n'avait rien pu trouver. C'était impossible. Et s'il avait mis le doigt sur quelque chose, il l'avait sûrement inventé. Sans doute dans l'intention de gagner des points auprès de Narváez. J'étais furieux.

— Il faut que tu m'aides, suppliai-je. J'ai besoin de trouver une dissonance dans ses réponses. Si tu pouvais me donner un coup de main…

Elle eut un geste de refus.

— Ah non, ce n'est pas mon genre. Moi j'encourage mon équipe, mais je ne lui tends pas de pièges. Si tu veux parler avec une personne qui a moins de scrupules, tu peux tenter ta chance auprès de Tesla… Il t'aime bien.

— Tu es sûre ? Comment le sais-tu ?

— Je te l'ai déjà dit, mon cœur : la kinesthésie. Tout est dans le langage corporel – soudain, elle reprit son air de Serena, Impératrice de l'Espace de Réception : Et maintenant, va-t'en, mon heure de silence va commencer.

— Que diable est… ?

Elle posa un doigt sur les lèvres :

— Chuuut !… Rappelle-toi : mon heure de silence.

Elle me fit signe de la laisser seule profiter de son mutisme.

Enigma.

En me dirigeant vers mon habitacle, mon gobelet de *latte macchiato* à la main, je passai devant la porte du Sanctuaire. Elle n'était pas fermée.

Le Sanctuaire était le tabernacle du quartier général. Personne n'entrait dans le bureau de Narváez, sauf à sa demande expresse, ce qui se produisait très rarement. Quand Narváez devait avoir un entretien avec un quêteur, il le rencontrait ailleurs dans le Caveau.

D'après la légende, à l'intérieur du Sanctuaire il n'y avait rien, c'était une pièce vide. Narváez avait créé lui-même cette barrière de mystère autour de ces quatre murs. Logiquement, cette histoire était une fable à l'intention des nouveaux, mais plus tard j'eus l'occasion de vérifier la valeur immense que Narváez accordait à la culture exquise du mystère.

À ma deuxième journée de quêteur, je ne savais pas encore grand-chose dans ce domaine. Cependant, quand en passant devant le Sanctuaire je vis la porte entrouverte et entendis des voix à l'intérieur, je m'arrêtai, inspiré par une curiosité coupable, et glissai un œil sur ce qu'on cachait à nos yeux avec tant de zèle.

Je me collai contre la porte. Elle n'était pas assez ouverte pour avoir une vue générale de l'intérieur du Sanctuaire, mais suffisamment pour distinguer clairement les voix.

J'approchai l'œil de l'interstice étroit et vis (ou plutôt devinai) la silhouette de Narváez. Il tournait le dos à la porte, les mains nouées derrière lui, raide comme une statue de cire. Quelqu'un d'autre était avec lui, il n'était pas dans mon champ de vision, mais je reconnus sa voix. C'était Labulle.

Il semblait irrité. Il passait et repassait devant la porte entrebâillée. Narváez l'écoutait sans broncher.

— … à penser que c'était une erreur, disait Labulle. Tu sais que nous ne remettons jamais en cause tes décisions. Mais cette fois, nous ne sommes pas certains que cela ait été une bonne idée.

— Tu parles au nom de tes camarades ou tu te retranches derrière le pluriel pour faire pression sur moi ? demanda Narváez d'une voix calme.

— Jamais je ne ferais une chose pareille !

— Alors, aie le courage de tes opinions. Tu n'as jamais été un lâche. Tu ne vas pas commencer maintenant.

— Entendu : en tant que maître de mes opinions, je te dis que tu as commis une énorme erreur.

— Sur ce point, je crains que nous ne soyons en désaccord.

— Bon Dieu, ouvre les yeux et reconnais la réalité. Il n'a pas sa place ici. Tirso Alfaro n'est pas un quêteur et je crois qu'il n'en sera jamais un.

— Si je ne te connaissais pas, je dirais que tu nourris une animosité particulière contre lui, dit Narváez, toujours immobile. C'est possible ?

— Bien sûr que non ! De fait, c'est sa sécurité qui me préoccupe. Ce travail comporte des risques… Tu es prêt à assumer la responsabilité de ce qui peut arriver ?

— Franchement, oui. De même que je suis responsable de n'importe lequel d'entre vous. Comme de toi.

J'entendis Labulle pousser un long et profond soupir.

— Pourquoi cette décision ? Ce n'est pas ton genre de faire une confiance aveugle aux gens.

— J'ignore pourquoi tu me poses une question dont tu crois déjà connaître la réponse.

Labulle ne répondit pas. Au lieu de cela, je le vis laisser retomber les épaules, comme s'il était vaincu.

— Ne mélange pas tout. Être un quêteur n'est pas une chose qu'on a dans le sang.

— Je m'étonne de t'entendre dire une chose pareille.

Survint un silence tendu. Je ne voyais plus du tout Labulle, aussi m'approchai-je davantage de l'entrebâillement pour essayer d'élargir mon champ de vision.

La porte s'ouvrit d'un coup et Labulle surgit, me prenant de court.

Je vacillai et le gobelet de café me glissa des doigts. Labulle le rattrapa avant qu'il ait atteint le sol, sans qu'une seule goutte ait été répandue.

C'était très impressionnant.

Il me rendit le gobelet, d'un air mécontent.

— Regarde où tu mets les pieds, bizuth, me lança-t-il.

Et il s'éloigna, toujours aussi furieux.

— Désolé, Tirso, mais je ne peux pas t'aider. L'exercice de dissonance, c'est une chose que les nouveaux doivent faire tout seuls.

Tesla haussa les épaules dans un geste d'excuse et reprit son travail. Il montait une sorte de dispositif. Il avait autour de la tête un ruban élastique auquel était fixée une lampe et, avec deux aiguilles minuscules, il essayait d'introduire un fil très fin dans ce qui semblait être un petit cône en plastique pas plus grand que le bout du doigt.

— Je t'en prie… Je suis désespéré.

Suivant le conseil d'Enigma, j'étais passé au Fourbi pour solliciter l'aide de Tesla. Hélas, il était réticent.

— Tu me mets dans une sale situation : si Narváez apprend que je t'ai aidé, ça va barder. Pour tous les deux. Le vieux n'aime pas les coups fourrés – Tesla finit d'installer le fil dans le cône, avec la délicatesse d'une araignée qui tisse sa toile. Puis il soupira, se débarrassa de sa lampe frontale et me regarda.

— Pourquoi lui accordes-tu tant d'importance ? C'est un exercice idiot, une simple formalité. Quand je suis arrivé, j'ai dû fouiller dans les réponses de Labulle, et ni lui ni moi n'avons trouvé quoi que ce soit sur l'autre, mais le vieux s'en moquait. La seule chose qu'il veut, c'est que tu fasses l'effort, c'est tout.

— Enigma dit que Marc a trouvé une dissonance dans mes réponses.

— Vraiment ? Lesquelles ? Tu as enlevé des années pour paraître plus jeune, ou un truc de ce genre ?

— Toutes mes réponses étaient vraies. Je suis sûr que Marc a inventé.

— Ce n'est pas bien…, murmura Tesla. Il a eu son moment de gloire ce matin, qu'est-ce qu'il veut de plus ? Il commence par utiliser Hercule à mon insu, et maintenant ça.

Je me rendis compte que Tesla était blessé parce qu'un nouveau avait soulevé les jupes de sa créature et dévoilé ses secrets, comme s'il s'agissait d'un programme aussi simple que la marelle.

Je décidai d'en profiter.

— Il a aussi utilisé Hercule pour trouver une dissonance dans mon questionnaire…, dis-je, l'air de rien.

Tesla se pinça les lèvres. Je pouvais imaginer ses doutes éthiques tourbillonnant dans sa cervelle comme un essaim de petits X-Wings affrontant les redoutables chasseurs impériaux de *La Guerre des étoiles*.

— Alors ça, ce n'est pas bien, pas bien du tout. Utiliser Hercule pour chercher le Masque, à la rigueur ; mais s'en servir pour son propre compte… En ce cas, te donner un coup de main ne pose aucun problème. Ça rétablit l'équilibre dans la balance.

Je le remerciai avec effusion. Tesla alluma un ordinateur et me demanda le *pen drive* contenant les réponses de Marc, que Danny m'avait donné la veille.

— Voyons, dit-il en parcourant le dossier, nous n'avons pas beaucoup de temps pour chercher. De toute façon, il n'y a sûrement rien à trouver ; sauf peut-être une petite incongruité… Par où commencer ?

— Écartons les questions de culture générale, de langue et le test psychotechnique, dis-je, me rappelant le questionnaire que nous avions rempli. Là, il ne peut y avoir de mensonges : uniquement des réponses incorrectes.

— Il nous reste donc le test personnel – Tesla ouvrit le fichier correspondant et se mit à le lire. Voyons… Domicile, âge, date de naissance, nom et profession du père, de la mère, les frères et sœurs… – il actionna la souris du bout du doigt pour avancer. Livres et films préférés, centres d'intérêt… Mon Dieu ! J'avais oublié toutes les âneries qu'on demandait dans ce questionnaire. Je me demande à quoi sert de savoir tout ça.

— C'est inutile. On n'en tirera rien. Même si, pour je ne sais quelle raison, Marc avait déclaré que son livre préféré est *Cent ans de solitude* pour dissimuler qu'il ne lit que la presse du cœur, il n'y a pas moyen de détecter une dissonance. Il est impossible de savoir si quelqu'un ment sur ses goûts et ses centres d'intérêt.

Tesla soupira.

— Danny est plutôt douée pour ce genre de choses. Mais moi… – il réfléchit quelques instants, et sembla remarquer un détail intéressant. Il me montra une question ainsi énoncée : "Citez la destination de vos voyages de ces vingt-quatre derniers mois." Regarde, là, il y a peut-être quelque chose. Tu as vu la réponse : Londres, Melbourne, Chicago, Édimbourg… C'est un vrai globe-trotter. Des gens qui se déplacent autant, c'est normal qu'ils oublient un voyage. C'est peut-être là, la dissonance que nous cherchons : un lieu où il est allé, mais qui ne figure pas dans sa réponse.

— Y a-t-il une façon de s'en assurer ?

— Je le crois. Un déplacement laisse toujours une trace : billets d'avion, cartes de crédit, réservations d'hôtels… Je vais mettre Hercule au travail et on va voir ce qu'on trouve.

— Hercule peut faire ça aussi ?

— Bien sûr, répondit-il fièrement. C'est le meilleur limier du monde.

Le meilleur limier du monde était aussi compliqué et difficile à comprendre qu'un grimoire médiéval. Tesla essaya de m'expliquer son fonctionnement avec enthousiasme pendant qu'il le pilotait au cœur des millions de pages Web. Je cessai de lui prêter attention au bout de quelques minutes. Bien malgré moi, je me mis à admirer Marc de savoir l'utiliser sur le mode intuitif.

Hercule n'était pas aussi rapide que je l'aurais imaginé. Il mit assez longtemps à dénicher quelque chose.

— Je crois qu'Hercule a repéré un truc, annonça Tesla en pointant le doigt sur l'écran. Regarde ça.

Je ne vis qu'un tas de nombres et de chiffres sur fond noir.

— Qu'est-ce que c'est ?

— J'ai lancé Hercule sur le système Amadeus de plusieurs compagnies aériennes...

— Amadeus... Comme le compositeur ?

— C'est le nom d'un système utilisé par les bureaux de vente des lignes aériennes du monde entier. Il sert à gérer les réservations de billets. Hercule a trouvé cela sur l'Amadeus de Virgin Airlines.

Je me rapprochai de l'écran, mais je ne voyais toujours rien d'intéressant dans cette ribambelle de signes.

— Qu'est-ce que ça dit exactement ?

— D'après ces chiffres, Marc s'est rendu plusieurs fois en Belgique, pas seulement ces deux dernières années, mais depuis bien longtemps. Tu vois, il est allé à Bruxelles au moins trois ou quatre fois par an – Tesla se caressa le menton, songeur. C'est bizarre... Dans sa réponse à l'examen, il ne mentionne aucun de ces voyages. Et il y en a trop pour que ce soit un simple oubli.

— Tu penses qu'il les a dissimulés intentionnellement ?

— Je ne comprends pas pourquoi il a fait une chose pareille, mais... – Tesla haussa les épaules. Bah, l'essentiel est que tu aies cette dissonance. Maintenant, tu ne te présenteras pas devant Narváez les mains vides.

Je le remerciai avec tout l'enthousiasme dont je fus capable, je récupérai mon *pen drive* et quittai le Fourbi.

Marc travaillait à son bureau quand j'entrai dans l'habitacle.

— Salut, camarade, me lança-t-il en me voyant. Où étais-tu ? Je ne t'ai pas revu depuis la réunion de ce matin.

— Dans le coin, répondis-je, laconique, en m'asseyant.

J'allais lui demander quelle dissonance il avait trouvée dans mes épreuves d'admission, impatient d'entendre de sa bouche la ridicule histoire qu'il était prêt à faire passer pour authentique. Je n'en eus pas l'occasion. Narváez entra à cet instant.

— Messieurs, salua-t-il.

On se leva tous les deux presque en même temps. Une réaction spontanée que seul un homme comme Narváez pouvait susciter.

— Asseyez-vous, je vous en prie ; on n'est pas dans la Marine – et Narváez alla droit au but. Je ne veux pas vous prendre votre temps. Hier, on vous a remis un dossier avec vos épreuves d'admission pour repérer d'éventuelles anomalies dans les réponses. Vous avez quelque chose à m'offrir ?

Aucun des deux ne voulant prendre la parole, il décida donc à notre place :

— Tirso ?

Je me retins de me lever en entendant mon nom.

J'évitai de regarder Marc pendant que je racontais à Narváez les déplacements en Belgique dont Marc n'avait pas parlé dans ses réponses. Le vieux m'écouta attentivement et hocha légèrement la tête.

— Cela ressemble en effet à une dissonance. Marc, tu as quelque chose à dire ?

J'osai enfin regarder mon camarade, du coin de l'œil. Je vis qu'il souriait.

— Allons donc…, dit-il – il n'avait même pas l'air gêné. Je ne m'en souvenais même pas. C'est vrai, je suis allé plusieurs fois à Bruxelles et je ne l'ai pas mentionné. En réalité, c'est une bêtise : la famille de ma mère est belge, et mes oncles et grands-parents résident à Bruxelles. Je vais les voir autant que je le peux. Je ne l'ai pas dit dans ma réponse, parce que j'ai cru que la question se référait à des déplacements touristiques ou professionnels – Marc laissa échapper un sourire. Je suis allé si souvent voir mes grands-parents en Belgique que pour moi c'est presque du quotidien, je ne considère même pas cela comme un vrai voyage, voilà pourquoi je n'ai pas pensé à le mentionner.

Narváez hocha la tête.

— Dans ces conditions, je ne suis pas sûr que ce soit une dissonance… On dira que c'est plutôt une négligence.

Je ne savais pas si c'était un reproche à mon endroit, mais en tout cas ce n'étaient pas des félicitations.

Je me résignai à admettre que mon travail n'avait pas été très brillant. Si je m'étais donné la peine d'analyser les données familiales de Marc, je me serais certainement rendu compte qu'il n'y avait aucun mystère dans ses voyages en Belgique. Au moins (me consolai-je), je pouvais oublier ces maudites dissonances.

— Bon, Marc, des dissonances dans les réponses de ton collègue ?

Je m'attendais à entendre une sottise.

Elle dépassa mes espérances.

— Juste une, répondit Marc. Je suis sûr que c'est sans importance, mais à la question "profession du père", Tirso a répondu : "pilote de ligne".

— Parce que mon père était pilote de ligne, répondis-je de mauvaise humeur.

— Or je n'ai trouvé son nom dans aucune base de données des compagnies aériennes. Ni dans les registres du syndicat des pilotes espagnols. Il n'y a même pas une licence de pilote délivrée au nom d'Enrique Alfaro dans les historiques. Désolé, Tirso, mais d'après Hercule… ton père n'était pas pilote de ligne.

À ces mots, ma réaction fut disproportionnée.

C'est sans doute difficile à justifier, mais j'aimerais quand même essayer.

Bien qu'à l'âge adulte je ne donne pas cette impression, dans mon adolescence, j'étais passablement agressif. Parfois même violent. Je n'en suis pas très fier, mais il y avait une logique, ou du moins je me plais à le croire.

J'ai grandi presque sans racines, avec un père absent et une mère qui, la plupart du temps, m'ignorait. Je n'ai eu ni frères ni sœurs. Je n'avais pas de références qui puissent tempérer mon caractère dans cette période confuse de révolution hormonale qu'est l'adolescence. J'ai passé ces années à défiler dans des internats et des instituts sans autre discipline que celle qu'imposaient des étrangers. Pour moi, l'adolescence se résume à une longue tempête où il m'était plus facile, plus commode et plus rapide de me bagarrer plutôt que de raisonner.

J'ai réussi (je ne sais comment) à franchir cette étape sans autre séquelle qu'une tendance à agir par impulsion dans les moments les plus inopportuns – comme par exemple poursuivre un voleur masqué à Canterbury. Cependant, l'ado bagarreur n'a jamais complètement disparu, il dormait (et dort toujours) dans un recoin de mon caractère, épuisé par des années de luttes contre tout et tous.

Quand j'entendis Marc *(Marc !)* prononcer le nom de mon père, c'était comme si on avait réveillé cet adolescent à coups de pied. Et pour comble, Marc avait osé mettre en doute la seule chose que je croyais savoir de mon père, un homme que je n'avais jamais connu que par bribes et dont le souvenir était de plus en plus vague.

Je ne parlais jamais de mon père. Non par ressentiment (du moins je ne crois pas), mais parce que, tout simplement, je ne savais rien de lui. Cependant, quand j'étais obligé de le mentionner, j'avais au moins quelque chose à quoi me raccrocher, une précision sur cet étranger, dont je pouvais être sûr : mon père était pilote de ligne.

Mon père était pilote de ligne. C'était comme un mantra que je ne cessais de me répéter au cours de ma vie, dans les grands moments d'angoisse, quand j'en arrivais à croire que mon père était un pur produit de mon imagination.

Mon père était pilote de ligne.

Et maintenant, ce misérable, cet enfant gâté dont les ancêtres en chair et en os étaient dispersés dans toute l'Europe, ce vainqueur qui semblait s'acharner à m'éclipser depuis le premier jour où je l'avais croisé, ce misérable voulait me priver de la seule chose que je savais (mon père était pilote de ligne) sur un fantôme.

Voilà pourquoi je réagis de cette façon.

Je sentis ma poitrine exploser de rage. Je sautai sur Marc et l'attrapai par son col de chemise. Je collai mon visage au sien, si près que j'aurais pu lui arracher le menton d'un coup de dents.

— Écoute-moi bien, parce que je crois que tu ne m'as pas compris, grognai-je entre mes dents, et je prononçai chaque mot distinctement : Mon père était pilote de ligne.

— Tirso ! – la voix de Narváez retentit comme un coup de canon.

C'est ce qui me permit momentanément de me dominer et de lâcher Marc. Si toute autre personne avait été là, l'affaire se serait terminée de façon beaucoup plus violente.

Libéré, Marc recula, effrayé.

— Mais enfin, merde, qu'est-ce qui te prend ? Tu as perdu la tête ?

— Ça suffit, Marc, lança Narváez. Sors d'ici.

L'ordre n'admettait pas de réplique. Marc rajusta ses vêtements et sortit de l'habitacle sans cesser de me regarder d'un air hostile. Je soutins son regard menaçant. Une fois de plus, c'est la présence de Narváez qui m'empêcha de commettre un acte que j'aurais regretté par la suite.

Quand nous fûmes seuls, Narváez s'approcha de moi. Il irradiait du froid. Comme un énorme iceberg.

— Je vais te poser une question. Et dans ton intérêt, j'espère que la réponse me conviendra. Vais-je revoir un chevalier quêteur saisir à la gorge un de ses semblables dans mes installations ?

L'attitude de Narváez n'était pas assez froide pour congeler ma rage.

— Ce qu'il a dit est un sale mensonge. Mon père était pilote de ligne.

— Réponds à ma question !

Je baissai les yeux et, les dents encore serrées, je bredouillai :

— Je suis désolé. Cela ne se reproduira plus.

— Promets-le, jure-le, tatoue-le sur ton front pour ne plus l'oublier, si tu veux ; mais jamais au grand jamais tu ne lèveras encore la main sur un quêteur. Encore moins en ma présence – j'évitai son regard et lui, devant mon silence, poursuivit : Il faut que tu apprennes où tu es. Un jour, ta sécurité, et peut-être même plus, dépendra d'un autre quêteur, le lien qui vous lie doit être aussi solide que l'acier, sinon tu peux le payer très cher. Tu m'as compris ?

J'acquiesçai en silence. Je ne regrettais pas encore mon geste. J'étais furieux, au point que je comprenais à peine les mots de Narváez, car j'étais en pleine offuscation mentale *(mon père était pilote de ligne, mon père était pilote de ligne, mon père était pilote de ligne…).*

Peut-être s'en aperçut-il. Comme disait Tesla, "le vieux sait des choses". Il posa la main sur mon épaule. Elle était moins froide que je ne l'aurais cru.

— Tirso – j'eus l'impression que sur son visage il y avait une ombre d'inquiétude –, ce que Marc a dit de ton père…

— Mon père était pilote de ligne, coupai-je sur un ton de défi.

J'étais incapable de penser ou dire autre chose.

Narváez acquiesça avec gravité.

— Tu as raison. Restons-en là.

Il quitta l'habitacle sans ajouter un mot.

5

JUMEAUX

Quand je rentrai chez moi, j'essayai de joindre ma mère sur son chantier de fouilles (je n'essayai même pas son portable : elle ne le branchait jamais). Je dus tenter ma chance plusieurs fois : à la troisième ou quatrième tentative, quelqu'un décrocha et me dit que ma mère était occupée et ne pouvait prendre la communication.

Quelques heures plus tard, le Dr Alicia Jordán daigna se donner le mal de savoir pourquoi son fils unique tenait tant à lui parler et elle me rappela.

— Tirso, que se passe-t-il ? me demanda-t-elle après une esquisse de bonjour sans joie – elle n'avait pas l'air inquiète, juste agacée. Il paraît que tu as essayé de m'appeler tout l'après-midi.

— J'ai une question à te poser sur Enrique.

Pour nous, il n'y avait qu'un Enrique. Nous n'utilisions guère le terme "père" pour parler de lui. Je crois que cela nous aurait paru incongru.

— Pourquoi cette urgence ? Je pensais qu'il s'agissait de quelque chose d'important. Pourquoi cet intérêt soudain ?

Je n'essayai pas de répondre à ses questions. J'avais les miennes et j'étais pressé de les résoudre.

— Quel était son travail ?

— Quoi… ? Il était pilote. Pilote de ligne, mais tu le sais depuis…

226

— Tu en es sûre ? Ce n'est pas un mensonge ?

— Évidemment que j'en suis sûre. Tu sais que je ne t'ai jamais menti, encore moins sur Enrique, répliqua-t-elle, offensée. Et d'ailleurs, pourquoi devrais-je faire une chose pareille ?

Elle disait la vérité. C'était facile à constater. Ma mère avait raison sur un point : elle ne mentait jamais. Elle s'y prenait trop mal : elle hésitait, balbutiait, changeait de voix… C'était la pire des comédiennes, et donc si elle assurait avec tant de fermeté que mon père était pilote, c'était parce qu'elle n'en doutait pas une seconde.

J'étais perplexe. Je ne savais pas non plus très clairement pourquoi j'avais voulu lui parler. Elle perçut mon silence et ajouta :

— Tirso, j'ignore ce que tu as en tête, mais je serai ravie qu'on en parle tranquillement à un moment mieux choisi : ici, mon travail mobilise toute mon attention. De grâce, la prochaine fois que tu appelles, que ce soit pour une question importante.

Elle conclut en bâclant un au revoir pressé et raccrocha. Chaque fois qu'une chose ne l'intéressait pas, elle l'écartait sans états d'âme.

Je cessai de me demander si ce que Marc avait dit sur mon père était vrai : après avoir parlé avec ma mère, j'étais persuadé que Marc avait commis une erreur.

C'était ce que j'avais dû penser avant de lui sauter dessus en présence de Narváez, me dis-je avec amertume.

Je retournais ces idées dans ma tête quand, soudain, on sonna à ma porte. J'ouvris. C'était Danny. Pas de chance, je n'étais pas très gai, et mon accueil manquait de chaleur.

— Salut, dis-je, un peu maussade. Qu'est-ce que tu fais ici ?

— On dirait que j'arrive au mauvais moment.

— Excuse-moi. Je ne voulais pas être grossier… Tu veux entrer ?

— Je n'en suis pas sûre. On dirait qu'aujourd'hui tu as les nerfs à fleur de peau, et Narváez n'est pas ici pour te retenir.

— Tu peux entrer : je t'assure qu'aujourd'hui je n'ai l'intention de menacer personne.

Elle entra, regardant avec curiosité autour d'elle.

— C'est donc là que tu vis…

— Je ne suis qu'un locataire de passage… Tu es venue m'apporter ma lettre de licenciement ?

— Pourquoi ? Pour ce qui s'est passé avec Marc ? Ce serait plutôt disproportionné, tu ne crois pas ? Nous ne jetons personne à la rue parce que le sang lui est monté à la tête.

— Narváez semblait très en colère.

— Crois-moi : quand tu verras le vieux en colère pour de bon, tu le sauras – sans attendre mon invitation, elle s'installa sur le canapé et me regarda avec sympathie. N'accorde pas trop d'importance à ce qui s'est passé. Ce genre de choses arrive entre quêteurs plus souvent que tu ne le crois.

— Mais Narváez a dit…

— Mais oui ! Je connais le sermon sur le lien solide comme l'acier. Il le répète chaque fois qu'il en a l'occasion. Côté éthique, c'est très bien, d'un haut niveau, mais quand plusieurs personnes sont obligées de passer de nombreuses heures ensemble tous les jours, il y a toujours des frottements. Dans un travail comme le nôtre, les disputes sont une façon normale de libérer les tensions.

— Je regrette beaucoup ce qui s'est passé, dis-je sincèrement. J'ai perdu les pédales quand Marc a mentionné mon père. C'est une histoire compliquée.

— Tu n'as pas à te justifier. Je ne te l'ai pas demandé.

— Mais j'aimerais le faire.

— Ce n'est pas nécessaire – Danny sortit une cigarette en silence et l'alluma. Je connais l'histoire d'une fille. D'une fille heureuse et simple, comme toutes les filles. Elle adorait ses parents, en cela aussi elle n'avait rien d'original. Un jour, sa mère partit. Elle ne sut jamais pourquoi : tout simplement sa mère laissa sa famille en plan et ne donna plus jamais signe de vie. Le père de cette fille ne put le supporter et il se suicida – Danny eut un sourire amer. Ce sont les effets secondaires quand on trouve "sa vraie moitié" : si quelqu'un vous la prend, vous êtes réduit à n'être qu'une moitié, et personne ne peut vivre incomplet.

Danny marqua une pause, éteignit sa cigarette sans la finir et reprit :

— Je sais une chose. Chaque souvenir que cette fille conserve de ses parents, elle le chérit comme un bien très précieux. Il est probable qu'elle ne réagirait pas très bien si on essayait de l'abîmer.

— Qui est cette fille ? demandai-je en devinant la réponse.

Elle esquissa un de ses incompréhensibles sourires :

— Nous pourrons continuer cette conversation plus tard… ou pas. Je ne veux pas m'attarder et je ne t'ai pas encore dit pourquoi je suis venue. Narváez veut que tu m'accompagnes demain quelque part. Il s'agit d'une adorable bijouterie, dans la rue de Postas. Très typique. Tu aimeras.

J'étais content de constater qu'en dépit de tout Narváez avait encore assez confiance en moi pour me charger d'un petit travail, même comme accompagnateur.

— Qu'allons-nous faire là-bas ?

— Superviser une commande. Depuis l'affaire de la patène de Canterbury, Narváez pense que tu as l'œil pour reconnaître les falsifications et il voudrait que tu voies quelque chose. Tu verras demain de quoi il s'agit.

En disant ces mots, elle se dirigea vers la porte. Avant de partir, elle me dit :

— Demain, tu rencontreras Alpha et Oméga. Je dois te prévenir que tu les trouveras peut-être un peu… particuliers.

— Qui sont Alpha et Oméga ? Des quêteurs ?

— Disons plutôt des collaborateurs extérieurs…

Elle me donna une adresse où nous retrouver à la première heure et s'en alla.

Je me demandai à quoi ressemblaient les particularités sur lesquelles je devais être prévenu.

La rue de Postas est un de ces endroits typiques qui relient la Puerta del Sol à la Plaza Mayor. Une petite rue ouverte comme une vieille cicatrice sur un bout de cuir, qui répand à toute heure des odeurs de calamar frit. Un lieu typique de la capitale du royaume où, étrangement, les Madrilènes se font rares.

De chaque côté de la rue de Postas, il y a une ribambelle de petites boutiques et de tavernes. Quelle que soit leur ancienneté, elles ont toutes l'air d'être là depuis le jour où le pourpoint était devenu à la mode et la hallebarde le dernier cri des armes d'assaut.

L'un de ces commerces a une vitrine étroite qui ressemble plutôt à la fenêtre d'un brocanteur. Sur les rayons sont exposés des ostensoirs en argent, des médailles de confréries, des statues de saints maniérés et des vierges coniques asphyxiées sous le poids de couronnes ayant le profil d'un oignon. Sur la vitre, un carton noir sur lequel se détachent de grandes lettres blanches :

MUÑOZ-CAMARASA
BIJOUTERIE ORFÈVRERIE

Et, en petits caractères, comme si c'était moins important :

MAISON FONDÉE EN 1854

La première fois que je me retrouvai devant la bijouterie Muñoz-Camarasa, j'eus l'impression que toute la vitrine était enduite de poussière. S'il n'y avait pas eu le bric-à-brac d'aspect mat qu'on voyait derrière la vitrine, cette boutique aurait aussi bien pu être une bijouterie qu'une boucherie, ou tout commerce de quartier sans prétention.

Je regardai Danny d'un air interrogateur, comme si je voulais avoir confirmation que nous ne nous étions pas trompés d'adresse.

— Pittoresque, hein ? dit-elle. Essaie de ne pas trop t'approcher des murs si tu ne veux pas te couvrir de poussière.

Danny poussa la porte de la bijouterie. Le tintement des clochettes suspendues au-dessus du linteau annonça notre arrivée.

L'espace était saturé de curiosités : statues de saints, échantillons de tissus violets, rouges et blancs ; médailles, scapulaires, patènes... L'endroit était confiné, un peu oppressant, et sentait très fort la cire et le vieux bois.

Une petite porte s'ouvrit au fond de la boutique et un homme âgé apparut, de petite taille, au point qu'il ressemblait à un nain trop grand. Il portait un costume noir, d'une coupe distinguée, assorti à sa cravate, aussi sombre qu'une ligne de vide absolu au milieu de sa maigre poitrine.

Il avait une abondante chevelure grise, plutôt en désordre ; ce qui, avec les lunettes minuscules reposant sur le bout de son nez, et avec sa moustache cotonneuse, lui donnait l'air d'un petit professeur dingue ayant un bon tailleur.

En voyant Danny, le petit homme sourit de toute sa moustache.

— Danny, c'est toi… On ne t'attendait pas si tôt, dit-il en suspendant sur la vitre de la porte une affichette qui disait JE REVIENS DANS UNE HEURE. Tu n'es pas seule, à ce que nous voyons… Qui est ton compagnon ? Nous ne le connaissons pas.

J'avais remarqué la façon étrange qu'avait le petit homme de parler de lui au pluriel, comme s'il était en compagnie d'une autre personne qu'on ne pouvait voir.

— Je te présente Tirso Alfaro, dit Danny – puis elle se tourna vers moi : Tirso, voici Federico Muñoz-Camarasa. Alpha. Un de nos fournisseurs.

— Depuis le tout début, ajouta Federico avec une pointe de fierté. Le père de notre grand-père fut un des premiers collaborateurs du Corps national des quêteurs. Recruté par le général Narváez en personne quand ce dernier créa le Corps, au temps d'Isabelle II. Notre famille a toujours été au service de la cause.

— Vraiment ? dis-je, impressionné. Vous étiez tous des quêteurs ?

— Pas des quêteurs, des fournisseurs, précisa-t-il. Les meilleurs d'Europe : notre bisaïeul perfectionna son art à l'atelier de Karl Fabergé en personne, à la cour des tsars ; et notre grand-père fut professeur au Sydenham Art College de Londres, où il enseigna au grand René Lalique la technique qui le rendit célèbre, celle du *verre opalescent*. Les secrets que notre père hérita du sien, il les enseigna ensuite avec une grande maestria dans l'atelier de Charles Lewis Tiffany, à New York. Dans nos veines coule le sang d'un lignage sans égal dans le monde. Nous aurions pu être célèbres, comme Belperron, Boivin ou Cartier ; mais nous avons préféré mettre notre art au service des quêteurs. Nous ne sommes pas animés par la soif de renommée, mais par le désir de rendre service à la postérité.

Il prononça ce petit discours, déjà plus grand que lui, avec autant d'ardeur que s'il avait été perché en haut d'une tribune. Danny l'écoutait sans manifester beaucoup d'intérêt, comme si elle l'avait déjà entendu de nombreuses fois.

— Que fournissez-vous exactement ? demandai-je.

— Vos outils de travail, jeune homme. J'imagine que c'est ce que vous êtes venus chercher. Suivez-moi, nous allons vous le montrer : nous l'avons rangé dans l'atelier.

Alpha nous conduisit dans l'arrière-boutique, et on descendit dans un vaste sous-sol, plein de plans de travail et d'outils qui devaient être adaptés au travail d'orfèvrerie.

Il y avait un homme devant une table. Je le regardai attentivement pour m'assurer que je n'étais pas victime d'une illusion d'optique : il était la copie conforme d'Alpha dans les moindres détails, sauf que son costume, au lieu d'être sombre, était beige clair. On aurait dit une version en négatif du petit homme qui venait de nous accueillir dans la boutique.

Alpha nous présenta.

— Tirso, voici mon frère Ángel. Tu peux l'appeler Oméga.

Des jumeaux. Alpha et Oméga. Évidemment. Maintenant, je comprenais pourquoi Alpha avait cette drôle d'habitude de parler au pluriel, manie qu'il partageait avec son frère, ainsi que je le découvris par la suite : comme si chacun d'eux portait l'autre dans son cœur.

Alpha était entièrement habillé en noir, et Oméga en blanc cassé. Demander lequel des deux était le méchant jumeau était tentant, en les voyant ensemble. Comme je me méfiais de mon sens de l'humour, je préférai ne pas poser la question, et je me contentai de saluer Oméga d'un "Enchanté de te connaître" des plus courtois.

— Tu peux aussi m'appeler Ángel, tout simplement, dit-il en me serrant la main. Nos noms ne sont un secret pour personne, après tout, ils figurent sur la porte de notre établissement.

— Néanmoins, et étant donné que nous sommes "de service", compléta Alpha, je crois qu'il vaut mieux utiliser nos noms de guerre.

— "Et s'ils me demandent quel est ton nom, que leur répondrai-je ? Et il me dit : Je suis celui qui suis, et « je suis » m'a envoyé vers vous", me déclara Oméga avec un sourire. L'Exode, chapitre III.

— Ce que mon frère et moi voulons dire, c'est par quel nom nous devons t'appeler… À moins que Tirso ne soit déjà un alias ?

Je trouvais ces deux petits hommes très pittoresques. Ils me rappelaient une version crépusculaire des jumeaux Tweedle Dum et Tweedle Dee d'*Alice au pays des merveilles*. Sympathiques, et un peu inquiétants.

— Hélas, Tirso est mon vrai nom.

— Je comprends, dit Oméga. Danny, dépêchez-vous de lui en donner un. Un vrai quêteur a un nom… *"Que ton nom perdure, que ton âme soit éternelle et ainsi ton corps prévaudra."*

— Une autre citation de l'Exode ? demanda Danny.

— Non : "Le livre des respirations". Un texte funéraire de l'Égypte ancienne.

— Je serais ravie de lui donner un nom sur-le-champ si cela pouvait faciliter cette conversation, mais comme vous le savez, c'est une prérogative de Narváez.

— Ah oui, dit Alpha. Le nom d'un quêteur est comme les galons du combattant : il doit le gagner en service commandé. Mais l'accessoire nous égare. *Sed fugit interea, fugit irreparabile tempus**, comme disait Virgile. Nous allons vous montrer ce que vous êtes venus chercher.

Alpha prit une petite clé accrochée à un bouton de manchette pour ouvrir le cadenas d'une petite armoire. Puis,

---

* "Mais en attendant, il fuit : le temps fuit sans retour." *(Toutes les notes sont de l'auteur.)*

comme s'il exécutait une chorégraphie bien répétée, Oméga en sortit une boîte en carton qu'il posa sur la table. Alpha ouvrit la boîte et Oméga en tira un objet enveloppé dans un tissu de satin, qu'il présenta à son frère, lequel écarta le tissu d'un geste théâtral.

— *Ecce Homo**, dit Oméga. Ou plus exactement *ecce larva*. Le voici.

Pour la deuxième fois, mes yeux parurent m'abuser dans cet atelier : ce qu'Oméga tenait entre les mains, c'était l'antiquité que Narváez voulait que nous trouvions et récupérions.

— C'est… le masque de Muza ? demandai-je.

— Beau travail, messieurs, vous avez trompé notre expert en fausses pièces, dit Danny avec une ironie vexante.

— C'est un faux ?

— Nous préférons le terme "réplique", dit Alpha.

C'était une magnifique œuvre d'art. À peine plus large que la paume de la main : un simple domino doré avec deux brillantes incrustations vertes dans le creux des yeux. Toute sa surface était recouverte d'un entrelacs d'arabesques. De petits chocs, imperfections subtiles, et une patine réussie sur le métal lui donnaient l'air d'être une antiquité millénaire. Il aurait fallu être un grand expert, presque un devin, pour voir que cette pièce avait été achevée quelques heures plus tôt.

— Incroyable, dis-je, fasciné. Une copie parfaite.

— Nous sommes ravis de l'entendre, dit Oméga. Ce travail n'était pas facile. Surtout les arabesques. Heureusement, nous avons bénéficié d'une étrange gravure du milieu du XVIIᵉ siècle où elles sont reproduites dans les moindres détails.

— L'original doit être une œuvre magnifique, enchaîna Alpha. Pendant que nous y travaillions, nous avons fait

---

* "Voici l'homme."

des conjectures sur son origine. Nous pensons qu'elle est scythe.

— Nous avons utilisé comme modèle d'élaboration les masques d'or du trésor de Kalmakareh. Le masque de Muza provient sans doute d'Iran.

— Et les arabesques ? demandai-je.

— Elles sont plus tardives, bien sûr, répondit Oméga. De même que les incrustations dans les yeux. La calligraphie date de l'époque omeyade : alphabet coufique fleuri. Les pierres des yeux sont taillées en forme de cabochon, à la manière byzantine. Les orfèvres de Damas avaient beaucoup appris de leurs collègues de Byzance.

— Les incrustations sont très réussies, observai-je. Qu'est-ce ? Une sorte de verre ?

Alpha se redressa, très digne, comme si ma question l'avait scandalisé.

— Une sorte de… ? Ce sont des émeraudes, mon jeune ami !

— Des émeraudes ?

— Tout juste : et le masque est en or. Exactement comme l'original.

J'éloignai la main de la pièce, comme si je craignais qu'en la touchant elle ne tombe en morceaux.

— Je vois…, dis-je. Un objet très coûteux.

— Bien sûr. Comme toutes nos reproductions, dit Oméga. Tu nous prends pour des amateurs ? Écoute, mon jeune ami, si quelqu'un prétend falsifier un tableau de Léonard de Vinci ou un Van Gogh, il ne va pas à la boutique du coin acheter deux tubes de peinture acrylique et une toile en nylon. Non, monsieur, il se renseigne sur les pigments et les matériaux utilisés à l'époque, et il les reproduit jusque dans les moindres détails. N'importe qui peut copier une œuvre d'art, mais la reproduire, la *cloner*… Ah non, pour ça il faut un expert, ce que nous sommes.

— Nous ne sommes pas des faussaires, précisa Alpha. Nous sommes des artistes.

Y a-t-il mieux placé que des jumeaux pour se consacrer à l'art subtil de la reproduction d'antiquités ? me dis-je.

— À quoi pouvait servir ce masque ? demanda Danny.

Elle manipulait le Masque avec moins de révérence que moi. Elle devait être habituée à voir des choses encore plus incroyables dans cet atelier.

— Nous avons aussi réfléchi à la question, dit Alpha. Les anciens Scythes utilisaient ces pièces comme ornements cérémoniels ou religieux, mais nous ne voyons pas pourquoi un musulman de l'époque omeyade aurait porté un tel objet.

— C'est sans doute un ornement. Voilà pourquoi on aurait mis des émeraudes à l'emplacement des yeux, ajouta Oméga.

— Normalement, les masques devaient servir à se couvrir le visage, dit Danny.

— Un déguisement hors de prix, de toute façon… Mais il est vrai qu'il enveloppe parfaitement le visage. Nous n'avons pu résister à la tentation de l'essayer, dit Alpha.

Et Oméga d'ajouter :

— Il produit un effet très curieux. On voit tout en vert.

— Vous savez ce que disent les inscriptions coufiques ? demanda Danny.

— Bien entendu, répondit Oméga. Nous dominons très bien l'arabe classique.

En réalité, c'était Alpha qui le parlait couramment, mais l'habitude des jumeaux de toujours dire "nous" pouvait induire en erreur.

Alpha avait étudié l'arabe à l'Institut d'études islamiques, pendant qu'Oméga, de son côté, perfectionnait ses connaissances en hébreu ancien. Les deux frères se partageaient les domaines universitaires comme deux gamins leur goûter.

Alpha nous montra les arabesques de la pièce en nous en faisant une traduction littérale :

— Il s'agit d'un texte sacré : "Voici l'Écriture au sujet de laquelle il n'y a aucun doute, c'est un guide pour ceux qui craignent Allah et croient à ce qui est caché. Je te révélerai des signes évidents auxquels seuls les pervers ne pourront croire…", cette phrase est répétée plusieurs fois. Puis : "Allah, Votre Seigneur ; fais descendre du ciel sur nous une table servie pour nous qui soit, pour le premier d'entre nous, comme pour le dernier, un motif de réjouissance et le symbole de ton pouvoir." C'est tout. Ces phrases sont tirées de la deuxième et de la cinquième sourate du Coran – il indiqua un passage sur les inscriptions. Il y a un détail frappant, ici, dans la phrase "Je te révélerai des signes évidents auxquels seuls les pervers ne pourront croire". Dans le Coran, la citation n'est pas exactement la même. La voici : "Nous t'avons révélé des signes évidents auxquels seuls les pervers ne pouvaient croire."

— C'est important ? demanda Danny.

— Je ne crois pas, mais cela nous semble bizarre. Un musulman n'altérerait jamais la littéralité d'une sourate du Coran. C'est peut-être une erreur involontaire de transcription.

— Vous êtes certains que le texte est altéré sur le Masque original ? poursuivit Danny.

— Naturellement. C'est une reproduction exacte, répondit Oméga.

— Vous savez que Narváez n'aime pas qu'on reproduise les pièces en s'inspirant uniquement des dessins et des photographies.

— Vraiment ? Alors dis à ce vieux râleur de nous apporter la pièce originale… Mais bien sûr, Dieu seul sait où cet objet se trouvait ces quatre cents dernières années – Alpha souffla par le nez, agacé. Des bâtons dans les roues. La seule chose qu'il aime, c'est de nous mettre des bâtons dans les roues, est-ce que nous lui disons comment il doit faire son travail ?

Danny s'excusa plusieurs fois et finit par calmer l'irritation du petit joaillier. Les jumeaux emballèrent la pièce pour qu'on la ramène au Caveau.

Quand on sortit de la boutique, tous les deux nous dirent adieu d'un geste de la main derrière la vitrine.

Danny déclara qu'elle était affamée et qu'elle voulait prendre quelque chose de solide dans un bar voisin. Moi, j'étais pressé de rentrer au Caveau : je n'avais aucune envie de me balader dans Madrid avec un masque en or et émeraudes dans un sac en plastique, mais elle insista.

— Détends-toi, on ne peut pas voler un voleur.

— C'est toi qui dis une chose pareille, je n'en crois pas mes oreilles.

On commanda un plat dans une cafétéria. J'en profitai pour lui poser la question qui me hantait depuis que les jumeaux nous avaient montré leur petite œuvre d'art.

— Pourquoi avons-nous besoin d'un faux Masque ?

— Je croyais qu'après ton expérience à Canterbury tu t'en doutais, répondit-elle avant d'avaler une gorgée de thé. Nous allons l'échanger contre le Masque authentique. Comme avec la Patène.

Danny me donna quelques détails sur le mode d'action des quêteurs. Remplacer les œuvres originales par des copies était une méthode courante, d'où l'importance du travail des jumeaux. Ils fournissaient au Corps toutes les reproductions nécessaires.

J'avais pu mesurer l'efficacité de cette méthode à Canterbury (avec des effets négatifs sur ma personne). Si l'opération était bien menée, la fausse pièce permettait de couvrir la retraite des quêteurs : personne ne s'inquiète pour un vol qui, en apparence, n'a pas été commis.

Ensuite, la pièce authentique traversait ce que Danny appela une "période de sommeil" : elle est cachée dans les sous-sols du Musée archéologique jusqu'à ce que, après un délai prudent, un conservateur du musée la trouve "par hasard". Il y a alors un peu d'émoi dans la presse, deux ou trois articles spécialisés sont publiés, ainsi que l'opinion d'un expert… Finalement, on décrète que la pièce trouvée "par hasard" a toujours été dans le musée, et que le spoliateur avait été berné en son temps et avait emporté une copie. De cette façon, le travail des quêteurs était couvert par l'anonymat.

C'était une bonne méthode, même si elle était un peu tordue. Je le dis à Danny, qui se contenta de hausser les épaules et de me demander si je connaissais une meilleure façon d'opérer. C'était une bonne question.

J'avais un autre doute que j'étais impatient de dissiper.

— Maintenant que nous avons le faux Masque, cela signifie-t-il qu'il faudra bientôt aller à Lisbonne le mettre à la place de l'authentique ?

— C'est très probable. Mais nous ne bougerons que sur ordre de Narváez. Le vieux préfère y aller doucement : nous avons déjà eu des problèmes avec des articles de ce genre.

— À quoi penses-tu ?

— Aux objets qui figurent sur la Liste.

Elle ne précisa pas de quelle liste il s'agissait, mais ce n'était pas nécessaire : pour les quêteurs, il n'y en avait qu'une.

Je demandai à Danny si elle pensait, comme Tesla, que la Liste portait la poisse.

— Possible… Ou bien c'est une simple coïncidence si quelqu'un nous devance toujours au moment de récupérer les objets de la Liste. Nous ne sommes pas les seuls à vouloir récupérer des œuvres d'art, même si la concurrence n'a pas des buts aussi nobles que les nôtres – il y avait, comme toujours, un fond de sarcasme dans ses propos ; cependant, elle adopta un ton plus grave pour dire : Les mafias de trafiquants d'antiquités peuvent être très dangereuses. La plupart des gens ignorent de quoi elles sont capables.

— Il est quand même curieux que vous n'ayez eu de la concurrence qu'avec la liste de Bailey. Quand je l'ai lue, aucun des objets qu'elle contenait ne m'a donné l'impression d'être assez prestigieux pour intéresser les mafias de trafiquants.

Elle eut un geste d'indifférence.

— Parfois, elles se polarisent sur des choses bizarres.

— Si nous savions ce que ces pièces ont en commun, nous y verrions plus clair.

— Sans doute, mais nous avons déjà étudié la Liste sous tous les angles possibles, et personne ne voit pourquoi LeZion était tellement obsédé par cette collection de vieilleries.

Je réfléchis un instant, essayant de me souvenir de la Liste. La première fois que je l'avais lue, j'avais cru y reconnaître un air de famille, mais je ne voyais pas de quoi il s'agissait. Pas plus cette fois que la précédente.

— Comment avez-vous trouvé la Liste ? demandai-je.

— Tu ne le sais pas ?

— Si je le savais, je ne te le demanderais pas.

— Ah, ça va t'amuser – elle joignit les mains et les appuya sur la table. Écoute-moi bien : Warren Bailey avait un fils, et Ben LeZion une fille. Ces deux jeunes se marièrent et eurent beaucoup d'enfants. Certains vécurent à Chicago, d'autres en Espagne. Parmi ceux qui vécurent en Espagne, l'un d'eux, l'aîné, épousa une jeune Catalane. C'est la troisième génération Bailey. Tu me suis ?

— Plus ou moins.

— Bien. Le troisième Bailey et la jeune Catalane déménagèrent à Madrid. Ils eurent un fils qui épousa une femme originaire des États-Unis, et ils eurent une adorable fille dont je ne saurais décrire les charmes en quelques mots. Le temps passant, nous retrouvons cette fille qui essaie de récupérer toutes les œuvres d'art que son arrière-arrière-grand-père avait emportées de ce pays. Fin de l'histoire.

— Attends un moment… Tu es cette fille ?

— Oui, apparemment.

— Tu es une descendante de Warren Bailey…

— Et de Ben LeZion. Mes deux arrière-grands-pères du côté paternel. Ce genre d'histoire vous ferait croire à ce que les gens appellent la "justice poétique" : mes deux ancêtres consacrèrent leur temps à piller notre patrimoine, et moi je me charge de le récupérer. C'est assez drôle.

— Ainsi donc, tu es une riche héritière… Je suis très impressionné.

— Je suis ravie de t'impressionner, mais tu peux éliminer le "riche" : Ben LeZion est mort ruiné.

— Pourquoi ?

— La réponse la plus simple, c'est qu'il le méritait. Selon une version plus élaborée, il trafiqua avec l'Allemagne nazie pendant la Seconde Guerre mondiale. À la fin du conflit, ses ennemis aux États-Unis, qui étaient nombreux, réussirent à le faire accuser de crimes de guerre. On l'accusa aussi d'avoir collaboré financièrement à la Shoah… Bien qu'il soit juif lui-même. Il s'en sortit, mais cela lui coûta sa fortune. Il est mort en 1948 dans une résidence du troisième âge, sénile et oublié. Il n'a laissé à ses descendants que des dettes et un tas de paperasses.

— De quoi as-tu hérité : des dettes ou des paperasses ?

— Des paperasses, heureusement. Une montagne de lettres et de documents personnels. Aucun de ses descendants ne voulait de ces cochonneries ; du coup, je les ai récupérées. Elles s'entassaient sous la poussière jusqu'à ce que je découvre qu'elles pouvaient être utiles au Corps des quêteurs. Et elles le sont vraiment, surtout la correspondance entre Bailey et LeZion dans les années 1930 et 1940. C'est dans ces lettres que j'ai trouvé la Liste.

Danny jeta un coup d'œil à sa montre, vida sa tasse de thé et régla l'addition.

C'était le moment de rentrer au Caveau et de montrer à Narváez ce que les jumeaux avaient fabriqué.

Au Caveau, je commençai par ravaler ma fierté et je m'excusai auprès de Marc de mon comportement de la veille.

Non seulement il accepta mes excuses, mais il me présenta aussi les siennes.

— Je n'aurais pas dû fourrer mon nez dans tes affaires familiales, me dit-il. Ce sont toujours des choses délicates. De mon côté, tout est oublié.

Il me donna une accolade affectueuse. Sa noblesse d'esprit, loin de me satisfaire, m'énerva encore plus. On aurait dit qu'il était impossible de déceler une faiblesse chez Marc, aussi humaine soit-elle. En sa présence, je me sentais non seulement médiocre, mais aussi mesquin.

Narváez nous convoqua en salle de réunion pour dire ce que nous avions à faire, maintenant que nous disposions du faux Masque.

— Je vais vous envoyer à Lisbonne, nous dit-il de but en blanc, comme à son habitude. Le temps nous manque et il faut récupérer ce Masque avant qu'il ne soit vendu. Étant donné que nous ne pouvons le tirer des coffres de la banque, il vous faudra trouver le moyen de le subtiliser pendant la vente et d'y mettre à la place la copie que les jumeaux ont fabriquée pour nous.

— Qui ira, cette fois ? demanda Labulle.

— Danny, Tesla et toi. Vous emmènerez les nouveaux comme ombres. Qu'ils observent attentivement votre travail, mais sans participer de façon active. Enigma et moi, nous vous appuierons depuis Madrid.

— C'est toujours moi qui reste à la maison…, soupira Enigma.

Et elle donna à chacun d'entre nous une chemise en plastique. À l'intérieur de la mienne, il y avait un billet d'avion pour Lisbonne, à mon nom. Ma veine romantique fut déçue de voir que je ne voyagerais pas sous une fausse identité.

Narváez nous résuma l'opération. Danny et Tesla iraient en voiture, avec le faux Masque, et logeraient à l'hôtel Marqués de Sa. Il avait été choisi parce qu'il se trouvait proche du siège de la Fondation Gulbenkian.

Labulle, Marc et moi, nous voyagerions en avion, mais pas ensemble : Labulle partirait l'après-midi même, et Marc et moi le lendemain, par des vols différents.

Marc et moi, nous ne logerions pas dans la même pension : lui dans le Bairro Alto, et moi dans le quartier de Belém. Labulle, de son côté, occuperait ce qu'on appelle dans le jargon du groupe un "nid".

Aux endroits où les quêteurs doivent aller de façon habituelle, ils peuvent compter sur un nid qui leur sert de refuge. D'après ce que j'appris par la suite, ils en ont sept en Europe : quatre à Londres, Paris, Rome et Lisbonne ; des lieux où on va souvent en mission. Les trois autres nids couvrent des zones d'action plus larges. Les quêteurs se servent de celui de Berlin pour travailler dans le Nord de l'Europe et en Scandinavie (ce qui n'arrive pas souvent), de celui de Vienne pour couvrir le Centre-Est du continent, et de celui d'Istanbul pour les Balkans et la Méditerranée orientale.

Un nid est, le plus souvent, un simple appartement vide, pas plus grand qu'un studio. Le CNQ les loue, et ressemble à ces locataires fantômes qui paient scrupuleusement leur loyer tous les mois, ne se plaignent jamais du chauffage défaillant et ne dérangent pas les voisins : le rêve pour un propriétaire, lequel ne cherchera jamais à en savoir plus sur eux.

Si un ou deux quêteurs seulement se déplacent pour le travail en question, ils utilisent le nid comme logement ; s'ils sont plus de deux, le protocole habituel est de les disperser ; en ce cas, le nid sert de point de rencontre.

Le nid de Lisbonne se trouve dans le Bairro Alto, une zone où fourmillent les logements d'étudiants pas toujours de bonne qualité. L'idéal pour passer inaperçu.

— Voici ce que j'attends de vous, dit Narváez : trouvez le lieu où va se dérouler la vente aux enchères et débrouillez-vous pour vous y introduire et procéder à l'échange des masques. Vous n'avez pas beaucoup de temps, agissez donc vite. Danny, quand tu seras à Lisbonne, tu iras directement à la Fondation Gulbenkian pour enquêter. Tirso sera ton ombre. Les autres, vous resterez dormants.

Être l'ombre d'un quêteur implique de suivre ses déplacements et d'agir en appui, mais sans prendre d'initiatives. L'ombre obéit à tout moment au quêteur, qu'il l'approuve ou non : d'après Narváez, c'est la seule façon d'éviter des disputes stériles entre quêteurs en raison de différences d'appréciation. L'ombre peut suggérer, mais ne prend jamais la décision finale. Dans mon cas, en tant que simple néophyte, je me contenterais de garder les yeux ouverts et d'apprendre un maximum de choses en gênant le moins possible.

Lors d'un travail de terrain, l'organisation des quêteurs suit un schéma pyramidal : ils sont tous les ombres d'un autre qui a l'initiative. À Lisbonne, Marc et moi occuperions l'échelon le plus bas. Tesla et Danny seraient l'ombre de Labulle, lequel, en l'absence de Narváez, tiendrait les rênes de l'opération.

Bien que tout soit minutieusement organisé, je me rendis compte que les quêteurs accordaient toujours une importance non négligeable à l'improvisation. Tout bon quêteur doit être capable de maintenir un équilibre parfait entre initiative, imagination et discipline. Seul moyen pour qu'un travail de terrain soit couronné de succès.

À la fin de la réunion, Tesla nous demanda, à Marc et à moi-même, de le rejoindre au Fourbi, où il exhuma un lecteur de cartes ISO perdu sous une pile de boîtiers vides de DVD. Il s'agissait presque uniquement de films sur les arts martiaux. Tesla brancha le lecteur sur un de ses ordinateurs.

— Vous avez vos portables ? Bon. Ouvrez-les et donnez-moi vos cartes SIM.

— Pour quoi faire ? demandai-je.

— Je vais les cloner – il prit nos cartes et les introduisit l'une après l'autre dans le lecteur. C'est une mesure de sécurité. Dorénavant, vous n'utiliserez que les cartes clonées… En outre, ça coûte moins cher que de vous donner à chacun un portable d'entreprise, ajouta-t-il avec une grimace.

— Je ne comprends pas, dit Marc. Quelle sécurité supplémentaire nous donne l'utilisation d'une carte clonée ?

— Plus grande que tu ne crois. Normalement, les opérateurs utilisent X-Sim pour cloner les cartes SIM. Cela permet de transférer vos données d'une carte sur une autre sans avoir à changer de numéro de téléphone… C'est le processus habituel quand on change de société, par exemple.

— Et où est la différence, ici ?

— Je ne me contente pas de cloner vos cartes, je les améliore. Avec ces nouvelles cartes, personne ne pourra vous localiser à partir des appels que vous passerez sur votre portable ; elles résistent aussi aux systèmes d'écoute et ignorent la plupart des balayages de sécurité qui servent à rendre les cartes normales inopérantes dans les ambassades, les sites militaires et autres lieux de ce genre.

— Vraiment ? dit Marc, étonné. Et tu fais tout ça avec X-Sim ?

— Bien sûr que non, répondit Tesla avec condescendance. J'utilise un programme développé par Voynich : VTwin… auquel j'ai apporté quelques améliorations de mon cru, naturellement. Le X-Sim met des heures à basculer les données d'une carte sur une autre. Avec ce bijou, ça prend quelques secondes – Tesla nous rendit nos cartes. Tenez. Vous allez devoir créer un nouveau code PIN, mais de cinq chiffres au lieu de quatre. Prenez garde à ne jamais l'oublier : si quelqu'un essaie d'accéder à votre téléphone avec un mauvais code, au deuxième essai la carte grille comme un œuf dans une poêle… C'est une image, bien sûr – Tesla éteignit l'ordinateur. Tâchez de ne pas les perdre, sinon ne vous inquiétez pas : ce n'est pas la fin du monde. Je peux en cloner une autre à tout moment, avec le même numéro de téléphone et les mêmes données. Maintenant, tout est bien à l'abri, dit-il en tapotant l'ordinateur.

Marc, fasciné par les améliorations du programme VTwin, lui posa quelques questions sur son fonctionnement, auxquelles je ne compris rien du tout. Tesla s'embarqua dans des explications complexes, ravi de pouvoir partager ses talents avec quelqu'un qui semblait les estimer à leur juste valeur. Comme il y avait longtemps qu'ils ne parlaient plus ma langue, je me retirai discrètement et retournai dans mon habitacle.

En chemin, je croisai Enigma.

— Salut, chevalier quêteur, lança-t-elle sur un ton jovial. Nerveux, à la perspective de ton baptême du feu ?

— Pas trop. Juste la typique boule au ventre.

— Ah, oui… La première fois est toujours excitante ! On ne sait par où commencer, on n'est pas sûr de savoir s'y prendre, mais on est dévoré d'impatience. En définitive, tout arrive beaucoup plus vite qu'on ne l'imaginait et on reste sur sa faim… ! Les nouveaux sont si mignons quand ils sont sur le point de passer à l'action ! Ça vous donne un éclat particulier dans le regard.

Elle m'ébouriffa les cheveux, me cligna de l'œil et poursuivit son chemin. Je ne pus m'empêcher de me demander si nous avions parlé de la même chose.

6

OMBRES

Je passai la nuit à me tortiller dans tous les sens, cherchant en vain à trouver le sommeil. Le lendemain, j'allai seul à l'aéroport, une tempête dans le ventre.

En attendant mon vol, je me demandai si ce travail était fait pour moi. Je jetais des coups d'œil anxieux à la ronde, croyant que chaque homme, chaque femme qui croisait mon chemin m'espionnait avec des intentions sinistres. Mon sourire à l'hôtesse de l'air quand je lui remis mon billet me parut horriblement tendu, et j'étais sûr d'offrir à tous les regards l'image d'un personnage qui nourrissait de noirs projets.

Je restai inquiet pendant tout le voyage, et j'étais encore tendu en atterrissant à Lisbonne, à peine une heure après le décollage.

En sortant de l'aéroport, voyant mon reflet dans une porte vitrée, je constatai qu'après tout mon aspect était beaucoup moins suspect que je ne le croyais : avec mon sac à l'épaule et mon jeans, il fallait avoir beaucoup d'imagination pour voir autre chose qu'un voyageur de passage. Ce qui contribua en grande partie à m'apaiser.

J'avais pour instruction de me diriger vers le quartier de Belém et de me comporter en touriste ordinaire jusqu'à ce que, d'une façon ou d'une autre, je reçoive des instructions du quêteur dont j'étais l'ombre.

Dehors, sous la froide lumière du terminal de l'aéroport, mon esprit connut un changement radical. Je n'étais plus ni nerveux ni inquiet. J'étais excité, oui, mais d'impatience. J'avais envie de commencer. J'exultais, comme si, dépositaire du secret le plus important de l'univers, j'occupais une place bien au-dessus de tous les voyageurs et de leur vie insipide.

Les pauvres ! me disais-je. Qui voyagent à droite et à gauche pour des raisons futiles tandis que moi, semblable à eux en apparence, j'étais lancé dans une grande aventure au dénouement incertain. Comme un homme qui va se jeter du haut d'un pont, un élastique noué à la ceinture, j'avais peur de faire le premier pas, mais je désirais de toutes mes forces éprouver ce qui allait advenir.

C'était la première fois que je pressentais que je pourrais devenir un bon quêteur. En arrivant dans cet aéroport, à Lisbonne. Je n'oublierai jamais cela. Soudain sonna l'alerte d'un message sur mon portable.

Agence de Hertz. Dépêche-toi. D.

Je me hâtai de me diriger vers la zone où se trouvaient les agences de location de voitures. Danny n'était pas loin. Je la vis devant les bureaux de Hertz, adossée au mur, les mains dans les poches de sa veste en cuir noir. Elle portait des lunettes de soleil. Je m'approchai.

— Lunettes de soleil dans l'enceinte de l'aéroport par temps nuageux, dis-je. Pas très discret, il me semble ?

— Qui es-tu ? Mons styliste ? répliqua-t-elle. Donne-moi deux baisers.

— Quoi ? Pourquoi ?

— Parce que tu viens d'atterrir et que tu es ravi qu'une amie soit venue te chercher. Donne-moi deux baisers.

J'obéis. Quand mon visage fut contre le sien, elle me souffla tout bas :

— Il faut que tu apprennes à être plus naturel : on ne joue pas *Mission impossible*.

Elle m'amena devant un monospace garé au parking.

— Où va-t-on ?

— À la Fondation Gulbenkian, répondit-elle – elle me lança les clés par-dessus le capot et je les attrapai au vol. Sois une bonne ombre et prends le volant. J'ai conduit pendant des heures depuis Madrid et je suis épuisée.

En 1955, le magnat du pétrole d'origine arménienne Calouste Gulbenkian légua tous ses biens au peuple portugais. Gulbenkian était un collectionneur d'art invétéré qui apporta au patrimoine lisboète un musée comptant plus de six mille pièces de toutes sortes.

La Fondation Gulbenkian, qui depuis lors administre l'héritage de ce philanthrope sur le modèle d'un établissement privé, dispose de musées, de bibliothèques et d'auditoriums répartis dans Lisbonne, et de délégations à Londres et à Paris.

À Lisbonne, le siège et musée de la Fondation se trouve dans le centre-ville, au cœur d'un jardin public exubérant situé à côté de la Praça de Espanha, au bord d'un étang paisible.

L'édifice, daté de 1969, a les lignes sobres de l'architecture caractéristique du Mouvement moderne : grandes structures en béton armé, acier laminé, vastes surfaces de verre… Le tout organisé en plans qui se recoupent les uns les autres. À l'entrée du siège, on peut voir une statue de Gulbenkian lui-même, tranquillement assis sur un piédestal en marbre, à l'ombre d'un gigantesque faucon en béton. Fortuit et majestueux, si on peut dire.

Danny s'assit à côté de la statue de Gulbenkian. Tous les deux formaient un couple étrange. Elle leva la tête vers le soleil, cherchant ses rayons. On aurait dit une simple touriste s'accordant une petite pause.

— On n'entre pas ? demandai-je.

— Non. On va attendre que quelqu'un sorte.

— Qui ?

— Un homme appelé Gaetano Rosa. Le conservateur du musée de la Fondation.

— On a rendez-vous avec lui ?

— Il ne sait pas qu'on l'attend, et s'il le savait, il sortirait sûrement par la porte de derrière – Danny s'interrompit, puis, avec l'air de quelqu'un qui en a déjà trop dit, elle reprit : Gaetano est une vieille connaissance. Il contrôle une branche mineure de la mafia portugaise qui opère ici et en Espagne. Sa spécialité, c'est le trafic.

— D'art ?

— De femmes, surtout. Il contrôle un réseau de bordels à Lisbonne, constitué de femmes capturées par les mafias de l'immigration clandestine… Mais il se trouve que notre ami Rosa est un esprit raffiné : le trafic d'œuvres d'art est sa vraie passion ; il voudrait bien s'y consacrer entièrement, mais c'est la prostitution qui lui fait gagner de l'argent.

Je me demande ce qui me scandalisa le plus, la détestable occupation de ce Gaetano Rosa ou l'absence totale d'émotion de Danny, comme s'il ne s'agissait pas d'un trafic de femmes mais d'un innocent apiculteur.

— Cet homme est conservateur dans un musée ?

— Une couverture qui en vaut une autre… Quelque chose te tracasse ? Je peux te demander quoi ?

— Je n'aime pas avoir affaire avec des voyous, même s'ils ont un esprit raffiné. Ce type devrait être derrière les barreaux.

— Sans doute, mais en ce cas, nous perdrions un de nos meilleurs informateurs au Portugal.

— Vous le protégez en échange de ses informations, l'accusai-je.

— Nous ne le protégeons pas, nous ignorons simplement une partie de ses activités – Danny soupira. Que veux-tu que je te dise ? Que le trafic de femmes est horrible ? Certainement. Il y a longtemps qu'on aurait dû retrouver le corps de ce porc dans un fossé. Tu te sens mieux maintenant que tu sais que je ne le trouve pas sympathique ?

— J'aimerais pouvoir afficher le même cynisme.

Danny me regarda durement.

— Où crois-tu être, Tirso ? Nous ne sommes pas des justiciers, nous sommes des voleurs payés par l'État. Si ce que tu voulais c'était lutter contre le crime et protéger le faible, tu n'aurais pas dû accepter la proposition de Narváez. La police a toujours besoin de gens.

— Je le sais… Sauf que c'est difficile de s'adapter à un travail qui met à l'épreuve mon éthique jour après jour.

— Bienvenue dans les égouts. Il vaudrait mieux que tu t'habitues aux odeurs avant d'étouffer à force de retenir ta respiration.

— Que fait-on quand ce Rosa apparaît ?

— Tu le prends en filature.

— Moi ?

— Oui, toi : tu es mon ombre, donc tu m'obéis.

— Je n'ai jamais suivi personne.

— Tu n'as qu'à lui emboîter le pas et t'arranger pour qu'il ne te voie pas. Tu trouves cela si compliqué ? Tu ne le quittes pas des yeux tant que je ne t'ai pas appelé.

— Et si je le perds ?

— Tu ne le perdras pas, crois-moi.

J'aurais aimé en être aussi sûr. J'étais de plus en plus nerveux. Je pensais que ce genre d'activité exigeait un entraînement préalable, que je n'avais pas eu. J'étais la proie d'une sensation désagréable qui m'enlevait toute envie de continuer la conversation.

Au bout de quelques minutes, Danny attira mon attention sur un homme qui venait de sortir de la Fondation. On aurait dit un type normal, rien à voir avec l'image du mafieux qui m'occupait l'esprit : la quarantaine, brun, grand, belle allure, veste bleue et pantalon noir. Le genre de personne sur laquelle on ne penserait pas à se retourner.

— Le voilà, dit Danny. Suis-le.

— Que dois-je faire s'il monte dans une voiture ?

Elle claqua la langue, agacée.

— Il ne va pas monter dans une voiture. Allez, grouille-toi, sinon tu vas le perdre.

Elle me poussa pour que je prenne mon bonhomme en filature. Je fus bien obligé d'obéir.

Je pressai le pas et restai à distance prudente de Rosa. Il marchait d'un air distrait, apparemment sans se douter qu'il était suivi. J'essayais aussi de marcher d'un air naturel. Finalement, c'était plutôt simple.

Je suivis Rosa un bon moment sur l'avenue de Berna, puis il s'engagea dans des ruelles, comme s'il errait sans but. De temps en temps, il s'arrêtait devant une vitrine, ce qui m'obligeait à m'arrêter brusquement et à feindre de contempler une affiche ou de rattacher un lacet.

Rosa déambula dans les rues et les avenues pendant un temps qui me parut trop long. On aurait dit qu'il s'accordait une promenade. Il acheta un journal dans un kiosque et se dirigea vers un vaste jardin public. Il s'assit sur un banc au soleil et se mit à lire. Je me postai près d'un arbre, à quelques mètres de lui, feignant de regarder un musicien des rues qui jouait du saxophone.

Au bout d'une dizaine de minutes, Rosa cessa de lire son journal et reprit sa promenade. Il s'engagea dans une zone peuplée d'arbres, qui entourait un pavillon abandonné. Il passa derrière le pavillon, moi aussi, en me hâtant pour ne pas le perdre.

En tournant le coin du bâtiment, quelqu'un m'attaqua par-derrière et m'immobilisa les poignets. Je sentis une forte odeur de sueur et de vieux vêtements, tandis que des mains moites me tordaient le bras douloureusement. Quelque chose de pointu s'imprima dans mes côtes.

Je n'en revenais pas d'une telle malchance : agressé lors de ma première filature. Danny serait furieuse.

Je croyais que mon ennemi allait fouiller dans mes poches et prendre mon portefeuille, mais il resta immobile et silencieux. À ce moment-là, mon objectif réapparut, à l'angle du pavillon abandonné.

Je commençais à comprendre que ce n'était pas une simple agression.

— *O que temos aqui ? Um batedor de carteiras ou algo mais serio ?* demanda Rosa.

Mon agresseur trouva mon portefeuille. Il le prit sèchement et le lança à Rosa, qui l'attrapa au vol. Ce dernier y trouva ma carte d'identité

— Tirso Alfaro… Un *viado* espagnol. Je ne vais pas te demander pourquoi tu me suivais, j'en ai rien à foutre, mais laisse-moi te donner un conseil : la prochaine fois, applique-toi.

Rosa fit signe à l'homme qui était derrière moi. Je reçus un coup de poing sur la tête, si violent que je me retrouvai par terre. Mon agresseur se planta devant moi et me releva en m'attrapant par la taille. C'était un homme d'au moins deux mètres, aussi noir que ma propre vision de cette situation.

Le Noir s'adressa à Rosa :

— *O que eu faço com isso ?*
— Donne-lui des raisons de ne pas suivre les gens.

Le géant m'envoya un coup de poing à l'estomac. Je tombai à genoux, des larmes de douleur dans les yeux.

— Laisse-le tranquille, Gaetano, c'est son premier jour, entendis-je.

J'ouvris les yeux et vis Danny. Elle était derrière Rosa et appuyait la pointe d'un couteau sur son cou.

— *Merda… Pesquisadores*, grogna Rosa.

Il fit signe au Noir de me laisser.

— Ça va, Tirso ? demanda Danny.

Je ne pus qu'agiter la main en me relevant, suffoquant. Je n'avais pas encore retrouvé mon souffle.

— Danny…, dit Rosa en humant l'air. *Manifesto* d'Yves Saint Laurent… Toujours fidèle à ton parfum. Je suis ravi de te voir.

— Certainement, dit-elle sans le lâcher. Tu vas laisser mon ombre tranquille, ou dois-je te faire sauter la pomme d'Adam pour t'en convaincre ?

— Je t'en prie, nous sommes entre amis… – Danny écarta son couteau, et Rosa se tourna vers elle avec un sourire de séduction qui n'avait rien d'aimable. Je ne comprends pas d'où te vient cette hostilité : si tu voulais qu'on se voie, tu n'avais qu'à m'appeler. Je connais un merveilleux restaurant à Alfama…

— J'adorerais, mais tu deviens insaisissable quand il s'agit d'organiser un rendez-vous. Si je ne te connaissais pas, je croirais que tu veux nous éviter.

— Loin de moi une telle idée, ma chère. Ce jeu des guets-apens me semble un peu tordu… Était-ce vraiment nécessaire ?

— Vu le résultat, je répondrais par l'affirmative. Je te trouve exactement à l'endroit que je voulais.

— Vraiment ? Où cela ?

— Seul, et obligé de répondre à mes questions.

— Charmante attention. Mais j'espère que ton collègue ne va pas s'offenser que tu l'aies utilisé comme appât.

J'aurais pu lui faire du mal, et rien ne m'aurait chagriné davantage.

— Ne t'inquiète pas pour lui : c'est un nouveau.

— Ça, tu n'avais pas besoin de me le dire – Rosa soupira et défroissa sa veste d'un air digne. Bon, je suppose que la fuite n'est pas une solution.

— C'en est une si tu veux rentrer chez toi avec un bras cassé. Tu sais que j'en suis capable.

— J'ai toujours pensé qu'une femme qui sait se battre en corps à corps manque tragiquement de féminité… Quel dommage, Danny : belle comme tu es, et tu sais si bien te comporter dans des circonstances moins violentes !

— Prends garde, Gaetano. Je suis fatiguée et je veux régler ça vite, d'une façon ou d'une autre.

Rosa ouvrit les mains, dans une attitude conciliante.

— D'accord, d'accord… dis-moi donc ce que tu veux. Sacrés quêteurs ! Quand cesserez-vous d'être un mal de tête permanent ?

— La vente privée de la Fondation Gulbenkian, où va-t-elle avoir lieu ?

— Ce n'est que ça ? Mon Dieu ! Je croyais qu'il s'agissait de quelque chose d'important. Elle aura lieu vendredi, au palais de Venturosa, près de Sintra. Je serais ravi de t'y emmener, mais l'assistance est très restreinte : pas de criminels.

— J'imagine qu'avec toi la coupe est pleine… Comment puis-je obtenir une invitation ?

— Tu ne peux pas, je viens de te le dire.

— Mais toi, tu y seras.

— Je suis un membre de la Fondation, bien sûr que je suis invité.

— Parfait. Je vais te dire une chose : ce jour-là tu seras au lit, une sale grippe… Tu sais combien le climat est perfide, dans cette ville. Et comme tu ne pourras pas y être, tu n'auras aucun problème pour me refiler ton invitation : l'un d'entre nous sera ravi de combler ton absence.

— J'ai une santé de fer, ma jolie, pourquoi devrais-je tomber malade ?

— Parce que ta santé va se dégrader considérablement s'il nous prend la fantaisie d'informer la police portugaise sur certains établissements récréatifs pour hommes.

Rosa eut une grimace de dépit.

— Ce n'est pas très élégant de ta part de ressortir cette affaire… D'accord : je vous envoie mon invitation à votre nid pouilleux, mais je te préviens qu'elle ne vous servira à rien, car elle est à mon nom.

— C'est à nous de régler ça.

— Bien entendu. Autre chose ? Cette conversation commence à me fatiguer.

— Rien de mon côté. C'est toujours un plaisir de discuter avec toi, Gaetano.

Rosa ne répondit pas. Il fit un signe au Noir et ils s'en allèrent tous les deux, chacun de son côté. Danny s'approcha de moi.

— Rien de cassé ?

— Rien, à part mon orgueil. C'est vrai que tu m'as utilisé comme appât ?

— Ne te vexe pas, Tirso, mais il faudrait que je sois folle pour confier une filature à un nouveau. J'étais sûre que Gaetano te repérerait, mais je voulais que tu monopolises l'attention de son garde du corps pour que je puisse l'approcher sans anicroches. Il est impossible de le voir seul.

— Pourtant, on dirait que ce n'est pas la première fois que vous vous rencontrez, dis-je, méfiant.

— Ça, mon petit, ça ne te regarde pas – elle me gratifia d'un demi-sourire ; je crus y détecter une nuance plus chaleureuse qu'à son habitude. Tu as très bien commencé.

Tu sais encaisser les coups… C'est peut-être ça, ton talent particulier.

Je ne pus discerner si elle parlait sérieusement ou si elle plaisantait.

On partit retrouver Labulle au nid, et le mettre au courant. Le nid de Lisbonne était dans une ruelle bordée d'immeubles étroits et vieillots.

Dans l'entrée régnait une forte odeur de poisson. Le nid était au cinquième étage, sans ascenseur. En montant, on vit deux chats qui somnolaient sur les paliers.

Au dernier étage, Danny sonna à la porte de gauche. On entendit un bruit de verrou et Labulle apparut.

Je fus surpris de le voir sans le costume sombre qu'il portait avec tant d'élégance au Caveau. Il portait un simple jogging avec l'insigne d'une équipe de rugby, un jeans et des baskets Converse. Il semblait sortir tout droit d'une équipe universitaire. Le nid était un simple studio, avec cuisine et salle de bains. Des taches d'humidité prospéraient dans les angles. Le maigre mobilier semblait sur le point de tomber en poussière. Sur une chaise, je vis un cendrier contenant les mégots de plusieurs pétards.

— Foyer, doux foyer…, dit Danny. J'avais oublié à quoi ressemblait ce trou – elle huma l'air ; on percevait une légère odeur de tabac, mais pas vraiment celui qu'on vend officiellement. Danny regarda Labulle : Tu as déjà marqué ton territoire ?

— Juste pour ne pas mourir d'ennui en vous attendant. L'inactivité me tue. J'espère que tu as trouvé quelque chose.

— Oui, nous avons trouvé, répondit-elle en insistant sur le pluriel. La vente aura lieu à Venturosa. C'est un palais non loin de Sintra. Tu connais ?

— Comment veux-tu ! Il y a des dizaines de palais autour de Sintra. On dirait une saloperie de cauchemar à la Walt Disney – Labulle prit un paquet froissé de Camel sur le lit et se colla une cigarette entre les lèvres. En l'allumant, il grommela : Comment s'est comporté le bizuth.

— Plutôt bien. Il est très obéissant.

— Au moins, c'est un progrès, dit-il en soufflant une bouffée. Nous connaissons le où. Il nous reste à définir le comment.

— On appelle le vieux ?

— On ne va pas le déranger pendant sa sieste. Il faut d'abord en savoir plus sur ce palais. Bizuth…

Je ne compris pas tout de suite qu'il s'adressait à moi.

— Oui ?

— Tu connais Lisbonne ?

— Assez bien. J'y suis venu il y a quelques années avec le programme Erasmus.

Labulle eut un sourire sarcastique. Je crus reconnaître un des sourires de Danny.

— Bien. J'espère que tu resteras sobre assez longtemps pour apprendre à te déplacer dans la ville : tu connais la bibliothèque de l'Armée ? Elle est à Alfama, à côté du monastère San Vicente de Fora.

Je lui confirmai que je connaissais le coin – il hocha la tête.

— Demain à la première heure, tu y vas, et tu cherches tout ce qu'on peut trouver sur ce palais. Un plan serait le bienvenu.

— Tu veux que je l'accompagne ? demanda Danny.

— Non. Marc et toi, vous tenterez votre chance à la Bibliothèque nationale. Pendant ce temps, Tesla va faire des recherches avec ses appareils. Moi, je vais fouiller les archives du palais Centeno.

Le palais Centeno est le siège de l'Université technique de Lisbonne, où se trouve la faculté d'architecture. J'étais sûr que Labulle y trouverait un tas de choses utiles, tandis qu'on me condamnait à perdre mon temps dans des archives militaires poussiéreuses, mais je m'abstins de tout commentaire. Les ombres ne discutent pas les ordres.

Labulle mit fin à la rencontre. Je partis. Danny resta pour, dirent-ils, discuter de certains dispositifs d'action.

En descendant, je m'aperçus que Labulle ne m'avait pas dit ce que je devais faire si je découvrais quelque chose d'important sur ce palais. Je fis demi-tour et remontai au dernier étage.

Arrivé devant le nid, j'entendis la voix de Labulle. Les portes de ce gourbi devaient avoir la consistance du papier mâché, car sa voix était aussi nette que si j'avais été à côté de lui.

— Je déteste ça, petite…

Je me figeai.

(Petite… ?)

Écouter des conversations m'avait déjà apporté bien des déceptions, mais je ne pus m'empêcher de recommencer. Cette voix ne ressemblait pas à celle de Labulle, on aurait dit un homme beaucoup plus jeune, plus fatigué, et surtout, plus faible.

— Pourquoi ? Tu te débrouilles très bien. Tu te débrouilles toujours très bien.

La voix de Danny avait aussi un accent différent. Moins froide, moins distante que d'habitude.

— Quand même, je déteste ça. Je n'aime pas faire le boulot du vieux. Ce n'est pas mon style. Je suis bon pour exécuter des ordres, pas pour planifier.

— Narváez a confiance en toi plus qu'en aucun autre d'entre nous.

— Oui. Je le sais. Mais le vieux n'a pas toujours raison.

Pendant un moment, je n'entendis rien d'autre. Sauf quelques bruits, des frôlements. Soudain, la voix de Labulle, très faible, presque un soupir. Comme celle d'un enfant sans défense.

— Quoi qu'il arrive, tu seras toujours à mes côtés, n'est-ce pas, ma petite ?

— Toujours. N'en doute pas.

La conversation devenait trop intime pour continuer de l'écouter. En silence, mais aussi vite que possible, je m'éclipsai.

L'église San Vicente de Fora domine le quartier d'Alfama comme une cerise baroque sur un gâteau de ruelles, lesquelles ont conservé la disposition chaotique de l'époque musulmane.

Non loin de là se trouve la bibliothèque de l'Armée, dans un petit édifice qui surgit comme par surprise au coin d'une placette pavée, au bout d'un labyrinthe de côtes invraisemblables.

Je m'y présentai à la première heure du matin, le sommeil encore collé aux paupières. J'étais le seul visiteur de la bibliothèque. Le Corps national des quêteurs m'avait fourni (comme à tous ses membres) une carte de chercheur délivrée par l'EUA*, dont je me servis pour mener à bien ma tâche sans encombre.

Un aimable bibliothécaire se montra ravi de distraire sa matinée en m'offrant son aide. Je lui demandai tout ce qu'il pouvait avoir sur le palais de Venturosa, sans grand espoir d'obtenir des résultats.

J'eus une chance inattendue : le palais de Venturosa avait été transformé en caserne à l'époque de la Guerre libérale, entre 1828 et 1834, en sorte que les archives de la

---

* European University Association. L'Association des universités européennes.

bibliothèque possédaient beaucoup d'informations sur le bâtiment. Je passai ma matinée à les étudier à fond.

Le palais avait été bâti dans les années 1740 sur les plans de Joao Frederico Ludovice, architecte d'origine allemande et de formation italienne. Quand on analysait en toute objectivité les excès baroques du palais de Venturosa, on avait du mal à imaginer un Allemand concevant une telle frivolité.

Ludovice avait déjà dessiné pour le roi Juan V le palais-couvent de Mafra, un ouvrage de plus grande envergure et aussi débridé que Venturosa. Peu après, le monarque avait eu une embolie qui lui paralysa la moitié du corps. Rien ne prouve que la conception du palais de Mafra et l'embolie de Juan V aient un rapport, mais la coïncidence est frappante.

Quoi qu'il en soit, la cour de Lisbonne fut contrainte de soustraire le monarque à la vie publique : il n'était pas digne que le roi préside le Conseil des ministres, la bave aux lèvres et la bouche de travers.

Le ministre brésilien Alexandre de Gusmao se chargea de tenir les rênes du gouvernement pendant qu'on cherchait pour le mélancolique monarque une résidence adaptée à sa retraite forcée. L'architecte Ludovice fut chargé des plans du nouveau palais.

On le construisit à Venturosa : assez loin de la capitale pour qu'on ne voie pas trop souvent le roi, mais pas au point de ralentir les travaux du gouvernement qui devait soumettre les décrets à la signature royale. Après la mort de Juan V, le palais fut parfois utilisé pour loger un visiteur étranger de renom. En 1830, dans le contexte de la guerre civile portugaise, les armées absolutistes du roi Michel Ier transformèrent le palais en caserne. Il fut sérieusement endommagé par les affrontements et, en 1834, à la fin de la guerre, le palais fut abandonné. Au XXe siècle, l'édifice n'était plus qu'une carcasse, jusqu'à ce que la Fondation Gulbenkian le rachète et le restaure, afin d'y proposer des activités de caractère culturel et d'ouvrir ses dépendances au public.

Parmi les dossiers consultés à la bibliothèque de l'Armée, je trouvai un livre écrit par un architecte militaire du nom de Fernando Severim. C'était un volume édité en 1875, qui contenait plusieurs plans du palais, assez détaillés, exactement ce que Labulle m'avait demandé la veille. Je demandai au bibliothécaire l'autorisation de scanner quelques pages et, quand j'eus terminé, je reçus un texto sur mon portable.

Viens au nid. Maintenant. L.

C'était l'heure de manger et j'avais très faim, mais l'ordre était sans équivoque. Je quittai la bibliothèque et me dirigeai vers le nid, pas très loin de là. Labulle et Tesla y étaient déjà. Labulle m'ouvrit. Il ne portait toujours pas son costume sombre, mais sa tenue était plus soignée que la veille. Tesla était assis sur le lit, son ordinateur portable sur les genoux. Il y avait des emballages ouverts avec le logo d'un restaurant chinois sur la table, à côté du lit.

— Entre, me dit Labulle. Si tu n'as pas encore mangé, je crois qu'il reste un peu de poulet *kung pao*.

Ce que contenaient les emballages ne sentait pas très bon, aussi déclinai-je son offre. Labulle me demanda si j'avais trouvé quelque chose à la bibliothèque de l'Armée et moi, très satisfait, je lui remis le *pen drive* avec les plans scannés du palais. Tesla les ouvrit sur son ordinateur.

— Bon travail, Tirso, me dit Tesla. Ça va beaucoup nous aider.

— Tu peux tirer quelque chose de ces plans ? demanda Labulle.

— Sûrement. Nous avons encore deux jours pour nous préparer. J'irai à Sintra cet après-midi pour reconnaître le terrain.

— Bien… Tu as la connexion ?

— Bientôt.

Labulle m'expliqua que Narváez allait rentrer en contact avec lui, et il voulait que je sois présent.

Quand les quêteurs étaient sur le terrain, Narváez les contactait rarement, hormis quelques textos laconiques. Si le vieux voulait parler à Labulle, c'était sûrement important.

Pour entrer en contact avec le Caveau, les quêteurs utilisent un système de vidéoconférence qui ressemble à celui de l'armée, avec le même satellite que l'armée espagnole. Ils appellent cela le "piratage des collègues en uniforme". L'état-major n'a pas l'air conscient que le CNQ parasite ses signaux.

— Ça y est, annonça Tesla. Nous avons nos gars de Madrid…

Il déplaça l'ordinateur pour nous montrer l'écran : l'image montrait Narváez dans la salle de réunion du Caveau.

— Je vous vois enfin, dit Narváez en guise de bonjour. Pourquoi avez-vous mis si longtemps ?

— Désolé, répondit Tesla. J'ai eu du mal à pirater un signal de réseau efficace. Il n'y avait pas beaucoup de choix.

— Vous êtes au nid ? demanda Narváez. Mais c'est un vrai taudis… Je croyais que nous en avions acquis un nouveau à Lisbonne l'an passé.

— J'ai bien peur que tu confondes avec Paris, répondit Labulle. Nous utilisons toujours le même trou qu'au temps où tu faisais tes classes.

Narváez esquissa une grimace qui pouvait ressembler à un sourire.

— Je vois. J'espère que le restaurant du bout de la rue est toujours ouvert. Ils servaient la meilleure soupe de poissons de toute la ville.

— Tu veux que je demande au bizuth d'aller vérifier ?

— Tirso est avec toi ? demanda Narváez en me cherchant du regard. Bien, ne perdons pas de temps. Enigma vient d'intercepter une communication importante de la division du patrimoine historique de la Garde civile. Orlando Loureiro Acosta a été repéré à Lisbonne. Il semble sur le point de conclure une vente d'antiquités volées avec un acheteur anonyme.

— Merde…, grommela Labulle. La police portugaise ne peut pas s'en charger ? On ne va quand même pas faire leur boulot.

— Acosta a encore son passeport diplomatique vénézuélien et ni la Garde civile ni la police portugaise ne peuvent intervenir pour empêcher cette vente. Il faut une initiative rapide et expéditive, et aujourd'hui même.

Labulle eut un soupir contrarié.

— Soit… Sait-on au moins où la vente aura lieu ?

— Non, mais la division du patrimoine sait où Acosta est logé à Lisbonne. Enigma va vous envoyer l'adresse par mail. C'est sans doute là qu'Acosta conserve les pièces qu'il a l'intention de vendre – Narváez marqua une petite pause. Je sais que ce n'est pas le meilleur moment, mais n'oubliez pas que ce travail relève aussi de notre compétence.

— Je le sais, je le sais… Nous ferons de notre mieux.

— Labulle, tu t'en charges. Tu connais Acosta, tu sais donc comment t'y prendre. Emmène Tirso comme ombre.

— Je préfère m'en occuper seul. Acosta peut être dangereux s'il se sent acculé.

— Ce n'est pas une suggestion, Labulle. Tu emmènes une ombre. Les nouveaux quêteurs doivent apprendre à mener les opérations d'interception, et c'est l'occasion rêvée. Que les autres continuent de s'occuper du Masque.

— Pourquoi Tirso et pas Marc ? demanda Labulle, sans se soucier de savoir si cette question pouvait m'offenser.

— Tirso sera ton ombre, et je n'ai rien d'autre à ajouter sur cette question. J'espère que tu n'as pas oublié comment se plier à un ordre.

Labulle encaissa le savon avec résignation. Narváez prit congé et coupa la communication.

— Formidable, grogna Labulle en glissant une cigarette entre ses lèvres. On vient de me nommer la foutue nurse des bizuths…

Tesla m'adressa un regard plein de compréhension, mais n'osa rien dire. Moi non plus : Labulle avait l'air passablement en colère. Il tira deux ou trois bouffées de sa cigarette et l'écrasa dans le cendrier.

— J'espère que tu seras capable d'ouvrir l'œil et de la boucler. Nous partons en chasse, et je ne veux pas qu'un voyeur effarouche le gibier.

Tesla ricana discrètement, entre ses dents.

7

ACOSTA

À la tombée de la nuit, on quitta le nid, Labulle et moi. Je le suivis jusqu'au monospace avec lequel Danny était venue. Cette fois aussi, je dus prendre le volant. L'adresse qu'Enigma nous avait envoyée était celle d'un immeuble de la Rua Áurea, près de l'ascenseur de Santa Justa, une imposante structure métallique décorée de motifs gothiques qui défie les lois de la pesanteur, entre les quartiers du Chiado et de la Baixa Pombalina. Notre destination était un immeuble décati du xixe siècle dont la façade était recouverte d'azulejos.

Labulle s'était retranché dans un silence taciturne tout au long du trajet. Arrivé à la Rua Áurea, il me dit de prendre une rue latérale, parallèle à l'ascenseur. Je me garai.

— Que faisons-nous, maintenant ?

— Rien. On attend la nuit.

— Cet Orlando Acosta… qui est-ce ?

— Loureiro – corrigea Labulle. Orlando Loureiro Acosta. C'est un trafiquant d'antiquités. Particulièrement insaisissable. Officiellement, il est conseiller culturel au consulat du Venezuela à Barcelone, mais c'est une couverture. Depuis des années, il se livre à la vente illégale de pièces archéologiques. Il doit avoir des amis haut placés dans son pays, car lorsque le gouvernement du Venezuela reçoit une plainte le concernant, on le change simplement d'affectation. La dernière fois qu'on s'est retrouvés face à face, il était attaché de presse au consulat du Venezuela à Bilbao.

— Tu le connais ?

— Oh que oui ! Et il se souvient sûrement de moi. J'en ai marre de le remettre sans arrêt à sa place.

— Tu as dit à Narváez qu'il pouvait être dangereux…, rappelai-je, essayant de dissimuler mon inquiétude.

— Plutôt imprévisible – Labulle me regarda. Fais tout ce que je te dirai et tout se passera bien. Avec un peu de chance, nous en aurons fini avec cette merde avant le dîner.

On regardait par la fenêtre, chacun de son côté. Le quêteur alluma la radio et parcourut les chaînes. Il s'arrêta sur une émission musicale qui donnait *Spanish Bombs*, des Clash.

Après avoir écouté deux grands succès du punk britannique, alors que la nuit nous enveloppait peu à peu, Labulle éteignit la radio et descendit de voiture. Je l'imitai.

Nous nous dirigions vers le porche de l'immeuble couvert d'azulejos.

— Il nous faudrait une clé pour entrer.

— Sans doute, dit Labulle.

Il sortit de la poche de son pantalon une petite clé qu'il introduisit dans la serrure. Puis, d'un geste bref, il donna un petit coup sec sur la partie arrière et tourna. La porte s'ouvrit.

— Comment as-tu fait ? demandai-je, étonné.

Il me donna la clé qu'il venait d'utiliser.

— On appelle ça une *bumping key*. Comme tu vois, toutes les dents sont coupées aussi à ras que possible. Avec ce petit bout de métal, tu peux forcer presque toutes les serrures à tambour. Il faut seulement un peu d'adresse – je voulus lui rendre l'objet, mais il refusa. Garde-la. J'en ai des dizaines. Toi-même, tu pourrais t'en fabriquer une à partir d'une clé normale, avec une lime et une bonne dose de patience.

L'intérieur de l'immeuble avait plus belle allure que l'extérieur. Le porche était ancien, mais bien entretenu, il avait un air presque seigneurial. On prit l'ascenseur jusqu'au dernier étage.

Il y avait deux portes sur ce palier. Labulle inspecta la serrure de celle de droite.

— Encore une Yale à tambour, murmura-t-il. Pourquoi s'obstine-t-on à me rendre les choses aussi faciles.

Labulle m'apprit à utiliser ma clé *bumping*. C'était étonnamment simple, il fallait un peu d'adresse pour tourner la clé en même temps qu'on donnait un coup sec sur la partie arrière. J'ouvris la porte à la seconde tentative.

— Tu as vu ! m'exclamai-je, enthousiasmé. J'ai ouvert !

— Et un hourra résonna dans l'univers…, grommela Labulle.

On entra. Il n'y avait apparemment personne. Labulle alluma et inspecta les lieux, sur ses gardes.

L'appartement était grand, décoré de meubles modernes de grand luxe. L'entrée ouvrait sur un grand séjour avec cuisine américaine. Une baie vitrée côté rue occupait un mur presque entier. Une porte donnait sur une chambre, et l'autre sur la salle de bains. Tout était propre et rangé, il y avait peu d'indices indiquant que le lieu était habité.

— Reste près de l'entrée, m'ordonna Labulle. Si tu entends quelqu'un arriver, tu me préviens.

Le quêteur se mit au travail. D'abord, il inspecta la grande pièce, mais ne trouva rien qui éveille son intérêt, puis il jeta un coup d'œil dans la salle de bains et finalement passa dans la chambre. Je commençais à m'ennuyer ferme, debout devant la porte, quand j'entendis l'ascenseur s'arrêter à notre étage. Je n'eus pas besoin de prévenir Labulle : lui aussi l'avait entendu.

J'étais indécis. Il posa l'index sur les lèvres et m'indiqua d'un geste le comptoir de la cuisine américaine. Je compris qu'il voulait que je m'y cache en silence.

J'obéis. Il éteignit l'entrée et se plaça près de la porte, au moment où on entendait une clé s'introduire dans la serrure.

La porte en s'ouvrant dissimula Labulle. Derrière le comptoir de la cuisine, je pus jeter un coup d'œil sur le nouveau venu, un homme d'âge moyen, veste et pantalon blancs, chemise noire. Il avait la peau sombre et des traits métissés. Ses cheveux gominés brillaient à la lueur des réverbères de la rue.

Je passai en revue chaque membre de mon corps, comme si j'étais un bloc de pierre, immobile et silencieux, et je retins mon souffle.

L'homme laissa tomber ses clés sur un meuble et referma sans regarder derrière lui, donc sans voir Labulle. Il se dirigea vers la salle de bains. Mais au moment d'y entrer, il s'arrêta net.

De ma cachette, je compris pourquoi : la grande baie projetait la lumière de la rue de telle façon qu'elle dessinait l'ombre de Labulle sur la porte de la salle de bains. J'ignore si le quêteur s'en était aperçu, mais c'était le cas du nouveau venu.

Qui n'apprécia pas du tout.

— C'est quoi, ce truc… ? s'exclama l'homme.

Il se retourna brusquement et, en découvrant Labulle, il eut une expression presque comique en écarquillant les yeux de surprise. Il s'empara d'un lourd cendrier en marbre posé sur la table et le jeta à la tête du quêteur. Labulle se baissa juste à temps.

Alors, l'homme le bombarda de toutes sortes d'objets, mais Labulle les évitait comme s'il avait connu leur trajectoire par avance. Quand l'homme fut à court de projectiles, Labulle s'avança. Son expression n'annonçait rien de bon.

L'homme passa la main sous sa veste et lui cria sur un ton hystérique :

— Ne bouge pas ! Je suis armé !

Labulle fit une grimace.

— Laisse-moi rigoler, Acosta. Tu n'as jamais rien porté sur toi de plus dangereux qu'un stylo.

Acosta sortit un pistolet de sa veste. Ses doigts étaient tellement crispés qu'il en avait les articulations toutes blanches. Son poignet tremblait frénétiquement. Labulle haussa les sourcils, surpris, et éleva lentement les paumes à hauteur de poitrine.

— Ça alors… J'avoue que je ne m'y attendais pas.

— Tais-toi ! cria Acosta.

Avec l'autre main, il sortit son portable de sa poche et essaya de composer un numéro.

— Maintenant, tu vas expliquer à la police comment tu t'es introduit chez moi.

— Acosta, ne sois pas idiot. Aucun de nous deux n'a envie de voir un tas de policiers venir poser des questions ici.

Acosta hésita, rempocha son téléphone et braqua son pistolet sur le visage de Labulle.

— Si tu ne pars pas tout de suite, je tire.

— D'accord, d'accord, tu as gagné – Labulle se dirigea vers la porte à reculons. Tu vois, je m'en vais. Je m'en vais.

Il fit encore deux pas et passa devant la cuisine. Là, il s'empara d'un tabouret en métal et le jeta dans les jambes d'Acosta. Le trafiquant cria et pressa la détente. Je fermai les yeux en prévision de la détonation.

Il n'y eut pas de coup de feu.

Acosta se prit les pieds dans le tabouret et tomba à la renverse. Labulle se précipita sur lui avec la vivacité d'une panthère. Il le souleva, lui emprisonna le cou dans son bras et lui confisqua son pistolet. Acosta se tortillait comme un ver accroché à un hameçon.

— Tu es un imbécile, dit Labulle en jetant le pistolet sur le canapé. Un conseil : quand tu vises quelqu'un, vérifie que le cran de sécurité est levé.

Labulle poussa Acosta sur le canapé et se planta devant lui, face à la grande baie, les bras croisés sur la poitrine et l'air menaçant.

Tassé sur lui-même, Acosta regardait Labulle, terrorisé.

— Tu n'as pas le droit de me faire ça ! cria-t-il. Je suis un citoyen du Venezuela avec un passeport diplomatique ! Aucun représentant de la loi ne peut… !

— Tu n'as vraiment pas de pot, mon ami : je ne suis pas un représentant de la loi.

D'un geste plus rapide que l'éclair, Labulle écrasa son poing sur le nez d'Acosta. Le trafiquant hurla de douleur et enfouit son visage dans ses mains.

— Mon nez ! Mon nez ! gémit-il d'une voix rauque. Enfin, merde, tu m'as cassé le nez, putain !

— Continue de crier comme ça et le prochain coup ira droit dans tes couilles… Bizuth, amène-toi.

Je sortis de derrière le comptoir. Acosta me regarda, comme un animal acculé. Il pressait son mouchoir sur le nez et avait sa chemise maculée de sang.

— Qui c'est, lui ? s'exclama-t-il.

— Un ami qui veut savoir où tu as mis la marchandise que tu veux vendre. Si tu le lui dis, tout ira bien, sinon… – Labulle fit craquer ses jointures. Bref, tu sais comment ça se passe.

— Je n'ai pas la moindre putain d'idée de ce que tu veux dire.

Labulle attrapa Acosta par une oreille, comme s'il voulait mettre son cartilage en bouillie. Et il tira dessus pour l'obliger à se lever.

— Écoute-moi bien : tu crois qu'il a envie de perdre son temps avec une ordure de ton acabit ? chuchota-t-il dans l'oreille libre.

— D'accord, d'accord ! hurla Acosta.

Labulle tordit encore plus l'oreille du trafiquant. J'entendais presque craquer le cartilage. Je craignais même qu'il ne la lui arrache.

— Dans le freezer. C'est dans le freezer ! cria Acosta.

Il avait les yeux pleins de larmes.

Labulle lâcha Acosta, qui s'effondra sur le canapé sans cesser de gémir. Le quêteur fit un mouvement de tête en direction de la cuisine :

— Va voir dans le frigo.

J'ouvris le réfrigérateur. Il ne contenait pas de nourriture : il n'y avait qu'une boîte en polystyrène, comme celles qu'on utilise dans les poissonneries. Je la rapportai à Labulle.

— Voyons ce que tu avais pour dîner…

Il l'ouvrit. À l'intérieur, il y avait trois objets enveloppés dans du plastique et deux étuis en carton en forme de tube. Labulle en ouvrit un et en sortit une carte enroulée.

— Qu'est-ce que c'est que ça ? Sapristi ! Un des Ptolémées volés à la Bibliothèque nationale en 2007… Vilain garnement… Et ça ? – Labulle ouvrit un paquet : c'était une statue en bronze qui représentait un jeune homme tenant une corne d'abondance. Et ça, d'où ça sort ? Et pas de mensonge, je m'en apercevrai.

— Je ne sais pas, je te jure…, protesta Acosta. Le mec qui me l'a vendue m'a affirmé qu'il l'avait trouvé dans les fouilles de Clunia Sulpicia. Je ne savais pas qu'elle avait été volée.

— Bien sûr…, dit Labulle – il déballa un autre objet, le contempla quelques secondes, l'air étonné, et me le donna. Tu as idée de ce que ça peut être ?

Il s'agissait d'une pièce étrange en forme de cylindre, d'une vingtaine de centimètres de long, faite d'une sorte de métal doré. En l'examinant en détail, je me rendis compte que la surface du cylindre était décorée d'encoches en forme d'écailles. À une extrémité, il y avait deux petites pierres

brillantes, vertes, et un petit trou d'où sortaient deux filaments métalliques.

— On dirait une sorte de… poisson, dis-je.

Il me semblait que le cylindre n'était pas vide. Je l'agi-
tai prudemment contre mon oreille et perçus un tintement métallique.

Acosta s'énerva soudain.

— Laissez ça ! C'est à moi. Rendez-le-moi !

Je trouvai cette réaction étrange. Il n'avait pas paru ému
quand Labulle avait examiné les autres objets, mais celui-
ci l'avait rendu très nerveux.

— Dis-moi ce que c'est et où tu l'as déniché, exigea
Labulle.

Acosta le regarda d'un air de défi.

— Tu ne sais pas qui tu affrontes, quêteur. Tu ferais mieux
d'enlever tes sales pattes de ce truc, sinon tu vas mal finir.

— À qui pensais-tu vendre tout ça ?

— À quelqu'un qui va être très en colère s'il n'obtient
pas ce qu'il désire.

— En ce cas, je crains que tu aies un problème – Labulle
se rapprocha d'Acosta, menaçant. Dis-moi qui c'est.

Le trafiquant écarta le mouchoir de son nez. Il se tordit
les lèvres : un sourire hideux couvert de sang.

— Tu veux le savoir, pauvre cloche ?

— Tu commences à me fatiguer…

Acosta ricana et dit entre ses dents :

— Tes lèvres distillent le miel, il y a sous ta langue du
miel et du lait…

Labulle le regarda, déconcerté. À cet instant je vis que
les yeux d'Acosta se tournaient une seconde vers la poitrine
du quêteur et son sourire s'élargit.

Je suivis son regard et vis sur la chemise de Labulle un
petit point rouge. Petit et lumineux.

— Attention ! criai-je.

Je poussai Labulle d'un coup d'épaule et au même instant une vitre vola en éclats.

Labulle et moi, on tomba par terre. J'entendis le quêteur pousser un gémissement et soudain le mur derrière nous fut saupoudré d'impacts de balles. Acosta se mit à rire comme un fou tandis que la fenêtre s'émiettait en pluie de verre brisé.

J'attrapai Labulle par son col de chemise et on se réfugia derrière le comptoir de la cuisine. Le quêteur pressa son épaule imprégnée de sang. Acosta sauta du canapé et quitta précipitamment l'appartement. Le quêteur avait le visage déformé par une grimace de douleur.

Au-dessus de nos têtes, un pichet en porcelaine explosa.

Je m'aperçus que j'avais encore cet étrange cylindre en forme de poisson dans la main. Je le glissai dans ma poche.

J'avais une respiration hachée. On aurait dit que mon cœur voulait trouer ma poitrine de force et s'échapper. Je me tournai vers Labulle.

— Ça va ?

— Ah, merde…, grogna le quêteur entre ses dents – il avait le front perlé de sueur et du sang sur ses vêtements. Que se passe-t-il ?

— Il y a un franc-tireur… Je crois qu'il est dans l'immeuble d'en face, balbutiai-je – voyant que le visage de Labulle virait au gris, je pris peur. Regarde-moi… Labulle… Regarde-moi ! Ça va ?

Il fit un effort pour me fixer :

— Il faut partir d'ici immédiatement, bizuth.

— Il a un viseur laser. S'il le braque sur nous, on le verra. Il faut seulement courir jusqu'à la porte et…

— Non. Je ne peux pas le voir.

— Quoi ?

— Je ne peux pas voir ce putain de point rouge ! Il faut trouver autre chose.

Soudain, j'étais paralysé. Le quêteur avait une sale mine : la balle n'avait pas touché l'épaule, comme je le croyais, mais le haut de la poitrine. Il perdait beaucoup de sang.

J'eus une réaction stupide.

— Pars en courant dès que je me serai lancé, dis-je.

Avant que Labulle ait pu répliquer, je sortis de derrière le comptoir et me précipitai vers la salle de bains, à l'autre bout de l'appartement. Au moment où j'y entrais, une balle s'incrusta dans le chambranle. Je risquai un œil, en espérant que Labulle avait compris mes intentions.

Soulagé, je vis le quêteur se traîner aussi vite que possible vers la porte d'entrée. J'avais réussi à détourner l'attention du tireur, mais il fallait encore que je sorte de cet endroit sans encaisser une balle en souvenir.

Le diabolique point de mire, rouge et brillant comme une goutte de sang, était toujours posé sur le chambranle, attendant que je sorte. Cela me permettait au moins de savoir où le tireur visait.

Je songeai que s'il avait besoin d'un pointeur laser, c'est qu'il n'était pas sûr de sa propre adresse, aussi décidai-je d'utiliser ce défaut à mon avantage : j'allais devenir une cible mouvante.

Quelques mètres séparaient la salle de bains de la cuisine. Je sortis de la salle de bains comme une fusée et m'abritai derrière le comptoir. Une balle arracha un bout de mur, sur mon passage.

Je gonflai mes poumons, comptai jusqu'à trois et quittai ma cachette en direction de l'entrée. Une autre vitre explosa et une balle passa si près de ma tête que j'entendis siffler l'air. Par chance, je ne m'étais pas trompé : notre agresseur n'était pas bon sur les cibles mobiles.

Je sortis de l'appartement. Labulle était assis par terre, sur le palier. Son visage était pâle comme la lune et il avait une respiration entrecoupée. Le côté droit de sa poitrine était couvert de sang.

Je me penchai et l'aidai à passer le bras autour de mes épaules. Je le redressai et nous quittâmes ce lieu aussi vite que nos mouvements nous le permettaient.

Sauvés, provisoirement.

J'installai Labulle dans la voiture. Mon idée était de filer au dispensaire le plus proche, mais à coup sûr les médecins voudraient savoir pourquoi le patient avait une blessure par balle. Ce ne serait pas facile de la faire passer pour un accident domestique.

— Pas l'hôpital, souffla le quêteur, confirmant mes réticences – articuler un mot lui demandait beaucoup d'efforts. Appelle Danny. Vite.

Je m'exécutai. Je lui expliquai ce qui s'était passé le plus calmement possible. Elle garda son sang-froid.

— C'est grave ? me demanda-t-elle.

— Je ne sais pas… La blessure est à la hauteur de la poitrine. Et il reste conscient.

— Emmène-le à cette adresse. On s'y retrouve. Note.

C'était une rue du quartier de Moscavide, au nord de la ville, près du pont Vasco de Gama. Assez loin de l'endroit où on se trouvait.

J'ai conservé de vagues souvenirs de ces moments-là. Mon esprit n'avait pas encore compris que j'avais frôlé la mort. C'était la première fois de ma vie qu'on essayait de me tuer ; une expérience difficile à digérer, elle laisse dans l'esprit un mélange bizarre de terreur et d'excitation qu'il faut avoir vécu pour le comprendre. D'un autre côté, la vie d'un quêteur était tout simplement entre mes mains, ce qui m'aidait à rester calme.

Quand j'arrivai à l'adresse indiquée, dans le quartier de Moscavide, Danny nous attendait. À partir de ce moment-là, c'est elle qui prit les choses en main.

On était dans une petite clinique privée, dirigée par un médecin d'origine espagnole. Il ne posa aucune question quand il vit Labulle dans cet état lamentable. Ce n'était sans doute pas la première fois qu'il collaborait avec les quêteurs.

Pendant qu'il soignait Labulle, je m'assis dans une salle d'attente déserte, l'esprit vide.

Danny m'y retrouva.

— Tu as très bien agi, Tirso. Très bien. Sans ton aide, Labulle n'aurait sans doute rien pu raconter.

Je la regardai. J'étais si ahuri que je compris à peine ses propos, alors elle posa la main sur mon épaule.

— Tu te sens bien ?

— Excuse-moi… Je… Je dois…

Je me précipitai hors de la pièce, entrai dans les premières toilettes que je trouvai et je vomis tout ce que j'avais dans l'estomac.

Après quoi, je me sentis un peu plus dans la peau d'une sorte de héros.

8

VENTUROSA

Labulle passa la nuit à la clinique. La blessure était sérieuse, mais pas mortelle. La balle s'était nichée sous la clavicule, mais sans toucher aucun os ni aucun organe vital.

À l'idée que la balle lui aurait traversé le cœur si je ne l'avais pas poussé à temps, j'en tremblais encore plus que je ne m'en réjouissais.

Le lendemain de cette agression, Labulle rentra au nid, le bras en écharpe. À Madrid, Narváez voulut qu'il quitte Lisbonne, mais le quêteur insista pour poursuivre la mission. Après avoir laissé échapper Acosta, un deuxième échec avec le Masque lui aurait semblé humiliant.

Tandis que Labulle au nid dirigeait l'opération, les autres quêteurs s'appliquaient à obtenir des résultats. C'était une course contre la montre.

Le jeudi, la veille de la vente, Tesla nous convoqua, Marc et moi, à l'hôtel où il était logé, en début de matinée. Il avait l'air très satisfait.

— Que se passe-t-il ? lui demanda Marc. Il y a du nouveau ?

Tesla sourit.

— Je sais comment nous allons nous y prendre. Je sais comment nous pouvons subtiliser le Masque.

Il ne voulut rien nous expliquer. On partit tous les trois dans le monospace de location pour Sintra. Tesla voulait nous montrer l'intérieur du palais de Venturosa.

La scène du crime.

Le palais de Venturosa était une petite fantaisie baroque. En le regardant, je ne pus m'empêcher de penser à un gâteau en pierre et en stuc. C'était une construction cubique, de quatre niveaux, murs jaune pâle et fenêtres encadrées de blanc surmontées de frontons triangulaires. Le palais était au milieu d'une vaste étendue de gazon, non loin d'un petit lac.

Devant la façade principale, il y avait un parvis démesuré. Une rangée de colonnes blanches comme le sucre barrait la porte d'accès et, au-dessus d'elle, se détachait une extravagante tour hélicoïdale recouverte de boursouflures qui rappelaient des bulles de meringue. En définitive, une architecture plutôt indigeste.

Un goutte-à-goutte de visiteurs à l'air désorienté parcourait les gravillons du chemin qui reliait la route à l'accès au palais. On laissa la voiture sur le parking des visiteurs et on s'apprêta à entrer dans le bâtiment, comme de simples touristes.

Les pièces ouvertes au public avaient un air désolé. Y étaient exposés une poignée de meubles gorgés de poussière, souvent d'un style qui ne correspondait pas aux dates où le roi Jean V occupait les lieux. Outre les meubles, quelques tableaux d'artistes mineurs complétaient les fonds exposés. L'ensemble ne laissait pas une impression inoubliable, ce que confirmait le faible effectif des visiteurs.

Le circuit ouvert au public ne nécessitait pas plus de vingt minutes, d'autres salles d'expositions étaient provisoirement fermées à cause des préparatifs de la vente qui aurait lieu le lendemain.

La visite s'achevait par l'élégant salon-salle à manger. Une grande pièce dont le plafond était décoré d'une fresque de Miguel António do Amaral, qui représentait une apothéose pleine de dieux, d'allégories et d'enfants potelés. Et ailés. Comme souvent dans les apothéoses baroques, les personnages avaient l'air de se bousculer. Les vastes baies étaient beaucoup plus décoratives, offrant une belle vue sur le lac et les jardins.

Tesla nous montra une table en bois, dans un coin de la salle, sur une sorte de plateforme. Une table très simple, sans ornements, sauf ses pieds torsadés terminés par des sortes de griffes. C'était le seul meuble qui ne semblait pas être là pour occuper de l'espace.

— La clé est là, nous dit Tesla sur le ton de la confidence.

— Cette table ? dis-je. Qu'a-t-elle de spécial ?

— Je l'ai compris grâce aux plans que tu as découverts à la bibliothèque de l'Armée, répondit Tesla. Ce meuble a une curieuse histoire : le roi Juan V l'a commandée spécialement. Les pieds sont fixés à la plateforme sur laquelle elle se trouve. Là, contre le mur, il y a un mécanisme qui fait descendre la table aux cuisines, par un petit ascenseur. Maintenant, le mécanisme est électrique, mais au temps de Jean, il était actionné par un système de manivelles et de poulies, comme une sorte de monte-charge.

— Le roi a fait construire une table mobile ? demanda Marc.

— Juan était un dépressif chronique. En 1742, il fut victime d'une embolie qui aggrava sa santé mentale. Souvent, il ne supportait plus le monde autour de lui, pas même ses serviteurs. Grâce à ce système, les laquais pouvaient garnir la table à la cuisine et l'envoyer directement à l'étage de la salle à manger. Quand le roi avait terminé, il actionnait le mécanisme d'en haut et la table redescendait à la cuisine où les laquais la débarrassaient. Il y a un système semblable sur une table du château de Neuschwanstein, en Bavière, mais celui-ci est plus ancien.

— Très ingénieux, dis-je. Mais je ne vois pas en quoi cette table peut nous aider.

— Je vais vous l'expliquer, mais pas ici. Quand nous serons dans un endroit plus discret.

Il n'y avait plus grand-chose à voir à Venturosa, et on rentra à Lisbonne.

Tesla nous emmena dans une petite taverne du Bairro Alto, près de la place de Camões. Plusieurs tables étaient occupées par des étudiants bruyants, qui partageaient des pichets de bière et des bouteilles de *vinho verde* sans étiquette. Une très jolie jeune fille était attablée, seule, et buvait un verre de vin.

Elle nous regarda, me salua et enleva ses lunettes de soleil.

C'était Enigma.

Je haussai les sourcils, étonné. Tesla, Marc et moi, on s'installa à sa table.

Tesla s'excusa de son retard.

— Pas grave, dit-elle, souriante. J'ai fait un joli petit tour sur la place, j'ai dégusté un bon verre de vin… Je suis ravie d'être à Lisbonne. C'est comme de rendre visite à ses grands-parents – Enigma nous regarda, Marc et moi. Vous en faites, une drôle de tête ! Les gens sont plutôt contents quand ils me voient.

— On te croyait à Madrid, avec Narváez, dis-je.

— C'était le cas, mais une fois de plus j'ai dû venir en sauvetage – Enigma posa sur la table deux sacs qui étaient à ses pieds, et, s'adressant à Tesla, elle ajouta : Je t'ai apporté tout ce que tu m'as demandé.

— Dans ces sacs ? demanda-t-il, étonné.

— Bien sûr. Les meilleures serviettes de tout le Portugal. J'ai acheté de quoi faire un trousseau complet, et pour toi j'ai choisi celle-ci – elle sortit une petite serviette de lavabo et la donna à Tesla en clignant de l'œil. Tu pourras constater qu'avec cette serviette on efface toutes les traces qu'on veut éliminer.

Discrètement, Tesla déplia un coin de la serviette. J'entrevis qu'elle dissimulait une grande enveloppe. Tesla sourit et la glissa dans le sac qu'il portait à l'épaule, qui arborait l'insigne de Batman.

— Merci. Je me demande comment tu as pu te procurer tout cela en si peu de temps.

— Parce que je suis la meilleure. Je suis vexée que tu sois surpris – Enigma fit un mouvement gracieux de la main pour consulter sa montre. Bon, je dois vous laisser. Mon avion décolle dans trois heures.

— Tu t'en vas ? demandai-je.

J'étais étrangement peiné.

— Oui. C'était un voyage éclair. Comme le 7e de cavalerie, j'apparais, je sauve la situation et je rentre à mon Fort Lincoln personnel. Maintenant, à vous les travaux manuels.

Enigma se leva et prit ses sacs de serviettes. Avant de s'en aller, elle se tourna vers Tesla.

— Salue Labulle de ma part… Il est vraiment hors de danger ?

— Absolument… Mais d'une humeur de cochon.

— Une bonne chose. Il y a si peu de beaux hommes en ce monde que nous ne pouvons pas nous permettre de les perdre – sa voix prit un ton philosophique : La beauté est éphémère, mais éternelle la douleur de sa perte… – elle nous regarda en souriant. Belle phrase, n'est-ce pas ? Je viens de l'inventer, figurez-vous !

— Dis au vieux de ne pas s'inquiéter, nous contrôlons la situation, dit Tesla.

— Je n'y manquerai pas. Il sera ravi de l'entendre : lui aussi il est d'une humeur de cochon… L'un d'entre vous pourrait-il être assez gentleman pour m'aider à porter ces sacs jusqu'à un taxi ?

Elle posa cette question en me regardant, ce qui m'obligea à sortir avec elle, chargé de ses serviettes.

Quand nous fûmes sur la place, elle me colla un baiser sur la joue. Je fus pris au dépourvu.

— Mais pourquoi ? dis-je.

— Parce que tu es un héros, répondit-elle. Et maintenant, plus personne n'a intérêt à te traiter de bizuth en ma présence.

Son rouge à lèvres avait laissé une trace sur ma joue. Elle prit un mouchoir dans son sac et m'essuya soigneusement en me regardant dans les yeux.

— Tu as des pommettes très effilées. J'ai failli me couper les lèvres en les embrassant… – Enigma prit un ton préoccupé. Faites tous très attention, Tirso. Ce travail est beaucoup plus compliqué qu'il ne le paraissait. Narváez est inquiet.

— Nous ouvrirons l'œil. Je crois que nous avons eu notre dose d'incidents à Lisbonne.

— On ne sait jamais, mon cœur, on ne sait jamais… – elle resta pensive quelques instants. Qu'a dit Acosta quand Labulle lui a demandé le nom de son contact ?

Je ne compris pas pourquoi elle posait cette question. Mais elle était déjà au courant : c'était dans le rapport détaillé que nous avions rédigé juste après l'agression.

— Un truc très bizarre. Il a parlé de miel, et de lèvres qui distillent du lait, ou quelque chose de ce genre. Je ne m'en souviens pas bien.

— "Tes lèvres distillent le miel, il y a sous ta langue du miel et du lait… Et l'odeur de tes vêtements est comme l'odeur du Liban. Tu es un jardin fermé, ma sœur, ma fiancée. Une source fermée. Une fontaine scellée."

— C'est exactement cela.

— Tu connais ces mots ?

— Non. Je ne les avais jamais entendus auparavant.

— Ce sont des versets du Cantique des cantiques, écrit par le roi Salomon. Je me demande… pourquoi cet homme les a cités ?

— Je ne sais pas. Peut-être pour nous égarer et gagner du temps.

— Peut-être, dit-elle sur un ton neutre – et elle répéta encore : Faites attention, Tirso. Il y a quelque chose de bizarre dans tout ça, et ça m'inquiète. Les choses bizarres m'inquiètent toujours.

À ces mots, elle repéra un taxi libre qui débouchait sur la place. Elle le héla.

Je l'aidai à mettre ses sacs de serviettes dans le véhicule.

— Mon Dieu ! Pourquoi ai-je acheté toutes ces serviettes ? dit-elle.

De nouveau on se dit au revoir et le taxi démarra.

Je le regardai disparaître dans la circulation matinale de la ville et retournai au bar, auprès de mes compagnons.

Après le départ d'Enigma, Tesla nous ramena à son hôtel, Marc et moi. Dans sa chambre, à l'abri des oreilles indiscrètes, on discuta du plan qu'il avait élaboré pour récupérer le Masque.

— La vente aura lieu dans la salle où se trouve la table mécanique que je vous ai montrée. Les pièces seront entreposées dans les anciennes cuisines du palais, qui sont maintenant des dépôts sécurisés, au sous-sol. Le mécanisme sera très simple : la table de la salle à manger descend jusqu'au dépôt, on y place les lots et on actionne le mécanisme pour que la table remonte. On procède à la mise aux enchères, puis la table retourne au dépôt où on prépare le lot pour le remettre à l'acquéreur. C'est là qu'est le point aveugle.

— Dans le dépôt ? demandai-je.

— Non, au contraire : le dépôt et la salle à manger seront les espaces les plus surveillés. Je veux parler du trajet de la table entre ces deux lieux – Tesla nous monta une copie des plans que j'avais trouvés à la bibliothèque de l'Armée.

Regardez, il y a un étage entre la salle à manger et le dépôt, c'est une sorte de réserve. À cet étage, il n'y a ni caméra ni surveillance, et il est très simple d'y accéder, car il n'est pas fermé.

Je commençais à comprendre son plan.

— Tu crois que nous pourrions échanger les masques quand la table traverse cette réserve ?

— Oui… et non. Voici : les lots seront rangés et recouverts d'un drap, à la montée comme à la descente. À la vitesse où va la table, il serait impossible d'enlever le drap, de remplacer le Masque authentique par le faux, de s'assurer que le lot n'est pas déplacé et de remettre le drap.

— Il faudrait stopper la table, suggéra Marc.

— Exact. Et c'est possible. Au sous-sol, dans un couloir près du dépôt, il y a un panneau de contrôle. Si je pouvais y accéder, il serait simple de manœuvrer pour arrêter la table au bon moment.

— Tu l'as dit : si tu pouvais y accéder, soulignai-je.

Tesla prit l'enveloppe dissimulée dans la serviette qu'Enigma lui avait donnée dans la taverne. Il l'ouvrit et en sortit une carte d'identité où figurait sa photo.

— Je pourrai grâce à ça, nous dit-il. C'est un laissez-passer de l'entreprise de maintenance qui travaille pour la Fondation Gulbenkian. Demain après-midi, j'entrerai dans le palais en me faisant passer pour un électricien. Le panneau de contrôle du sous-sol est dans un endroit peu fréquenté. Je peux m'y cacher en attendant le début de la vente.

— C'est donc ce qu'Enigma t'a apporté, dit Marc.

Il examina le laissez-passer. À première vue, il avait l'air authentique.

— Pas seulement.

Tesla sortit d'autres documents de l'enveloppe et nous les montra.

Outre le laissez-passer de Tesla, il y avait une invitation à la vente aux enchères au nom d'une femme, et ce qui semblait être un ticket de parking où figuraient le nom du palais et le logo de la Fondation Gulbenkian.

— Pourquoi avons-nous besoin de tout ça ?

— L'invitation a été falsifiée à partir de celle que Gaetano Rosa nous a donnée. Grâce à elle, Danny pourra assister à la vente en tant que cliente. Ça, c'est un passe pour le parking. Toutes les voitures qui en ont un sur le pare-brise peuvent accéder à une esplanade à l'arrière du palais, où seront garés les membres du personnel du palais qui travailleront pour cette vente.

— Je comprends, dis-je. Danny s'introduira avec l'invitation, et toi avec le laissez-passer d'électricien. Que ferons-nous, Marc et moi ?

— Toi, tu utiliseras le passe du parking pour amener notre voiture derrière le palais. Tu dois y être à sept heures tapantes.

— Et moi ? demanda Marc.

— Ton rôle est très important. Tu dois mener à bien le travail qu'aurait fait Labulle s'il n'avait pas été blessé : tu seras chargé d'échanger le Masque authentique contre le faux.

— Comment vais-je entrer ? Je ne vois pas d'autre laissez-passer ni rien de ce genre dans l'enveloppe…

— Tu n'en as pas besoin. Pendant la vente, un restaurant sera chargé de servir un petit *catering* à l'assistance. Le restaurant a loué les services d'une entreprise de travail temporaire pour avoir des serveurs. Enigma t'a inclus dans sa liste. Tu devras te présenter au palais demain à six heures.

— Sous un faux nom, sans doute ?

— Tu ne risques rien à utiliser le tien. Tu ne seras jamais qu'un gars de plus qui veut gagner trois ronds en faisant le serveur. Personne ne remarque un serveur, on ne voit que son plateau.

— Compris. Et une fois à l'intérieur, je fais quoi ?

— Ouvrez toutes grandes les oreilles – Tesla sortit un stylo-bille et dessina un rectangle sur une feuille, puis traça deux lignes dans la largeur du rectangle et le divisa en trois. Imaginez que ce sont les trois niveaux que franchit la table : le plus haut est la salle à manger ; au milieu, la réserve où nous arrêterons la table, et enfin le sous-sol, où se trouvent le dépôt et le panneau de contrôle de la table. Vu ? – Marc et moi, on approuva. Pour réaliser l'échange, il faut trois personnes : Danny, Marc et moi. Danny sera dans la salle à manger, où elle surveillera la vente. Moi au sous-sol, où j'actionnerai le panneau de contrôle qui stoppe la table. Et enfin, Marc dans la réserve. Tu devras t'y faufiler dès que tu en auras la possibilité. Si tu prends bien garde, personne ne te remarquera : cet étage est vide, il n'y a donc personne pour le surveiller.

Tesla sortit une petite boîte en plastique de sa poche. À l'intérieur, il y avait deux cônes de la dimension du bout du petit doigt. Ils étaient mous, un peu comme de la cire. Je les avais déjà vus une fois, dans le Fourbi, quand j'avais demandé à Tesla de m'aider sur l'exercice de dissonance.

— Qu'est-ce que c'est ? demanda Marc. Des bouchons pour les oreilles ?

— Des auriculaires. Et ça – il nous montra un objet qui ressemblait à une épingle à cravate –, des microphones. C'est moi qui les ai fabriqués. Ils peuvent abuser un détecteur de métaux normal, mais ils ont une portée très réduite. Marc, Danny et moi aurons chacun un jouet de ce genre le soir de la vente. Avec ça, Danny peut communiquer avec Marc, au niveau en dessous du sien, mais pas avec moi, car je suis trop loin ; de la même façon, je peux entendre Marc, mais pas Danny.

— En sorte que je n'aurai pas seulement à échanger les masques, je devrai être aussi une sorte de relais entre Danny et toi, dit Marc.

— C'est cela.

— Pourquoi les micros sont-ils nécessaires ? demandai-je.

— Parce que les lots montent et descendent sous un drap, et Marc ne pourra pas savoir sous lequel se trouve le Masque si Danny ne le lui dit pas, de la même façon que je ne saurai pas quand arrive la table à l'étage où est Marc tant qu'il ne me l'aura pas dit.

Je commençais à y voir clair. Tel que le décrivait Tesla, le plan était très simple. L'idée était que Danny préviendrait Marc quand les enchères pour le Masque seraient finies et qu'on ferait redescendre la table pour la ramener au dépôt ; de cette façon, Marc procéderait à l'échange dès que la table apparaîtrait à son niveau. Quand il verrait la table, Marc préviendrait Tesla, qui la stopperait, le temps que Marc puisse mettre le faux Masque à la place du vrai.

— Il faudra que tu sois très rapide, dit Tesla en pointant le doigt sur Marc. Je ne pourrai arrêter la table que trente secondes. Pas une de plus. Si le lot met trop longtemps à arriver au dépôt, le personnel qui est en bas soupçonnera qu'il y a un problème.

— Compris. Trente secondes.

Il le dit avec une assurance enviable, comme s'il était né pour échanger de faux masques contre d'authentiques en une demi-minute. Pour une fois, je ne fus nullement jaloux que les quêteurs l'aient préféré à moi pour ce genre de tâche.

Tesla hocha la tête.

— Parfait. Passé ce délai, je rebrancherai le mécanisme et la table descendra jusqu'au dépôt.

Avec l'aide des plans que j'avais trouvés, Tesla expliqua à Marc en détail comment accéder à l'étage de la réserve sans être vu. Il lui expliqua aussi comment introduire le faux Masque dans le palais, ce qui était la partie facile : grâce à sa forme courbée, Marc pourrait le cacher sous ses vêtements, collé contre son corps par un adhésif.

Quand Marc fut au clair sur tous ces détails (qu'il assimila avec un sang-froid surprenant), il voulut savoir ce qui se passerait une fois qu'il aurait procédé à la substitution des masques.

— Ne t'inquiète pas pour ça, répondit Tesla. N'oublie pas que, si tout se passe bien, personne ne se rendra compte du vol. Danny repartira tranquillement par où elle est venue après la vente. Moi, je quitterai le palais par-derrière et rejoindrai Tirso, qui m'attendra avec la voiture.

— Et moi ? demanda Marc.

— Dans la réserve où tu seras, il y a un accès aux caves – Tesla nous le montra sur le plan. Quand tu auras récupéré le Masque, dirige-toi vers la cave. Là, un escalier conduit à une porte qui donne sur le jardin. Nous nous arrangerons pour qu'elle soit ouverte. Tu sortiras, et tu nous retrouveras à la voiture.

— Personne ne remarquera qu'il manque un serveur ?

— Non, pas pendant la période qui nous intéresse, et ainsi, l'échange de masques ayant été fait correctement et personne ne s'étant aperçu que le vrai a été volé, ton absence n'aura aucune raison d'attirer l'attention.

Je compris pourquoi il était si important de remplacer la pièce originale par une copie. C'était un *modus operandi* excellent. Tant que le Masque était à sa place (que ce soit la copie ou l'original), le vol n'avait pas eu lieu, et donc un petit détail anormal passerait inaperçu.

Tesla nous dit, presque pour s'excuser, que c'était le meilleur plan qu'il ait pu concevoir en si peu de temps.

Moi je ne le trouvais pas mauvais. En réalité, il était presque aussi brillant qu'un crime parfait. Le quêteur n'avait rien laissé au hasard.

Quel dommage que tout se soit passé de façon aussi catastrophique.

En tant que responsable du groupe, Labulle devait donner son accord au plan de Tesla. Il n'était pas très enthousiaste, mais comme les autres quêteurs, il convenait qu'il était impossible d'envisager une meilleure solution en si peu de temps.

On passa le reste de la journée à apprendre par cœur tous les détails du plan et à prévoir toutes les contingences. Labulle nous obligea même à mémoriser les plans du palais.

Dans le nid, Marc s'entraîna à échanger les masques jusqu'à ce qu'il soit capable de le faire deux fois plus vite que nécessaire. La pression que lui imposait la responsabilité de réaliser la partie la plus importante du plan ne semblait pas le perturber. Je ne pus m'empêcher d'admirer sa trempe : moi, j'avais juste à conduire une voiture jusqu'à un parking et j'étais déjà dévoré d'anxiété.

Le jour J arriva. Je n'eus aucun contact avec les quêteurs de toute la matinée, et réciproquement. C'était prévu. Dans l'après-midi, je récupérai le monospace de location et partis pour Venturosa.

Il était sept heures tapantes quand je franchis l'entrée du palais. Mon cœur battait et mes tempes bourdonnaient quand un gardien jeta un coup d'œil sur mon passe de stationnement.

Je garai le véhicule à l'endroit convenu et me préparai à attendre. Mentalement, j'imaginais Tesla prêt devant le panneau, Marc se glissant comme une ombre vers la réserve, et Danny dans la grande salle à manger, vêtue de sa magnifique robe noire à bretelles qui ondoyait autour d'elle comme une bannière suspendue à ses épaules.

La nuit tomba vite. J'étais de plus en plus nerveux. J'allumais la radio, puis je l'éteignais. Je changeais de position à tout moment et ne cessais de regarder l'heure, au point que j'eus même l'impression que les aiguilles tournaient à l'envers. En voulant griller une cigarette pour me calmer les nerfs, je m'aperçus que j'avais oublié mon briquet à l'hôtel.

Je descendis de voiture. C'était une belle nuit sans lune, fraîche, obscure et garnie d'étoiles qui tremblaient presque autant que moi. De nouveau je regardai l'heure. J'aurais fait n'importe quoi pour pouvoir fumer.

Je vis se profiler une silhouette. C'était un des gardiens de l'entrée principale. Tesla m'avait dit de ne pas m'inquiéter si j'en voyais un, ils allaient souvent fumer à l'arrière du palais quand ils avaient une pause. À tout moment, m'avait-il dit, je devais me comporter avec naturel.

Beaucoup plus facile à dire qu'à faire. Si au moins je n'avais pas oublié mon briquet à l'hôtel !

Le gardien me salua d'un air indifférent. Il s'éloigna et sortit son briquet pour allumer sa cigarette.

Je ne pus m'en empêcher. Je m'approchai et lui demandai du feu.

Il était plus jeune que moi. On aurait dit un adolescent dans un déguisement improvisé de policier. Sa veste était à moitié déboutonnée, car il lui manquait un bouton, et la visière de la casquette était cassée et réparée avec un ruban adhésif. La matraque pendue à sa ceinture semblait être plus une gêne qu'une menace. Le jeune homme se prit les jambes dedans plus d'une fois en sortant son briquet de la poche droite de son pantalon pour me donner du feu.

Je savourai enfin quelques bouffées de tabac réconfortantes. Je le remerciai et retournai à la voiture. Je ne voulais pas trop tourner autour des gardiens, aussi inoffensifs soient-ils.

Le calme dura autant que ma cigarette. À peine avais-je jeté le mégot par la fenêtre que je retrouvai mon inquiétude. Encore un coup d'œil sur l'heure : s'était-il écoulé beaucoup de temps ? Attendre, encore attendre ?

Je fermai les yeux et respirai à fond. Quelqu'un frappa à la fenêtre. Je sursautai.

Je faillis démarrer, pensant que c'était Tesla, mais non, c'était Labulle. Il ouvrit la portière côté passager et s'installa dans la voiture sans dire un mot. Il avait le bras en écharpe, suite à sa blessure.

— Que fais-tu ici ? demandai-je, tendu. Je te croyais au nid.

— Ce n'est pas mon genre de tourner en rond dans une planque en attendant les nouvelles. J'ai besoin de vérifier par moi-même que tout va bien.

— Mais… comment es-tu arrivé ici ?

— En taxi.

— Ce n'était pas prévu, dis-je, de plus en plus inquiet.

Il ne répondit pas. Il avait l'air gêné. De façon un peu brutale, il lâcha :

— Je voulais prendre un peu mieux soin de toi, cette fois.

— Cette fois ?

— L'autre soir… Avec Acosta – Labulle soupira : Je n'aurais jamais dû t'emmener. C'était dangereux et je le savais.

— Bon… Je ne savais pas trop quoi dire. Mais si je n'avais pas été là, les choses auraient sans doute été pires pour toi.

— Je le sais… Merci. De m'avoir sauvé la peau.

C'était la première fois qu'il me remerciait de façon formelle.

— Pas de quoi. J'ai eu de la chance.

Il semblait ne pas m'avoir écouté.

— Je suis désolé… – il hésita, comme s'il avait répété son discours mais avait un trou de mémoire au moment de le prononcer. Je veux dire que je suis désolé d'avoir douté de tes capacités pour ce travail. Je pensais que tu n'étais pas de taille. Je me suis trompé.

Ce fut tout. Ce n'était pas un beau discours, mais je l'appréciai à sa juste valeur. Labulle n'avait pas la parole facile, et il reconnaissait difficilement ses erreurs.

— Pourquoi pensais-tu que je n'étais pas de taille ?

— Je ne sais pas… Un pressentiment. Tu n'avais pas l'air à l'aise, dans le Caveau. Marc semblait infiniment meilleur que toi – il dut sentir que ses propos n'étaient pas très heureux et il voulut se rattraper : Je ne veux pas dire meilleur dans tous les sens du terme. En outre, il y avait l'épreuve d'archivisme, dans l'entrepôt, tu as oublié tous les objets de la liste, tu as foncé la tête la première dans les fils électriques… Et le serpent… C'est vrai que tu l'as tué à coups de pied ?

— J'ai horreur des serpents.

— Je ne comprends pas comment Tesla ne t'a pas encore tordu le cou : il adorait ce serpent. Pour un peu, il l'aurait emmené se promener dans le parc… – Labulle sourit et secoua la tête. À coups de pied… Il faut être cinglé… Mais bon Dieu, j'en suis ravi : c'était une sale bestiole repoussante…

Il éclata de rire. C'était la première fois que je l'entendais rire. Je m'aperçus qu'il avait le rire communicatif, on aurait dit celui d'un gamin qui s'amuse de tout.

Puis on resta silencieux un moment. Je pensai que c'était le moment de lever un petit doute.

— Je peux te poser une question ?

— Si tu veux. Je te dois bien ça.

— L'autre soir, chez Acosta, tu as dit que tu ne pouvais pas voir la mire laser qui nous visait…

— C'est ça, ta question ? Je m'attendais à quelque chose de beaucoup plus sérieux. Je ne pouvais pas voir la mire parce qu'elle était rouge.

Je le regardai sans comprendre. Labulle émit un soupir patient et reprit :

— Je suis daltonien, tu comprends, maintenant ?

Daltonien. Bien sûr. Tout prenait un sens. Je me rappelai que la peinture des murs de l'appartement d'Acosta était d'un doux vert pomme. Mais en toute logique, Labulle ne pouvait pas le savoir : il était le seul à y voir une grande surface grise, sur laquelle un petit point rouge serait complètement invisible.

— Ah bon… Et comment on vit avec ça ?

Il me regarda avec un demi-sourire, comme si ma question l'amusait.

— Bien. Ce n'est pas comme avoir trois têtes ou des écailles à la place des poumons… Malheureusement, l'armée n'a pas le même point de vue…

— Tu as été militaire ?

— J'ai essayé, mais je n'ai pas pu tricher à la visite médicale : j'étais un idiot de croire que je pourrais garder secret mon petit problème avec le vert et le rouge.

— J'en suis désolé.

— Il n'y a rien à regretter – il laissa affleurer un léger sourire un peu mélancolique. J'avais l'intention de descendre des avions de combat et de séduire des femmes avec mon uniforme… Quelle andouille…

— Pourquoi crois-tu qu'être un quêteur est mieux que cela ?

C'était un doute raisonnable. Après tout, j'avais failli mourir criblé de balles à cause de son travail.

— À cause de la quête. C'est l'essentiel, la quête. Toujours.

Je ne compris pas la réponse. Pas ce soir-là, assis à côté de lui dans le vieux monospace, mais je la comprendrais plus tard, quand j'aurais vécu tout ce qu'il avait vécu. Ce que je n'imaginais pas, c'était le peu de temps qui me restait avant d'en arriver là.

Notre dialogue n'alla pas plus loin. J'aurais aimé creuser davantage le passé du quêteur, mais je le sentais de moins en moins communicatif, en sorte qu'on se replongea dans le silence. Labulle n'était pas très bavard quand il était l'objet de la conversation.

Le quêteur sortit une cigarette.

— Tu as un briquet ? me demanda-t-il.

— Désolé, je l'ai oublié à l'hôtel.

Il ne voulut pas utiliser celui de la voiture pour ne pas avoir à démarrer. Il allait renoncer à fumer quand réapparut la silhouette du gardien à l'angle du palais. Je le reconnus à sa visière cassée et au bouton qui manquait à sa veste.

— Ce gardien a un briquet.

— Attends ici, je reviens tout de suite.

Il descendit de voiture. Je le vis échanger quelques mots avec le gardien. Et il revint prendre sa place dans le véhicule.

— Pas de chance. Ce type ne fume pas.

— Quoi ?

— Je lui ai demandé du feu et il m'a dit qu'il ne fumait pas. Tu as dû le confondre avec un autre.

Je regardai le gardien encore une fois. J'étais sûr que c'était le même, bien que je ne puisse voir son visage de loin. Même casquette, même veste…

— C'est bizarre… Je jurerais que maintenant il porte sa matraque de l'autre côté.

— Tu en es sûr ?

— Absolument. Il avait la matraque à droite, je m'en souviens parce qu'elle le gênait pour sortir son briquet de sa poche – je secouai la tête. C'est le même uniforme, j'en suis sûr, mais… tu as vu son visage ?

— Bien sûr.

— Il était jeune ? Il avait de l'acné ?

— Non – le regard de Labulle devint méfiant. Il était plus âgé que moi, et il avait un visage complètement lisse, sans marques. Tout blanc. On aurait dit un ver de terre, un lombric – il se tut, quelque chose l'inquiétait. Tu es sûr qu'il portait le même uniforme ? Sûr sans l'ombre d'un doute ?

Je répondis par l'affirmative. Je lui parlai du bouton de la veste et de la casquette réparée avec un ruban adhésif.

— Il y a un problème ? demandai-je.

— Je ne sais pas… – il ouvrit la portière et s'apprêta à descendre de voiture.

Le gardien avait disparu de notre champ de vision.

— Où vas-tu ?

— Je veux juste jeter un coup d'œil.

— Je viens avec toi.

Le parking était désert. Tout le mouvement était concentré sur l'entrée principale du palais, assez loin de l'endroit où nous nous trouvions.

— Tu te rappelles où est allé le gardien quand il t'a donné du feu ? me demanda Labulle.

— Il a tourné à l'angle.

On s'avança dans cette direction. On se retrouva sur un des côtés du palais, aussi désert et sombre que le lieu que nous venions de quitter. Labulle regardait autour de lui, cherchant quelque chose. Les branches d'un buisson voisin s'agitèrent.

Labulle s'approcha prudemment.

Un chat surgit de l'obscurité et fila entre ses jambes en me causant une belle frayeur.

— Stupide animal ! m'exclamai-je. Tu as vu comment… ?

Je me tus. Labulle examinait la haie. Son visage semblait pétrifié. Je m'approchai et suivis la direction de son regard pour découvrir ce qu'il regardait.

C'était le gardien qui m'avait prêté son briquet, sans nul doute, sauf qu'il n'avait plus son uniforme. Il était étendu par terre et ne portait que sa chemise et un caleçon noir. On lui avait aussi enlevé ses chaussures, qu'on avait laissées à côté de lui. On avait dû le déchausser pour lui prendre son pantalon.

Son visage brillait comme une goutte de cire tombée du ciel. Il avait les yeux grands ouverts, sans expression, et le bout de sa langue pointait entre ses lèvres. Labulle tâta son cou.

Je retenais mon souffle.

— Ce pauvre diable est mort…, murmura Labulle.

Mon esprit cessa de fonctionner et j'eus l'impression que tout mon corps se glaçait.

Labulle se redressa et me regarda.

— Nous avons un problème. Vite, rentre au palais et ramène Danny à la voiture.

— Mais pourquoi ?

— Tu ne comprends donc pas ? Il faut annuler la mission et filer d'ici ! Grouille !

Ce fut comme si j'avais entendu un coup de feu. Je m'élançai vers la façade principale aussi vite que je le pus.

J'arrivai à bout de souffle à l'entrée du palais. Un homme en redingote, qui portait une plaque de la Fondation Gulbenkian à son revers, me coupa la route.

— *Eu posso ajudá-lo ?*

Je haletais, essayant de ramener ma respiration à un rythme normal.

— J'arrive trop tard pour la vente aux enchères ?

— Elle a commencé il y a une demi-heure…, répondit-il dans un espagnol très approximatif. Pouvez-vous me montrer votre laissez-passer ?

J'essayai de me comporter avec naturel. Miraculeusement, je me rappelai que les laissez-passer étaient valables pour deux personnes.

— Je devais retrouver ma femme à la porte, mais je ne la vois pas. Elle a dû entrer.

— Quel est le nom de votre épouse ?

Je lui donnai le nom de Danny. L'homme consulta une liste. Je retins l'irrésistible tentation de crier qu'il se dépêche. Au bout d'une éternité, il retrouva le nom qu'il cherchait.

— Exact. Vous pouvez entrer. Allez au salon-salle à manger, je vous prie.

Je balbutiai un *obrigado* et pressai le pas autant que je le pus sans attirer l'attention.

On avait disposé des rangées de chaises dans la salle, tournées vers l'extrémité où il y avait un lutrin en bois. Derrière ce lutrin, un homme en costume menait les enchères. À côté de lui, je vis la table mobile. Sur celle-ci, un tableau représentant un paysage. Les chaises étaient occupées par des hommes qui montaient discrètement les enchères. À l'autre bout de la salle, le personnel de la Fondation contrôlait les enchères téléphoniques, derrière une autre table.

Je cherchai Danny du regard. Elle était dans les derniers rangs, le long du couloir. Il y avait quelques places libres. Discrètement, j'allai m'asseoir à côté d'elle.

Elle me regarda.

— Qu'est-ce que tu fais là ? chuchota-t-elle – autour de nous, les enchères du tableau suivaient leur cours. Tu devrais être dans la voiture.

— Il faut partir.

Les enchères du tableau étaient terminées. On entendit des applaudissements discrets auxquels Danny se joignit. L'homme qui était derrière le lutrin fit signe à un collègue masqué par un rideau, et la table se mit à descendre.

— Qu'est-ce que c'est que cette histoire ? Tu es fou ?

L'homme au lutrin prononça quelques mots en portugais que je ne compris pas, puis il les traduisit en anglais.

— Lot n° 8. Masque en or avec incrustations d'émeraudes, probablement d'origine iranienne, environ Iᵉʳ millénaire avant J.-C. Connu aussi comme le "masque de Muza"…

L'homme ajouta quelques précisions sur la pièce, tandis que la table remontait lentement.

— Danny, allons-nous-en.

— Pas maintenant : on vient de monter le Masque.

La table s'arrêta. Un drap recouvrait une forme beaucoup plus volumineuse qu'un simple masque. L'homme au lutrin parut déconcerté. Un léger murmure parcourut l'assistance.

Quelque chose remuait sous le drap. Derrière son lutrin, l'homme semblait nerveux et ne savait comment réagir. Le public chuchotait en désignant le drap. Danny tendit le cou pour mieux voir.

— Que diable… ?

L'homme au lutrin fit un signe et deux jeunes femmes en uniforme s'approchèrent et soulevèrent le drap.

Il y eut des exclamations de surprise et des ricanements nerveux. La salle tout entière se remplit d'un vacarme de voix. Marc était sur la table, ligoté et bâillonné, un bandeau sur les yeux, et il s'agitait comme un poisson hors de l'eau.

Soudain, la lumière s'éteignit. La salle fut plongée dans l'obscurité et ce fut le chaos. Tout le monde criait et les gens se précipitèrent vers la sortie. La voix de l'homme au lutrin essayait de dominer cette cacophonie de bruits et d'exclamations, demandant un retour au calme.

Il était difficile de se déplacer dans le noir au milieu de tout ce désordre. On nous bousculait. Je reçus un coup dans les reins. Un homme m'attrapa par l'épaule et essaya de m'écarter de son chemin. J'entendis Danny me dire :

— Que se passe-t-il ?

On essaya de se rapprocher de Marc, mais la marée humaine nous poussa hors de la salle à manger. Tout le palais était plongé dans l'obscurité. Les gens couraient vers l'extérieur et les gardiens voulaient entrer dans la salle des enchères. Danny et moi, on se pressa vers la sortie, quand elle s'arrêta net.

— Attends un instant : le Masque !

— Quoi ?

— Celui qui a ligoté Marc détient le Masque. Il faut l'empêcher de sortir du palais.

— Comment ?

— En l'interceptant. Il va essayer de s'enfuir par la cave, comme c'était prévu pour Marc.

Je serrai les dents. Je ne savais pas combien de temps les gardiens mettraient à découvrir le corps de leur collègue, c'était peut-être déjà trop tard. Si nous ne quittions pas Veneturosa immédiatement, nous aurions de sérieux problèmes.

Elle me regarda dans les yeux.

— Nous ne pouvons laisser échapper le Masque. Nous ne pouvons pas échouer.

Je me passai les mains sur la figure. Elles tremblaient. La sortie était à quelques pas. Les gens passaient en courant à côté de nous, dans l'obscurité. Personne ne nous avait encore remarqués, mais ça n'allait pas tarder. Et Labulle attendait dans la voiture, seul.

— Va à la voiture, dis-je. Tu sais où elle est. Labulle s'y trouve.

— Que fait Labulle… ?

— Ce n'est pas le moment ! Va à la voiture, il t'expliquera !

— Et toi ?

— Moi, je descends à la cave. Si l'un de nous deux doit intercepter quelqu'un, il vaut mieux que ce soit celui qui n'est pas en tenue de soirée.

Elle était d'accord.

— Et Marc, on s'en occupe comment ?

— Je ne sais pas, répondis-je, pressé – je n'avais qu'une idée, descendre à la cave le plus vite possible. Improvisez ! Il paraît que c'est votre spécialité.

— On se retrouve dans vingt minutes à l'entrée du palais, sur la route. Si tu n'es pas là, on se retrouve au nid, précisa-t-elle.

J'acquiesçai et me dirigeai vers l'escalier qui menait aux niveaux inférieurs. Danny se perdit dans un groupe qui sortait dans l'affolement.

Le palais était toujours plongé dans l'obscurité. J'avançai à tâtons, avec la lumière de mon téléphone portable pour ne pas trébucher.

Toute l'activité était concentrée sur l'étage principal, entre la salle à manger et la porte d'entrée, où le personnel de sécurité et les employés de la Fondation essayaient de résorber le chaos. Je ne rencontrai personne dans l'escalier.

Je traversai quelques couloirs et arrivai dans une réserve plongée dans l'obscurité. La lumière blafarde de mon téléphone me permettait à peine de distinguer des objets rangés contre les murs.

En revanche, je distinguai clairement une armature métallique qui traversait l'espace, du sol au plafond. Il s'agissait sûrement des rails sur lesquels la table mécanique montait à la salle à manger ou en redescendait.

Je me rappelai que, selon le plan que nous avions appris par cœur, l'accès à la cave était à droite de cette armature. Mes yeux s'étaient habitués à l'obscurité et je pus avancer plus rapidement.

Mon pied heurta quelque chose. Je me penchai pour voir de quoi il s'agissait : c'était un des masques. L'authentique ou le faux, mais je ne pouvais pas m'en assurer dans le noir. Je le ramassai : dans un cas comme dans l'autre, ce n'était pas une bonne idée de le laisser sur place.

La porte de la cave était ouverte. Mon cœur se mit à battre avec frénésie. J'avançai la tête. Un escalier en colimaçon s'enfonçait dans un espace noir et profond. Je braquai l'écran de mon portable vers le sol et entrepris la descente, la main contre le mur.

En bas, il y avait une porte métallique, ouverte elle aussi. Je la franchis et me retrouvai dans la cave, un immense espace dont les limites se diluaient dans les ombres. Il faisait froid et l'air sentait la terre humide. Les plafonds étaient des voûtes en pierre. Dans les hauteurs, il y avait des lucarnons qui étaient au ras du sol à l'extérieur. De faibles rayons de lumière nocturne me permettaient de me déplacer sans être obligé d'user la batterie de mon téléphone.

La cave était occupée par de grands casiers à bouteilles en bois. Ils étaient tous vides et tapissés de toiles d'araignées recouvertes de poussière. Personne n'avait rangé une bouteille ici depuis des décennies. On aurait dit le décor d'un roman gothique.

J'avançai sans bruit vers l'autre extrémité de la cave où, d'après le plan du palais, un autre escalier donnait dans le jardin. C'était l'issue que Marc aurait empruntée si tout n'avait pas basculé au dernier moment.

Soudain je m'immobilisai.

Il y avait quelqu'un. Une simple silhouette, qui se déplaçait aussi furtivement que moi, agenouillée devant la porte d'accès de l'escalier du jardin. J'entendis des bruits métalliques : la silhouette essayait de forcer la porte.

J'étais sûr de n'avoir fait aucun bruit, et pourtant la silhouette redressa la tête.

Elle se leva et se tourna vers moi.

C'était un homme. Très grand, presque deux mètres. Il portait l'uniforme du gardien tué, mais n'avait plus sa casquette. La peau de son visage était blanche et à la lueur de la lune elle semblait briller comme du plastique. Il avait de grands yeux noirs et le nez épaté. En le voyant, je ne pus m'empêcher de penser à un lombric, ou à une méduse… En définitive, à quelque chose de mou et de vivant.

L'homme vit le masque que je tenais à la main. Sa grosse bouche se tordit et dessina un sourire sans lèvres.

— Tu emportes le mauvais trophée, quêteur, dit-il en espagnol.

Sa voix avait des résonances étrangères gutturales. Il plongea la main dans un sac qu'il avait à l'épaule et en sortit un masque identique à celui que j'avais. Il me le montra d'un geste victorieux.

— Un point pour Lilith, *lieve vriend*, reprit-il.

Alors, avant que j'aie eu le temps de réagir, l'homme me sauta dessus et me renversa. Il m'enfonça le poing dans l'estomac et me coupa le souffle, quelque chose s'écrasa contre mon nez et une douleur vive m'éclata au visage, puis je reçus un coup de pied dans les côtes. Je voulus crier, mais je ne vomis que de l'air. L'homme s'assit à califourchon sur ma poitrine et se mit à me marteler la tête de coups de poing. J'avais l'impression qu'on me lapidait.

Désespéré, j'essayai de me dégager, mais les jambes de mon assaillant m'emprisonnaient comme des fers. J'avais un goût de sang dans la bouche et je ne pouvais plus respirer. Sous les coups de l'homme, mes lèvres éclatèrent. Le fragment effilé d'une incisive s'enfonça dans ma gorge et je me mis à tousser.

La douleur était si intense que je faillis perdre connaissance. Mais je n'eus pas cette chance. Dans un mouvement réflexe, mes mains se refermèrent sur le faux Masque et je rassemblai toutes mes forces pour frapper l'homme en pleine figure.

Dans le mille. Je sentis qu'une arête du Masque entaillait quelque chose de mou et la pression des jambes se relâcha. Je repoussai l'homme, qui tomba par terre. Je le vis passer la main sur son œil : du sang coulait entre ses doigts.

Redoublant de haine, mon agresseur montra les dents. De petites dents de rongeur. Je me relevai et me mis à courir. Il me poursuivit. Mon visage était en feu, comme si on l'avait arrosé d'huile bouillante, je sentais ma chair gonfler, palpiter ; je ne voyais plus que des taches. Il aurait été absurde d'essayer de m'échapper dans ces conditions : je ne serais pas allé bien loin.

Je crachai du sang et me jetai sur un porte-bouteilles.

Celui-ci tomba sur l'homme, heurta le casier suivant, et ainsi de suite… L'un après l'autre, les casiers se mirent à chuter comme d'énormes pièces de domino, et le dernier défonça la porte du jardin et l'arracha à ses gonds.

L'air était saturé de poussière. J'étais en larmes et ne cessais de tousser. Quand ma gorge se contractait, j'avais l'impression d'avaler des lames de rasoir. Je m'étais blessé à la tête en renversant l'étagère et un voile de sang coulait sur mon front et mes yeux.

Ce qui ne m'empêcha pas de voir l'homme sortir de cet amoncellement de casiers en se traînant sur les coudes. Il se releva, étourdi. Il avait une entaille profonde à la paupière, qui saignait abondamment. Il fit quelques pas en boitant.

L'homme vit que l'escalier était dégagé. Sans m'accorder un regard, il courut vers la sortie, ramassa son sac et disparut de ma vue en direction du jardin.

Il s'échappait.

Je serrai les dents et me levai. Presque à l'aveuglette, je m'élançai derrière mon agresseur. Je l'entendais s'éloigner. Je montai l'escalier et débouchai dans le jardin. L'air frais de la nuit fut comme une caresse sur mon visage enflé et plein de blessures multiples. L'homme courait de plus en plus vite et se perdait dans la nuit.

Je rassemblai toutes mes forces pour le poursuivre. Mais deux ou trois mètres plus loin, un homme surgit du néant, se jeta sur moi et me plaqua au sol. Je criai de douleur.

— *Não se mova ! Mãos na cabeça !*

Un homme en uniforme braquait son pistolet sur moi.

Le mot *"polícia"* écrit sur sa veste n'était pas difficile à traduire.

Un autre agent surgit dans mon dos et me passa les menottes. Tous deux m'emmenèrent vers une voiture de patrouille, gyrophare en action, garée devant l'entrée du palais.

Apparemment, pour moi la nuit ne faisait que commencer.

RUKSGEVANGENIS (II)

Étendu sur son lit (pas ouvert. Jamais ouvert), Joos Gelderohde attendait.

Le jour commençait à poindre et le pavillon était silencieux. On n'entendait que les ronflements des autres prisonniers. Même Rupert, l'onaniste compulsif, était plongé dans un sommeil profond, accordant ainsi une trêve à ses organes génitaux.

Gelderohde ne savait pas ce qu'il attendait. Quelque chose allait arriver, mais il ne savait pas quoi.

Ce visiteur le lui avait dit : "Dans dix jours, faites l'effort de passer une nuit blanche, je vous assure que cela en vaudra la peine." Le délai expirait en ce moment même.

Pour s'occuper, Gelderohde repassa une fois de plus les points essentiels de cet étrange entretien. En général, il ne s'interrogeait pas sur les motivations de ceux qui sollicitaient ses services : la plupart étaient des mafieux ou des "hommes d'affaires" dont les sources de revenus étaient obscures. Ils n'entendaient rien à l'art, rien à l'éthique. Pour eux, un Picasso, un Ghirlandaio ou un Mondrian, c'était un objet de spéculation ou l'occasion de blanchir de l'argent.

Il y avait aussi des commandes originales, bien sûr, mais elles étaient moins nombreuses. Une fois, Gelderohde avait emporté six aquarelles de Turner à la Tate Gallery de Londres pour un cheikh arabe qui avait décidé d'ouvrir un musée dans son petit émirat. Il avait déjà le bâtiment, conçu par un architecte qui avait gagné le prix Pritzker, mais il n'avait rien pour le remplir.

En résumé, Gelderohde acceptait les commandes les plus étonnantes. Il avait toujours du travail. Il était le meilleur, et tout le monde le savait.

Cependant, cette fois c'était différent. Le visiteur qui avait eu l'audace de l'engager dans la prison où il était enfermé ne voulait pas blanchir de l'argent ni remplir des musées chimériques. Ses intentions étaient beaucoup plus étranges.

Il lui avait montré cette liste. La "liste de Bailey", comme il l'avait appelée. Gelderohde n'en avait jamais entendu parler. Un simple coup d'œil lui avait suffi pour la mémoriser. Il n'y avait rien dans cet ensemble hétéroclite qui mérite la peine de sortir de prison le meilleur voleur d'objets d'art du monde. Toute cette affaire lui semblait relever du délire d'un fou.

Cependant, quel que soit le fou qui était derrière tout cela, il avait assez de pouvoir pour organiser un entretien privé dans une prison de haute sécurité. Ce n'était pas à prendre à la légère.

D'un autre côté, il y avait l'affaire des quêteurs. C'est ce qui avait décidé Gelderohde à accepter cette commande farfelue. Affronter face à face le Corps des quêteurs était un défi trop intéressant pour ne pas l'accepter.

Gelderohde se demandait si ce stupide vieux aux yeux froids était toujours aux commandes de cette organisation. Il le souhaitait, le désirait de toutes ses forces. Tourner en ridicule ses "chevaliers quêteurs" serait une douce vengeance. À froid, comme les yeux du vieux. Gelderohde était impatient de se mettre au travail.

Il regarda sa montre. Quatre heures et demie du matin. Il se demanda s'il devrait attendre encore longtemps ce qui devait arriver.

Qui arriva enfin.

Le cri des sirènes interrompit le sommeil des prisonniers. Les dispositifs d'alarme fixés en haut des murs se mirent à clignoter sur des tons orangés. Les prisonniers du pavillon de Gelderohde se réveillèrent en jurant. Rupert aussi, qui commença néanmoins par glisser la main dans son pantalon.

Tous les prisonniers de la prison de Termonde savaient ce qu'il fallait faire quand la sirène d'alarme se déclenchait. L'ordre était de se mettre à plat ventre, les mains sur la nuque. Gelderohde s'exécuta, après s'être assuré qu'il avait dans sa poche le chewing-gum que le visiteur lui avait donné lors de l'entretien.

Gelderohde attendait les gardiens, qui viendraient crier que les prisonniers devaient rester par terre. Mais ce furent les prisonniers d'un pavillon voisin qui surgirent. Gelderohde en connaissait un de vue : un Slave qui purgeait une peine pour effraction et assassinat. Il s'appelait Mihai.

Mihai et ses compagnons firent irruption dans le module en poussant des cris. Ils avaient tous un accent d'Europe de l'Est. Dans la prison, ils formaient un groupe fermé et très dangereux. On les appelait les Moldaves, même si deux d'entre eux seulement étaient de ce pays.

Gelderohde vit que les Moldaves avaient des armes rudimentaires : l'un d'eux tenait une barre de métal avec des clous soudés à une extrémité, un autre une sorte de peigne avec des lames de rasoir fixées sur un côté, un troisième portait des manicles hérissées de punaises… Autant d'armes bricolées avec des objets volés dans les ateliers de la prison. Le seul qui portait une arme à feu était Mihai, un pistolet du modèle utilisé par les gardiens. Gelderohde se demanda où il l'avait trouvé.

Un Moldave passa devant les portes des cellules du module et les ouvrit. Les détenus s'agitèrent et beaucoup sortirent en courant.

Mihai et les Moldaves criaient des ordres et des consignes. Tout cela était plutôt chaotique.

— *Nous avons des otages ! Nous avons des otages ! criait l'un d'eux.*

Il s'agissait donc d'une mutinerie.

Un Moldave ouvrit la cellule de Gelderohde. Rupert sortit précipitamment, la main toujours dans son pantalon.

Gelderohde se leva, très calme.

— Que se passe-t-il ?

— Nous avons quatre gardiens en otages dans le réfectoire, répondit le Moldave. On se tire de ce trou de merde.

Gelderohde était curieux de savoir où les Moldaves avaient déniché ces armes, et depuis quand ils préparaient cette mutinerie. Il voulait savoir si ses nouveaux amis étaient aussi derrière ça. Toutefois, il comprit que pour le moment il était bien obligé de rester dans le doute : une tâche plus urgente l'attendait.

Au milieu du chaos, Gelderohde crut comprendre que le plan des Moldaves était d'escalader le mur de la prison en maintenant les gardiens à distance. C'était un plan idiot, aux yeux de Gelderohde. Par chance, il avait sa propre issue. La mutinerie de Mihai et de sa bande permettait de détourner l'attention.

Gelderohde n'était pas loin de croire que les Moldaves étaient la pièce que quelqu'un sacrifiait pour que lui-même puisse s'évader.

Calmement, sans se faire remarquer, Gelderohde se dirigea vers les douches, en passant par les couloirs les moins fréquentés. Sans doute, quelque part dans la prison, Mihai et ses compagnons livraient-ils une bataille rangée contre les gardes-chiourmes. Gelderohde voulait rester à l'écart : ce n'était pas sa guerre.

Il n'y avait personne aux douches. Gelderohde s'enferma dans les toilettes, prit le chewing-gum que le visiteur lui avait donné et le sortit de son emballage. Il le pétrit pour le rendre pâteux.

Gelderohde connaissait la plupart des explosifs plastics existants, mais celui qu'on lui avait donné, sous la forme d'un chewing-gum, ne lui était pas familier. Sa consistance rappelait le Semtex, mais il dégageait une forte odeur de penthrite. Gelderohde espérait qu'il fonctionnerait comme prévu.

Il encastra délicatement la boule d'explosif dans une fente du mur. Il savait que ce mur donnait directement sur l'extérieur. Ensuite, Gelderohde sortit de sa poche le détonateur qu'il avait fabriqué lui-même en dérobant des pièces à l'atelier : deux fils, une pile AA et l'interrupteur d'une lampe ordinaire. Il introduisit l'extrémité des fils dans l'explosif et les déroula par terre. Ils mesuraient environ deux mètres.

Gelderohde sortit des toilettes, l'interrupteur à la main, se mit à l'abri derrière un mur et actionna le détonateur. Quelques secondes plus tard, une explosion retentit, qui faillit lui déchirer les tympans.

Il retourna dans les toilettes, malgré un sifflement d'oreilles très désagréable. Un sourire de satisfaction coupa son visage vermiforme en deux quand il vit le trou dans le mur. Juste assez grand pour qu'un homme mince puisse s'y faufiler. Cet explosif était plus puissant que Gelderohde ne l'aurait cru.

Il franchit l'ouverture. En route pour la liberté.

Dehors, c'était la pleine nuit. Il s'accorda quelques secondes pour respirer un peu d'air frais et vivifiant, et entendit des coups de feu et des sirènes de police, ce qui lui rappela qu'il n'était pas encore entièrement tiré d'affaire.

La brèche par laquelle il était sorti se trouvait près d'un chemin de terre. Gelderohde s'y élança. Comme il s'y attendait, il trouva une fourgonnette garée, moteur au ralenti et toutes lumières éteintes. La nuit avait beau être sombre, Gelderohde put lire les lettres du logo qui figurait sur le véhicule.

VOYNICH

Il y avait plusieurs de ces fourgonnettes à Termonde (et beaucoup plus encore dans toutes les villes du monde). Elles étaient chargées de transporter le service technique du réseau de Voynich. Les gens ne les remarquaient pas plus qu'un autocar ou un fourgon postal.

La portière côté passager s'ouvrit. Gelderohde monta. Un homme en bleu de travail de chez Voynich était au volant.

— Tout s'est bien passé ? Personne ne vous a suivi ? demanda l'homme.

Gelderohde secoua la tête.

Le chauffeur démarra et la fourgonnette s'éloigna de la prison.

— Où va-t-on, maintenant ?

— Vous le saurez quand nous arriverons, répondit le chauffeur – et il ajouta : Ne vous inquiétez pas. Vous êtes désormais un homme libre.

Gelderohde sourit.

Il était impatient de se mettre au travail.

III

LA LISTE DE BAILEY

1

SOUPÇON

On m'emmena dans un commissariat du centre et on me donna un interprète pour m'expliquer la situation. Comme au cinéma, j'avais le droit d'avoir un avocat commis d'office et de ne parler qu'en sa présence. J'en demandai un, mais on me dit que ce n'était pas nécessaire, que le mien avait déjà téléphoné et qu'il allait arriver.

Je crus que l'un de nous deux avait mal compris : l'interprète ou moi. De quel avocat parlait-on ? Je n'en avais pas.

On me conduisit à l'infirmerie où on essaya d'améliorer mon aspect. Quand j'en ressortis, j'avais des gazes et des pansements partout. On me donna des calmants contre la douleur, mais la partie droite de mon visage était encore congestionnée, comme si ma peau était sur le point d'exploser. Puis on m'enferma avec un type qui dormait profondément par terre et répandait une forte odeur de vin piqué.

Je ne sais combien de temps je restai dans cette cellule. On avait pris mon téléphone et je n'avais pas de montre. Je me demandais ce qu'étaient devenus les autres quêteurs et j'échafaudais des hypothèses effrayantes. L'effet des calmants fut plus fort que mes inquiétudes, et je finis par m'endormir sur le banc de la cellule, la tête contre le mur.

Plus tard, on me réveilla et on m'emmena dans une salle où il n'y avait qu'une table métallique et des chaises pliantes.

J'étais abruti par les médicaments et j'avais une profonde sensation de vertige.

Quelqu'un m'attendait : un inconnu, un homme entre deux âges, la tête rase pour dissimuler une calvitie avancée, portant chemise et veste. Je m'assis en face de lui, la table nous séparait, et le policier qui m'avait amené nous laissa seuls.

— Comment allez-vous, monsieur Alfaro ?

De prime abord, j'étais trop abruti pour me rendre compte que cet homme s'était adressé à moi dans ma langue et m'avait appelé par mon nom.

— Bien, merci. Un peu nauséeux…, répondis-je d'une voix rauque.

— Vous pouvez parler tranquillement. Personne ne nous écoute dans cette pièce. Je m'appelle Urquijo et je suis avocat : votre avocat.

Je clignai des yeux plusieurs fois, essayant de me débarrasser de cette sensation de torpeur.

— Je n'ai pas d'avocat.

— Vous, non, mais le Corps, si. Vous comprenez ? – je hochai la tête lourdement. Bien. On va vous remettre en liberté sans aucune charge contre vous, je vous le garantis, mais nous devons auparavant préciser votre version des faits. Quand on vous demandera ce que vous faisiez à Venturosa, vous direz que vous êtes le chauffeur de Mlle Ana Bernadó, qui assistait à la vente.

— Je ne connais personne de ce nom.

— Peu importe. Contentez-vous de mentionner ce nom, vous avez compris ? – de nouveau je hochai la tête. Poursuivons : vous direz ensuite qu'au moment où les lumières se sont éteintes vous vous êtes égaré en cherchant une issue, et vous vous êtes retrouvé dans la cave. Là, un agresseur dont vous avez oublié le visage s'est précipité sur vous et vous a roué de coups. Ensuite, vous avez trouvé une issue sur le jardin, et c'est là que la police vous a arrêté. Telle est votre histoire, monsieur Alfaro. N'ajoutez rien, absolument rien de votre cru. Tenez-vous-en à cette version et vous sortirez aussitôt.

— Pourquoi m'a-t-on arrêté ?

— Parce que les policiers étaient sur les dents : ils ont vu un type surgir du néant, le visage en bouillie et l'air d'un fuyard. Croyez-moi : on arrête les gens pour beaucoup moins que ça. En outre, on a trouvé dans la cave du palais, à l'endroit où vous êtes apparu, un masque comme celui qui allait être mis aux enchères.

— Ce masque est faux.

— Ça, je ne l'ai pas entendu, et vous ne l'avez jamais dit. Vous n'avez jamais vu ce masque de toute votre vie. Quand quelqu'un mentionnera le mot "masque", vous prendrez l'air de ne même pas savoir ce que ce mot veut dire – l'avocat se pencha vers moi, par-dessus la table : De grâce, monsieur Alfaro, contentez-vous de la version que je viens de vous décrire. Hors de ça, vous ne savez rien, vous n'avez rien vu, vous ne connaissez personne et vous vous demandez bien pourquoi vous êtes ici. C'est clair ?

— Oui. Ne vous inquiétez pas – l'avocat se leva pour prévenir le gardien. Attendez, qu'est-il advenu des autres ?

Urquijo me regarda avec ses yeux de poisson.

— Quels autres ? Il n'y avait personne de votre connaissance dans cette vente aux enchères. À part Mlle Ana Bernadó.

— Oui. Je comprends.

L'avocat appela le policier qui m'avait amené. Vint ensuite un homme en civil accompagné d'un interprète. Il dit qu'il était inspecteur, ou lieutenant, ou je ne sais quel grade policier dont je suis incapable de me souvenir. En réalité, je ne sais même pas comment je pus rester éveillé. L'effet des calmants n'était pas entièrement dissipé.

On me posa un tas de questions. Je m'en tins fermement à la version d'Urquijo. Le plus souvent, je répondais par deux ou trois syllabes : "je ne sais pas", ou "aucune idée". Ils renoncèrent à poursuivre l'interrogatoire et me renvoyèrent dans ma cellule. Le type qui cuvait son vin n'était plus là.

Je n'y restai pas longtemps. Un policier vint me chercher, me fit signer ma déposition et me rendit mes affaires. Urquijo et moi, on quitta le commissariat. Le jour se levait au même moment.

— Parfait, me dit l'avocat. Vous vous en êtes très bien sorti. Libre, aucune charge retenue contre vous, bravo.

— Merci de votre aide.

L'avocat me serra la main.

— C'était un plaisir. J'espère que nous ne nous reverrons pas avant longtemps, ou même que nous ne nous reverrons plus jamais. Vous voyez ce que je veux dire.

— Pourriez-vous me ramener à mon hôtel ? Je n'ai pas de voiture, pas d'argent, et je ne sais même pas où je suis.

— Il vaut mieux qu'on ne nous voie pas ensemble, en dehors des situations réglementaires. Je regrette. Je suis sûr que vous saurez vous débrouiller.

Urquijo m'adressa un geste d'adieu et monta dans sa voiture. Il démarra et disparut de ma vue.

Je restais seul au milieu de la chaussée, indécis.

J'entendis klaxonner. Je me retournai et découvris le bon vieux monospace de location. Danny était au volant, elle avait ses lunettes de soleil et sa veste en cuir noir.

J'étais ravi de la voir. Cela signifiait qu'au moins l'un de nous s'était bien sorti de cette nuit désastreuse.

Je montai dans la voiture. Elle me salua sans me regarder. J'étais intimidé.

— Tu vas bien ? me demanda-t-elle.

— Oui. Plus ou moins.

— Tu n'en as pas l'air.

Dans le rétroviseur, mon visage ressemblait à un puzzle de bandages et de pansements. De plus, j'avais la lèvre enflée et mon œil gauche avait la couleur d'un produit périmé.

— Tu veux qu'on passe à l'hôpital ? me demanda Danny.

— Non, je te remercie. À la gendarmerie, on m'a soigné. Je n'ai rien de cassé... C'est du moins ce que j'ai cru comprendre.

— Quand même. On va passer par l'établissement où a été soignée la blessure de Labulle.

Elle démarra en silence, sans me regarder.

— Danny, je suis désolé.

— Désolé de quoi ?

— D'avoir été arrêté.

— Ne t'inquiète pas pour ça. Cela nous est arrivé à tous au moins une fois. Si ce n'était pas le cas, nous n'aurions pas besoin d'appointer un avocat – elle me regarda enfin, d'un air soucieux : On t'a flanqué une bonne raclée. Tu as mal ?

— Non. Ce sont les analgésiques qui me rendent un peu vaseux.

— Qui t'a fait ça ?

Je lui racontai tout ce qui m'était arrivé.

— Je n'aurais jamais dû te laisser aller à la cave.

— Qu'est-il arrivé aux autres ?

Danny me fit un résumé des événements. Après notre séparation, elle avait retrouvé Labulle dans la voiture. Tesla y était déjà. C'est alors qu'ils virent arriver la police. Ils ne pouvaient rien pour Marc, le mieux était de l'attendre au nid.

La police posa quelques questions à Marc, mais ne trouvant rien de suspect, elle le laissa partir. C'est Marc qui avait vu qu'on m'arrêtait et qui avait prévenu les quêteurs. Labulle contacta Madrid, où Narváez envoya aussitôt Urquijo à Lisbonne. Danny me dit qu'ils étaient tous très inquiets pour moi.

— Je n'ai rien dit à la police, précisai-je.

— J'en suis convaincue. Ce n'était pas ce qui nous préoccupait, nous voulions surtout te mettre à l'abri – elle resta un moment silencieuse, puis, avec un de ses sourires aigres-doux, elle reprit : Tu as fait des débuts en beauté, d'abord avec Acosta, et ça maintenant… Je crois que plus personne n'osera de traiter de bizuth désormais.

C'était la deuxième fois qu'on me tenait ce genre de propos. Je me sentis un peu mieux, mais pas beaucoup. La sensation d'échec restait encore très forte.

— Une belle catastrophe, n'est-ce pas ? dis-je, découragé.

— On a fait de meilleures prestations, évidemment, mais ce n'est pas la fin du monde pour autant, répondit-elle sans conviction. J'aimerais surtout savoir qui est le bâtard qui a emporté le Masque.

— Tu as une idée ?

— Aucune. Tout ce que nous savons, c'est qu'il a tué un gardien, attaqué Marc par-derrière, remodelé ta tête, et qu'il a un sens de l'humour plutôt macabre – ces derniers mots retinrent mon attention, et Danny s'expliqua : Nous renvoyer Marc saucissonné sur la table était une plaisanterie très lourde. C'est peut-être un type à qui il manque une case. Il n'en est pas moins dangereux pour autant.

Danny m'emmena au dispensaire du quartier de Moscavide. Mes blessures étaient plus spectaculaires que graves, me dit-on, la plus sérieuse étant la rupture de la cloison nasale. Un médecin très sympathique me soigna sans poser de questions. Il dit que dans deux jours j'irais beaucoup mieux, mais que je garderais un nez de boxeur en souvenir. Tant pis. Cela me donnerait peut-être un air menaçant.

Danny me ramena à mon hôtel pour récupérer mes affaires. Elle m'expliqua que Marc, Labulle et Tesla rentraient en avion à Madrid. Elle et moi, on prenait la voiture.

— Je te déposerai chez toi, me dit-elle. Essaie de te reposer, tu en as besoin. Demain, on fera notre rapport à Narváez.

Le voyage fut long, et mon sommeil profond.

Le lendemain, en réunion au Caveau, Narváez écouta en silence le rapport de Labulle. Pendant que le quêteur parlait, le visage du vieux ressemblait au flanc d'un glacier. À la fin, il fit son propre résumé du travail à Lisbonne.

Il n'était pas furieux, mais déçu. Moins par ses "chevaliers quêteurs" que par lui-même. Il était surtout mécontent qu'une mission simple en apparence finisse par un quêteur arrêté, par la perte d'une falsification hors de prix et, cerise sur le gâteau, par une fusillade en plein cœur de Lisbonne. Il nous recommanda de ne pas baisser la garde la prochaine fois. Quant à l'affaire Acosta, il en assuma la totale responsabilité. Il n'aurait jamais dû permettre qu'une mission en apparence secondaire nous détourne de notre chasse au Masque.

— Au moins, la division du patrimoine de la Garde civile a pu récupérer toutes les pièces qu'Acosta s'apprêtait à vendre, dit Tesla.

À ce moment-là, un souvenir me revint.

— Pas toutes, dis-je. J'en détiens une.

J'expliquai comment, sans le vouloir, j'avais gardé sur moi cet étrange cylindre en forme de poisson. Je l'avais encore dans les affaires que j'avais rapportées de Lisbonne, dans mes bagages. Avec tout ce qui s'était passé, je l'avais complètement oublié.

— Étrange. Aucun objet de ce genre n'était mentionné dans la liste des pièces que recherchait la division du patrimoine, dit Narváez.

— Acosta disait peut-être la vérité quand il prétendait que l'objet lui appartenait, dis-je.

— Possible. Mais maintenant il est à nous, dit Narváez. Donne-le à Alpha et Oméga à la première occasion. Qu'ils l'examinent, ils sauront peut-être ce que c'est et d'où il vient. Quant au reste, nous avons plusieurs affaires en cours dans nos archives, donc vous ne manquez pas de travail. Il faut effacer au plus vite l'échec de Lisbonne.

— Je vais ratisser le Deepnet avec Hercule, dit Tesla. La personne qui s'est emparée du Masque va sûrement essayer de le vendre au marché noir. Alors, on pourra peut-être le récupérer.

— Bien. Demande à Marc de t'aider, ordonna Narváez.

Et il mit un terme à la réunion. Les quêteurs quittèrent la salle, mais le vieux ne bougeait pas. Au moment où je m'apprêtais à rejoindre mon habitable, Narváez me rappela.

J'eus une légère inquiétude. Je craignais qu'il ne me reproche d'avoir emporté la pièce d'Acosta ou de m'être laissé arrêter à Venturosa.

— Ferme la porte et assieds-toi. Je veux te parler en privé.

— Que se passe-t-il ? J'ai fait quelque chose de mal ?

— Non. Je suis satisfait de ton travail. Tu as montré du caractère à ta première mission. Décris-moi la personne qui t'a attaqué à Venturosa. Dis-moi ce dont tu te souviens.

Je m'exécutai. L'incident était encore frais dans ma mémoire. Narváez m'écouta avec attention. Quand j'eus fini, il hocha la tête. J'eus l'impression qu'un détail l'inquiétait.

— C'est bien ce que je craignais…, dit-il pour lui-même. Gelderohde.

— Qui ?

— L'homme qui s'est emparé du Masque.

Narváez sortit une photographie de la poche de son gilet et me la montra.

— C'était son visage ?

— Oui. Tu sais de qui il s'agit ?

— Je le sais, hélas. C'est Joos Gelderohde. Un dangereux criminel. Spécialisé dans le vol d'objets d'art à un haut niveau. Pendant des années, il a été un casse-tête pour les services de sécurité du monde entier. Tu as eu beaucoup de chance de lui échapper avec seulement quelques contusions. D'autres comme toi ne sont plus là pour le raconter.

Je regardai la photographie avec un respect timoré.

— Depuis quand sais-tu qu'il était sur nos traces.

— Je ne l'ai jamais su avec certitude, mais je m'en doutais. J'avais entendu dire qu'il s'était évadé de la prison belge de Termonde, il y a deux ans. Je craignais que tôt ou tard nos chemins ne se croisent à nouveau.

— À nouveau ?

— Oui – Narváez grimaça. Nous faisons le même travail, Gelderohde et nous, mais nos objectifs et nos moyens diffèrent. Dans le Corps, nous étions au courant des exploits de Joos le Wallon depuis longtemps, mais étant donné que nos activités respectives n'étaient jamais entrées en conflit, nous nous contentions d'observer ses mouvements sans rien dire. Gelderohde n'était pas notre problème, et nous ne sommes pas une brigade policière.

— Que s'est-il passé, alors ?

Narváez soupira.

— Ma conscience m'a poussé à réagir. Il y a cinq ou six ans, j'ai appris que Gelderohde s'apprêtait à frapper un grand coup à Sydney. Ni la police australienne ni aucune autre n'étaient au courant, nous étions les seuls à le savoir. J'ai décidé de prévenir Interpol. Gelderohde a été arrêté et envoyé en prison.

Toutefois, l'opération fut un vrai cafouillage. Il n'y eut aucune coordination entre Interpol et l'AFP, la police fédérale australienne. Gelderohde tua deux gardiens de la Galerie d'art de Nouvelle-Galles du Sud en dérobant un de ses tableaux les plus précieux. Il faillit s'échapper, mais il fut finalement arrêté. Le procès fut conduit de la pire des façons, et on cita mon nom comme étant la source qui avait informé du vol. Je fus même convoqué pour témoigner. Par chance, je pus maintenir le Corps à l'écart de cette histoire, mais Gelderohde savait qui était le responsable de son arrestation.

— Tu crois que Gelderohde exécute une sorte de vengeance ? Et qu'il interfère pour cette raison dans notre travail ?

— Il est difficile de suivre la logique d'un criminel, mais j'aurais tendance à interpréter ses actes autrement… Il y a deux détails dans toute cette affaire qui m'intriguent. En premier lieu, l'évasion de Gelderohde : je suis convaincu qu'il a bénéficié d'une aide extérieure. Mais de qui ? Je ne sais pas. Ensuite, il y a la question de la Liste. Gelderohde ne s'intéresse qu'à la liste de Bailey. J'aimerais bien savoir pourquoi.

— Je me trompe peut-être… mais on a l'impression que Gelderohde est l'instrument de quelqu'un.

L'expression de Narváez ne se modifia pas, mais un éclair d'intérêt brilla dans ses yeux.

— Pourquoi dis-tu cela, Tirso ?

— Quand je me suis mesuré à lui, à Venturosa, il a mentionné un nom…

— Je sais. Lilith. Mais cela n'indique rien. C'était peut-être une plaisanterie d'initié.

Je ne répondis pas. Narváez me regardait avec ses yeux perçants, comme s'il pouvait lire dans mes pensées.

— Il y a autre chose, n'est-ce pas, Tirso ? Qui tourne dans ta tête.

— Ce n'est rien… juste une intuition, sûrement tirée par les cheveux…

— L'instinct est l'arme la plus précieuse d'un quêteur. N'hésite pas à l'utiliser. Je t'assure que cette conversation restera entre nous.

— La façon que Gelderohde a eue de saboter notre travail à Lisbonne… C'était comme s'il connaissait nos plans à l'avance. Bâillonner Marc sur cette table a tout l'air d'être une sorte de message qui nous est adressé.

— Oui, je comprends ce que tu veux dire. Il a voulu nous prouver qu'il est capable de ruiner nos plans, et même d'en tirer profit.

— Exactement. Cela ne peut signifier qu'une chose : qu'il les connaît. Dans ces conditions, je ne peux m'empêcher de me demander… Quelqu'un aurait-il pu surveiller nos mouvements ?

Narváez me répondit par une autre question.

— Qui était au courant de votre plan pour récupérer le Masque à Venturosa ?

— À ma connaissance, personne, à part nous.

— Et ici, à Madrid, Enigma et moi, c'est tout. Tu comprends ce que cela signifie, Tirso ?

Je ne comprenais que trop bien, malheureusement.

— Si Gelderohde connaissait nos plans grâce à une infiltration, celle-ci ne pouvait venir que d'un quêteur – je regardai Narváez de façon presque suppliante, espérant qu'il repousserait ma théorie avec dédain. Tu crois que je me trompe ?

Il ne répondit pas immédiatement. Il se leva, annonçant la fin de la conversation.

— Ce que je crois, c'est que tu ne dois en parler à personne. Absolument personne. À moi uniquement – Narváez me regarda dans les yeux. Accordons aux détails l'importance qu'ils ont : les exagérer fait de nous des paranos, les minimiser nous rend irresponsables ; évitons ces deux écueils.

— Alors, qu'attends-tu de moi ?

— Ouvre l'œil et sois discret. Si tu remarques quelque chose d'inquiétant, dis-le-moi. À moi et à personne d'autre.

— Je dois me comporter comme s'il ne s'était rien passé.

— Personne ne te demande une chose pareille. Tu es intelligent, et tu peux comprendre qu'il serait contre-productif pour nous de créer un climat de méfiance – Narváez boutonna sa veste et s'apprêta à sortir de la salle de réunion. Essaie de te concentrer sur un objectif... Par exemple, pourquoi ne jetterais-tu pas un coup d'œil sur la liste de Bailey ? Un nouveau regard peut nous offrir un point de vue que les autres n'ont pas remarqué.

Maintenant que l'interdit du soupçon avait été levé, il était difficile d'ignorer la possibilité qu'un quêteur pratique un double jeu risqué.

J'essayais de ne pas trop penser à ma conversation avec Narváez. La perspective qu'un de mes compagnons soit un traître était dure à avaler. Je n'osais même pas lui donner un visage.

Cependant, une voix intérieure insinuait des pensées perfides au fond de moi. Soudain une idée surprenante me vint... Et si Narváez me soupçonnait ?

Jouer au détective pouvait être amusant dans certaines circonstances. Mais cette fois, ce n'était pas le cas. J'essayai donc de suivre les conseils de Narváez et de ne pas me laisser envahir par les soupçons. Si un quêteur cachait quelque chose, tôt ou tard il se trahirait. Je n'avais qu'à être attentif, au cas où cela arriverait.

En passant devant le Fourbi, j'assistai à une altercation entre Labulle et Tesla. Je n'en fus pas étonné : les deux quêteurs ne s'entendaient pas très bien, et ils se disputaient souvent, pour des raisons un peu infantiles.

Je comprenais que le conseil de Narváez était sage. Que se passerait-il si, à une relation déjà tendue comme celle qui existait entre Labulle et Tesla, on ajoutait le facteur du soupçon ? Les conséquences seraient terribles pour la cohabitation quotidienne, surtout dans un travail comme le nôtre, où tout dépend tellement de la confiance du compagnon. Se méfier les uns des autres serait comme enterrer une bombe à retardement au cœur du Caveau.

C'était peut-être la carte que jouait Gelderohde.

Pendant que je ruminais ces pensées, j'entendis Labulle traiter Tesla d'"attardé émotionnel" ou de quelque chose d'approchant, et il sortit du Fourbi à grandes enjambées. Je faillis lui rentrer dedans. Il ne dit pas un mot et s'enferma dans son bureau. Je passai la tête par la porte du Fourbi.

— Tout va bien ? demandai-je.

Tesla pianotait sur un ordinateur, la mine sombre. Je pouvais presque voir de la fumée sortir par ses oreilles.

— Connard arrogant…, grommela-t-il – le quêteur se défoula sur moi : Enfin merde, je commence à en avoir marre qu'il déverse ses frustrations sur moi. Ce n'est pas ma faute, si les choses ont mal tourné à Lisbonne. C'était lui le responsable, il me semble ?

J'entrai dans le Fourbi et refermai la porte derrière moi. Tesla continua de se déchaîner contre Labulle en bougonnant entre ses dents.

— S'il avait autant de cran que tout le monde le dit, il ne rejetterait pas son incompétence sur les autres. Un lâche, voilà ce qu'il est : un foutu lâche. Il tremble de peur chaque fois que le vieux lui colle une responsabilité sur les épaules. Tant de muscles, tant de manières, et un cerveau atrophié… Je t'assure qu'un de ces jours je vais perdre patience et… – Tesla serra les dents et donna un coup de poing sur le clavier ; tout le bazar qu'il y avait sur la table sursauta, et un pantin du *Docteur Who*, avec une tête disproportionnée rattachée au corps par un ressort, tomba par terre ; Tesla poussa un long soupir et le ramassa délicatement. Mais cet imbécile a sans doute raison quand il dit que je mets trop de foutoir dans ce lieu…

— Moi, j'aime bien le *Docteur Who*…, dis-je timidement.

Tesla m'adressa un faible sourire de reconnaissance.

— Ne m'écoute pas. Labulle a le don de me faire sortir de mes gonds, mais je ne parlais pas sérieusement. C'est un bon quêteur… je crois.

— Qu'est-ce qui a déclenché ça ?

— Rien d'important… Nous avons tous les nerfs à fleur de peau depuis les événements de Lisbonne. Ça arrive. Je ne me rappelle même pas comment la dispute a éclaté.

Je ne pus m'empêcher de me solidariser avec Tesla. Au fond, il devait être complexé par Labulle. Un peu comme moi avec Marc.

— Labulle t'a dit que ce qui s'est passé à Lisbonne est ta faute ?

Tesla poussa un nouveau soupir…

— Pas dans ces termes… Mais il a dit que mon plan était ridicule, et que c'était pour ça que tout avait foiré.

— Avant de nous exposer ton plan, tu en avais parlé à quelqu'un d'autre ?

— Non. Pourquoi l'aurais-je fait ?

Tesla se pencha sur l'ordinateur. Il avait réussi à se calmer, mais il était encore de mauvaise humeur.

— S'il était tellement ridicule, il n'avait qu'à en proposer un autre… Mais il en était incapable, bien sûr. Ici, ce sont toujours les mêmes qui pensent. Si les choses se passent bien, tout le monde a des félicitations, mais si ça déraille, plus personne n'est responsable. Putain de merde… Ce n'était même pas mon idée…

— Quoi ?

— Le plan de Lisbonne. Je n'y avais même pas pensé.

— Mais alors, c'était l'idée de qui ?

— Des bijoutiers – je le regardai, surpris. J'en ai parlé avec Alpha. Le jour où Narváez vous a demandé de vous occuper d'Acosta. Je voulais savoir s'il y avait un moyen de protéger le Masque des détecteurs de métaux. On discutait de la meilleure façon de l'introduire dans le palais, et de fil en aiguille Alpha a suggéré d'utiliser la table qui montait et descendait. C'était son idée.

— Donc, les jumeaux étaient au courant des détails de notre plan.

— Et ils l'adoraient. Je te dis que l'idée venait d'eux.

Cette information était du plus haut intérêt. Elle élargissait le cercle des éventuels infiltrés. Par ailleurs, la personne qui avait conçu le plan de Lisbonne connaissait mieux que personne ses points faibles et savait comment les mettre à profit.

Je décidai d'en parler à Narváez à la première occasion.

2

INSPIRATION

J'étais épuisé quand je quittai le Caveau. Je rentrai chez moi, m'assis sur le canapé et m'endormis. Quand je rouvris les yeux, il était six heures.

J'avais dû faire un drôle de rêve, qui m'avait réveillé, et je me récitais cette citation du Cantique des cantiques qu'Acosta avait déclamée dans son appartement.

Tes lèvres distillent le miel, il y a sous ta langue du miel et du lait…

J'essayai de penser à autre chose, mais ce verset était collé à mon cerveau comme *(Tes lèvres distillent le miel)* le refrain d'une chanson qu'on ne peut s'enlever de la tête.

Il y a sous ta langue du miel et du lait…

Comment était-ce, ensuite ?

Je trouvais énervant de ne pouvoir me rappeler la suite du poème. Fatigué de me répéter sans cesse les mêmes mots, je consultai la référence biblique sur Internet :

Et l'odeur de tes vêtements est comme l'odeur du Liban. Tu es un jardin fermé, ma sœur, ma fiancée. Une source fermée. Une fontaine scellée.

Le chapitre IV du Cantique des cantiques. Écrit par Salomon.

Tes lèvres distillent le miel.
Une source fermée.
Une fontaine scellée.

Qui avait bien pu inspirer de telles paroles à Salomon ?
Tu es un jardin fermé, ma sœur, ma fiancée.
Une source fermée. Ma sœur, ma fiancée.
Une fontaine scellée.
Ma sœur, ma fiancée.

Il m'est difficile de décrire le tourbillon d'images qui éclata soudain dans la tête. Ce que je ressentis ne fut pas le résultat d'une succession logique d'idées, mais un déluge d'intuitions, mêlé de souvenirs qui me frappèrent aussi fort qu'une claque sur le front.

Parmi tous ces souvenirs, il y en avait un particulièrement vif.

Le tableau d'un enfant à cheval. Un homme, à côté de moi, son visage était comme une photo floue. L'homme me tenait par la main. Et il parlait.

La reine tomba amoureuse de Salomon, lequel la trompa en lui adressant de belles paroles…

Mais ce n'était pas une vraie reine. C'était une sorcière. Et elle avait nom Lilith *(une source fermée. Une fontaine scellée).*

Et Lilith décida de se venger de Salomon en lui volant son trésor le plus précieux.

Schem-hamephorash.

Souvenirs oubliés *(fermés. Scellés)* qui tourbillonnèrent si vite dans ma tête, si violemment, que pendant quelques instants je fus incapable de bouger. Je contemplai l'écran de l'ordinateur, le regard perdu.

Je parvins à remettre en ordre le chaos de mes idées et je réagis. J'avais rangé quelque part la copie de la liste de Bailey que Tesla m'a remise quelques jours auparavant. Je la trouvai au milieu de papiers divers et je la relus encore une fois.

– *Akhbar Madjmu'a de La Rábida* (bibliothèque du monastère de La Rábida, Palos de la Frontera, Huelva).

– *Chorographie tolédane de Pedro Juan de Lastanosa* (bibliothèque privée du comte de Talayuela).

– *Chronicae Visigotorum de saint Isidore de Séville* (bibliothèque du monastère de Hoces, Guadalajara).

– *Table d'Al Makkara* (palais des marquis de Miraflores. Malpartida, Cáceres).

– *Pierre tombale d'Arjona* (crypte de l'église San Juan Bautista de Arjona, Jaén).

– *Clé-reliquaire de saint André* (Cámara Santa de la cathédrale d'Oviedo).

– *Patène de Canterbury* (fausse piste).

– *Masque de Muza* (localisation inconnue).

Je m'attardai une fois de plus sur le fait que Warren Bailey avait raturé la patène de Canterbury et griffonné "fausse piste" à côté. Toutefois, si la Patène était une fausse piste, il était logique de penser que les autres objets aussi étaient des pistes, mais vraies.

Mais des pistes de quoi ? Que cherchaient Bailey et LeZion ? Peut-être la fontaine scellée… Le secret de Lilith.

Et si je regardais cette Liste sous un angle nouveau ? Peu à peu, à mesure que mon cerveau se mettait à distiller *(miel et lait)* des souvenirs, cet ensemble de pièces sans rapport entre elles prenait peu à peu un sens pour moi.

Je passai des heures à m'informer sur ces objets, consultant des pages Web et quelques-uns de mes livres.

L'*Akhbar Madjmu'a* est une chronique berbère du XIᵉ siècle qui relate la conquête arabe de la Péninsule en 711. L'exemplaire le plus ancien de cette chronique est conservé à la Grande Bibliothèque de Paris, mais certains experts pensent que celle-ci est la copie mutilée d'une autre, plus ancienne, qui se trouvait au monastère de La Rábida, et qui est maintenant dans un lieu inconnu.

De nombreux historiens voient dans cette chronique un mélange de réalité et de fiction. Sa partie la plus intéressante (de mon point de vue) est le récit détaillé des disputes entre Muza et Tariq au sujet du partage des trésors des rois wisigoths. D'après la chronique, le bien qui intéressait le plus les deux chefs musulmans était "une table qui aurait appartenu à Salomon et qui était dans le trésor des rois de Tolède". L'*Akhbar Madjmu'a* de Paris ne parle plus de la Table, mais d'aucuns pensent que sur l'exemplaire de La Rábida il y avait un passage qui expliquait en détail où Tariq et Muza l'avaient trouvée.

La référence à Muza me parut très suggestive, car elle supposait un lien entre l'*Akhbar Madjmu'a* et le Masque que nous avions essayé de récupérer à Lisbonne.

Un autre ouvrage de la Liste était la *Chorographie tolédane* de Pedro Juan de Lastanosa. Cet homme avait été l'auteur de la première carte géodésique de l'Espagne par triangulation. On pense qu'au XVIe siècle, sur une commande du roi Philippe II, il utilisa ses connaissances pour cartographier un réseau de tunnels qui existait sous la ville de Tolède et dans ses environs. Il rassembla ces cartes dans la *Chorographie tolédane*.

Ces souterrains étaient connus sous le nom de *grottes d'Hercule*. Selon une vieille légende ibérique, c'est le fils de Zeus qui avait creusé ces tunnels. Philippe II en eut sûrement connaissance par son précepteur Juan Martínez Guijarro, archevêque de Tolède, qui est passé à la postérité comme le cardinal Cilice. Cet homme avait une grande culture et un regard étroit : c'était un antisémite acharné. C'est à lui qu'on doit les honteux statuts de *pureté de sang* qui furent appliqués en Espagne sous le règne de la maison d'Autriche.

On raconte qu'en 1546, le cardinal Cilice envoya un groupe d'hommes équipés de torches explorer les grottes d'Hercule. L'expédition réapparut quelques jours plus tard.

Ses membres, hâves et hallucinés, rapportèrent des faits tellement effrayants que le cardinal Cilice ordonna de murer l'accès aux Grottes et d'effacer leur emplacement de la mémoire. L'événement est rapporté par l'historien augustin Enrique Flórez, dans son œuvre datée de 1721, *Espagne sacrée*.

On parle aussi des grottes d'Hercule dans le troisième et dernier ouvrage mentionné sur la liste de Bailey : la *Chronicae Visigotorum*, de saint Isidore de Séville. Dans ce codex, daté du VIIe siècle, le saint évêque wisigoth raconte comment le roi Swinthila lui confia la mission de chercher une cachette pour un trésor d'une valeur incalculable, qui appartenait aux monarques de Tolède depuis que le chef barbare Alaric l'avait pris dans le temple de Jupiter à Rome, au Ve siècle.

Le trésor en question était une table. Une table qui avait appartenu au roi Salomon. La table citée dans l'*Akhbar Madjmu'a*, et qui avait provoqué un affrontement entre Mūsā et Tariq.

Isidore cacha la table dans les grottes d'Hercule, et presque mille ans plus tard, Pedro Juan de Lastanosa reçut la mission de cartographier ces grottes. Un travail commandé par le roi Philippe II en personne, lequel, disait-on, était fasciné par la personne du roi Salomon et tout ce qui y avait trait.

La Table. Tout commençait à tourner autour de la Table.

Il y avait en effet une table parmi les objets de la liste de Bailey : la *table d'Al Makkara*. Al Makkara était le nom d'un chroniqueur arabe qui avait rédigé l'histoire des dynasties mahométanes. Une partie de son œuvre est une réplique de l'*Akhbar Madjmu'a*, dans la mesure où Al Makkara soutient que la table trouvée par Tariq en Espagne n'était pas la célèbre table de Salomon, mais un simple meuble aux proportions plus modestes, que les Wisigoths utilisaient comme autel. Pour soutenir ses propos, Al Makkara inclut dans son texte une description détaillée de la fausse table, mais il reconnaît qu'elle a pu être fabriquée à l'image de la vraie.

Il existait apparemment une table semblable à celle qu'Al Makkara décrivait et qui tomba entre les mains des marquis de Miraflores. Cette table serait associée à un autre des objets de la liste de Bailey : la *pierre tombale d'Arjona*.

La Pierre tombale est une dalle de pierre sur laquelle sont gravés des symboles, et d'aucuns pensent qu'il s'agit peut-être d'une reproduction de la table d'Al Makkara, ou de celle de Salomon.

Il y eut deux objets de la Liste que je fus incapable de rattacher à la relique de Salomon. L'un d'eux était la patène de Canterbury, mais étant donné que Bailey lui-même l'avait écartée, j'imaginai que la Patène figurait sur cette Liste par erreur.

Quant à la clé-reliquaire de saint André, je ne trouvai rien. Mon père ne l'avait jamais citée dans ses histoires. Cependant, vu que les autres objets étaient tous rattachés à la table de Salomon, je ne doutai pas un instant que la Clé-reliquaire devait être reliée à ce trésor.

Quand j'eus établi le fil conducteur des pièces de la Liste, la nuit était très avancée. J'étais épuisé, surtout émotionnellement. J'avais dû remuer de vieux souvenirs, si nécrosés dans ma mémoire que leur récupération fut presque douloureuse, comme l'ablation d'une vieille tumeur. Reconstituer entièrement l'histoire que mon père m'avait racontée par petits bouts dans les salles de musée jusqu'au jour de sa mort, cela m'avait complètement vidé.

Cependant, ces efforts en valaient la peine. Pour moi, ce que Ben LeZion poursuivait était devenu clair. Je savais pourquoi il avait chargé Warren Bailey de trouver ces objets en Espagne.

Ben LeZion cherchait la table de Salomon. Le *Schemhamephorash*. Le Nom des Noms.

Je ne devais pas avoir l'air très frais quand, le lendemain, j'arrivai au Caveau. Enigma s'en aperçut dès qu'elle me vit.

— Oh les beaux cernes ! s'exclama-t-elle. Qu'as-tu fait toute la nuit ? Non, attends, ne me dis rien. Il y a des choses que je préfère ignorer. S'il y a une femme, ou un homme, dans ta vie, je ne veux pas le savoir. Je suis très jalouse.

J'avais envie de partager ce que j'avais découvert, mais je ne savais pas qui serait la personne la mieux adaptée. Il faudrait quelqu'un qui me prenne au sérieux (ce qui était difficile) et, surtout, qui soit discret. Ce qui écartait Enigma et Labulle.

J'écartai aussi Marc. Par antipathie, je l'avoue.

Les goûts personnels de Tesla me laissaient penser qu'il prendrait mon histoire *trop* au sérieux, et j'avais besoin d'une opinion qui soit judicieuse et objective.

Cela ne me laissait qu'une seule possibilité : Danny.

Je la cherchai partout dans le Caveau. Elle était parfois difficile à trouver, car elle n'avait pas de bureau attitré. Elle allait et venait à son gré. Je demandai à Enigma si elle savait où elle était.

— Essaie l'aquarium, mon chéri. Je jurerais l'y avoir vue tout à l'heure.

Il fallait être familiarisé avec la nomenclature personnelle d'Enigma pour comprendre ses indications. Pour elle, le bureau de Labulle était le "sous-marin", la salle de réunion le "congrès", notre habitacle la "garderie"… Et souvent elle changeait les dénominations à sa fantaisie.

L'aquarium, c'était le nom qu'Enigma donnait à la salle des archives. Je ne sais pas pourquoi, peut-être parce qu'un des murs était un grand panneau vitré.

La plupart des dossiers du CNQ étaient informatisés, mais il y avait encore beaucoup de données sur papier, rangées dans des armoires de classement métalliques obsolètes. Tout était dans ce lieu qu'Enigma avait baptisé "aquarium". C'est là que je trouvai Danny.

Elle cherchait quelque chose sur une peinture sur bois de Juan Inglés, un maître de la Renaissance, détenue par un collectionneur polonais, et que les quêteurs rêvaient de récupérer. Elle pensait que ce serait une opération de routine, assez simple pour faire oublier le fiasco de Lisbonne, et elle voulait la proposer à Narváez. Mais elle manquait d'enthousiasme et elle fut ravie que je l'interrompe.

— J'aimerais te parler de quelque chose… en privé.

— En privé ? Quel suspense ! D'accord, je t'écoute. Ici, nous ne serons pas dérangés. Personne ne vient jamais dans ce cimetière de paperasses.

Je sortis la liste de Bailey de ma poche et lui expliquai aussi clairement que possible ce que je croyais avoir découvert. Elle m'écouta sans m'interrompre, même si à son expression il était difficile de savoir si elle me prenait au sérieux.

— Ainsi donc… une table magique, dit-elle à la fin de mon exposé.

— Ce n'est pas exactement une table magique, répondis-je, mal à l'aise. C'est plutôt un dispositif qui dissimule un secret. Le secret du *Schem-hamephorash*.

— Le *Schem-hamephorash*, répéta-t-elle en faisant glisser les syllabes avec délicatesse entre ses lèvres. Le Nom des Noms.

— Alors, tu sais de quoi je parle.

— Pas vraiment. Je traduisais seulement l'expression littéralement. C'est de l'hébreu ancien, n'est-ce pas ? Ne me regarde pas comme ça : je ne parle pas l'hébreu ancien, mais je l'ai étudié il y a quelques années et j'en ai gardé quelques souvenirs. En quoi consiste exactement ce *Schem-hamephorash* ?

— C'est le nom véritable de Dieu. Dans les écrits rabbiniques, on dit que le nom de Dieu était un secret que personne ne pouvait connaître, car l'intellect humain est incapable de l'assimiler. Le nom de Dieu est le *logos*, le mot de la Création et le moteur de l'univers… Tu connais le début de l'Évangile de saint Jean ?

— Je crains fort que mon catéchisme soit un peu rouillé. J'ai fait mes études à l'école publique.

— "Au commencement était le Verbe, récitai-je. Et le Verbe était auprès de Dieu, et le Verbe était Dieu." C'est cela, le *logos*. Le Verbe. Le *Schem-hamephorash*. Celui qui le connaîtra dominera les clés de toute connaissance. Lilith, la reine de Saba, révéla à Salomon la formule hiéroglyphique du *Schem-hamephorash* et la grava sur la surface d'une table.

— La table que cherchait Warren Bailey en Espagne…

J'acquiesçai. Danny réfléchit. Je comptais les secondes avant qu'elle éclate de rire. Mais il n'en fut rien. Au lieu de cela, elle me regarda dans les yeux et me demanda :

— Tu le crois vraiment ? Tu crois à l'existence d'une table qui donne à son maître le pouvoir de la Création ?

— Non, répondis-je fermement. Bien sûr que non. Un esprit sain ne peut croire une chose pareille.

— Je suis ravie de te l'entendre dire, vraiment.

— Pourtant, il y a une chose à laquelle je crois : les rois de Tolède gardaient un trésor qu'ils *croyaient* être la table de Salomon. Ils en étaient tellement convaincus qu'ils la cachèrent pendant des siècles pour que personne ne puisse la leur ravir. Les musulmans connaissaient aussi l'existence de ce trésor, et quand ils conquirent la Péninsule, ils cherchèrent à la retrouver. Je vais te dire ce que je crois : la Table existe réellement. Ses pouvoirs sont sans doute un mythe, mais pas la Table.

— Je ne sais pas si ton raisonnement me convainc.

— Pourquoi ? Il est très logique. Réfléchis un peu : tout le monde croyait que la tombe de Toutankhamon était maudite, il y a des gens qui pensent que sur la fresque de *La Cène* de Léonard de Vinci il y a un secret cabalistique, et d'autres disent que le saint suaire de Turin est une radiographie du corps du Christ. Ce sont des idées discutables, mais cela n'empêche pas la tombe de Toutankhamon, *La Cène* de Léonard et le suaire de Turin d'être réels. Pourquoi n'en serait-il pas de même avec cette Table ?

Danny se taisait. Elle me regarda.

— Tu sais être très persuasif quand tu le veux, bizuth…, me dit-elle en souriant à demi. Je commence à croire que tu as raison, que Bailey cherchait cette relique pour LeZion. Mais dis-moi, comment se fait-il que tu saches tant de choses sur la table de Salomon ?

Je lui parlai de mon père. Ce fut moins pénible que je ne l'aurais cru.

— Jamais nous n'avons parlé d'autre chose que de ce genre de légendes. C'étaient les seuls sujets de conversation que mon père avait avec moi. Et il en connaissait beaucoup… – ma voix s'éteignit et j'eus une sensation étrange (nostalgie ? Ressentiment ? Fierté ?). C'était un très bon conteur.

— Il a sûrement eu un très bon auditeur…

— Si la Table existe, elle est sûrement quelque part.

— Et nous avons ici toutes les pistes qui nous aideront à la trouver, comme le pensait LeZion. Oui, c'est un bon raisonnement, je le reconnais, mais si tu veux insinuer que nous pouvons nous embarquer pour une chasse au trésor épique, je crois que tu vas un peu trop loin.

— Pourquoi dis-tu cela ?

— Nous ne sommes pas des chasseurs de trésor, Tirso. Nous recherchons des œuvres d'art volées, pas des légendes.

— Nous récupérons ce qui nous appartient, dis-je en répétant ce qu'en son temps j'avais dit à Narváez. Je croyais que c'était ce qui donnait un sens à notre travail. Quoi qu'il arrive. Il n'y a rien qu'un quêteur ne puisse récupérer. Et cette Table nous appartient. C'est un héritage des rois, qui la protégèrent pour qu'elle ne soit jamais volée. Si quelqu'un caresse cet espoir, n'est-ce pas notre mission de l'en empêcher ? Sinon, personne ne l'en empêchera.

— Narváez pleurerait de fierté s'il t'entendait. Hélas, je n'ai pas une vision aussi romantique de notre travail.

— Je vois, dis-je, sans pouvoir dissimuler ma déception. Enfin… Je vais te laisser fouiller les archives. J'ai sans doute trop laissé décoller mon imagination : l'espace d'un instant, j'avais cru que nous étions un corps d'élite. Apparemment, nous ne sommes que des chapardeurs d'antiquités… Excuse-moi, en réalité, nous sommes des chapardeurs salariés par le gouvernement, ce qui sans doute nous ramène à un niveau plus prosaïque : nous sommes des fonctionnaires.

Je lui tournai le dos et allais quitter l'aquarium quand elle me rattrapa par le bras.

— Attends un instant… Où vas-tu ?

— Je retourne à mon habitacle remplir quelques formulaires avant la pause-café… Et je vais peut-être faire une demande pour prendre une journée de congé qui me permettra de régler mes affaires personnelles. Tu vois ce que je veux dire : la routine d'un chevalier quêteur.

Soudain, Danny partit d'un grand éclat de rire, surprenant et frais. Danny ne riait pas souvent de cette façon.

— Mon Dieu, Tirso, ne sois pas si… — elle me regarda en penchant un peu la tête. C'est bon, je vais t'aider à trouver une piste sur cette sacrée Table. Nom d'un chien, je dois être aussi folle que toi…

3

OLYMPIA

Danny posa ses conditions pour m'aider. La première était que nous devions garder le secret sur tout ce qui concernait la Table ; elle redoutait que les autres quêteurs se moquent de nous en voyant que nous ajoutions crédit à une telle légende. Mais si nous trouvions la preuve que la Table était bien réelle, Danny était prête à en informer nos compagnons.

J'opposai une objection, car je pensais qu'il fallait convaincre Tesla de collaborer avec nous.

— Tesla ? demanda-t-elle. Pourquoi lui ?

— Parce que c'est le seul qui sait utiliser Hercule pour explorer le Web et le Deepnet. Il existe peut-être sur Internet des informations sur la Table qui pourraient nous aider. Nous avons besoin d'une personne de son expérience.

— Non, je refuse, au moins pour le moment. J'aime bien Tesla, mais il a une imagination débordante. Il s'emballerait à coup sûr.

Je compris ce qu'elle voulait dire. Je me représentai Tesla se laissant emporter par un excès d'enthousiasme et cherchant sur eBay un fouet et un chapeau fedora à un prix intéressant. Je prenais cette affaire au sérieux, et j'avais réussi à convaincre Danny ; ni elle ni moi n'avions envie que tout cela dégénère en passe-temps pour adolescents.

Mais Danny voulait bien qu'une personne débrouillarde sachant utiliser Hercule nous donne un coup de main. Hélas, sa proposition était inacceptable.

— Marc ? Pourquoi Marc ?

— Parce que c'est le seul à savoir utiliser Hercule, à part Tesla. Je croyais que c'était ce que tu voulais.

— Oui, mais… Marc ?

Comme mon objection était purement viscérale, elle était insoutenable. Finalement, je capitulai et acceptai de partager avec Marc ce que j'avais découvert sur la liste de Bailey. Je nourris l'espoir mesquin que Marc trouverait que cette histoire était une perte de temps et qu'il refuserait de collaborer.

Je me trompais. Marc fut fasciné par la table de Salomon. Contrairement à Danny, il comprit que Bailey était derrière cet objet et que notre mission inéluctable était de le retrouver avant que d'autres en aient l'idée.

C'est ainsi que tous les trois, Danny, Marc et moi, on fit nos premiers pas pour trouver des preuves de l'existence de cette relique. On travailla avec discrétion, pour que personne ne découvre la nature de nos recherches très particulières.

Il y avait déjà plus d'une semaine que nous menions nos enquêtes quand, un samedi matin, on se retrouva dans une cafétéria agréable, près du Musée archéologique. On s'installa à l'intérieur d'un élégant pavillon de style Art nouveau qui donnait sur le Paseo de Recoletos, en compagnie de touristes fortunés et de serveurs silencieux en veste blanche et nœud papillon.

— Hier, j'ai trouvé un truc intéressant grâce à Hercule, nous dit Marc – il regarda Danny et lui demanda : Ça te dit quelque chose, le nom d'Olympia Goldman ?

— Sûrement pas : je me rappellerais un nom aussi théâtral. Pourquoi cette question ?

— C'est une parente à toi. Éloignée. Tu ne savais pas qu'une petite-fille de Ben LeZion vivait encore ?

— Je n'ai guère d'informations sur cette branche de la famille.

— LeZion a eu trois enfants, expliqua Marc. L'aîné, Abner, est mort pendant la Seconde Guerre mondiale, sans descendance. Restaient deux filles : Edith et Rebecca.

— Edith était l'aînée, je le sais, dit Danny. C'est elle qui a épousé un fils de Warren Bailey. Edith était ma bisaïeule.

— Exact, dit Marc. Sa sœur Rebecca a épousé un administrateur de LeZion : un certain Jonathan Goldman. Ils ont eu deux filles : Prudence et Olympia. Prudence est morte de la variole quand elle était adolescente, mais Olympia vit toujours.

— Elle doit avoir… Combien ? Des milliers d'années, dis-je.

— Plus de quatre-vingt-dix. Elle s'est mariée deux fois mais n'a pas eu d'enfants. Dans les années 1950, elle est venue en Espagne et vit maintenant dans une résidence du troisième âge. Danny, tu es sa seule parente encore en vie. Mais le plus important, c'est qu'elle a connu Ben LeZion. Quand elle était petite, elle faisait de longs séjours à Chicago, chez son grand-père.

— Tu as trouvé tout ça grâce à Hercule ? demandai-je.

— Tu serais surpris d'apprendre de quoi est capable cette merveille si on l'utilise bien. Aujourd'hui, tout est sur le Web. Absolument tout. Je peux même vous dire dans quelle résidence se trouve Olympia Goldman. Et justement, elle est ici, à Madrid.

— D'accord. Nous savons où trouver Olympia Goldman. Ce que je ne comprends pas, c'est en quoi cela peut nous aider de lui parler.

— C'est évident, répondit Danny : si Olympia passait de longues périodes avec LeZion, elle se rappellera sûrement si son grand-père avait retrouvé la Table. Il s'agit d'une possibilité que nous n'avons pas envisagée, mais que nous ne pouvons pas écarter.

— Peut-on se fier à la mémoire d'une nonagénaire ?

— Ça vaut la peine de tenter le coup. La mémoire à long terme des personnes de cet âge est parfois surprenante : elles sont incapables de se rappeler ce qu'elles ont pris au petit-déjeuner, mais elles pourraient vous réciter le nom de tous leurs camarades de maternelle.

— De plus, c'est la piste la plus solide que nous ayons pour le moment, ajouta Marc.

On décida d'aller voir Olympia Goldman dans sa résidence le jour même et de lui poser quelques questions. Et on conclut la réunion sur cette décision.

La résidence Juan de Austria était dans la rue du même nom, en plein centre de Madrid. Nous étions convenus de nous y retrouver à cinq heures. Quand j'arrivai, Danny m'attendait devant la porte. Marc n'était pas là.

— Il ne vient pas, me dit Danny. Il a eu un imprévu.

— Quelle sorte d'imprévu ?

— Il ne me l'a pas dit. Il m'a envoyé un message à l'heure du repas. C'est tout ce que je sais… Qu'est-ce que c'est ? demanda-t-elle en montrant le paquet que je portais.

— Une boîte de bonbons à la menthe. J'ai pensé que ce serait gentil d'apporter quelque chose à cette pauvre femme.

Danny eut un léger sourire.

— Adorable…

Et sans ajouter un mot, elle franchit la porte. Je lui emboîtai le pas.

La résidence Juan de Austria ne correspondait pas à l'idée que je me faisais d'un asile de vieillards, même si je n'en avais jamais vu. C'était un bâtiment moderne de plusieurs étages qui occupait tout un pâté de maisons. Après avoir franchi une porte vitrée automatique, on se retrouva dans un vaste hall avec un sol en marbre et des murs recouverts de lierre. De grands pots de bambous et des peintures de style avant-gardiste complétaient la décoration. Dans un angle, le bouillonnement relaxant d'une petite fontaine ornementale apportait une petite note de gaîté.

L'endroit ressemblait à un hôtel de luxe pour voyageurs d'âge crépusculaire. Quelques vieillards étaient assis dans de confortables fauteuils en cuir blanc, lisant un journal, prenant une collation ou jouant aux cartes à la cafétéria, au bout du hall. Tout semblait calme et soigné. Un endroit plutôt agréable pour jouir d'une retraite paisible.

On s'approcha de l'accueil, un comptoir où se tenaient deux jeunes femmes en blanc. Danny s'adressa à l'une, qui avait un badge avec son nom sur la poitrine : Elena.

— Nous venons voir Olympia Goldman. Je suis sa nièce.

— Pas de problème. Vous avez appelé ce matin, n'est-ce pas ? Olympia est dans le jardin. Je vais vous conduire, suivez-moi, je vous prie.

La nommée Elena sortit de derrière le comptoir et nous guida vers l'ascenseur. Elle nous expliqua que la résidence avait un petit jardin couvert, sur la terrasse. Olympia aimait y passer l'après-midi.

— Elle sera ravie de vous voir, nous dit-elle. La pauvre ne reçoit pas beaucoup de visites… Vous dites que vous êtes sa nièce ?

— En réalité une parente éloignée. Ma grand-mère était sa cousine.

— C'est parfait. Il y a longtemps que vous ne l'avez pas vue ?

— Plutôt. Je vivais à l'étranger, improvisa Danny.

— En ce cas, je crains que vous ne la trouviez un peu…
– Elena hésita : éteinte. C'est normal, après tout, elle est
très âgée…

— Elle a des problèmes de santé ?

— Oh, non, pas du tout, elle est en bonne forme, aussi
bonne qu'on peut l'attendre d'une femme de son âge. Le
problème, c'est sa tête… Disons qu'elle s'est beaucoup dété-
riorée ces dernières années.

— C'est grave ? demandai-je, redoutant que cette visite
ne serve à rien, du fait de l'état mental d'Olympia.

— Ne vous inquiétez pas. Elle n'a pas perdu l'esprit, elle
a des conversations cohérentes la plupart du temps. Mais
souvent elle confond tout, elle s'évade, oublie des choses…
Ne vous affolez pas si au début elle ne vous reconnaît pas.

— Nous comprenons, bien sûr. Pauvre tante Olympia,
dit Danny non sans un certain cynisme.

On arriva au dernier étage de la résidence. On prit un
escalier derrière Elena et on se retrouva sur la terrasse. Il y
avait une grande serre remplie de fleurs et de plantes dis-
posées de façon un peu chaotique. Derrière les vitres, on
jouissait d'une vue pittoresque sur les toits du centre-ville.
L'après-midi était sombre et nuageux, mais il faisait une
chaleur suffocante.

On trouva Olympia au milieu de la serre. Assise sur un
banc en fer, elle regardait une petite fontaine ornée d'une
statue en forme de nymphe. Un petit jet d'eau tombait d'un
coquillage que la nymphe portait gracieusement dans ses bras.

— Doña Olympia, dit Elena sur un ton exagérément
aimable, vous avez une surprise : votre nièce vient vous
rendre visite. Vous devez être contente.

La vieille dame nous lança un regard absent. Olympia
Goldman était une petite femme consumée par l'âge. Elle
avait de grands yeux décolorés. La peau de son visage était
cireuse et pleine de taches, dans la partie qui n'était pas

grotesquement poudrée : les lèvres d'Olympia disparaissaient sous le rouge et ses yeux étaient cernés d'une ombre verdâtre. Le maquillage était incohérent, comme s'il avait été appliqué au hasard.

Sur son crâne subsistaient quelques mèches raides et fanées, teintes en blond vif : ce qui lui donnait l'air d'une vieille poupée à laquelle on aurait arraché les cheveux par poignées. Elle portait une robe à fleurs qui semblait accrochée à une armature de branches et, sur ses épaules, un pashmina qui me donna chaud rien que de le voir. La vieille femme dégageait une odeur intense, un mélange de parfum bon marché et d'armoire fermée.

Elle ne manifesta aucune émotion et ne se donna pas la peine de nous saluer. Danny prit ma boîte de bonbons.

— Bonjour, tante Olympia : je suis Daniela, Daniela Bailey. Je t'ai apporté des bonbons.

— Comme c'est gentil, dit Elena. Vous avez vu, doña Olympia ? Des bonbons, vous qui adorez ça !

La vieille dame ne disait toujours rien. Elle prit la boîte d'un air fatigué et la posa sur ses genoux. Elena nous adressa un regard désolé :

— Ne vous inquiétez pas, c'est normal qu'elle se comporte ainsi… Bon, je vous laisse avec elle, je dois retourner à la réception.

Elle nous laissa seuls dans cette serre avec Olympia. Celle-ci regardait ses bonbons et fredonnait quelque chose pour elle-même.

— Tu veux que j'ouvre la boîte, tante Olympia ?

La vieille dame hocha la tête. Danny dénoua le ruban, ouvrit la boîte et la présenta à sa parente, qui avança une main tordue comme un sarment, en prit un, le porta avidement à la bouche et se lécha les doigts.

Pendant quelques secondes, elle suça le bonbon avec délice en faisant des bruits de salive. Elle l'avala et en prit un autre. Avant de le mettre à sa bouche, elle regarda Danny. Il y avait de l'inquiétude dans ses yeux.

— Je peux en manger un autre, Pru ? dit-elle d'une voix enfantine.

Je fus surpris de l'entendre parler anglais.

— Pru ? dis-je à mi-voix.

— Prudence…, murmura Danny. Sa sœur s'appelait Prudence. Celle qui est morte de la variole quand elle était jeune. Je crois qu'elle me prend pour sa sœur.

— Je peux en prendre un autre, s'il te plaît ? répéta la vieille dame. Juste un, s'il te plaît, ne le dis pas à grand-père, tu sais qu'il ne veut pas qu'on prenne des bonbons avant de dîner…

— Olympia, je ne suis pas Prudence, je suis Daniela, l'arrière-petite-fille de ta tante Edith.

— Edith… ? Non… Tante Edith n'est pas là… Elle est en Espagne, tu l'as oublié, Pru ? – elle réfléchit quelques instants. J'aime bien tante Edith, elle nous laisse manger des bonbons… Oh, s'il te plaît, Pru : juste un, je te promets de ne pas le dire à grand-père Ben.

— Ça alors, me dit Danny. Elle se croit à Chicago, avec LeZion.

— Ça ne va nous mener nulle part.

— On va voir – Danny s'assit sur le banc à côté de la vieille dame et lui approcha la boîte de bonbons. Prends, Olympia, prends-en autant que tu voudras. Nous ne dirons rien à grand-père.

— Qu'est-ce qui te prend ? murmurai-je.

Danny m'imposa silence d'un coup d'œil. Je fus bien obligé de la laisser faire, même si son comportement me paraissait plutôt sinistre et peu éthique. Olympia prit un autre bonbon avec ses doigts d'oiseau. Elle regarda Danny en le suçant et lui sourit.

— Tu as vu le grand-père Ben, Olympia ?

— Oh non, il est dans son bureau, il est toujours dans son bureau, et on ne doit pas le déranger. Sinon il se fâche et crie. Je n'aime pas quand il crie. Il m'effraie.

— Que fait-il dans son bureau ? demanda Danny. Il cherche… des choses ?

— Ah oui, il cherche des choses. De jolies choses. Il les rapporte d'Espagne – elle reprit un bonbon. Tu te rappelles, quand il nous montrait ces jolies choses, Pru ? Les statues, les tableaux, et ces coupes en or, comme pour des princesses… Comme elles étaient belles, ces coupes en or, tu t'en souviens, Pru ? Je me demande si on pourrait les revoir maintenant ?

— Qu'est-ce qu'il nous montrait d'autre, Olympia ? Une table, peut-être… ? Une grande table et… – Danny se tut, elle ne savait comment décrire la table de Salomon – pleine de pierres précieuses, comme les coupes de princesses ?

Le visage d'Olympia s'assombrit.

— Non, pas la table, dit-elle, contrariée. Je ne veux pas voir la table. Je n'aime pas la table. Je la déteste. Grand-père Ben a commencé de crier quand il s'est mis à chercher la table, et il n'est plus jamais sorti de son bureau, il ne nous a plus montré de jolies choses.

— Tu as vu la table, Olympia ? Le grand-père l'a ?

La vieille dame se tassa, comme une petite fille boudeuse.

— Je ne veux pas voir la table. Je te l'ai déjà dit.

— Je ne te donnerai plus de bonbons si tu ne me dis pas où est cette table, menaça Danny.

Je trouvais cela cruel, mais ce fut efficace.

— Tu sais bien que grand-père ne l'a pas, pleurnicha Olympia. Voilà pourquoi il est toujours en colère, parce qu'il ne la trouve pas. Je n'aime pas quand il est en colère. Il crie et je n'aime pas ça. J'aurais préféré qu'on ne lui parle jamais de cette table.

— Qui lui en a parlé, Olympia ? Qui a parlé de la table à grand-père ?

La vieille dame se tourna vers la fontaine. En regardant la statue de la nymphe, elle pencha la tête comme un oiseau.

— Les fées…, dit-elle lentement. Les fées et les démons. Ils sont venus à la maison pour parler de la table à grand-père. Les fées et les démons…

— Les fées ? Quelles fées ? demanda Danny.

La vieille dame posa un doigt tremblant sur ses lèvres rouges.

— Chuuut… C'est un secret…

Soudain, on entendit un bruit, comme si quelqu'un avait débouché une bouteille quelque part. Olympia sursauta et la boîte de bonbons tomba par terre. Sur le front de la vieille dame apparut un petit trou rond, d'où perla un filet de sang qui coula sur son nez.

— Olympia ! s'écria Danny.

Elle s'approcha de la vieille dame et se mit à lui crier son nom, comme si elle s'était endormie. Elle me regarda, les yeux agrandis par l'angoisse.

Je restai figé quelques secondes. Quand je compris ce qui s'était passé, je me précipitai vers l'endroit d'où était parti le coup de feu, à l'entrée de la serre : elle était ouverte et on entendait les pas de quelqu'un qui dévalait l'escalier.

— Tirso, va chercher de l'aide, vite ! cria Danny dans mon dos.

Je me précipitai vers l'escalier. Personne. On avait pris l'ascenseur quelques secondes avant que j'arrive. J'appuyai sur tous les boutons de façon hystérique en sachant que ça ne servait à rien, et finalement je martelai la porte de l'ascenseur de coups de poing.

Je retournai en courant à la serre. Danny tenait dans ses bras le corps de la vieille dame. Le sang de la blessure recouvrait son visage comme un suaire visqueux.

Par terre, une nuée de fourmis se rassemblait autour des restes piétinés de la boîte de bonbons à la menthe.

Un vent de panique souffla sur la résidence. Une ambulance arriva et ne put qu'emmener le cadavre de la malheureuse dans un linceul en plastique. La police aussi, nous posa beaucoup de questions, à Danny et à moi, et vérifia notre identité.

On répéta plusieurs fois ce qui s'était passé. La police nous dit que le coup avait été tiré de la porte de la serre et que l'arme était introuvable. L'assassin était entré dans la résidence et en était reparti sans être inquiété : il savait très bien quel était son objectif.

La police se méfiait de nous, mais comme elle n'avait aucune raison de nous inculper, elle nous laissa repartir. Elle allait ouvrir une enquête et nous tiendrait au courant. Elle nous demanda de ne pas quitter le pays, ce qui me parut de mauvais augure.

En sortant du commissariat, on alla chez moi. Nous avions besoin tous les deux d'un peu d'alcool, et je sortis deux bières du réfrigérateur.

— Il faut mettre Narváez au courant, je crois que c'en est fini de notre petit secret, dit Danny en secouant la tête d'un air abattu. Pauvre femme… Je me sens tellement coupable.

— Il n'y a pas de raison. C'était impossible à prévoir.

— Qui aurait pu faire une chose pareille ? Et pourquoi ?

J'avais une réponse : Gelderohde. J'étais sûr que, d'une façon ou d'une autre, il nous avait suivis et qu'il avait tué la vieille dame pour l'empêcher de nous parler de la Table. C'était la preuve dont j'avais besoin pour me convaincre que Gelderohde était sur la piste de la relique de Salomon.

Je ne confiai pas mes soupçons à Danny. Je voulais d'abord en parler à Narváez. D'un autre côté, quelque chose m'inquiétait : comment Gelderohde savait-il que nous allions voir Olympia ? Seuls Danny, Marc et moi étions au courant.

Mais Marc n'était pas avec nous à la résidence. Au dernier moment, il avait décidé de ne pas venir.

Comme s'il savait par avance ce qui allait arriver.

Analysés en détail, tous les comportements de Marc me paraissaient suspects. À Lisbonne, il avait dit qu'il n'avait pas vu son agresseur, et il s'était très bien sorti de sa rencontre avec Gelderohde, alors que moi, j'avais failli mourir sous ses coups. Quand on lui avait parlé de la Table, il n'avait pas douté de son existence, alors que l'attitude normale aurait été de montrer une certaine méfiance devant une histoire aussi invraisemblable. Et, en dernier lieu, il s'était abstenu de rencontrer Olympia, sans donner d'explications.

Marc pouvait-il être l'infiltré qui nous sabotait le travail, ou me laissais-je emporter par mon aversion ? Il fallait que je sois sûr de moi avant de lancer une accusation sérieuse. Pour le moment, je ne voulais pas mettre Danny au courant de mes soupçons.

— Il est probable que la personne qui a tiré sur Olympia est celle qui nous a attaqués, Labulle et moi, à Lisbonne.

— Pourquoi crois-tu qu'il peut y avoir un lien ?

En réalité, c'était une vague idée : Acosta avait cité le verset du Cantique des cantiques, Gelderohde avait mentionné Lilith… Trop tordu pour être un simple hasard.

— Je ne sais pas, répondis-je à Danny. J'essaie de trouver un sens, mais ce n'est pas facile… J'aurais bien aimé rattraper le tireur quand je l'ai poursuivi dans la résidence !

— Courir après ce genre de personne était quelque chose de très…

— Héroïque ?

Elle sourit.

— Non : stupide. Il était armé, pas toi. Qu'aurais-tu fait si tu l'avais rattrapé ?

— Tu sais… on ne se pose pas ce genre de questions :
on se laisse guider par ses impulsions. Comme lorsque je
t'ai couru après à Canterbury.

Elle comprit que je plaisantais et elle sourit de nouveau.
Elle but une gorgée de bière, mais fit la grimace et reposa
la bouteille.

— Tu n'as pas un truc plus fort ? me demanda-t-elle.

J'allai chercher une bouteille de whisky à la cuisine.
C'était un petit souvenir de mon séjour à Canterbury.
Danny la regarda avec méfiance.

— Irlandais ?

Elle déboucha la bouteille et but une longue gorgée.
Puis elle me la passa.

— Qu'est-ce qu'il a de mal, le whisky irlandais ?

— Si Dieu avait voulu que nous buvions du whisky irlandais, il aurait empêché les Écossais d'apprendre à le distiller.

— Madame a dit que son catéchisme était un peu rouillé.

Elle rit, pendant qu'elle buvait encore à la bouteille, et
un peu de whisky déborda sur le menton. Elle l'essuya du
revers de la main.

— Tu n'es pas comme je l'avais imaginé, me dit-elle soudain, comme si elle avait exprimé une pensée tout haut,
à son insu.

— Ce qui signifie ?

— Je pensais à Canterbury, quand je t'ai donné la petite
annonce. Tu avais raison, Tirso : je l'ai fait par pitié. Je me
sentais responsable de ton renvoi et j'avais mauvaise conscience. Mais j'étais sûre que je ne te reverrais plus.

Je m'assis à côté d'elle et bus une gorgée de whisky.

— Pourquoi ?

— Je croyais que tu ne répondrais pas à cette annonce.
Et que, dans le cas contraire, improbable, tu échouerais
aux épreuves.

— Là, tu ne t'es pas trompée. Je ne les ai pas réussies.

— Je sais… C'est pourquoi, quand je t'ai vu dans le Caveau, j'étais convaincu que tu ne tiendrais pas une semaine. Mais tu as fait ces choses à Lisbonne… Sortir Labulle de chez Acosta, poursuivre l'homme qui avait pris le Masque… Et au cas où ça n'aurait pas suffi, non seulement tu trouves le lien entre les objets de la liste de Bailey, mais en plus tu me persuades de t'aider dans cette quête d'une sorte de bibelot légendaire. Moi ! – Danny me regarda et sourit. Une ombre légère sur les lèvres. Tu as une lumière, Tirso Alfaro, tu le savais ? C'est en toi… Tu me rappelles les premiers quêteurs, qui ont démarré tout ça au temps du général Narváez. Des aventuriers et des idéalistes… Je crois que tu aurais pu être l'un d'eux.

— Parce que je suis un aventurier idéaliste ?

— Non. C'est à cause de ton comportement à Canterbury et à la résidence : quand tu ne sais pas quoi faire, tu décides de poursuivre l'inaccessible. Tu ne sais même pas pourquoi : tu fais, c'est tout.

J'étais ravi de ce qu'elle me disait. C'était la première fois que quelqu'un trouvait un sens à mes actes. J'aurais aimé savoir comment elle interpréta ce que je fis alors, un acte vraiment stupide.

Je me penchai et l'embrassai.

Ou, plus exactement, je posai mes lèvres sur les siennes, car elle ne me rendit pas le baiser. Je sentis un léger goût de whisky irlandais. C'était comme de vider la dernière goutte d'une bouteille vide.

Cela dura à peine quelques secondes. Je m'écartai et baissai la tête, honteux.

Aucun des deux ne dit rien. Le silence m'étouffait, et je le rompis pour pouvoir respirer.

— Je suis désolé. C'était comme s'élancer à la poursuite d'un homme armé, n'est-ce pas ?

— Non. C'était… surprenant.

Je lui glissai un regard timide.

— Ça t'a contrariée ?

— Pour quelle raison ? Un baiser après une mauvaise journée ne fait jamais de mal – elle me regarda avec affection et me passa une mèche derrière l'oreille. C'était tentant, mais il vaut mieux ne pas aller plus loin.

— Pourquoi ?

Elle se leva et enfila sa veste. Elle allait partir.

— Tu es une belle personne, Tirso – elle eut un sourire triste. Mais pas moi.

Elle esquissa un geste d'adieu et s'en alla.

Le Caveau fut en émoi quand on apprit notre aventure à la résidence d'Olympia Goldman. Narváez nous convoqua dans la salle de réunion, Danny, Marc et moi, pour connaître toute l'histoire. Alors qu'il nous écoutait, ses yeux dégageaient un froid si intense qu'ils brûlaient presque.

Il parla peu, mais de façon posée et directe, ce qui était terrifiant, car on avait l'impression qu'au moment le plus inattendu la tempête de glace allait se déchaîner et qu'on essuierait la colère de Narváez en première ligne. La colère *légendaire* de Narváez, que tous les membres du Corps redoutaient autant qu'une hécatombe.

Quand nous eûmes terminé notre récit, Narváez nous dit :

— Vous avez sérieusement compromis le Corps national des quêteurs en vous trouvant mêlés à un assassinat. Votre manque de discrétion est impardonnable. J'aurais pu l'admettre de la part des deux nouveaux, mais de toi… – il foudroya Danny du regard. Je vais devoir faire de vrais miracles pour maintenir le Corps à l'écart de cette histoire. Je devrai demander des *faveurs* – ses lèvres se raidirent contre ses dents –, des *faveurs*, répéta-t-il dans un chuchotement, et moi j'étais près de trembler. Vous savez ce que cela signifie ? Êtes-vous conscients du nombre de personnes qui cherchent un prétexte pour fermer la boutique et liquider notre organisation ? Jour après jour, je me bats pour notre survie face à des politicards et à des fonctionnaires bornés, *et vous ne me facilitez pas les choses.*

Il donna un coup de poing sur la table. Marc et moi, on sursauta. Narváez prit sa respiration et se frotta les paupières du bout des doigts. Puis il pointa son index sur nous.

— Ne refaites plus ce genre de choses dans mon dos. Plus jamais. C'est la dernière fois que je réponds de vous. C'est clair ?

Je ne pus que hocher la tête. Marc était si pâle qu'il brillait presque. En revanche, Danny n'avait pas du tout l'air impressionnée.

Narváez soupira. Il s'assit sur la chaise au haut bout de la table, appuya les bras sur les accoudoirs et joignit les doigts.

— Bon, dit-il d'un air beaucoup plus paisible – il semblait que la tempête de glace s'était soudain éloignée sans avoir déchaîné toute sa rage. Maintenant, nous allons revoir notre plan d'action avec la liste de Bailey.

Il appuya sur le bouton de l'interphone et demanda à Enigma de convoquer les autres quêteurs.

Le revirement avait été si brusque que je tardai à comprendre que, momentanément, nous étions délivrés de la colère légendaire du vieux. Nous n'en avions dégusté qu'un petit échantillon.

Enigma amena Labulle et Tesla et tous trois se joignirent à nous. Je dus répéter ce que j'avais découvert sur la liste de Bailey et la table de Salomon. Les trois quêteurs réagirent comme je l'avais supposé : Tesla enthousiaste, Labulle sceptique et Enigma vaguement intéressée, comme si la quête de reliques bibliques était pour elle une routine peu excitante.

Puis Labulle prit la parole :

— Doit-on croire à cette histoire ? Parce que, franchement, je la trouve passablement tirée par les cheveux.

Tesla interrompit son compagnon et défendit ma théorie avec ardeur. Labulle fit un commentaire blessant sur l'âge mental de Tesla. Narváez s'interposa avant que la discussion ne dégénère en dispute.

— Vous êtes tous les deux dans l'erreur, dit-il froidement. Votre opinion sur l'existence d'un bibelot légendaire ne m'intéresse pas. Nous devons d'abord nous demander si Ben LeZion cherchait vraiment la table de Salomon. En ce qui me concerne, j'en suis convaincu. Les derniers mots d'Olympia Goldman le prouvent.

— Évidemment, les fées le lui ont dit, s'exclama Labulle avec sarcasme. Laissons-nous conduire par le témoignage d'une vieillarde qui a perdu la tête. Ça me semble très intelligent.

— Elle est morte à cause de ce témoignage, dis-je.

— C'est ton opinion, répondit Labulle.

Malgré tout ce qui s'était passé à Lisbonne, il me traitait encore avec une certaine condescendance. Au moins, il ne m'appelait plus "bizuth" comme si c'était une insulte.

— Les fées et les démons…, dit Enigma – on la regarda tous, un peu étonnés. En général, elle n'intervenait pas en réunion, sauf si Narváez le lui demandait expressément. Quelle idée sympathique… Comment LeZion a-t-il eu connaissance de l'existence de la Table ? Parce que les fées et les démons le lui ont dit – Enigma laissa échapper un petit rire. Je me demande ce qu'en penserait Luis Salvador Carmona. Vous voyez de qui je veux parler…

Elle se tut, considérant que tout était clair. Je regardai Enigma, comme si elle avait perdu la tête. Je crois que les autres m'imitèrent.

— Luis Salvador Carmona…, répéta Labulle. Tu sais, parfois tu es persuadée que tu t'expliques très bien, mais…

Elle poussa un soupir empreint de patience.

— Oh oui, bien sûr, personne ne me comprend jamais de prime abord. Vous devriez vous demander si c'est mon problème ou le vôtre. Deux palais : Palais royal de Madrid et palais de la Granja de San Ildefonso. Superbes tous les deux. Certains de leurs salons sont décorés de ravissantes sculptures de Luis Salvador Carmona. Je ne prétends pas que c'est le genre de décoration que je mettrais chez moi, mais elles ont un petit air naïf qui n'est jamais démodé. Je suppose que c'est ce que le roi Ferdinand VI vit chez Carmona, puisqu'il le nomma sculpteur officiel. C'est dommage que beaucoup de ces sculptures soient tombées entre les mains de collectionneurs privés. Les marquis de Miraflores en avaient une très belle : c'était un ensemble qui représentait une bacchanale, avec des nymphes et des satyres. Les nymphes étaient revêtues de tissus vaporeux, et les satyres avaient de sympathiques petites cornes et leurs pattes de chèvre… Des démons et des fées. Autrement dit : c'est ce qu'aurait cru voir une fillette devant cette sculpture qui ornait la maison de son grand-père, à Chicago. Car Warren Bailey l'avait achetée aux marquis de Miraflores en 1928, et l'avait envoyée à LeZion. Je suis sûre que vous vous en souvenez, parce que nous l'avons récupérée il y a quatre ans lors d'une mission à l'Art Institute de Chicago. *Bacchanale avec nymphes et satyres*, de Luis Salvador Carmona, datée de 1741. Fées et démons – après ce torrent de paroles, Enigma haussa les épaules et nous montra les paumes de ses mains. Et la boucle est bouclée.

Je faillis applaudir. Je me suis souvent demandé si Enigma improvisait ses discours ou si un sixième sens l'aidait à les préparer à l'avance.

Danny fut la première à mesurer la portée de ses paroles.

— Maintenant, je comprends ce qu'Olympia Goldman voulait dire. LeZion s'est intéressé à la table de Salomon à l'époque où il est entré en possession de la sculpture de Carmona.

— Bien sûr ! s'exclama Tesla avec enthousiasme. Cette sculpture… Peut-être renferme-t-elle un secret, un message caché.

Danny secoua la tête.

— De grâce, Tes, essaie de prendre cette affaire au sérieux. Elle est déjà assez romanesque comme ça, n'ajoutons pas des détails de notre cru, ou elle va nous glisser entre les doigts – puis elle nous présenta sa théorie, plutôt rationnelle : Bailey a envoyé cette sculpture à LeZion avec d'autres antiquités achetées aussi au marquis de Miraflores. Dans cette livraison, il y avait peut-être quelque chose… une relique, ou un livre… Bref, quelque chose qui a fait dire à Ben LeZion que la Table existait réellement et qu'il était possible de mettre la main dessus.

— Oui, c'est cela ! s'exclama Tesla encore une fois. C'est très sensé.

Labulle soupira.

— Peut-être. Je ne sais pas. Tout cela est tellement… – il se tourna vers Narváez, comme s'il sollicitait son aide : Et toi, qu'en penses-tu ?

— Je pense que Danny devrait le vérifier, puisque c'est son idée. Tu as conservé toutes les archives héritées de Ben LeZion, n'est-ce pas, Danny ? Je te suggère d'éplucher la correspondance qu'il échangeait avec Bailey aux dates où s'est conclue la vente de ce lot d'antiquités des marquis de Miraflores.

— Dois-je comprendre que désormais nous allons chercher cette Table aux pouvoirs divins, demanda Labulle, laissant transparaître combien il désapprouvait cette idée.

— Je n'ai rien dit de ce genre, répliqua Narváez. Moi, ce que je veux, c'est que dorénavant toute action en rapport avec la Table soit sous mon contrôle. Je ne laisserai pas se renouveler une tragédie comme la mort d'Olympia Goldman où je serais le dernier informé. Finies, les initiatives personnelles. Et c'est valable pour vous tous.

Le vieux se leva. C'était sa façon habituelle de clore la séance.

4

MARCHOSIAS

J'avais beaucoup de choses à dire en privé à Narváez, mais le vieux s'enferma dans son bureau avant que j'aie pu le rattraper.

Je retournai dans mon habitacle. Marc y était déjà, penché sur son ordinateur. Il avait ouvert le moteur de recherche Voynich.

— Il semble qu'on y ait échappé cette fois, me dit-il. Je pensais que le vieux piquerait une telle colère qu'il nous jetterait à la rue.

J'eus envie de lui lancer plusieurs qualificatifs à la figure. Certains, comme *hypocrite* et *lâche*, revenaient souvent.

Je me retins. Je ne voulais pas que Marc sache qu'il était le premier sur ma liste des suspects. Je m'assis et, prenant un air aussi détaché que possible, je lui demandai :

— Pourquoi n'es-tu pas venu hier au rendez-vous ? Il était entendu que nous devions aller tous les trois voir cette vieille dame.

— Oh, ça… Je suis vraiment désolé. Mes parents ont débarqué à Barcelone sans prévenir. J'ai dû aller les chercher à l'aéroport – il me sourit d'un air complice : N'est-ce pas énervant quand les parents font ce genre de choses ?

Aucune idée. Mon père était mort et ma mère ne donnait plus signe de vie depuis des semaines, parce qu'elle avait la tête au fond d'un trou, du côté de Tolède. Pour moi, les parents ont des vices beaucoup plus énervants qu'une visite de politesse.

Il m'était impossible de vérifier s'il mentait. Je décidai de laisser courir, à titre provisoire.

— Que fais-tu ? dis-je pour changer de sujet.

— Je cherche des renseignements sur ces marquis de Miraflores – il montra l'écran de son ordinateur. Regarde, il y a un truc curieux. D'après cette page, Alfonso de Quirós y Patiño, dernier marquis de Miraflores, était un érudit en matière d'ésotérisme.

— Pourquoi cet homme devrait-il nous intéresser ?

— Alfonso de Quirós y Patiño a hérité du titre de son père en 1915 et l'a porté jusqu'à sa mort, en 1943. D'après les dates, c'était sûrement le marquis de Miraflores avec lequel Warren Bailey a conclu des ventes.

Je lui demandai de m'indiquer la page Web qu'il consultait pour pouvoir y jeter un coup d'œil (j'avais enfin réussi à maîtriser ce sacré moteur de recherche Voynich). Je découvris que le marquis de Miraflores était un personnage pittoresque.

Don Alfonso de Quirós y Patiño fut l'unique héritier d'un marquisat en décadence. Ses goûts personnels contribuèrent si bien à assécher la fortune familiale qu'à sa mort son patrimoine se réduisait à quelques miettes. Ce qui devait le laisser indifférent, car il ne s'était jamais marié et mourut sans personne à qui laisser ses biens. Ou, dans son cas, ses dettes. Un personnage comme le marquis de Miraflores devait être une proie juteuse pour les pirateries de Warren Bailey, qui avait sans doute acquis beaucoup de ses antiquités à un prix dérisoire, profitant de l'état calamiteux de ses finances.

D'après la page Web que je consultais (un blog intitulé *Journalisme de l'occulte* où des rencontres avec des extraterrestres partageaient l'exclusivité avec des articles sur la présence de vampires parmi nous), Miraflores avait été un disciple de Mario Roso de Luna, surnommé "le Mage de Logrosán" : un philosophe extravagant et athénéiste de l'Espagne du roi Alphonse XIII, qui partageait ses soirées avec des personnages comme Miguel de Unamuno ou Valle-Inclán.

Roso de Luna était un chaud partisan de la théosophie. Il fit une traduction intégrale en espagnol des œuvres de Mme Blavatsky, fondatrice de cette étrange religion fondée sur le spiritisme et les doctrines orientales. Dans les premières années du XXᵉ siècle, le marquis de Miraflores rencontra Roso de Luna et devint un de ses disciples préférés.

Il consacra une grande partie de sa vie à chercher dans le monde entier des preuves de l'existence d'une connaissance secrète, laquelle, selon ses théories, avait été transmise à l'homme par des entités supérieures. Une connaissance que les civilisations antiques dominaient, mais qui s'était perdue dans la brume des siècles. En général, tout était dans le jargon typique de certaines émissions nocturnes de variétés. En fin de compte, rien d'intéressant.

D'après le blog *Journalisme de l'occulte*, Miraflores était mort en 1943. Détail curieux, on signalait que le marquis était sujet à la catalepsie, un mal qui provoque des pertes de conscience si profondes qu'on peut les confondre avec la mort. Le marquis avait une peur panique d'être enterré vivant, aussi exigea-t-il par testament de ne pas être enfoui dans le sol et de pouvoir ouvrir sa tombe de l'intérieur. Un homme averti en vaut deux.

Je trouvais ennuyeux les faits et gestes du marquis et j'en avais assez de me battre avec le Voynich pour passer d'une page Web à une autre. Ce genre d'activité n'était pas à mon goût, aussi décidai-je de continuer mes recherches à ma manière.

J'éteignis l'ordinateur et me levai.

— Où vas-tu ? me demanda Marc.

— Dehors. J'ai quelques trucs à vérifier.

— Rappelle-toi ce qu'a dit Narváez. Pas d'initiatives personnelles.

— Ce n'est pas une initiative personnelle. Au contraire : il s'agit d'une mission dont il m'a chargé il y a quelque temps.

Je décrochai mon manteau de la patère et quittai l'habitacle, laissant Marc patauger dans un abîme de doutes.

Ce qui me donnait une immense satisfaction.

Je passai d'abord chez moi, où je récupérai le cylindre en forme de poisson qu'on avait soustrait à Acosta, à Lisbonne. Et je me rendis à la bijouterie des jumeaux, rue de Postas.

En pleine matinée, la boutique était ouverte, et un des jumeaux s'occupait d'une femme qui achetait un bracelet. Il était en costume, veste bleu clair et cravate jaune. Je ne savais pas s'il s'agissait d'Alpha ou d'Oméga.

Le joaillier me lança un bref coup d'œil, sans montrer qu'il me connaissait. Quand sa cliente s'en alla, il accrocha la pancarte "Fermé" à la porte de la boutique. Alors seulement, il m'adressa la parole.

— Tirso, n'est-ce pas ? me dit-il en guise de salut. Aujourd'hui, nous n'attendions aucun quêteur. Il y a un problème ?

— Non. Je viens pour une petite consultation professionnelle.

Alpha (ou Oméga) me lança un regard sans expression.

— À titre personnel ?

— Pour le Corps, bien sûr !

J'avais proféré avec aplomb une demi-vérité.

— Bien. Je pense que nous pourrons te consacrer quelques minutes. De quoi s'agit-il ?

Il me sembla discourtois de demander auquel des deux frères je parlais, aussi tentai-je un subterfuge subtil.

— Ton frère n'est pas là ?

— Il est en bas, à l'atelier – il esquissa un sourire entendu sous sa moustache. Au fait, moi, c'est Oméga.

— Ah, bien… C'est… c'est une bonne chose de le savoir.

— Les cravates.

— Pardon ?

— Les cravates. Je préfère les tons clairs, et mon frère a un penchant pour les foncées. Quand tu nous confonds, regarde les cravates.

— Merci, j'y penserai.

— "Ô muses aux yeux sauvages, adressez vos chants aux jumeaux de Jupiter*." Bref, que pouvons-nous faire pour toi ?

Je donnai à Oméga le cylindre en forme de poisson, enveloppé dans un tissu.

— Sais-tu ce qu'est cet objet ?

Oméga prit le cylindre délicatement, l'examina sous une lampe et le fit tourner lentement entre ses doigts, en murmurant à mi-voix :

— Voyons, voyons… Qu'avons-nous ici ? S'agit-il d'un poisson doré, comme dans le récit de Pouchkine ? Bon, nous pourrions le jeter à la mer et il réaliserait peut-être un de nos vœux, qu'en penses-tu ? Ça serait bien… Oui… Très bien…

Oméga frappa légèrement le cylindre avec ses dents. Puis il sortit un instrument en forme de crochet de la poche de sa veste et gratta la surface du cylindre avec beaucoup de précautions. Enfin, il prit une loupe d'horloger posée sur le comptoir et la coinça dans son œil droit.

— C'est précieux. Très précieux. De l'or, sans aucun doute. Les yeux sont deux saphirs verts… "Dans les champs

* De Percy Shelley.

367

de saphirs d'étoiles se repaît / ta parole qui savante s'élève*"…
Pouvons-nous demander d'où sort cette babiole ?

Je lui racontai comment nous l'avions récupérée à Lisbonne.

— L'homme à qui nous l'avons prise a dit qu'il avait acheté une série de pièces provenant des fouilles de Clunia Sulpicia. Cela pourrait être romain ?

— Romain ? Non, c'est peu probable… Ces détails qui ornent la tête du poisson sont plutôt de facture orientale. Cela nous rappelle plutôt… la Perse. C'est peut-être sassanide… Tu as remarqué que le cylindre était creux, n'est-ce pas ?

— Oui, ça résonne. On dirait qu'il y a quelque chose à l'intérieur.

Il y avait un petit orifice à l'une des extrémités du cylindre, correspondant à la bouche du poisson. Oméga utilisa une lampe de la dimension d'un stylo pour essayer de voir l'intérieur.

— On distingue deux filaments métalliques… et autre chose… Nous ne voyons pas bien. Cette pièce requiert une analyse plus exhaustive. Tu pourrais nous la laisser ?

— Bien sûr. Si tu découvres quelque chose, préviens-moi. Narváez aimerait bien savoir ce que c'est.

— *Patientia in regula nostra, prima virtus est…* Dis à Narváez de suivre le conseil de saint Benoît et d'attendre que nous ayons des résultats. Cela peut prendre du temps : nous n'avions jamais vu une chose pareille – Oméga remit le cylindre dans sa toile. Pouvons-nous t'aider à autre chose ?

— Assurément. J'aimerais savoir si tu as entendu parler d'une pièce connue sous le nom de *clé-reliquaire de saint André* ?

— Les reliquaires ne sont pas mon fort, cela concerne plutôt Alpha. Descendons le lui demander, si tu n'es pas pressé.

* De Luis de Góngora.

Je suivis Oméga jusqu'à l'atelier de la bijouterie. Alpha était là, dans son costume noir, avec une cravate lie-de-vin. Sombre, bien entendu. Il était en train d'examiner des gemmes qu'il sortait d'une mallette divisée en compartiments.

Oméga lui exposa le motif de ma visite.

— Ah, les reliquaires ! s'exclama le joaillier – sa moustache s'élargit en un large sourire. Mon petit plaisir coupable… Le sujet t'intéresse, Tirso ? Je peux te recommander quelques ouvrages.

— En réalité, un seul m'intéresse. On l'appelle la *clé-reliquaire de saint André*.

— Ah, oui… Je vois peut-être de quoi tu parles… Voyons… Je crois que c'est par ici… – il quitta l'atelier et rapporta un gros ouvrage relié, le genre de volumes qu'on laisse souvent traîner sur la table d'un salon. Le titre était en allemand. Alpha posa le livre et se mit à tourner les pages, pleines d'illustrations et de photographies, toutes d'une grande qualité. C'était un ouvrage très technique.

— Un collègue de Berlin nous a offert ce précieux livre il y a des années. Il fait partie d'une édition limitée de l'université Humboldt… Ah, la voilà ! *Clé-reliquaire de saint André*… C'est bien la pièce dont tu parles ?

Il tourna le livre pour que je puisse voir une grande photographie sur la double page. On voyait une croix en métal argenté et émaillé. Au centre, il y avait un trou carré bouché par un cristal, derrière lequel on devinait une sorte de fragment de pierre placé sur un tissu rouge.

— Je n'en suis pas certain, c'est la première fois que je la vois… Mais ça ne ressemble pas à une clé…

— C'est vrai, mais comme l'a dit Phèdre, *non semper ea sunt quae videntur**. En apparence, il s'agit d'une croix

---

* "Les choses ne sont pas toujours telles qu'elles paraissent."

staurothèque, autrement dit un reliquaire en forme de croix qui renferme une relique du *Lignum Crucis*.

— La Vraie Croix, précisa Oméga.

— Là-dedans, il y a un morceau de la Vraie Croix ?

— *Bene curris, sed extra vium…* Pardon. Ce que je veux dire, c'est…

— Oui, j'ai compris – la manie des deux bijoutiers à enfiler les citations latines commençait à m'agacer, je trouvais cela pédant. "Tu cours bien, mais tu te trompes de chemin."

— Ah, tu comprends le latin…, dit Alpha un peu gêné.

— Juste un peu… Tu vois ce que je veux dire : *Quidquid latine doctum sit, altum videtur** – je vis Alpha rougir légèrement.

— Oui, bien sûr… C'est vrai, c'est très vrai… Heu… Où en étions-nous ? Ah oui ! La Croix. Voyons… D'après ce livre, la pièce appartenait à la collection particulière du roi Philippe II, lequel en a fait donation au chapitre de la cathédrale d'Oviedo en 1582 – le bijoutier pointa le petit doigt au centre de la photographie du reliquaire. Là, ce qui ressemble à une pierre est en réalité un fragment de bois fossilisé. Il appartient à une croix, pas à celle qui a servi à crucifier le Christ, mais à celle en forme de × sur laquelle on a martyrisé saint André, qui était le saint patron de la maison de Bourgogne, à laquelle appartenaient les ancêtres du roi Philippe II, c'est pourquoi le roi avait une telle dévotion pour cette relique.

— Je comprends, dis-je. À tout hasard, n'y aurait-il pas un rapport entre ce reliquaire et le roi Salomon ?

— C'est curieux que tu poses cette question. Il y a une légende sur cette pièce, qui est rapportée ici. Regarde cette photographie… – il tourna la page et me montra un cliché du revers de la croix, entièrement lisse, sans émaux, mais

---

* "Quoi qu'on dise en latin, ça sonne profond."

décorée d'une série de symboles géométriques gravés au burin. La plupart des experts pensent que ces symboles sont de simples ornements, pourtant la légende dit que ce sont des formules cabalistiques extraites d'un grimoire appelé *Lemegeton Clavicula Salomonis* – Alpha me lança un regard soupçonneux. Je suppose que tu sais ce que cela signifie.

— *La Clé mineure de Salomon.*

— Exact. Il s'agit d'un livre de démonologie qui a connu une grande popularité à la fin du XVIe siècle et au début du XVIIe siècle. Un manuel pour convoquer les démons. Une idée sinistre, n'est-ce pas ?

— *La Clé mineure de Salomon*, répétai-je. Est-ce la raison pour laquelle cette pièce est appelée une *clé-reliquaire* ?

— Non. Écoute, ce n'est pas tout : ces symboles cabalistiques pourraient servir à invoquer l'un des démons les plus puissants de l'enfer : le grand-duc Marchosias.

— Grand-duc ?

— Oh, bien sûr, *sicut in caelo et in terra**… De même que dans le royaume des cieux existent des hiérarchies angéliques, en enfer aussi il y a des hiérarchies démoniaques… C'est du moins ce que prétend le grimoire.

— Que dit-il d'autre sur ce grand-duc Marchosias ?

— Il commande trente légions de démons. La légende dit qu'en réalité il n'était pas un ange déchu, mais que les anges malins l'avaient abusé et emmené avec eux en enfer. Au lieu de remonter au ciel, Marchosias resta dans l'infra-monde comme une sorte d'espion divin. Sorcières et sorciers invoquaient Marchosias pour se protéger des démons les plus méchants. Celui-ci pouvait prendre l'apparence d'un loup ailé, ou d'un géant de pierre capable d'écraser n'importe quel ennemi. Pour cette raison aussi, il jouait le rôle de démon protecteur.

* "Sur la terre comme au ciel."

— Ces symboles serviraient donc à invoquer Marchosias ?

— En effet… toujours selon la légende, bien sûr.

— Et que font-ils sur une croix ? Je croyais que les démons n'aimaient pas les croix.

— Comme je te l'ai dit, Marchosias n'est pas un démon ordinaire, il est plutôt à cheval entre le ciel et l'enfer. Si celui qui l'invoque est mauvais, Marchosias fera de mauvaises choses, sinon, ses actes seront vertueux. On pense que c'est le démon que Salomon invoqua pour tailler et transporter les pierres qui servirent à construire le Temple de Jérusalem. Dans *La Clé mineure de Salomon*, on parle de lui sous le nom de *lapidem unguibus*.

— Griffes de pierre…, traduisis-je machinalement. La Terreur des Terreurs.

— Oui, c'est cela. "La Terreur des Terreurs", on l'appelle aussi ainsi. Je vois que tu connaissais la légende.

— Plus ou moins… Pourquoi *la Terreur des Terreurs* ?

— Parce que Marchosias est implacable. Si le magicien est capable de l'invoquer, le grand-duc devient son gardien et protecteur, tuant tous ceux qui oseront le défier. La légende dit que ce reliquaire est la clé qui verrouille la chaîne magique entre le démon et le sorcier. Une clé-reliquaire.

— Et la boucle est bouclée…, murmurai-je, pour paraphraser Enigma. De quand date ce reliquaire ?

— Il est très ancien. Regarde le style des émaux, la forme de la croix… Certains experts disent que c'est peut-être une pièce ostrogothe ou byzantine, d'aucuns pensent même qu'elle est wisigothique. C'est difficile à dire : on ne sait pas où Philippe II l'a trouvée. C'était sans doute une ancienne croix processionnelle… Qu'en penses-tu ? demanda-t-il à Oméga.

— C'est vraisemblable, naturellement, dit le bijoutier – il posa au bout de son nez des lunettes à monture bleu ciel qu'il tira de sa poche. Avec ces proportions… Mais quelque chose me frappe… Tu as remarqué le dessin des bords ? On dirait des reliefs dentés… Je n'ai jamais rien vu de tel sur une pièce ostrogothe ou byzantine, encore moins wisigothique.

Oméga avait raison. Les reliefs dentés étaient très visibles sur un dessin schématique qui accompagnait la photographie.

— Il serait intéressant de voir l'original, déclarai-je – je me rappelai le commentaire de la liste de Bailey. Elle est conservée dans la Cámara Santa de la cathédrale d'Oviedo, n'est-ce pas ?

— Elle était conservée, veux-tu dire. Hélas, la pièce n'existe plus, répondit Alpha.

— Comment cela ?

— En 1977, la Cámara Santa fut dévalisée par des voleurs. Ils emportèrent la croix de la Victoire, la croix des Anges et la Clé-reliquaire. Une tragédie !

— Ah oui… Je m'en souviens, renchérit Oméga. Un triste chapitre dans l'histoire du Corps des quêteurs. On essaya de récupérer les pièces, mais les voleurs les avaient démontées et vendues par petits bouts.

— La croix des Anges et celle de la Victoire ont pu être reconstituées, ajouta Alpha. Mais pas la Clé-reliquaire : elle était définitivement perdue. La photographie que tu vois dans ce livre a été prise avant le vol.

Cette révélation était un coup dur. Cela signifiait qu'une des pistes mentionnées par Bailey pour atteindre la table de Salomon ne pouvait plus être utilisée. Cela risquait de mener notre quête dans une impasse.

J'envisageai une autre solution.

— Vous pourriez la reproduire ? Je veux parler de la Clé. Vous pourriez la reproduire d'après ces photographies et ces dessins ? Comme vous l'avez fait pour le masque de Muza.

— Bien sûr que nous pourrions, répondit Alpha. Mais cela nous prendrait du temps, et ça coûterait cher.

— Il n'est pas nécessaire que ce soit une réplique exacte de l'original, ni que ce soient les mêmes matériaux, uniquement qu'elle soit identique dans la forme et les détails.

Les deux joailliers se lissèrent la moustache avec une certaine défiance. Ils étaient si parfaitement synchronisés que j'aurais trouvé cette réaction amusante si je n'avais pas eu d'autres soucis en tête.

— Il serait très simple de fabriquer une réplique de moindre qualité, dit Oméga. La question est : pourquoi le Corps national des quêteurs en a-t-il besoin ? C'est toujours Narváez qui nous charge de ce genre de travail.

— Faites-le pour moi, comme une commande personnelle. Je vous paierai ce qu'il faudra.

Oméga souffla en faisant trembler sa moustache :

— Jeune homme, nos services ne sont pas à louer.

— Cette demande est déplacée, renchérit Alpha.

— Je ne vois pas pourquoi. Vous tenez un négoce. Si un client quelconque vous demandait ce genre de choses, vous l'exécuteriez, du moment qu'il vous paierait pour le faire.

— Oui, mais c'est plutôt irrégulier…, dit Alpha.

C'était le moins choqué des deux, aussi m'efforçai-je de le convaincre en priorité.

Je dus supplier plusieurs fois et supporter une ribambelle de proverbes latins, mais finalement Alpha rendit les armes. J'avais flatté son goût des reliquaires pour qu'il considère ma commande comme un caprice personnel. Quand Alpha céda, son frère s'inclina, en raison d'un effet domino génétique.

Le prix que réclamèrent les joailliers pour leur travail était exorbitant. C'était une attaque en règle de mes maigres économies.

J'espérais seulement que la dépense en valait la peine. Sinon, mon aventure se terminerait par un compte courant dans le rouge et un horrible presse-papier en forme de croix-reliquaire.

5

SANCTUAIRE

Deux jours après ma visite aux joailliers, Danny trouva une information importante sur le marquis de Miraflores dans les papiers de Warren Bailey.

Il s'agissait d'une lettre datée de mars 1928. De la main de Bailey lui-même. Elle fourmillait de détails. Bailey racontait comment il avait découvert que le marquis possédait une remarquable collection d'antiquités, que sa situation financière précaire l'obligeait à brader. C'était exactement ce qu'il soupçonnait.

Plus loin, Bailey parlait des inquiétudes ésotériques du marquis. D'après lui, Miraflores s'était lancé dans une recherche sur la localisation de la table de Salomon. Bailey racontait à LeZion l'histoire de cette relique et il ajoutait que, même si au début cette obsession de Miraflores lui avait paru relever de la chimère, il avait fini par croire qu'il y avait peut-être du vrai dans l'histoire de la Table.

À la fin de sa lettre, Bailey mentionnait une série de détails intéressants :

Le marquis ne sait pas de façon certaine où se cache l'objet en question, mais il croit avoir trouvé la clé pour le localiser. Il s'agit d'un livre ancien, écrit par saint Isidore de Séville, conservé à la bibliothèque du monastère de Hoces, dans la province de Guadalajara. Le marquis ne possède pas ce livre, mais il a pu transcrire les parties concernant la Table sur un journal dont il ne se sépare jamais.

Étant donné que j'ai pu gagner sa confiance, le marquis m'a montré quelques pages de ce journal. Je reconnais que j'ai été frappé par la nature et la précision des renseignements que j'y ai trouvés. Je n'ai aucun doute, monsieur LeZion : la Table existe, et le marquis sait comment la retrouver. Imaginez un instant, mon cher ami, ce que supposerait pour vous, pour nous, la possession de cet objet. Non seulement un des plus grands trésors du patrimoine hispanique, mais aussi de toute l'histoire de l'humanité. Votre nom et le mien seraient célèbres. Or cette possibilité se trouve à portée de main.

J'ai voulu consulter l'ouvrage de saint Isidore au monastère de Hoces, mais les moines s'y sont opposés. Il semblerait que la bibliothèque ait été victime de quelques vols ces derniers mois, aussi les moines en ont-ils interdit l'accès aux étrangers. Le marquis de Miraflores est une des dernières personnes à avoir joui du privilège de consulter la Chronicae Visigotorum de saint Isidore de Séville. Ainsi s'appelle ce codex.

La seule façon de savoir ce que dit ce livre sur la table de Salomon est de lire les notes de Miraflores dans son journal. Malheureusement, le marquis ne s'en sépare jamais. Il a même développé une certaine paranoïa, et il croit que de nombreux ennemis sont sur la piste de ses découvertes pour les lui dérober.

Il est tellement obsédé par ce journal qu'à plusieurs reprises il m'a avoué qu'il a l'intention de l'emporter dans sa tombe.

Quand il ne le porte pas sur lui, il le range dans un compartiment secret de son secrétaire. Comme je vous l'ai déjà dit, le marquis a une confiance aveugle en moi, au point qu'il m'a révélé comment ouvrir le compartiment en question. Je crois que, sous prétexte de négocier l'achat d'autres pièces de sa collection, je pourrais prolonger mon séjour dans son palais assez longtemps pour recopier à son insu les passages du journal les plus significatifs. Il a tellement besoin de notre *argent qu'il accueillera à bras ouverts la perspective de vendre d'autres pièces en sa possession. Plus je paie pour elles, plus il a confiance en moi.*

Le marquis a coutume de sortir tôt le matin pour parcourir ses terres, et j'ai remarqué qu'alors il n'emporte pas son journal, car il a peur de l'égarer. Je pourrais profiter de ses absences pour m'introduire dans ses appartements et en transcrire certaines pages. Cela me prendrait du temps, et je serais sans doute obligé d'acheter quelques-unes de ses babioles à un prix supérieur à leur valeur, mais je crois sincèrement que cela en vaut la peine.

Si vous m'autorisez à mener à bien ce plan, je vous serais reconnaissant de m'en informer dès que possible. J'insiste une fois de plus, mon cher ami, sur le fait que nous sommes devant une chance unique, que nous ne devons pas laisser passer.

Cette lettre prouvait formellement que Bailey et son patron étaient sur les traces de la Table. Danny n'avait pas trouvé la réponse de LeZion dans ses papiers, mais à l'évidence le magnat avait approuvé la proposition de son associé.

Danny ne trouva pas non plus les extraits du journal du marquis de Miraflores, que Bailey avait très vraisemblablement envoyés à LeZion. Beaucoup de papiers personnels de LeZion avaient été perdus, des décennies avant que Danny en hérite.

Ce qui nous ramenait au point mort : sans le journal, ou sans les transcriptions de Bailey, il nous serait presque impossible de comprendre comment les objets de la Liste pourraient mener jusqu'à la Table. Nous ne pouvions pas non plus consulter la source d'origine du marquis, la *Chronicae Visigotorum* de saint Isidore : le monastère de Hoces avait été incendié pendant la guerre civile et les volumes de sa bibliothèque avaient disparu dans les flammes. Le codex écrit de la main de saint Isidore n'existait plus. Ce fut une grande déception de découvrir que ces précieuses informations étaient hors de notre portée.

Nous discutions de ces points dans notre habitacle, lors d'une réunion informelle. Étaient présents Danny, Marc, Tesla et moi-même. Les quêteurs qui avaient manifesté le plus d'intérêt pour retrouver la Table.

De l'avis de Danny, l'enquête était à bout de souffle.

— C'est triste, je le sais. Mais sans ce journal, ou sans les transcriptions de Bailey, nous sommes dans une impasse.

— En réalité, nous savons où est le journal, dit Tesla. C'est écrit dans la lettre : le marquis l'a emporté dans la tombe…

Aucun d'entre nous n'avait envie de pousser l'enquête au point d'aller creuser de vieilles fosses.

— Un moment, dis-je. Le marquis a précisé par testament qu'il ne voulait pas être enterré dans une fosse, mais dans une crypte. Une crypte qu'il pourrait ouvrir facilement, vu que le marquis avait peur d'être enterré vivant. Si nous pouvions retrouver cette crypte, nous aurions une petite chance de mettre la main sur ce journal.

— On va piller une tombe ? demanda Marc.

— Pourquoi toutes ces manières, dit Tesla. Les archéologues du monde entier font cela souvent et personne n'y trouve à redire. Disons qu'il s'agit de fouilles.

— Mais si nous voulons mettre le nez dans la crypte du marquis, il nous faut des autorisations, le consentement des héritiers…

— Pour un archéologue, peut-être, mais pas pour un quêteur, interrompit Danny. En outre, la première étape, ce n'est pas d'avoir l'autorisation d'ouvrir la crypte, mais de savoir où elle est.

On se pencha sur la question, chacun avec ses moyens.

Je ne trouvai rien. Je ne savais même pas par où commencer (comme je l'ai déjà dit, je n'ai pas l'étoffe d'un enquêteur). Heureusement, mes compagnons furent plus efficaces.

Leurs recherches ramenèrent à deux le nombre de lieux possibles de l'éternel repos du marquis. D'abord, son propre palais.

Les marquis de Miraflores vivaient en terres d'Estrémadure. Un ancêtre de don Alfonso de Quirós y Patiño avait érigé un palais à la fin du XVIIIᵉ siècle, flanqué d'une chapelle, où il était possible qu'on ait enterré le dernier marquis.

D'un autre côté, une coutume séculaire des mêmes ancêtres consistait à leur donner sépulture dans la crypte du couvent San Ildefonso, à Plasencia. Les Miraflores avaient dû être d'importants bienfaiteurs de la communauté de religieuses de la Conception qui l'occupait et, depuis le XVIIᵉ siècle, tous les marquis étaient inhumés dans son église.

Donc, don Alfonso de Quirós se trouvait soit dans son palais, soit au couvent. Il suffisait d'aller vérifier.

— Il est sans doute difficile d'explorer le couvent, car il appartient à un ordre cloîtré, dit Marc. Mais entrer dans le palais ne posera aucun problème.

— À qui appartient-il, maintenant ? demandai-je.

Pas facile de répondre à cette question. D'après Marc, don Alfonso de Quirós avait dit par testament qu'il serait fait donation du palais aux religieuses de l'ordre des Sœurs hospitalières, à charge pour elles de le transformer en asile pour les pauvres. Les nonnes s'exécutèrent, mais pendant la guerre civile l'édifice fut saccagé par des miliciens, et les nonnes expulsées.

Après la guerre, l'édifice n'était plus qu'une coquille vide et en ruine. Dans un tel état que les Sœurs hospitalières refusèrent de le prendre en charge. C'était déjà trop cher pour elles d'entretenir l'édifice quand c'était un hôpital, et elles le donnèrent au gouvernement de la province. Celui-ci ne savait pas non plus comment l'utiliser. Une réhabilitation coûterait une fortune, aussi laissa-t-il les choses traîner en longueur. D'après Marc, il y avait maintenant un conflit administratif entre la Junta d'Estrémadure, la Diputación de Cáceres et le ministère de la Culture, car ces institutions étaient en désaccord sur la propriété du palais.

— Ils se battent pour l'avoir ? demanda Danny.

— Au contraire : aucun n'en veut. Ils se repassent la balle. L'édifice a besoin d'une restauration complète pour être utilisé, et personne ne veut en assumer les frais. Le vieux palais est fermé, et à l'abandon. N'importe qui peut s'y balader à son aise.

On décida que le mieux serait d'aller à Plasencia, pour inspecter le palais et le couvent. Si on trouvait la tombe dans un de ces deux lieux, on déciderait de la suite à donner. Dans le cas contraire, on considérerait notre recherche de la Table comme terminée.

L'étape suivante consistait à informer Narváez de nos mouvements. Le vieux avait clairement posé qu'il ne voulait plus de surprises comme celle d'Olympia Goldman.

Il n'opposa aucune objection à notre déplacement à Plasencia pour chercher des indices, surtout quand on lui dit que si on ne trouvait rien, on oublierait définitivement cette affaire. Au fond, Narváez espérait sans doute qu'on reviendrait bredouilles de Plasencia, pour mettre un terme à la recherche inutile de la Table.

Le vieux imposa ses conditions.

— Je veux uniquement deux d'entre vous sur cette affaire. Il n'est pas question que tous mes quêteurs passent leur temps à courir après les morts. Des tâches beaucoup plus importantes nous attendent.

Il refusa que les deux nouveaux aillent à Plasencia sans la présence d'un quêteur vétéran. Tesla était volontaire pour accompagner Marc ou moi-même, mais Narváez l'écarta.

De son point de vue, Danny serait un choix plus judicieux. En cela, je lui donnai raison.

— Danny ira à Plasencia et l'un de vous deux, Tirso ou Marc, l'accompagnera comme ombre, ordonna le vieux. Je ne vous accorde que deux jours, et encore, je suis généreux.

Narváez ne voulut pas décider qui irait avec Danny. C'était à nous de choisir.

Marc insista (un peu trop, à mon goût) pour être l'ombre. Il nous devait bien cela, dit-il, après avoir manqué le rendez-vous avec Olympia Goldman.

Danny accepta. Je trouvais que c'était un risque énorme, mais si j'avais protesté, j'aurais dû expliquer mes raisons, et Narváez m'avait fait promettre de garder le secret sur un éventuel traître au sein du Corps.

Je ne pouvais m'opposer à ce que Marc soit l'ombre de Danny. Je souhaitais seulement qu'elle ouvre l'œil et que tout se passe bien cette fois.

Hélas, mes espoirs furent déçus. Ma seule consolation, en me rappelant tout ce qui se passa ensuite, c'est que je n'aurais pas pu faire grand-chose pour y remédier.

Marc et Danny partirent pour Plasencia le lendemain. Je restai à Madrid, aux prises avec une désagréable sensation de fatalisme.

Enigma, toujours coincée au Caveau, se rendit compte que quelque chose bouillonnait dans ma tête.

— Tu as beaucoup d'ombres sur le visage, me dit-elle en agitant la main devant moi, comme si elle chassait les mouches. La solitude de ton bureau te rend malheureux, mon cœur ?

— Je crois qu'aujourd'hui je me suis levé du pied gauche, dis-je, évasif.

— Alors je ne sais pas si ça va te remonter le moral, mais Narváez veut te parler – elle marqua un temps de pause dramatique et ajouta : Dans le Sanctuaire.

— Tu veux parler de son bureau ?

— Aurions-nous un autre Sanctuaire.

— Ah, mon Dieu…, murmurai-je. C'est bon ou mauvais signe ?

— Je ne sais pas. Mais c'est sûrement très important, je te conseille de ne pas le faire attendre.

C'était un bon conseil. Je quittai aussitôt mon habitacle et me dirigeai vers la porte du Sanctuaire. Après tout ce que j'avais entendu sur ce lieu, j'avais l'impression d'être quelqu'un qui va sauter la tête la première dans un trou noir.

Je frappai. La voix ferme du vieux m'ordonna d'entrer.

Pour la première fois depuis que j'étais un quêteur, je pus enfin contempler les mystères du Sanctuaire de mes propres yeux.

Il n'y avait ni dragons, ni cercueils, ni instruments de torture. En revanche s'étalait un immense drapeau bleu avec un sautoir blanc : la bannière écossaise. Elle était sous verre et accrochée au mur, derrière le bureau de Narváez.

Ce n'était pas le seul symbole écossais de cette pièce. Sur un autre mur, occupant aussi une place d'honneur, de nombreux dessins et gravures représentant des paysages des Highlands : le château d'Urquhart, celui d'Édimbourg, le Firth of Forth… et beaucoup d'autres lieux que je ne reconnus pas. Sur un autre mur, il y avait une devise écrite sur une planche en lettres gothiques : *Nemo me impune lacessit.* Autrement dit : "Nul ne me provoquera impunément."

Autour de la devise, beaucoup de photographies où on voyait des hommes en uniforme. Je vis aussi une pièce de tissu, également dans un sous-verre, fabriquée à base de carreaux verts et bleus. C'était un dessin identique à celui que Narváez arborait sur ses nœuds papillons et ses gilets.

Narváez était assis derrière son bureau, un grand bureau en bois foncé, avec l'emblème du Corps national des quêteurs sur la partie frontale. Le vieux me salua et me pria de m'asseoir en face de lui.

Mes yeux glissaient continuellement vers les photographies, essayant de reconnaître Narváez parmi les personnes qu'on y voyait. Il s'en rendit compte, mais crut que je m'intéressais surtout au tissu encadré.

— Ce dessin t'est familier, n'est-ce pas ? me dit-il en montrant le nœud papillon qu'il portait. La Garde Noire.

— La Garde Noire ?

— *Black Watch.* Troisième bataillon du régiment royal écossais. C'est la division la plus ancienne des "Highlanders". Sa mission était et est encore de défendre les Hautes Terres, d'abord contre les Anglais, et ensuite pour les Anglais – Narváez fit une légère grimace, une expression amère. "Nul ne me provoquera impunément." C'est sa devise… Tu n'étais jamais venu dans ce bureau, n'est-ce pas, Tirso ?

— Non. C'est la première fois.

— Ne crois pas que l'Écosse soit une obsession malsaine, soupira le vieux. J'ai bien peur que la nostalgie soit un vice qui s'accentue avec l'âge.

— La nostalgie… de quoi ?

Il ignora ma question.

— Je t'ai demandé de venir, parce que je veux que tu m'expliques s'il y a un conflit entre Danny et toi.

Je ne m'attendais pas à cette question.

— Non, aucun, répondis-je aussitôt. Tout va bien.

— Je vois… En ce cas, je ne comprends pas pourquoi ce n'est pas toi qui l'accompagnes à Plasencia comme son ombre.

Nouvelle surprise. Je lui rappelai que c'était lui qui avait ordonné que deux quêteurs seulement aillent enquêter sur la tombe de Miraflores, et que Marc avait insisté pour accompagner Danny, ce qui m'obligeait à rester au Caveau. Il m'écouta, le visage toujours aussi froid et inexpressif.

— Je vois. Une erreur de calcul, dit-il presque pour lui-même. J'étais si sûr que tu irais avec elle qu'il ne m'a pas paru nécessaire de le préciser. C'est regrettable.

— Désolé, mais je crains de ne pas comprendre…

— Danny ne trouvera rien avec Marc. Jamais. C'est ton projet. Et si elle, qui en général est assez indépendante, a décidé de s'embarquer avec lui, c'est parce que d'une certaine façon tu as su éveiller son intérêt. Tu n'as sans doute pas pensé à ça. J'aimerais aussi éclaircir un autre point : si l'un de nous doit trouver la table de Salomon, il ne peut s'appeler qu'Alfaro.

Narváez se tut et fixa sur moi ses yeux de glace, attendant ma réaction.

— Heu… Je croyais que la Table ne t'intéressait pas. J'avais l'impression que tu ne croyais pas en son existence.

— Croire, ne pas croire… Est-ce tellement important – Narváez haussa les épaules. L'art lyrique n'est pas ma tasse de thé, Tirso, mais une fois, dans ma jeunesse, j'ai lu une phrase de García Lorca que je n'ai jamais oubliée : "Seul le mystère nous fait vivre, le mystère uniquement." Qu'en penses-tu ?

— Je pense qu'elle renferme une philosophie de vie.

Narváez approuva, comme si j'avais donné la bonne réponse.

— Tout est mystère, dit-il sans exprimer aucune émotion particulière, comme s'il énonçait une vérité scientifique. La quête est la seule chose qui donne un sens à la vie : trouver la réponse au mystère.

— Je vois… La Table est un mystère qu'il faut chercher.

Narváez secoua la tête négativement.

— Non, tu ne comprends pas. *Tout* est mystère, répéta-t-il. L'objectif n'est pas important, seule l'est la quête. Le désir d'arriver au mystère est toujours plus satisfaisant que ce qu'il dissimule. Cherche, tu trouveras. C'est la seule vérité – sans doute à cause de mon expression déconcertée, il ajouta : Peu importe. Tu la comprendras un jour. Et tu deviendras alors un quêteur de plein droit, et nous pourrons te donner un nom.

— Un nom ?

— Exactement, comme à tes compagnons. Je crois que j'en ai un bon pour toi, mais il est encore trop tôt pour te le donner. J'aimerais d'abord voir comment va finir cette affaire de la table de Salomon.

Voyant que, pour on ne sait quelle étrange raison, Narváez était plus communicatif que d'habitude, je lui posai une question personnelle.

— Tu crois qu'un objet de ce genre peut exister ?

— Ce qui m'inquiète, ce n'est pas s'il existe, mais pourquoi un individu comme Gelderohde veut s'en emparer. J'ai le pressentiment désagréable que derrière Gelderohde il y a quelqu'un dont les intentions ne sont pas claires. Quelqu'un qui d'ailleurs a perverti un de mes quêteurs. Voilà pourquoi je fais de ce problème une affaire personnelle.

— *Nemo me impune lacessit*, dis-je presque machinalement.

— Je vois que tu commences à comprendre.

C'était le moment de faire part à Narváez de mes soupçons sur Marc, et de lui dire aussi que j'avais découvert que le plan de Lisbonne avait été une idée des joailliers.

— Sur l'infiltré, j'aurais deux choses à te raconter.

— Ça n'a plus d'intérêt.

— Comment cela ?

— Tu peux laisser tomber. Je sais qui c'est.

Il dit cela sans manifester aucune émotion, et sans se soucier du choc que me causait sa révélation. Je pensai même qu'il avait mal compris ce que je venais de dire.

— Toi… tu sais qui de nous collabore avec Gelderohde ?

Narváez hocha la tête lentement. Je croyais qu'il allait me révéler l'identité du traître, mais il n'en fut rien.

— Si tu sais qui c'est, tu devrais nous le dire.

— Tu te trompes. Cette affaire relève de ma responsabilité. Il s'agit d'un problème dont la solution est entre cette personne et moi.

— Quelle solution peut-il y avoir ? Il s'agit d'un traître.

— Il s'agit d'une faille dans notre système, rectifia-t-il, une faille qui doit être colmatée avant qu'elle ne devienne un problème de plus grande ampleur. Comme je vous l'ai déjà dit, beaucoup de gens souhaitent que le Corps des quêteurs commette une erreur. Je parle des politiciens : des gens qui se méfient des organismes qu'ils ne peuvent contrôler. J'ai de plus en plus de mal à préserver notre indépendance.

— Tu crois que s'ils apprennent que nous avons un infiltré ils utiliseront cela contre nous ?

— J'en suis sûr. Le gratin ministériel cherche quelque chose à se mettre sous la dent et je n'ai pas l'intention de lui en donner. Pour le moment, le seul à connaître l'identité de l'infiltré, c'est moi, et bientôt cette personne le saura.

— Et que se passera-t-il, alors ?

— J'extirperai l'appendice malade et nous continuerons notre travail.

— Attends un instant : tu… tu veux lui donner une chance d'échapper… ? – il évita mon regard. Il s'agit bien de ça, n'est-ce pas ? Tu veux qu'il parte sans avoir à sévir.

— C'est le travail des juges de sévir. Pas le mien. La seule chose qui m'importe, c'est de protéger le Corps.

— Cette personne nous a mis en danger ! Pourquoi mériterait-elle la chance de s'échapper ?

Narváez me fusilla d'un de ses regards de glace. Je compris qu'il avait déjà pris sa décision, et que je n'avais pas à la remettre en question. Cependant, j'étais furieux contre lui. Je pensais qu'il commettait une erreur terrible.

— Je sais très bien ce que j'ai à faire maintenant, Tirso. J'espère qu'il en va de même de ton côté, alors occupe-toi de tes propres responsabilités.

Le ton était tranchant, fin de la discussion. Frustré et furieux, je détournai le regard et me levai.

— D'accord. Je retourne à mon habitacle et continue mon travail.

— Tu ne m'as pas compris. Je veux que tu ailles à Plasencia, rejoindre Danny et Marc. C'est un ordre. Sors d'ici et obéis.

Cette étrange conversation avec Narváez me plongea dans une confusion totale. Mais je n'avais pas le temps de réfléchir : je devais partir pour Plasencia immédiatement. Je n'avais pas de véhicule personnel, mais Enigma me donna la solution : le Corps des quêteurs possédait deux véhicules, dans le parking du Musée archéologique. Je pouvais en utiliser un.

Enigma voulait savoir ce que le vieux m'avait dit dans le Sanctuaire, mais je restai discret. Elle m'en voulait encore de ne pas lui avoir donné des détails de l'entretien quand je quittai le Caveau.

Je trouvai les deux voitures à l'emplacement indiqué. Je décidai de prendre la plus modeste : une Volkswagen Polo trois portes.

Tout ce que je savais des plans de Marc et Danny, c'est qu'ils commenceraient leurs recherches à Plasencia. Je décidai d'y aller directement et de les contacter quand j'y arriverais.

Après un voyage sans autre escale que l'indispensable arrêt pour faire le plein, j'arrivai à Plasencia vers une heure de l'après-midi. Je me garai près de la cathédrale et appelai

Danny. Un message m'annonça que le numéro que j'avais composé était éteint ou hors couverture. Je tentai ma chance avec Marc.

À la deuxième tentative, il répondit à mon appel. Je lui dis que j'étais à Plasencia sur ordre de Narváez. Si la nouvelle le contraria, il sut le dissimuler. Je lui demandai s'il était avec Danny.

— Pas en ce moment, me répondit-il. Je crois qu'il vaudrait mieux qu'on se voie. Tu peux être devant la cathédrale dans un quart d'heure ?

— L'ancienne ou la nouvelle ?

— La nouvelle. Il y a une fontaine à côté de la façade. Attends-moi là.

Je me dirigeai vers notre lieu de rendez-vous. La fontaine était sur une petite place, devant la belle façade plateresque de la cathédrale, sous un bouquet d'orangers. Le temps d'allumer une cigarette, Marc arriva.

Il avait l'air calme et détendu. Il me salua presque avec effusion. Comme il faisait froid, on entra dans un bar tout proche. Je lui demandai où était Danny.

— On s'est séparés. Elle pensait qu'ainsi on gagnerait du temps : je suis allé au couvent San Ildefonso, et elle au palais. Il est convenu que le premier qui aura terminé contactera l'autre.

— Alors, tu lui as parlé ?

— J'ai essayé, mais son téléphone ne répond pas. Elle doit être hors couverture. J'attendais qu'elle m'appelle quand tu es arrivé.

— Pourquoi n'es-tu pas allé à sa rencontre ?

— Comment aurais-je pu ? Elle est partie avec la voiture, et ses instructions sont formelles : attendre sans bouger d'ici. Je ne suis que son ombre, rappelle-toi. Je dois obéir à ses décisions – Marc but une gorgée de bière et me demanda : Quelque chose t'inquiète ?

Oui, j'étais inquiet, mais ce n'était rien de rationnel. J'éludai sa question.

— Tu as trouvé quelque chose au couvent ?

— Rien. Alfonso de Quirós n'est pas enterré là. Le marquis devait entretenir une inimitié cordiale avec les nonnes et le clergé en général. Il a refusé d'être enterré dans un monastère.

— Cela signifie que sa tombe est au palais.

— Je le parierais. Attendons de voir ce que nous dit Danny quand elle reviendra.

— Bien obligés…

Comme on avait faim tous les deux, on alla déjeuner. Le temps passait et Danny ne donnait toujours pas signe de vie. On l'appela plusieurs fois, mais en réponse nous avions toujours le même message préenregistré.

Après déjeuner, nous ne savions plus comment tuer le temps. J'étais de plus en plus taciturne et pensif, par chance Marc était de ces gens qui n'aiment pas les silences, aussi parlait-il pour deux.

Il m'emmena au couvent San Ildefonso pour que je constate de mes propres yeux que la tombe n'était pas là. Danny n'avait toujours pas repris contact avec nous. On visita la cathédrale pour passer le temps, puis le musée diocésain de l'ancienne cathédrale. Toujours pas de nouvelles de Danny.

Le soir tombait. Le soleil disparut et un crépuscule obscur et brumeux lui succéda. Rien du côté de Danny. J'étais franchement inquiet.

— Il a dû se passer quelque chose. Il y a des heures qu'elle n'a pas donné signe de vie.

— Tu as raison, c'est bizarre – Marc me lança un regard angoissé. Que fait-on ? On prévient la police ?

— Non, pas la police, nous ne pouvons risquer un autre scandale comme celui de la dernière fois. Il n'y a peut-être rien de grave.

— Alors ?

Il était évident que Marc n'avait l'intention de prendre aucune initiative, il s'en remettait à moi.

— Je vais aller au palais dans ma voiture. Si elle a eu un accident, ou… ou je ne sais quoi, elle est peut-être encore là-bas.

— Je viens avec toi.

— Non, toi tu restes ici. Si tu n'as pas de mes nouvelles dans deux heures, essaie de m'appeler, et si je ne me manifeste pas, appelle Enigma ou Labulle, et raconte-leur ce qui se passe. Nous allons louer une chambre pour que tu puisses nous attendre.

— Et si tu ne reviens pas dans deux heures ? demanda-t-il effrayé. Mon Dieu… Que diable crois-tu qui soit arrivé à Danny ?

— Je ne sais pas, mais si tu as un meilleur plan, je serai ravi de l'écouter.

Comme il n'en avait pas, on loua une chambre. J'y laissai Marc et pris ma voiture pour me rendre au palais.

Il n'était que six heures du soir, mais tout était déjà aussi noir qu'à minuit.

6

MALPARTIDA

Ni Marc ni moi ne savions comment on accédait au palais
de Miraflores. À la réception de l'hôtel, on ne put m'aider,
aussi me renseignai-je dans des bars et restaurants proches.
Finalement, on me donna des explications à l'endroit où
nous avions déjeuné.

— Écoutez, c'est très facile, me dit le serveur qui était
au comptoir : prenez la route de Cáceres. Et tournez vers
Navalmoral de la Mata quand vous verrez le panneau. Vous
croiserez une route qui indique "Malpartida" : prenez-la...
Attention, ne confondez pas ! Il y en a une autre qui va à
Malpartida de Plasencia, mais ce n'est pas la bonne, c'est la
suivante : Malpartida tout court. Prenez garde, ce sont deux
villages différents.

— C'est loin ?

— Une bonne demi-heure. Mais la route de Malpartida n'est pas fameuse, et à cette heure elle est plongée dans
l'obscurité, alors soyez prudent...

— Merci, je serai prudent. L'endroit que je cherche, il
est à Malpartida ?

— Bien sûr que non... C'est quelque part dans les collines,
du côté du barrage de Valdelinares ; je ne saurais vous l'indiquer avec précision. Vous n'aurez qu'à vous renseigner quand
vous arriverez à Malpartida. Il y a un bar à l'entrée du village
et à mon avis il doit être ouvert. Demandez votre chemin

au patron, parce que c'est un petit village et je ne crois pas que vous trouverez beaucoup de gens pour vous renseigner.

Je pris la voiture et, en suivant les indications du serveur, je trouvai la route de Malpartida sans difficulté.

Mais la route était effrayante, un chemin de terre à peine tassée, plein de nids-de-poule et de cailloux. La petite Volkswagen Polo tanguait comme une baignoire en plein typhon. Au mauvais état de la route il fallait ajouter le noir silencieux qui m'entourait. Je mis la radio pour avoir un bruit de fond. Comme je n'entendais que des grincements et des bribes de voix, j'éteignis.

Au bout de quelques kilomètres d'agonie, je devinai plus que je ne vis un pâté de maisons improbable, au-delà d'un panneau qui m'indiquait que j'étais arrivé à Malpartida. Sur une place, un triste réverbère répandait sa lumière blafarde, à côté d'une porte au-dessus de laquelle une pancarte crasseuse annonçait une marque de soda. J'en déduisis que c'était le bar dont on m'avait parlé.

Je garai la voiture et me dirigeai vers la porte du bar. Je franchis un rideau de franges en plastique et entrai dans un lieu qui sentait la sciure et le vieux bois.

Il y avait un comptoir, quelques tables en formica et des chaises en osier. Sur les murs étaient collées des affiches si décolorées qu'elles étaient illisibles, ainsi que des photographies d'équipes locales de football. Dans un coin, je vis une machine à sous poussiéreuse, débranchée, et un distributeur de fruits secs, vide.

Derrière le comptoir se tenait un homme sans âge, avec de gros favoris que personne n'avait portés dans ces parages depuis l'époque des bandits de grand chemin. Bien que je sois l'unique client du lieu, l'homme me lança un regard aussi peu aimable que s'il avait vu un chien errant entrer dans son établissement.

Je lui adressai mon sourire le plus avenant :

— Bonsoir, lui dis-je en pensant qu'il serait malin de commander une boisson pour me mettre bien avec les autochtones. Je peux avoir une bière, s'il vous plaît ?

Sans dire un mot, l'homme sortit une bouteille du réfrigérateur, l'ouvrit et la planta devant moi. J'en bus une gorgée. Ce n'était pas une bonne bière. Pas du tout.

— Je cherche un coin… Vous le connaissez peut-être sous le nom de sanatorium des Hospitalières. Vous voyez ce que je veux dire ?

L'homme hocha la tête.

— Oui. L'ancien palais de Miraflores – l'homme se planta une cigarette au coin des lèvres et demanda entre ses dents : Il y a une fête là-bas, ou un truc de ce genre ? Vous êtes la deuxième personne qui vient demander où est cette poubelle. La première, c'était une femme qui est passée ce matin.

Une femme. C'était Danny, sans aucun doute.

— Elle est repassée par ici dans la journée ?

— Pas par le bar.

— Vous pourriez m'expliquer comment arriver jusqu'au palais ?

— Je pourrais, mais je ne vous conseille pas d'y aller. À cette heure, on ne voit rien sur le chemin qui y mène : si vous n'y prenez pas garde, vous pouvez enliser la voiture, et les téléphones ne passent pas dans cette zone.

Je ne me sentais pas rassuré. J'essayai de chasser de mon esprit des images dramatiques de Danny coincée sur le chemin, peut-être blessée, incapable de joindre qui que ce soit sur son portable…

— Il est très loin, le palais ?

— En voiture, à un jet de pierre. Il y a un chemin derrière le bar. Suivez-le tout droit. Impossible de le manquer. Mais je me demande ce que vous espérez voir là-bas. Ce n'est pas un bel endroit. C'est un bâtiment en ruine. Et à cette heure…

— Que se passe-t-il à cette heure ?

— Rien. Mais ce n'est pas le genre d'endroit où j'irais le soir, c'est tout.

— Pourquoi ? Il y a des fantômes ?

L'homme laissa échapper un sourire moqueur.

— Je ne sais pas. En revanche, il y a des épagneuls et des molosses qui s'échappent des chenils des réserves de chasse. Ces bestioles sont à l'état demi-sauvage et sautent sur tout ce qui se met en travers de leur chemin.

— Je vous promets d'être prudent.

— Vous n'avez rien à me promettre. C'est votre peau, pas la mienne ; mais vous n'irez pas dire ensuite qu'on ne vous avait pas prévenu.

Je fis un signe de la tête, payai ma bière et fis demi-tour. J'allais franchir le rideau en plastique quand l'homme me rappela.

— Attendez. Si vous pensez vraiment y aller, emportez ça, vous en aurez besoin – il sortit une lampe de poche de derrière le comptoir et me la tendit. Vous me la rendrez à votre retour.

Je le remerciai, sortis vivement du bar et sautai dans la voiture. Je pris le chemin que le type m'avait indiqué, un chemin infernal qui serpentait sur le flanc abrupt d'une colline. Si j'accélérais, je courais le risque d'être immobilisé dans un virage ou de tomber dans le ravin.

Après un parcours angoissant où je dus manier le volant comme si je transportais un chargement de dynamite, je distinguai enfin la silhouette sombre et massive d'un édifice. Je m'arrêtai.

Le palais était au milieu d'un bosquet d'aspect sauvage. Il n'y avait ni grille ni palissade, rien pour repousser les visiteurs. Une simple ruine architecturale qui ressemblait à un mausolée. Elle se découpait sur un ciel noir constellé d'étoiles, on aurait dit une masse vétuste tombée de l'espace.

Autour de moi, on entendait les grillons et le murmure des branches qui s'agitaient. Je souhaitai de tout cœur que ce soit sous l'action du vent.

De nombreux arbres noirs entouraient le palais, comme des cagoulés assistant à une cérémonie, tournés vers le monument comme vers un autel antique.

Je remerciai de tout cœur le patron du bar de m'avoir prêté sa lampe. Mais quand je l'allumai, sa lueur famélique, loin de me rassurer, m'inquiéta encore plus : le contraste entre lumière et obscurité rendait cette dernière encore plus angoissante.

Je fis de mon mieux pour imposer silence à mon imagination, sinon, j'allais voir des fantômes partout.

L'édifice n'avait pas belle allure. Plusieurs décennies auparavant et sous un soleil avenant, c'était peut-être une belle architecture aux lignes néoclassiques sobres ; maintenant qu'il était rongé par la végétation et les ombres, on aurait dit une masse difforme et grotesque surgie à grand-peine des profondeurs de la terre. La porte d'entrée à double battant, en haut d'un escalier à balustres recouvert d'un lierre exsangue, était ouverte comme la bouche d'une créature qui prend sa première respiration au sortir d'un trou.

La tentation de décamper était très forte, mais je vis une voiture garée près de l'entrée. Je ne savais pas si c'était celle de Danny, mais si c'était le cas, cela signifiait qu'elle était encore dans le palais.

C'était bon signe.

J'avançai. À chaque pas, j'avais l'impression que l'édifice se penchait voracement sur moi. Je montai l'escalier d'accès et m'arrêtai devant la porte : un trou noir qui dégageait une intense odeur d'humidité et de feuilles mortes.

J'entrai, avec un luxe de précautions.

Je me retrouvai dans un grand dégagement. J'entendis des battements d'ailes au-dessus de moi et je me baissai :

un oiseau de nuit traversait les fenêtres sans carreaux. Ma lampe me montra les lambeaux d'un panorama désolant : les murs étaient noirs, et le sol jonché de débris. Un escalier en bois était sectionné à la moitié, en sorte que l'accès aux étages était impraticable.

Je fis quelques pas, braquant la lampe sur le superbe plafond à caissons.

Et le sol se déroba sous mes pieds.

Tomber d'une certaine hauteur n'est pas une expérience agréable, mais c'est pire si on y ajoute le suspense de ne pas savoir quand on atteindra le sol.

Par chance, la chute ne dura pas longtemps. Le choc fut douloureux, mais je n'avais rien de cassé. Quelque chose s'encastra dans mon dos, me provoquant une vague de douleur, mais je constatai avec soulagement que je pouvais bouger bras et jambes.

Je me relevai en crachant des nuages de poussière. J'avais atterri sur des gravats et du mortier qui provenaient sans doute du sol de l'étage supérieur. Je retrouvai la lampe à côté de moi. La pile s'était déboîtée, mais après l'avoir remise en place, l'appareil se ralluma sans problème. Je poussai un ouf de soulagement.

Je jetai un coup d'œil à la ronde : j'étais dans une salle aux murs décrépis, aussi sale et minable que l'endroit d'où je venais. C'était peut-être une chambre, une cuisine ou la chaufferie : je ne vis rien qui puisse m'aider à le confirmer.

Je regardai le trou par lequel je venais de tomber, à trois ou quatre mètres au-dessus de moi. Une corde y pendait, de couleurs vives, comme celles qu'on utilise pour l'escalade, et elle n'avait pas l'air d'être là depuis longtemps.

Je la pris pour un signe de la présence de Danny. Je tirai sur la corde : elle était solidement attachée.

Devant moi, il y avait une porte brisée, hors de ses gonds. Elle donnait sur un passage plongé dans l'ombre.

Je m'y avançai, mesurant chacun de mes pas, afin d'éviter une nouvelle chute. Dans le couloir, j'éclairai les deux côtés. À ma gauche, un mur, à ma droite le couloir continuait. Je partis de ce côté.

Il y avait des monticules de terre et des décombres. Et des vestiges de mobilier : chaises cassées, plateaux de tables, vieux sommiers métalliques… Je passai devant une chaise inquiétante, pourvue de courroies pourries dont je préférai ne pas identifier la fonction.

Je tournai le coin et me retrouvai devant une sorte de dégagement. Par terre, sous des couches de poussière et de saletés, il y avait des dalles de granit rose, et aux murs des restes d'ornementations en stuc sous forme de guirlandes végétales. Dans les encadrements vides, placés très hauts, persistaient des éclats effilés de miroir qui me donnèrent une belle frayeur quand ils reflétèrent mon image en mouvement.

Je braquai la lampe sur le sol. Je vis des empreintes dans la poussière qui n'étaient pas les miennes et qui paraissaient récentes. Je les suivis, le cœur battant. Les traces me menèrent jusqu'à un escalier en bois.

L'escalier descendait entre des murs de pierres de taille couverts de mousse. Les deux ou trois premières marches étaient intactes, mais les suivantes avaient disparu, laissant un vide dont le fond invisible dégageait une odeur de puits croupi.

Je reculai pour examiner l'encadrement de porte au-delà duquel partait l'escalier. Le linteau et les jambages étaient en pierre et deux gonds couverts de rouille subsistaient. Je vis de grandes lettres gravées sur le linteau.

> *Mon âme attend le Seigneur*
> *Comme une sentinelle à l'aurore*

Un blason compliqué accompagnait ce texte.

Je devais être à l'entrée d'une crypte. Je balayai les alentours avec la lampe et remarquai des détails qui m'avaient échappé, des petits bénitiers métalliques en forme de coquille fixés aux murs, un énorme tas de bouts de bois désarticulés, en réalité une pile de prie-Dieu, des croix dessinées sur le mur, au-dessus de chiffres romains…

Cet endroit était une chapelle. Ou du moins ce qu'il en restait.

Je retournai devant l'escalier brisé. En bas, quelque part dans ce gouffre, se trouvait peut-être la tombe du dernier marquis de Miraflores.

Et soudain, d'entre les morts, me parvint une voix.

— Qui est là ?

J'avoue que ma première réaction fut de prendre mes jambes à mon cou et de m'enfuir le plus loin possible. Ce que j'aurais fait si dans un éclair de lucidité je n'avais reconnu cette voix.

— Danny, c'est toi ?

— Oui. Mais qui diable… ? Attends, c'est toi, Tirso ?

Je souris, soudain soulagé.

— Grâce à Dieu ! Je suis ravi de t'avoir retrouvée.

— Que fais-tu ici ?

— Non, d'abord à toi de répondre à cette question.

— J'explorais les lieux. J'ai trouvé la crypte et quand je suis descendue l'escalier s'est effondré. Et je suis coincée là, en bas.

Sa voix ne donnait pas l'impression qu'elle avait perdu son calme, mais je sentais un fond d'angoisse.

— Tu es blessée ?

— Non. Je ne suis pas tombée de haut, mais j'ai cassé ma lampe, et mon téléphone ne marche pas au fond de ce trou. Tu peux appeler ?

Je regardai mon téléphone. Pas de couverture.

— Pas plus que toi. Mais rassure-toi, je sais comment te sortir de là. Ne bouge pas d'ici : je reviens dans une seconde.

— Ne t'inquiète pas, je n'avais pas l'intention de partir !

Je revins sur mes pas et trouvai une échelle qui menait à l'étage supérieur. Là, je me dirigeai vers le trou par lequel j'étais tombé et repérai la corde que Danny avait arrimée. Je la récupérai et retournai à la chapelle.

— Danny, j'ai rapporté une corde ! Je vais l'attacher quelque part et…

Au même moment, quelque chose grogna derrière moi.

Je me retournai lentement. À quelques mètres de moi, il y avait un chien galeux, tout noir, aussi gros qu'un sanglier, tête baissée, babines retroussées, dents dégoulinantes de gros filets de bave ; il me disait clairement que je n'étais pas le bienvenu en ce lieu.

Il émettait un grognement terrifiant qui retentissait comme un tas de cailloux agités au fond d'un sac, et il avait le poil crasseux et hérissé. Une croûte répugnante marquait son crâne.

Je ravalai ma salive et me figeai comme une statue.

Et le molosse bondit. Je me recroquevillai en me protégeant le visage et le cou. Ses dents se plantèrent dans mon avant-bras comme des tenailles. La bête se mit à secouer la tête en me déchirant les chairs. Je criai et me démenai pour me libérer, donnai des coups de pied dans tous les sens et atteignis l'animal au flanc. Il ouvrit la gueule pour pousser un cri de douleur, le temps que je puisse dégager mon bras. Le chien se remit à mordre, mais cette fois il n'attrapa que le tissu de mon manteau.

Je m'en débarrassai et partis en courant. Mauvaise manœuvre : le chien se désintéressa du manteau et s'élança à ma poursuite. Ses crocs s'enfoncèrent dans ma cheville. Mon sang envahit la jambe de mon pantalon. Je tombai en criant. De ma jambe libre, je frappai l'animal au museau à plusieurs reprises et il desserra la mâchoire.

Je me traînais à l'aveuglette, cherchant un moyen de lui échapper, laissant derrière moi une trace rouge et visqueuse. Le chien repartit à l'attaque. Je le bloquai en saisissant un morceau de bois d'un prie-Dieu que j'encastrai dans sa gueule.

Il s'en débarrassa en secouant violemment la tête.

Je compris que cet animal allait me mettre en pièces.

En tâtant le mur pour essayer de me relever, je me coupai la paume.

Le chien en avait fini avec le bout de bois, et il se retourna vers moi. Il darda ses yeux luisants, rugit comme un enfer béant et s'élança. Une avalanche de crocs imparable.

Ma main s'empara d'un objet posé contre le mur. L'instinct me dictait de m'en servir pour me protéger. Je fermai les yeux et avançai le bras au moment où cette masse poilue et puante s'abattait sur moi.

J'entendis un gémissement brisé, comme si on avait frotté deux plaques de caoutchouc l'une contre l'autre. Ma main s'enfonça dans quelque chose de mou et les pattes de la bête s'agitèrent comme dans un spasme. Un jet chaud m'inonda le visage et la poitrine. Soudain, le mâtin était devenu un poids mort.

Je rouvris les yeux. Dans une main, je tenais fermement l'extrémité d'un fragment de miroir de plusieurs centimètres de long, l'autre extrémité était plongée dans la gorge du chien, qui saignait abondamment. L'animal posait sur moi ses yeux blancs en émettant un gargouillis répugnant. Sa langue pendait. Il trembla, se souleva, cessa finalement de respirer et s'immobilisa.

Mon visage exprima un dégoût infini. Je repoussai l'animal loin de moi et me relevai. Le sang tiède et poisseux de ce chien m'inondait le corps. Sa saveur me collait même au palais. J'avais la jambe et le bras en sang, à l'endroit où cette horrible bête avait planté ses crocs.

Mon estomac était révulsé et je me pliai en deux, secoué de hoquets.

Je récupérai mon manteau, réduit en lambeaux par le molosse, et j'essuyai de mon mieux le sang que j'avais sur le visage.

À ce moment-là, j'entendis la voix de Danny au fond de la crypte.

— Tirso, que se passe-t-il ? Ça va ?

Ça n'allait pas du tout, mais je l'assurai du contraire. Je ne voulais pas l'inquiéter. J'attachai solidement la corde que j'étais allé chercher et la laissai pendre dans la crypte, non sans lancer des regards inquiets derrière moi, redoutant la venue d'un autre chien qui aurait envie d'achever les agapes entamées par son compagnon.

Prudemment, j'entamai la descente, agrippé à la corde. Je luttais contre la douleur de mes blessures, et ce n'était pas une partie de plaisir. Enfin, mes pieds touchèrent le sol. Mes bras tremblaient et ma jambe palpitait comme un être vivant.

— Danny ? appelai-je.

Elle surgit de l'obscurité.

— Que t'est-il arrivé ? Tu es couvert de quelque chose de… baveux, et tu pues !

— Je crois que je viens de couper le cou au chien des Baskerville.

Son visage prit un air soucieux.

— Voilà pourquoi j'ai entendu des cris et des bruits de lutte… C'est du sang ?

— Oui, mais une partie seulement est à moi. Le reste est à ce clébard.

— Tu vas bien ? Tu es blessé ?

— Quelques morsures par-ci par-là… Je jurerais que ce chien n'avait pas la rage, mais tu n'imagines pas l'envie que j'ai d'aller à l'hôpital pour me faire vacciner… Et toi, tu vas bien ?

Elle sourit faiblement.

— Beaucoup mieux que toi, naturellement – elle essuya le sang sur ma joue. Tes entrées sont réussies, Tirso Alfaro. *Très* réussies.

Le contact de sa main sur ma peau me fit l'effet d'un baume.

— J'avoue que le coup du chien n'était pas prévu…

Elle me sourit.

— Merci, dit-elle – elle m'embrassa sur la joue, à la commissure des lèvres, mais la répugnance fut la plus forte et elle cracha. Sans vouloir te vexer, pour le moment tu as un goût infect.

Je m'essuyai le visage du revers de la main.

— Ça ne me vexe pas. C'est la saveur des héros.

Elle éclata de rire. C'était si rare à entendre que l'espace d'une seconde j'oubliai ce que la situation avait de pénible.

Je lui racontai ce que je faisais à Plasencia, où j'avais laissé Marc. Elle me demanda si j'avais apporté une lampe. Je lui donnai celle que j'avais et elle éclaira l'espace autour de nous. Je découvris la crypte.

C'était une vaste salle aux sols et aux murs en pierre polie, de plan octogonal, avec une niche dans chaque mur. Une voûte d'ogives de style néogothique reposait sur des colonnes adossées. Le fût de ces colonnes était abondamment décoré de reliefs. Je repérai des éléments végétaux et des représentations anthropomorphiques.

— Au moins, cette aventure n'aura pas été inutile, me dit Danny. La tombe du marquis est ici : regarde.

Elle éclaira une niche fermée par une dalle, où était sculptée une inscription en lettres dorées. Je lus le nom du marquis : Alfonso de Quirós y Patiño, la date de sa naissance et de sa mort, et un texte écrit en vers.

Viens, honneur des Achéens, glorieux Ulysse,
Retiens ton navire pour ouïr notre chant :
Le noir vaisseau qui nous croise entend notre voix
Semblable à la langue qui distille le miel.
Heureux qui l'écoute, car il sait mille secrets.

— Quelle étrange épitaphe ! dis-je. On ne dirait pas un texte sacré.

— C'est un fragment de l'*Odyssée*. Le chant XII : la rencontre d'Ulysse avec les Sirènes.

Je caressai la dalle du bout des doigts.

— Ce n'est pas de la pierre, c'est du métal. Regarde – elle dirigea la lampe sur le bord de la dalle : La dalle n'est pas scellée à la niche, et si tu regardes bien, on remarque un petit espace, comme si elle était montée sur un rail. Je crois qu'il est possible de l'ouvrir comme un panneau coulissant.

Je rappelai à Danny qu'à cause de sa peur d'être enterré vif, le marquis avait stipulé que sa tombe pourrait s'ouvrir de l'intérieur.

— En ce cas, il y a sans doute un mécanisme à l'intérieur de la niche pour ouvrir la dalle, dit-elle. Et, si c'est possible de l'intérieur, je suppose que c'est aussi possible de l'extérieur.

— Tu suggères qu'on devrait tâter les murs pour chercher une fausse brique ou un truc de ce genre ? Nous en aurions pour des heures, et je viens d'être attaqué par un chien qui a peut-être la rage.

Mon inquiétude ne troubla pas Danny. Elle regardait l'inscription de la niche, pensive.

— Allons, un peu d'imagination. Tu ne trouves pas bizarre qu'en guise d'épitaphe le marquis utilise un texte

de l'*Odyssée* ? Regarde le dernier vers : *Heureux qui l'écoute,*
car il sait mille secrets. Il se réfère aux Sirènes, bien sûr, et
ces mille secrets…

— … pourraient être une allusion aux "mille secrets"
du journal qu'il a emporté dans la tombe.

— Oui. C'est logique…

— Ça le serait, s'il s'agissait d'un récit d'Edgar Allan
Poe, mais dans la vie réelle personne ne dissimule des méca-
nismes secrets derrière une devinette.

— Tu veux de la logique ? Fort bien, je vais te donner
une pensée logique : nous parlons d'un homme qui a passé
sa vie à rechercher un objet légendaire et qui voulait être
enterré avec ses découvertes. Si j'applique la logique à ce cas
précis, je trouve que le marquis est le genre de personne à
indiquer comment ouvrir sa tombe par le biais d'une devinette basée sur un texte d'Homère.

Je fus bien obligé de lui donner raison.

— D'accord. Les Sirènes nous révéleront mille secrets.
Bien. Ce qui veut dire ?

— Je ne sais pas.

Danny braqua la lampe sur une des colonnes du mur,
éclairant un relief où on voyait une femme avec deux queues
de poisson à la place des jambes.

— Voilà une Sirène.

— Ce n'est pas une Sirène.

— Corps de femme, queue de poisson… Je trouve que
ça y ressemble.

Je secouai la tête.

— Non. Là, c'est la sirène du conte d'Andersen. Les Sirènes
dont parle Homère ont une tête de femme et un corps d'oiseau – j'éclairai une sculpture qui se trouvait à la base d'une
autre colonne et qui avait l'aspect que je venais de décrire.

— Voilà une Sirène.

Danny me regarda.

— Quelle culture… !

— Merci.

— Désolée, mais je parlais du marquis. Il a sûrement supposé que la plupart des gens penseraient à la mauvaise sirène.

Possible, mais je ne suis pas tombé dans le piège, me dis-je, ruminant mon orgueil blessé.

Danny s'approcha de la sculpture et appuya dessus, d'un geste décidé.

La Sirène s'enfonça de quelques centimètres. On entendit un claquement dont l'écho se répercuta dans toute la crypte et, derrière nous, le son d'un métal qui coulissait. On se retourna presque en même temps, pour voir la dalle de la niche du marquis s'ouvrir lentement. Une épouvantable odeur de décomposition envahit la crypte, mais pour nous c'était le parfum de la victoire.

Danny poussa une exclamation d'enthousiasme. Elle éclaira l'intérieur de la niche. Je redoutais que nous n'ayons à repousser les restes décomposés du marquis pour lui arracher son journal des mains. Je n'étais pas sûr d'être prêt à faire une chose pareille.

Par chance, le journal était dans un coffret en argent que le marquis avait fait placer à ses pieds. La seule chose que je vis de ses restes fut la vision horrible et fugace des semelles de ses chaussures, pathétiquement inclinées en forme de V.

Danny s'empara du coffret. Il était fermé à clé.

— Il faudra attendre pour l'ouvrir, dit-elle, déçue.

— Permets-moi de t'impressionner une fois de plus…

Je glissai la main dans ma poche et en sortis la *bumping key* que Labulle m'avait donnée à Lisbonne. Depuis ce jour, je l'avais toujours sur moi. Heureusement, le coffret n'était pas très ancien, et sa serrure un simple modèle à tambour.

Je maîtrisais le maniement de la *bumping key*, et je n'eus aucun mal à ouvrir le coffret. À l'intérieur, il y avait un petit livre dont la reliure était bombée, comme celle d'un vieux codex, et ornée de ferrures noircies.

Danny souriait comme si elle avait trouvé l'amour de sa vie.

— Nous avons le journal ! s'écria-t-elle et elle me serra dans ses bras.

J'avais l'impression d'être Ulysse débarquant à Ithaque, couvert du sang de ses ennemis.

On sortit du palais en emportant le fruit de nos mésaventures. Maintenant, mon principal objectif était d'aller me faire vacciner contre la rage et de prendre une bonne douche.

Pas forcément dans cet ordre.

Chacun reprit sa voiture et on rentra à Plasencia. On s'arrêta au premier dispensaire et je pus satisfaire au moins un de mes besoins.

Pendant que j'étais dûment vacciné et soigné, Danny téléphona à Marc pour lui donner des nouvelles.

Quand je sortis de la consultation, Danny me dit que Marc ne répondait pas. Elle n'avait plus de batterie et elle me demanda d'essayer à mon tour.

Rien. Après quelques sonneries, le répondeur prenait le relais. Je trouvai cela bizarre, pensant que Marc attendait de nos nouvelles avec une certaine anxiété.

On quitta le dispensaire et on alla à l'hôtel où nous avions loué une chambre.

Marc n'y était pas. On le rappela. Toujours pas de réponse.

Je commençais à m'inquiéter. Je demandai à l'homme de la réception si mon collègue avait laissé un message ou au moins s'il l'avait vu partir.

— Ah oui, le jeune homme qui était avec vous. Il est parti il y a un bon moment. Il a laissé la clé de la chambre.

— Il n'a pas dit où il allait, et n'a laissé aucun message ?

— Non. Il m'a simplement donné la clé et il est parti.

J'étais furieux. J'avais donné à Marc des instructions très simples, où il n'était pas question de disparaître sans laisser de traces.

J'allais exprimer ma colère à Danny quand mon portable se mit à sonner.

— C'est Marc ? demanda-t-elle.

— Non, dis-je en regardant l'écran. C'est le numéro du Caveau.

Je décrochai. C'était Enigma qui appelait.

Je ne me rappelle pas quelles furent ses paroles exactes, seulement la sensation de froid au fond de moi quand j'entendis la nouvelle.

C'est un moment que je n'oublierai jamais, quoi qu'il arrive.

RUKSGEVANGENIS (III)

Gordon Cochrane regardait le crépuscule.

Chez lui, dans la banlieue de Madrid, Cochrane avait une chambre d'où on avait une belle vue sur la sierra. Cette chambre avait une fonction incertaine (sauf peut-être celle d'être un bon endroit pour regarder le crépuscule) : d'après son mobilier, on pouvait croire que c'était un bureau, mais Cochrane ne l'utilisait jamais comme tel. Il en avait déjà un ailleurs, où du reste il passait beaucoup plus de temps que dans sa propre maison.

Mais dans ce bureau-là, on ne pouvait pas voir le crépuscule. La lumière du soleil n'y entrait même pas.

Gordon Cochrane n'était pas un homme porté sur les mélancolies du crépuscule. La plupart du temps, le coucher du soleil n'était pour lui qu'un phénomène atmosphérique. Il s'ennuya vite de ce crépuscule mielleux et il tourna le dos à la fenêtre.

Sur sa table, il y avait une bouteille de whisky et, à côté, un verre bas. Cochrane versa une partie du contenu de la bouteille dans le verre, se délectant du spectacle de la petite cascade ambrée d'un récipient à l'autre.

Cette vision lui paraissait plus belle que n'importe quel crépuscule au monde.

Cochrane but une petite gorgée. Son palais accueillit un coup de fouet écossais.

Il pensa aux crépuscules.

Sur la sierra madrilène, le crépuscule avait la délicatesse du miel. Dans les Highlands, en revanche, les crépuscules étaient rudes et primitifs, et l'ombre de la nuit tombait sur les montagnes comme le fil d'un couteau ébréché.

Parfois, il avait le mal du pays. Au point que tout le whisky du monde ne pouvait noyer sa nostalgie. Naître dans les Hautes Terres vous obligeait à toujours porter sa terre sous la peau : dans ces conditions, ce n'est plus un souvenir, c'est une partie de votre corps.

Cochrane essaya de faire un calcul mental : depuis combien de temps avait-il abandonné l'Écosse ? Quarante ans. Peut-être plus. Il prit peur en se rendant compte de tout ce temps passé. Souvent, il avait du mal à se considérer comme un homme âgé.

Il ne se sentait pas si loin de ce garçon qui défilait en uniforme de camouflage, coiffé avec fierté du béret vert avec le panache rouge de la Garde Noire. Fixé au béret, il portait un morceau de tissu à carreaux bleus et verts ornés d'une fine ligne rouge.

La fine ligne rouge. Celle que ses prédécesseurs avaient défendue à Balaclava, en 1854 (cinq cents Highlanders contre une charge russe de deux mille cinq cents hommes). "La fine ligne rouge qui culmine avec une frange d'acier." Le 93e régiment. La Garde Noire.

Gordon Cochrane aurait donné la moitié de sa vie pour en faire partie de nouveau.

Il se sentait tellement fier de défiler avec ce bout de tissu, au rythme de The Garb of Old Gaul.

La fierté avait fini par l'aveugler. Tant d'amour pour sa terre, incrustée sous sa peau, eut des conséquences néfastes. Cochrane, comme beaucoup d'hommes de sa génération, rêvait d'une Écosse indépendante. Mais à la différence des autres, il s'engagea trop pour faire de ce rêve une réalité.

Souvenirs amers. Mauvaises compagnies. Un verdict militaire trop contaminé par l'ardeur politique. Cochrane était sûr qu'il n'avait rien fait de mal, mais à une époque où l'IRA défendait ses objectifs dans le sang, la justice militaire britannique ne pardonnait pas facilement les velléités indépendantistes. Cochrane fut expulsé. Il ne défendrait plus jamais la fine ligne rouge.

Il dut renoncer à son uniforme, à son béret vert et à son panache rouge ; mais il n'eut pas la force de renoncer au bout de tissu à carreaux verts et bleus. Il le portait toujours sur la poitrine et autour du cou. Cœur et souffle : les deux choses qu'il avait données pour sa terre d'Écosse.

Quitter la Garde Noire : un vrai traumatisme. Au point qu'il préféra s'éloigner de tout ce qui lui rappellerait ce qu'il avait perdu. Gordon Cochrane avait de la famille en Espagne. Valera était le nom de sa mère (elle prétendait être vaguement apparentée au célèbre Eamon De Valera, artisan de l'indépendance de l'Irlande, ce qui prouvait une fois de plus la force irrésistible de l'héritage génétique). Cochrane abandonna l'Écosse et, encore jeune, repartit de zéro en Espagne.

Comment un ancien Garde Noire finit par prendre la direction du Corps national des quêteurs, c'était une histoire qui pouvait paraître invraisemblable, mais pour Cochrane, c'était une étape logique : après tout, la mission d'un quêteur est de récupérer ce qui a été volé par des étrangers. C'était pour cette raison que Cochrane avait brisé sa carrière dans la Garde Noire : parce qu'il avait voulu récupérer ce qu'à ses yeux un étranger lui avait volé.

La patrie, une œuvre d'art... Quelle importance ? Une spoliation est une spoliation, quelle que soit l'ampleur de ce qui a été volé. Puisque Cochrane n'avait pu récupérer sa nation, il en aiderait d'autres à récupérer leur patrimoine.

Il s'y adonna avec ardeur. En commençant tout en bas, comme quêteur de terrain. Il éprouva une telle passion pour sa tâche qu'il en oublia presque le ressentiment causé par son expulsion brutale de la Garde Noire. La quête devint la seule chose importante.

Cherchez et vous trouverez…

Dans la quête, Cochrane perdit son nom (on perd toujours quelque chose dans une quête véritable). Il cessa d'être Gordon Cochrane et se contenta d'un simple mot, sans nom de famille, sans racine, sans passé propre.

Narváez. C'était le nom du fondateur du Corps national des quêteurs. L'ancien Garde Noire aimait porter ce nom, car il signifiait que maintenant son histoire était celle du Corps. Sa vie était celle d'un quêteur.

Il connut d'excellents hommes dans cette nouvelle vie. Certains meilleurs que d'autres, mais tous passionnés par ce qu'ils faisaient. Des camarades inoubliables, comme ses anciens compagnons de la Garde Noire. Le Corps national des quêteurs était aussi un régiment à sa façon, et pas moins rempli d'idéalistes.

Entre autres, il y en avait un pour lequel Cochrane finit par éprouver une véritable affection. Beaucoup plus jeune que lui, il aurait même pu être son fils. Cochrane n'avait pas d'enfants, mais s'il en avait eu, il aurait aimé qu'ils ressemblent à ce quêteur.

Tonnerre. C'était son nom : Tonnerre. C'est Cochrane qui l'avait baptisé ainsi. Ce quêteur était fort, imprévisible, parfois chaotique. Son nom était très approprié.

Cochrane but une longue gorgée de whisky. L'espace d'un instant, il put visualiser le visage de Tonnerre avec autant de netteté que s'il avait vu un fantôme : grand, séduisant, cheveux blond foncé et yeux marron, toujours juvéniles.

La génétique a parfois d'étranges caprices, se dit Cochrane. Il était frappant que Tonnerre ait un fils qui lui ressemble physiquement si peu. À part quelques gestes de temps à autre, par exemple sa façon de se lisser les cheveux quand il était nerveux, ou de se pincer la lèvre inférieure quand il écoutait avec attention. Dans ces brefs instants, Tirso Alfaro montrait qu'il était le fils de Tonnerre.

Tirso avait l'âge de son père quand Cochrane l'avait rencontré. Le destin reproduit parfois les mêmes schémas, sans doute par manque d'originalité. Cependant, Cochrane se souvenait de Tonnerre comme d'un homme beaucoup plus spontané et sûr de lui. Cochrane imaginait que Tirso tenait plus de sa mère que de son père.

Cochrane ne la connaissait pas, et Tonnerre n'en parlait guère. Il n'y avait pas eu d'amour dans cette union, juste un accident appelé Tirso.

Cochrane se rappelait encore comment Tonnerre lui avait raconté sa rencontre avec une jeune professeure adjointe d'université qui lui avait tapé dans l'œil. Tous deux étaient trop indépendants pour vouloir autre chose qu'un peu de sexe. Ils aimaient leur travail par-dessus tout.

Cependant, l'un des deux (ou peut-être les deux) fut imprudent et elle tomba enceinte. Cochrane se rappelait l'histoire sous forme de bribes de conversations avec Tonnerre.

Dans ces conversations, Tonnerre l'appelait "vieux". Secrètement, Cochrane aimait qu'en privé les gens qu'il estimait l'appellent "vieux". Souvent, c'était ainsi que les enfants appelaient leur père.

— Tu veux savoir un truc drôle, vieux ? lui dit Tonnerre un jour. Je vais avoir un enfant.

Cochrane ne s'y attendait pas. En revanche, Tonnerre ne semblait ni inquiet ni angoissé. Pour lui, la paternité était une sorte de plaisanterie du destin, et Tonnerre avait toujours su encaisser les bonnes blagues.

Sereinement, comme si c'était sans importance, il raconta à Cochrane ce qui s'était passé. La professeure adjointe au brillant avenir était enceinte. Aucun doute sur l'identité du père. Elle voulait cet enfant et Tonnerre respectait sa décision.

— Tu vas quitter le Corps ? avait demandé Cochrane.

Il trouvait cela logique : il y avait même un protocole prévu pour ce genre de situation. Si un quêteur quittait le Corps de sa propre initiative, on lui assignait un confortable poste de fonctionnaire dans un organisme d'État.

Tonnerre le regarda comme s'il était devenu fou.

— Quitter le Corps ? Pourquoi ? C'est toute ma vie.

— Ce n'est pas une vie pour un père.

— Je le sais, mais je ne vais pas être père, je vais juste avoir un enfant. Tu comprends la différence ?

Cochrane la comprenait très bien. Il ne jugea pas Tonnerre. C'était sa décision et Cochrane ne se sentait pas digne de la critiquer.

— La mère sait ce que tu fais ?

— Non. Elle croit que je suis pilote de ligne. C'est mieux comme ça.

— Mais il va falloir que tu prennes tes responsabilités. Je suppose qu'elle attend la même chose de ta part.

— On voit que tu ne la connais pas, vieux. Cette femme ne veut rien de personne, pas même du père de son enfant – Tonnerre soupira et Cochrane crut qu'il était déçu, sans en être sûr. Je lui donnerai mon nom, ça oui, même si elle ne le veut pas. Je ne dormirais pas tranquille si je pensais que mon fils risquait d'être traité de bâtard dans la cour du collège, par exemple. À part ça… Enfin, elle me l'a dit clairement : l'enfant est à elle.

Cochrane le connaissait assez pour savoir que, même s'il essayait de le cacher, quelque chose le préoccupait. Après cette conversation, Cochrane découvrit ce qu'il en était.

Tonnerre n'avait pu s'empêcher de garder un contact avec son fils, même minime. Et avec le temps, il s'était attaché au gamin.

— Je crois que nous avons commis une erreur, vieux, dit-il un jour où Cochrane le trouvait particulièrement triste – il était rare de voir Tonnerre avec le moral en berne, à croire que rien dans cette vie ne pouvait l'atteindre. Cet enfant… il est trop seul. Ce n'est pas juste. Ce n'est pas juste qu'il doive payer l'erreur de ses parents.

— Tu te demandes si sa mère s'en occupe correctement ?

— *Elle ne s'en occupe pas mal, pas du tout, si c'est là ta question. Mais elle n'est pas… Comment dire ?… Elle n'est pas une mère. C'est juste une femme qui s'occupe d'un enfant* – Tonnerre ne trouvait pas ses mots, il avait toujours été un homme d'action plus que de pensées. *Je ne saurais comment te l'expliquer. Mais ce pauvre gamin n'a pas eu de chance.*

Puis il se mit à parler de son fils, et son regard s'éclairait.

— *Tu sais, vieux, il est malin, le bougre ! Il vous regarde avec des yeux énormes et… Je te jure que ce gamin est très intelligent. Et il a un visage tout rond d'enfant, tu vois ce que je veux dire ? Avec ces joues, ce nez en trompette… il est adorable quand il rit ! Tu devrais voir ça, franchement tu serais sous le charme. Ce gosse est fantastique : il a quelque chose.*

Cochrane imaginait que cette chose, seul Tonnerre pouvait l'expliquer : c'était ce qui fait fondre tout père comme une motte de beurre au soleil quand il parle de son enfant.

Cochrane mesurait combien Tonnerre souffrait de l'absence de son fils et se sentait coupable, de moins en moins concentré sur son travail, terrifié à l'idée de se retrouver avec le gamin, et en même temps avide de parler de lui. Il était partagé. Cochrane se dit que Tonnerre ne pourrait supporter longtemps cette situation. Il ne se trompait pas.

— *Je vais laisser tomber*, lui dit-il un jour. *Le Corps. Tout ça. Je laisse tomber et je m'occupe de Tirso. Sa mère s'en moque, peut-être même que ça l'arrange. Je ne peux continuer comme ça, vieux. Je n'arrête pas de penser à lui. Si je ne me décide pas, je deviendrai fou.*

Contrairement à ses habitudes, Cochrane lui donna son avis.

— *Je crois que c'est préférable. Je t'aiderai de mon mieux, et ma porte te sera toujours ouverte si tu veux revenir un jour.*

— *Merci, c'est très important pour moi* – Tonnerre sourit et, regardant Cochrane d'un air amusé, il lui fit un aveu. *Tu sais quoi, vieux ? J'ai raconté au gamin l'histoire de la Table. Il l'adore.*

Comme tous les rêveurs (et Tonnerre en était un), il avait ses propres chimères. Il avait un jour entendu la légende de la table de Salomon et il croyait dur comme fer à l'existence de cette relique. Cochrane ne se moquait pas de lui, après tout, lui aussi avait poursuivi un but impossible, et avec tant de conviction que ça lui avait coûté sa vie en Écosse.

Cochrane sourit en entendant la confidence de Tonnerre.

— Qui sait ? Cette relique peut devenir la rencontre entre le père et le fils, dit-il en plaisantant.

Il serait désolé de perdre un quêteur aussi bon que Tonnerre, mais comme il le lui avait dit, il était convaincu que le quêteur faisait un bon choix.

Malheureusement, rien ne se passa comme prévu.

Avant de quitter le Corps, Tonnerre mena une dernière mission, dangereuse, digne des meilleurs hommes. Cochrane envoya Tonnerre avec un autre compagnon en Colombie pour intercepter la vente d'antiquités volées au leader d'un cartel qui avait des prétentions de collectionneur.

Tonnerre ne revint jamais.

À coup sûr une dénonciation. Le quêteur qui l'accompagnait put s'échapper et revenir en Espagne sain et sauf, mais il n'y eut plus jamais aucune nouvelle de Tonnerre. Le cartel l'avait exécuté. Cochrane perdit un grand ami, et Tirso sa dernière chance d'avoir un père. Le pire, c'est que cet enfant ne sut jamais qu'il avait failli avoir une vie différente.

Maudite malchance.

Cochrane avait promis à Tonnerre que la porte serait toujours ouverte s'il voulait revenir un jour. S'il n'était plus en mesure de tenir sa promesse avec le père, il pouvait encore la tenir avec le fils, avec Tirso.

Contre tous ses principes, Cochrane admit Tirso comme quêteur. Parce qu'il se sentit agréablement impressionné par lui, mais il serait faux d'assurer que Cochrane aurait donné les mêmes chances à un candidat qui n'aurait pas porté le nom de famille de Tonnerre. Il ignorait si son vieil ami l'aurait approuvé, mais il était sûr au moins que Tonnerre aurait beaucoup ri devant ce rebondissement inattendu du destin.

C'était tout lui : toujours prêt à accueillir une bonne blague.

Cochrane savait que tôt ou tard Tirso apprendrait la vérité sur son père. Hélas, ce n'était jamais le moment de la lui révéler. Cette mission requérait plus de délicatesse que Cochrane croyait en avoir.

C'était une erreur de garder ce secret. Cochrane décida de ne plus différer cette révélation. Il parlerait à Tirso après son retour de Plasencia. C'était le moment de trancher dans le vif, aussi inconfortable cela soit-il. Le jour même, il avait eu une conversation difficile avec un de ses quêteurs. Dire à Tirso la vérité sur son père ne pouvait être pire.

Cochrane se sentait fatigué. Très fatigué et très vieux. Pour la première fois de sa vie, il se demanda s'il aurait la force de supporter tout le poids qui retombait sur ses épaules.

Il se dit avec un peu d'amertume qu'à son âge la plupart des hommes savouraient une retraite paisible et bien méritée. Dans son cas, c'était une aspiration utopique : un quêteur ne prend jamais sa retraite. La quête n'a jamais de fin. Elle vous poursuit même après la mort, quand, après le dernier soupir, on se prépare à poursuivre le Véritable Mystère.

Ah oui (soupira-t-il) : seul le mystère nous fait vire. Rien d'autre.

Avec le crépuscule, Cochrane se vit soudain entouré d'ombres.

Il ne se rappelait pas le moment où la dernière lueur s'était éteinte.

Son ouïe bien entraînée perçut un bruit furtif quelque part dans la maison. Ses muscles se raidirent. Cochrane s'était attendu à ce qu'il se passe quelque chose, il ne savait pas quoi, mais son instinct lui disait que le moment était venu.

Il identifia le bruit : quelqu'un se déplaçait à pas feutrés.

417

Cochrane ouvrit le tiroir de son bureau et prit son pistolet : un Browning P-35 semi-automatique de 9 millimètres, qui faisait partie de l'équipement de la Garde Noire. Les vieilles habitudes sont tenaces.

En silence, Cochrane posa le pistolet sur ses genoux et enleva la sécurité.

Assis derrière son bureau, il attendit.

La porte s'ouvrit et l'intrus apparut.

Cochrane alluma sa lampe et se révéla à cet intrus. L'éclairage lui montra les traits de ce visiteur non invité.

Il reconnut aussitôt le visage glabre et blafard. Cette tête charnue et molle était difficile à oublier : on aurait dit un asticot.

— Joos Gelderohde, dit Cochrane. Je ne me trompe pas, n'est-ce pas ?

Le nouveau venu eut un sourire sans joie. Ce qui renforça de façon sinistre sa ressemblance avec une créature souterraine.

— Vous pouvez aussi m'appeler Joos le Wallon, si vous préférez. Mais je ne sais pas comment m'adresser à vous… Cochrane, cela vous convient ? Mais vous préférez peut-être Narváez ?

— Cela n'a pas d'importance, car nous n'avons rien à nous dire.

— Dommage. Je ne dis jamais non à une bonne conversation… En ce cas, abrégeons.

Gelderohde avança d'un pas.

— Ne bougez pas.

— Pourquoi ? On va m'arrêter ?

— Je ne suis pas un policier. Je n'ai pas l'intention de vous arrêter, mais à votre place, je ne bougerais pas.

Cochrane brandit son pistolet et le braqua sur Gelderohde.

— Je vois. Vous ne trouvez pas que c'est un peu disproportionné ? Je suis un peu désavantagé – Gelderohde sortit un couteau de chasseur de son étui attaché à sa ceinture et le lui montra. Et maintenant, que fait-on ? On s'élance l'un sur l'autre et on voit lequel des deux est le plus rapide ?

— Le plus sage de votre part serait de faire demi-tour et de quitter cette maison.

Gelderohde secoua la tête, d'un air accablé.

— Impossible. Quand j'ai un objectif, j'aime bien m'y tenir.

— Et quel est votre objectif ? Vous venger ?

— De qui ? De vous ? Oh non. Je suis avant tout un homme pratique. Je ne mêle pas mes problèmes personnels aux missions qu'on me confie. Non, monsieur Cochrane, Narváez ou je ne sais qui d'autre ; je ne suis pas là pour l'affaire de Sydney. Vous êtes devenu un obstacle pour un projet que nous montons, mon associé et moi-même, c'est tout.

— Si par "associé" vous voulez parler d'un de mes quêteurs, vous feriez mieux de l'oublier. Votre taupe a été découverte. Je viens de parler avec cette personne et je lui ai dit que j'étais au courant de son double jeu.

— Je le sais. Il me l'a dit. C'est la raison de ma présence ici. Mais je ne me référais pas à votre marmaille. Vous n'avez aucune idée de la personne que vous affrontez, n'est-ce pas ? Mon associé a des yeux et des oreilles dans le monde entier. Il manie une arme puissante qui le rend presque invincible : l'argent. Votre ridicule Corps des quêteurs est un David sans fronde face à un Goliath qui le domine en moyens et en intelligence. Vous auriez dû vous en tenir aux larcins à la petite semaine et ne pas vous mettre en travers de notre chemin. Il est peut-être encore temps pour vos quêteurs de s'écarter… Malheureusement, pour vous, c'est trop tard. Lilith veut vous mettre hors jeu.

— Qui est Lilith ?

Gelderohde sourit d'un air moqueur.

— La femme qui distille le miel et le lait sous la langue… Vous ne connaissez pas l'histoire ? La sorcière qui a fabriqué la table pour le roi Salomon.

— Tout ça pour une relique mythologique ?

— Non, cher ami, pour le pouvoir. Le Nom des Noms.

Gelderohde fit deux pas en avant en brandissant son couteau.

— Je vous ai dit de ne pas bouger. Ne commettez pas l'erreur de croire que je ne vais pas tirer.

— Je sais que vous ne le ferez pas.

— Vous ne m'en croyez pas capable ?

— Au contraire. Mais je crois que votre fronde est cassée, mon vieux David.

Gelderohde fit encore un pas.

Cochrane tira. Le corps de Gelderohde tressaillit et un trou s'ouvrit dans sa poitrine. Il tomba en arrière. Cochrane ferma les yeux et reprit son souffle.

Lentement, il posa le pistolet sur son bureau. Le canon fumait encore.

Le corps de Gelderohde gisait, enveloppé d'ombre. Cochrane se leva et s'approcha du cadavre. Le visage n'était pas plus livide mort que vivant.

Cochrane se pencha et appuya les doigts sur le cou de Gelderohde, cherchant le pouls.

Soudain, les yeux de Gelderohde se rouvrirent. Sa main se referma sur le manche de son couteau, et avant que Cochrane ait pu réagir, Gelderohde leva le bras et lui plongea la lame dans le cou, juste sous la mâchoire.

Cochrane cracha un caillot de sang et émit un gargouillement. Gelderohde repoussa du pied le vieil homme, qui vacilla et tomba en arrière. Il se tenait la gorge. Entre ses doigts s'écoulait un flot de sang épais.

Gelderohde saisit le poignet de Cochrane et plaqua sa paume de force contre sa propre poitrine, à l'endroit où la balle avait pénétré. Il approcha son visage de celui de Cochrane.

— Vieil idiot. Tu le sens ? Tu l'as reconnu ? Un simple gilet pare-balles sous le pull. Tu me crois assez bête pour aller à la bataille sans bouclier ?

Cochrane vomit un caillot. Gelderohde le lâcha et le vieux s'affala. Debout devant lui, Gelderohde regarda en silence cette vie s'échapper par la blessure du cou.

Il y avait dans le regard de Gelderohde une jouissance morbide, comme s'il voyait brûler un insecte qu'il aurait grillé avec une loupe. Les yeux brillants, il contempla les dernières convulsions de Cochrane, et attendit que son corps s'immobilise et que ses yeux soient devenus deux billes de verre mort.

Le vieux était un dur à cuire. Il mit plusieurs minutes à mourir, mais Gelderohde trouva encore le temps trop court.

Après s'être assuré que Cochrane était un cadavre saigné à blanc, Gelderohde s'approcha du bureau, prit le pistolet avec lequel Narváez lui avait tiré dessus et le soupesa. C'était une arme de qualité. Ce serait dommage de l'abandonner.

Il glissa l'arme dans son pantalon et partit sans se donner la peine de jeter un dernier regard sur le corps de sa victime.

Il avait envie de se mettre quelque chose sous la dent. La vision du sang avait toujours eu pour effet de lui ouvrir l'appétit.

IV

LA TABLE DE SALOMON

1

ALIBIS

La mort arrive toujours au mauvais moment. Celle de Narváez tombait très mal. Pour être franc, je n'avais pas connu suffisamment le vieux pour éprouver un grand chagrin ; mais je me sentis désemparé. Narváez avait été dès le premier instant le solide pilier de glace qui maintenait fermement les fondations du Corps. Il donnait l'impression d'être un homme hors du temps.

L'homme hors du temps avait été trouvé mort d'un coup de poignard sur le sol de sa maison. J'ignorais s'il avait eu le temps de démasquer l'infiltré dans le Corps, et pour comble, Marc ne donnait toujours pas signe de vie.

Danny et moi, on rentra à Madrid le plus vite possible. On voulut aller directement au Caveau, mais Enigma nous en dissuada. Tout était encore très confus et il valait mieux que nous prenions une bonne nuit de repos.

Le lendemain, dans la salle de réunion du Caveau, l'ambiance était plus tendue que funèbre, comme si l'air était sillonné de cordes à piano. Les quêteurs étaient plongés dans l'incertitude.

Urquijo, l'avocat qui m'avait tiré d'affaire à Lisbonne, occupait le haut de la table ovale, normalement réservé à Narváez. Je me rappelle avoir trouvé cela presque offensant.

Danny, à côté de moi, regardait l'avocat d'un air dur et impassible. Face à nous, Tesla, pâle et tremblant, tripotait

425

son porte-clés de *Star Wars* si nerveusement que je crus qu'il allait le disloquer. Enigma était près de lui, sombre et muette.

De tous les quêteurs, c'était Labulle qui avait la plus sale mine. On aurait dit une ombre aux yeux rougis, les épaules enfoncées, comme si elles portaient un poids trop lourd.

Marc n'était pas là.

Urquijo nous regardait. Il avait les yeux saillants et secs, comme s'il ne clignait jamais les paupières. Il demanda où était Marc, mais comme on ne le savait pas, il décida de ne pas l'attendre.

Il commença par des condoléances dépourvues de toute émotion. Puis, d'une voix atone, comme s'il lisait un rapport, il nous détailla les circonstances de la mort de Narváez.

Pendant son exposé, Marc entra. En nous voyant tous réunis, il parut très surpris.

Un grand silence l'accueillit.

— Que se passe-t-il ? Où est Narváez ? s'étonna Marc. Urquijo répondit.

— Narváez est mort. Assassiné.

— Quoi… – Marc devint livide. Narváez… mort ? Ce n'est pas possible…

— Où étais-tu passé, Marc ? demandai-je sur un ton grave. À Plasencia, je t'avais dit de ne pas bouger de l'hôtel tant que tu n'aurais pas de nouvelles de Danny ou de moi-même, mais tu as disparu sans laisser de traces. Dismoi, Marc, *où diable étais-tu ?*

Urquijo empêcha Marc de répondre à la question en prenant la parole :

— Avant de poser des questions, je veux que vous soyez tous conscients d'une chose : la mort de Narváez était un assassinat. Une enquête policière a été ouverte.

Il y eut un flottement : les propos d'Urquijo avaient causé une grande émotion.

— On ne peut pas être inquiétés, dit Danny. La police n'en a pas le pouvoir. Nos activités sont secrètes.

— Exact, ce qui complique les choses, confirma Urquijo. Désormais, je vais être votre avocat. La police ne s'adressera pas à vous. Vous serez maintenus à l'écart. À condition de répondre à toutes mes questions. Pour l'enquête, je serai le seul lien entre la police et le Corps.

— La police ne devrait même pas connaître notre existence, poursuivit Danny.

— Et elle ne la connaîtra pas. Malheureusement, il y a un problème. Un problème important : hier après-midi, l'un de vous est allé chez Narváez et a eu un entretien privé avec lui. Il est essentiel que vous me disiez qui.

Personne ne répondit. Au bout d'un moment, Danny prit la parole :

— Comment peux-tu en être aussi sûr ?

— Parce qu'il me l'a dit. Il m'a contacté dans la matinée – Urquijo soupira et passa les doigts sur ses paupières. Ce n'est pas facile, jeunes gens, mais vous devez le savoir. Narváez m'a consulté sur les procédures légales concernant l'expulsion d'un membre du Corps.

— Il voulait congédier quelqu'un ? Qui ?

— Je ne sais pas, Danny, il ne me l'a pas dit. Je n'en connais pas non plus la raison. J'ai juste appris qu'il avait rendez-vous dans l'après-midi avec la personne concernée pour l'en informer personnellement.

Je compris qu'il s'agissait du quêteur infiltré. Forcément.

— A-t-il au moins spécifié si c'était un quêteur... ou une quêteuse, dis-je.

— Non, il est resté très vague. J'ai eu beaucoup de mal à obtenir des détails – Urquijo posa les mains à plat sur la table et nous regarda tous : Il faut que je sache qui d'entre vous est allé hier chez Narváez.

— Pourquoi ? Crois-tu que c'est cette personne qui l'a tué ? demanda Danny, agressive.

— Je n'ai rien dit de tel.

— Je l'espère bien, maître, lança Labulle. Car si c'est ton idée, ou celle de la police, tu ferais mieux de chercher dans une autre direction.

Il avait parlé entre ses dents. Je crus qu'il allait se précipiter sur Urquijo. L'avocat eut sans doute la même crainte, car il leva les mains dans un geste conciliant.

— Vous n'avez pas de raison d'être aussi hostiles. Je suis votre avocat, pas votre ennemi. J'ai toujours essayé de vous aider, et cette fois il n'y aura rien de changé ; mais si l'un d'entre vous a vu Narváez hier, il vaut mieux qu'il me le dise maintenant.

La seule réponse que reçut Urquijo fut un silence de plomb. L'avocat poussa finalement un soupir vaincu.

— Bien, comme vous voudrez. J'espère au moins savoir où chacun de vous était hier en fin d'après-midi.

— Pourquoi ne pas commencer par Marc ? dis-je. J'aimerais savoir pourquoi il s'est enfui de Plasencia alors qu'il avait des instructions précises pour rester sur place.

— Je ne me suis pas enfui, balbutia-t-il. J'obéissais au message que Labulle m'avait envoyé.

Ce dernier réagit en entendant son nom.

— De quel message parles-tu ?

— De celui que j'ai reçu hier après-midi. Regardez.

Il nous montra son portable. Il y avait un texto envoyé du téléphone de Labulle. "Il y a des problèmes, disait-il. Reviens tout de suite au Caveau. Où que tu sois. Ne réponds à aucun appel. L."

— Bon Dieu… ! Je ne t'ai jamais envoyé ça ! s'exclama Labulle – il nous regarda tous. C'est la vérité !

— C'est ton numéro qui figure sur l'émetteur, dit Tesla.

— Tu insinues que je mens ?

Tesla recula, sur la défensive.

— Non, non… Je dis seulement que… C'est ton numéro. Pas plus.

Il y eut un bref silence. J'eus l'impression que tous les regards tournés vers Labulle devenaient méfiants. L'avocat prit la parole.

— Nous éclaircirons plus tard cette histoire de message. Qu'as-tu fait après l'avoir lu, Marc ?

— J'ai suivi ses instructions, bien sûr.

— Comment es-tu revenu à Madrid ? Tu n'avais pas de voiture, dis-je.

— J'en ai loué une. Il me semblait important d'obéir à un ordre direct de Labulle.

— Je n'ai pas envoyé ce message, insista Labulle. Peu importe le numéro qui figure ici : je ne l'ai pas envoyé.

Urquijo lui fit un signe et continua d'interroger Marc.

— À aucun moment tu n'as envisagé d'appeler Labulle pour lui parler ?

— Non. C'était le protocole qu'on suivait à Lisbonne : si l'un de nous recevait un message avec des ordres précis, on se bornait à obéir, pas question d'appeler. J'ai pensé que c'était encore le cas. En revanche, j'ai essayé d'appeler Tirso et Danny, mais leur téléphone était hors couverture.

— D'accord. Donc, tu es rentré à Madrid. Qu'as-tu fait ensuite ?

— Je suis venu ici directement. Il était très tard et il n'y avait personne. Alors j'ai appelé Labulle, mais il n'a pas répondu.

— Tu avais un appel de Marc sur ton téléphone ? demanda Urquijo en se tournant vers Labulle.

— Pour l'amour de Dieu, j'avais des appels de tout le monde, répondit-il, irrité. Tous ceux qui avaient appris la mort de Narváez m'ont appelé des douzaines de fois toute la nuit. J'ai arrêté de répondre quand j'ai senti que ma tête allait exploser si je recevais encore une fois des condoléances.

— Marc, comment se fait-il que tu ignorais que Narváez était mort ? demanda Danny.

— Moi non plus, je n'ai répondu à aucun appel. C'était l'ordre du message que j'avais reçu. Quand j'ai vu qu'il n'y avait personne au Caveau, j'ai éteint mon portable et je suis rentré chez moi. Je me suis dit que s'il y avait quelque chose d'important, on me le dirait le lendemain.

Je regardais Marc en essayant de digérer sa version des faits, sans croire un seul instant à cet écheveau d'inconsistances. J'étais convaincu qu'il mentait. Je faillis me lever et le lui crier à la figure, devant tout le monde.

L'idée ne m'effleura pas que c'était Labulle qui altérait la vérité. J'avais tout de suite cru que ce message n'avait pas été envoyé de son téléphone. Une grave erreur de ma part. Je n'ai cessé de me demander depuis lors si les choses se seraient passées autrement si j'avais remis en cause cette certitude à temps.

— D'accord, dit Urquijo. Nous avons un message que personne n'a envoyé, mais qui semble provenir d'un numéro précis, le tien, Labulle. Pourrais-tu me dire où tu étais, hier après-midi ?

Labulle serra les dents. On aurait dit qu'il allait refuser de répondre, mais il se décida finalement :

— Ici, au Caveau. Je m'entraînais au tir dans la galerie.

— Tout seul ?

— Non. Tesla était avec moi.

— C'est vrai ?

Tesla se tassa sur son siège. Il tripotait frénétiquement son porte-clés. Il nous regarda tous, comme acculé. Puis il fixa Labulle.

— Oui, oui. J'étais avec lui. Tout le temps.

— Jusqu'à quelle heure, à peu près ?

— Je… Je ne m'en souviens pas.

— Bon Dieu… ! Comment cela, tu ne t'en souviens pas ? s'exclama Labulle. Je t'ai demandé l'heure des douzaines de fois parce que je n'avais pas ma montre. Il était presque neuf heures quand on en est sortis.

— Ah oui… Neuf heures. Exact. J'avais oublié.

— Il y avait quelqu'un d'autre au Caveau ? demanda Urquijo.

— Personne, répondit Labulle. Je suis arrivé dans l'après-midi. Comme c'était vendredi, Enigma était rentrée chez elle après déjeuner. Le vieux… Narváez n'était pas là non plus. J'ai trouvé Tesla dans le Fourbi et je lui ai demandé s'il voulait s'exercer au tir avec moi. On a fait dix ou douze cibles, elles doivent être encore dans la galerie.

Enigma ajouta qu'on les verrait certainement sur l'enregistrement de la vidéosurveillance de la galerie. Il y aurait même le temps qu'ils avaient passé tous les deux à tirer.

— Cela m'aiderait beaucoup d'avoir ces enregistrements, dit Urquijo.

— J'ai accès aux caméras de surveillance, répondit Tesla. Je vais t'en donner une copie.

— Pourquoi ai-je la sensation que nous sommes interrogés comme si nous étions soupçonnés ? demanda Labulle.

— Parce que c'est le cas. Je veux être franc. Ceci est un interrogatoire. Je le fais pour que la police n'ait pas à intervenir. La différence, c'est que je ne cherche pas à vous coincer. Si je découvre une incohérence dans vos déclarations, je ne l'utiliserai pas contre vous, mais je chercherai une façon de la justifier. Je vous rappelle que je suis votre avocat – il nous regarda l'un après l'autre, avec ses gros yeux. Vous voulez rester loin de la tempête ? Alors, vous devez m'accorder votre confiance. Au moins en mémoire du vieux. Il s'est décarcassé pour vous et je compte suivre son exemple.

Urquijo voulut s'entretenir avec chacun de nous en particulier. Je passai dans les derniers.

Urquijo me reçut dans la salle de réunion. Nous étions assis face à face. L'avocat me demanda sans détour où j'avais passé l'après-midi, la veille. Je lui résumai mes déplacements.

— Danny m'a raconté que tu n'aurais pas dû aller à Plasencia avec Marc et elle, me dit l'avocat.

À Lisbonne, il ne me tutoyait pas. Je me demandais si c'était bon ou mauvais signe.

— Pourquoi t'es-tu soudain retrouvé là-bas ?

— La décision ne venait pas de moi. C'était un ordre de Narváez.

— Tu as parlé avec lui en privé hier matin ? – je ne le niai pas. T'a-t-il dit quelque chose que tu pourrais qualifier… d'important ?

Il me regarda avec ses gros yeux secs. J'avais l'impression d'être interrogé par un poisson mort.

— Rien que je puisse me rappeler.

Je ne voulus pas lui parler du traître. Je n'osai pas. Ma confiance en cet avocat, dont je ne savais guère que le nom, aurait dû être beaucoup plus grande pour que je sois totalement franc avec lui. Je me demandai même si cet interrogatoire n'était pas une façon de nous égarer. Qui pouvait m'assurer qu'Urquijo n'était pas la taupe ? Narváez luimême n'avait pas voulu partager avec lui tout ce qu'il savait, et je ne voulais pas être plus imprudent que le vieux.

C'était peut-être une mauvaise décision. En tout cas, je n'avais pas le temps d'en juger.

— D'accord, dit l'avocat. Alors, quand tu es arrivé à Plasencia, tu as retrouvé Marc. Tu n'as pas vu Danny ?

Je lui racontai brièvement comment s'étaient passées les choses. L'avocat prenait parfois des notes, sans me regarder.

— À quelle heure es-tu arrivé à Plasencia ?

— Vers une heure.

— Combien de temps as-tu mis pour arriver ?

— Un peu plus de deux heures. Je ne me suis arrêté qu'une fois, pour faire le plein.

— Je comprends. Nous disons donc environ deux heures… – Urquijo écrivit quelque chose sur son carnet. Donc tu as retrouvé Marc à une heure. Combien de temps êtes-vous restés ensemble ?

— Assez longtemps. Cinq ou six heures. Et après six heures, je suis allé à Malpartida chercher Danny.

— À quelle heure l'as-tu retrouvée ?

— Je ne le sais pas exactement, dis-je, un peu irrité. Je n'avais pas le temps de regarder ma montre, j'étais attaqué par un chien sauvage. J'ai dû arriver au palais entre sept et huit heures. Quand on est rentrés à Plasencia, Danny et moi, il était plus de onze heures du soir.

— Je vois… Et combien de temps Danny est-elle restée coincée dans le palais avant que tu arrives ?

— Je ne sais pas. Des heures. Je suppose qu'elle répondra mieux à cette question que moi.

— Oui. Mais c'est à toi que je la pose.

— Très bien, il est évident que vous voulez arriver quelque part. Si vous me disiez où, on pourrait peut-être gagner du temps.

— Mon seul but est de trouver comment vous couvrir tous : Tesla et Labulle sont couverts tout l'après-midi, toi aussi, d'abord par Marc, ensuite par Danny. J'ai eu moins de chance avec Enigma : elle est restée toute seule chez elle depuis trois heures de l'après-midi. Marc a disparu depuis six heures du soir hier jusqu'à ce matin. Et Danny…

— Danny était au fond d'un trou entre le moment où elle a quitté Marc le matin et celui où je l'ai retrouvée.

— En apparence. Hélas, le trou ne peut le confirmer. Elle dit qu'elle est arrivée au palais à onze heures du matin et qu'elle y est restée coincée jusqu'à ton arrivée.

— Le patron d'un bar de Malpartida l'a vue arriver dans la matinée.

— Exact : au bar, pas au palais – Urquijo croisa les doigts sur la table et me regarda dans les yeux. Peut-être est-elle passée au bar de Malpartida, mais ensuite, au lieu de continuer jusqu'au palais, elle a pu aller ailleurs. Elle aurait mis deux heures à revenir à Madrid. Elle aurait pu y être vers quatorze heures et en repartir vers dix-sept heures, peut-être même vers dix-huit heures. Elle serait retournée au palais à temps pour que tu la découvres.

L'hypothèse me parut si ridicule que je ne sus si je devais me fâcher ou en rire.

Pourquoi diable aurait-elle fait une chose aussi absurde ?

— Trois heures à Madrid. Assez longtemps pour retrouver Narváez chez lui.

— C'est stupide…, crachai-je avec mépris.

L'avocat resta impassible.

— Comme tes compagnons, tu penses que je cherche à vous tendre je ne sais quel piège. Il n'en est rien, Tirso. Je dois savoir ce que j'ai entre les mains. Si personne ne peut me dire ce qu'a fait Danny pendant les heures où elle s'est retrouvée seule, mon travail est de trouver désespérément le moyen de prouver qu'il lui était impossible de retourner à Madrid dans ce laps de temps.

— Gardez vos forces pour Marc. Vous en aurez beaucoup plus besoin que pour elle, ou alors vous avez cru à cette histoire idiote du texto ?

— Ni plus ni moins que je crois que Danny, une quêteuse largement entraînée pour affronter des situations difficiles, a passé plus de six heures dans une crypte sans trouver le moyen d'en ressortir.

Je ne trouvai rien à objecter, ce qui m'énerva passablement.

— Nous en avons terminé, ou il y a d'autres questions ?

Urquijo me fixa pendant quelques instants avant de répondre.

— Non. Tu peux t'en aller. S'il te plaît, dis à Tesla de ma part que j'ai besoin des enregistrements de la vidéosurveillance le plus vite possible.

Je sortis sans dire un mot. Ravi d'être hors de portée des yeux inexpressifs de l'avocat.

Cet avocaillon machiavélique avait réussi à me farcir la tête de soupçons. Il avait beau affirmer à tout bout de champ qu'il agissait ainsi pour le bien du Corps, je n'en étais pas persuadé.

Pour moi, il était clair que le seul qui cachait quelque chose, c'était Marc. Je m'accrochais à cette idée de toutes mes forces.

Au fond, je savais que la raison pour laquelle je soupçonnais Marc était viscérale. D'un autre côté, je ne voulais pas non plus développer une paranoïa malsaine sur tous ceux qui m'entouraient. Marc était le choix le plus simple. Le plus commode. Je refusais d'envisager toute autre possibilité.

J'allai chercher Tesla pour lui transmettre le message d'Urquijo. Il était dans son Fourbi, assis devant les moniteurs qui contrôlaient les vidéos de sécurité du Caveau. À l'expression de son visage, je compris que quelque chose ne tournait pas rond.

Ses doigts dansaient sur le clavier d'un ordinateur. Il regardait l'écran et jurait entre ses dents.

— Des ennuis ? demandai-je.

— Non… ou plutôt si… Je ne sais pas… Ah, merde… – sa main s'agitait comme une araignée affolée, et sur l'écran ne cessaient d'apparaître des messages d'erreur. Merde, merde, merde… Ce n'est pas bon. Ce n'est pas bon du tout…

— Tu commences à m'inquiéter.

— Si tu veux t'inquiéter, laisse-moi te donner une bonne raison : l'enregistrement d'hier des caméras de surveillance n'est pas là.

— Comment cela, il n'est pas là ?

— Il a disparu. Aucune trace. Effacé – un nouveau message d'erreur surgit à l'écran. Tesla donna un coup de poing sur le clavier et se renversa en arrière sur le dossier de sa chaise. L'autre main serrait convulsivement son porte-clés de l'*Étoile de la mort*. Saloperie ! Je ne comprends pas comment une telle chose a pu arriver.

— Urquijo a besoin de cet enregistrement.

— Eh bien, il devra s'en passer ! Quelqu'un l'a effacé.

— Tu ne peux vraiment pas le récupérer ?

— J'ai essayé, mais c'est impossible. L'enregistrement n'est plus là.

— Comment peut-il disparaître ? Cela n'a pas de sens.

— Je le sais. Normalement, ces archives restent en mémoire de façon automatique. Pour qu'elles disparaissent, quelqu'un doit les effacer.

— C'est facile ?

— Aussi facile que d'éliminer un fichier d'un ordinateur. Il n'y a même pas besoin d'un code – Tesla enfouit le visage dans ses mains, dans un geste de désespoir. Ah, merde… Pourquoi n'ai-je pas mis un code ? Le vieux me l'a demandé il y a des mois…

— Allons, ne t'inquiète pas pour ça. Urquijo va te passer un savon, et alors ?

Tesla soupira.

— J'ai quelque chose d'important à te dire…

Il avait prononcé ces mots sur un ton bizarre.

— De quoi s'agit-il ?

Tesla devint soudain très nerveux. Il se leva et ferma la porte du Fourbi.

— Je lui ai menti.

— À qui ?

— À Urquijo. Je lui ai menti. Je lui ai dit que j'avais passé l'après-midi dans la galerie de tir avec Labulle, mais ce n'est pas vrai.

Il était tout pâle. Il avait l'air aussi effrayé qu'un enfant. J'eus même pitié de lui.

— Mais pourquoi, Tesla ? Si tu étais ailleurs, tu devais le dire. Ça peut te causer des problèmes.

— Non, tu ne comprends pas : bien sûr que j'étais dans la galerie de tir, mais j'étais seul. Labulle n'y a jamais mis les pieds.

— Mais… tu as dit le contraire !

— Parce qu'il me l'a demandé, répondit Tesla tout bas. Ce matin. Avant l'arrivée d'Urquijo. Il m'a pris à part et m'a dit que si quelqu'un me le demandait, je devais répondre que j'avais passé l'après-midi au stand de tir, avec lui.

— Pourquoi as-tu accepté de mentir ?

— Il m'a pour ainsi dire menacé, Tirso ! Je… Je déteste me mesurer à lui. Parfois, il m'effraie… Il a la tête qui déraille, tu sais ? Tu n'imagines pas de quoi il est capable quand il se met en colère !

Je pensai à Lisbonne. Comment Labulle avait écrasé le nez d'Acosta sans aucun scrupule. Acosta, la poitrine couverte de sang, tassé au fond du canapé, chez lui, avait regardé Labulle avec la terreur que je voyais maintenant dans les yeux de Tesla.

— Si Labulle a menti, tu dois le dire à Urquijo.

Tesla secoua nerveusement la tête.

— Je n'ose pas. Il saura que je l'ai dit. Mais si toi…

L'insinuation me scandalisa.

— Pas question. Je ne vais pas jouer les mouchards. Ça, c'est une histoire entre Labulle et toi.

— C'est bon. Je pensais pouvoir compter sur ton aide. Comme tu voudras. Je ne t'ai rien dit, grommela-t-il en se rasseyant devant ses moniteurs. Mais laisse-moi te donner un conseil : garde tes distances avec ce bâtard. Narváez avait une confiance aveugle en lui et tu vois le résultat. Le sang Bailey est un sang pourri.

— Que veux-tu dire ?

— Ce que je dis, rien de plus.

Il prit une attitude boudeuse et me tourna le dos, comme si je n'étais plus là.

Je me dis que le mieux était de le laisser seul.

En sortant du Fourbi, mes soupçons sur Marc battaient de l'aile.

2

CHRYSOPRASES

Narváez fut enterré dans l'intimité, presque en secret. Urquijo nous annonça que le corps serait inhumé quelque part en Écosse, selon les instructions de Narváez lui-même. Je trouvai cela très surprenant.

L'avocat ne remit plus les pieds au Caveau. Nous étions à nos postes, comme d'habitude, mais l'ambiance n'était pas au travail. Quelqu'un avait frappé fort le Corps des quêteurs, et nous étions encore sous le choc.

On organisa une réunion pour élaborer un plan de travail, mais sans grand succès. L'absence d'une personne qui tienne les rênes et prenne les décisions se faisait cruellement sentir. Narváez disparu, il n'y avait plus de hiérarchie dans le Corps, et personne n'osait occuper le vide laissé par le vieux.

La seule décision prise fut de me remettre le journal du marquis de Miraflores pour que je l'examine. En réalité, personne d'autre ne voulait le faire ; par une sorte d'accord tacite, on considérait que tout ce qui avait trait à la table de Salomon relevait de ma compétence. J'acceptai la tâche avec plus de résignation que d'enthousiasme.

À la fin de cette réunion, nous étions plutôt désenchantés. Chacun se retira dans un coin du Caveau, moins pour travailler que pour attendre un événement qui puisse nous sortir du coma.

À la fin de cette semaine-là, Urquijo revint au Caveau. Sa venue imprévue nous donna à penser qu'il allait nous apprendre quelque chose sur la mort de Narváez. Mais nous nous trompions.

— Pour le moment, rien de nouveau, nous dit l'avocat. La raison pour laquelle je voulais vous parler est autre. J'ai reçu des appels… de personnalités importantes… Il y a une certaine inquiétude sur ce qu'il va advenir de vous. Ceux qui paient vos salaires veulent que quelqu'un prenne en charge le travail de coordination. Il leur faut un interlocuteur.

— Nous pensions que c'était toi qui te chargeais de cela, dit Labulle.

— Je suis une solution provisoire : je suis votre avocat, pas un quêteur. Je n'ai pas vos compétences et, si vous permettez cette précision, je n'ai pas l'intention de prendre cette place.

— Cela me semble logique, dit Danny. Il est évident que nous avons besoin d'un nouveau directeur pour poursuivre nos opérations.

— Exactement, confirma l'avocat. Par chance, à mesure que les documents personnels de Narváez sont inventoriés, nous découvrons qu'il avait prévu cette situation. Il a laissé par écrit une recommandation sur celui qui doit lui succéder.

— De qui s'agit-il ?

— Narváez voulait que ce soit toi, Labulle.

Le quêteur pâlit. On aurait dit qu'on venait de lui annoncer sa condamnation à mort.

Ses lèvres se mirent à trembler.

— Non… Non. Je ne veux pas… Il y a sûrement quelqu'un d'autre…

— Il n'y a personne d'autre. C'est toi que Narváez voulait.

Labulle nous regarda, désespéré, tel un naufragé attendant que le bateau lui lance une bouée de sauvetage.

— Et vous, vous ne voulez pas que ce soit moi, n'est-ce pas… ? Vous savez que ce n'est pas une bonne idée.

— N'aie pas peur, mon chéri, dit Enigma en lui prenant la main. Tu t'en sortiras très bien : le vieux avait confiance en toi.

Il dégagea sa main, comme si Enigma lui avait brûlé la peau.

— C'est une folie, s'exclama-t-il. Le vieux se trompait. Pas question. Je refuse. Vous devrez chercher quelqu'un d'autre.

Urquijo prit un ton grave.

— Personne ne peut t'obliger à accepter le poste, mais je te conseille vivement de prendre au moins le temps d'y réfléchir. Votre situation n'est pas facile. Les personnes qui en ce moment ont le pouvoir de décider de votre avenir ne comprennent pas pourquoi ils doivent continuer de dépenser de l'argent pour un organisme dont ils ne voient pas clairement la fonction. En l'occurrence, l'atmosphère de secret qui vous entoure ne plaide pas en votre faveur.

— Pourtant, il doit bien y avoir un protocole à suivre pour remplacer Narváez, dit Danny. Si le vieux n'avait laissé aucune recommandation, que serait-il arrivé ?

— En ce cas, on vous aurait imposé quelqu'un d'en haut.

Enigma prit la parole.

— Je me trompe peut-être, mais si le vieux a spécifiquement nommé un successeur, c'est sans doute pour éviter que d'autres ne prennent cette décision. Il a toujours redouté que des mains étrangères ne farfouillent dans nos affaires.

— Tu as raison. Narváez redoutait les politiciens et ce qu'ils pourraient imposer au Corps, confirma Danny, qui se tourna vers Labulle. Tu dois accepter.

Son regard avait une douceur insolite. L'expression de Labulle était celle d'un gamin apeuré. Tous nos regards étaient braqués sur lui comme les fusils d'un peloton d'exécution.

Les lèvres du quêteur se remirent à trembler. Je n'aurais jamais cru que je le verrais aussi terrorisé.

Soudain, il se leva. D'un geste mal assuré, il boutonna sa veste.

Il regarda Danny dans les yeux.

— Désolé, petite… Je ne peux pas accepter. Tout simplement… je ne peux pas.

Comme s'il fuyait quelque chose, Labulle fit demi-tour et quitta la salle.

Après un long silence, Urquijo soupira et secoua la tête. Danny se leva.

— Je vais lui parler. Il va accepter, je vous le promets.

Cela dit, elle suivit Labulle.

Nouveau silence. Urquijo soupira encore et rassembla ses papiers.

— Je l'espère. La situation va sérieusement se compliquer si Labulle ne veut pas prendre les rênes. Cela peut paralyser votre travail… ou pire.

— Il n'y a pas d'autre solution ? demanda Tesla.

— Je vais voir. En attendant, je vous conseille d'essayer de le convaincre. Je vous recontacterai quand il y aura du nouveau.

L'avocat s'en alla. Aucun de ceux qui restaient dans la salle ne semblait vraiment savoir que faire ni que dire.

— Il n'acceptera pas, dit soudain Tesla. C'est un lâche, je l'ai toujours su. Il n'est rien sans le vieux. Il va nous laisser sur le carreau. Et tu sais quoi ? Je m'en réjouis. Je préfère me tirer d'ici plutôt que d'être sous ses ordres.

— Ne sois pas mesquin, Tesla, dit Enigma durement. Il est effrayé, ça me semble normal. En ce moment, aucun de nous n'aimerait se retrouver dans sa peau.

Tesla feignit de n'avoir rien entendu.

— Situation de merde…, grommela-t-il entre ses dents.

Il donna un coup de poing sur la table et s'en alla. Marc nous regarda, gêné, comme s'il allait dire quelque chose, mais au lieu de cela, il se leva discrètement et sortit à son tour, les yeux baissés.

On se retrouva seuls, Enigma et moi. Elle regardait dans le vide en tripotant une mèche. Elle n'avait pas l'air de vouloir partir.

— À quoi penses-tu ? demandai-je.

— À l'amour. À la vie. À la mort… Il y a tant de choses auxquelles on peut penser ! soupira-t-elle d'un air philosophique. Mais surtout je pense que si Danny ne le convainc pas, nous aurons un gros problème.

— Tu crois qu'elle y parviendra.

— Oh oui : il l'adore. Il y a peu de choses qu'il lui refuserait.

Dans la mesure où l'existence du Corps était en jeu, on peut me trouver égoïste d'avoir été jaloux.

Danny me plaisait, même si je ne semblais pas l'intéresser. Je pensais néanmoins qu'il y avait une lueur d'espoir entre nous. Les propos d'Enigma avaient tué cet espoir.

Danny et Labulle. J'aurais dû m'en douter, surtout après les avoir entendus à Lisbonne.

Enigma me regarda.

— Que t'arrive-t-il, mon cœur ? Pourquoi es-tu soudain si sérieux ?

— Rien. Je suis soucieux, comme nous tous.

— Non. Nous sommes soucieux. Tu es triste. Ce sont deux sentiments différents. Dis-moi ce qui se passe.

J'aurais pu partir à ce moment-là. C'eût été le mieux. La situation était trop grave pour accorder la moindre importance à mon petit orgueil blessé. Mais il était difficile d'éviter Enigma : ses yeux d'elfe voyaient trop loin.

— Danny. Elle me plaisait.

— Je le sais. Ce genre de chose se voit… En tout cas, moi je le remarque. Mais je ne vois toujours pas où est le problème.

— Ce n'est pas moi qui l'appelle "petite", ni moi qu'elle va consoler quand il est effrayé.

Enigma me regarda en haussant les sourcils.

— Bien sûr que non, tu n'es pas son frère.

— Son quoi ?

— Son frère. Ils sont frère et sœur, tu ne le savais pas ? Labulle est l'aîné, et Danny la cadette. Une triste histoire. Leur mère les a abandonnés et leur père s'est suicidé peu après. Depuis, ils ne comptent que sur eux-mêmes. Ils sont très unis.

J'oubliai mon orgueil, ma jalousie, et même la situation difficile du Corps des quêteurs. J'oubliai tout au moment où Enigma me révéla que Labulle était le frère de Danny.

Le même sang. Le sang Bailey. Le sang pourri. Je sautai sur mes pieds. Enigma sursauta.

— Où est la patène de Canterbury ?

— Quoi… ? Attends… Ne parlions-nous pas de tes sentiments profonds ? J'avais de bons conseils pour toi. Je suis très intelligente dans le domaine émotionnel.

— Certainement, mais plus tard, dis-je, survolté. Je dois voir la Patène. Pour vérifier quelque chose.

Elle soupira.

— Et après, on dit que c'est moi l'incompréhensible… Pourquoi veux-tu voir cette relique maintenant ?

— Je crois que je viens de comprendre que ce n'est pas une fausse piste, et, le plus important, je sais comment l'interpréter.

— Vraiment ? Je serais ravi de voir ça, hélas la Patène n'est pas ici : elle est chez les jumeaux.

— Fantastique. J'y vais. Si on me cherche, tu n'as qu'à dire que je suis à la boutique des joailliers.

— Attends ! Ne te fais pas d'illusions : ils ne vont pas te montrer une pièce en dépôt simplement parce que tu le leur auras demandé. Pour ça, il faut un ordre formel de Narváez.

— Lequel ? Celui qui a été assassiné, ou celui qui est dans son bureau, à supplier qu'on en choisisse un autre ?

— D'accord, nous sommes peut-être devant un vide juridique. Mais quand même, jamais ils ne te laisseront accéder à une pièce en dépôt. Il faudra que tu y ailles avec un vétéran pour essayer de les convaincre.

Je la regardai.

— Tu pourrais… ?

Elle leva la main brusquement.

— Tais-toi et allons-y. J'ai cru que tu ne me le demanderais jamais.

On quitta le Caveau sans donner d'explications à personne (les avantages de l'absence momentanée d'une autorité) et, peu après, on arriva à la boutique des joailliers.

L'un d'eux disposait une série d'anneaux sur un comptoir, sur une pièce de satin noir. Je commençai par regarder sa cravate : bleu ciel, il s'agissait donc d'Oméga.

Il fronça les sourcils en me voyant franchir le seuil, mais quand ses yeux se posèrent sur Enigma, son expression s'illumina. Il sortit de derrière le comptoir et s'avança vers elle, souriant de toute sa moustache.

— Enigma ! Quelle visite agréable, fiancée délicate et inviolée du Temps et de la Sérénité !

— N'est-ce pas incroyable ? C'est sûrement la seule bijouterie de Madrid où je suis accueillie par des vers de Keats… Je suis enchantée de te voir, Oméga.

— L'enchantement est réciproque. Ces derniers temps, nous ne parlions que par téléphone. Nous aimerions te voir plus souvent dans notre petite Lacédémone*.

— Tu me connais, je suis plus contemplative qu'active. Comment ça se passe, ici ?

— Nous sommes encore sous le coup de la mort de Narváez – Oméga baissa la tête et prit un air circonspect. Quelle terrible tragédie. *Acta est fabula**, comme disait César Auguste. Vous avez des informations sur l'enquête ? Personne ne nous dit rien… Nous avons l'impression désagréable qu'Urquijo nous ignore.

— Ah, les avocats, tu sais…

— Oui. Les assidus du huitième cercle. Ne nous oblige pas à parler…

Je toussai discrètement pour attirer l'attention d'Enigma. Je voulais lui rappeler pourquoi nous étions dans la boutique, avant qu'Oméga ne s'égare dans un labyrinthe de citations et de proverbes.

Elle comprit le signal et demanda à Oméga s'il était possible d'examiner la patène de Canterbury. Le joaillier se montra réticent, mais accepta d'en parler à son frère, par considération pour Enigma.

On descendit à l'atelier. Alpha (qui arborait une cravate noire) élaborait une pièce sur un plan de travail. Il portait de jolies lunettes dont les verres ressemblaient à deux petits télescopes. Il les ôta en nous voyant et, à l'instar de son frère, il souhaita la bienvenue à Enigma en multipliant les courbettes. Les deux bijoutiers semblaient platoniquement amoureux d'elle. Puis il me salua avec beaucoup moins de chaleur.

* Ville du Péloponnèse où, selon la mythologie, sont nés et ont vécu les jumeaux Castor et Pollux.
** "La pièce est jouée."

446

— Si vous venez pour le cylindre en forme de poisson, je crains que nous n'ayons pas avancé sur ce point. Ces derniers temps nous avons eu quelques commandes particulières.

J'eus l'impression qu'il m'adressait un regard de reproche.

Enigma parla de la Patène. Alpha, comme son frère, refusa d'abord de nous la montrer. Je compris que si j'étais venu avec un autre quêteur, ou seul, les jumeaux n'auraient jamais accepté de sortir la pièce ; cependant, les deux frères se laissèrent convaincre par Enigma de façon presque impudique.

Alpha nous demanda d'attendre pendant qu'il allait chercher la Patène. Je demandai s'il était normal que les jumeaux conservent les pièces récupérées par le Corps.

— Narváez préférait, répondit Oméga. Quand le Corps des quêteurs récupère une pièce, un processus délicat est lancé, qui consiste à préparer le public et le monde universitaire afin que nul ne s'étonne que la pièce originale soit entre nos mains. Cela peut prendre du temps, parfois des années. Il vaut mieux que nous les conservions ici plutôt qu'au Musée archéologique, pour éviter qu'un employé du musée ne tombe dessus accidentellement. Cela ferait échouer l'opération.

— Elles sont en sûreté ici ?

— Bien sûr. Nous avons une chambre forte. N'oublie pas que c'est une bijouterie : tous les mois, nous recevons des pierres précieuses en provenance du monde entier. Des diamants de Hollande et d'Afrique du Sud, des émeraudes du Brésil, des rubis et des saphirs de Chine ou du Sri Lanka… Comme les griffons d'Apollon, nous sommes habitués à garder des trésors dans notre petite boutique.

Alpha reparut avec la Patène. Il la déposa délicatement sur une table qu'Oméga venait de recouvrir d'un tissu noir.

— Doucement… doucement ! dit Alpha pendant que nous l'aidions. Elle ne doit pas subir le moindre choc.

Je revoyais enfin la patène de Canterbury de mes propres yeux. J'eus une sensation étrange, comme celle d'un cycle qui se referme. La teinte vert vif de la pièce, sillonnée d'éclats rougeâtres, retenait toujours mon attention en raison de sa technique élaborée.

— Très bien, Enigma, la voici, dit Alpha. Et maintenant ?

— Je ne sais pas, mais je crois que, comme le disait Howard Carter devant la tombe de Toutankhamon, nous allons voir des merveilles – elle me cligna de l'œil d'un air amusé. Tirso nous a préparé quelque chose.

Les bijoutiers me lancèrent un regard inquisiteur.

— Elle est belle, dis-je, songeur. On dirait un grand plat d'une jolie couleur, mais cette pièce offre davantage qu'il n'y paraît. Ceux qui l'ont fabriquée étaient des maîtres dans leur métier.

— J'espère que nous n'avons pas sorti cet objet juste pour qu'on nous dise qu'il est beau, dit Oméga.

— Non. C'est beaucoup plus étonnant. Vous vous rappelez les mots qui sont gravés sur le masque de Muza ? Cette citation du Coran, qui altérait le texte original… "Je te révélerai des signes évidents auxquels seuls les pervers ne pourront croire." Maintenant, je sais pourquoi le texte a été altéré.

— Pourquoi ? demanda Oméga.

— Je vais vous le montrer, mais pour cela j'ai besoin de deux émeraudes. Si possible de belle taille.

Alpha fronça les sourcils.

— Personne n'a jamais parlé d'émeraudes.

— C'est nécessaire… ou du moins de deux pierres semblables à celles qui étaient encastrées dans les orbites du masque de Muza.

— Nous ne comprenons pas. Quel rapport entre le masque de Muza et tout ça ?

— Un rapport étroit. *Je te révélerai des signes évidents auxquels seuls les pervers ne pourront croire*… C'est le rôle du

Masque : montrer ce qui est caché. En réalité, la pièce en soi ne sert à rien, l'essentiel, ce sont les émeraudes. Comme l'a dit l'un de vous quand il a reconnu qu'il avait essayé le Masque : on voit tout en vert. C'est bien là la question : de voir tout en vert…

Enigma vint à mon secours.

— Allons, messieurs, avouez que vous êtes dénués de curiosité.

Alpha soupira en haussant les épaules. Il regarda son frère qui approuva du chef, quitta l'atelier et revint avec une petite mallette noire. Il l'ouvrit. L'intérieur était divisé en compartiments carrés qui contenaient assez de pierres pour payer la rançon d'un prince.

— En ce moment, nous n'avons pas d'émeraudes aussi grosses que celles qu'il y avait sur le Masque, dit Alpha. Mais cela peut te servir pour ce que tu veux faire.

Il choisit deux pierres de la grosseur d'une pièce de monnaie, taillées en cabochon. Elles étaient vertes et transparentes, d'un éclat très vif.

— De quelle sorte de pierre s'agit-il ? demanda Enigma.

— Ce sont des chrysoprases. Une chrysoprase a de petites quantités de nickel qui lui donnent cette teinture verte. Selon le chapitre xx de l'Apocalypse, c'est une des douze pierres qui constituent les fondations de la Jérusalem céleste.

— Alexandre le Grand prenait toujours une chrysoprase sur lui avant d'aller à la bataille. *Audaces fortuna iuvat…*, compléta Oméga. Ce n'est pas une émeraude, mais cela y ressemble beaucoup. De fait, elles sont difficiles à trouver – il me remit les deux gemmes. Tu crois qu'elles vont pouvoir te servir ?

— Essaie toi-même : mets-les devant tes yeux.

— Quoi ?

— Écoute-moi : mets-les devant tes yeux, regarde la Patène et dis-moi ce que tu vois.

Oméga s'approcha de la Patène, méfiant. Il se tourna vers moi et je hochai la tête. Le bijoutier, avec une réticence manifeste, plaça les gemmes comme si c'étaient des verres de lunettes et observa la Patène, ainsi que je le lui avais indiqué.

Soudain, il poussa une exclamation de surprise.

— Dieu tout-puissant ! Je le vois ! – il écarta les chrysoprases de ses yeux et me regarda, l'air étonné. Là, sur la Patène…

— Que dis-tu ? demanda Alpha. Il n'y a rien.

— Bien sûr que si ! Mais on ne le voit qu'à travers les pierres… Tiens – Oméga donna les pierres à son frère et celui-ci examina la Patène à travers elles.

À son tour il se mit à pousser des cris d'enthousiasme.

— C'est vrai ! C'est vrai ! Regardez tous !

— Je peux… ? demandai-je timidement.

— Bien sûr que oui, mon cher Tirso ! Tiens, regarde. J'ai du mal à la croire…

Je pus enfin vérifier par moi-même la justesse de mon intuition. Je regardai la surface de la Patène en utilisant les chrysoprases comme filtre et je découvris ce qui avait tant surpris les joailliers.

La couche verte d'émail disparut de ma vue, neutralisée par la couleur des gemmes. À sa place, et en toute clarté, on pouvait lire des mots en arabe d'un ton rouge vif. En dessous était dessiné le plan d'un bâtiment. J'écartai les pierres de mes yeux et les symboles disparurent.

Un truc étonnamment simple, et en même temps très ingénieux.

Enigma, qui attendait son tour avec impatience, m'arracha presque les pierres des mains pour examiner la Patène.

— Il faut le voir pour le croire ! s'exclama-t-elle. Ça me rappelle un jouet que j'avais quand j'étais petite ! On mettait un bout de cellophane rouge sur un papier coloré de la même couleur et on voyait des dessins.

— En réalité, il s'agit d'un truc très ancien : on en parle déjà dans les traités d'optique de Ptolémée, voilà pourquoi les musulmans le connaissaient aussi, dis-je. Il est extraordinaire que ceux qui ont fait cette pièce aient été capables de l'utiliser de façon aussi ingénieuse… Voilà pourquoi la Patène émet des éclats rouges.

— Incroyable. Je pensais que ce genre de chose n'arrivait que dans les romans, dit Enigma. Comment se fait-il que Warren Bailey ne se soit rendu compte de rien ? Il supposait que la Patène était une fausse piste.

— C'est là que réside le paradoxe : c'est parce que Bailey croyait que c'était une fausse piste que je suis arrivé à la conclusion du contraire.

— Je ne comprends pas.

— Tu connais le "test d'Ishihara" ? C'est une épreuve très curieuse… Il s'agit d'une série de planches où sont imprimés des cercles et des points rouges et verts, qui se combinent pour former des dessins. Il sert à diagnostiquer le daltonisme. Un daltonien peut voir les points, mais pas les dessins. Le truc de la Patène me rappelle ce test, car il prouve qu'un daltonien ne peut voir le secret caché dans la pièce. Bailey a sûrement utilisé le Masque correctement, ou selon une méthode similaire, comme nous l'avons fait, mais il n'a rien vu… C'était impossible : Bailey était daltonien.

— Comment le sais-tu ? demanda Enigma.

— Je n'en étais pas sûr, mais c'était une hypothèse logique : Labulle est daltonien, il ne reconnaît pas le rouge. Le daltonisme est héréditaire et se transmet surtout par le chromosome masculin. Quand j'ai appris que Labulle est le frère de Danny, et donc un descendant de Warren Bailey, je me suis dit qu'il y avait de grandes chances qu'il ait hérité de son défaut de vision.

— Et la boucle est bouclée, ajouta Enigma. Oh, mon cœur, tu as été très impressionnant. C'est si rare, un homme qui a des éclairs d'intelligence !

Elle sourit et me caressa la joue du bout de son index. Le contact se répandit dans ma tête comme une décharge électrique et me secoua l'épine dorsale.

Alpha avait remis les chrysoprases sur ses yeux et il examinait le dessin caché de la Patène.

— Il y a un message en arabe autour du plan qui est dessiné…

— Tu peux le lire ? demanda son frère.

— Oui, deux simples phrases : *Sous le monastère est gardé le Nom des Noms*. Et ensuite : *À l'entour de Tulaytula*.

Mon cœur se mit à battre très fort. Si cela signifiait ce que je croyais, ma trouvaille était beaucoup plus importante que je ne le croyais.

— *Tulaytula*, qu'est-ce que c'est ? demandai-je.

— C'est le nom que les musulmans donnaient à la ville de Tolède, répondit Alpha. Ce que je ne comprends pas, c'est à quoi se réfère le *Nom des Noms*. Et je suis très intrigué par ce plan… C'est une sorte d'édifice. Peut-être le monastère dont parle le texte.

Enigma allait dire quelque chose, mais je m'empressai de prendre la parole avant elle.

— Très étrange, en effet. Nous allons faire une copie du plan et du texte et nous allons l'emporter au Caveau. Un des quêteurs aura peut-être une idée.

Enigma me regarda avec étonnement. Heureusement, elle ne dit rien.

On copia aussi fidèlement que possible les caractères de la Patène, puisqu'il était impossible de les photographier. Puis on remercia les joailliers pour leur aide et on quitta la boutique.

Une fois dans la rue, Enigma me demanda :

— Pourquoi n'as-tu rien raconté aux bijoutiers sur la table de Salomon ? Tu sais aussi bien que moi ce que signifie le Nom des Noms.

Bonne question. Sans doute parce que cette néfaste histoire d'infiltré, ajoutée à la mort de Narváez, m'avait rendu exagérément méfiant. Tant que je ne saurais pas clairement qui vendait nos secrets, il me semblait prudent de ne pas trop les ébruiter.

— J'essaie seulement de faire ce que Narváez aurait trouvé correct, répondis-je sobrement.

— Tu auras aussi des secrets pour moi, après tout ce que nous avons traversé ensemble ?

— Je ne le pourrais pas, même si je le voulais.

— Sages paroles. On voit que tu commences à me connaître. Maintenant que nous sommes loin des oreilles indiscrètes, dis-moi : qu'avons-nous exactement trouvé sur cette Patène ?

— Je ne le sais pas vraiment. J'ai juste une théorie un peu tirée par les cheveux.

— Ce sont mes préférées. Je t'écoute.

— D'après la chronique de l'*Akhbar Madjmu'a*, Muza a trouvé le lieu où les rois wisigoths avaient caché la Table. Il voulait s'en emparer, mais quand les rumeurs de cette découverte sont parvenues aux oreilles du calife, Muza a dû rentrer à Damas pour donner des explications. D'après la chronique, Muza a refusé de raconter au calife ce qu'il savait, et pour cette raison on lui a interdit de retourner en Espagne, et il a été assassiné par la suite. À mon avis, avant de mourir, Muza a sans doute dissimulé la localisation de la Table aux hommes du calife et l'a communiquée à son fils, Abdelaziz, à qui il avait confié la charge du gouvernement d'Al-Andalus. Muza a dû utiliser le Masque et la Patène pour transmettre à son fils les coordonnées du lieu où était cachée la table de Salomon.

— Comme une croix sur une carte… C'est fascinant !
D'après la Patène, la Table se trouve sous un monastère de
Tolède. Sans doute celui dont on voit le plan dessiné sur
la pièce. Tu ne trouves pas que c'est un peu trop facile ?

— Et alors ? Si Muza voulait transmettre à son fils l'emplacement de la Table, il devait le faire de la façon la plus
claire possible. L'essentiel était de dissimuler le message,
pas de le rendre obscur.

— Bon. Admettons que la Table se trouve sous un
monastère près de Tolède, mais on ne sait pas lequel.

— Il ne s'agit pas de la Table, mais des grottes d'Hercule. Rappelle-toi la légende : "Les rois wisigoths cachèrent
la Table dans les grottes d'Hercule." Je pense que la Patène
indique l'accès à ce lieu.

— À Tolède, il y a des grottes d'Hercule, mais elles n'ont
rien de légendaire, il s'agit d'un simple réservoir d'alimentation hydraulique de l'époque romaine. En outre, elles se
trouvent exactement *sous* Tolède, à la hauteur de la ruelle
San Ginés. La Patène dit que l'entrée des Grottes est quelque
part à l'entour de la ville.

— Oui, sous un monastère, complétai-je. Si on pouvait savoir lequel…

— Tout cela ne devrait-il pas être mentionné dans ce
journal que Danny et toi avez trouvé ?

Je répondis par la négative. J'avais à peine eu le temps et
l'envie d'examiner ce journal, mais j'étais sûr que le marquis n'avait même pas trouvé qu'en combinant le masque de
Muza et la Patène on pouvait découvrir une piste importante.

Cependant, il fallait que j'étudie son journal en profondeur. En raison des événements survenus après mon retour
de Plasencia, j'avais négligé cette tâche. Et c'était le moment
de m'y plonger. Enigma était bien d'accord avec moi.

— Tu ne devrais pas attendre plus longtemps. Tu as
encore le journal, n'est-ce pas ?

— Il est chez moi.

— Alors, vas-y tout de suite et mets-toi au travail. Moi je rentre au Caveau et j'expliquerai aux autres ce que nous avons découvert.

Soudain, je me sentis découragé.

— Quel sens a tout cela, en réalité ? Narváez n'est plus là, Labulle ne veut pas prendre sa place… Il n'y a personne pour nous dire ce que nous devons faire ou comment agir.

— En ce moment même, c'est moi qui te dis ce que tu dois faire, mon cœur, et je te conseille de m'obéir. Je me demande si je suis très désagréable quand je me fâche, mais je suis sûre que tu ne tiens pas à le savoir – Enigma pinça les lèvres d'un air résolu. J'en ai marre de pleurer les morts. Marre de cette sensation de défaite qui semble nous écraser. Ce n'est pas productif. *Ce n'est pas drôle.* Quelle que soit la situation, il est temps de nous comporter en vrais quêteurs. Alors ne me réponds pas et lance-toi dans la quête.

Impossible de la contredire.

— Tu sais, Narváez s'est peut-être trompé de quêteur en nommant son successeur, dis-je sans vraiment savoir si je plaisantais ou si je parlais sérieusement.

Elle éclata de rire.

— Oh non, mon cœur : je t'assure qu'il ne s'est pas trompé. Le Corps des quêteurs basculerait dans le chaos si je devais le diriger. Ce n'est pas mon genre d'être face aux choses.

Elle s'arrêta et réfléchit quelques instants.

— Tu connais cette expression qui dit que derrière quelqu'un il y a toujours une grande femme ? Bien. Je suis cette grande femme.

Cela dit, elle pointa son menton vers le soleil et leva le bras dans un geste majestueux pour héler un taxi.

3

BRUNO

Je rentrai directement chez moi pour étudier à fond le journal du marquis de Miraflores. Cela me faisait du bien de m'éloigner de l'atmosphère lourde et raréfiée du Caveau.

Jusqu'alors, je m'étais borné à feuilleter quelques pages. Me plonger dans la lecture du journal n'était pas une tâche facile. Il fallait beaucoup de concentration. Ce livre était resté pendant des décennies dans une crypte humide à côté d'un corps en décomposition : de nombreuses pages avaient été dévorées par les vers ou étaient devenues illisibles.

Il n'était pas non plus aisé de déchiffrer les feuillets moins abîmés : le marquis de Miraflores avait une écriture diabolique. Plus d'une fois je dus recourir à une loupe pour distinguer les mots dans cet embrouillamini de lettres.

Je passai des heures à scruter, déduire et prendre des notes. Je finis par avoir une migraine et les pupilles gonflées, mais l'effort n'avait pas été vain.

D'après ce que j'avais pu voir, le marquis ne s'était pas contenté de transcrire des passages de la *Chronicae Visigotorum* de saint Isidore, il avait aussi rapporté dans ce journal toute une vie de recherches sur la poursuite de la table de Salomon. Le pauvre homme avait été obnubilé par l'idée de la retrouver. Il avait fait de nombreux voyages et visité beaucoup de bibliothèques en suivant des pistes, le plus souvent fausses.

Attitude curieuse, au début Miraflores avait écarté la possibilité que la Table soit à Tolède. Il pensait que les Wisigoths n'avaient jamais pu la rapatrier en Espagne, parce que leurs ennemis, les Mérovingiens, la leur avaient prise à la bataille de Vouillé, en 507. Une vieille légende occitane disait que le roi wisigoth Alaric II avait emporté la Table à la bataille pour que ses pouvoirs donnent la victoire à ses troupes. Selon les Occitans, ce monarque stupide perdit la bataille, le royaume et la relique. Un échec complet.

Miraflores pensait que le roi mérovingien Clovis avait pris la Table et l'avait cachée dans la forteresse de Rasez, à Carcassonne. Le marquis se rendit sur les lieux et, raconte-t-il, sonda un puits qui, selon les habitants, contenait un trésor fabuleux de l'époque des Goths. Miraflores n'y trouva que de la poussière et de la terre humide.

L'échec l'orienta vers d'autres hypothèses. L'une d'elles le conduisit vers les Templiers. Je ne pus retenir une grimace en lisant cela : je trouvais étrange que les Templiers ne soient pas mêlés à un mystère ésotérique et millénaire de ce genre. Les Pauvres Chevaliers du Christ étaient comme le persil des mystères occultes : on les mettait à toutes les sauces.

Miraflores finit par renoncer à la thèse templière. En bas d'une page de son journal, il barra plusieurs paragraphes traitant de l'Ordre, et ajouta en majuscules, d'une écriture furieuse : MENSONGE. ILS N'ONT JAMAIS EU LA MOINDRE IDÉE DE L'EXISTENCE DE LA TABLE. MENSONGE !

Que s'était-il passé pour que Miraflores écarte l'hypothèse templière de façon aussi radicale ? Très simple : la découverte de la piste définitive. La *Chronicae Visigotorum* de saint Isidore de Séville.

Isidore était né à Carthagène vers 560. Les Actes du VIIIᵉ concile de Tolède en 653 le décrivent comme un "extraordinaire docteur, ultime ornement de l'Église catholique, l'homme le plus érudit de son époque".

Ces propos étaient sans doute exagérés, mais il ne fait aucun doute qu'Isidore fut sans doute le dilettante le plus éclairé de son époque. En tant que penseur, il ne valait pas grand-chose (ses écrits théoriques sont surtout des copies et des adaptations d'œuvres antérieures), mais en tant que compilateur il n'avait pas son pareil. Il rassembla une grande partie du savoir de l'Antiquité classique dans des dizaines de volumes pour que celui-ci ne soit pas perdu. Son contemporain Braulio, évêque de Saragosse, dit de lui que c'était l'homme choisi par Dieu pour sauver l'Hispanie de la marée barbare qui menaçait d'étouffer ses racines romaines.

Ses *Étymologies*, une compilation grossière de toutes les connaissances de son époque, sont sans aucun doute une des œuvres les plus importantes écrites après la chute de l'Empire romain. Voilà aussi pourquoi, en 1999, le pape Jean-Paul II nomma Isidore saint patron d'Internet, car il est considéré comme le créateur de la première base de données de l'histoire. Un vrai visionnaire.

D'après le journal de Miraflores, saint Isidore était un fin connaisseur des mystères qui entouraient la table de Salomon, c'est pourquoi les rois de Tolède pensèrent qu'il était la bonne personne pour la cacher et la mettre à l'abri.

Le marquis racontait que lors d'une visite au monastère cistercien de Hoces, à Guadalajara, il avait trouvé un ouvrage ancien dans un recoin de la bibliothèque monastique. Les moines pensaient que le manuscrit était un codex de l'époque mozarabe, d'un auteur inconnu qui avait signé sous le nom d'Isidore de Séville. Le titre était *Chronicae Visigotorum* : "Chronique des Wisigoths". Miraflores était convaincu que le manuscrit avait été écrit par le saint en personne.

On connaissait l'existence d'une *Histoire des Goths, Vandales et Suèves*, rédigée par le saint autour du vie siècle, mais le marquis croyait avoir trouvé un autre ouvrage. D'après lui, la *Chronicae Visigotorum* était un appendice à l'*Histoire des Goths, Vandales et Suèves*, dont personne n'avait soupçonné l'existence jusqu'alors.

Les moines de Hoces refusèrent que Miraflores emporte l'ouvrage, et ce dernier passa de longues périodes dans le monastère à étudier et transcrire le codex qu'il avait déniché.

Je trouvai émouvant de voir que l'histoire recueillie dans le codex de saint Isidore coïncidait sur plusieurs points avec la légende que mon père m'avait racontée quand j'étais enfant.

Au début du VIIᵉ siècle, le roi wisigoth Swinthila chargea saint Isidore de cacher la Table. L'évêque décida de la mettre dans un souterrain auquel on accédait après avoir traversé trois salles. Il appela ce lieu les "grottes d'Hercule", mais Miraflores, dans son journal, précisait avec une énorme déception que le livre de saint Isidore ne spécifiait pas où se trouvaient exactement lesdites grottes.

> Selon une croyance diffusée par de nombreuses légendes, écrivait Miraflores, le saint évêque Isidore, un des hommes les plus savants et les plus pieux de son époque, sut recourir à la magie de la Table pour maintenir à distance ceux qui ne la désiraient que pour satisfaire leurs ambitions obscures. Le pouvoir de Dieu veille sur le trésor de Salomon.

Je haussai les sourcils, incrédule. L'affaire devenait extravagante.

Saint Isidore avait écrit que celui qui oserait pénétrer dans les Grottes pour s'emparer de la Table ne trouverait que la ruine de l'Hispanie. Je connaissais la légende du roi Rodrigue, et ce que, d'après mon père, le monarque avait trouvé dans ces dédales. L'imaginatif marquis de Miraflores était convaincu que la légende était réelle, et que don Rodrigue avait été victime de la colère divine.

Je me demandais comment j'allais expliquer tout cela aux quêteurs sans qu'ils croient que j'avais trop bu.

D'après le codex, pour atteindre la Table, il fallait traverser trois salles souterraines que saint Isidore dénommait la "salle de Prière", "la salle de Cérémonie" et la "salle du Coffre". La Table se trouvait dans une quatrième salle dénommée "salle des Gardiens".

Sur les trois premières salles, le codex ne fournissait aucune information. Il y avait quelques détails sur ladite "salle des Gardiens", mais ce que saint Isidore en avait écrit était assez troublant.

> Voici le cœur du Sheol – *"Sheol" est le nom qu'on donne à l'enfer dans l'Ancien Testament.* Fermé par Marchosias, la Terreur des Terreurs, griffes de pierre. Invoqué par la Clé, captif par la Clé. Seule la Clé ouvre le chemin au Nom des Noms. Et c'est la Clé qui réveille le Constructeur. Que le sang et la ruine retombent sur le porteur de la clé du Protocletos, car il n'y aura pas de paix en ce monde ni dans l'autre pour qui invoquera le Constructeur.

Je ne connaissais pas la signification du mot *Protocletos*, mais c'était sans doute du grec. Après consultation, j'appris que sa traduction littérale est "le premier appelé". J'appris aussi que c'est l'appellation par laquelle l'Église se réfère à saint André, étant donné que, selon la tradition, il fut le premier disciple appelé par le Christ.

La clé du *Protocletos* est la clé de saint André. Dans la liste de Bailey figurait un objet nommé de façon presque identique. Selon saint Isidore, cette Clé est indispensable pour "ouvrir le chemin vers le Nom des Noms", autrement dit pour arriver jusqu'à la Table. Malheureusement, toujours d'après le texte, utiliser la Clé a des conséquences tragiques pour son porteur.

Les choses devenaient intéressantes.

La dernière partie du journal était presque illisible, en outre certaines pages étaient manquantes. J'espérais qu'aucune information importante n'avait été perdue. Le dernier passage de la *Chronicae Visigotorum* que je pus déchiffrer disait ceci :

Au bout du chemin il n'y a pas de richesse. Il n'y a pas de sagesse. Douleur et folie uniquement. Que l'homme inquiet se garde de désirer un pouvoir qui ne lui revient pas. Pour lui, le malheur exclusivement, la Terreur des Terreurs.

Que revienne à Dieu ce qui appartient à Dieu.

Je refermai le journal et restai quelques minutes songeur, les yeux dans l'obscurité. Je me demandais pourquoi j'étais soudain inquiet, peut-être n'était-ce qu'une légende invraisemblable et rien d'autre.

Au Caveau, j'expliquai à Danny ce que j'avais trouvé dans le journal du marquis de Miraflores. J'en profitai pour glisser subtilement la question dont nous attendions tous la réponse.

— Savons-nous enfin ce que va faire ton frère ?

— Pas encore – Danny me lança un regard en biais sans cesser de feuilleter le journal. Mon frère… quelqu'un te l'a enfin dit.

— Je ne savais pas que c'était un secret.

— Ce n'en est pas un, mais je trouve amusant que tu ne l'aies pas su. La plupart des gens s'en aperçoivent tout de suite : ils disent qu'on se ressemble.

En effet, ils avaient un petit air de famille. Surtout dans la façon de lancer des demi-sourires grouillant de nuances.

— Si ce n'était pas un secret, pourquoi ne me l'as-tu pas dit ?

— Tu ne me l'as jamais demandé… Et je ne t'ai jamais vu crier sur les toits que ta mère est Alicia Jordán, la femme qui a écrit la moitié des ouvrages qu'on trouve dans nos bibliographies sur l'histoire médiévale.

— C'est différent. Ce n'est pas une parenté dont je me sens fier. En outre, je n'aime pas beaucoup parler de moi.

— Ça nous fait un point commun.

— Quand même, insistai-je, l'un de vous deux aurait pu me le dire. J'ai même cru que…

Je me tus : ce n'était pas une très bonne idée de finir cette phrase, je ne voulais pas passer pour un idiot.

— Qu'est-ce que tu as pensé ?

— Rien. Laisse tomber. Aujourd'hui, cela me semble ridicule.

Elle sourit avec moquerie.

— Tu avais échafaudé un sordide récit incestueux ?

— Je ne savais pas que c'était ton frère.

— Et si tu l'avais su, qu'est-ce que cela aurait changé ?

— Je ne comprends pas le sens de cette question.

— Simple curiosité. L'autre jour, chez toi, quand tu m'as embrassée, tu n'avais pas l'air très tourmenté par ce détail.

Je fus surpris qu'elle évoque cet épisode. Nous n'en avions jamais reparlé.

— L'idée ne m'avait pas effleuré, dis-je en haussant les épaules. J'avais envie de t'embrasser et je l'ai fait. À l'évidence, toi et moi ne pensons pas pareil. Je croyais que c'était oublié.

Elle laissa échapper un petit rire. Je lui demandai ce qu'elle trouvait de si drôle.

— Je suis surprise qu'un homme capable d'aller si loin pour une relique de légende s'avoue si facilement vaincu quand il s'agit de poursuivre des objectifs plus tangibles.

— Que veux-tu dire ?

— Rien de particulier.

Elle me regarda droit dans les yeux et me rendit le journal.

— Puis-je te poser une question ?

— Vas-y ?

— Comment est-ce, de travailler avec ton frère ?

— Horrible.

— Vous vous entendez si mal ?

— Au contraire ! Le problème n'est pas là. Le soir où on vous a tiré dessus, à Lisbonne... Parfois, j'ai des cauchemars où Labulle a moins de chance et où la balle lui explose la tête. Dans ce travail, le danger est une réalité. Se soucier de sa propre sécurité est difficile, mais on sait qu'on peut y arriver. Cependant, quand une personne qu'on apprécie court le même risque et qu'on en est réduit à souhaiter qu'il ne lui arrive rien... – Danny baissa la tête. C'est difficile de vivre avec cette idée au quotidien.

— Oui. Je crois que je comprends.

— Désolé, Tirso, mais je ne crois pas – Danny releva la tête. Aimer un quêteur est difficile. Avoir de l'affection pour deux me serait impossible à supporter. Avec Bruno, je n'ai pas le choix, mais je ne commettrai pas la même erreur avec quelqu'un d'autre si je peux l'éviter – elle me sourit tristement. Tu comprends, maintenant ?

Je hochai la tête en silence.

— J'en suis ravie. Je ne veux pas que tu penses que je ne t'apprécie pas, car il n'en est rien. Mais juste ça, rien de plus.

— Encore une question – elle se mit sur ses gardes. Le vrai prénom de Labulle, c'est... Bruno ?

— Oui... Pourquoi cela t'intéresse tellement ?

— Pour rien, mais... Bruno Bailey, le *b* de Labulle, qui s'appelle M. Burgos quand il est incognito. Ton frère est obsédé par le *b* ?

Danny eut un petit rire et s'en alla sans répondre.

Il n'y avait pas grand-chose à faire au Caveau ce matin-là. Même si les quêteurs étaient contents de la découverte concernant la Patène, personne n'osait prendre une initiative sur le sujet. Tous attendaient que Labulle dévoile la couleur de sa fumée.

De son côté, celui-ci n'avait même pas daigné montrer son nez dans le Caveau ; sa propre sœur ne savait pas où il était. Nous étions plongés dans une inconfortable situation d'attente, condamnés à faire du surplace.

Comme je ne voulais pas tuer le temps dans l'habitacle en compagnie de Marc, je décidai de monter au musée et de faire un tour dans les salles. Les travaux de restauration étaient presque terminés et une grande partie de la collection était déjà en place. C'était le moment de regarder tranquillement, avant que les salles se remplissent des visiteurs. La date de réouverture n'était pas encore fixée, mais c'était pour bientôt.

J'avoue que j'éprouvais un certain plaisir à croiser les employés du Musée archéologique avec mon badge bleu triomphal accroché à la poitrine. Il était amusant de sentir leurs regards curieux dans mon dos et de les voir s'écarter sur mon passage. Grâce à eux, je me sentais important.

Le musée avait fière allure. On percevait encore l'odeur de bois poli et de peinture. Enfin, il donnait l'impression d'être un lieu moderne et essentiel. Je profitai pleinement de ma visite, contemplant presque seul les trésors abrités dans les vitrines éclairées. J'étais très fier de penser que beaucoup de ces pièces étaient là grâce au Corps national des quêteurs.

Il y avait quelqu'un dans la salle dédiée à l'art ibère. Il ne s'agissait pas d'un des ouvriers habituels qui s'enfuyaient quand apparaissait un badge bleu : c'était Labulle.

Le quêteur se tenait devant le grand piédestal sur lequel était posée la Dame d'Elche. Il contemplait sa Dame en silence, les bras croisés, comme s'il était en conversation muette avec elle.

Il ne me regarda même pas quand il entendit mes pas. Je faillis repartir et le laisser seul, mais finalement je m'approchai et regardai la Dame à côté de lui, essayant d'écouter ce qu'elle pouvait bien lui dire avec ses yeux millénaires.

Je pensais que Labulle m'accueillerait avec froideur. Il n'en fut rien. Il se contenta de rester silencieux, devant son amour impossible.

— Que fais-tu ici ? me demanda-t-il enfin, sans cesser de regarder la Dame.

— Je ne suis qu'un visiteur parmi d'autres… Et toi ?

Je crus qu'il n'allait pas me répondre, mais il se décida :

— Je pense, dit-il. Je viens souvent ici pour ça. J'aime penser en la regardant dans les yeux. On a l'impression qu'elle connaît toutes les réponses.

— Je comprends… Dommage que les pierres ne puissent pas parler, n'est-ce pas ?

— Peut-être. De toute façon, je ne suis pas sûr que j'aimerais entendre ce qu'elle aurait à me dire.

— Si j'étais à sa place, ce serait très clair pour moi.

— Vraiment ?

— Un seul mot : accepte.

Labulle fit la grimace et on se replongea dans un silence contemplatif. Puis il prit une longue inspiration.

— Tu te rappelles ce que je t'ai raconté sur la façon qu'ont eue les quêteurs de récupérer la Dame ? Le plus bel exploit du Corps.

— Oui. Je me rappelle aussi que tu aurais donné n'importe quoi pour être l'un d'eux.

Il hocha la tête.

— C'est vrai… – il se tourna vers moi et me regarda. Enigma m'a raconté comment tu as découvert que la patène de Canterbury cachait un message codé. C'est vrai que tu l'as compris parce que je suis daltonien ?

— Oui, ça m'a beaucoup aidé.

— Ah… Je suis ravi que pour une fois cette merde ait servi à quelque chose, murmura-t-il. Le vieux avait raison : tu as de l'instinct. Réponds à ma question : crois-tu sérieusement qu'il y a, cachée quelque part, une relique qui a appartenu au roi Salomon ?

— Je crois qu'en tout cas ça vaut la peine de la retrouver – je caressai le piédestal sur lequel était posée la Dame. Pense à ces quatre quêteurs. Ils n'ont pas hésité. Ils ne se sont pas demandé s'il serait possible de récupérer un trésor gardé par des dizaines d'ennemis, au cœur d'un pays occupé, sans aide, sans moyens… Et ils l'ont fait. S'ils avaient réfléchi un petit peu, ils seraient peut-être restés chez eux – Labulle me regarda d'un air interrogateur. Cette quête est tellement invraisemblable… Ni pratique ni logique. Tu l'as dit toi-même ici même : personne ne nous remerciera, personne ne nous aidera, on ne nous croira même pas si nous essayons de le raconter. Et pourtant, on s'est lancés. Pourquoi ? C'est un mystère…

— Seul le mystère nous fait vivre…, dit Labulle, comme s'il pensait tout haut. Le mystère uniquement.

J'eus la chair de poule au souvenir de Narváez prononçant ces mêmes mots. J'avais l'impression qu'il y avait un fantôme derrière moi.

— Tu sais, je crois qu'un bon quêteur ne doit pas trop penser. Sinon, il n'y aurait pas de quête. C'est plus confortable de rester tranquille. À penser.

Labulle méditait mes paroles. Puis il regarda les yeux de la Dame.

— Ces quatre quêteurs ont trouvé une grande chose…, dit-il.

— Mais tu n'étais pas l'un d'eux. Peut-être auras-tu cette chance maintenant… ou peut-être pas. Si tu réfléchis trop, tu ne le sauras jamais.

Labulle avait toujours les yeux fixés sur la Dame.

Il soupira, ferma les yeux et baissa la tête. Puis il fit volte-face et se dirigea vers la sortie de la salle, d'un pas décidé.

— Où vas-tu ? demandai-je.

— Au Caveau, répondit-il sans ralentir. Je vais prendre les commandes.

Mes lèvres se détendirent en un large sourire. Avant d'emboîter le pas de notre nouveau Narváez, j'envoyai un coup d'œil discret à la Dame.

— Merci…, murmurai-je.

S'il y avait une expression dans ses yeux de pierre, je fus incapable de l'interpréter.

4

CAUCHEMAR

— Je ne veux pas de félicitations, nous dit Labulle, au haut bout de la table de la salle de réunion. Je ne veux pas qu'on me souhaite bonne chance, pas de tapes dans le dos ni toutes ces merdes. Pour moi, ceci n'est pas une bonne nouvelle. Alors, on considère que tout est normal. Et au travail !

En dépit de ses réticences, Labulle paraissait s'adapter très bien à son rôle d'Autorité Suprême. Sa forme physique enviable contribuait à inspirer le respect. Il croyait peut-être ne pas avoir d'aptitude pour commander, mais au moins sa présence en imposait.

Labulle voulait qu'on se mette en quête de la table de Salomon. Si quelqu'un trouva cette décision surprenante, il n'en manifesta rien. Et aucune objection ne fut émise.

— Enigma, tu as une copie du message contenu sur la patène de Canterbury ? demanda Labulle.

Elle sortit un feuillet sur lequel étaient dessinés les caractères arabes, leur traduction et le plan de l'édifice. Tous les quêteurs avaient déjà eu l'occasion de le voir, mais il passa encore une fois de main en main.

— C'est une indication pour arriver jusqu'à la Table ? demanda Marc.

— Jusqu'à présent, la seule que nous ayons, répondis-je.

Puis, sur un signe de Labulle, je résumai ce que j'avais découvert dans le journal de Miraflores.

— En conclusion, dit Danny en se tournant vers moi, la seule chose qui puisse nous aider à trouver l'entrée des grottes d'Hercule, et donc de ta Table, c'est le message de la Patène, n'est-ce pas ?

Je ne sais quand j'étais devenu l'Expert Unique et Absolu de la table de Salomon, mais vu l'attitude de mes compagnons, il semblait qu'ils m'avaient accordé ce titre sans me consulter. Plus personne ne parlait de la table de Salomon. C'était *ma* Table.

— Pas seulement. Si vous vous en souvenez, il y avait dans la liste de Bailey un ouvrage intitulé *Chorographie tolédane*, écrit par Pedro Juan de Lastanosa. Miraflores, dans son journal, dit que Lastanosa a pu cartographier l'intérieur des Grottes, avec toutes les entrées et sorties.

— Pouvons-nous consulter cet ouvrage quelque part ? demanda Labulle.

— Hélas, non, répondit Tesla. J'ai fait des recherches. L'ouvrage est resté dans une collection privée jusqu'en 1950, et il a brûlé dans un incendie.

— Alors, il ne nous reste plus que la piste de la Patène.

— C'est une bonne piste, dit Danny. Il suffit de trouver à quel édifice appartient ce plan. Nous savons deux choses : c'est un monastère, et il est près de Tolède.

Marc examina le dessin de la Patène.

— Si nous admettons que l'objet date de l'époque de Muza, ce dessin a mille trois cents ans d'âge. Le monastère dont il est question n'existe peut-être plus… Vous avez idée de la quantité d'églises et de monastères qui ont été construits, détruits, débaptisés dans les mille dernières années autour de Tolède ? – Marc secoua la tête. On ne peut pas chercher à l'aveuglette : il faut identifier l'endroit qui correspond à ce plan.

— Une suggestion ? demanda Labulle.

— De cette façon, on n'aboutit nulle part, s'exclama Tesla – il s'empara du dessin posé sur la table. Voyons voir, je vais essayer de vous sauver la mise.

Il se leva et quitta la salle.

— Eh… ! Où vas-tu ? demanda Danny.

— À mon atelier, répondit-il en repassant le nez à la porte. Faire un peu de magie informatique. Venez si vous voulez, vous risquez d'apprendre quelque chose.

On suivit Tesla jusqu'au Fourbi. La pièce avait beau être spacieuse, il y avait une telle quantité d'appareils et de fils qu'on frôlait toujours des piles et des piles d'objets en équilibre instable.

— De grâce, ne touchez à rien, nous dit Tesla. Je viens de faire le ménage et tout est en ordre.

— Vraiment ? demanda Danny en poussant de la pointe du pied un paquet vide de Doritos.

Tesla ne daigna pas répondre. Il s'assit devant un de ses ordinateurs, le plus gros, branché à un maximum de périphériques. Le genre de machine qui pouvait contrôler un vaisseau spatial.

Tesla scanna le dessin de la Patène. Quand celui-ci apparut sur l'écran, Tesla créa un accès direct à partir du bureau. C'était une icône qui avait la forme du logo de Voynich (l'étoile rouge et bleu) entouré par un cadre, comme si c'était un tableau.

Marc la reconnut.

— Pourquoi utilises-tu Icon ?

— C'est juste une base. Au programme initial j'ai ajouté un algorithme de recherche d'images par comparaison. Il fonctionne comme Hercule, mais avec les fichiers. jpg et. png. J'ai l'intention de le modifier pour y ajouter d'autres formats.

— Mais à quoi diable cela peut bien servir ? demanda Labulle.

Tesla pinça les lèvres. Il était sans doute partagé entre l'envie de répondre par une grossièreté et le respect dû à son nouveau chef. Il aurait été intéressant de découvrir le résultat de ce combat intérieur, mais Marc répondit à la question de Labulle.

— Si j'ai bien compris, Tesla va utiliser Icon, le programme de traitement d'images de Voynich, pour comparer le plan apparu sur la Patène avec d'autres images prélevées sur Internet.

— Merci, mon gars, dit Tesla de mauvaise humeur. C'est un soulagement de voir qu'au moins l'un d'entre nous vit au XXIe siècle… En effet, je vais chercher sur Internet des images qui ressemblent à ce plan. Avec un peu de chance, nous trouverons à quel édifice il appartient en quelques secondes, après avoir appuyé sur ce bouton.

Il joignit le geste à la parole. L'écran de l'ordinateur se divisa en deux : à gauche, l'image scannée du plan, à droite se succédèrent à toute vitesse une foule de photographies. À intervalles réguliers, une de ces images s'éclairait et une version miniaturisée basculait dans un fichier de l'ordinateur.

— Ça y est, j'ai fini, dit Tesla, à peine une minute plus tard. Voici le résultat : quatre-vingt-trois concordances.

— Tant que ça ? demandai-je.

— Rassure-toi. Je vais resserrer les paramètres de recherche – il modifia certains chiffres sur une fenêtre de l'écran et rouvrit l'application. Bien. Il n'en reste plus qu'une vingtaine… Si nous éliminons les images qui n'appartiennent pas à un plan d'architecture, celles qui montrent des édifices qui ne sont pas à Tolède… Le résultat final est le suivant – Tesla grossit un fichier : Voilà ce qui s'en rapproche le plus. L'église Santa María de Melque, dans la localité de San Martín de Montalbán. C'est une des portes des grottes d'Hercule.

De retour dans la salle de réunion, Labulle compara le plan de la Patène avec la copie du plan de Santa María de Melque que Tesla avait imprimée sur son ordinateur.

— Ils ne sont pas exactement semblables…, dit-il.

Il avait raison. L'église Santa María de Melque avait un plan en croix grecque, avec deux petits espaces de chaque côté du chœur. Le plan de la Patène était dans l'ensemble assez semblable, mais il y avait beaucoup plus d'éléments autour du profil de la croix grecque, comme s'il appartenait à un édifice plus vaste.

— Même ainsi, il n'y a pas de doute qu'il s'agit du même endroit, dit Danny en regardant les images par-dessus l'épaule de son frère. Regarde l'abside : ronde à l'intérieur et carrée à l'extérieur, avec le même nombre d'ouvertures, situées aux mêmes endroits.

— En ce cas, pourquoi le plan de la Patène semble avoir plus d'éléments ?

— Parce que l'église de Melque était beaucoup plus grande au VIIIe siècle, quand le plan de la Patène a été dessiné, répondis-je à contrecœur. En réalité, à l'origine, il ne s'agissait pas d'une église, mais d'un monastère.

— Tu en es sûr ? demanda Danny. Je croyais que l'église Santa María de Melque était mozarabe.

J'en étais beaucoup plus certain que je ne l'aurais voulu : cette sacrée église avait été étudiée par ma mère depuis les fondations jusqu'à la dernière pierre. C'était le sujet de sa thèse de doctorat (que j'avais été obligé de lire consciencieusement sur son ordre) et la base de deux ou trois de ses ouvrages sur l'archéologie wisigothique.

Oui : je la connaissais très bien. Ma mère avait passé dans cette église plus de temps qu'elle n'en avait passé avec moi de toute sa vie. Je vouais même à cet édifice une certaine rancune, comme à un frère aîné qui est le chouchou de la famille.

— Elle n'est pas mozarabe. Si le Dr Alicia Jordán t'entendait dire ça, elle te sauterait dessus comme une lionne en furie. Elle a consacré des années de sa vie à défendre la thèse que le monument avait été construit entre le VIIe et VIIIe siècle. Par ailleurs, elle jure que c'était un monastère.

— D'accord…, dit Labulle. Un ancien monastère qui, par surcroît, se trouve aux abords de Tolède. Il semble que ce soit exactement ce que nous cherchions. Tirso, tu m'as l'air de bien connaître cet édifice : crois-tu qu'il y ait un accès aux grottes d'Hercule ?

— Possible. Certains experts disent qu'il y avait peut-être des passages souterrains sous l'édifice.

On discuta de l'opportunité d'aller examiner l'église de plus près. Marc et Tesla voulaient s'y rendre dès que possible. Danny et Labulle, en revanche, hésitaient. Enigma, comme à son habitude dans ces réunions, restait discrètement en retrait.

Je ne pus m'empêcher de penser que lorsque le vieux était aux commandes, cet échange de points de vue n'était pas habituel. Narváez avait toujours l'air d'avoir une vision claire de nos plans. Au contraire, Labulle refusait de prendre une décision s'il n'était pas certain de compter sur le soutien de tous les quêteurs. C'était une façon très lente d'agir. Et même un peu agaçante.

Après bien des hésitations, Labulle accepta d'aller voir l'église de Melque. Il demanda plusieurs fois si tout le monde trouvait que c'était une bonne idée. Je crois qu'on accepta plus par lassitude que par conviction. Il y avait trop longtemps qu'on tournait en rond.

Labulle demanda des volontaires pour aller à Melque. Tous, sauf Enigma, voulaient participer à l'expédition.

— Je crois que nous devrions prendre les choses plus sereinement, dis-je. Je ne suis pas sûr qu'il soit pratique d'aller tous à Melque. Il n'y a peut-être rien dans cette église.

— Que proposes-tu, alors ? demanda Marc.

— Ma mère a écrit plusieurs ouvrages sur cette église. J'aimerais les revoir en détail.

— La perspective de rester les bras croisés pendant que tu te consacres à la lecture ne me dit rien du tout.

— Non, attendez, intervint Labulle. Je crois que la suggestion de Tirso est raisonnable. Nous pouvons créer deux groupes de travail : l'un ira à l'église enquêter sur le terrain et l'autre rassemblera toutes les informations bibliographiques possibles. De cette façon, nous élargirons notre champ d'action.

— D'accord, dit Danny. Qui ira à Melque, et qui restera à éplucher des livres ?

Je connaissais suffisamment mes compagnons pour savoir qu'aucun d'eux ne voudrait manquer un bon travail de terrain qui offrait des perspectives fascinantes. Tous désiraient aller à Melque. J'étais le seul à vouloir rester dans le Caveau à lire des livres. Enigma aussi : elle évitait autant que possible d'aller sur le terrain. Elle se sentait plus à l'aise dans le confort de son bureau.

Plus tard, dans l'habitacle, Marc me dit qu'il trouvait étrange que je n'aie pas insisté pour me joindre au groupe qui irait à Melque. Il s'attendait à plus d'empressement de ma part pour aller voir l'église.

— Quelqu'un doit rester. Si je ne m'étais pas porté volontaire, nous serions encore en train de discuter.

— Ne t'inquiète pas. Tu ne perds rien pour attendre. Dès que nous aurons localisé l'entrée des Grottes, on viendra te chercher.

— Tu m'as l'air bien sûr que vous allez trouver quelque chose.

— Oui ! Pas toi ?

Je répondis par l'affirmative, avec toute la conviction dont je fus capable. Mais je mentais.

Je *savais* qu'ils ne trouveraient rien.

Voilà pourquoi il était si important que tous aillent à Melque pendant que je restais au Caveau.

Je crois que peu de gens connaissent aussi bien que moi les travaux publiés par ma mère, à l'exception, peut-être, de certains de ses collègues qui scrutent ses écrits pour trouver un moyen de discréditer ses hypothèses. Jusqu'au jour d'aujourd'hui, personne n'a eu cette chance.

La thèse de doctorat que ma mère a publiée sur l'église Santa María de Melque est très certainement l'étude la plus détaillée et la plus solide qu'on ait faite sur cet édifice. Si elle me connaissait à moitié aussi bien que ce lieu, elle serait la meilleure mère de tout l'univers.

Et si l'humanité sombrait dans l'obscurantisme et l'ignorance, et si elle brûlait des piles de livres dans les rues, comme au temps de l'Inquisition, je jetterais très certainement dans ces brasiers tous les exemplaires de la thèse de doctorat de ma mère que je pourrais trouver, en sifflotant une chanson joyeuse.

Non seulement parce que, dans mon enfance, ce livre m'avait montré que j'étais moins aimé qu'un tas de pierres perdues au milieu du plateau tolédan, mais parce que ma mère m'avait obligé à le lire et à le commenter pour, disait-elle, parfaire mon éducation. Inutile de dire que les détails de cette éducation la laissaient totalement indifférente.

Ainsi donc, je peux dire, toute modestie mise à part, qu'à part le Dr Alicia Jordán, peu de gens en savent autant que moi sur l'église Santa María de Melque.

Pour cette même raison, j'étais sûr qu'il était impossible d'entrer dans les grottes d'Hercule par cette église.

D'après ma mère, l'église Santa María de Melque avait été construite à une date plus ancienne. Les preuves au carbone réalisées sur des échantillons de sparte trouvés dans l'édifice incitaient ma mère à préciser la date de construction entre 668 et 711.

Ma sainte mère agressait sans pitié tous ceux qui proposaient des dates de construction postérieures. Elle écartait résolument la thèse mozarabe en prétendant que les conquérants musulmans interdisaient la construction de temples chrétiens sur tout leur territoire, et qu'en outre un ordre de l'émir Muhammad Ier daté de 855 exigeait qu'on détruise toutes les églises de construction récente, ce qui aurait affecté Santa María de Melque.

Selon sa propre thèse, Santa María de Melque avait été édifiée sur l'emplacement d'une ancienne villa romaine. L'église avait été le lieu de culte d'un important monastère, aujourd'hui en grande partie enfoui. La communauté avait dû être très nombreuse. Ma mère pensait qu'elle avait même construit son propre barrage pour avoir de l'eau.

Ce qui subsistait de cet ensemble monastique était une construction peu ordinaire à l'époque de sa construction. Les pierres étaient magnifiquement taillées, la symétrie des arcs en fer à cheval était une belle démonstration de virtuosité et leur élégante disposition en forme de croix grecque, dans le prolongement d'une abside semi-circulaire, rattachait l'édifice aux fabuleuses architectures que bâtissaient en Orient les artistes de l'Empire byzantin. Aujourd'hui, Santa María de Melque est une ruine, mais une ruine imposante. Témoignage de plus de mille ans d'ancienneté sur des hommes qui, s'ils furent incapables de forger un royaume durable, signèrent avec la pierre le manifeste qui fait d'eux les constructeurs les plus osés qu'on ait connus en Occident après la chute de l'Empire romain.

Dans ses écrits, ma mère soutenait que sous l'église existaient des passages et des couloirs, datant pour la plupart de l'époque romaine ; et que les moines les utilisèrent comme galeries d'évacuation au moment de l'invasion arabe.

Ce détail semble accréditer l'idée que l'église aurait pu être construite au-dessus de l'entrée des grottes d'Hercule. Cependant, dans sa thèse, ma mère donne une précision intéressante :

> En entrant dans l'église, on peut voir dans le mur sud un orifice de bonnes dimensions, de forme carrée. On pense que cet orifice avait un sommet ou linteau dont la fonction était de soutenir un énorme bloc de pierre. Sous ce mur devrait se trouver une des galeries souterraines déjà mentionnées. Les moines, en cas de danger, pouvaient retirer la crête de l'orifice, libérant le poids du bloc de pierre, lequel scellerait à jamais l'accès aux passages souterrains.
>
> On a récemment démontré que cette thèse est très vraisemblable. En recourant au géoradar, on a pu prouver qu'en effet sous le mur sud de l'église il y a un gigantesque bloc de pierre taillée qui bouche un passage. La satisfaction que produit cette découverte contraste avec l'immense contrariété de savoir qu'il serait absolument impossible de retirer ce bloc sans nuire à la structure de l'édifice ; par conséquent, la galerie souterraine est définitivement inaccessible. Les moines de Santa María de Melque furent très habiles quand vint le moment de préserver leurs secrets.

Ce passage souterrain aurait pu être l'entrée des grottes d'Hercule mentionnées par saint Isidore. Hélas, ma mère démontrait sans conteste que le passage était bouché, depuis on ne savait combien de temps.

Il n'y avait donc pas moyen d'accéder à la table de Salomon.

En tout cas pas en partant de l'église de Melque.

Je le savais, mais les quêteurs l'ignoraient. Je leur laissais le soin de le découvrir par eux-mêmes. Pendant ce temps, je n'avais aucunement l'intention de rester dans le Caveau à lire des livres que je connaissais déjà par cœur.

J'allais pénétrer dans les grottes d'Hercule. Seul.

Même si l'accès de Melque était condamné, la piste de la Patène était pour moi d'une importance capitale, car elle m'avait indiqué comment arriver dans les souterrains de l'église en contournant le bloc de pierre qui les bouchait.

En définitive, je connaissais un autre accès aux grottes, contrairement à mes compagnons. Et je comptais utiliser cet avantage.

Je détestais l'idée de devoir agir dans leur dos, mais je m'étais convaincu que c'était la meilleure solution. Parfois, il était facile d'oublier que l'un des quêteurs était un traître, mais j'avais toujours eu cette idée présente à l'esprit.

J'avais cru que c'était Marc, mais j'avais fini par en douter. Je ne savais qui soupçonner et, au fond, je ne voulais soupçonner personne ; mais cela ne m'empêchait pas de prendre quelques précautions élémentaires.

Que le traître accompagne les quêteurs à Melque. Qu'il pense que nous avions trouvé l'accès aux Grottes et qu'il vende cette information au plus offrant, si telle était sa répugnante intention. Lui et ses associés, quels qu'ils soient, allaient être surpris.

Mon plan était clair : j'utiliserais l'accès que je croyais être le seul à connaître pour m'introduire dans les Grottes et trouver la Table.

Après tout, c'était *ma* Table.

Mon plan était-il tiré par les cheveux ? Sans doute. Dangereux ? Assurément. Mais pas un seul instant je ne doutai d'aller jusqu'au bout.

Ce serait ma vengeance, et en mon nom celle de tout le Corps des quêteurs, pour compenser l'échec de l'opération de Lisbonne.

Même si on ne trouvait pas de table miraculeuse. Cela n'avait pas beaucoup d'importance. Le seul objectif qui guidait mes actes, c'était de restaurer la dignité des quêteurs.

C'était un joli mobile pour prendre des risques.

J'eus des cauchemars cette nuit-là. Sans doute à cause de ma mauvaise conscience. Il y avait beaucoup de vent et les rafales fouettaient la fenêtre de ma chambre, comme si on frappait aux carreaux en pleine nuit.

Ce furent des cauchemars étranges constitués d'images incohérentes : dans l'une d'elles j'étais au Caveau. Il faisait sombre, seul un filet de lumière sortait du bureau de Narváez. J'y entrais, contre mon gré, car je savais ce que j'allais y trouver : le directeur du CNQ mort, la tête sur la table, au milieu d'une flaque de sang.

Quand j'ouvris la porte, le cadavre n'était plus là. Un coffret vert brillait sur la table, comme s'il était couvert d'émeraudes. Quelque chose me poussait à ouvrir le coffret, même si je savais que ce n'était pas une bonne idée.

Je m'approchais à pas lents. Je touchais la surface du coffret, froide sous mes doigts. Soudain j'entendais une voix. C'était tantôt Danny, tantôt Marc, tantôt Labulle… En réalité elle ressemblait à n'importe laquelle des voix de mes compagnons quêteurs.

Que revienne à Dieu ce qui appartient à Dieu. Tu ouvres le coffret et tu meurs. Et ainsi la boucle est bouclée.

J'ouvrais le couvercle et soudain un cimeterre sarrasin, surgi de l'obscurité, brandi par un fantôme, s'abattait sur mon cou. Je sentis l'acier sur ma peau avec un tel réalisme que je criai.

Je me réveillai trempé de sueur. Je haletais comme un chien.

Je crus que j'étais encore dans mon rêve, car je sentais le fil d'une épée sur ma gorge.

— Ne bougez pas, monsieur Alfaro.

La voix, imprégnée d'un accent guttural, me parvint au milieu des ombres. Devant mes yeux se matérialisa un visage mou et rond comme une boule de cire.

Je fermai les yeux et les rouvris, espérant me réveiller pour de vrai de mes cauchemars.

Mais c'était impossible : j'étais aux prises avec le réel.

La lame du couteau appuya un peu plus sur mon cou et je sentis ruisseler une matière humide, trop épaisse pour être de la sueur. Je me tournai vers le visage qui dardait sur moi ses yeux saillants.

— Je n'ai pas l'intention de vous égorger, pas encore, dit l'apparition. Levez-vous. En silence. Le temps du repos est terminé. Il est l'heure d'avoir une conversation.

Je sortis du lit en tremblant.

— Vous avez peur ?

— Je tremble de froid : je suis couvert de sueur.

Le visage sourit. Il avait une bouche grotesquement large et sans lèvres, comme une entaille au milieu d'une masse de chair molle.

— Bonne réponse, mais c'est un plagiat. C'est ce qu'a dit le général Miramón aux soldats qui le fusillaient à Querétaro, avec l'empereur Maximilien – cette énorme bouche élargit son sourire. J'ai l'impression que je vais bien m'amuser à discuter avec vous.

Je me levai pour affronter cet intrus.

— Qui êtes-vous ?

— Décevant. Très décevant. Je croyais vous avoir laissé un souvenir vif à Lisbonne. En tout cas, vous en avez laissé un – il désigna une petite cicatrice, sur sa paupière.

C'était là que je l'avais frappé avec le faux masque de Muza.

— Gelderohde !

— Enfin. Maintenant, sortons de votre chambre. Je n'ai pas l'intention de donner à cet entretien un caractère trop intime. Passez devant, *alstublieft*.

Il pressa dans mon dos la pointe de son couteau de chasse pour m'inciter à avancer.

Je me dirigeai lentement vers la salle de séjour. La peur m'empêchait de penser avec clarté. Je me rappelle avoir regardé toutes les fenêtres et la porte d'entrée, me demandant comment cet homme avait pu entrer chez moi.

— Ne cherchez pas comment je suis entré, dit Gelderohde en comprenant mes regards. Vous ne le saurez jamais. J'aime préserver mes petits secrets professionnels. Je suis très bon quand j'entreprends quelque chose, monsieur. Si vous ne le savez pas encore, vous n'aurez bientôt plus aucun doute à ce sujet. Et maintenant, veuillez vous asseoir, s'il vous plaît.

Il alluma ma petite lampe de bureau. D'un mouvement de menton, il m'indiqua une chaise. Je m'assis. Il s'installa en face de moi, son couteau toujours vigilant, que je ne pouvais quitter des yeux. À croire que cette grande lame brillante était la seule présence dans la pièce. Une partie du fil avait un profil de scie, et l'arme était longue comme la paume de la main. Elle semblait légère comme une plume. Capable de me couper le cou comme si ma chair était de la gélatine.

— Il vous plaît, mon couteau ? demanda Gelderohde. Oui, il vous plaît : je vois que vous ne pouvez pas vous empêcher de le regarder. Je comprends. Moi aussi je trouve qu'il y a quelque chose de fascinant dans l'éclat d'une arme blanche… Je les préfère aux armes à feu. Je vise mal, je le reconnais, mais je crois que vous le savez déjà.

— Pourquoi dites-vous cela ?

— Lisbonne. Rappelez-vous. L'appartement d'Acosta.

— C'est vous qui tiriez sur nous…

— *Ja.* J'étais à la fenêtre de l'immeuble d'en face. Quel imbécile, cet Acosta ! Je me méfie toujours des Hispanos.

Gelderohde appuya la pointe de son couteau sur mon cou, juste en dessous de la mâchoire.

— Ne croyez pas un instant que je vous ai manqués à Lisbonne, monsieur Alfaro. Vous étiez tous les deux comme des souris dans une boîte à chaussures. Vous avez eu de la chance : je voulais seulement vous chasser de cet appartement le plus vite possible.

— Et maintenant ? Aurai-je la même chance ?

— Cela dépend de vous… Mais revenons à Lisbonne : quelqu'un m'a informé que vous aviez l'intention de rendre visite à Acosta. J'ai eu le temps de rejoindre mon poste de surveillance. J'ai tiré, vous vous êtes enfuis… Vous savez ce que j'ai fait ensuite ? Je suis monté tranquillement chez Acosta récupérer ce que ce sale Latino aurait dû me vendre, comme c'était convenu. J'ai eu la désagréable surprise de découvrir que la marchandise n'était plus là. Très désagréable – Gelderohde passa lentement la lame sous mon menton, comme s'il voulait me raser. Ma première pensée : l'Hispano a voulu me rouler. Je l'ai retrouvé et j'ai eu une petite conversation avec lui. Il ne cessait de crier, crier et crier, jurant au nom de ce qu'il y a de plus sacré qu'il n'avait rien emporté – Gelderohde promena la pointe du couteau sur mes lèvres. Il criait encore quand sa langue est tombée à ses pieds, avec un drôle de bruit… comme un poisson qui saute sur le pont d'un bateau. Mais le poisson que je cherchais… Ah, celui-là, il n'était plus là. Après, j'ai compris que j'aurais gagné beaucoup de temps si j'en avais parlé à mon contact infiltré dans le Corps des quêteurs. Que j'étais bête ! Parfois, je me laisse emporter. C'est donc ce que j'ai fait. Mon contact m'a donné un nom : Tirso Alfaro, et maintenant, nous revoici, face à face, vous et moi. Je vais donc vous poser la même question qu'à Acosta, avant que le chat lui ait mangé la langue : où est la pile de Kerbala ?

Un frisson de terreur me parcourut le corps, car je n'avais aucune idée de ce dont il me parlait, et je redoutais une réaction violente de sa part si je le lui disais : Gelderohde était convaincu que je détenais ce qu'il cherchait.

Je n'eus qu'une idée, gagner du temps, sans trop savoir pourquoi.

— La pile de Kerbala…

— Oui, je crois l'avoir déjà dit.

— Pourquoi êtes-vous si sûr qu'elle est en ma possession. Les membres du Corps ne conservent pas chez eux les pièces récupérées.

— Je sais que ce n'est pas le cas pour celle-ci : mon contact me l'a confirmé. Il sait que vous l'avez gardée.

Mon esprit fonctionnait à plein régime, essayant de discerner de quelle pièce Gelderohde parlait. Si je la possédais, c'est qu'elle était en rapport avec la table de Salomon.

— Je peux vous la donner, mais elle ne vous servira à rien, improvisai-je. La piste pour trouver les grottes d'Hercule n'est pas dans cette pièce.

Gelderohde me regarda, déconcerté.

— Les Grottes… ? Pauvre quêteur imbécile. *Arme dwaas en dom…* Là-dessus, j'ai déjà tout ce qu'il faut. La Table sera à moi, c'est une question d'heures, mais vous me faites perdre du temps, et vous n'avez pas idée comme ça m'énerve – il approcha la pointe de son couteau de ma gorge, à côté de la pomme d'Adam. Je sentis une pression et un filet de sang coula sur mon cou. Gelderohde fit pivoter le couteau. Je serrai les dents.

— Où est la pile de Kerbala ? C'est la dernière fois que je vous le demande.

Il enfonça un peu plus la pointe du couteau dans ma gorge. Je crus qu'il n'allait pas s'arrêter.

— Dans la salle de bains ! balbutiai-je. Elle est dans la salle de bains.

Gelderohde s'arrêta et sourit béatement.

— Bien… *Heel goed…* Je suis ravi que vous ayez décidé de coopérer – il écarta la lame de ma gorge et la pointa sur ma poitrine. Debout. Une pause pour aller aux toilettes.

J'obéis. Arrivé sur le seuil de la salle de bains, Gelderohde m'ordonna de m'arrêter.

— Où est-elle ?

Je désignai le premier endroit qui me sauta aux yeux.

— Dans la chasse d'eau.

Une idée folle me traversa l'esprit : si je pouvais utiliser le couvercle de la chasse pour en frapper Gelderohde, je pourrais peut-être le désarmer. Mais il fallait que j'agisse vite, et mes mains tremblaient beaucoup trop.

— Ah, très malin… Oui, c'est une bonne cachette.

Je fis un pas en avant, mais Gelderohde me retint.

— Non, non, monsieur Alfaro, vous me prenez pour un idiot ? La pile de Kerbala peut être utilisée comme une arme si on en connaît le mode d'emploi… Si vous le voulez bien, je vais la prendre moi-même. Vous, restez là, sur le seuil, que je puisse vous voir.

J'obéis. Il passa devant moi et, de sa main libre, déplaça le couvercle de la chasse.

Il fallait agir tout de suite si je ne voulais pas subir la réaction de Gelderohde quand il trouverait la cachette vide, à part de l'eau et un cube bleu de désinfectant.

Je choisis la seule réaction qui me parut possible : je refermai violemment la porte. La dernière chose que je vis fut l'expression de surprise de Gelderohde.

Dans le couloir, je m'accrochai de toutes mes forces à la poignée. Gelderohde se mit à taper de l'autre côté.

— *Damn idiot !* Qu'est-ce qui vous prend ? cria-t-il. Vous vous croyez malin. Vous ne pouvez pas me garder enfermé ici !

— Si, tant que je tiens cette porte !

Gelderohde se mit à jurer dans une langue incompréhensible, tout en ébranlant la porte sous ses coups.

— Imbécile ! Je suis plus fort que vous ! Vous ne l'avez pas remarqué ? hurla-t-il.

Il était de plus en plus furieux. Une bonne chose : plus il serait furieux, plus il essayerait d'ouvrir de toutes ses forces. Je tournai la poignée qui libérait le bec, sans cesser de la tenir fermement. Voyant cela, Gelderohde se mit à tirer désespérément, à l'intérieur de la salle de bains, sans cesser de m'insulter.

Mes mains étaient trempées de sueur, et la poignée glissait entre mes doigts. J'attendis que Gelderohde tire très violemment de son côté et je lâchai tout.

La porte s'ouvrit d'un coup. Gelderohde, emporté par sa propre force, glissa, tomba à la renverse, et sa tête heurta le bord du lavabo. Il y laissa une répugnante tache sanguinolente et un bout de cuir chevelu.

Et, le plus important, le couteau lui tomba des mains.

Je sautai sur le couteau et, sans laisser à Gelderohde le temps de se relever, je pressai la lame contre son cou.

— Si vous bougez, je vous coupe la gorge, sifflai-je.

Je n'étais pas du tout sûr d'en être capable, mais j'essayai d'être convaincant.

Gelderohde ne broncha pas, haletant. Au fond de ses orbites, ses yeux me regardaient avec haine. Il dit quelque chose dans sa langue, sans doute une malédiction démoniaque.

Sous sa nuque s'élargissait une flaque de sang épais. Le coup contre le lavabo avait été violent. Je n'avais aucune envie qu'il perde connaissance dans ma salle de bains.

— Levez-vous.

Il y parvint avec beaucoup de difficulté. Il porta la main à sa nuque, où sa blessure ne cessait de saigner.

— La Pile n'était pas là, me dit-il avec une haine immense. Vous m'avez menti.

— Bien sûr que j'ai menti ! Je ne sais même pas de quoi vous me parlez !

— Vous mentez encore…

Son regard se voila et ses jambes faiblirent. Il s'agrippa au rideau de douche pour ne pas retomber.

— J'ai besoin d'un médecin. Si je perds connaissance…

— Si vous perdez connaissance, je ferme la porte de la salle de bains et je vous y laisse jusqu'à ce que vous soyez vidé de votre sang ou que j'appelle la police. Je serai de l'autre côté de la porte avec ce couteau. Et cette fois, ne croyez pas que je mens.

Gelderohde me regarda, les yeux plissés. Il fit un effort désespéré pour me frapper, mais je m'écartai à temps en pointant toujours le couteau sur son estomac.

— Ce n'est pas une bonne idée, dis-je. Dans une bagarre, celui qui est armé a l'avantage.

La bouche de Gelderohde se tordit en un sourire brisé.

— Les lions du vieux David… S'il avait été la moitié aussi malin que toi, il serait encore vivant. *Verdomme gelukkig…* – il serra les dents avec colère. Ce n'est pas la fin, monsieur Alfaro. La prochaine fois que nous nous rencontrerons, je ne me laisserai pas surprendre.

Ses yeux lancèrent un regard bref vers la porte de la salle de bains. Avant même que j'aie pu imaginer ce qu'il allait faire, Gelderohde s'élança dans le couloir. Je fus pris au dépourvu, et trop lent pour l'arrêter. Il fut plus rapide que moi. Il ouvrit la porte de l'appartement et dévala l'escalier.

Je ne le poursuivis pas. J'avais déjà bien de la chance d'être encore en vie, et n'avais aucune envie de m'embarquer dans une course en pyjama à travers les rues, en pleine nuit.

Je refermai la porte et m'y adossai quelques instants. Je lâchai le couteau, me laissai glisser contre le mur et me retrouvai assis par terre.

Je tremblais, et j'avais l'impression qu'une bille d'acier me bouchait l'estomac. Mon regard atone se fixa sur un aquarium plein de plantes posé sur une étagère.

Un aquarium en verre. Des mots de Gelderohde résonnèrent en écho dans ma tête.

Avec un drôle de bruit… comme un poisson qui saute sur le pont d'un bateau… Mais le poisson que je cherchais n'était plus là.

Le poisson que je cherchais…

Je compris que c'était cela que Gelderohde appelait la "pile de Kerbala", et je savais exactement où trouver cet objet.

5

XÉRÈS

À la première heure, malgré des cernes profonds, je me présentai à la bijouterie de la rue de Postas.

Alpha et Oméga ouvraient la boutique. Alpha avait une cravate couleur lie-de-vin, et celle d'Oméga avait une teinte ivoirine. Les jumeaux étaient très étonnés de me voir.

— Tirso, dit Oméga. Nous voyons que tu suis la maxime de Cervantès : "Qui ne se lève pas avec le soleil ne jouit pas de sa journée."

— Je suis venu pour une affaire urgente. Il faut que je vous parle.

— Heureux hasard, en ce cas. Nous avions aussi l'intention de te parler.

— Que se passe-t-il ?

— Cette commande que tu nous as passée, nous l'avons terminée. Est-ce la raison pour laquelle tu voulais nous voir ?

— Non, mais je suis ravi que ce soit prêt. Je voulais vous parler du cylindre que je vous ai apporté il y a quelques jours.

— Ah oui, le cylindre, dit Alpha. Une très belle pièce, sans aucun doute. Nous avons fait quelques découvertes intéressantes sur cet objet.

— Vous l'avez encore ?

—- Oui, bien sûr.

Je retins mon souffle.

Alpha et Oméga retardèrent l'ouverture au public de leur établissement pour s'occuper de moi. On alla tous les trois à l'atelier. En premier lieu, les jumeaux me remirent la réplique de la clé-reliquaire de saint André. Une copie plutôt réussie.

— Nous nous en sommes tenus au budget convenu, dit Alpha. Comme tu le verras, les matériaux ne sont pas de première qualité, mais nous avons particulièrement veillé à respecter tous les détails du modèle. Y compris ces sourcils irréguliers qu'il y a autour.

— Nous les attribuons à un défaut de fabrication, ajouta Oméga, mais comme ils sont sur l'original, la réplique doit aussi les avoir. Nous espérons que tu seras satisfait du résultat, mais nous ignorons comment tu comptes l'utiliser.

— J'espère le découvrir bientôt, répondis-je en mettant la Clé-reliquaire dans le sac que je portais à l'épaule. Voulez-vous que je vous règle tout de suite ?

— Je t'en prie, nous sommes entre gentlemen, répliqua Alpha avec dignité. Tu n'as sûrement pas cette somme sur toi. Tu peux nous régler plus tard. En liquide, si tu veux bien.

— "L'ouvrier mérite son salaire…", cita Oméga.

— Saint Luc, chapitre x, compléta son frère.

— Amen, conclus-je. Merci. Quant au cylindre… Quelqu'un a-t-il essayé de s'en emparer depuis que je vous l'ai remis ?

— Non. De toute façon, il n'aurait pas pu. Il est à l'abri dans notre chambre forte. Quelque chose te préoccupe, mon cher Tirso ? Nous te sentons inquiet… "L'esprit aimable et troublé, à l'instar de la barque inquiète sur les flots, Alban regardait la terre qu'avait été Troie…"

J'interrompis ce récitatif avant qu'il ne se poursuive par "sept têtes de cerfs dressées, tremblant à l'écho du sifflement redoutable". Lope de Vega également. Le mal des jumeaux était contagieux.

— J'ai découvert que ce cylindre pourrait être plus important que nous ne le pensions au départ.

Oméga se caressa la moustache.

— Cela ne nous surprend pas… C'est une pièce très curieuse, tu sais. Très curieuse. Tu ne sais toujours pas quand et où elle a pu être fabriquée ?

— Non, mais j'ai peut-être trouvé son nom, répondis-je : la pile de Kerbala.

Alpha claqua des doigts avec enthousiasme.

— Kerbala ! s'exclama-t-il avec l'expression d'un Archimède sortant tout nu de sa baignoire. L'Irak ! Je m'en doutais. Ne te l'ai-je dit, ô mon frère aveuglé ?

Oméga agita sa moustache, contrarié.

— Je n'ai jamais dit qu'elle ne pouvait pas provenir du Moyen-Orient, seulement que c'était peu probable.

— Ce nom vous dit quelque chose ?

— Le lieu, oui : Kerbala, répondit Alpha. C'est une ville qui se trouve près du lac Razzaza, au centre de l'Irak.

— La pièce est donc arabe.

— C'est ma théorie. Le cylindre a des détails dans sa facture qui m'évoquent certaines techniques propres à l'orfèvrerie sassanide.

— Tu l'as appelée "pile", ajouta Oméga. En un sens, c'est providentiel que tu aies utilisé ce terme.

— Pourquoi ?

— Nous allons t'expliquer. Tu vas trouver cela… surprenant.

Alpha sortit de l'atelier et rapporta un étui en métal. Il en sortit le cylindre en forme de poisson que Gelderohde avait appelé la "pile de Kerbala". Un des joailliers posa sur la table un support, une sorte d'anneau sur un trépied. Puis il introduisit le cylindre dans l'anneau pour le maintenir en position verticale : le petit trou, à l'extrémité, d'où sortaient des filaments métalliques, pointé vers le haut. Oméga désigna le trou avec la pointe d'un stylo-bille pendant que son frère fouillait dans les armoires et les tiroirs de l'atelier.

— Tu vois ces filaments ? C'est du cuivre. Ils sont en très bon état, ce qui m'induit à penser qu'ils ne sont pas là depuis longtemps. Nous supposons qu'ils en remplacent d'autres qui étaient très abîmés.

— Pourquoi ?

— C'est une intuition. Tu vas comprendre… – Oméga sortit de sa poche une lampe très fine et éclaira le trou du cylindre. Je ne crois pas que tu puisses bien le voir, mais il y a quelque chose à l'intérieur de la pièce. Nous pensons qu'il s'agit de petits disques en métal empilés. Si on secoue fortement le cylindre, on entend un léger tintement. Nous n'avons pas encore eu l'occasion de radiographier la pièce, mais c'est prévu.

Alpha posa sur la table une bouteille de xérès.

— Un peu tôt pour boire de l'alcool, vous ne croyez pas ?

— "Reprends tes coupes en cristal teint de grenat et les verres divins de Balthazar", récita Alpha. Ce n'est pas pour boire. D'ailleurs, nous détestons le xérès. Nous avons cette bouteille depuis cinq ou six Noëls.

— Alors ?

— Une expérience.

Alpha déboucha la bouteille. Puis il introduisit un petit entonnoir dans le trou du cylindre et y versa avec soin un peu de xérès. Pour cette opération, il avait enfilé des gants en latex.

Il finit de verser le liquide et enleva l'entonnoir.

— C'est prêt. Je crois que la quantité est suffisante pour que l'expérience se déroule dans de bonnes conditions.

— Du moins nous l'espérons…, ajouta Oméga.

— Et maintenant ?

— Maintenant, touche les filaments de cuivre. Les deux en même temps.

Je m'approchai de la table. Je vis que les jumeaux reculaient d'un pas.

Ce n'était pas rassurant. Je saisis les filaments qui sortaient du cylindre entre le pouce et l'index. Je reçus une décharge électrique. Je poussai un petit cri, retirai vivement la main et la portai à ma poitrine. Les jumeaux me regardaient comme des enfants qui viennent de faire une bonne farce.

— Que diable s'est-il passé ? demandai-je.

— Tu as senti, n'est-ce pas ? dit Oméga. Et nous n'avons versé qu'une toute petite quantité de xérès à l'intérieur. Imagine ce qui se serait passé si le cylindre avait été plein à ras bord.

— Mais… Quel… ?

— Nous allons t'éclairer, dit Alpha. En 1936, des ouvriers du service d'État irakien des chemins de fer ont découvert des poteries près de Bagdad. Datées du IIIe siècle avant J.-C., à peu près. Plus tard, en 1939, l'archéologue Wilhelm König a assuré qu'après un examen en profondeur il avait pu constater que ces poteries étaient… des piles électriques.

— Plus exactement des batteries, dit Oméga. Capables de produire de l'électricité si on leur ajoutait un électrolyte adéquat. En 1940, Willard Grey, ingénieur à la General Electric Company, a mis à l'épreuve l'hypothèse de König en versant dans les récipients une petite dose de sulfate de cuivre Les poteries ont produit des décharges d'une puissance d'un ou deux volts. Grey assurait qu'il aurait pu obtenir le même résultat en utilisant du vin ordinaire comme électrolyte.

Alpha désigna le cylindre en forme de poisson.

— Nous pensons que cet objet est du même genre. Il fonctionne sur le principe d'une pile voltaïque. Et comme tu as pu le constater, il peut générer de fortes décharges.

— Ce que j'ai senti, c'était plus que deux volts. Comment est-ce possible ?

— Nous ne le savons pas encore, mais les implications…
sont fascinantes ! répondit Alpha. Qu'y a-t-il à l'intérieur de
ce cylindre ? Comment peut-il générer des décharges plus
puissantes que les récipients découverts à Bagdad ? Ceux
qui l'ont fabriqué connaissaient peut-être cette technologie ancienne et ont su l'améliorer… Qui sait ?

— J'ai du mal à croire qu'on a utilisé des piles électriques
il y a plus de deux mille ans, dis-je, bien que j'aie éprouvé
moi-même l'efficacité du dispositif. Quel genre d'appareil
aurait-il pu alimenter ?

— Sans doute aucun, répondit Alpha. Ce genre de batterie peut avoir d'autres usages : elle a pu servir de trucage
pour des expériences mystiques, ou d'outil pour galvaniser
des objets en argent et leur donner une patine dorée. Dans
les deux cas, je pense qu'elle était utilisée à des fins religieuses.

Je me rappelai que Gelderohde avait dit que la pile de
Kerbala pouvait être utilisée comme arme.

— Quelle puissance peut-elle atteindre ?

— Nous ne l'avons pas encore mesurée, dit Oméga,
mais considérable, certainement. C'est un engin fascinant.
Il est regrettable que nous n'ayons pas plus d'informations
sur celui qui l'a fabriqué et sur ses intentions. Nous pourrions être en présence d'une trouvaille unique au monde.

Sur ce point, j'étais d'accord. Une trouvaille, en outre,
pour laquelle on avait failli m'égorger dans mon propre lit.

Je commençai à craindre pour la sécurité des joailliers.
Gelderohde ne tarderait pas à découvrir qu'ils détenaient
la pièce : ou bien il le déduirait tout seul, ou bien son allié
dans le Corps finirait par le lui révéler.

Ce cylindre semblait très important pour lui. Assez pour
pénétrer chez moi en pleine nuit et me menacer de mort.
Les bijoutiers étaient peut-être convaincus qu'entre leurs
mains la Pile ne craignait rien. Moi qui étais familiarisé
avec les méthodes de Gelderohde, je n'en étais pas si sûr.

Je ne voyais qu'une façon de maintenir Gelderohde loin de la Pile : il avait compris que je ne l'avais pas. Il ne reviendrait pas la chercher chez moi. Veiller personnellement sur la pile de Kerbala me semblait être la seule façon d'éviter qu'elle ne soit volée.

Je devais l'emporter. L'ennui, c'est que je ne savais pas comment m'y prendre sans que les bijoutiers s'en rendent compte.

J'étais encore en train de chercher un moyen quand Alpha dit en regardant sa montre :

— Si cela ne vous dérange pas, je vais ouvrir la boutique. Cette réunion a beau être passionnante, nous ne devons pas négliger les bases de notre alimentation.

Alpha quitta l'atelier, nous laissant seuls, Oméga et moi. Le jumeau aux cravates lumineuses vida le xérès qui était dans la Pile et remit celle-ci dans son étui en métal.

Il fallait que je trouve une solution avant qu'il ne le remporte dans la chambre forte.

— Tu pourrais me rendre un service ? dis-je soudain – Oméga me regarda. J'aimerais revoir ce livre qui avait des photographies de la clé-reliquaire de saint André. Je voudrais… je voudrais juste comparer les différences entre la réplique que je vous ai achetée et le modèle. Pour me faire une idée, tu comprends…

La moustache d'Oméga se tordit. Il avait l'air d'hésiter.

— Pour évaluer la qualité de ton acquisition ? dit-il finalement. D'accord, ça me semble juste. Attends-moi ici, je vais le chercher.

Oméga sortit de l'atelier. Dès que je fus seul, j'ouvris l'étui en métal et en sortis la Pile. Je n'attendis pas le retour d'Oméga : je partis presque en courant.

Alpha était dans la boutique et passait un chiffon sur les étagères.

— Tu t'en vas déjà, mon cher Tirso ?

— *Tempus fugit*. Tu vois ce que je veux dire, répliquai-je sans m'arrêter – j'ouvris la porte de la rue, mais je fus pris d'un remords subit et lançai : Je reviendrai dès que possible. Je le jure.

Il me regarda, déconcerté.

— Bien… Je suis ravi de l'entendre, mon garçon…

Je quittai la boutique précipitamment. Quand je fus à une certaine distance, je me mis à courir sans me gêner.

En me voyant arriver au Caveau, Enigma laissa échapper une expression d'effroi.

— Quel gâchis ! Tu es vraiment horrible ! Essoufflé, en sueur et par-dessus le marché on dirait que tu t'es coupé plusieurs fois en te rasant… Quelle est cette répugnante blessure à ton cou ?

— Les jumeaux ont cherché à me joindre ?

— Non, personne ne t'a appelé. Et au fait, bonjour. Tu devrais soigner un peu plus ta personne, pas seulement pour la dignité de ce Corps, mais au moins pour égayer ma vue dès le matin – Enigma fronça le nez. C'est du xérès, cette odeur qui sort de ton sac ?

— Il me faut la clé d'une des voitures.

— Bien entendu. Comment la refuser à quelqu'un qui semble avoir pris un peu trop au sérieux le *happy hour* du bar du coin ?

— Cette odeur de xérès, je peux l'expliquer.

— J'espère aussi que tu peux expliquer ce sac crasseux, ce pantalon froissé et ce jogging venu directement des années 1980 – Enigma se pinça le menton et me regarda : Chéri, si tu veux que je te donne une voiture, il faut être plus persuasif. Je te suggère de me dire pourquoi tu en as besoin.

— Je dois sortir de la ville.

— Sans blague ! Je n'y aurais jamais pensé. Pour aller où, exactement ?

— Je ne peux pas te le dire.

Enigma fit la grimace.

— Tu sais, d'après le règlement, je ne peux refuser une voiture à un quêteur s'il me la demande, mais tu n'imagines pas combien je suis blessée que tu ne me fasses pas confiance – elle sortit des clés d'un tiroir et me les donna, avec un air de mépris infini. Prends. Quel que soit le lieu où tu te rends, je te conseille de te changer d'abord.

Je pris les clés. C'était plus facile que prévu. J'allais m'en aller quand je sentis dans mon dos le regard douloureux d'Enigma. Je me retournai, m'appuyai sur le comptoir et l'embrassai sur la joue.

— Prends soin de toi, d'accord ? dis-je.

Et je m'empressai de retourner vers l'ascenseur.

— Tu pourrais au moins me laisser t'accompagner, je vais beaucoup m'ennuyer, toute seule ici.

— Je suis sûr que tu ne veux pas venir avec moi, dis-je sans m'arrêter.

— Mais… Où vas-tu ?

J'entrai dans l'ascenseur et introduisis le badge bleu dans la rainure pour l'activer.

— Je vais voir ma mère.

Juste après que j'eus prononcé ces mots, les portes de l'ascenseur se refermèrent.

Un peu plus d'une heure et demie après avoir quitté le musée, j'arrivai à San Martín de Montalbán, un petit village non loin de Tolède. De là, je suivis pendant cinq kilomètres une étroite route secondaire. J'arrivai à un carrefour où les panneaux indiquaient des directions opposées : à droite l'église Santa María de Melque, à gauche le château de Montalbán.

Je pris à gauche.

Le château de Montalbán était autrefois une forteresse arabe qui passa sous le contrôle de l'ordre des Templiers entre les XIIIe et XVe siècles.

Plus tard, au XVe siècle, les rois de Castille le cédèrent à don Álvaro de Luna, le favori de Jean II de Castille. Dès lors, la forteresse devint l'héritage de générations successives de nobles castillans, qui l'entretinrent jusqu'au jour où, pour une question de confort, les enfilades de pierre furent remplacées par de petits palais urbains dépourvus de douves et de terrains de joutes, mais dotés du chauffage central et de robinets d'eau chaude.

Plusieurs siècles après son abandon, le château de Montalbán est devenu un bastion oublié au sommet d'une colline. Le temps a rongé ses murs comme les termites dévorent le bois.

Les murailles, barbacanes et meurtrières, massacrées par la ruine, sont autant de vestiges des extensions successives. Pleine de trous, tel un géant criblé de coups de canon, la puissante enceinte, autrefois gardée par de vaillants soldats castillans, a confié aujourd'hui sa défense à des scorpions et des serpents.

J'arrivai en voiture en haut d'un escarpement où se dressait le château, retranché derrière des remparts au tracé octogonal. La suspension du véhicule fut mise à rude épreuve par un chemin de terre très pentu. J'atteignis enfin les portes de la muraille extérieure. De là-haut, j'avais une vue imposante sur la vallée du Torcón, qui sert de douves au château sur trois de ses côtés.

Une grille barrait l'accès. Derrière, on observait une certaine activité. Hommes et femmes, presque tous très jeunes, s'affairaient en tous sens.

Je descendis de voiture et un jeune homme dégingandé, plutôt négligé, s'approcha ; il portait des lunettes d'écailles et maintenait sur sa tête un chapeau de pêcheur pour que le vent ne l'emporte pas.

— Bonjour, dit-il aimablement. Tu as rendez-vous pour voir le château ?

— Non, pas du tout.

— Pour visiter le château, il faut prendre rendez-vous par téléphone, expliqua le jeune homme. Désolé, mais si tu n'en as pas, je ne peux pas te laisser entrer.

— Je viens voir le Dr Alicia Jordán.

— Ah… Elle est très occupée, au fond d'une catacombe. Elle nous a demandé de ne pas la déranger, sauf cas d'urgence… Tu es un de ses amis ?

— Je suis son fils, répondis-je à contrecœur.

Le garçon me regarda, surpris.

— Tu es sûr ?

C'était la question la plus bête qu'on pouvait poser. Sans doute un étudiant de dernière année en stage.

— Plus que je ne le souhaiterais.

— Bon… Je vais lui dire que tu es là. Il faudra peut-être que tu attendes qu'elle ait fini…

— Dis-lui de ma part que je ne vais pas attendre. Que je veux la voir tout de suite. Et que même les femelles des chimpanzés accordent un minimum d'attention à leurs petits quand ceux-ci ont besoin d'elles.

Le garçon esquissa un sourire nerveux, comme si j'avais raconté une plaisanterie qu'il ne comprenait pas. Le sourire se figea sur ses lèvres quand il vit l'expression de mon visage. Il tourna les talons en grommelant et s'éloigna.

Les mains dans les poches, je soupirai, de mauvaise humeur.

Quelques minutes plus tard, ma mère arriva.

À son air, je compris qu'elle n'était pas ravie de me voir.

— Tirso, pour l'amour de Dieu, que fais-tu ici ? Tu aurais pu me prévenir de ta venue, tu viens au pire moment possible, je suis débordée de travail. Et quelle est cette histoire de chimpanzés que tu as racontée à mon boursier ? Ils ne sont déjà pas dégourdis quand on me les amène, tu n'es pas obligé de les désorienter encore plus, mon fils.

— Encore une illusion de perdue. Je pensais qu'après des semaines sans nouvelles de moi, tu aurais envie de me voir.

— Tu n'es pas venu pour me reprocher de ne pas t'avoir appelé, j'espère !

— Non, heureusement pour toi. S'il te plaît, tu peux ouvrir cette maudite grille ? J'aimerais avoir une conversation avec ma mère sans avoir l'impression d'être dans une cage.

— C'est un lieu de travail, pas un centre commercial. Les personnes étrangères aux fouilles ne peuvent y circuler à leur gré.

— Rassure-toi, tu ne fais entrer que ton fils. Je ne crois pas qu'on puisse te le reprocher. Ça te surprendra peut-être, mais les gens trouveraient même cela normal.

— De grâce, Tirso, ne commençons pas. Je ne suis pas d'humeur.

Quoi d'étonnant. Elle ne l'était jamais.

— Parfait. Moi non plus.

Elle hésita, mais finalement m'ouvrit la grille. On traversa la zone où les archéologues s'affairaient. Dans le but de créer une ambiance aussi agréable que possible, je demandai à ma mère où en étaient les fouilles.

— Nous avançons, mais moins vite que je ne le souhaiterais, répondit-elle. Je croyais que ce serait un projet simple, mais pas du tout. Les sponsors me rendent folle.

— Les sponsors ? Je croyais que c'était un projet universitaire.

— Non. Le capital est privé. J'ai toujours pensé que travailler dans ces conditions serait formidable, mais je me trompais. L'administrateur est pire qu'un rat. Il contrôle chaque centime que je dépense et il voit du gaspillage partout. Si j'avais connu ces conditions avant, j'aurais refusé le chantier.

— Qui finance tout ça ?

— En grande partie les propriétaires du château : la maison ducale d'Osuna, par l'intermédiaire d'une fondation. J'ai la certitude qu'ils ont monté tout ce bazar dans le seul but de réduire leurs impôts. Ils se moquent des résultats, la seule chose qui leur importe, c'est que ça ne leur coûte pas trop cher… Une pure folie. Autant aller à la chasse avec un fusil sans cartouches. Je t'assure qu'il y a des nuits où je n'ai pu fermer l'œil, tant j'étais à bout.

Je commençai à me sentir coupable de mon hostilité initiale. J'avais mes soucis, bien sûr, mais apparemment elle avait aussi les siens.

— Tu aurais pu m'appeler si tu avais des problèmes…, dis-je.

— À quoi bon ? Ce sont mes affaires, tu ne peux pas les résoudre.

— Mais je t'aurais écoutée, au moins.

— Tu me connais, mon fils. Je ne suis pas du genre à me plaindre.

On entra dans les ruines d'une des tours du château, à l'écart de la zone principale des fouilles. Là, nous pourrions parler à l'abri des oreilles indiscrètes. Elle s'adossa au mur et croisa les bras.

— Fort bien, Tirso : nous voilà seuls, puis-je savoir ce qui t'amène ?

Je retins mon souffle. Par où commencer ? Par le vol de la Patène à Canterbury ? Par le Corps d'élite qui récupère des œuvres d'art ? Par le trésor caché du roi Salomon ? Je me rendis compte qu'il aurait été préférable de préparer cette conversation. Le mieux était certainement d'aller droit au but.

— Tu m'as dit que le but de ces fouilles était de trouver des galeries souterraines qui relient le château à l'église de Santa María de Melque, c'est bien cela ?

— Oui. Je te l'ai dit à Madrid, le jour où tu es revenu d'Angleterre.

— J'aimerais savoir si tu as pu avancer sur ce point.

— C'est une question intéressante… Mais tu aurais pu me la poser par téléphone, non ?

— Je t'en prie, réponds-moi.

Elle soupira.

— Très bien. J'ai toujours apprécié que tu t'intéresses à mes travaux. Voyons : le projet a commencé par la découverte fortuite d'un départ de galerie, sous les fondations de la tour cavalière. Nous avons fouillé à partir de cet endroit, et pour le moment les perspectives sont prometteuses.

— En quel sens ?

— Nous avons découvert que la galerie débouche sur une série de tunnels plus petits. Quatre : l'un d'eux est bouché par un éboulement, un autre mène à l'extérieur, sur l'autre rive du Torcón. Nous n'avons pas encore exploré les deux autres, mais je crois que l'un d'eux aboutit aussi de l'autre côté du fleuve.

— Et l'autre ?

— C'est le plus intéressant des quatre. Il est très long, et une grande partie de ses parois est en pierres de taille, avec des marques de tâcheron. Il semble très élaboré, pour une simple issue d'évacuation en cas de siège.

— Quelle sorte de marques ?

— Une seule, plusieurs fois répétée. Ce n'est pas étonnant, tout le château en est plein. Celle qu'on voit dans ce passage, c'est l'étoile de David.

— Ce n'est pas l'étoile de David, dis-je en essayant de dissimuler le choc que me causait cette révélation. C'est le sceau de Salomon.

Ma mère eut un geste d'indifférence.

— Oui, c'est le même symbole, peu importe le nom que tu veux lui donner… – elle me regarda, intriguée : D'où te vient cet intérêt soudain pour mes fouilles ?

— Il me semble que tu as trouvé ce que je cherchais. Cette galerie débouche dans le sous-sol de l'église de Melque.

— Bien. Ne crois pas que je me moque de ton soutien, mon fils, mais je m'étonne que tu en sois si convaincu.

— Tu n'as pas exploré ce tunnel ?

— Non. Je ne sais même pas si je le pourrai – elle eut un soupir déçu. Les gens s'imaginent que c'est tout simple : on trouve un tunnel, on prend une lampe et hop, on l'explore !… Non, les choses ne se passent pas comme ça. Il faut vérifier l'état du sous-sol, prendre des mesures de sécurité, obtenir des autorisations… Tout cela nécessite un énorme gaspillage de temps et d'argent. Et je n'ai ni l'un ni l'autre. Je crains fort que les sponsors du projet ne se moquent éperdument de ce qu'il y a au bout de cette galerie, et ils ne veulent pas perdre le contrôle des fouilles. Comme je te l'ai déjà dit, la seule chose qui les intéresse, c'est leur déclaration d'impôts. Chaque jour qui passe, je me demande si ce ne sera pas le dernier avant qu'ils ne ferment le robinet et nous renvoient dans nos pénates.

— C'est mauvais signe.

— Je le sais, mon fils, je le sais.

— Je pense qu'il faudrait explorer cette galerie.

— Je suis entièrement d'accord avec toi.

— Formidable ! Je m'en occupe.

Ma mère secoua la tête comme si elle venait de recevoir une décharge électrique.

— Quoi ?

— Je vais explorer cette galerie. Discrètement, sans que personne s'en aperçoive. J'ai seulement besoin que tu m'en facilites l'accès.

Ma mère en avait perdu la voix. Elle croulait sous une telle avalanche d'objections qu'elle ne savait par laquelle commencer.

Elle baissa la tête, accablée.

— Tirso, mon fils, je ne sais pas si tu te moques de moi ou si tu as perdu la tête. Tu veux vraiment que je prenne au sérieux ce que tu viens de dire ?

— Donne-moi une raison qui t'empêche de me laisser entrer dans cette galerie.

— Il n'y a pas de raison qui tienne ! Je refuse. Je croyais que tu étais un garçon sensé, et soudain tu débarques ici, sans prévenir, dans un état désastreux, et de plus tu veux que je t'autorise à entrer en catimini dans mes fouilles. Tu trouves cela raisonnable ?

— Et si je te disais qu'en un sens il s'agit d'un travail pour le gouvernement ?

— Ah, Tirso, ça suffit !

Mauvaise attaque, je le reconnais. Techniquement, c'était vrai, mais même moi je trouvais cela stupide. J'essayai de reprendre autrement, avant qu'elle ne se fâche et coupe court à la discussion.

— Écoute… Accorde-moi quelques instants, d'accord ? Comme si c'était la première fois que je te le demandais. J'ai besoin d'entrer dans cette galerie. Ce n'est pas un caprice. J'en ai vraiment besoin. Et je pense que tu es dans l'obligation de me laisser faire.

— L'obligation ? Mais pourquoi ?

— Parce que tu sais que je ne t'ai jamais rien demandé sans une raison majeure. Parce que je suis ton fils et que tu me le dois.

— Que je te le dois ?

— Oui, tu me le dois ! Si tu veux, je peux t'expliquer pourquoi, mais je crois que tu le sais très bien, et je ne veux pas t'infliger ça. Après tout, tu es ma mère. Tu vas peut-être trouver que c'est bizarre, mais je n'ai pas envie de te faire de la peine. Tu as donc deux possibilités : ou m'écouter me défouler devant toi, ici et maintenant, pour toute la merde que j'ai dû endurer de ta part depuis que je suis venu au monde par accident, ou laisser les choses en l'état, fermer les yeux et dire : "D'accord, mon fils, entre dans cette grotte si c'est vraiment ce que tu veux."

Quand j'eus fini de parler, je me sentais aussi mal que si je venais de la gifler, mais en même temps, c'était une expérience libératoire à plus d'un point de vue. C'était la première fois de ma vie que je lui parlais de cette façon.

Après un silence tendu, elle répondit :

— Soit, entre dans cette… grotte, si c'est vraiment ce que tu veux.

Je gonflai mes poumons. Elle avait baissé la tête. On aurait dit qu'elle avait honte.

— Alors, on laisse les choses en l'état… ?

— C'est bien ce que tu veux ?

— Moi, je veux juste entrer dans cette galerie.

Elle hocha la tête. J'eus l'impression qu'elle était soulagée. Puis elle me regarda dans les yeux et j'eus l'impression de voir mon reflet dans un miroir.

— Tirso…

— Oui ?

Elle semblait avoir quelque chose à l'esprit. Elle ouvrit la bouche, mais ne dit rien. Elle ferma les yeux et secoua lentement la tête.

— Rien… – ma mère soupira et se redressa : la petite femme vulnérable avait soudain disparu. Suis-moi. Je vais t'expliquer comment tu peux entrer dans la galerie sans être vu.

6

FORTERESSE

Ma mère me montra le départ de la galerie. Il y avait plusieurs étudiants autour de nous et elle s'y prit de façon discrète.

D'une grande tranchée partait un escalier irrégulier en pierre, étayé par une structure métallique, œuvre des archéologues. L'escalier menait à une salle voûtée. Un petit groupe de fouilleurs casqués était là.

Ma mère me désigna un grand arc qui donnait sur un tunnel. Un éclairage rudimentaire avait été branché.

Ce couloir descendait de quelques mètres et débouchait sur une salle circulaire à voûte d'arêtes, d'où partaient quatre tunnels. Trois d'entre eux étaient creusés dans la roche. Le quatrième démarrait sous un élégant linteau, et ses parois étaient en granit taillé. Comme l'avait dit ma mère, plusieurs de ces pierres taillées avaient la même marque de tâcheron : deux triangles superposés composant une étoile à six pointes. Le tunnel s'enfonçait dans une obscurité impénétrable.

Ma mère s'arrêta devant l'accès.

— Voici le passage, me dit-elle en m'attirant à l'écart pour que personne ne puisse nous entendre. Il était fermé par une grille en si mauvais état qu'elle s'est effondrée quand on a voulu l'ouvrir. Tu peux en voir les vestiges ici, par terre.

— On a l'impression que le tunnel continue de descendre.

— C'est mon avis. Je ne sais pas ce qu'il y a au-delà de ce qu'on voit, et j'espère que ce n'est pas dangereux… Ce que je fais ne me plaît pas du tout. Tu pourrais au moins me dire pourquoi tu tiens tant à l'explorer.

— Si je trouve ce que je souhaite, je te promets que tu auras toutes les explications possibles.

Elle soupira.

— Je dois être folle… Bon, écoute-moi : on arrête le travail à six heures, au coucher du soleil. Et toute l'équipe rentre à Tolède, où on est logés. Il ne reste qu'un gardien chargé de surveiller le chantier pendant la nuit. Il faudra que tu attendes au moins six heures et demie pour entrer, pas une minute de moins.

— Comment ferai-je pour accéder au site ?

— Je vais te montrer. Suis-moi.

Ma mère prit une lampe puissante dans une caisse à outils et s'engagea dans un petit tunnel, à droite de la plus grande des galeries. Un de ceux qui étaient creusés dans la roche, sans pierres taillées.

Je la suivis. Au bout de quelques minutes, on arriva devant une ouverture par où pénétrait la lumière naturelle, à peine plus large qu'un homme, et un peu plus basse. Ma mère sortit par cette ouverture et je lui emboîtai le pas.

On se retrouva au pied d'une colline. Sans doute près d'une rivière, car j'entendais de l'eau couler. Je jetai un coup d'œil derrière moi. En haut de la colline se détachait la silhouette du château.

— Voilà, dit ma mère. Voilà comment tu pourras entrer et sortir. C'est un des tunnels creusés au Moyen Âge pour évacuer le château en cas d'attaque.

L'accès se trouvait dans un lieu plutôt discret, à l'abri d'un repli rocheux auquel on pouvait accéder à pied. Un marcheur ordinaire aurait pu passer devant cette ouverture sans la remarquer.

On reprit le tunnel d'évacuation en sens inverse et on revint au château. Ma mère me raccompagna jusqu'à la grille.

— Fais très attention, Tirso, je t'en prie, me demanda-t-elle avant de l'ouvrir.

— Ne t'inquiète pas. Je ne toucherai rien aux fouilles : personne ne s'apercevra que je suis passé par là.

— Non. Je veux dire : fais très attention *à toi*. Ce passage est peut-être solide, mais il peut aussi s'effondrer dès que tu t'y seras engagé. Promets-moi de faire demi-tour au moindre signe de danger.

Je promis, même si je n'étais pas sûr de tenir cette promesse. Ma mère me tendit la joue pour un baiser. Elle n'embrassait jamais.

— Merci, dis-je après avoir accompli le rituel. De me laisser entrer.

— Tu peux me remercier. C'est un coup de pied dans mon éthique professionnelle – elle eut une grimace résignée. Je suppose que je devrais aussi te remercier, dans une certaine mesure…

— Pourquoi ?

— De ne pas avoir ouvert la boîte de Pandore, je pense… Même si tu m'as soumise à un chantage émotionnel vraiment honteux. Je ne t'aurais jamais cru capable d'une chose pareille.

— Franchement, moi non plus. On dirait que les liens familiaux sont moins importants pour moi que la satisfaction d'une ambition personnelle. Je me demande de qui je tiens ça.

— Ne sois pas cruel, Tirso. Tu as obtenu ce que tu voulais.

— Désolé. Je n'avais pas l'intention de basculer dans une conversation familiale. Comme je te l'ai dit, je veux juste entrer dans cette galerie.

Elle soupira, résignée.

— Ne te justifie pas. Tu as sans doute le droit de me dire certaines choses… Heureusement, tu n'es pas du genre à trop aimer le mélodrame.

— Comment peux-tu en être aussi sûre ?

— Parce que je le déteste, et que nous nous ressemblons beaucoup, toi et moi.

Cette phrase me frappa. Surtout venant d'elle. Vu sa façon de penser, on pouvait la considérer comme un compliment. Je crois que c'était le premier depuis longtemps. Je me sentis obligé de le lui retourner.

J'aspirai un grand coup, comme si j'allais attaquer une côte très abrupte, et je pris la parole :

— Veux-tu que je te dise quelque chose ?

— Je ne crois pas, mais au point où nous en sommes, vas-y.

— J'ai toujours pensé que non seulement tu n'es pas consciente du mal que tu m'as fait, mais que tu n'as aucune idée des choses que tu as bien faites.

Ce n'était sans doute pas le meilleur compliment qu'on puisse adresser à une mère, ce n'était peut-être même pas un compliment, mais c'est tout ce que je trouvai à dire avec sincérité.

Elle eut un sourire sarcastique.

— Ah, j'ai donc fait quelque chose de bien. Allons, mon fils, tu n'imagines pas combien je te suis reconnaissante de tes paroles. Puis-je savoir quelles étaient ces choses ?

Je haussai les épaules.

— Je ne sais pas… Mais il y en a sûrement, sinon j'aurais tellement de traumatismes que je ne pourrais même plus quitter mon lit – je posai affectueusement la main sur son épaule. Je la sentais petite et osseuse. Tu peux lancer une recherche là-dessus. Tu as toujours été une bonne chercheuse.

Je lui dis au revoir. Elle referma la grille et retourna sur le chantier.

L'ombre du château de Montalbán s'étira, encouragée par le crépuscule. À l'horizon, le petit soleil d'hiver semblait plonger dans les entrailles de la terre.

Comme j'allais le faire moi-même.

J'avais coupé mon téléphone. Les jumeaux avaient sans doute découvert le vol de la pile de Kerbala et tout le Corps des quêteurs devrait essayer de me repérer. Si c'était le cas, je ne voulais pas le savoir. Je ne voulais penser qu'à la tâche qui m'attendait.

Après avoir quitté ma mère, j'étais allé à Tolède pour tuer le temps en attendant l'heure de pénétrer dans le château. Je ne savais pas ce qui m'attendait au-delà du seuil de ce tunnel obscur, et j'achetai donc quelques objets qui pourraient m'être utiles.

Une lampe puissante et chère, une boussole, un couteau et une corde d'escalade. Avec le peu d'argent qui me restait, j'ajoutai un paquet de chewing-gums et une bouteille d'eau. Je mis le tout dans mon sac à dos, avec la copie de la clé de saint André, le journal de Miraflores et la pile de Kerbala. Puis je retournai au château de Montalbán.

Je me garai dans un champ, près de l'entrée que m'avait indiquée ma mère, où j'attendis la tombée de la nuit.

Quand je vis apparaître les premières étoiles dans le ciel, je descendis de voiture et me dirigeai vers l'entrée du passage secret.

J'allumai ma lampe et m'enfonçai dans les entrailles du château.

Quelques pas plus loin, j'achoppai sur une grosse pierre qui était au milieu du tunnel. J'étais certain qu'elle n'était pas là, lors de mon passage avec ma mère, le matin même. Je braquai ma lampe et vis quelque chose dessus.

C'était une petite boîte de jus de raisin, à laquelle était collée sa paille enveloppée dans un plastique.

Il y avait un mot devant, maintenu sous un caillou. Je le lus.

J'ai pensé que tu aurais peut-être soif.

C'était signé par un A. De Alicia.

Je faillis éclater de rire. Je ne savais pas si c'était une manifestation maladroite et tardive d'affection, conséquence de notre récente conversation, ou une plaisanterie surgie d'un étrange sens de l'humour. Connaissant ma mère, je penchais pour la seconde hypothèse. Je mis le jus de fruits dans mon sac et continuai d'avancer.

J'arrivai dans cette salle circulaire d'où partaient quatre tunnels, dont celui que je venais d'emprunter pour entrer dans le château. Autour de moi, il faisait noir comme l'enfer, et il y avait une odeur suffocante de terre humide.

Avec ma lampe, je repérai l'entrée de la galerie bâtie en pierres de taille ornées de marques en forme d'étoile à six pointes.

Je sortis du tunnel d'évacuation avec beaucoup de prudence.

Soudain, j'entendis un bruit à côté de moi.

Avant d'avoir pu esquisser un geste pour me défendre, un bras m'enserra le cou et une main s'écrasa sur ma bouche. Je lâchai ma lampe. On me plaqua contre la paroi. Je perçus des ombres. Une voix me souffla à l'oreille :

— Ne fais aucun bruit, et n'essaie surtout pas de t'enfuir.

Je reconnus la voix. La main qui me bâillonnait s'écarta. Quelqu'un ramassa ma lampe et la braqua sur mon agresseur et sur moi-même, éclairant le visage de Labulle. Le quêteur avait une expression impénétrable. Il me tenait toujours par le cou et n'avait pas l'air de vouloir me lâcher.

— C'est lui ? demanda quelqu'un derrière lui.

Il me sembla que c'était la voix de Danny.

— Oui, c'est lui, dit Labulle – puis il s'adressa à moi : Tu as beaucoup d'explications à me donner, bizuth. Et j'espère que je vais aimer ce que tu vas me raconter, parce que je suis furieux comme tu n'en as pas idée.

— D'accord, d'accord, mais ça sera plus facile si tu me lâches.

— Je ne sais pas encore si je vais te tordre le cou ou te flanquer seulement une raclée.

— Lâche-le, Labulle, dit Danny. Laisse-le s'expliquer.

Labulle me libéra. Encore adossé au mur, je me frottai le cou endolori.

Il y avait deux autres lampes allumées. Marc et Tesla. Fantastique : j'avais réussi à lancer à mes trousses presque tout le Corps des quêteurs. Pendant quelques secondes, je me sentis flatté.

— Comment m'avez-vous retrouvé ? demandai-je.

— Crétin de bizuth, cracha Labulle – c'était mauvais signe qu'il me traite de nouveau de "bizuth". Les voitures du Corps sont équipées d'un traceur GPS. La prochaine fois que tu veux nous voler et filer avec le butin, ne prends pas un de nos véhicules, sinistre imbécile.

— Je n'ai rien volé, et je ne filais avec aucun butin.

— Ce n'est pas la version d'Alpha et d'Oméga.

Danny me regarda, les bras croisés. Son expression n'avait rien d'aimable.

— Pourquoi as-tu fait cela, Tirso ?

— Je peux tout expliquer…

— Tu as intérêt à te grouiller…, menaça Labulle.

Tesla toussa. Il semblait très nerveux.

— S'il vous plaît, parlez tout bas. On peut nous entendre.

— D'accord, vous avez retrouvé la voiture, mais comment saviez-vous que j'allais venir au château ? Et comment diable êtes-vous entrés ?

— Ce n'est pas à nous de t'expliquer quoi que ce soit, c'est plutôt l'inverse, dit Danny. Autant que je sache, tu as volé une pièce de notre dépôt, tu t'es enfui avec une de nos voitures et tu as cherché à atteindre la table de Salomon tout seul, sans nous dire un mot. Je ne sais pas quelle histoire tu vas nous raconter, mais tu as intérêt à ce qu'elle soit bonne. Très bonne.

Son attitude était hostile. Elle se sentait trahie, ce qui me parut logique. À sa place, j'aurais aussi imaginé des choses horribles.

Le moment était venu de raconter une partie de la vérité.

Je commençai par l'irruption de Gelderohde chez moi, mais ne parlai pas de son complice infiltré dans le Corps. Celui-ci était peut-être en train de m'écouter, et il valait mieux le mettre en confiance en lui faisant croire que j'ignorais son existence.

Je racontai que Gelderohde avait les moyens de prévoir nos mouvements, mais il ne m'avait pas dit comment. Quand on me demanda pourquoi j'avais emporté la pile de Kerbala et étais parti seul en quête de la table, je répondis par une demi-vérité, en prétendant que je ne voulais pas révéler mes plans, par crainte que Gelderohde ne les découvre.

Les quêteurs m'écoutaient en silence, sans manifester aucune réaction. Impossible de savoir si mon récit était convaincant.

Quand j'eus fini, les quêteurs échangèrent des regards.

— Alors, qu'en pensez-vous ? dit Tesla.

— Je le crois, répondit Marc.

J'aurais préféré un soutien plus consistant dans le groupe, mais c'était déjà un début.

— Je ne sais que penser…, reprit Tesla. S'il mentait, il aurait pu inventer des dizaines d'histoires bien meilleures que celle-ci.

— Il ne ment pas, renchérit Danny en me regardant dans les yeux. Il dit la vérité… ou du moins en grande partie.

— Comment le sais-tu ? s'étonna Labulle.

— Parce que c'est cohérent avec ses actes : le vol à l'atelier des jumeaux était tellement bâclé qu'il ne pouvait être qu'improvisé. Et il faudrait être complètement idiot pour retourner au Caveau après. Tirso n'est pas stupide. De plus, il a dit à Enigma où il comptait aller avec notre voiture.

— J'ai fait cela ?

— Tu as dit que tu allais voir ta mère. C'est pourquoi nous savions que tôt ou tard tu irais au château : Marc nous a rappelé que le Dr Alicia Jordán y dirigeait des fouilles – Danny regarda son frère. Il y a une chose qu'il ne dit pas : il est clair qu'il voulait nous maintenir à l'écart. Et je ne comprends pas pourquoi.

— Je vous l'ai dit, pour des raisons de sécurité.

— Depuis quand savais-tu que l'entrée des Grottes était impraticable à Santa María de Melque ?

— Je vous jure que je n'y ai pensé qu'hier soir, mentis-je.

— C'est difficile à croire. Nous y sommes allés et nous avons constaté qu'il n'y a aucun accès souterrain, alors Marc s'est souvenu de la thèse de doctorat de ta mère sur l'église. Nous l'avons consultée : elle avait découvert une galerie sous l'édifice, mais elle était obturée par un bloc de pierre.

— C'est vrai, mais je n'y ai repensé qu'hier, quand de retour chez moi j'ai consulté sa thèse. Je comptais vous le dire ce matin.

— Et au lieu de cela, tu es venu chercher la Table tout seul, dit Labulle.

— À cause de l'agression de Gelderohde, j'ai modifié mes plans. Un mot de lui m'a fait comprendre qu'il savait déjà comment accéder aux grottes d'Hercule. J'ai pensé qu'il n'y avait pas de temps à perdre.

— Tu te rends compte de ton imprudence ? s'exclama Labulle, furieux. Tu ne peux pas prendre ce genre d'initiative tout seul ! Je suis responsable de ta foutue peau ! Si tu te tords le cou ici, c'est moi le responsable, pas toi !

— De grâce, est-il nécessaire de hausser le ton ? dit Tesla, angoissé. Le gardien va nous entendre.

— Comment êtes-vous entrés dans le château ? demandai-je.

— Par une des centaines de trous que comportent ces ruines, répondit Labulle. La seule surveillance, ici, c'est un type qui ne quitte pas l'entrée principale.

— Et comment avez-vous su que vous me trouveriez dans ces sous-sols ?

— Tu es peut-être malin, mais tu es encore loin d'être un professionnel, bizuth. Tu as laissé des traces partout. La voiture en est une.

Danny avait posé discrètement des questions aux étudiants qui travaillaient sur le site. Plusieurs d'entre eux lui avaient dit qu'ils nous avaient vus, ma mère et moi, inspecter les galeries ; ils avaient même entendu une partie de notre conversation.

Aucun des quêteurs n'était assez bête pour ne pas savoir reconstituer mes raisonnements, aussi avaient-ils compris que je cherchais un accès souterrain aux grottes d'Hercule qui parte du château, et pas de Melque.

Pour eux, pénétrer dans un château en ruine était beaucoup plus facile que pour moi. Ils avaient plus d'expérience et plus de moyens. Après le départ des archéologues ils s'étaient dirigés vers les galeries souterraines et avaient attendu simplement ma venue. Un jeu d'enfants.

— Quelle était la galerie que tu pensais emprunter ? me demanda Danny.

Je lui montrai celle qui était tapissée de pierres de taille.

— Je crois que j'ai entendu un bruit, annonça Tesla.

— Tu es parano. Je te dis que ce gardien ne quitte pas son poste, répliqua Labulle.

— Non, moi aussi je l'ai entendu…, dit Marc. C'est peut-être le gardien, ou juste le vent, mais de toute façon ce n'est sûrement pas une bonne idée de rester ici. Nous tentons le sort.

Labulle serra les dents.

— Nous parlerons de ce que je vais faire de toi quand nous rentrerons au Caveau, me dit-il. En attendant, nous avons une galerie à explorer.

— Nous n'allons quand même pas entrer là-dedans ? souffla Tesla – voyant que personne ne répondait, il se montra de plus en plus inquiet. On ne peut pas savoir ce qu'il y a là-dedans !

— Moi, je le sais, dit Labulle. Du travail !

Il prit une lampe et pénétra dans la galerie. On le suivit. Tesla jura, hésita quelques secondes et nous emboîta le pas.

7

DÉCIMÉS

La pente du tunnel était de plus en plus raide. Il fallait prendre garde à ne pas glisser. Autour de nous, l'obscurité était épaisse comme de la poix, pleine d'échos étranges.

Nous avancions prudemment, à pas comptés. Grâce à nos lampes, on vit que la voûte de la galerie était en plein cintre, en pierres de taille comme les parois, couverte de poussière et de moisissures. Des bestioles se faufilaient entre les pierres disjointes quand nous éclairions notre chemin. Surtout des insectes, mais plus d'une fois je crus entrevoir des formes velues aux yeux brillants.

La galerie s'élargissait à mesure que nous descendions. La taille des pierres était de plus en plus grossière et par endroits on voyait la roche à nu. La température baissait et la sensation d'humidité s'intensifiait.

Je jetai un coup d'œil à ma montre. Nous étions dans la galerie depuis une vingtaine de minutes. Les pierres taillées avaient disparu et nous traversions maintenant ce qui semblait être une grotte assez vaste. Je tournai ma lampe vers le haut et vis quelques stalactites, et de minuscules ombres ailées suspendues dans les creux du rocher.

Labulle s'arrêta, interrompant notre progression.

— Que se passe-t-il ? demanda Danny.

— Il y a un bon moment que nous descendons. J'aimerais être sûr que nous sommes dans la bonne direction.

— Nous avons suivi la seule voie possible, indiqua Marc. Je n'ai repéré aucune bifurcation.

— Moi non plus, mais cela m'inquiète de ne plus voir de pierres de taille. On dirait une grotte naturelle. J'aimerais trouver un indice nous confirmant que nous sommes toujours dans ce que saint Isidore appelait les grottes d'Hercule.

On braqua nos lampes sur les parois rocheuses et sur le sol, cherchant ce qui pourrait passer pour un signe.

La voix de Marc jaillit de l'ombre.

— Venez voir. Je crois que c'est intéressant.

Il avait un genou à terre et sa lampe éclairait une dalle de pierre polie. Sur la dalle était gravée une étoile à six pointes entourée d'un texte en latin. Marc le lut à haute voix :

— *Hoc signaverum Salomonis et fons sapientia…* "Voici le sceau de Salomon et la source de la sagesse" – il tourna la tête pour lire l'autre partie du texte : *Iter usque ad extremum spiritus…* "Le chemin vers la… fin de l'esprit" ?

— "Le chemin vers le dernier souffle"… La mort, dis-je. C'est une formule, on ne peut la traduire de façon littérale. Le texte complet est : "Voici le sceau de Salomon, source de sagesse et chemin vers la mort." Un bel accueil.

— Cela correspond au signe que tu cherchais ? demanda Danny.

Je ne pus voir l'expression de Labulle dans l'obscurité, mais il répondit d'une voix tranchante.

— Continuons.

On reprit notre marche, cherchant d'autres détails intéressants dans la grotte. On trouva des dalles semblables à celle que nous avions vue, toutes avec le même symbole et la même inscription. Elles semblaient être placées à intervalles réguliers.

On arriva enfin devant un mur en pierres de taille qui bloquait le passage. Au milieu du mur, une ouverture d'environ deux mètres de haut, surmontée d'un arc outrepassé.

De chaque côté, deux petits piliers en pierre qui encadraient une porte en bois, fermée.

On éclaira la porte.

— Ces piliers en pierre devaient servir à placer des lampes ou des torches, dis-je. Et cette porte pourrait être l'accès à la première des trois salles mentionnées dans la *Chronicae Visigotorum*.

— Il y a une façon simple de le vérifier, répondit Labulle.

Et il donna un coup de pied dans la porte, qui grinça. Je sursautai.

— Que fais-tu ? Tu ne peux pas abîmer cet endroit. Il a des centaines d'années d'ancienneté.

— J'ai une nouvelle pour toi : nous ne sommes pas des archéologues, et nous sommes pressés.

Je fus le seul à protester. Labulle continua de secouer la porte jusqu'à ce que le bois pourri parte en morceaux et se détache des gonds.

On entra dans une salle circulaire et voûtée. On aurait dit une structure encastrée au milieu de la grotte. Les parois rocheuses avaient été recouvertes d'une couche de maçonnerie irrégulière et la voûte en briques était pleine d'ouvertures à travers lesquelles on voyait le haut de la grotte naturelle. La salle avait trois accès : l'un d'eux était celui que nous venions de franchir, un autre, face à nous, donnait aussi dans la grotte. Un troisième, sur le côté, ouvrait sur un corridor étroit.

On regarda avec étonnement ce que révélaient les faisceaux de nos lampes. La salle n'était pas très grande. Nous y tenions tous les cinq, mais nous n'avions pas beaucoup de place. En éclairant les parois, on vit des restes de peintures murales, détériorées en grande partie à cause de l'humidité.

Le style des peintures était schématique et simple. Une polychromie aux couleurs éteintes, méconnaissables par endroits. Toutes les couleurs étaient pures, sans nuances : orange, rouge, vert, jaune… L'artiste avait sans doute voulu utiliser toutes les gammes chromatiques dont il disposait.

Il était difficile de distinguer un thème particulier sur ces peintures. On voyait des silhouettes humaines, toutes semblables, avec des yeux sans expression et de grosses mains. Certaines à cheval, d'autres brandissant des armes… J'avais l'impression de voir une scène de bataille. Les silhouettes se détachaient sur un fond à base de franges multicolores.

J'éclairai un de ces personnages. Il s'agissait d'un homme masqué qui tenait un étendard sur lequel était dessinée une demi-lune.

— Incroyable…, murmurai-je.

Marc, à côté de moi, émit un sifflement d'admiration.

— Si les gens savaient ce qu'il y a ici… ! De quand datent ces peintures ? Le style rappelle les enluminures mozarabes.

— Ce n'est pas ce qui retient mon attention, dis-je. Cet endroit… Exactement comme le raconte la légende : le roi wisigoth don Rodrigue a voulu utiliser la Table contre ses ennemis, mais en descendant dans les Grottes il a trouvé une salle comme celle-ci, ornée de peintures d'une bataille. Et au centre… – j'orientai ma lampe vers une sorte de colonne brisée qui était au centre : Posé sur celle-ci, il y avait un objet recouvert de poussière et de toiles d'araignées. Regardez !

— Qu'est-ce que c'est ? demanda Marc.

Je soulevai cet objet pour le montrer : c'était un cimeterre. Ébréché et tordu sous l'effet de la rouille, mais sa lame courbe était très reconnaissable.

— La ruine de l'Hispanie, répondis-je.

Je reposai le cimeterre sur la colonne et m'approchai de l'étroit couloir latéral. Je m'y avançai et trouvai ce que je cherchais.

J'appelai mes compagnons et orientai ma lampe sur ce que je voulais leur montrer : une lourde porte en bois garnie de ferrures et de dizaines de cadenas, gros comme le poing, tous ouverts, comme la porte.

— Un cadenas pour chaque roi de Tolède, dis-je. Chacun a posé le sien après le sacre, pour garder la Table à l'abri. Selon la légende – je tournai la lampe vers les profondeurs du tunnel. Je suis sûr que ce couloir mène directement à Santa María de Melque.

— On dirait que cela t'inquiète…, dit Danny.

— Non… Mais je me demandais… Si la légende ne mentait pas sur ce point, y aura-t-il encore beaucoup de détails qui correspondront à la réalité ?

À la lueur de nos lampes, je dévisageai mes compagnons noyés dans l'ombre qui me regardaient d'un air grave.

— Devons-nous croire que le roi Rodrigue est venu ici, a trouvé un cimeterre, et qu'ensuite les musulmans ont attaqué son royaume ? demanda Danny.

— Le marquis de Miraflores a écrit que saint Isidore a utilisé la Table pour…

Labulle m'interrompit.

— Ça suffit. Renvoyons les légendes à plus tard.

Difficile à faire. Nous en vivions une.

— Je ne comprends pas pourquoi les Wisigoths ont creusé deux tunnels et n'en ont fermé qu'un seul avec des cadenas, observa Marc.

— Moi non plus, mais je croirais volontiers que le tunnel du château a été creusé après la chute du royaume de Tolède, quand l'accès par l'église Santa María de Melque a été obturé, dis-je.

On revint dans la salle circulaire. Tesla éclaira la colonne centrale.

— Je ne crois pas que ce soit un cimeterre, dit-il, mais il n'avait pas l'air convaincu. Cela pourrait aussi être un braquemart ou un badelaire… On peut l'avoir déposé ici il y a cent ans ou mille ans, impossible de le savoir.

— Quoi qu'il en soit, cet endroit est extraordinaire, dit Marc en éclairant autour de lui. Regardez la voûte, les peintures… Ils ont charrié tout ce matériau depuis la surface ? C'est incroyable… S'il s'agit réellement d'une construction de l'époque wisigothique, nous sommes devant une découverte historique. Rien que pour cela, ça valait la peine de venir jusqu'ici.

— Oui, mais ce n'est pas ce que nous voulons, pas plus que Gelderohde, signalai-je. On devrait avancer.

Tesla indiqua le tunnel où j'avais trouvé la porte pleine de cadenas :

— Tu es sûr que ce chemin va à Melque ?

— Non. C'est une supposition. L'accès du château et celui de l'église doivent bien se rejoindre quelque part et, à en croire la légende, cela pourrait être cet endroit.

— Bon. C'est toi qui connais l'histoire. Dis-nous par où nous devons continuer.

— Par ici, dis-je en montrant la troisième sortie de la salle. Continuons par la grotte, suivons le chemin marqué par les dalles qui ont le sceau de Salomon. La salle de Prière ne doit pas être loin.

— D'accord, dit Danny. J'espère seulement qu'en y entrant nous ne déchaînerons pas de nouveau la "ruine de l'Hispanie".

— Rassure-toi, je ne crois pas qu'aujourd'hui on nous accuse de quoi que ce soit, répondis-je.

On quitta la salle circulaire et on se retrouva dans la grotte naturelle. À quelques pas de là, une nouvelle dalle portant le sceau confirmait que nous étions dans la bonne direction. On suivit en silence la seule voie qui s'ouvrait devant nous et on se heurta à un nouveau mur, lui aussi fermé par une porte en bois.

Au-dessus de la porte, il y avait un bloc où était gravée une inscription. LOCUS ORATIONIBUS. Salle de Prière.

Mon cœur se mit à battre plus fort :

— Voici le premier obstacle sur le chemin.

— Il ne va pas le rester longtemps, répliqua Labulle, de nouveau prêt à renverser la porte à coups de pied.

Danny le retint.

— Attends. Tirso a raison. Agissons comme des quêteurs, pas comme des spoliateurs.

Elle sortit un passe-partout de sa poche et l'utilisa pour forcer la serrure de la porte.

— Ma méthode est plus rapide…, grogna Labulle.

Nous franchîmes le seuil, pensant trouver une salle comme celle que nous venions de quitter, mais il n'en fut rien : nous étions toujours dans la grotte. Je fis quelques pas quand, soudain, j'entendis un cri derrière moi.

— Attention !

Danny m'attrapa par le bras et me tira en arrière.

Avec sa lampe, elle éclaira le sol devant moi : il disparaissait de façon brutale au bord d'un abîme.

— Merci, dis-je, effrayé. J'ai bien failli…

— Regarde où tu mets les pieds, d'accord ?

— Où diable s'est-on fourré ? demanda Tesla.

Nos lampes éclairèrent un spectacle impressionnant.

La grotte s'élargissait et devenait une sorte de caverne aux proportions de cathédrale, de gigantesques stalagmites et stalactites représentaient les piliers et les colonnes. Nous étions au bord d'un abîme insondable dont nous ne pouvions distinguer le fond.

Les dimensions de cette caverne étaient impressionnantes dans cette obscurité, à peine brisée par nos éclairages et par les éclats de mica qui papillonnaient sur les volumes rocheux.

Le plus impressionnant était au-delà du bord où nous nous trouvions. Au-dessus de cet abîme une rangée de cloches gigantesques était suspendue à une voûte que nous ne voyions pas. Chacune d'elles devait avoir la dimension d'une grosse voiture, et elles pendaient au bout de chaînes épaisses.

La cloche la plus proche de nous était à plusieurs mètres du bord de l'abîme. La suivante était suspendue juste derrière, à une distance considérable aussi. Il y avait en tout trois cloches entre l'endroit où nous nous trouvions et une vaste saillie rocheuse qui était de l'autre côté de la caverne.

La vision de ces masses de bronze flottant dans l'obscurité nous laissa sans voix.

Tesla fut le premier à briser le silence.

— Mais… Qu'est-ce que c'est que ce truc ?

— La Salle de Prière, répondis-je.

— Et toutes ces cloches ? Je n'ai jamais vu une telle chose de ma vie !

— Regardez, il y a une inscription ici.

Danny éclaira une dalle scellée dans la roche. On s'approcha. Sur cette pierre étaient gravés un sceau de Salomon et une phrase en latin :

SUIS LE CHEMIN DES CLOCHES

— Ce qui veut dire ? demanda Marc.

— Je ne sais pas. C'est peut-être le moyen d'atteindre l'autre côté de ce fossé, répondis-je.

Labulle se pencha sur l'abîme et l'éclaira avec sa lampe.

— Vous entendez… ?

On se tut, sondant l'obscurité.

— Oui…, dit Marc. On dirait l'écho d'un goutte-à-goutte. Nous sommes peut-être au-dessus d'une sorte de couche aquifère.

— Les grottes d'Hercule…, dit Labulle sur un ton moqueur. Aucun fils de Zeus n'a construit un truc pareil. Les Wisigoths ont profité d'une formation naturelle pour cacher la Table.

— Comment devrait-on continuer ? demanda Danny.

— J'ai une corde et un crochet d'escalade, répondis-je. Nous pourrions descendre jusqu'au fond du précipice et…

Danny secoua la tête.

— Je crains que ce ne soit pas une bonne idée, et l'inscription indique qu'on doit suivre son chemin.

— En ce cas, je ne vois qu'une seule solution, dit Labulle. Les cloches sont en enfilade. Utilisons-les pour atteindre l'autre côté.

— Tu as perdu la tête ? sursauta Tesla. Si on tombe, on peut se tuer. Il y a sûrement une façon plus simple de passer.

— Non, pas forcément, dis-je. Les Wisigoths ne voulaient pas que ce soit facile d'arriver jusqu'à leur Table. Il s'agissait de multiplier les obstacles. Moi aussi, je perds sans doute la tête, mais je crois que l'idée de Labulle est sensée.

— La distance est beaucoup trop grande pour sauter tout simplement d'une cloche sur la suivante ! insista Tesla.

— Qui a parlé de sauter ? répliqua Labulle. Nous pouvons les balancer avec notre poids jusqu'à ce qu'elles soient suffisamment proches l'une de l'autre et…

— Non ! coupa Tesla – il était si pâle que son visage était presque visible sans l'éclairage des lampes. C'est une folie ! Et si les cloches ne supportent pas notre poids ?

— Elles sont maintenues par quatre chaînes. Elles tiendront, répondit Labulle. Et si elles ne tiennent pas… Alors, nous tomberons, mais cela ne va pas se produire.

— Comment le sais-tu ?

— Parce que j'ai de la chance.

Tesla serra les dents et secoua la tête.

— Connard perturbé ! grommela-t-il tout bas. Tu vas le faire, n'est-ce pas ? Tu te moques de ce que nous pensons : tu rêves de faire des bonds comme un foutu singe. D'accord : tue-toi si ça te chante. Moi, je refuse de te suivre.

— Ah, Tesla, aujourd'hui c'est toi qui n'as pas de chance. Tu vas venir avec nous parce que je te l'ordonne. N'oublie pas qui est le chef, maintenant.

— Et si je refuse ?

Au milieu des ombres, je distinguai Tesla qui lançait un regard de défi à Labulle. Mais sa fermeté fut vaine. Labulle soutint son regard sans effort et, même dans le noir, il paraissait encore plus grand et plus costaud que Tesla.

— Tu refuses ?

Tesla tremblait de tous ses membres, comme un oiseau grelottant de froid. Il se tourna vers nous, désespéré, sollicitant notre aide. Comme il ne rencontrait que l'obscurité, ses épaules s'affaissèrent.

— Tu nous mènes à la ruine, tu le sais ? grommela-t-il. Toi et ton manque de cervelle. Tu nous conduis au désastre. On a mis sur tes épaules un poids trop lourd pour toi. Et vous autres, vous êtes trop aveugles pour vous en rendre compte.

Je crus qu'il allait faire demi-tour et nous abandonner, mais au contraire il resta figé, les yeux baissés. Un homme trop faible pour prendre une décision.

À ce moment-là, Labulle eut une réaction inattendue. Il s'approcha du quêteur et posa la main sur son épaule.

— Je te promets que tout va bien se passer. Viens avec moi, Tesla. J'aurai besoin de toi de l'autre côté.

Tesla esquissa un sourire amer, qu'il ne put garder longtemps.

— Ai-je le choix… ?

Je suis convaincu qu'un groupe plus prudent n'aurait jamais agi comme nous. Mais nous n'étions pas prudents.

Narváez l'avait dit une fois : tout bon quêteur se distingue au fait qu'il a plus d'audace que de cervelle.

Je donnai à Labulle la corde et le crochet achetés à Tolède. Il fit un nœud très solide pour les attacher l'un à l'autre. Puis il s'approcha le plus près possible du bord du précipice, fit tournoyer le crochet au-dessus de sa tête et le lança en direction des chaînes de la cloche la plus proche. Après deux tentatives, il parvint à accrocher la corde à une des quatre chaînes.

— Aidez-moi à tirer. Il faut la rapprocher le plus possible.

Tous les quatre, on tira sur la corde de toutes nos forces. Mais auparavant, Labulle nous donna ses dernières instructions.

— À mon signal, sautez sur la cloche et accrochez-vous aux chaînes. Nous devons amorcer un mouvement de balancement simultané pour rapprocher la cloche de la suivante. Que personne ne saute avant que je le dise… ! Tout le monde est prêt ? Allons-y, à trois vous tirez : un, deux… trois !

On obéit de façon parfaitement synchronisée. La cloche ne bougeait pas, mais après quelques essais, elle amorça un mouvement qui fit tomber des mottes de terre et de poussière dans l'abîme. Comme une bête qui se réveille, la cloche se rapprocha peu à peu. Elle était plus légère qu'on ne l'aurait cru.

— Tirez ! Tirez ! Encore ! disait Labulle – la cloche se rapprochait du bord. Prêts, à mon signal ! – mon cœur s'affolait et chaque battement mettait à mal mes muscles tendus. La cloche touchait presque le bord.

— Sautez ! ordonna Labulle.

Ce fut comme une décharge électrique. Mes muscles se mobilisèrent sans attendre un ordre du cerveau. Pendant une seconde interminable, je retins mon souffle et sautai en direction de la cloche. Je saisis la chaîne comme si ma vie y était accrochée, ce qui d'ailleurs était vrai. Mes compagnons s'agglutinèrent autour de moi. Je reçus un coup de coude en pleine figure.

Tous les cinq, on était agrippés à la cloche.

Libérée de notre corde, la masse de bronze se balança en sens contraire. Je sentis une démangeaison à l'estomac et une sensation de vertige quand le monde se mit à bouger autour de moi. Je fermai les yeux et entendis la voix de Labulle.

— Balancez-vous, de gauche à droite ! Balancez cet engin !

On essaya de coordonner nos mouvements et la cloche oscilla plus vite.

Soudain, la surface de bronze trembla, comme secouée par un tremblement de terre, et on entendit un bruit net et puissant dont la caverne répercuta l'écho.

La cloche sonnait.

Je pris peur. On aurait dit un son qui sortait des entrailles de la terre, aussi antique et redoutable qu'un Titan. On perçut aussi un son plus faible, comme de la pierre qui se brise, et un clapotement sous nos pieds.

La cloche se remit à sonner, encore plus fort. Le bronze trembla et mes pieds glissèrent. Je m'accrochai à la chaîne de toutes mes forces.

Labulle cria :

— Nous approchons de la cloche suivante ! Quand je prononcerai votre nom, sautez !

Nouvelle sonnerie du bronze. Labulle cria le nom de Danny. Elle sauta et se raccrocha à la chaîne. Vint le tour de Tesla, qui sauta aussi sans difficulté.

— Tirso !

De nouveau la sensation que mon corps réagissait de façon autonome. Mes jambes fléchirent et je partis en avant,

527

presque à l'aveuglette. Je heurtai Tesla, qui me saisit par la veste. Labulle cria le nom de Marc.

Je le regardai. Il était pâle et immobile. La cloche sonna encore une fois et on entendit un craquement effrayant. Une énorme stalactite se détacha et se précipita dans l'abîme comme une immense flèche. Des morceaux de rocher tombèrent avec elle.

— La voûte s'écroule ! cria Danny.

— Saute, Marc ! Allez, saute ! ordonna Labulle.

Marc sauta. Un superbe saut et on le saisit par les bras dès qu'il atteignit la cloche. Labulle le suivit, avec des mouvements agiles, il semblait aussi léger qu'un brin de poussière.

Nous étions tous passés. Il restait une cloche, et au-delà l'autre extrémité de l'abîme.

— Allez, agitez-moi ça ! cria Labulle.

De nouveau on se pencha pour balancer notre support, qui se mit à osciller lentement, quand soudain la cloche que nous avions quittée se rapprocha de nous en faisant vibrer l'air et les deux cloches se heurtèrent. Tout trembla autour de moi et un bruit infernal remplit la caverne d'échos brutaux. Quelqu'un cria, c'était peut-être moi. On aurait dit que la terre entière s'effondrait sur nos têtes au milieu d'une volée de cloches du Jugement dernier. Le plafond de la caverne se détachait par morceaux. Une roche me heurta l'épaule en tombant et ma tête fut couverte de terre.

Une pluie de stalactites s'abattit sur nous.

Notre cloche se balançait de plus en plus. Je perdis la notion de l'espace. Les cloches s'entrechoquèrent de nouveau et je vis Danny lâcher la chaîne sous le choc. Elle cria. Je crus qu'elle allait tomber, mais Labulle la retint à temps.

— Sautez ! Sautez ! Ah merde, tout s'effondre ! cria quelqu'un.

Nous heurtâmes la cloche suivante et la secousse fut telle que je faillis tomber. Je sautai sans en attendre l'ordre, par un instinct primaire de survie. Je sentis que je tombais dans le vide, mais je frappai violemment une surface en bronze. Hystérique, je cherchai à m'agripper, mais le revêtement courbe et humide de la cloche ne m'offrait aucune prise. Je glissais, lentement et inexorablement, vers l'abîme.

Quelqu'un me rattrapa par le cou, une autre main me saisit aux cheveux et une troisième se referma sur mon poignet, de façon douloureuse. On me tira et je me redressai. Je pus enfin enlacer la chaîne comme un naufragé enlace une bouée. À côté de moi, il y avait Marc, Danny et Labulle. Les cloches ne cessaient de sonner et la grotte semblait être au bord de l'explosion.

— Ça va ? me cria Marc.

Je hochai la tête, étourdi. La cloche sur laquelle nous étions maintenant se balançait monstrueusement. Je regardai derrière moi. Tesla était toujours sur la deuxième cloche.

— Allons, Tesla, saute, maintenant ! cria Labulle.

Tesla semblait terrorisé. Les deux cloches se rapprochèrent et le quêteur en profita pour sauter. Au même moment, les bronzes se heurtèrent en ébranlant de nouveau la grotte. Un déluge de pierres tomba sur nous. Une roche de la taille d'un crâne heurta Tesla et le fit dévier.

Comme moi, Tesla tomba à plat ventre sur la surface incurvée de la cloche. Il essaya désespérément de se raccrocher à quelque chose. On essaya de l'attraper, mais le battant de notre cloche heurta la paroi de bronze et on dut s'agripper à la chaîne pour ne pas tomber.

L'autre cloche revint sur nous. Tesla essaya de se hisser, mais trop tard. La cloche le frappa dans le dos. Il ouvrit la bouche pour laisser échapper un cri de douleur et ses mains lâchèrent la surface de bronze. Les cloches s'éloignèrent.

Et Tesla tomba.

— Tesla ! hurla Labulle. Non ! Non !

Il aurait sauté à la suite du quêteur si Danny ne l'avait pas retenu. Les cloches se remirent à sonner et une nouvelle avalanche de pierres tomba sur nos têtes.

— Il faut sortir d'ici avant que le plafond nous écrase ! dit Marc.

La cloche sur laquelle nous étions s'approcha enfin de l'autre rive de l'abîme, suffisamment pour qu'on puisse sauter. On n'attendit aucun signal. Chacun, soucieux de sa propre sécurité, ne souhaitait qu'une chose, quitter cette balançoire infernale.

Je m'élançai en avant de toutes mes forces. Quand mes pieds touchèrent la terre ferme, je crus rêver. Je regardai autour de moi : Danny et Labulle étaient là. Marc, en revanche, avait mal calculé la distance et s'accrochait au bord du précipice, la moitié du corps dans le vide. On se précipita pour l'aider à remonter et le mettre à l'abri juste avant que la cloche frappe l'endroit où il se trouvait un instant auparavant.

Il venait d'échapper à ce que Tesla venait de subir.

Le vacarme des trois cloches résonnait dans nos têtes. La caverne semblait sur le point de s'effondrer. Sans réfléchir, on se mit à courir à l'aveuglette, évitant les blocs de pierre qui tombaient, comme si on fuyait la fin du monde.

Enfin, quelqu'un alluma sa lampe et on vit un mur en pierres taillées, avec une ouverture, cette fois sans porte. On s'y précipita et on se retrouva dans un corridor en pierre.

Derrière nous, les cloches sonnaient toujours et la tempête de pierres redoublait de violence. Je m'allongeai par terre, la tête entre les mains.

Je ne sais combien de temps je restai dans cette position, sans bouger, jusqu'à ce que les échos de bronze ralentissent et baissent en intensité.

Enfin, les cloches cessèrent de sonner.

Labulle se précipita vers la saillie de pierre où nous étions arrivés, suivi de Marc, de Danny et de moi-même.

En franchissant en sens inverse l'ouverture du mur en pierre, on vit que les cloches oscillaient encore par inertie, mais n'émettaient plus aucun son. Les cloches endormies, le silence et le calme revenaient progressivement dans ce souterrain.

Labulle se pencha au-dessus du vide.

— Tesla ! cria-t-il. Tesla !

Pas de réponse.

Labulle ferma les yeux et baissa la tête. Il se laissa tomber par terre, la tête entre ses mains.

Danny s'approcha et posa la main sur son épaule. Il se tourna vers elle, cherchant son contact.

— C'est ma faute.

— C'était un accident.

— Je lui ai promis qu'il ne lui arriverait rien… Je le lui ai promis – Labulle regarda sa sœur avec un immense désarroi dans le regard. Que vais-je faire, maintenant ?

Je trouvais très douloureux de le voir ainsi. J'éprouvais une tristesse qui paralysait mes pensées. Je n'osais même pas imaginer ce qu'il éprouvait, car il était convaincu d'être responsable de sa mort.

— Tu dois te relever et aller de l'avant, dit Danny. Et nous te suivrons.

— À quoi bon ? Pour vous mener au désastre, comme avec Tesla ? Bon Dieu… Il avait raison.

— Je ne compte pas aller au désastre, intervins-je. Je suis à la recherche de la table de Salomon. Tel est mon objectif. La quête est *notre* objectif.

Labulle ne dit rien. Il contemplait l'abîme d'un air absent.

Cette attitude m'irrita.

— Tu te crois responsable de ce qui est arrivé. Très bien. Laisse-moi te dire une chose : tu l'es. Et tu veux mon avis ?

Tu as agi comme il fallait en obligeant Tesla à sauter sur ces cloches ! C'est le boulot d'un leader. Tu aurais préféré qu'un autre le fasse à ta place ? Je le comprends, mais la réalité, la foutue réalité, c'est qu'il n'y a personne d'autre ! Il n'y a que toi ! Tu comprends ? Il n'y a que toi, que ça te plaise ou non ! Aie le courage de l'assumer une fois pour toutes, merde !

Labulle me regarda. Je me penchai sur lui.

— S'il te plaît, Bruno, lève-toi. Je suis ta maudite ombre, et je ne peux pas bouger tant que tu ne m'en auras pas donné l'ordre.

Le quêteur regarda sa sœur. Elle hocha la tête. Alors, comme s'il avait un corps de plomb, il se redressa, se passa les mains sur le visage et, après avoir regardé chacun de nous, dit sur un ton grave :

— Il est impossible de revenir sur nos pas. Nous devons aller jusqu'au bout.

Labulle se dirigea vers la porte qui était derrière nous. Marc le suivit. Danny s'approcha de moi. Elle m'étreignit avec force, son visage contre le mien.

— J'ai eu beaucoup de chance de te croiser à Canterbury.

Je rassemblai toutes mes forces pour lui rendre le plus timide des sourires. Et j'eus l'impression que c'était une victoire de pouvoir en faire un dans ces circonstances.

— Étant donné ma situation, je ne sais pas encore si je peux en dire autant – et mon sourire s'éteignit. Ça va ?

— Non – elle tourna un regard triste vers le précipice. Il va me manquer. Tesla était un chic type. Il ne méritait pas de finir ainsi.

Je ne pus m'empêcher de penser que ce n'était que le premier obstacle conçu par saint Isidore pour protéger la Table.

Il restait deux salles. Je ne savais pas encore que nous perdrions deux autres membres du groupe dans la suivante.

On laissa la salle de Prière derrière nous et on emprunta un petit corridor. Cette nouvelle voie ne faisait pas partie de la grotte naturelle, elle avait été creusée par la main de l'homme.

Les parois étaient recouvertes de briques et le plafond était le rocher à vif. Grâce aux lampes, on vit des restes de crépi, et une autre de ces dalles gravées sur le sol.

Labulle et Marc marchaient devant. Nous étions silencieux, inquiets : qu'allions-nous rencontrer un peu plus loin ?

Labulle et Marc s'arrêtèrent. Ils étaient devant un nouveau mur fermé par une porte en bois. Au-dessus de la porte, deux mots gravés sur le linteau : LOCUS CAEREMONIARUM.

L'accès à la salle de Cérémonie.

La fermeture de la porte était rouillée, et le bois pourri. Il suffit de la pousser un peu fort pour qu'elle tombe en morceaux.

On arriva dans une salle circulaire, d'une dimension et d'une structure semblables à celles de la salle qui abritait le cimeterre. Un fabuleux trésor se déployait devant nos regards ébahis.

Les experts en art wisigothique auraient pleuré d'émotion s'ils avaient pu voir ce que nous découvrions : des dizaines de couronnes couvertes de pierres précieuses et d'émaux. Toutes les couronnes avaient la forme d'un *kamelaukion* grec et ressemblaient à celles qui constituaient le trésor de Guarrazar du Musée archéologique, même si, comparé à cette collection, ce trésor semblait aussi pauvre que les restes d'un pillage.

Certaines couronnes atteignaient un empan de hauteur, elles étaient ornées d'émaux extraordinaires, de pierres de toutes les couleurs, aussi grosses que des œufs de caille ; des rangées de perles à la base et au sommet… tout le catalogue de l'orfèvrerie du royaume wisigothique.

D'autres étaient plus modestes : de simples diadèmes en or sans ornements, ou presque. Il y en avait aussi en argent, en bronze et autres matériaux plus ordinaires.

Toutes les couronnes étaient suspendues au plafond par des chaînes. Stalactites de métaux nobles et de pierres précieuses qui renvoyaient les éclats de lumière de nos lampes. Au cœur des grottes d'Hercule, nous avions trouvé une version du jardin des Hespérides où les pommes d'or avaient l'aspect de couronnes réelles.

Au début, on se contenta de pousser des soupirs abasourdis. Les lampes erraient sur cette exposition souterraine et on savourait l'éclat quasi mystique de ces couronnes. On pouvait presque entendre le titillement de la lumière sur les pierres précieuses.

Labulle fut le premier à briser ce silence stupéfait.

— Bien. Je suis ravi que ce ne soient pas des cloches.

À l'autre bout de la salle, je vis une porte en pierre, fermée. Au-dessus d'elle, un sceau de Salomon gravé, comme celui qu'on voyait sur les dalles de la grotte. Nous allions devoir trouver le moyen d'ouvrir cette porte, si nous voulions continuer notre chemin.

Je promenai ma lampe sur les murs. Il n'y avait ni peintures ni décorations, sauf quelques trous étranges qui, pour je ne sais quelle raison, me parurent inquiétants. Une voix au fond de moi me soufflait qu'il valait mieux ignorer pourquoi ils avaient été creusés.

Je vis Marc avancer la main vers une de ces couronnes. Je l'en empêchai, poussé par un pressentiment.

— Attends, ne touche à rien. Assurons-nous d'abord qu'on ne risque rien.

Marc retira sa main et la ramena lentement derrière lui.

— J'imagine qu'il faudra ouvrir ça, dit Danny en éclairant la porte en pierre. Nous pourrions aussi oublier la

Table, prendre ce trésor et en faire donation au Musée archéologique.

En ce cas, plus personne ne douterait de l'utilité du Corps des quêteurs. Et Urquijo aurait une syncope s'il nous voyait revenir avec tout ça.

En déambulant dans cette salle, je remarquai une autre dalle avec une inscription, comme celle qu'on avait découverte dans la salle des cloches. J'essayai de lire le texte, mais j'en fus incapable.

— L'un d'entre vous est-il capable de déchiffrer l'alphabet grec ? demandai-je.

Marc secoua la tête. Danny désigna son frère :

— Oui. Labulle.

Je me tournai vers lui.

— Vraiment ?

— Quand tu es entré au Corps, je t'ai dit que je parlais une langue morte. C'est le grec classique, répondit-il d'une voix atone.

Il semblait encore accablé par la chute de Tesla.

— J'ai besoin que tu traduises ça. Moi, je ne peux pas.

Il se passa la main sur le visage, respira un grand coup pour mobiliser son énergie, s'approcha de la dalle et se mit à lire à haute voix :

— *Aghios o Théos, Aghios ischyros, Aghios athanatos, eleïson imas.* La dernière phrase est en latin.

— "Il faut prier dans le bon ordre", traduisis-je. Que signifient les phrases écrites en grec ?

— "Saint Dieu, Saint Fort, Saint Immortel, aie pitié de nous." C'est une doxologie orientale : le *Trisagion*. On le récitait en grec dans les cérémonies chrétiennes primitives jusqu'à ce qu'on le traduise en latin sous la forme du *Sanctus*. La liturgie hispanique a gardé la forme grecque très longtemps. Il est normal que les Wisigoths l'utilisent – je regardai Labulle avec admiration, je ne m'attendais pas à de telles connaissances de sa part. D'où te vient cet air étonné ? Je t'ai dit que j'avais deux licences et un doctorat.

L'explication de Labulle était précieuse, mais nous ne savions toujours pas la nature de la relation entre le *Trisagion* et les couronnes.

En les examinant plus attentivement, on remarqua que chaque couronne avait des ornements suspendus en forme de lettres, semblables à ceux de la couronne votive de Recceswinth du trésor de Guarrazar. Marc découvrit que les lettres formaient des mots si on les lisait dans le bon ordre.

— Regardez celle-ci, nous dit Marc en éclairant une couronne en bronze ornée de gemmes vertes. On lit *Deus*… et sur cette autre aussi. Mais sur celle-ci, on lit *Fortis*, et sur cette autre, *Inmortalis*. C'est la traduction latine des trois versets du *Trisagion*.

Marc avait raison. Toutes les couronnes avaient la formule latine du *Trisagion*. Les trois versets se répétaient sur chacune des pièces.

Je notai aussi que les chaînes où pendaient les couronnes, au lieu d'être fixées au plafond, disparaissaient dans de petits trous.

— Je crois que ce sont des ressorts. Les couronnes sont des ressorts. Si on les tire vers le bas, on déclenche un mécanisme… "Il faut prier dans le bon ordre", c'est ce que dit la pierre. Si nous tirons sur les trois bonnes couronnes, dans l'ordre de la doxologie, la porte s'ouvrira.

Je m'attendais à des objections, mais personne ne me contredit. Être plongés dans une grotte sous un déluge d'or et de pierres précieuses nous permettait d'envisager les hypothèses les plus invraisemblables.

— D'accord, dit Danny. Nous connaissons l'ordre : *Deus. Fortis. Inmortalis.* S'il n'y avait que trois couronnes, ce serait simple. Mais regarde : il y en a plus d'une sur laquelle on peut lire *Deus*, et pareil avec les autres. Comment savoir quelle est la bonne ? Il nous faut un autre indice.

J'essayai d'imaginer la logique d'un Wisigoth du VIIe siècle, ce qui n'était pas facile.

C'était déjà un début : nous savions – ou croyions savoir – que la première couronne à activer était celle qui comportait le mot *Deus* (l'*Aghios* ou le *Théos* de la doxologie grecque). Après inventaire, je constatai que trois couronnes avaient cette inscription. Toutes trois étaient différentes, mais impossible de savoir laquelle était la bonne.

— N'importe laquelle, peut-être, dit Marc. On les essaie toutes, et on voit ce qui se passe.

— Je ne crois pas que ce soit une bonne idée, répliquai-je en pensant aux trous inquiétants qui parsemaient les murs.

Je continuai d'observer les trois couronnes, qui étaient toutes ensemble, me creusant la cervelle pour trouver un indice.

Une des couronnes était dorée, et agrémentée de billes rondes et blanches, sans doute des perles. La deuxième était faite dans un métal grisâtre, sans doute du fer, et elle avait des pierres vertes enchâssées, peut-être des émeraudes. La dernière couronne était en argent et avait des reliefs gravés au burin, des formes végétales.

L'une d'elles était la couronne du Saint Dieu. Une seule.

Marc éclaira la deuxième couronne.

— Vous croyez que ces pierres peuvent être des émeraudes ?

— Je ne sais pas, répondit Danny. J'aimerais avoir les jumeaux sous la main. Eux, ils sauraient. Pourquoi poses-tu cette question ?

— Une idée qui m'a traversé… À Stanford, j'ai suivi des cours de sémiotique. Je me rappelle qu'on nous a appris que le béryl est une pierre sacrée, car selon le Livre d'Ézéchiel c'est le matériau utilisé pour le trône de Dieu.

L'émeraude est une sorte de béryl, en sorte que si c'étaient des émeraudes…

— Une allusion au Saint Dieu à travers le matériau dont est fait son trône céleste, dis-je. Ça me semble un peu court, comme raisonnement… Mais malheureusement, nous n'en avons pas d'autre.

On regarda la couronne, comme si c'était une bombe prête à exploser.

Finalement, Labulle fit un pas en avant, saisit la couronne entre ses mains et tira violemment.

Je fermai les yeux, attendant une sorte de cataclysme. On entendit un claquement vif en provenance de l'intérieur de la grotte. Puis quelque chose trembla et, soudain, la porte de pierre s'éleva de quelques centimètres au-dessus du sol. Mon profond soupir de soulagement se joignit à celui de mes trois compagnons.

— Bon travail, Marc, dit Danny. Nous avons déjà une bonne réponse.

J'espérais seulement que ce n'était pas un simple coup de chance.

Le verset suivant de la doxologie était *Aghios ischyros* : Dieu Fort, dont la traduction en latin était *Deus Fortis*. Quatre couronnes comportaient cette inscription. Deux étaient en or, avec des émaux rouge et bleu. Une troisième était en argent, décorée de perles et de pierres brillantes bleu foncé. La quatrième était une simple couronne en bronze, sans ornements.

— Marc, tu as d'autres souvenirs de tes cours de sémiotique, qui puissent nous servir ? demandai-je.

Il secoua la tête.

— Dieu Fort…, dit-il. Une de ces couronnes doit être faite dans une matière qui illustre la force de Dieu, mais je ne vois pas laquelle.

— L'une d'elles est en bronze. Le bronze était un matériau sacré dans beaucoup de cultures de l'Antiquité, et il servait à fabriquer des armes, dit Labulle. J'essaierais bien celle-ci.

C'était une déduction logique, mais pour je ne sais quelle raison, je ne trouvais pas cela évident. Comme je ne voyais rien à objecter, je ne dis rien pendant que Labulle levait les mains vers la couronne de bronze.

Juste au moment où il allait tirer dessus, Danny le retint.

— Attends ! Attends un instant… Je viens de me rappeler quelque chose : dans le trésor de la cathédrale de Munich, il y a une sculpture qui représente saint Georges luttant avec le diable. Son armure est enchâssée de saphirs.

— Oui, dit soudain Marc. Je m'en souviens aussi. Le saphir. Dans la vision d'Ézéchiel, l'éclat du saphir est la force lumineuse du royaume de Dieu… La couronne de bronze n'est pas la bonne : nous devons tirer sur celle qui est ornée de pierres bleues.

— Il y en a trois de ce genre, dit Labulle.

— Oui, mais sur deux d'entre elles le bleu est de l'émail, tandis que sur la dernière il y a des gemmes de cette couleur : ce sont peut-être des saphirs.

Marc n'attendit pas notre permission. Il s'approcha de la troisième couronne et tira.

De nouveau, on entendit le claquement du mécanisme. La porte de pierre se souleva un peu plus, mais pas encore assez pour que nous puissions passer, même à plat ventre.

Il fallait activer la troisième et dernière couronne.

Le dernier verset de la doxologie correspondait au mot latin *Inmortalis*. Dieu Immortel. Trois couronnes comportaient ce mot.

La première était en or, décorée de reliefs en forme de vignes et de croix pattées. La deuxième couronne était un simple cercle en métal décoloré. Des pierres rougeâtres étaient enchâssées en cabochon. Danny reconnut des grenats. La troisième et dernière était en émail vert paré de gemmes transparentes.

— Dieu Immortel…, dis-je. Cette fois, c'est clair : une des couronnes a des raisins, symbole eucharistique, et des croix. Ces deux éléments sont des images du Christ, qui nous mène à la Vie éternelle.

Mes compagnons approuvèrent. Notre succès dans les deux tentatives précédentes nous avait rendus confiants, en sorte qu'on ne mit pas longtemps à se décider.

Labulle saisit la couronne décorée de reliefs et tira dessus.

Je m'attendais à entendre le claquement familier du ressort. Au lieu de cela, un coup très violent parvint à mes oreilles, comme celui d'une lourde pierre retombant de l'autre côté des murs. D'autres bruits suivirent, semblables à des grincements ou à des frottements ; comme si un tas de bestioles griffaient les murs de la grotte de l'autre côté.

Je n'aimais pas cela du tout.

Je perçus un bruit étrange dans mon dos, comme si quelqu'un lâchait une bouffée d'air à travers un tube. Je me retournai à temps pour voir quelque chose jaillir d'un trou du mur. J'entendis un cri de douleur et vis Labulle presser sa main à l'intérieur du genou, où était planté un dard en bois gros comme le pouce.

— À plat ventre ! Tous à plat ventre ! m'écriai-je.

Je poussai par terre Danny et Marc, qui étaient à côté de moi. En même temps que mon visage heurtait le sol, les murs qui nous entouraient se mirent à cracher des dizaines de traits perfides.

Je sentis une piqûre à l'épaule, et une pluie de traits en bois rebondissant sur les murs, sortant de partout comme un essaim d'insectes. Cela ne dura que quelques secondes, mais elles furent très angoissantes, comme celles qui s'écoulent lors d'une chute.

Les trous du mur cessèrent de cracher leurs projectiles. Je restai quand même encore un bon moment par terre, la tête dans les mains, respirant la poussière et la peur.

Quand j'eus retrouvé mon rythme cardiaque, je relevai la tête et regardai autour de moi.

— Tout le monde va bien ? demandai-je.

— Merde alors ! Que s'est-il passé ? s'exclama Marc.

— La punition pour s'être trompé de couronne.

Je portai la main à mon épaule avec une grimace de douleur. Un trait avait traversé l'épais vêtement que je portais, mais sans causer de blessure profonde.

Je m'assurai que mes compagnons avaient connu le même sort que moi. Marc et Danny semblaient sains et saufs. Labulle, en revanche, avait souffert.

Il avait au moins trois traits plantés dans sa jambe. L'un était fiché dans la partie interne du genou, et les deux autres dans la cuisse droite. Il avait aussi une vilaine blessure à la joue, qui saignait beaucoup. Apparemment, le piège était conçu pour que celui qui tirait sur la mauvaise couronne reçoive la plus grosse quantité de projectiles. Le miracle, c'était que les autres aient pu se plaquer au sol sans dégâts majeurs. Après être resté des siècles sans fonctionner, ce mécanisme diabolique avait sans doute perdu de son efficacité.

Labulle était étendu, grimaçant de douleur. On s'approcha de lui. Aucun de nous n'osait toucher les traits fichés dans sa jambe. Nous manquions d'expérience pour lui porter les premiers secours.

— Merde. Ce n'est pas bon… Pas bon du tout, dit Labulle en serrant les dents et en regardant sa jambe transpercée.

— Ne bouge pas. Je vais essayer de te faire un garrot, dit Danny.

Elle enleva sa veste, la découpa en bandelettes avec mon couteau, et lui fit un garrot à hauteur de l'aine.

— Je n'ose pas enlever les dards. Je pourrais tout abîmer.

— Il faut quand même essayer, sinon les blessures risquent de s'infecter. Les pointes des dards ne sont pas ouvertes, dit Labulle.

On se regarda tous les trois, angoissés et indécis. Alors, il serra les mâchoires, saisit un dard fiché dans sa cuisse et tira. Et il fit de même avec l'autre, sans émettre aucune plainte, mais son visage se contracta.

Vivement, Danny posa des pansements improvisés sur les blessures. Labulle essaya d'extraire le projectile du genou.

Je commençais à me sentir mal.

— Je ne peux pas, haleta Labulle. Ce fils de chienne est bien accroché.

— Il faut qu'on te sorte d'ici et qu'on t'amène chez le médecin. Mon Dieu… Pourquoi faut-il que ce soit toujours toi qui finisses par saigner ?

Il laissa affleurer un sourire cadavérique.

— Parce que je suis le plus courageux, petite…

Il essaya de se lever, mais en vain. Une vague de douleur inonda son visage.

— Vous devez continuer et chercher une issue. Je ne peux pas marcher.

— On te portera, dit-elle.

Il secoua la tête.

— Je serais un poids mort. Vous devez faire vite, et avec moi ce serait impossible.

— Nous devons sortir de cette salle, dit Marc. Il y a deux couronnes, l'une d'elles ouvre la porte.

J'avais l'impression qu'une erreur de plus serait fatale. Il fallait choisir avec soin : une des couronnes nous ouvrait la voie, l'autre ferait de nous des cibles sans défense.

— Imbécile, dis-je en me frappant le front. Un idiot sans cervelle, voilà ce que je suis. Les pierres. La clé est dans les pierres. Les émeraudes représentent Dieu, les saphirs la force…

— Et l'immortalité ? demanda Marc.

— Les grenats. Au Moyen Âge, les hommes emportaient des amulettes de grenat à la bataille, croyant qu'ainsi ils ne seraient jamais en danger de mort. Les grenats sont les pierres de l'immortalité.

Marc voulut s'approcher d'une des couronnes pour tirer dessus, mais je l'en empêchai.

— Je m'en charge, dis-je. C'est mon idée. Il est juste que j'en assume les conséquences.

Avant qu'on puisse me retenir, je saisis la couronne avec décision. Je dus me mettre sur la pointe des pieds pour l'atteindre, ce qui me fut plus pénible que je ne l'aurais cru, tant j'avais les jambes qui tremblaient.

Je fermai les yeux, retins mon souffle et tirai.

Je n'eus pas besoin de forcer. La couronne opposa une faible résistance, j'entendis un claquement, un fort bruit d'emboîtement, et finalement la porte de pierre se souleva suffisamment pour qu'on puisse la franchir.

Je soufflai et reculai d'un pas.

— Beau travail, dit Labulle. Mais tu aurais pu te rappeler cette histoire de grenat à la première tentative.

Je ne lui reprochai pas sa remarque.

Marc et moi, on se dirigea vers la porte. Danny ne nous suivit pas.

— Continuez, dit-elle. Je reste avec Labulle.

— Allons, ça va aller.

— Ce n'est pas négociable. Je ne veux pas te laisser seul dans ton état.

Labulle protesta, en pure perte. Danny n'avait pas l'intention de changer d'avis, ce qui me parut logique. Comme il n'y avait pas de temps à perdre, vu l'état de Labulle, on préféra ne pas discuter inutilement et on continua.

Il ne restait qu'une salle à franchir et nous avions déjà perdu la moitié du groupe en chemin.

8

INVOCATION

La porte donnait sur une troisième salle. Cette fois, elle était circulaire et n'avait ni couronnes ni trésors d'aucune sorte.

Il n'y avait qu'un piédestal en pierre, simple, sans autre ornement qu'une brève inscription. Sur celui-ci, un petit coffret serti d'émaux qui formaient des dessins en forme de fleurs à six pétales. Il n'avait ni cadenas ni fermoir.

C'était une simple boîte, solitaire, au milieu d'une salle vide. Je lus l'inscription gravée sur le piédestal. LOCUS CAPSAE.

Salle du Coffre.

Derrière le piédestal s'ouvrait une porte en fer dotée d'une énorme serrure. Le seul endroit, dans cette pièce, où on pouvait cacher une clé, c'était à l'intérieur de la boîte émaillée. Pas besoin d'être un génie pour le deviner.

Ça avait l'air simple.

— Quelle est l'étape suivante ? demanda Marc.

— Je crois que c'est évident, répondis-je : il y a une porte avec une serrure et un coffret. Je pense qu'en premier lieu nous devrions ouvrir le coffret et voir s'il contient une clé.

Aucun des deux ne voulait prendre cette initiative. Marc, comme moi, pressentait que la solution n'était pas si simple.

Nous examinions le coffret à la lueur de nos lampes. Un objet de mauvais augure qui semblait flotter au milieu des ombres.

Marc le poussa légèrement. Le coffret ne bougea pas. Mais il ne semblait pas très lourd.

— Sacré nom ! Ce n'est qu'une boîte, grogna-t-il. Quel mal peut-elle causer ? Il n'y a pas de trous dans les murs, ni de cloches suspendues, ni aucun mécanisme tordu qui fasse jaillir des pieux du sol ou je ne sais quoi d'autre... Uniquement cette maudite boîte...

— Bien. En ce cas, ouvre-la.

Marc ne bougea pas.

La lueur de sa lampe remplissait son visage d'ombres. Je le voyais pincer les lèvres, l'air résolu.

— Je n'ai pas peur d'une boîte...

Il avança le bras vers le coffret, ses doigts l'effleurèrent.

— Attends, m'exclamai-je.

Marc se figea :

— Tu préfères le faire toi-même ?

Je ne répondis pas. J'aurais bien voulu, mais j'en étais incapable.

Marc et moi, nous étions face à face, séparés par le piédestal, sans pouvoir quitter des yeux le coffret, comme deux chasseurs coincés dans le repaire de la bête endormie, une bête qui pouvait se réveiller à tout moment.

C'était une situation ridicule : deux adultes qui avaient partagé de multiples dangers, paralysés par la peur devant un objet inoffensif en apparence. Il suffisait d'avancer d'un pas pour l'ouvrir. J'étais prêt.

Mais je ne pouvais pas. Une peur irrationnelle et étrange me paralysait, comme celle qu'aurait un enfant redoutant les monstres cachés dans son armoire. J'étais sûr de trouver des choses horribles dans ce coffret. Je me voyais l'ouvrir et découvrir à l'intérieur un nid de serpents venimeux, emmêlés comme un écheveau, visqueux, brillants, palpitant tel un cœur arraché. Des serpents qui me sauteraient aux yeux, qui planteraient leurs dents pleines de venin partout sur mon visage.

Je fermai les yeux et frissonnai. Je ne pouvais m'ôter cette image de la tête. Je me demandai si Marc avait les mêmes visions.

Sa voix me tira de mes pensées.

— Par tous les… ! jura-t-il.

Et avant que je puisse le retenir, il ouvrit le coffret d'un geste brusque.

Peut-être les ombres me trompaient-elles. Peut-être la lumière de ma lampe abusait-elle mes sens, ou mon imagination me jouait-elle des tours, mais j'aurais juré que l'espace d'une seconde le visage de Marc avait reflété la plus pure expression de terreur.

L'espace d'une seconde seulement.

Cette expression fugace disparut, si tant est qu'elle ait existé. Et Marc regardait l'intérieur de la boîte sans que son visage trahisse la moindre émotion. Il me sembla qu'il était un peu plus pâle, mais c'était peut-être un effet de la pénombre.

— Marc ? demandai-je. Il y a quelque chose là-dedans… ?

J'éclairai l'intérieur du coffret et vis une clé grande comme la paume de la main.

Rien d'autre.

À l'intérieur du couvercle, un mot était écrit avec des éclats d'émail. Un seul mot.

Moris. Du latin. *Tu meurs.*

Il y avait une fatalité sinistre dans ce message. Un ordre qui avait sommeillé pendant des siècles dans les entrailles de la terre, attendant que quelqu'un pose ses yeux sur lui.

Tu meurs. Et c'était tout.

Un moment, bref et angoissant, je crus que le plafond allait s'effondrer sur nos têtes, qu'une brume empoisonnée allait jaillir du fond de la boîte ou, plus simplement, que Marc allait tomber, foudroyé par l'effet d'on ne savait quelle sorcellerie millénaire.

Rien de tout cela n'arriva.

Marc me regarda et sourit. Masqué par les ténèbres, ce sourire me parut être tout sauf joyeux. On aurait dit qu'il avait le plus grand mal à le coller sur ses lèvres.

— Je m'attendais à quelque chose de plus spectaculaire – il s'empara de la clé et la sortit de la boîte. Continuons.

Il se tourna vers la porte et introduisit la clé dans la serrure. Je lançai un dernier regard méfiant sur le coffret. Les lettres en émail rouge clignotèrent quelques secondes avant de disparaître dans l'obscurité.

Moris. Pas de marche arrière possible. Tu meurs.

Un frisson me parcourut, comme s'il s'était introduit dans mon corps, venant du plus profond de la terre, sous mes pieds.

Marc fit tourner la clé dans la serrure.

On se mit à deux pour ouvrir la porte. Les gonds disparaissaient sous une épaisse croûte de rouille.

On quitta la salle du Coffre et on déboucha sur une nouvelle section de grotte naturelle. Devant nous, une voie obscure.

Au-delà de cette obscurité nous attendait la dernière étape de notre quête.

Cette nouvelle section de grotte s'élargissait à chaque pas. À mesure que nous approchions de ce qui devait être notre destination, on percevait une odeur étrange.

Les parois et le plafond disparurent de notre vue et nous fûmes plongés dans une obscurité absolue. En maniant nos lampes, dont la lumière faiblissait, nous ne distinguions que des formes et des silhouettes diffuses autour de nous.

Marc trébucha et j'entendis un clapotis.

— Que diable… ! dit-il.

Il braqua sa lampe devant lui et je vis une sorte de petit canal creusé dans le sol. Il était plein d'une substance liquide et avançait en ligne droite dans les profondeurs, au-delà du faisceau de nos lampes.

— Qu'est-ce que c'est ? demandai-je.

Marc y trempa le doigt, le flaira, le goûta du bout de la langue et recracha.

— On dirait de l'essence.

— Du pétrole ?

— Je ne sais pas, mais il n'est pas ici par hasard. Regarde, il reste dans ce conduit, trop rectiligne pour qu'il s'agisse d'une formation naturelle… J'ai une idée : tu as un briquet ?

Je lui donnai le mien. Marc l'actionna et l'approcha prudemment du petit canal. Le liquide prit feu soudainement et sous nos yeux surgit une ligne de feu qui suivit le tunnel, éclairant le chemin à suivre.

— La Route de brique jaune…, dit Marc. Voyons s'il y a une Cité d'Émeraude au bout.

On suivit les flammes. Les lampes n'étaient plus nécessaires et on les éteignit. On pressa le pas le long de ce chemin de feu. Il y avait des bifurcations et des grottes secondaires, mais on ne s'écartait pas d'un pouce de la ligne ardente.

Le tunnel se divisa en deux, les flammes prirent des directions opposées et un cercle de feu éclaira la caverne où nous nous trouvions.

Chaque ombre en s'effaçant nous montra un spectacle extraordinaire. On s'arrêta net, le souffle coupé, frappés par cette vision.

Les proportions de cette caverne étaient impressionnantes. Des stalactites, tellement énormes qu'il aurait fallu deux hommes pour les embrasser, pendaient du plafond comme des blasons de pierre. Les flammes qui brûlaient dans les multiples conduits répartis à l'intérieur de la caverne répandaient une lueur incertaine et mouvante, on aurait dit la nef d'une cathédrale pleine de vitraux.

Autour de la caverne, je distinguai quatre statues colossales. Leur tête touchait le sommet de la grotte et elles étaient adossées aux murs, comme si tout le poids de cet espace reposait sur leurs épaules.

De ma vie je n'avais jamais vu de telles statues. Elles représentaient d'étranges créatures faites de blocs bruts, dont la forme rappelait vaguement celle d'un être humain. Les visages étaient déformés et grotesques. Les bouches ouvertes sur un cri éternel montraient une rangée de dents irrégulières et laissaient passer une langue bifide. Les visages n'avaient pas d'yeux, mais des entailles irrégulières. Ces quatre créatures titanesques étaient penchées d'un air vorace sur le milieu de la caverne, les bras tendus en avant à hauteur de la tête, comme si chaque statue voulait saisir les mains de celle qui était en face de lui. Les statues étaient rattachées aux parois de la caverne par de grosses chaînes nouées aux poignets, qui pendaient sous les bras en formant des diagonales. Au centre de la caverne, sous le regard des quatre géants, se dressait une formation rocheuse en forme de pyramide, avec des marches taillées dans ses flancs. Au sommet de cette pyramide, il y avait une grille derrière laquelle se trouvait le trésor que nous avions tant cherché.

Nous pûmes enfin contempler la table de Salomon de nos propres yeux.

Elle était posée sur un piédestal de pierre blanche et polie. À la distance où je me trouvais, il était difficile d'évaluer ses dimensions, mais je me rappelle avoir pensé qu'elle était beaucoup plus petite que je ne le croyais. À première vue, elle ne devait pas dépasser cinquante centimètres de haut.

La pièce entière était faite d'un métal qui brillait comme de l'or. En guise de pieds, il y avait quatre petites statues qui représentaient des bœufs se tournant le dos et formant une croix. Une plaque ovale reposait sur leurs cornes, une sorte de pierre noire et brillante qui rappelait l'obsidienne. Le pourtour était orné d'une série de sphères, également dorées.

La regarder fut une expérience indicible. Un objet qui avait traversé des milliers d'années avant de se retrouver devant nous ! Magique ou pas, puissant ou pas, la seule idée de son existence était déjà un miracle ; mais le miracle, c'était aussi que les quêteurs aient pu le retrouver. De toutes les pensées qui éclatèrent dans ma tête en regardant cet objet, il y en a une seule dont je me souvienne avec netteté. Elle concernait mon père.

Je le remerciai de m'avoir raconté cette histoire. Il m'avait offert cette quête, et la quête était terminée.

C'était le seul lien qui nous avait unis. Le lien s'était brisé au moment où j'avais vu la Table de mes propres yeux. Il ne subsistait plus de lui qu'une absence totale.

Aujourd'hui, je sais que la seule chose que je trouvai à la fin de cette quête, ce fut une perte. Rien de plus normal, peut-être : une quête ne s'achève pas par une trouvaille, car une quête n'a jamais de fin. En réalité, un quêteur n'a pas besoin de trouver : seule la quête est importante.

Elle donne un sens à nos vies.

Alors, je compris que j'étais un quêteur. Que je l'avais toujours été.

Et que j'étais fier de l'être.

Marc se mit à sauter et hurler de joie. Je partageais son euphorie, mais au fond je me sentais étrangement mélancolique.

Nous n'eûmes pas le loisir de célébrer notre succès. Il fallait encore trouver une issue pour sortir Labulle de ce dédale.

— Il y a peut-être une sortie secrète, ou un truc de ce genre, dit Marc. Ceux qui ont creusé cette salle ont dû prévoir une issue de secours. Si nous faisions le tour de ces énormes statues… Au fait, que diable sont-elles censées représenter ?

— Il s'agit justement de diables. *Lapidem unguibus…* griffes de pierre, répondis-je. Je crois que ce sont des représentations du démon Marchosias, que saint Isidore appelle "Terreur des Terreurs". Selon lui, elles gardent la Table.

Au moment où je prononçais ces mots, on vit quelqu'un apparaître derrière l'autel en pierre.

Marc et moi, on resta pétrifiés, comme si un spectre s'était matérialisé devant nous.

Une comparaison très appropriée, car cet homme avait une ressemblance inquiétante avec un fantôme : son visage blafard et plein d'ombres n'aurait pas été déplacé au fond d'un cercueil ; de fait, c'est précisément à cet endroit que j'aurais aimé le voir. Ce fantôme, je le connaissais. La dernière fois que nous nous étions croisés, c'était chez moi, quand il avait surgi en pleine nuit et avait interrompu mes cauchemars.

Joos Gelderohde.

À la lueur des flammes, son visage de lombric ressemblait à un masque infernal. Gelderohde braquait son pistolet sur nous et souriait. C'était un sourire terrifiant.

— "Terreur des Terreurs"… C'est cela, monsieur Alfaro. Mais vous avez commis une erreur. Aucun démon ne veille sur ce trésor. Maintenant, il est à moi, et c'est moi qui veille sur lui.

— Que fait cet homme ici ? demanda Marc, déconcerté.

— Il vous devance. Je vous devance toujours. Mon associé m'a dit que vous aviez le projet d'emporter ma Table, monsieur Alfaro. Vous feriez mieux d'y renoncer.

Je serrai les dents, furieux…

— Votre associé…, dis-je. Mais enfin, qui est-ce ? Vous allez le dire ? Où est-il ?

— Où il a toujours été, mon ami : à côté de vous.

Le sourire de Gelderohde s'élargit. Je regardai Marc.

Il fit un pas en arrière, effrayé.

— Quoi… ? Qu'est-ce que c'est que cette histoire ?

Une colère noire m'aveugla l'esprit. Comme lors de l'épreuve de dissonance, quand Marc avait mis en doute la profession de mon père ; sauf que là, Narváez n'était plus là pour me retenir. Je me jetai sur lui et lui envoyai mon poing dans la figure. Pris par surprise, Marc tomba et me regarda, les yeux écarquillés.

— Tu nous as vendus, fils de pute ! Tu étais son complice !

— Qu'est-ce que tu racontes ? Il ment ! Je ne sais même pas de quoi vous parlez !

— Tais-toi !

J'allais le frapper encore une fois, quand Gelderohde me planta son pistolet dans la poitrine.

— Ça suffit, monsieur Alfaro. Tout cela n'est pas nécessaire.

Gelderohde braqua le canon de son arme sur Marc. Et tira.

Moris.

Tu meurs.

Le coup de feu résonna sur les murs de la grotte, multiplié des centaines de fois. *Pan.* Le visage de Marc exprima un mélange de peur et de surprise *(pan)*. Sur son front apparut un trou rouge *(pan)* d'où sortit un jet de sang qui m'éclaboussa les joues *(pan)*. Marc s'effondra et ses yeux morts restèrent grands ouverts *(pan…)*, à regarder éternellement un ciel de stalactites de pierre.

Une flaque de sang s'élargit sous sa tête et tacha la semelle de mes chaussures, tandis que l'écho de la détonation mourait entre les statues colossales des géants.

J'étais glacé. Je reculai, horrifié, et regardai Gelderohde.

— Mon Dieu… Qu'avez-vous fait ?

— Je vous ai épargné un travail. Les services de mon associé ne me sont plus nécessaires. Et maintenant que nous avons réglé les détails, monsieur Alfaro, passons à l'essentiel.

Le canon du pistolet de Gelderohde était braqué sur ma poitrine, comme un serpent de métal diabolique, la gueule ouverte, prêt à cracher son venin.

— Vous avez l'air contrarié par la perte de votre compagnon, puis-je vous demander pourquoi ? Je pensais que vous seriez ravi qu'on lui administre le juste paiement de sa… *verraad*.

— Je ne voulais pas le tuer.

— Une manifestation de faiblesse injustifiable. Avez-vous oublié tous les méfaits de cet homme ? Il m'a communiqué vos plans à Lisbonne, ce qui m'a permis de les faire capoter ; il m'a révélé que vous comptiez rencontrer Olympia Goldman, ce qui m'a obligé à la tuer… Elle est morte comme lui : d'une balle en plein front. C'est une justice poétique. Vous devriez m'en remercier.

Je fermai les yeux, écœuré.

— Pourquoi tout cela ?

— Ah, secrets du futur, mon ami, secrets du futur…, dit-il, moqueur. Je suis en train de refermer un cercle. Un cercle ouvert par Warren Bailey et Ben LeZion il y a plusieurs décennies. Je sais que, pour vous et vos semblables, ils étaient deux voleurs, deux criminels. Mais c'est tout le contraire, croyez-en un professionnel. Bailey et LeZion étaient de simples amateurs. Ils ont cassé un œuf qu'ils n'ont pas pu avaler – Gelderohde émit un ricanement désagréable. J'ai fini ce qu'ils ont commencé. La Table est à moi… ou presque.

— Presque ?

— Comme je vous l'avais dit chez vous, depuis longtemps j'ai tout ce qu'il faut pour atteindre la relique. J'avais les lettres de Bailey où il recopiait pour LeZion, mot à mot, le contenu du journal de Miraflores. Grâce à mon associé, récemment décédé, j'ai eu la confirmation que les grottes d'Hercule étaient sous l'église Santa María de Melque. D'ailleurs, vous avez été très intelligent, monsieur Alfaro : *gefeliciteerd* – Gelderohde fit une révérence grotesque. Dès que j'ai appris cette précision, j'ai eu toutes les cartes en main. De fait, je possède un avantage décisif sur le Corps des quêteurs, qui m'a permis d'arriver jusqu'ici.

Gelderohde plongea la main dans un sac en cuir qu'il portait à l'épaule et en sortit un livre qui paraissait ancien. Il me le mit sous le nez pour que je puisse en lire le titre.

— La *Chorographie tolédane*, de Pedro Juan de Lastanosa, dis-je à mi-voix.

— Exact, dit-il en remettant le livre dans son sac. Ce n'est pas l'original, bien sûr. Qui a brûlé dans un incendie, comme on sait ; il s'agit d'une édition de 1845, identique à l'ouvrage original. C'est un livre extraordinaire : Lastanosa a fait un relevé cartographique des grottes d'Hercule presque au millimètre : chaque galerie, chaque tunnel, chaque entrée, chaque sortie… Parfait jusque dans les moindres détails. Il y a longtemps que je connais le moyen d'entrer et de sortir de ce lieu sans être obligé de traverser ces ridicules pièges de foire.

— En ce cas, pourquoi n'avez-vous pas déjà emporté la Table ?

Gelderohde émit un petit sifflement et claqua des doigts.

— *Een slag van pech*… Je croyais avoir tout ce qu'il me fallait, mais je m'étais trompé. Il y a un objet, un seul, dont j'ai besoin ; et cet objet, c'est vous qui l'avez.

— Ah, je comprends, maintenant : la pile de Kerbala.

— *Nee !* Oubliez cette Pile. Certes, j'en ai aussi besoin, mais pas maintenant, et pas pour ça. La Pile est très importante pour moi, mais elle n'a aucun rapport avec la Table.

— Alors, à quoi sert-elle ?

— Je vais être franc avec vous, monsieur Alfaro : je n'en sais rien. Je n'en ai aucune idée. Je sais seulement que mes nouveaux chefs veulent cet engin à tout prix.

Je fus étonné de découvrir que Gelderohde agissait pour le compte d'un tiers. Narváez était dans le vrai quand il soupçonnait Gelderohde de travailler pour quelqu'un d'autre. Une présence obscure dont nous ne savions rien jusqu'à présent.

— De quels nouveaux chefs parlez-vous ?

Gelderohde exhiba un de ses sourires sans dents.

— Vous êtes bien curieux, mon ami... Vous n'avez pas deviné ? Lilith, bien sûr ! Secrets du futur, je vous l'ai déjà dit... Ces mots ne vous disent rien ? Peu importe. Je crois que je parle trop... Où en étais-je ? Ah oui, quand j'étais chez vous, je ne savais pas encore qu'il me manquait quelque chose pour avoir la Table. Je l'ai découvert aujourd'hui, quand mon associé, qu'il repose en paix, m'a dit deux choses intéressantes : l'une, que vous aviez volé la Pile aux joailliers du Corps des quêteurs ; et l'autre, que vous aviez aussi emporté la réplique d'un objet que vous leur aviez commandé quelques jours auparavant.

D'après mon associé, les quêteurs étaient convaincus que vous aviez le projet de récupérer la Table pour votre propre compte... Petit voyou ! Alors, j'ai compris que si vous aviez ce projet, c'était parce que vous pensiez avoir tout le nécessaire pour mener à bien cette tache : la pile de Kerbala et la copie des joailliers. Je sais que la Pile n'est pas utile ici, aussi en ai-je déduit que ce qui me manquait et ce que vous aviez était... – Gelderohde se tut et me regarda, pour m'inciter à compléter la phrase.

— La clé-reliquaire de saint André...

— Oui ! Exactement ! Comme vous êtes intelligent, monsieur Alfaro. La Clé-reliquaire. Vous vous rappelez ce qu'a dit saint Isidore sur cette salle ? Vous le savez sûrement, parce que vous avez le journal de Miraflores. Allons, répondez ! Et il braqua le pistolet sur ma poitrine.

— La Clé invoque le constructeur, dis-je entre les dents.

— Le Constructeur. Avec majuscule. Marchosias, le diable architecte, le gardien de la Table. *Ja…* J'ignore ce que cet évêque tordu a imaginé pour cette salle précisément, mais il est évident qu'on ne peut s'approcher de la Table sans cette clé. Comme vous pouvez le constater vous-même, la relique est derrière une sorte de barrière. Je sais que la Clé a été volée il y a des années, mais vous en avez une réplique fabriquée par deux experts.

— Si vous voulez la Clé, il faudra me tuer.

— Bien sûr que je vais vous tuer, monsieur Alfaro, je pensais que c'était évident. Mais je vous donne une chance de vivre juste assez pour faire l'histoire, pour toucher la table de Salomon de vos propres mains. Pourquoi ? Parce que je vous respecte, mon ami. *Ja, het is waar !* Vous êtes allé très loin et j'ai un faible : j'admire les gens capables d'utiliser leur intelligence… C'est une vertu si rare chez les êtres humains ! Ceux qui comme nous ont bénéficié d'une intelligence supérieure se sentent parfois un peu seuls, incompris. Vous ne méritez pas de mourir avant d'avoir frôlé la récompense de votre quête. Je sais que vous ne m'en saurez pas gré, mais peu m'importe. J'en aurai une simple satisfaction personnelle.

— Que va-t-il se passer, maintenant ?

— Je vais vous le dire : vous allez poser la Clé par terre, à vos pieds. Je vais la prendre et ensemble nous monterons sur l'autel où se trouve la Table, et nous chercherons la serrure adéquate. Quand la Table sera à notre portée, je vous laisserai la toucher, la sentir, et ensuite je tirerai, ici précisément – il pointa son pistolet sur mon front. Vous ne sentirez rien. Une mort rapide. La dernière chose que verront vos yeux sera le récipient qui contient *de Naam van de Naamen*, le Nom des Noms. Quelle façon sublime de mourir ! Je vous envie presque, monsieur Alfaro…

Pendant une seconde, les flammes dans la grotte illuminèrent les yeux de Gelderohde, qui brillèrent d'un éclat de folie.

Je n'avais pas d'autre choix que d'obéir à ses plans délirants. Si j'essayais de m'enfuir, il me logerait une balle dans le corps avant que j'aie fait un pas. Je ne pouvais pas appeler à l'aide : Danny et Labulle étaient trop loin, ils ne pouvaient m'entendre.

Alors, très lentement, j'ouvris mon sac à dos et en sortis la Clé que les jumeaux avaient fabriquée. Je la posai par terre et la poussai du pied vers Gelderohde, qui ne cessait de me menacer de son pistolet.

Il la prit avec un sourire réjoui.

— Une pièce magnifique… Très belle. L'œuvre d'experts, sans aucun doute. Vous pouvez me croire, je m'y entends – il glissa la Clé dans son sac en cuir et montra l'autel en pierre d'un mouvement de son pistolet. Parfait. Maintenant, en avant. Je vous suis.

Je montai les marches, sentant dans mon dos l'œil obscur du pistolet. À mesure que nous approchions du sommet, les statues grotesques des démons de pierre semblaient un peu moins menaçantes.

Mon instinct de quêteur clignotait comme un signal d'alarme. Pas à cause du pistolet pointé sur moi, ni de la perspective de ne pas redescendre vivant de cet autel.

C'était à cause du regard de pierre des géants.

Ils m'inspiraient une terreur irrationnelle, qui l'emportait sur la peur de ma propre mort. C'était la peur de la sauvagerie antique. Obscure. Immarcescible.

On arriva enfin au sommet. Pour la première fois, j'avais la table de Salomon à quelques pas de moi. Elle était un peu plus grande qu'il ne paraissait de loin, mais guère plus. J'observai quelques détails qui auparavant étaient indiscernables, comme les symboles géométriques et les caractères hébraïques qui ornaient sa surface. On y trouverait peut-être le secret du *Schem-hamephorash*. Je ne le saurais jamais.

Je pensais qu'un objet qui possédait des pouvoirs presque divins avait une luminosité particulière ou transmettait une sorte de sensation électrisante. Mais il n'en était rien. La table de Salomon me fascinait moins que les couronnes de la salle de Cérémonie, et moins que les gigantesques statues qui nous épiaient au-dessus de nos têtes.

Si cet objet avait quelque chose de magique, ce quelque chose était bien caché.

Nous ne pouvions atteindre la Table, car une grille métallique dorée l'entourait entièrement. Contre celle-ci était appuyé un petit piédestal en pierre à la surface duquel on voyait une ouverture qui avait le profil de la Clé-reliquaire. À l'intérieur de cette ouverture, il y avait une série de reliefs dentés de façon irrégulière. Ils coïncidaient avec les crans de métal qui entouraient la clé-reliquaire de saint André, ces mêmes crans sur lesquels les joailliers s'étaient tellement interrogés. Maintenant, leur fonction était claire.

C'étaient les dents de la clé.

Tout était tellement évident qu'il était impossible de ne pas avoir confiance : il suffisait d'introduire le reliquaire dans l'ouverture correspondante et... d'attendre.

Gelderohde eut la même pensée que moi.

— Voici la serrure, dit-il en regardant le piédestal. Et les crans correspondent à ceux de la Clé. C'est étonnamment simple... Je vais vous accorder un autre privilège, puisque votre vie aborde ses derniers instants – Gelderohde me tendit la Clé. À vous l'honneur, monsieur Alfaro.

Les géants nous observaient de toute leur hauteur. Nous surveillaient.

On aurait dit qu'ils espéraient qu'un malheureux introduirait la Clé dans le piédestal.

— Si vous voulez la Table, débrouillez-vous.

— Soit. Alors écartez-vous.

Je reculai de quelques pas. Gelderohde examina soigneusement le reliquaire, le plaça dans l'ouverture du piédestal et appuya. Puis il me regarda.

— Au seuil de ce moment historique, permettez-moi de vous dire que, quand lorsque je le raconterai, je rendrai justice à la solennité de l'instant.

Sa paume fit pression sur le reliquaire.

Sous nos pieds, quelque chose trembla. On entendit un claquement, suivi d'une série de coups continus qui semblaient venir de toute part autour de nous. quelque chose rebondit alors au-dessus de nos têtes.

Je regardai en l'air et vis trembler les chaînes qui attachaient les géants.

Je perçus le danger, comme un parfum intense jailli des entrailles de la terre. Gelderohde semblait ne s'être aperçu de rien. Il regardait avidement la clôture métallique entourant la Table qui commençait à descendre.

On entendit un autre fracas, un bruit de pierres qui s'entrechoquaient. Gelderohde tendit les mains vers la Table.

La caverne trembla, un brame terrifiant résonna dans l'espace. Je regardai devant moi et vis la chaîne d'un des géants se détacher de la paroi de la caverne. À son extrémité était accrochée une roche gigantesque qui s'élança vers nous, fendant l'air sur son passage.

Je m'écartai d'un bond, mais Gelderohde tarda à réagir. Une expression de surprise s'imprima sur son visage avant qu'il soit fauché par le mouvement pendulaire et implacable de l'énorme roche. J'entendis un cri inhumain brusquement interrompu. La pierre anéantit le corps de Gelderohde et le projeta en l'air. Il retomba sur les marches du piédestal et rebondit au milieu d'un bruit sinistre d'os fracassés.

Cette énorme boule de pierre ne s'arrêta pas là. Elle frappa le ventre du géant qui était devant elle, déclenchant une avalanche de rochers. Le géant trembla. Une autre pierre suspendue à une chaîne se détacha de la paroi et se dirigea aussi vers l'autel. Puis une autre, et une autre… Chacune des chaînes qui pendaient aux bras des géants se décrochait des parois et transformait la grotte en bal titanique de pendules mortels.

Je m'entendis crier, juste avant de m'écarter pour qu'une autre pierre ne m'écrase pas comme Gelderohde. Quand elle passa devant moi, l'air rugit comme un fauve.

La pierre heurta la Table, qui s'envola. Je descendis les marches de l'autel tant bien que mal pendant que les pendules de pierre heurtaient les géants et les parois de la caverne, renversant tout autour de moi.

Une énorme stalactite se détacha, heurta l'autel et dévala les marches, juste derrière moi. Je courus aussi vite que possible pour que cette colonne de pierre ne m'écrase pas comme un rouleau compresseur. Je l'entendis rebondir sur les marches, et se rapprocher. Désespéré, je mis les bras en avant et sautai de côté. Je tombai de je ne sais quelle hauteur, mais la chance était de mon côté et j'atterris sur le corps désarticulé de Gelderohde.

En me relevant, j'entrevis l'effrayante bouillie de chair et d'os qu'avait été son visage. Je n'eus pas le temps de prendre peur : la caverne entière s'effondrait, sous les coups de boutoir des pendules de pierre. La tête d'un géant atterrit à quelques centimètres de moi et souleva un nuage de poussière qui m'aveugla. Je trébuchai et m'affalai par terre. Une roche me frappa dans le dos. Je criai de douleur.

Je rouvris les yeux. La table de Salomon était devant moi, cabossée à l'endroit où la stalactite l'avait heurtée. Sans réfléchir, je saisis la Table et me mis à courir à l'aveuglette.

Je vis au loin une petite ouverture. Je courais m'y abriter quand j'entendis un craquement apocalyptique, comme si toute la voûte de la caverne se cassait en deux. Je crus que l'enfer s'ouvrait devant moi et qu'au lieu du soufre et du feu, c'était une tempête de griffes de pierre qui s'abattait sur moi.

La poussière me rentrait dans les yeux. Je ne voyais plus rien. Je courais, c'était tout.

J'entendis de nouveau le brame des rochers qui s'effondraient. J'avais l'impression que tout l'univers tremblait autour de moi. Je perdis l'équilibre et lâchai la table de Salomon, qui roula devant moi. Quelque chose me frappa si violemment en pleine tête que je faillis perdre connaissance.

Mais je rassemblai mes forces et me relevai. Je repris la Table et sautai dans l'ouverture, à quelques pas de moi.

C'était comme me jeter la tête la première au cœur de l'enfer.

9

RÉVÉLATION

Je ne sais combien de temps je restai recroquevillé sur le sol, la tête dans mes bras, pendant que près de moi le monde semblait chavirer. Pour moi, ce temps dura une éternité.

Chaque fois que le sol tremblait ou qu'on entendait l'impact d'un rocher, mon corps sursautait comme dans un râle, et je retenais mon souffle en me demandant si un jour je pourrais recommencer à respirer. Aveuglé par la peur, je me dis que si je mourais, écrasé sous un rocher, mon corps meurtri et terrifié ne laisserait guère de traces derrière lui. Après cette expérience, je suis encore incapable d'entrer dans un souterrain sans avoir l'estomac noué.

Le fracas de l'effondrement de la galerie s'apaisa peu à peu et finit par s'éteindre. Alors, je rassemblai tout mon courage et esquissai quelques mouvements.

Mon corps était un catalogue de douleurs : lancinantes, palpitantes, sourdes, légères, intenses… Mon front était brûlant. J'y portai la main prudemment et tâtai ma peau fendue et ma chair à vif. Mes doigts étaient couverts de sang.

Je parvins à me mettre debout et vérifiai que toutes mes articulations fonctionnaient. J'essayai d'allumer ma lampe. Elle fonctionnait aussi.

La table de Salomon, que j'avais sauvée du cataclysme je ne sais comment, était à côté de moi. Loin de son piédestal, elle n'avait pas un air très imposant. Elle était cabossée et couverte de poussière.

Je n'avais pas le temps de me demander si le secret du *Schem-hamephorash* était à ma portée. Il fallait d'abord trouver une issue. Je ne voulais pas emporter la Table, aussi la laissai-je dans un coin, espérant la récupérer plus tard.

J'éclairai pour voir où je me trouvais. C'était une modeste grotte, étroite et sombre, comme le gosier d'une baleine. Elle se perdait dans l'obscurité, et mon pied s'enfonça dans l'eau.

En baissant le faisceau de la lampe, je vis une flaque d'au moins deux mètres de diamètre. L'eau qui l'alimentait suintait du mur. Je vis mon reflet à la surface et me découvris une entaille profonde sur le front, couverte de sang. J'aurais presque pu jurer qu'on pouvait voir l'os de mon crâne, mais ce n'était sans doute qu'une impression.

Maintenant, je comprenais pourquoi j'avais si mal. Je nettoyai ma blessure de mon mieux avec quelques mouchoirs en papier imbibés d'eau. Chaque fois que je l'effleurais, j'avais l'impression qu'on me marquait au fer rouge.

Ne pouvant faire beaucoup plus, je décidai de poursuivre mon exploration pour trouver le moyen de sortir de là.

J'arrivai dans une sorte de corridor avec des niches creusées dans les parois. La plupart étaient vides ou occupées par d'épais rideaux de toiles d'araignées. Je souhaitai de toutes mes forces que leurs habitantes soient trop timides pour se montrer.

Il y avait dix ou douze niches. Dans trois d'entre elles, je vis des vases pansus en céramique. Deux étaient intacts, mais le troisième avait une énorme brèche d'où suintait une substance épaisse et ambrée.

Cette substance dégageait une odeur familière. J'y trempai le doigt et y passai le bout de la langue.

C'était un goût de miel.

Pourquoi enterrer des pots de miel dans ce lieu ? Poussé par la curiosité, je saisis le récipient pour l'examiner de plus près. Je sentis alors des pattes tremblantes grouiller entre mes doigts. Je sursautai et laissai tomber le pot, qui se brisa en mille morceaux.

À l'intérieur, il n'y avait pas seulement une grande quantité de miel, mais aussi un objet rond et gros, recouvert de cette matière poisseuse et sucrée. Je l'éclairai pour voir de quoi il s'agissait.

Je poussai une exclamation de dégoût et sautai en arrière.

C'était une tête. Une tête momifiée et couverte de miel. On voyait nettement les paupières fermées, la bouche sans lèvres qui montrait un ovale de dents étroites et serrées, et les deux trous qui Dieu sait quand avaient dû correspondre à un nez. La tête avait conservé ses cheveux, des mèches tartinées de miel sur le crâne.

Je me demandai si les autres récipients avaient le même contenu répugnant. N'ayant aucune envie de le vérifier, je m'éloignai. Le faisceau de ma lampe éclaira une niche beaucoup plus grande, précédée d'une arcature. Il y avait quelque chose à l'intérieur, mais ce n'était pas un vase rempli de surprises inquiétantes.

Il contenait un cylindre d'une demi-brasse de longueur, en métal noirci, sur lequel était gravée une inscription. Je m'en emparai en me demandant si ce n'était pas une sorte de pile de Kerbala, laquelle était d'ailleurs encore dans mon sac à dos.

L'une des extrémités de ce cylindre était amovible. Je le débouchai. Quelque chose était enroulé à l'intérieur et dégageait une forte odeur de moisi. Je n'osai pas le sortir et refermai le cylindre, qui semblait être un étui. Je promenai ma lampe sur sa surface et vis que les motifs gravés étaient des lettres. Je distinguai des mots en latin.

Urbs Hominum Sanctorum. La Cité des Hommes saints.

Après quelques hésitations, je décidai de sortir le rouleau de son étui.

Il avait environ cinq centimètres de diamètre. On aurait dit du parchemin. Je ne le déroulai pas, mais je remarquai qu'il était couvert d'une calligraphie serrée, à base de caractères étranges. Ce n'était ni l'alphabet latin, ni le grec, ni aucun autre que je connaisse.

J'avais l'impression qu'il s'agissait d'une chose importante. Je remis le parchemin dans son étui, que je refermai et glissai dans mon sac à dos. Puisque l'exploration de ces grottes avait coûté si cher, je pouvais bien en remporter une chose qui justifie tous ces efforts.

Au moment où je refermais la fermeture éclair de mon sac, j'entendis un bruit.

Un bruit de pas.

Qui se rapprochaient. Je distinguai l'éclat d'une lampe qui se reflétait sur les parois de la grotte. Je me campai sur mes jambes, dans une attitude défensive. Et j'entendis une voix.

— Il y a quelqu'un ?

Je n'étais plus seul.

Je reconnus la voix, mais je crus que mes sens me jouaient un mauvais tour. Je restai figé, tel un animal effrayé, attendant à tout moment l'apparition d'un fantôme.

Qui ne tarda pas.

Je vis Tesla.

C'était lui, sans aucun doute. Son tee-shirt avec le logo de *Green Lantern* lui collait au corps, comme un chiffon qu'on vient de sortir de l'eau : son pantalon aussi. Il était couvert de terre et de poussière, tel un mort qu'on vient de sortir de son trou. Je me dis que c'était précisément ce que j'avais sous les yeux.

Tesla avait une lampe. Il la braqua sur moi, m'éblouissant momentanément.

— Tirso… ! C'est toi ?

Il pressa le pas en boitant légèrement. Il m'attrapa par les épaules et un large sourire illumina son visage. J'étais tellement ahuri que je restai sans voix.

— Grâce à Dieu ! Je croyais que je resterais perdu ici pour toujours ! Où sont les autres ? Labulle, Danny… ? Et quel était ce tremblement de terre qui a fait vaciller les parois ? Vous allez tous bien ? Tu as une blessure au front ?

Il parlait de façon heurtée, n'attendant pas d'avoir fini sa phrase pour commencer la suivante, tout en me secouant les épaules.

Je parvins enfin à placer quelques mots.

— Tu es vivant… Toi… Tu es vivant ?

— Oui, mais c'est un miracle.

— On t'a vu tomber de cette cloche… On croyait que tu étais mort.

— J'ai eu un coup de chance. Immense, incroyable et inouï. Il y avait un lac. Je suis tombé dans l'eau la tête la première, voilà pourquoi je suis trempé.

— Un lac…

— Oui ; une nappe aquifère, ou un truc de ce genre, je ne sais pas, mais grâce à Dieu, à la chance ou à toute autre force universelle bénie, elle était au bon endroit. J'aurais pu me fracasser la tête sur un rocher…

— Et alors ?

— Je ne me suis pas rompu le cou, mais j'ai failli me noyer. J'ai nagé jusqu'à la rive, désorienté, n'ayant aucune idée de l'endroit où je me trouvais. Je vous ai appelés de toutes mes forces, mais vous ne m'avez pas entendu.

— Nous aussi, on t'a appelé.

— Je ne vous ai pas entendus non plus… Tu sais quelle hauteur avait ce foutu gouffre ? Je n'en ai aucune idée, mais je t'assure que ma chute a duré un bon moment… Et je ne sais même pas combien de temps j'ai mis pour sortir de ce lac, luttant pour ne pas couler. J'ai cru que je ne pourrais jamais te le raconter… Ensuite, quand je suis sorti, j'ai constaté que le contenu de mon sac était intact et presque sec. Jamais de ma vie je ne me suis autant réjoui d'avoir dépensé un peu plus pour un sac imperméable… – il sourit, de façon nerveuse, presque hystérique. Mon Dieu… Tu ne peux savoir combien je suis heureux de te revoir !

— Ah, moi aussi… Comment es-tu arrivé jusqu'ici ?

— Il y avait une quantité de tunnels et de galeries, là-dessous, au bord de cette nappe. Je les ai empruntés au hasard, essayant de trouver une issue… Ce n'était peut-être pas la bonne méthode, mais j'étais mort de peur, je le reconnais ; j'aurais fait n'importe quoi pour sortir de là. J'ai tourné en rond pendant je ne sais combien de temps. Ma cochonnerie de montre à cent euros n'est pas étanche. Incroyable, hein ? – de nouveau, il eut un ricanement nerveux. Soudain, j'ai senti que toute la grotte tremblait, on aurait dit une saloperie de tremblement de terre. Je me suis mis à courir. Les secousses ont cessé, j'ai continué de l'avant et je t'ai entendu… Quel bonheur ! Quand je t'ai vu, j'ai cru que mon cœur allait exploser de joie… Où sont les autres ? Il faut sortir de ce trou répugnant. J'ai besoin de voir le soleil, de respirer l'air pur… Mon Dieu ! J'en ai vraiment besoin.

Je lui résumai tout ce qui était arrivé après sa chute. Tout l'enthousiasme qu'il avait éprouvé en me voyant s'envola quand il entendit mon récit. Surtout quand il apprit ce qui était arrivé à Marc, auquel Gelderohde avait imprimé la marque du traître avec ce trou sur le front. Le signe de Caïn.

— Labulle et Danny sont toujours dans cette salle pleine de couronnes ? me demanda-t-il quand j'eus terminé mon récit.

— Je l'espère. Pourvu qu'elle ne se soit pas écroulée comme la grotte où se trouvait la table de Salomon.

— La Table… Tu l'as trouvée ?

— Oui. J'ai pu l'emporter avant qu'elle ne soit écrasée sous une roche.

— J'aimerais la voir. Je voudrais m'assurer que cela valait la peine de risquer sa peau pour ce truc.

C'était une demande raisonnable. Je conduisis Tesla à l'endroit où j'avais laissé la relique. En la voyant, il ne parut pas impressionné.

— C'est tout ? J'ai traversé l'enfer pour… *ça* ? – il donna un coup de pied dans la table, qui se renversa de façon inoffensive. Tesla paraissait furieux. Sacré nom ! Elle n'est même pas aussi grande que ma table de nuit ! – ses épaules retombèrent et, après une pause, il me regarda : Tirso, sortons d'ici, je t'en prie. J'ai vraiment besoin de sortir d'ici.

— Bientôt, je te le promets. Je crois que j'ai une idée, mais nous devons retourner dans la grotte où se trouvait la Table.

— Pourquoi ?

— Pour récupérer la *Chorographie tolédane* que Gelderohde avait sur lui. C'est une carte des grottes d'Hercule. Il l'a utilisée pour entrer sans avoir à traverser les salles piégées.

— Formidable. Alors, allons-y.

On quitta la grotte où nous nous trouvions. J'espérais que la dépouille de Gelderohde n'avait pas disparu sous un énorme rocher.

La grotte de la Table était devenue une sorte de terrain lunaire après une pluie d'astéroïdes. Des énormes statues de Marchosias il ne subsistait que des moignons de pierre, et tout l'espace était jonché de roches, parfois aussi grandes que des menhirs. Il restait quelques flammes dans les conduits de combustible qui entouraient la grotte, ce qui contribuait à donner à ce lieu un air encore plus apocalyptique. La seule chose intacte, c'était l'autel de pierre sur lequel était placée la table de Salomon.

On ne tarda pas à retrouver le corps de Gelderohde. Toute ressemblance de ces restes avec un être humain aurait été une pure coïncidence. Les coups l'avaient massacré, donnant à ses os des formes impossibles et hideuses. Son visage était un cratère difforme, on aurait dit un cauchemar monstrueux.

Je m'efforçai de ne pas le regarder, et je fouillai son sac qu'il avait encore à l'épaule. Je trouvai le volume de la *Chorographie tolédane*, ainsi que les restes de ce qui avait été sans doute une lampe. Rien d'autre.

— Regarde, s'exclama Tesla, un pistolet !

— C'était celui de Gelderohde.

— Je vais le prendre, on en aura peut-être besoin.

J'allais lui dire que ce n'était sans doute pas une bonne idée quand, soudain, Tesla laissa échapper une exclamation horrifiée. Il avait trouvé le corps de Marc.

Il gisait à l'endroit où il était tombé raide mort à mes pieds. Je regardai quelques instants cette dépouille pathétique. Elle resterait là jusqu'à ce que la terre la dévore. C'était une tombe bien triste. Même pour un traître.

Je m'aperçus que je n'éprouvais aucune haine. Plus aucune. Marc vivant avait été un triomphateur : intelligent, charismatique, séduisant… Il avait tout pour jouir d'une existence enviable. Il avait gâché tout cela pour des raisons que personne ne connaîtrait jamais. Tout ce qu'il avait reçu en échange, c'était une balle dans la tête et la tombe la plus inhospitalière qu'on puisse imaginer.

J'avais beaucoup de peine pour lui.

— Terrible, n'est-ce pas ? dit Tesla, comme s'il avait lu dans mes pensées – j'acquiesçai en silence. Un traître… Je ne l'aurais jamais cru.

— Il a bien tenu son rôle, mais en définitive, c'est Gelderohde qui l'a trompé. Quelle triste fin !

— Il l'avait sans doute méritée, dit Tesla en montrant une froideur qui me surprit. Je me sens floué. Aucun d'entre nous n'a été capable de s'en apercevoir.

— Sauf Narváez. Lui, il l'a découvert. Le jour où on l'a tué, il devait voir Marc, voilà pourquoi celui-ci a quitté Plasencia sans rien nous dire.

— Sacré hypocrite…, cracha Tesla. C'est peut-être même lui qui l'a tué. Comment savoir ? Et ce misérable a eu l'aplomb de revenir au Caveau le lendemain, alors que le vieux lui avait laissé une chance de s'enfuir sans le dénoncer.

Je me retournai vers Tesla et le regardai fixement.

(… alors que le vieux lui avait laissé une chance de s'enfuir sans le dénoncer.)

Je sentis une vague de froid dans ma poitrine.

— Comment le sais-tu ? demandai-je lentement, en séparant chaque mot soigneusement – Tesla me regarda aussi, sans répondre, et je reculai d'un pas. C'est ce que Narváez m'a dit dans son bureau, le jour où il est mort. Personne d'autre ne savait qu'il avait l'intention de laisser le traître quitter le Corps sans le dénoncer. Mais tu le savais… *Comment le savais-tu, Tesla ?*

Il eut un sourire incertain.

— Hein… ? Oh… Le vieux m'en a parlé, bien sûr. Il m'a aussi parlé à moi.

Je secouai la tête.

— Tu mens…

Les idées s'éclairaient dans ma tête, comme les cartes d'un jeu qu'on découvre une à une. Chaque idée m'amenait à la suivante, et à une autre, selon un fil logique si évident que je me demandais pourquoi personne ne l'avait vu jusqu'alors.

— Tu mens… Comme lorsque tu m'as confié que tu avais passé l'après-midi dans la galerie de tir, et que Labulle n'était pas avec toi. Ce n'est pas vrai, Tesla. Tu n'aurais pas pu y être sans Labulle. Le jour où je suis arrivé au Corps, Enigma m'a dit que la seule clé de la galerie de tir, c'était Labulle qui la détenait, par sécurité. Si tu y étais ce jour-là, il t'avait forcément accompagné, sinon tu n'aurais jamais pu entrer.

Je reculai encore d'un pas, sans cesser de le regarder. Le sourire de Tesla s'élargit, au point de perdre toute expression.

— C'est idiot… ! Pourquoi aurais-je raconté qu'il n'était pas avec moi ?

— Parce que c'est toi qui as envoyé le message à Marc. Ce message qu'il a reçu à Plasencia et qui l'a forcé à nous laisser en plan, Danny et moi. Ce n'était pas Labulle, c'était toi.

— Tu as dû recevoir un sacré coup sur la tête, mon vieux, dit-il – il ne souriait plus. Marc nous a montré ce message : il provenait manifestement du téléphone de Labulle.

— Non. Il ne provenait pas de son téléphone, mais de sa carte SIM. Tu as un double de toutes nos cartes, tu me l'as dit avant notre mission à Lisbonne. Tu as utilisé celle de Labulle pour envoyer un message à Marc. Ensuite, tu m'as dit que Labulle n'était pas avec toi, et tu as effacé les enregistrements des vidéos pour que personne ne puisse constater que tu avais menti. Tu as fait tout cela pour que les soupçons retombent sur l'un des deux, n'importe lequel… Et personne n'a pensé à toi.

— Les soupçons de quoi ? Mon Dieu, Tirso, tu es complètement parano !

— C'était toi, le quêteur avec lequel Narváez s'était entretenu ce soir-là. C'était toi qu'il allait expulser du Corps, voilà pourquoi tu savais que le vieux donnerait au traître une chance de partir – je regardai Tesla dans les yeux, qui ne reflétaient que la peur. Comment personne n'a-t-il pu s'en rendre compte avant ? Sur les moniteurs de ton bureau, tu peux contrôler n'importe quelle conversation du Caveau, sauf dans le bureau de Narváez, qui n'est pas sous surveillance. Grâce à cela, tu pouvais transmette à Gelderohde toutes les informations dont il avait besoin. Tu as saboté la mission à Lisbonne. Tu étais le seul, à part Marc, à savoir utiliser Hercule. Et tu as repéré que Marc l'avait utilisé pour retrouver Olympia Goldman. Tu l'as dit à Gelderohde, qui l'a liquidée. *Tu es le traître.*

Tesla fit un pas dans ma direction. Je reculai.

— Tu ne penses pas ce que tu dis ! Si je suis le traître, pourquoi Gelderohde t'a dit que c'était Marc ?

— Je ne sais pas... peut-être voulait-il m'induire en erreur, au cas où j'aurais sauvé ma peau. De cette façon, tu resterais à l'abri de nos soupçons et tu pourrais continuer d'espionner pour lui. Mais j'ai été stupide. Sacrément. J'aurais dû me rendre compte que Gelderohde me mentait. À Lisbonne, Gelderohde avait été informé par le traître que nous pensions aller à l'appartement d'Acosta, ce que Marc ignorait, mais toi tu le savais... Je ne vais te poser qu'une seule question : c'est toi qui as tué le vieux ?

Les lèvres de Tesla tremblèrent. J'étais d'un calme étonnant, et mon regard l'acculait.

— Je n'ai tué personne...

— Comment puis-je savoir que ce n'est pas un mensonge de plus ? Tu n'es qu'un sale lâche ! Un traître.

— Tais-toi ! Arrête de dire ça. Pour qui te prends-tu ? Tu n'es qu'un pauvre bizuth !

— Je suis un bizuth, mais toi tu es un traître et un assassin. Et si je sors d'ici, je te jure que je m'arrangerai pour que tout le monde le sache.

— Je n'ai tué personne ! cria-t-il, hors de lui – il sortit le pistolet de Gelderohde de sa poche et l'orienta vers moi, comme si c'était l'arme qui le maniait et pas le contraire. Ce sont eux qui ont tout fait ! Eux et Gelderohde ! Ce Belge psychopathe ! Je leur ai dit que le vieux m'avait découvert... J'allais le quitter. Je ne voulais pas continuer. J'avais déjà tout l'argent qu'il me fallait. Mais ils avaient d'autres plans. Ils ne voulaient pas que je tire mon épingle du jeu… Putain de merde ! Si j'avais pu, j'aurais empêché cette mort : personne n'avait de raison de mourir. Personne. Toi non plus.

Ses trois derniers mots m'effrayèrent. Je levai les mains, lentement.

— Que vas-tu faire, Tesla ?

— Je ne sais pas… Je ne sais pas ! Ta gueule ! Laisse-moi réfléchir ! Donne-moi une minute, merde !

Il ferma les yeux et serra les dents, comme si sa réflexion exigeait un gros effort.

— Baisse ton arme.

— Ah, tu ne peux pas la boucler une seconde ?

— Tesla, baisse ton arme.

J'avançai d'un pas.

— Éloigne-toi !

— Tu ne peux pas tirer sur moi. C'est allé trop loin.

— Sacré nom… Tirso ! Reste à ta putain de place ! Dernier avertissement !

— Tesla, s'il te plaît…

Et là, Tesla appuya sur la détente.

Il n'y eut aucune détonation. Les coups que le pistolet avait reçus l'avaient sans doute enrayé, heureusement pour moi, puisque cela m'avait sauvé la vie.

Voyant que l'arme ne fonctionnait pas, je sautai sur Tesla pour la lui arracher. On tomba tous les deux. Tesla s'accrochait désespérément à son arme. Il saisit une grosse pierre et me frappa à la tête. Je criai et lâchai le pistolet une seconde. Tesla m'envoya un coup de pied dans les côtes et continua de me frapper.

À ce moment-là, j'entendis un coup de feu. L'arme fonctionnait de nouveau.

Je me mis à courir aussi vite que possible. J'entendis un nouveau coup de feu et à mes pieds un éclat de pierre sauta. Tesla m'avait manqué de peu. Je me jetai derrière un énorme rocher, le dos collé à la paroi, haletant.

— Tirso, espèce d'enfoiré ! cria Tesla. Pourquoi a-t-il fallu que tu compliques tout ? Tu ne pouvais pas la boucler ?

J'avais affaire à un homme acculé, encore plus effrayé que moi, capable de tout. Il était impossible de prévoir ses réactions, mais j'étais sûr que le temps de la raison avait expiré.

Je pris une pierre et la jetai loin de moi. Tesla tira dans la direction de son point de chute, et j'en profitai pour quitter mon rocher et me retrancher dans une cachette plus efficace.

La grotte était presque plongée dans l'obscurité et Tesla n'avait que sa lampe pour me repérer. Voilà qui allait me donner un certain avantage.

— Sors de ta cachette, Tirso !

Je le maudis intérieurement. Pourquoi diable ne se contentait-il pas de s'enfuir ? Mais je compris aussitôt : j'avais la *Chorégraphie tolédane* dans mon sac, et Tesla en avait besoin pour sortir des Grottes.

Si je voulais revoir la lumière du soleil, je devais absolument neutraliser Tesla. Une mission impossible tant qu'il serait armé.

— Tesla ! dis-je dans l'obscurité. Tu n'as aucune raison de me vouloir du mal. Si tu veux la *Chorégraphie*, je te la donne ! Mais lâche ton arme !

— Tu ne sortiras pas vivant d'ici ! Tu sais trop de choses ! S'ils apprennent que je t'ai laissé échapper, c'est moi qui en subirai les conséquences !

— Gelderohde est mort, Tesla ! Tu es seul !

— Mais tu ne comprends donc rien, bizuth imbécile ! Gelderohde n'était qu'une pauvre marionnette ! Comme moi ! Ils l'ont sorti de sa prison pour récupérer la Table. Ce sont eux qui me paient. Et ils me donnent beaucoup plus d'argent que je ne pourrais en économiser toute ma vie !

— Qui sont-ils, Tesla ?

— Ils voient tout, ils entendent tout. Ils sont partout. Dans le monde entier.

Tesla eut un ricanement hystérique. Je fus glacé de l'entendre. Quelque chose avait craqué dans la tête du quêteur, qui ajouta :

— Secrets du futur, Tirso !

— Pour l'amour de Dieu, Tesla… Je te le répète : emporte le livre ! Emporte la Table si tu veux ! Mais laisse-moi partir !

On entendit un nouveau coup de feu. La balle s'écrasa près de ma cachette.

— Assez discuté, Tirso ! Tu l'as bien cherché ! Vous l'avez tous bien cherché ! Tu crois que je vais te laisser sortir de ce trou et raconter toutes ces histoires sur moi ? Je n'ai rien à échanger avec toi ! Je vais te faire sauter la cervelle et j'emporterai ce putain de livre ! – j'entendis Tesla partir d'un nouvel éclat de rire inquiétant. Après, j'irai chercher Labulle et… pan ! Ça lui apprendra à m'avoir obligé à franchir ce maudit fossé ! J'emporterai la Table et je serai foutrement riche ! Tu m'entends ? Ils vont me payer une fortune pour ce truc ! Le Corps national des quêteurs, terminé ! Je vais avoir une retraite dorée !

Il conclut sa tirade par un rire aussi hystérique que ses propres délires. Je renonçai à tout espoir de le raisonner.

J'ouvris mon sac et le fouillai à l'aveuglette, cherchant mon couteau. C'était une maigre défense face à un pistolet, mais je n'avais rien d'autre. Mes doigts rencontrèrent un objet en forme de cylindre. Je l'avais complètement oublié.

J'entrevis une solution pour sortir de cette impasse.

Je trouvai enfin mon couteau. Je le jetai de toutes mes forces aussi loin que je pus. Il fit beaucoup de bruit en tombant et il abusa Tesla. Le quêteur tira deux fois du côté où le couteau était tombé. Je quittai précipitamment mon refuge et, protégé par l'obscurité, je montai les marches de l'autel.

Arrivé en haut, je m'accroupis derrière le piédestal qui avait servi de serrure pour la clé-reliquaire de saint André. Mais sans le vouloir, je donnai un coup de pied dans un tas de pierres qui dévalèrent les marches. Je fermai les yeux et lâchai un juron, maudissant ma maladresse.

— Je sais où tu es ! cria Tesla – le faisceau de sa lampe parcourut l'autel et me frôla. Imbécile, je n'ai qu'à monter pour te dégommer !

Je l'entendis s'approcher de l'autel et entreprendre la montée, sans cesser de proférer des menaces incohérentes.

Je devais agir vite et, malheureusement, dans le noir. J'essayai de ne pas me laisser gagner par la panique. Je pris dans mon sac le paquet de chewing-gums que j'avais acheté à Tolède. J'en mis plusieurs dans la bouche et les mâchai avec frénésie.

La voix de Tesla se rapprochait.

Je sortis la pile de Kerbala de mon sac. Je l'avais sur moi depuis que je l'avais prise dans l'atelier des jumeaux. Je tâtai les extrémités et repérai celle qui avait les filaments de cuivre et le petit trou.

J'entendis Tesla déraper sur une marche. Cela me donnait quelques secondes de répit.

Je fouillai encore dans mon sac et trouvai le dernier élément dont j'avais besoin.

Je sortis la brique de jus de raisin que ma mère avait déposée à l'entrée du souterrain, sous le château. Les mains tremblantes, je décollai la petite paille en plastique. Elle m'échappa des doigts et tomba.

— Non, non, non, non… Je t'en prie, non…, murmurai-je, désespéré.

J'entendais Tesla, à quelques pas de moi.

— J'arrive, Tirso ! Tu n'as pas intérêt à bouger de l'endroit où tu es !

Je tâtai le sol avec frénésie. Je ne rencontrai que de la terre et des pierres. Soudain, mes doigts effleurèrent la paille en plastique. Je fus tellement soulagé que je faillis pleurer de joie. Je la saisis, ouvris son emballage avec les dents, et la plantai dans la brique. Une légère odeur de raisin me chatouilla les narines.

Tesla avait atteint le sommet de l'autel et il le contournait. J'avais les larmes aux yeux et mon cœur battait à m'en faire exploser le crâne. J'essayai d'introduire la petite paille de la brique dans l'ouverture de la Pile. À la seconde tentative, le tuyau de plastique s'introduisit sans difficulté dans le cylindre. Je pressai la brique pour transvaser tout le liquide dans la Pile.

Sa lampe m'éclaira soudain.

— Te voilà !

Je sortis le chewing-gum de ma bouche et le collai sur le cylindre pour boucher le trou. En même temps que Tesla me visait à la tête, je me levai d'un bond et plantai les filaments de cuivre de la pile de Kerbala dans son cou, juste au-dessus de la pomme d'Adam.

Tesla cria et son corps se convulsa. La décharge qu'il reçut était beaucoup plus forte que celle que j'avais connue dans l'atelier des jumeaux, car cette fois j'avais rempli la Pile à ras bord.

Il écarquilla les yeux si fort que ceux-ci devinrent des billes blanches. Ses dents s'entrechoquèrent en produisant un claquement d'os brisé. Tesla s'était mordu la langue et je vis tomber entre ses dents un petit fragment charnu. Deux filets de bave sanguinolente perlèrent aux commissures des lèvres.

Je pris peur. Je ne voulais pas lui causer un mal irréversible, juste le mettre hors d'état de nuire. Je décollai la Pile de son cou avant qu'il ne soit trop tard. Tesla, abruti, hébété, recula de quelques pas.

Malheureusement, d'un pas de trop.

Son pied droit flotta quelques secondes dans le vide, au-delà de la dernière marche de l'autel. Si Tesla n'avait pas été sous le coup de la décharge, il aurait sans doute pu rétablir son équilibre. Au lieu de cela, son corps bascula et, agitant les bras comme un moulin, il tomba en arrière avant que je ne puisse le retenir.

Je ne le vis pas rebondir sur les marches, mais je vis le faisceau de sa lampe tournoyer, avant qu'elle ne se casse. Il y eut ensuite un désagréable craquement de branche sèche quand Tesla se brisa le cou.

Et plus aucun bruit.

Je mis un bon moment à retrouver une respiration normale. Ensuite, j'enlevai prudemment le chewing-gum de la pile de Kerbala et la vidai de tout le jus de raisin qu'elle contenait. Puis je descendis les marches en rampant comme un lézard. Enfin, mes pieds foulèrent la terre ferme. Je vis la lampe de Tesla, près des marches. Elle était cassée, mais l'ampoule était intacte, allumée.

Je la ramassai et éclairai le corps de Tesla, qui ressemblait à une masse inarticulée. Sa tête avait une position peu naturelle et ses yeux, ouverts et secs, fixaient l'obscurité, dans une éternelle expression de surprise. Son menton était barbouillé de sang et de salive.

Je pris juste le temps de m'assurer qu'il était mort. Je n'éprouvais rien. Pas même du mépris. Comme si je contemplais le cadavre du chien sauvage qui m'avait attaqué dans le palais de Miraflores.

Plus loin dans la grotte, je retrouvai le corps de Marc.

Je le regardai en silence et mes yeux se mouillèrent. Je ne pleurais pas sur son sort. Je l'avoue. Marc n'était pas la cause de ces larmes. C'était la seule issue à la tension, la peur et l'angoisse insupportables que les derniers événements avaient provoquées en moi. Alors que j'avais vu mourir trois personnes sous mes yeux, avais provoqué la mort de l'une d'elles, mis ma vie en danger si souvent en si peu de temps, et que je ne savais pas encore si mes deux autres compagnons étaient saufs ou si moi-même je parviendrais à sortir de ces grottes, ces larmes m'aidèrent à laver les traumatismes de ma mémoire et à me donner la force de continuer.

Je ne pleurais pas sur Marc, mais je lui dédiai mes larmes. C'était le moindre des hommages que méritait un quêteur tombé.

Je retournai dans la salle de Cérémonie. Je priais pour que Danny et Labulle soient saufs, surtout ce dernier.

Je ne pus m'empêcher de frissonner en passant devant le sinistre coffret qui avait si implacablement tracé le destin de Marc (*Moris. Tu meurs*). Je n'osai même pas le regarder.

J'arrivai enfin à l'endroit où j'avais laissé les deux quêteurs encore en vie. Quand Danny me vit, elle se jeta presque sur moi. Son visage était pétri d'angoisse.

— Tirso ! Enfin… Que s'est-il passé ? Nous avons senti une sorte de tremblement de terre !

J'éprouvai un immense soulagement en voyant qu'elle allait bien, mais ce fut une sensation très brève.

— Comment va Labulle ?

Pas bien du tout, d'après ce que je vis. Il avait la jambe couverte de sang et de bandages improvisés faits de lambeaux de vêtements. Son teint était grisâtre, comme du plomb. À peine visible malgré les lampes, il ressemblait à un cadavre, mais heureusement les cadavres n'ont pas le front trempé de sueur ni la respiration hachée.

En me voyant, il eut encore la force d'esquisser un sourire éteint.

— Alors, bizuth, comment s'est passée la balade ? Vu comme le sol a tremblé, j'ai l'impression que vous avez mis les doigts où il ne fallait pas.

Je m'approchai et constatai qu'il avait beaucoup de fièvre. Mauvais signe. Très mauvais signe.

— Où est Marc ? me demanda Danny.

Vu l'état de Labulle, nous n'avions pas le temps de discuter. Au lieu de répondre à Danny, je sortis de mon sac la *Chorographie tolédane*.

— Voici une carte des Grottes. Elle va nous montrer comment trouver rapidement une sortie – je lui passai le livre. Tu peux la déchiffrer ?

Elle y jeta un coup d'œil.

— Je n'en suis pas sûr… Il me faudrait une boussole ou quelque chose de ce genre.

— J'en ai une. Je l'ai achetée à Tolède.

— Donne-moi ça, réclama Labulle. S'il faut lire une carte, autant s'adresser à un spécialiste. À l'armée, j'étais entraîné à ça.

Il nous prit le livre et je lui donnai la boussole. Il l'étudia pendant quelques minutes. De temps en temps, il se frottait les yeux, comme s'il avait du mal à se concentrer.

— Tu sais où nous sommes ?

— Oui, je crois. C'est une assez bonne carte… Si je ne me trompe pas, il y a une galerie proche qui mène à l'extérieur. Vous pouvez m'aider à marcher ?

À deux, on le leva. Labulle était grand, mais moins lourd que je ne l'aurais cru.

— Pressons-nous. Je ne veux pas vous inquiéter, mais je reconnais que je ne suis pas au mieux de ma forme.

— Essaie de rester conscient, d'accord ? dis-je. On va sortir d'ici. Je te le promets.

Labulle se mit à marcher, avec beaucoup de difficultés.

— Tirso, où est Marc ? Pourquoi n'est-il pas avec toi ? demanda Danny de nouveau.

Je ne savais même pas comment commencer à répondre à sa question. J'étais obsédé par la chaleur fiévreuse que dégageait le corps de Labulle, et je me demandais si nous pourrions l'amener à un hôpital avant qu'il ne soit trop tard.

Je regardai Danny, incapable de prononcer un mot. Mais je secouai la tête.

À ce moment-là, Labulle émit un gémissement de douleur en s'appuyant involontairement sur sa jambe blessée.

Danny reporta son attention sur son frère. À grand-peine, on l'aida à avancer pas à pas.

Je leur raconterais ce qui s'était passé, mais pas tout de suite ; pas tant que nous n'aurions pas fait tout notre possible pour empêcher qu'un autre quêteur ne soit à jamais enterré dans ce puits d'ombres, et ne tienne compagnie aux têtes momifiées dans le miel, aux traîtres et aux criminels, aux martyrs et aux reliques.

Mes compagnons sauraient toute la vérité en temps utile. Quand il n'y aurait plus un firmament de pierres au-dessus de nos têtes. À un endroit où la lumière du soleil pourrait faire de mes mots un récit insolite du passé, c'était trop tôt, nous ne savions pas qui de nous serait encore en vie pour pouvoir l'écouter.

Fort de cette décision, je pris avec mes compagnons quêteurs le chemin qui nous conduirait en lieu sûr.

PHAROS

La réouverture du Musée archéologique national monopolisa les gros titres des médias. Pas seulement parce que la rénovation d'un bâtiment public est déjà en soi une bonne nouvelle, mais parce que cette restauration était très attendue.

Ce qui mobilisa l'attention, ce fut la présentation au public d'une nouvelle collection de l'art wisigothique du royaume de Tolède. Une collection que le petit monde des spécialistes qualifiait unanimement d'unique en son genre.

Les médias du monde entier se retrouvèrent à cette inauguration, une pléiade de sommités dans leurs imposantes voitures officielles, et même des experts en archéologie. On ne regarda pas à la dépense.

Tous voulaient voir la nouvelle pièce vedette, qui faisait du Musée archéologique national le détenteur d'un des patrimoines les plus importants du globe, une étape obligée du circuit culturel madrilène déjà bien pourvu.

Un objet légendaire (disaient les articles)… *Une pièce d'une valeur historique incalculable… Un trésor qu'on croyait perdu depuis des siècles…*

La table de Salomon.

Une salle entière avait été aménagée pour montrer cette relique extraordinaire, placée sur un faux autel en bois aggloméré, entourée d'éclairages adaptés qui lui donnaient un halo de mystère et de magnificence. Par ailleurs, la salle fut baptisée "salle Narváez".

Un hommage on ne peut plus juste, même si l'immense majorité des visiteurs ignorait à qui elle était dédiée.

Les experts monteurs avaient très bien mis en valeur la table de Salomon. Grâce à leur mise en scène, les gens qui admiraient ce trésor ne se rendaient pas compte qu'en réalité il n'avait rien de spectaculaire. Ou alors ils préféraient n'en rien dire.

Il est vrai que la Table avait été minutieusement restaurée, et que sa surface polie renvoyait des éclats de lumière artificielle qui semblaient être les échos énigmatiques du passé. Cependant, un rehaussement avisé au-dessus de la vue du visiteur dissimulait sa petite taille (petite, pour un objet censé renfermer le secret du Moteur de la Création). Il faut aussi signaler qu'une présentation habile avait discrètement relégué au second plan la partie cabossée de la pièce.

La cérémonie avait déjà commencé quand j'arrivai. La raison de mon retard ? Un appel téléphonique que j'avais reporté depuis que j'étais miraculeusement sorti vivant des grottes d'Hercule.

Secrets du futur.

Ces trois mots m'obsédaient. Ils désignaient un ennemi. Un ennemi qui avait sorti Gelderohde de sa tanière et corrompu l'esprit de Tesla jusqu'à le détruire complètement.

Je m'étais mis sur mon trente et un pour assister à l'inauguration du Musée archéologique. Mais j'avais mon téléphone portable dans une main et une carte de visite au nom de Silvia dans l'autre.

Au dos de la carte, il y avait un logo en forme d'étoile aplatie. En dessous, un nom : *Voynich Inc.* Et en plus petits caractères, un slogan.

Secrets from Future.

Secrets du futur.

Je composai le numéro de Silvia et, après plusieurs son-neries, j'entendis sa voix. Elle était ravie que je l'aie appelée.

— Tirso ! Il y a si longtemps ! Je suis tellement contente de t'entendre ! Quoi de neuf ?

Je ne sus que répondre. Je ne savais d'ailleurs pas très bien pourquoi je l'appelais.

— Salut, Silvia… Je ne te dérange pas ?

— Tu ne me déranges jamais, mais pour parler franche-ment, tu me prends à un moment où je suis très occupée. Je boucle mes valises.

— Tu pars en voyage ?

— Plus ou moins. Je déménage temporairement pour le travail. Je vais en Californie, on m'a mutée au siège de l'entreprise… Cette foutue multinationale, tu te rappelles ?

Oui. Très bien. Voynich. Secrets du futur. Or, main-tenant, l'expression "foutue multinationale" me semblait beaucoup moins sympathique.

— Ah bon… C'est… C'est formidable. Je suis content pour toi.

— Je suis désolée qu'on ne puisse pas se voir avant. J'au-rais bien aimé…

— Moi aussi.

Je marquai une pause qui instaura un silence gênant.

— Je peux faire quelque chose pour toi avant mon départ, Tirso ?

Sûrement pas. Soudain, cet appel me semblait ridicule. Je ne sais pas quelle était mon intention… Demander à Silvia si son entreprise avait comploté pour récupérer une relique biblique ? Si Voynich avait – entre autres – le projet d'infil-trer un corps secret de récupérateurs de patrimoine volé ? Tout cela était tellement absurde que je faillis raccrocher.

Pourtant…

— En quoi consistera ton travail en Californie ? Quelque chose d'important ?

— Oui, on dirait. Je suis très fière de moi, tu sais. Apparemment, c'est un projet d'entreprise où sont engagées des personnes qui travaillent pour Voynich dans le monde entier. C'est une chance qu'on m'ait choisie pour en faire partie.

— Bravo… Quel genre de projet ?

— Heu, comment t'expliquer ? C'est long, technique et ennuyeux… Mais je serai royalement payée. On l'appelle le "projet Lilith".

J'eus un coup au cœur et je faillis lâcher mon téléphone.

— Tu as dit "projet Lilith" ?

— Oui, c'est un peu théâtral, je sais. Mais les Américains sont comme ça. Ils adorent mettre des noms extravagants partout.

— Tu sais, Silvia, j'aimerais beaucoup qu'on se voie et que tu m'expliques plus en détail ce nouveau travail. On ne pourrait pas se retrouver, même pas longtemps ?

— Oh, je suis désolée, Tirso, mais je pars demain à la première heure et je suis débordée. Mais on reste en contact, d'accord ? Je vais te donner mon mail… Et tu sais que tu auras toujours un logement gratuit en Californie. Je pourrai même te montrer les installations de Voynich. Il paraît que ça mérite le détour.

— J'en suis sûr. Secrets du futur, n'est-ce pas ?

— Pardon ?

— Laisse tomber. J'espère que tout va bien se passer pour toi. Tu me tiens au courant ? D'accord ?

— Bien sûr… Au fait, comment s'est passé cet entretien pour un boulot ? On t'a engagé ?

— Je te le raconterai tranquillement quand on se reverra.

— C'est promis ?

On se dit au revoir. Je raccrochai. Mes mains tremblaient.

Je regardai l'heure et vis que j'étais en retard. Je filai au musée le plus vite possible.

Grâce à mon invitation personnelle, j'entrai facilement et me dirigeai vers la salle Narváez, où le nouveau directeur prononçait un discours fleuri devant un public nombreux.

Je l'écoutai à peine. Je regardais la Table, et surtout sa partie abîmée. Je me demandais, avec un intérêt morbide, ce qui serait arrivé si la roche qui avait causé cette détérioration m'était tombée sur la tête. J'avais encore des cauchemars où le plafond de cette grotte m'écrasait comme un insecte.

À part ce détail, les séquelles de ma découverte étaient exclusivement physiques. Aucune n'était visible, hormis la cicatrice, assez laide, qui me barrait le front : j'avais l'air d'un patient dont on aurait laissé la lobotomie en plan. J'avais essayé de la dissimuler en laissant pousser une frange, mais la plaie était quand même visible.

Dans son discours, le directeur du musée remerciait le Dr Alicia Jordán d'avoir découvert l'accès à la grotte où son équipe avait trouvé la table de Salomon, et de précieux trésors wisigothiques.

La salle applaudit. Ma mère rejoignit le directeur et expliqua comment son équipe avait découvert la table.

Elle était très jolie, radieuse. Pendant une fraction de seconde, nos regards se croisèrent. Elle eut la modestie de détourner les yeux.

Après son bref exposé, l'assistance applaudit de nouveau. Les discours finis, un groupe de serveurs en tenue se matérialisa au milieu du public avec des plateaux de canapés. Ils furent mieux accueillis que les orateurs.

Les invités se dispersèrent pour admirer tranquillement les nouveautés du musée. Naturellement, la plupart d'entre eux se rassemblèrent autour de la pièce vedette.

Je me sentais un peu perdu, engoncé dans mon costume noir, avec une fine cravate qui m'emprisonnait le cou. Je regardais autour de moi, cherchant un visage connu, quand je découvris une vision beaucoup plus séduisante que toutes les pièces exposées.

Enigma portait une ravissante robe bleue qui enveloppait son corps comme un rideau dissimulant des trésors fascinants. Le tissu vaporeux de cette robe faisait l'effet d'un nuage d'eau.

En me voyant, elle sourit.

— M. Tirso Alfaro, je suppose, me dit-elle. Je te reconnais à peine dans ce costume. Tu es très beau.

— Merci. Toi aussi.

— Dis-moi des choses que je ne sais pas, mon cœur. Voyons, laisse-moi regarder… – elle m'inspecta de la tête aux pieds et tripota mon nœud de cravate. Quel désastre… Tu ne sais donc pas ce qu'est le WIP ?

— Pardon ?

— Un homme du monde, ce que tu sembles être, connaît au moins trois façons de faire son nœud de cravate : Windsor, italienne et Pratt. WIP. Le tien serait encore trop laid pour attacher un sac de patates. Laisse-moi t'aider.

Elle refit mon nœud de cravate par des tours et des détours agiles, comme un marin chevronné amarrant une bôme. Je rougis, sans savoir pourquoi. Quand elle eut fini, elle contempla son œuvre d'un air approbateur.

— Voilà ! – elle me fit un clin d'œil et me tapota le nez du bout du doigt. Maintenant, je peux accepter qu'on te voie en ma compagnie.

Enigma passa son bras sous le mien et on s'approcha de la Table. Ma mère était là, entourée de personnes avides d'entendre la découvreuse donner des précisions sur ce trésor.

Je ne pus m'empêcher de laisser affleurer un sourire.

— Elle est charmante. Elle possède un certain charisme…, me dit Enigma. Et tu as ses yeux.

— Oui, c'est ce qu'on dit.

— Tu ne veux pas lui parler ?

— Il ne vaut mieux pas : elle mourrait de honte. Elle sait qu'elle débite des mensonges.

— Ce n'était pas son idée. On l'a pour ainsi dire obligée à être une sorte de couverture.

— C'est vrai, et elle déteste ça. Elle se sent coupable de s'attribuer un mérite qui ne lui revient pas.

On l'écouta pendant quelques minutes. Elle racontait l'instant émouvant où ses yeux s'étaient posés sur la table de Salomon. Elle avait le talent de capter l'attention du public.

— Tu es sûr que tu ne veux pas au moins la saluer ? insista Enigma.

— Sûr – je me tournai vers elle. Je suis avec la femme avec qui j'ai envie de parler maintenant.

— Qu'il est mignon ! Tu sais que j'adore les galanteries – un serveur avec un plateau d'apéritifs passa devant nous. J'adore aussi les rouleaux de saumon fumé et malheureusement je n'en vois pas. Je vais donc être obligée de m'embarquer dans la quête épique de la table du saumon – elle laissa échapper un rire cristallin. Désolée. C'était plus fort que moi. Il y a longtemps que j'attendais le moment de pouvoir le placer.

— Je ne crois pas qu'il y ait de bons moments pour un aussi mauvais jeu de mots.

— Quel manque d'humour !

Elle se pencha à mon oreille en prenant un air de confidence. Et, sur le ton d'un personnage de Jane Austen, elle me dit :

— Ne regardez pas tout de suite, monsieur Alfaro, mais je crois que le frère et la sœur Bailey se dirigent vers nous.

— Compris.

— Je suis sûre qu'ils vont apprécier mon jeu de mots.

Je n'aurais pas parié dessus, mais je m'abstins de tout commentaire.

Si Enigma était radieuse ce soir-là, l'aspect de Danny ne l'était pas moins. Une élégante robe noire qui moulait ses formes, assortie à la couleur de ses cheveux, faisait d'elle l'étape inévitable de tout regard. À côté d'elle, Labulle était le cavalier parfait. On aurait dit la version masculine et féminine d'une même séduction. Les gènes Bailey étaient de grande qualité.

Labulle s'était bien remis de ses blessures, mais celles-ci avaient sérieusement éprouvé son organisme bien entraîné. On avait extrait la flèche plantée dans son genou, mais on n'avait pu enrayer l'infection. Pendant son séjour à l'hôpital, il avait livré une bataille silencieuse contre des ennemis microscopiques. Par chance ou par la force de sa volonté, je ne sais, le quêteur sortit vainqueur de cet affrontement. Il dut marcher avec des béquilles pendant un bout de temps et l'agilité de sa jambe s'en trouva fort compromise. Parfois, on remarquait une légère claudication, que Labulle essayait de dissimuler en s'imposant un entraînement draconien.

On se salua et on échangea tous les quatre des phrases convenues sur l'éclat de cette cérémonie. Heureusement, Enigma nous épargna son jeu de mots sur les saumons.

En dépit de son air satisfait, Labulle avait une bonne raison de se plaindre. La Dame, sa chère Dame, avait été transférée dans une plus petite salle pour laisser la place à la Table et à la nouvelle collection d'art wisigothique. Le quêteur n'avait pas encore digéré cet affront.

On contempla la Table tous les quatre.

— Bien petite pour abriter des pouvoirs divins, dit Danny. Vous croyez vraiment que c'est la table dont parlent les légendes ?

— Je ne sais pas, répondit Enigma. Mais ça m'est égal. Nous l'avons trouvée. J'en suis ravie. Je ne veux pas de pouvoirs divins qui m'offrent toutes les réponses de l'univers… Si tant est qu'ils les aient : que resterait-il à chercher ? Ce serait très ennuyeux.

J'acquiesçai en silence. Je ne pouvais qu'être d'accord avec elle.

Toujours silencieux, on regardait la Table. Je ne sais quel genre de pensées elle suscitait chez mes compagnons : peut-être se souvenaient-ils de Tesla, dont on parlait à peine, comme si une malédiction l'avait condamné à l'oubli.

Moi, en regardant la table de Salomon, je pensais à Marc.

Tout ce qui m'était arrivé dans les grottes d'Hercule aurait pu nourrir les cauchemars d'un homme sensé pendant des décennies, et malgré tout, il n'y avait qu'un seul souvenir qui me réveillait en pleine nuit, harcelé par des peurs angoissées. Un seul.

Moris. Tu meurs.

Marc avait été le premier à lire ce mot et, de nous deux, il avait été le seul à mourir. Je ne saurai jamais si ce fut le fruit du hasard ou d'un procédé plus sinistre. D'ailleurs, je n'ai pas envie de le savoir. Très souvent, j'ai encore un cauchemar récurrent où c'est moi, et non pas Marc, qui ouvre ce coffret ; alors, c'est mon corps qui est écrasé par les rochers dans les profondeurs des grottes d'Hercule.

Quelle était cette phrase que Narváez m'avait dite un jour ? Seul le mystère nous fait vivre. Le mystère uniquement.

Autant ne pas le révéler. Sans lui, il ne peut y avoir de quête, et sans la quête, tout serait très ennuyeux, comme venait de l'affirmer Enigma.

— Très bien, quêteurs, dit Labulle en nous tirant de nos réflexions. N'oublions pas que cette fête n'est pas pour nous. Nous avons du travail.

— Maintenant ? demanda Danny.

— Maintenant. J'ai quelque chose d'important à vous dire. Descendons au Caveau.

Mes compagnons et moi, on quitta discrètement les salles ouvertes au public.

À ce moment-là, je vis l'image double d'Alpha et d'Oméga.

— Pouvez-vous m'excuser un instant ? dis-je. Je dois parler à quelqu'un.

— Nous t'attendons en bas. Ne traîne pas, répondit Labulle.

Je resserrai mon nœud de cravate d'un air résolu et traversai la salle en direction des jumeaux. J'étais un peu tendu. Je ne les avais pas revus depuis que je m'étais enfui de leur boutique.

Les jumeaux contemplaient les couronnes exposées dans une grande vitrine. Je me postai derrière eux et émis une petite toux pour attirer leur attention. Ils se retournèrent presque en même temps, parfaitement synchronisés.

— Ça alors, mais c'est Tirso Alfaro…, dit l'un des deux.

Je regardai son col : cravate noire. C'était Alpha.

— On le dirait, en effet, ajouta son frère. Comme le dit Cicéron, *Ecce confitentem reum**. Nous devrions peut-être surveiller nos portefeuilles.

Cette plaisanterie manquait de délicatesse, mais je la méritais.

— Je voulais vous présenter mes excuses à titre personnel. Je vous assure que je n'avais pas l'intention de vous voler, et que je n'ai agi qu'en pensant à votre propre sécurité, sachant qu'un criminel était prêt à tout pour s'emparer de la pile de Kerbala.

— Oui. Labulle nous a tout expliqué…, dit Oméga. *Exitus acta probat***, je suppose. Nous acceptons tes excuses. Après tout, tu as religieusement payé notre travail et tu nous as rendu la Pile.

— Sans compter cet étui de parchemin passionnant, compléta Alpha.

* "Voici un accusé qui avoue."
** "La fin justifie les moyens."

Il voulait parler de l'objet que j'avais trouvé dans les Grottes, en même temps que les têtes momifiées dans du miel.

Je leur demandai s'ils avaient découvert quelque chose sur cet objet.

— À vrai dire, pas grand-chose, répondit Oméga. L'étui est en argent doré, avec un relief au repoussé. La technique semble typique des Goths. Le rouleau de parchemin, à l'intérieur, mesure un mètre et demi de long et est recouvert d'une écriture très étrange. Nous n'avons pu l'identifier.

— Nous avons envoyé un échantillon à une personne de notre connaissance qui travaille en France, au CNRS, un paléographe accompli. Hélas, il n'est pas de ceux qui répondent par retour du courrier. Il faut attendre.

— Bien obligés, dis-je. Et qu'en est-il du cylindre en forme de poisson ? Vous l'avez toujours ?

— Oui, depuis que tu nous l'as rendu. Si tu en as encore besoin, je te suggère de nous le demander, cette fois.

— Je n'en ai pas besoin pour le moment. Il me suffit de savoir qu'il est sous bonne garde… Je crois que c'est une pièce beaucoup plus importante que nous ne le pensions, mais je ne sais pas encore quelle est sa destination.

— Nous espérons que tu le découvriras bientôt, jeune homme, dit Alpha. L'expérience nous a montré que tes découvertes sont assez spectaculaires.

Oméga leva sa coupe de *cava*.

— En attendant, et comme l'a dit le grand Horace : *Nunc est bibendum** ! Trinquons au succès du Corps national des quêteurs. Et aussi à toi, mon cher Tirso.

— Ne laissons jamais d'un petit conflit naître une grande rancœur, dit Alpha.

---

* "C'est le moment de boire."

— *Livre de Bon Amour*, de Juan Ruiz, archiprêtre de Hita, compléta son frère.

Je reçus leur hommage avec reconnaissance et les laissai échanger citations, proverbes et formules latines, leur jeu favori. Je me dis, et ce n'était pas la première fois, qu'ils avaient sans doute été des enfants très originaux. Je les imaginais pareils quand ils étaient petits, les cheveux en bataille, chacun avec une minuscule cravate de couleur différente.

Je descendis au Caveau. Je trouvai les quêteurs dans la salle de réunion. Labulle occupait sa place au chevet de la table, et Urquijo était à côté de lui. Je fus surprise de le trouver là.

— Nous sommes tous là ? Parfait, dit l'avocat en me voyant arriver. En premier lieu, je voulais vous adresser mes félicitations au nom de vos supérieurs. Votre récente découverte a mis de bonne humeur des gens haut placés. Je pense que personne ne remettra en cause l'utilité du Corps des quêteurs avant longtemps.

— Et maintenant, passons à la partie négative…, enchaîna Labulle.

Je remarquai son ton sarcastique. Urquijo semblait un peu troublé.

— Bon… Je ne le dirais pas comme ça, mais…

— De quoi s'agit-il ? demandai-je.

— Disons que la récupération d'un trésor aussi important a assuré votre survie, mais a en même temps attiré l'attention sur vous. Les personnes chargées de vous attribuer un budget aimeraient avoir un contrôle plus direct sur vos activités.

— Cessez de tourner autour du pot, maître. L'affaire est beaucoup plus simple, coupa Labulle. On va me remplacer.

— Quoi ? dit Danny. On ne peut pas faire une chose pareille. C'est Narváez qui t'a recommandé pour ce poste.

— Exact, mais l'administration n'est pas obligée de suivre ses directives, dit l'avocat.

— Surtout maintenant que le vieux ne peut plus protester, ajouta Labulle. Peu importe, petite. Je ne vais pas opposer de résistance. Vous savez tous que je n'ai jamais voulu ce poste. Nous avons besoin d'une personne dotée de réelles qualités de commandement, et je ne suis pas cette personne.

Il y eut une protestation timide. Je crois que nous étions plus froissés par l'ingérence extérieure que par le remplacement de Labulle. Il avait raison, il n'était pas un bon directeur. Il était trop hésitant, et il avait du mal à prendre des décisions. Labulle était un mécanisme vif et efficace quand on l'activait, mais il manquait d'initiatives. Bref, un excellent soldat, mais un général médiocre.

Le changement en haut de la table était peut-être bénéfique, mais on aurait aimé avoir notre mot à dire.

— Qui va te remplacer ? demandai-je.

C'est Urquijo qui répondit.

— Ce n'est pas encore décidé, mais il y a plusieurs candidats. Vous le saurez dans quelques jours.

Ses propos furent accueillis par un silence lourd.

— Pas de tristes mines, reprit Labulle. Vous devriez vous réjouir pour moi. Je n'espérais pas de meilleure nouvelle.

Je ne pouvais pas parler au nom des autres, mais en ce qui me concernait, je me sentais plus inquiet que triste.

J'espérais que le futur directeur aurait au moins la moitié des talents de Narváez. Je me demandais si nous n'allions pas perdre notre autonomie : cette question préoccupait toujours le vieux.

La réunion s'acheva. Urquijo nous encouragea à retourner au musée et à profiter de l'inauguration. Après tout, dit-il, on pouvait indirectement la considérer comme un hommage à notre travail.

Danny et Enigma furent les premières à sortir, en compagnie d'Urquijo. J'allais leur emboîter le pas quand Labulle m'appela.

— Attends un instant, Tirso. Je veux te parler en privé.

— Que se passe-t-il ?

— Rien de mal, bizuth, ne commence pas à trembler, répondit-il.

Il m'appelait encore bizuth de temps en temps, mais il n'y mettait plus de nuance péjorative. C'est du moins ce que je croyais.

— Avant de redevenir un simple agent de terrain, reprit-il, je dois prendre une dernière décision. De caractère officiel, tu vois ce que je veux dire.

— Non.

Labulle sortit une enveloppe de la poche intérieure de sa veste et la posa sur la table.

— Je vais te donner un nom.

Je regardai l'enveloppe, très excité. J'avais honte de l'admettre, mais le fait que Narváez soit mort sans avoir eu le temps de m'attribuer un nom de quêteur m'avait causé une immense déception. Je m'étais résigné à accepter mon humiliante absence de pseudonyme, mais m'appeler Tirso dans un monde rempli d'Enigmas, de Labulles, d'Alphas et d'Omégas me donnait l'impression de ne pas être entièrement à ma place, comme s'il me manquait quelque chose pour ne plus être un simple bizuth.

— C'est… là-dedans ?

Labulle hocha la tête. J'avais une peur folle d'ouvrir l'enveloppe. Et si mon nouveau nom ne me plaisait pas ?

Je la saisis et regardai Labulle.

— C'est toi qui l'as choisi ?

— Plus ou moins. Avant de mourir, le vieux avait déjà envisagé un nom ; celui-ci était l'un d'eux. Pour être franc, ce n'est pas celui que j'aurais choisi, mais il me semble être le mieux adapté.

Je reculais le moment d'ouvrir l'enveloppe.

— Quel nom voulait-il me donner ?

— Narváez voulait t'appeler Tonnerre.

— Tonnerre ? répétai-je en tordant le nez. Pourquoi ?

Labulle claqua la langue avec impatience.

— Tu vas ouvrir cette maudite enveloppe, oui ou non ? J'aimerais bien remonter et profiter de ma demi-journée de liberté.

J'obéis. La main tremblante, je sortis le feuillet de l'enveloppe. Labulle y avait écrit à la main un seul mot, sous le logo imprimé du Corps des quêteurs.

PHAROS

Je fronçai les sourcils.

— Tu n'aimes pas ?

— Si…, dis-je, pas très sûr de moi. Ce n'est pas mal… Ça ressemble beaucoup à mon nom.

— C'est vrai. Je n'y avais pas pensé. Mais je crois qu'il te va bien… *Pharos*… C'est la lumière qui guide les bateaux dans l'obscurité. Tout quêteur a besoin d'un phare, tu pourrais être le nôtre.

Sa façon de justifier ce nom n'était pas mal du tout. Elle était même très bien. Pharos. Je répétai le nom mentalement. Il commençait à me plaire.

— Pharos… Oui, je crois que je peux m'y habituer.

Il se leva et me tapota l'épaule, satisfait.

— Excellent. Maintenant, tu es un quêteur à part entière.

— Cela signifie que tu ne m'appelleras plus bizuth ?

Il me regarda et sourit à demi. Une manie.

— Nous verrons, Pharos. Nous verrons.

Il s'en alla et me laissa seul.

Pendant un bon moment, je contemplai mon nouveau nom écrit sur ce feuillet. Je relevai la tête et vis le grand logo du CNQ en métal qui ornait le mur de la salle.

La colonne coupée, la flamme, la main et la couronne. Je ne connaissais toujours pas la signification de ces symboles. De la même façon que j'ignorais encore beaucoup de choses sur l'étrange aventure que je venais de vivre dans le Corps des quêteurs.

Je ne savais toujours pas ce qu'était Lilith, quel était le sinistre rôle joué par Voynich dans cette histoire, pourquoi cette entreprise avait tellement tenu à récupérer la pile de Kerbala, ou quel était cet étrange parchemin que j'avais trouvé dans les entrailles de la terre, entouré de têtes embaumées dans du miel.

Tant d'énigmes qui restaient à résoudre… Il est bon de savoir qu'il y a encore des questions sans réponse. Cela vous donne des objectifs. Cela vous maintient en vie.

(Seul le mystère nous fait vivre…)

Le mystère uniquement.

L'orientation que prit ma vie après cette journée fut extraordinaire. Je pourrais vous la raconter, si vous voulez : c'est une bonne histoire.

Ce n'est peut-être pas la meilleure que je connaisse, mais c'est la seule que je n'oublierai jamais.

NOTE

La plupart des événements rapportés dans cette histoire sont fictifs. D'autres ont une base réelle. Faire l'inventaire des uns et des autres serait sans intérêt, je pense. Que le lecteur, ou la lectrice, fasse la part du réel et de l'imaginaire. Il ou elle sera surpris(e) du résultat.

J'aimerais néanmoins signaler que, malheureusement, ladite "spoliation légale" du patrimoine artistique espagnol est très légale. À cet égard, toutes les données rapportées dans ce récit sont fondamentalement vraies.

Les caisses pleines de pierres taillées de monastères médiévaux, perdues dans des ports étrangers, les cloîtres castillans qui ornent d'invraisemblables cités caribéennes sur de nouveaux continents, les trésors mutilés ou dispersés pour garnir de lointains musées ou des propriétés particulières... Tout cela est une triste réalité sur laquelle, modestement, je crois qu'on devrait réfléchir. À cet égard, beaucoup d'universitaires espagnols ont écrit des ouvrages d'une plus grande valeur analytique que ce modeste récit. Je recommande particulièrement l'ouvrage de José Miguel Merino de Cáceres et María José Martínez Ruiz, *La Destrucción del patrimonio artístico español : W. R. Hearst, "el gran acaparador"*, qui m'a souvent servi de source d'informations pour écrire ce roman.

À titre plus personnel, j'aimerais manifester ma reconnaissance à toutes les personnes qui ont lu les différents manuscrits de cette œuvre. Leur patience et leur sincérité ont été immenses. La valeur de leurs suggestions, énorme. Une grande partie des mérites que peut avoir ce roman revient sans aucun doute à ces personnes. En revanche, toutes les erreurs m'appartiennent.

Merci à Marta Betés. À Rodrigo Carretero (à qui, d'ailleurs, on doit l'inclusion du personnage de L. R. Hubbard, conséquence d'un pari perdu en Australie. Il sait de quoi je parle). Merci à Carlos Moreno et à sa sœur Marta. Merci à Isaac Pozo. Merci à Bárbara San Martín. Merci à Ignacio Yrizar. Merci à Víctor López Patiño. Merci à Javier Banzo. Merci à tous. Ils le méritent vraiment.

Des remerciements particuliers à ma sœur Carla. Son opinion est d'autant plus précieuse qu'en tant qu'écrivaine elle parle une langue que beaucoup aimeraient dominer : celle du lecteur. Sans ma sœur, il est très probable que ce roman n'aurait jamais vu le jour.

À une époque où, pour les auteurs, les chemins qui mènent à la publication sont de plus en plus nombreux, la figure d'un bon éditeur est, à mon sens, plus indispensable que jamais. Le bon éditeur est patient, intuitif, sincère, et il possède un sixième sens pour mettre une histoire sur ses rails. C'est du moins ce que je pense depuis que je connais Alberto Marcos, que je remercie pour son aide tout au long du processus créatif. Tout écrivain aurait besoin d'un éditeur comme Alberto.

Enfin, un souvenir : quand j'avais dix ans, ma marraine Teresa m'offrit un livre qui avait appartenu à ma grand-mère Mercedes. C'était *Dix petits nègres*, d'Agatha Christie. C'est le premier livre que je me rappelle avoir lu d'une traite. J'ai toujours pensé que ce fut le premier pas qui m'a mené jusqu'ici. Merci, marraine.

Et à vous tous, merci d'être arrivés jusqu'à cette page.

J'espère au moins que le voyage aura été divertissant.

L. M. M.

TABLE

Retrouvez les enquêtes
du Corps royal des quêteurs chez Actes Sud.

L'OASIS ÉTERNELLE
traduit de l'espagnol par Claude Bleton

Après les aventures de La Table du roi Salomon, *l'organisation secrète du Corps royal des quêteurs, chargée de retrouver des objets perdus du patrimoine archéologique espagnol, suit la piste d'un manuscrit volé jusqu'au Mali. Un roman érudit et trépidant qui nous plonge au cœur des trésors des bibliothèques de Tombouctou.*

OUVRAGE RÉALISÉ
PAR L'ATELIER GRAPHIQUE ACTES SUD
REPRODUIT ET ACHEVÉ D'IMPRIMER
EN MARS 2019
PAR NORMANDIE ROTO IMPRESSION S.A.S.
À LONRAI
POUR LE COMPTE DES ÉDITIONS
ACTES SUD
LE MÉJAN
PLACE NINA-BERBEROVA
13200 ARLES

DÉPÔT LÉGAL
1re ÉDITION : AVRIL 2019
No impr. : 1805101
(Imprimé en France)

à paraître en juin 2019

LA CITÉ DES HOMMES SAINTS

traduit de l'espagnol par Claude Bleton

L'organisation secrète du Corps royal des quêteurs part à la recherche d'une ville mythique d'Amérique du Sud où sept moines ont autrefois caché certaines reliques des rois de Tolède afin de les soustraire à l'invasion arabe de la péninsule Ibérique. Une course contre la montre pour trouver enfin la table du roi Salomon, avant les sbires de la multinationale Voynich.